バーチェスターの塔

アンソニー・トロロープ

木下善貞　訳

開文社出版

本書は一八五七年にロングマンから出版されたアンソニー・トロロープ作『バーチェスターの塔』（*Barchester Towers*）の全訳である。翻訳に当たっては、Robin Gilmour 編による Penguin Classics 版と Victoria Glendinning 序による Everyman's Library 版とを参照した。註の作成に当たっては、Robin Gilmour の註に負うところが大きい。

目次

主要な作中人物 …… vii
第一章　誰が次の主教になるか？ …… 1
第二章　国会制定法によるハイラム慈善院 …… 13
第三章　プラウディ博士と奥方 …… 21
第四章　主教付牧師 …… 31
第五章　朝の訪問 …… 40
第六章　戦争 …… 51
第七章　聖堂参事会長と参事会の協議 …… 66
第八章　前慈善院長が復職の見込みに喜ぶ …… 74
第九章　スタンホープ一家 …… 83
第十章　プラウディ夫人のパーティー――始まる …… 98
第十一章　プラウディ夫人のパーティー――終わる …… 110
第十二章　スロープ対ハーディング …… 130
第十三章　ゴミ荷車 …… 140
第十四章　新しい闘士 …… 152

第十五章　未亡人の求婚者たち …… 162
第十六章　赤ん坊崇拝 …… 176
第十七章　誰がお山の大将になるか? …… 192
第十八章　迫害される未亡人 …… 201
第十九章　月明かりのバーチェスター …… 212
第二十章（第二巻第一章）アラビン氏 …… 227
第二十一章（第二巻第二章）聖イーウォルド牧師館 …… 242
第二十二章（第二巻第三章）ウラソーンのソーン家 …… 256
第二十三章（第二巻第四章）アラビン氏が聖イーウォルド教会で朗読し、牧師の職に就く …… 275
第二十四章（第二巻第五章）プディングデイルで腕を振るうスロープ氏 …… 286
第二十五章（第二巻第六章）クイヴァーフル氏の主張を支持する十四の根拠 …… 299
第二十六章（第二巻第七章）プラウディ夫人が戦って敗北を喫する …… 310
第二十七章（第二巻第八章）ラブシーン …… 323
第二十八章（第二巻第九章）ボールド夫人がプラムステッドでグラントリー夫妻に歓待される …… 343
第二十九章（第二巻第十章）深刻な対話 …… 361
第三十章（第二巻第十一章）もう一つのラブシーン …… 372
第三十一章（第二巻第十二章）主教の図書室 …… 390
第三十二章（第二巻第十三章）教会の栄誉職への新しい候補者 …… 397
第三十三章（第二巻第十四章）女勝利者プラウディ夫人 …… 416

第三十四章（第二巻第十五章）オックスフォード――ラザラスの学寮長と指導教員……431
第三十五章（第三巻第 一 章）ミス・ソーンの園遊会……442
第三十六章（第三巻第 二 章）ウラソーンの恋の戯れ――第一幕……454
第三十七章（第三巻第 三 章）シニョーラ・ネローニとド・コーシー伯爵夫人と プラウディ夫人がウラソーンで出会う……469
第三十八章（第三巻第 四 章）主教が朝食を食べ、参事会長が亡くなる……483
第三十九章（第三巻第 五 章）ルッカロフト家とグリーンエーカー家……499
第 四 十 章（第三巻第 六 章）ウラソーンの恋の戯れ――第二幕……510
第四十一章（第三巻第 七 章）ボールド夫人が友人のミス・スタンホープに悲しみを打ち明ける……522
第四十二章（第三巻第 八 章）ウラソーンの恋の戯れ――第三幕……533
第四十三章（第三巻第 九 章）クイヴァーフル夫妻が幸せになり、スロープ氏が新聞で励まされる……552
第四十四章（第三巻第 十 章）自宅のボールド夫人……569
第四十五章（第三巻第十一章）自宅のスタンホープ家の人々……581
第四十六章（第三巻第十二章）スロープ氏がシニョーラと別れの面会をする……596
第四十七章（第三巻第十三章）聖堂参事会長が選出される……608
第四十八章（第三巻第十四章）ミス・ソーンが縁結びの腕を振るう……620
第四十九章（第三巻第十五章）子馬のベルゼブブ……633
第 五 十 章（第三巻第十六章）大執事が状況に満足する……642
第五十一章（第三巻第十七章）スロープ氏が主教公邸とその住人に別れを告げる……651

第五十二章（第三巻第十八章）新聖堂参事会長と新慈善院長がそれぞれの屋敷に入る …… 661
第五十三章（第三巻第十九章）結び …… 670
訳者あとがき …… 677

主要な作中人物

グラントリー博士　バーチェスター主教。大執事の父。高教会派。
セオフィラス・グラントリー博士　バーチェスター大執事。主教の長男。オックスフォード出身。高教会派。プラムステッド・エピスコパイの禄付牧師。
スーザン・グラントリー　大執事の妻。ハーディング氏の長女。三十八歳。グリゼルダ（十七歳）とフロリンダの母。
グイン博士　オックスフォードのラザラス学寮長。高教会派。グラントリー大執事の友人。
フランシス・アラビン　ラザラス学寮のフェロー。グイン博士のお気に入り。高教会派。四十歳。未婚。聖イーウォルド教区の俸給牧師となる。
セプティマス・ハーディング　主教座聖堂の音楽監督。前ハイラム慈善院長。聖カスバート教区の禄付牧師。六十四歳。
エレナー・ボールド　ハーディング氏の次女。二十八歳。未亡人。故ジョン・ボールドの遺産を相続した。
ジョン・ボールド　二歳にもならない故ジョン・ボールドの忘れ形見。
メアリー・ボールド　故ジョン・ボールドの未婚の姉。エレナーと同居する。
プラウディ博士　バーチェスター新主教。低教会派。
プラウディ夫人　主教の奥方。オリヴィア、オーガスタ、ネッタ三姉妹を含む七、八人の子の母。
オバダイア・スロープ　主教付牧師。ケンブリッジ出身。低教会派。三十六歳。
ヴェシー・スタンホープ博士　バーチェスター聖堂名誉参事会員。禄付牧師。オックスフォード出身。六十歳。家族とともに十二年間イタリア、コモ湖畔の別荘に住む。
シャーロット・スタンホープ　スタンホープ家の長女。三十五歳。未婚。

マデリン・ネローニ（シニョーラ） スタンホープ家の次女。二十八歳。パウロ・ネローニの妻。片足を損傷して歩けないが、絶世の美女。ジュリア（七歳）の母。

エセルバート・スタンホープ（バーティ） シャーロットとマデリンの弟。自活意欲のない彫刻家。イタリア、カラーラにアトリエを持つ。

クイヴァーフル氏 プディングデイル教区の俸給牧師。十四人の子供の父。新主教から慈善院長職を約束される。

レティシア・クイヴァーフル クイヴァーフル氏の妻。

トレフォイル博士 バーチェスター聖堂参事会長。未婚の一人娘と同居する。

ウィルフレッド・ソーン ウラソーンの郷士。狐狩りを愛する保護貿易主義者。五十歳。未婚。

モニカ・ソーン ソーン氏の十歳年上の姉。未婚。ウラソーンで園遊会を主催する。

プロマシィ氏 ウラソーンの執事。

ド・コーシー伯爵夫人 園遊会に招待された上流階級の客。二人の令息（ジョン、ジョージ）と三人の令嬢（アミーリア、ロウジーナ、マーガレッタ）を同道する。

クランタントラム夫人 園遊会に招待された上流階級の客。

ルッカロフト夫人 ウラソーンの農夫の妻。二人の姉妹とオーガスタスの母。見栄っ張り。

グリーンエーカー氏 ウラソーンの実直な農夫。聖イーウォルド教会の教区委員。

グリーンエーカー夫人 農夫の妻。ルッカロフト夫人に対抗意識を抱く。

ハリー・グリーンエーカー 農夫の長男。園遊会で馬上槍まと突き競技を実演する。

P卿 時の首相。

トム・ステイプル ラザラス学寮の個別指導教員。グイン博士の片腕。

トム・タワーズ 日刊紙『ジュピター』の有力記者。

サー・ニコラス・フィッツウィギン　政府要人に影響力を持つとされる国民学校の理事長。
サー・オミクロン・パイ　サー・ラムダ・ミュウニュウとともにロンドンの名医とされる。
フィルグレイヴ先生　バーチェスターの医者。
リアチャイルド先生　エレナーのかかりつけのバーチェスターの医者。

第一章　誰が次の主教になるか？

一八五——年七月下旬、主教座聖堂の市バーチェスターの人々は誰が次の主教になるかという重要な問いを十日間絶えず投げかけては、そのたびに様々な回答をえた。

老グラントリー博士は穏やかな権威を身に着けて長いあいだ主教を務めてきたが、D卿内閣がP卿内閣に政権を譲り渡す[1]ちょうどそのころ亡くなった。善良な老主教はそれまでぐずぐずと病の床にあった。新主教が保守党政府によって指名されるか、リベラル党政府によって指名されるか、それが関係者の強い関心のまとになっていた。

退陣する首相が新主教を指名し、しかも任命権がまだその首相にあるとすれば、現主教の息子、グラントリー大執事が主教冠を戴くことになるのはよく知られていた。大執事は長いあいだ主教区の実務を取り仕切ってきたので、父の死に先立つ数か月の噂では、確かに息子が父の名声を継承するだろうと言われていた。

主教のグラントリー博士は穏やかに、ゆっくりと、痛みもなく、わめくこともなく、生きてきたように亡くなった。ほとんど気づかれぬうちに息を引き取ったが、死ぬ前の一か月間彼が生きているか、死んでいるかが大問題だった。

大執事のグラントリー博士にとってこのときが試練だった。主教の叙任権を当時握っていたD卿政権の人々は父の主教区の息子への継承をもくろんでいたからだ。D伯爵が多くの明確な言葉でグラントリー博士

——息子の大執事のほう——に主教の座を約束したと思ってはいけない。伯爵はとても分別のある人なので、そんなことはしなかった。猫の殺し方について格言(2)があるように、要職にあろうと、下級職にあろうと、政府の仕事の何たるかを知る人なら、この点をよくわきまえている。約束というものは、明確な言葉でなされるものではないと。栄誉ある地位を期待する人は、激励されて舞いあがるけれど、叙任権を持つ立派な人——その人の言葉に期待する人のすべてが懸かっている——は「何々某はきっと昇進する」と囁く以上のことはしない。

まことしやかな噂があった。バーチェスター主教職を大執事から取りあげてはならないという噂だった。時の首相D伯爵はオックスフォードの重要人物であり、最近ラザラス学寮長邸で一夜をすごした。ついでながらラザラスはオックスフォードでいちばん裕福で、心地よい学寮であり、その学寮長は大執事グラントリー博士のもっとも親しい友人で、かつ信頼のおける相談相手だった。首相の訪問に際して、グラントリー博士がもちろん同席し、会談はとても実りあるものとなった。次の朝ラザラスの学寮長グイン博士は、自分の考えでは一件は落着したと大執事に語った。

主教はそのころ瀕死の状態にあり、D卿内閣のほうもよたよたの状態だった。グラントリー博士は意気揚々とオックスフォードから帰って来ると、主教公邸で再び執務に取りかかり、息子として父に対する最後の義務をはたした。大執事を公正に評価すれば、いつもの世慣れたやり方から予想されるよりも、もっと優しい思いやりを込めて義務をはたした。

一か月前、内科医は最長あと四週間で主教は息絶えると言った。その一か月の終わりに、内科医は首をかしげながらあと二週間と言った。主教はワインだけで生き長らえて、その二週間後にまだ生きていた。D卿内閣の崩壊の兆しが頻繁に現れていた。ロンドンの立派な二人の医者、サー・ラムダ・ミュウニュウとサー・オミクロン・パイ[3]が五度目の往診をしたあと、聡明な頭を横に振りながら、あと一週間主教がもつことはないと明言した。二人の医者は主教公邸の食堂に座って昼食を取ったとき、私的情報と断って、内閣が五日以内に倒れるに違いないと大執事に囁いた。彼は父の病室に戻った。そして、父の命を維持する少量のマデイラ酒を手ずから与えたあと、ベッドのそばに座り、主教になる見込みを計算した。

内閣は五日のうちに政権を失う。父もそれくらいで死んでしまう。――いや、そういう発想は許されない。内閣は政権を失い、同じころ主教座もおそらく空席になる。権力の座を継ぐ人物の名はいまだ不明だけれど、組閣には一週間を要する。主教座の空席は今週退陣する内閣によって埋められることはないのだろうか？グラントリー博士は漠然とそういうことになるように願った。しかし、わからなかった。彼はこういう問題に関する自分の無知に驚いた。

大執事はこの問題を頭から払拭しようとしたものの、できなかった。父の死が早いか、倒閣が早いか、競争はきわどく、それに懸かるものも非常に大きかった。彼は父の無表情な、穏やかな顔を見た。そこには死も、病の影もなかった。顔は昔よりも細くなり、灰色がかり、年齢による深いしわが際立っていた。しかし、見た限り、命はまだあと何週間ももつように思われた。サー・ラムダ・ミュウニュウとサー・オミクロン・パイはこれまでに三度間違えた。さらに三度間違えることだってあるはずだ。主教は一日二十時間眠った。しかし、目を覚ます短い時間には、大執事と古い友人ハーディング氏――大執事の義父――をまだ認知できたから、彼らの看護と愛情に穏やかに感謝した。今、主教は赤ん坊のように眠っていた。安らかに仰向けに横たわると、口を少し開き、とぼしい灰色の髪をナイトキャップからだらしなく出していた。音もなく呼吸し、掛け布団のうえのやせた青白い手は動かなかった。主教はこの世からあの世へ軽々と旅立ちそうに思えた。

しかし、そこに座ってじっと父を見つめる大執事の内心は、決して穏やかではなかった。今しかチャンスがないことはわかっていた。彼はすでに五十をすぎていた。退陣していく親しい閣僚たちがじき政権に復帰できる見込みはほとんどなかった。今首相の座にあって退陣に追い込まれるD伯爵以外に、彼を主教に任命してくれそうな首相はいなかった。大執事は深い沈黙のなかで長いあいだもの憂げに思いを巡らせた。そして、まだ命を宿す父の顔を見つめると、自分が父の死を願っているのかと思い切って問うてみた。

健全な試みだった。答えはすぐに出た。誇り高く、望み高く、世俗的なこの男は、ベッドのそばにひざまずくと、父の手を取り、罪が許されるように熱心に祈った。

大執事がまだ毛布に顔を埋めていたとき、音もなく寝室のドアが開いて、ハーディング氏がひそかな足取りで入って来た。ハーディング氏は大執事同様絶えず病室を訪れており、義理の息子同様当然出入り自由と認められていた。彼は大執事が気づく前にそばに立った。ひざまずいたら、かえって死の床にある人をびっくりさせ、安らぎを邪魔することになると思った。そう思わなかったら、彼もひざまずいて祈ったことだろう。しかし、グラントリー博士がただちに気づいて腰をあげた。ハーディング氏は大執事の両手をすぐ取ると、温かく握った。二人はこのときほど深い結びつきを感じたことはなかった。その後の状況のなかで、二人はこの友情を保ち続けることになった。お互いに手を握りしめて立ち尽くしたとき、涙が彼らの頬をとめどなく流れた。

「あなた方に神の祝福があらんことを」主教は目を覚ますと、弱々しい声で言った。「神はあなた方を祝福なさる。あなた方両方を。私のいとしい子供」そう言うと事切れた。

喉が苦しそうにぜいぜい鳴ることも、恐ろしいもがき方も、はっきりとした死の印もなかった。とはいえ、下顎がもとの位置よりも少し落ちて、眠ったときに閉じた目が今は開いたまま動かなかった。ハーディング氏もグラントリー博士も命の灯火が消えたと、はっきりとわからなかったが、二人ともそうではないかと思った。

「どうやら苦しみが終わったようですね」ハーディング氏はまだ相手の手を強く握ったまま言った。「そう思う。――いや、そう願いたいですね」

「ベルを鳴らそう」もう一人がほとんど囁くような声を出した。「フィリップさんを呼ばなくては」

看護婦のフィリップ夫人はまもなく部屋に現れた。すぐさま慣れた手つきで主教の見開いた目を閉じた。

「終わったのですか、フィリップさん？」とハーディング氏が尋ねた。

「主教閣下はお亡くなりになりました」フィリップ夫人は振り向くと、厳粛な顔つきをし、深くお辞儀をして言った。「閣下はこれまでに見たこともないほど安らかに、眠る赤ん坊のように逝かれました」

「本当に安堵しましたね、大執事」とハーディング氏は言った。「本当に安堵しました。愛らしい、すばらしいご老人でした。ああ、私たちの最期もこの人と同じように汚れなく、安らかでありますように！」

「その通りです」とフィリップ夫人が言った。「慈悲深い神が讃えられますように。従順で、穏やかで、話し方の優しいキリスト教徒には、神は安らかな――」フィリップ夫人は偽りなく心から悲しみを表すと、流れる涙を白いエプロンで拭った。

「終わったことを喜ぶほかありません」とハーディング氏は友をさらに慰めた。ところが、大執事はすでに心を父の死の部屋から首相の小部屋へ移していた。彼は父の命が長らえるように祈ろうと努めてきた。しかし、その命が絶えた今、一分一秒がとても貴重な時間で、無駄にできないと思った。今主教の死にぐずぐずとかまけて、見せかけだけの愚かな感傷のせいでいっさいを失うことは避けたかった。

しかし、義父から手を握られて立っているこの状況のなかで、いったいどう振る舞ったらいいのか？

いったいどうしたら冷酷な人と思われずに、主教である父のことを忘れ、失ったものを見ないようにして、手に入れることができそうなものだけを考えることができるのか？

「ええ、喜ぶほかありません」大執事はハーディング氏に答えた。「我々みなが父の死を長いあいだ覚悟していました」

ハーディング氏は腕を取ったまま部屋の外に相手を導いた。「明朝もう一度主教には会えますから」とハーディング氏は言った。「今は女性たちに部屋をまかせたほうがいいんです」そこで二人は階段をおりて行った。

もう夕暮れになり、かなり暗かった。この夜のうちに首相のD伯爵に、主教区の空席を知らせることが何よりもだいじだった。これにすべてが懸かっていた。大執事はハーディング氏が続ける慰めの言葉を遮ると、ロンドンにすぐ電報を打つことを提案した。ハーディング氏は大執事に裏があったことを知って驚いた、というよりも呆気にとられた。しかし、反対はしなかった。彼は大執事が父の跡を継ぎたいと望んでいることを知っていた。その望みがどれほど高く掲げられていたか、これまで知るよしもなかった。

「さあ」グラントリー博士は気を取り直すと、弱さを振り切って言った。「すぐ電報を打たなくてはなりません。遅れたらどうなるかわからないから。打ってくれますか？」

「私が？　あ、ああ、もちろんですとも。何でもやりましょう。ただ何と打ってほしいのかよくわかりません」

グラントリー博士は書き物机に腰を掛けると、ペンとインクを取り出し、一枚の紙に次のように書いた。

電報

D伯爵宛て、ダウニング通り、あるいはその近辺
「バーチェスター主教が死亡した」
セプティマス・ハーディング師より

「さあ」と大執事は言った。「これを駅の電報局へ持参して、そのまま手渡してください。局員がおそらく別の用紙に書き写すように指示します。あなたがするのはそれだけです。それから局員に半クラウンを払わなくてはなりません」大執事はポケットに手を入れると、必要な金額を取り出した。

ハーディング氏はかなり不自然な時間にそんな仕事をするように要請され、まるで使い走りにされたように感じたけれど、何も言わずにその紙と差し出されたコインを受け取った。

「でもね、私の名前を使うのですか、大執事？」

「はい」と相手は答えた。「誰か聖職者の名が必要です。それに、あなたのように古い友人の名ほどふさわしい名がありますか？　伯爵は名など見ません。それだけは確かですよ。それよりも、ねえハーディングさん。どうか時間を無駄にしないでください」

ハーディング氏は駅へ向かう途中、図書室のドアまで来たとき、主教の病室に入ったときには頭にあったニュースを突然思い出した。世俗的なニュースが病室にふさわしくないとそのとき感じたから、舌の先まで出かかっていた言葉を抑えたのだ。それから起こった出来事のせいで、そのニュースのことをしばらく忘れていた。

「でもね、大執事」彼は引き返して来て、言った。「言い忘れていましたが、内閣は倒れました」

「倒れたって！」大執事は激しい口調で叫んだ。まわりに気をつかって、自制しようと努めたけれど、そ

の口調にははっきりと不安と困惑が表れていた。「倒れたって！　誰に聞きました？」

ハーディング氏はそういう内容の電報が届けられたことを説明した。チャドウィック氏が電報を公邸のドアに残したのだ。

大執事はだまって座り、しばらく考え込んでいた。ハーディング氏は立ったまま見ていた。「かまわない」大執事はとうとう言った。「電報はやはり打ってください。このニュースを誰かに伝えなければなりません。たとえもうそれを受け取る地位の人がいなくてもです。ねえあなた、大至急頼みますよ。自分でできるものならあなたを煩わせたりしません。わかるでしょう。数分の時間が非常に重要なんです」

ハーディング氏は出て行って電報を打った。電報の行く先をたどって見よう。バーチェスターを離れて三十分後、電報は奥の書斎にいる退陣したD伯爵のもとに届いた。そのとき伯爵がどんな入念な手紙に、どんな雄弁な哀訴に、どんな怒りの諫言に、憤懣をぶつけなければならなかったか、想像はできるがとても描写はできそうもない！　イギリス貴族らしく石炭の炎に背を向け、礼服のズボンのポケットに手を入れて立ったとき、伯爵はどんなふうに勝ち誇る政敵たちに雷を落とす手はずを整えたか、どんなふうにきれいな瞳を怒りの炎で光らせ、額を愛国心で煌かせたか、どんなふうに憂いに沈む支持者たちを想起して、足を踏み鳴らしたか、どんなふうに支持者の一人がきわめて優秀だったことを思い出して、呪いの言葉を吐いたか、読者は想像に難くないと思う。しかし、伯爵は本当にそんなことに没頭していたのだろうか？　いや、私は歴史と真実に照らして、それを否定する。事実は、電報が届いたとき伯爵は安楽椅子にくつろいで座り、ニューマーケット[4]の競馬新聞を詳細に調べていた。テーブルの上の肘のそばには、そのとき読みふけっていた袋とじのフランス小説が置かれていた。

D伯爵は封じ込まれた電報を開けて読んだあと、ペンを取り出してその裏側に次のように書いた。

P伯爵宛
D伯爵より転送

そして電報は次の旅へと旅立った。

このようにして、私たちの不幸な友グラントリー博士は、栄光ある主教職に就く可能性を失ってしまった。多くの主教候補の名が新聞に出た。『イギリス・グランドマザー』紙は、倒された前内閣に敬意を表してグイン博士を本命としてあげた。グラントリー博士はこれに強い衝撃を受けたが、この友人によって望みの地位を奪われるような仕儀には至らなかった。『イギリス国教会の帰依者』紙は、厳格な教義を身に着けたロンドンの優れた牧師がそれだと自信ありげに推薦した。夕刊紙『イースタン・ヘミスフィア』は、多くの公式情報をつかんでいるとされるけれど、高名な博物学者がそれだと名をあげた。その学者は岩や鉱物の知識に精通する紳士だが、宗教問題に関しては特段の教義をまるで持ち合わせないと多くの人から見られていた。みなが知る日刊紙『ジュピター』(5)があらゆる話題についての正確な真の情報源だった。その『ジュピター』はしばらく沈黙を守ったあとついに口を開いて、候補者たちみなの長所を検討し、いくぶん失礼に処理したあと、プラウディ博士が本命だと宣言した。

プラウディ博士がやはり本命だった。前主教の死からちょうど一か月後プラウディ博士が後継者として女王の手に口づけした。

プラムステッド・エピスコパイ牧師館の書斎で悲しみを抱え、憂鬱に座る大執事の不幸については、このあたりで幕引にすることを許してほしい。電報を急送した翌日、大執事はP伯爵が組閣の着手に同意したとの噂を聞き、その瞬間主教になる見込みがついえたことを知った。主教の権力を切望し、それを手に入れ損なって嘆く点で、それどころか主教の権力についてそう考えた瞬間そう考えた点で、大執事は邪悪だと多くの人は思う。

私はこのような非難に完全に賛同するわけにはいかない。「形式的な就任辞退」(6)は今でも一般に行われる風潮だが、これは人の願望の方向とあまりに矛盾するので、イギリス国教会の新進牧師の本当の熱望を表現するとはとうてい思えない。法律家が裁判官になりたいと思い、また正当な方法でその願望を実現したいと思うとき、罪を犯すわけではない。若い外交官が一流大使館の大使になりたいと思うとき、健全な野心を見せている。哀れな小説家がディケンズに肩を並べたいとか、フィッツジェイムズ(7)を超えたいとか思うとき、愚かに見えるかもしれないが、罪を犯すわけではない。シドニー・スミス(8)は正しく述べたけれど、こんな臆病な時代に副牧師の法衣の下に聖パウロの威厳を期待するのは難しい。牧師に常人以上のものを期待するなら、私たちは逆に牧師に人間以下の地位づけを与え、人間らしい熱望を抱く権利を否定することで、牧師の品性をあげようと期待するような無理なことを考えている。

私たちの大執事は世俗的な人だった。しかし、私たちの誰が世俗的でないと言えようか？　彼は野心家だった。しかし、私たちの誰が「高潔な精神の究極の弱さ」(9)を胸中に認めることを恥じようか？　彼は強欲だった。読者はそう言う。しかし、大執事がバーチェスター主教になりたいと望んだのは、利得に執着したからではなかった。彼は一人息子であり、父から多くの富を遺された。しかも年収ほぼ三千ポンドを大執事職でえていた。主教報酬は「教会委員会」(10)によって削減され、年収五千ポンドで止められていた。彼は主教になるよりも大執事でいるほうがずっと金持ちになれるだろう。しかし、確かに彼は主役を演じたいと願った。王国の貴族に混じって、ゆるやかなローンの袖(11)に身を包み、議席に座ることを願った。彼は真実を言うと、尊敬に値する仲間から「主教閣下」と呼ばれることを願った。
その願望が無垢であれ、罪深いものであれ、彼はそれを実現する運命にはなかった。プラウディ博士がバーチェスター主教に任命された。

註

（1）一八五二年十二月ダービー卿が退陣し、保守党内閣が崩壊した。その内閣が短命で、首相が競馬好きであることはダービー卿を彷彿とさせる。後継のホイッグ党内閣がパーマーストン内閣を指すことは確かだ。パーマーストン内閣はアバディーン卿の連立内閣崩壊後の一八五五年二月に権力についた。プラウディ博士は架空の「パーマーストン主教」と見られる。パーマーストンは義理の息子シャフツベリー卿の提案で、多くの低教会派と福音主義者を登用した。

（2）「猫を殺す方法は、クリームで窒息させるほかにたくさん方法がある」という格言。

（3）トロロープのジョークの一つ。*lambda, mu, nu, omicron, pi* はギリシャ語のアルファベット、m, n, o, p に当たる文字。

（4）ニューマーケット競馬の馬のリストのこと。

（5）トロロープが名づけた新聞の名でタイムズに相当する。タイムズの社説は権威ある意見を表明したので、当時「一大警世紙」（"The Thunderer"）として知られていた。小説中の他の新聞は架空のもの。

（6）原文の *nolo episcopari* とは「私は主教になりたくありません」を意味する。主教職の申し出に対する伝統的な正式の返答。

（7）ジェイムズ・プラッシュ（James あるいは Jeames Plush）は、サッカレーが初期の漫画や風刺のなかに登場させた従僕につけたお気に入りの名。サッカレーの二つの作品、『C・J・イエロープラッシュの回顧録』（1837-8）と『C・ジェイムズ・ド・ラ・プラッシュの日記』（1845-6）に出てくる。トロロープはこのよく知られた喜劇的人物と、小説家G・P・R・ジェイムズ（1799-1860）を暗示する名を組み合わせてフィッツジェイムズという名を作りあげたらしい。

(8) シドニー・スミス(1771-1845)は聖職者、ジャーナリスト、名高い才人で、ホイッグ党に同調し、改革思想でよく知られていた。スミスの出版物のなかにこの引用部分は見出せないが、引用は「合理的な宗教」に対する信念という、彼の寛容で世俗的な精神に通じるものだ。

(9) ミルトンの『リシダス』第七十一行目、野心のこと。

(10) サー・ロバート・ピールが一八三五年に召集した「教会聖務歳入委員会」は、当時外部の改革者から非難されけれど、適度な改革を始めることによってイギリス国教会を強化する中枢部と見なされた。批判の一つが聖職の兼職だった。聖職の兼職とは、一人の聖職者が複数の聖職禄収入を受け取ることで、様々な主教区で収入の際立った格差が生じた。(一八三五年カンタベリーでは年平均一九、一八二ポンド、ダーラムでは一九、〇六六ポンドだが、ランダフではわずか九二四ポンドだった。)

(11) 一定数のイギリス国教会主教が貴族院に議席をもつ権利を与えられた。主教のローブの袖は、ローン生地か上質のリネンでできていた。

第二章　国会制定法によるハイラム慈善院

この物語が始まる時期までの、ハーディング氏の伝記(1)を長々と世間の人に語る必要はない。ハイラム慈善院長時代の彼の収入に関して、『ジュピター』のコラム記事が浴びせた攻撃によって、この感じやすい紳士がいかに堪え難い思いをしたか、人々は忘れるはずがない。慈善院の問題でハーディング氏に対して訴訟を起こしたジョン・ボールド氏が、のちに彼の末娘と結婚したこともまだ忘れられていない。ハーディング氏は攻撃の圧力のなかで院長を辞職したけれど、友人や弁護士からはそれを思いとどまるように強く進言された。しかし、彼は職を辞すると、市内の聖カスバートという小さな教区――今はそこの俸給牧師だ――の職務を男らしく引き受け、一方くだんの院長が当然兼任するものと見なされた、報酬の少ない聖堂の音楽監督職(2)をまだ続けていた。

ハーディング氏は慈善院から容赦なく追い出されたあと、バーチェスターのハイストリートにつつましく身を落ち着けた。このとき、辞任問題で自分が騒ぎ立てたいと思っている以上に、騒ぎ立てたいと思う人がほかにいるなんて予想すらしなかった。『ジュピター』にこれ以上一行たりとも記事が出ないようにする動きが間に合えばとは思ったものの、それ以上のことは考えていなかった。しかし、彼の一件はそんなふうにおとなしく収束させてもらえなかった。人々は前に彼を貪欲な男と非難する気になったように、今度は私欲を捨てた犠牲的な精神の持ち主として賞賛したい気になった。

特筆すべき点として、ハーディング氏がカンタベリー大主教から自筆の手紙を受け取るという出来事があった。大主教はそのなかで彼の行動を温かく賛美すると、どんな将来像を描いているか教えてくれるように要請した。ハーディング氏はバーチェスター聖カスバート教区の禄付牧師になりたいと答えた。これで、やり取りは途絶えた。新聞も（『ジュピター』もその一つだが）彼の辞職を取りあげ、賞賛の口調とともに国じゅうの読書室でハーディングの名を漂わせた。彼がかの偉大な音楽書『ハーディングの教会音楽』の著者であることも発見した。この書の再版の話も出てきたが、印刷されることはないと思う。とはいえ、この書が聖ジェームズ宮殿の王室礼拝堂で紹介され、『音楽精査者』という雑誌に長い評論が載ったことは確かだ。その評論は、これまでこの種の著作で、このように深い研究がこのように高尚な音楽的才能と結びついたことはないと言明し、ハーディングという名は今後芸術が奨励され、宗教が尊重されるところでどこでも知られるようになると論じた。

これは華々しい賞賛だった。ハーディング氏がこのお世辞に満足したのは否定できない。というのも、もし彼が何かにうぬぼれることがあるとしたら、それは音楽だったから。しかし、問題はあった。たとえ再版が印刷されるとしても、その書物が購入されるということにはならないだろう。王室礼拝堂で紹介された書は、再び姿を消し、大量の同様の書物とともにしまい込まれて、安息に至ることだろう。『ジュピター』のタワーズ氏や同業の記者たちは、すぐ別の人のことで頭が一杯になったので、私たちの友人ハーディング氏に約束した不朽の名声は、死後の名声のことだったようにみえる。

ハーディング氏は友人の主教や、ああ、今や未亡人となった娘のボールド夫人と多くの時間をすごしていた。彼は前に預かっていたみじめな老人たち、ハイラム慈善院に取り残された収容者をほぼ毎日訪問した。六人の収容者がまだ生き残っていた。ハイラム老人の遺言では、収容者は十二人でなければならなかったが、院長辞職のあと主教は後任を任命しなかったうえ、慈善院の新しい入居者も指名しなかった。このためバーチェスター慈善院は、当局がそれをもう一度稼働させる何か手段を講じなければ、休眠状態に陥ってしまいそうだった。

当局は過去五年間バーチェスター慈善院を看過していたわけではなかった。様々な手術好きの政治家らが問題を取りあげてきた。『ジュピター』はハーディング氏の辞職直後、何がなされるべきかを端的に指摘した。『ジュピター』はコラムの約半分を費やして、収益を分配し、建物を再建し、論争に終止符を打ち、思いやりの感情を再生し、ハーディング氏をきちんと処遇し、バーチェスター市と主教と国全体を満足させる基盤の上に問題を据え直した。『ジュピター』に寄せられた「常識」とか、「真実」とか、「正々堂々を望む者」とかを名乗る匿名の多くの投書が、この方針の賢明なることを証明した。これらの投書は残らず『ジュピター』の主張を賛美し、その細部を大げさに敷衍していた。反対意見の手紙がまったく出なくてコラムに一通も載らなかったのはかなり奇妙なことだった。

しかし、カッサンドラー[3]は信用されなかったし、『ジュピター』の賢明な主張さえも時には耳を傾けてもらえなかった。『ジュピター』のコラムに別の案が載ることはなかったが、教会付設慈善院の改革者たちは、ハイラム慈善院を再度立ち直らせるため、様々ないんちき薬を様々な場所で遅延なく処方した。ある博識の主教は貴族院で機会をとらえると、この問題に言及し、バーチェスターの善良で、尊敬できる牧師と連絡を取り合ったことをほのめかした。ステイリブリッジ[4]選出の急進主義者は、その財源が田舎の貧農の教育に当てられるべきだと主張してから、くだんの農民の迷信や慣習についての逸話を披露し、議員たちをおもしろがらせた。ある政治冊子の著者は、「ジョン・ハイラムの遺産相続人は誰か?」と題した数十ページの冊子を書き、すべての同種の施設の管理に関する誤りのない規程を与えようとした。とうとう閣僚の一人が、次の開期にバーチェスターや他の同種の問題を規正する短い法案を提出すると約束した。

次の開期に、慣例に反してその法案が提出された。しかし、人々の関心は今度は別のほうへ向いていた。大きな戦争の脅威[5]が国に重くのしかかっていたから、議会内外の多くの人がハイラムの相続人問題に興味をなくしたように見えた。法案は繰り返し読会をへて、耳目を引くこともなく、賛否なしに十一の段階を通過した。四十五人の議員は、ハイラム老人の遺言の意図を一変させる法の制定を引き受けながら、法案を作る時点で自分たちが何をしようとしているかさえ知らなかった。ジョン・ハイラム自身、このような事態を予測することができたら、いったいこれについて何と言っただろうか？　案件を託された内務省の次官くらいは、内容を把握していてほしいと思われた。

しかし、法案は通過し、この物語が始まる時点で次のような規程になっていた。バーチェスター慈善院にはこれまで通り十二人の収容者を置く。各収容者に一日一シリング四ペンスを支給する。また建設予定の施設に十二人の女性収容者を置く。各女性収容者に一日一シリング二ペンスを支給する。家政婦長を置き、家屋と年七十ポンドを支給する。執事を置き、年百五十ポンド、院長を置き、年四百五十ポンドを支給する。院長が両施設収容者の精神的指導と、男性収容者の世俗的指導に当たる。主教、聖堂参事会長、院長が従来通り順番に慈善院の入居者を指名する。主教が職員を指名する、など。法案は聖堂の音楽監督が院長職を兼任する件についても、院長の地位に対するハーディング氏の権利についても、まったく言及していなかった。

改革実施の通知が届いたのは、老主教の死から数か月後、後継主教の就任直後のことだった。新法の制定と新主教の叙任は、新しい内閣、というよりも敵の陣営にしばらく席を譲ったあと政権に復帰した内閣の初仕事だった。そして私たちが見てきたように、まさしくその政権交代の時期に老グラントリー博士が亡くなったのだ。

かわいそうなエレナー・ボールド！　新しい義務に身を捧げた厳粛な姿と未亡人帽が何と似合うことだろう。かわいそうなエレナー！

かわいそうなエレナー！　私見を言わせてもらえば、ジョン・ボールドが私のお気に入りだったことも、手に入れた妻に値する人物だと思ったこともない。しかし、妻のほうはボールドを非常に高く評価していた。エレナーは夫に対してまつわりつくような女性特有の心情を見せた。夫を偶像のように崇拝するというわけではなかった。そういう崇拝なら、偶像に欠点があったら許せないだろう。そうではなくて、エレナーは蔓のような粘り強さで夫を愛した。寄生植物が抱きつく幹の欠陥にもからまるように、夫の欠点そのものにからみついて、それを愛した。父のすることはすべて正しく見えると、かつてエレナーは言い放ったことがあった。その忠誠の義務を父から夫へと転移させ、主人であり夫である人の最悪の欠点をも擁護する覚悟だった。

ジョン・ボールドは女性に好かれるタイプだった。愛情深く、人を信頼し、男らしかった。彼の欠点である、一流の才能の裏打ちのないあの横柄な考え方、知人たちの感情を痛ましく傷つけるあの隣人よりも善良であろうとする試み、そういう欠点さえも、妻の評価のなかでは夫の傷とはならなかった。

たとえエレナーが夫の欠点を認めることができたとしても、夫の早世がその記憶を消し去ってしまった。この世の女性がこれまで授かったもっとも完璧な宝物の喪失に立ち会ったときのように、彼女は泣いた。夫の死後数週間、この世の幸せな未来という考え方が忌ま忌ましかった。いわゆる慰めには堪えられず、涙と睡眠が残された救いだった。

しかし、神は毛を刈られた子羊に柔らかな風を送る。エレナーは別の生きた悩みの種を宿すことを知った。幸せなのか、悲哀なのか、言語に絶する喜びなのか、絶望的な悲しみなのか、もう一つの対象が神の慈悲の賜物のように創り出されていることを知った。初めこれは彼女の深い悲しみを増すだけだった！　生まれる前から片親で、わびしい炉辺の悲しみのなかに産み出され、涙と嘆きのなかで育てられ、父の世話を受けることもなく世のなかに放り出される、かわいそうな子の母になるなんて！　初めは何の喜びもそこには見出せなかった。

ところが、彼女は次第に悲しみ以外のものを求め始めた。誕生前、未知の子は思い焦がれる母から熱烈に待望された。父の死からちょうど八か月後、ジョン・ボールド二世が生まれた。もし一人の人に対する崇拝がもう一人のなかで無垢でありうるなら、父のいない赤ん坊の揺り籠に捧げられた崇拝が、罪と見られることのないように希望したい。

赤ん坊の特徴を明確にしたり、赤ん坊の小さな胸のなかで、母の美徳が父の欠点をどの程度贖ったか指摘したりしても意味がない。赤ん坊は存在そのものが喜ばしいものであり、その後の人生がどうなるか調べる必要もないと思う。私たちが今バーチェスターで取り組んでいるこの物語の範囲は一年、最長でも二年を超えることはない。それゆえ、ジョン・ボールド二世の伝記が必要なら、ほかの著者にそれを委ねたいと思う。

しかし、この子は赤ん坊に望めるものを残さず具えていた。誰もがこれに賛成した。「この子って見て楽しいじゃない？」とエレナーはよく父に言ったものだ。若い顔を未亡人帽でぴたりと包み、宝物の眠る揺り籠の両端に手を置いて、ひざまずいた姿勢から父の顔を見あげたとき、彼女は輝く瞳をやわらかい涙で満たした。祖父は娘の宝物が見て楽しい子だと喜んで認めると、伯父の大執事もそれに賛同し、エレナーの姉、グラントリー夫人も姉らしい力を込めて、その言葉を繰り返した。そして、メアリー・ボールド――メアリー・ボールドこそ、同じ神殿の二番手の崇拝者だった。

赤ん坊は本当に人を楽しませる子だった。食べ物に本気でむしゃぶりつき、おむつがとれたときはうれしそうにつま先を突き出し、癇癪を起こさなかった。赤ん坊はこういう重要な指標でそのよさが測られるけれど、この赤ん坊は抜群だった。

未亡人はこうして深い悲しみを和らげられ、死によってしか癒されることがないと思われた傷口に甘い香油を注ぎ込まれた。私たちが自分に優しくしようと思うよりも、神は何と私たちに優しくしてくださることだろう！　だいじな人を失うたびに、最愛の人を最期に見送るたびに、私たちは悲しみの終身刑をみずからに宣告し、絶えることのない涙の泉のなかで命を浪費させようとする。しかし、このような悲しみが続くことは何と少ないことか！　悲しみを引きずることを禁じる神の何とありがたいことか！　「生きている友人のことはずっと記憶させておいてほしい。しかし、友人が死んだら、すぐ忘れさせてほしい」というのが、神の慈悲を理解する賢者の祈りなのだ。このような祈りを口にする勇気のある者はおそらくほとんどいない。それでも、この祈りを口にする者は、優しい神がいつも私たちに差し伸べるあの悲しみからの解放をうることだろう。

しかし、ボールド夫人が夫のことを忘れてしまったと、読者に想像してもらっては困る。彼女は毎日妻の愛を込めて夫をしのび、心の最奥部に夫の思い出を祭った。それでも、赤ん坊は幸せの源だった。生きた玩具を胸に押し当て、今もこれからもすべてを委ねきった子がいると感じるのは甘美だった。この母の手によって赤ん坊は毎日の食事を与えられ、ささやかな望みをみな満たされる。小さな心はまずこの母を愛し、母だけを愛し、幼稚な舌は一人の女が聞けるもっとも甘美な名で、母を呼ぶ最初の努力をする。エレナーは穏やかな心を取り戻すと、熱心に、そして喜んで、新しい義務に取りかかった。

世俗の問題に関して、ジョン・ボールドは未亡人を裕福な環境に置いた。彼は資産のすべてを遺言で妻に遺した。それはエレナー自身も、友人たちも、彼女に必要と思えたものをはるかに凌ぐ収入であり、ほぼ年千ポンドにのぼった。その金額を考えたとき、彼女は夫の息子、最愛の子にそれを損なうことなく、むしろ増やして譲り渡すことを強く希望した。男の子は自分のために払われる配慮のことなんか今は何も知らずに、幸せそうに母の膝の上で眠った。

ジョン・ボールドが亡くなったとき、エレナーは父に来て一緒に暮らしてくれるように懇願した。しかし、ハーディング氏は何週間か客として娘のところに泊まったものの、この申し出を断った。彼は小さな家を捨てるように言う娘の説得を受けつけず、バーチェスターのハイストリートにある貸間――初めに選んだ薬局の上――にとどまった。

註

（1）バーセットシャー年代記の第一作『慈善院長』（1855）の構想について、トロロープが短く要約したもの。
（2）聖歌隊の声楽を担当している聖職者。
（3）トロイアのプリアモス王の娘の一人。アポローンはカッサンドラーに予言の能力を与えたが、彼の愛を拒んだため、彼女が誰からも信用されないようにした。『アイネーイス』で彼女は木馬に警戒するようにトロイア人に警告したがむなしかった。
（4）グレイター・マンチェスターの東部。
（5）一八五四年三月に勃発したクリミア戦争のこと。

第三章　プラウディ博士と奥方

この物語はプラウディ博士の主教就任直後から始まる。私は叙任の儀式がどのようなものか正確に知らないから、それを描写するつもりはない。主教が国会議員のように権威ある席に座らされるのか、ロンドン市長のように金箔の四頭立て馬車で運ばれるのか、治安判事のように宣誓して任務に就かされるのか、貴族院議員のように議場で紹介されるのか、ガーター勲爵士のように二人の仲間に挟まれて導かれるのか、私は知らない。しかし、すべての儀式が滞りなく執り行われたこと、若い主教にはふさわしくない、または似つかわしくないと思われたことも、その儀式では一切省略されなかったことを知っている。

プラウディ博士は新しい威厳に似つかわしいものが省略されるのを潔しとしなかった。博士は儀礼の価値をよく知っており、階級に属する外面的な装飾がきちんと尊重されなければ、階級の遵守はないと理解していた。博士は上流社会に割り込むため生まれてきたような人だった。少なくとも自分をそういうふうに思っており、まわりの状況も彼のそういう見方を支えていた。母方からいうとアイルランドの男爵の甥で、妻はスコットランドの伯爵の姪だった。宮廷にかかわる聖職に数年就いていたおかげで、ロンドンに住み、自分の教区を副牧師に任せることができた。国王衛士の説教者、教会裁判所の神学文書の管理者、王室近衛義勇農騎兵団の軍隊付牧師、ラップ・ブランケンバーグ皇太子殿下の施物分配係などを歴任した。

プラウディ博士は職務の都合上首都に住んだこと、お歴々との縁故、独自の才能と性格のおかげで、権力者に取り入ることができ、有能な新進の牧師として知られるようになった。

　自分を年寄りとまだ認めたくない大勢の人の記憶を探ってみても、数年前ならリベラル派の牧師は稀にしか見出せなかった。シドニー・スミス[1]がそういうリベラル派の一人だったが、当時は不信心者とあまり変わらない人と見られていた。ほかにも数名の名があげられたものの、そういう連中は「珍鳥」であり、同僚牧師らからは疑いと不信の目で見られていた。田舎の禄付牧師はほとんど確実にトーリーであり、彼らを輩出するオックスフォードは、時の権力者をいちばんだいじにするところだった。

　しかし、ホエートリー博士が大主教に任命され、数年後ハンプデン博士が欽定教授[2]になったとき、多くの賢明な神学者は人心に変化が起こりつつあることを見て取り、これからはもっとリベラルな考え方が平信徒にも、聖職者にもふさわしいと思った。一方ではカトリック教徒を呪うのをやめた牧師の噂、他方では非国教徒を中傷するのをやめた牧師の噂が耳に入るようになった。いずれにせよ政界の一方は、もはやいわゆる高教会の原則を昇進の確実な要素と見なしていないことが明らかだった。プラウディ博士は人生の早い時期にホイッグ党が神学的、宗教的な問題で主張するリベラルな考え方に順応した一人だった。彼はローマ・カトリックの偶像崇拝にも寛容であり、ソッツィーニ主義[3]の不信心さえも容認し、スコットランドとアルスターの地方長老会とも非常に親しかった。

　このような男はこのような時代に役立つ人材と思われ、新聞にプラウディ博士の名が出始めた。彼は「全国教育委員会」[4]の予備作業となる問題調整のため、アイルランドへ行った委員の一人だった。また彼は聖堂参事会の歳入を調査するように委託された別の委員会で、肩書きだけ事務局長になった。さらに、王のご下賜金[5]とメイヌース交付金[6]に何らかのかかわりを持っていた。

　プラウディ博士が偉大な精神力と高い事務能力の持ち主であると、これらの仕事から結論づけてはならない。なぜならそのような資質はなくてもよかったから。博士が関係した教会改革の調停では、当時のリベラル派政治家が仕事の着想と、もともとの構想を打ち出していたうえ、下級役人が仕事の細部を担っていた。とはいえ、このような問題で誰か聖職者の名が出たほうがいいと思われたから、プラウディ博士が寛容な神学者として世間に知られるにつれ、その名が大いに利用されたのだ。彼は積極的に益をなさなかったとしても、害をなすこともなかった。真に権威ある人々には従順であり、属する様々な委員会の席上で、それなりに価値ある威厳を保った。

彼はまわりに迷惑をかけることなく、求められた目的に応えるだけの機転を確かに身に着けていた。それゆえ、彼が自己の能力に疑問を抱いたとか、順番がきたとき、重要な仕事で重要な役割を演じることができないと思ったとか、そういうふうに推測してはならない。彼は時節の到来を待った。今は小さな星として人に従うのに慣れていたが、いつか彼が委員会でそういう小さな星をまわりにはべらせ、権威を持って発言し、指揮し、会議を牛耳る日を辛抱強く待っていた。

報われて、今や彼の時代がやって来た。空席となった主教に任命されたうえ、どこかの主教区で次に空席が出れば、貴族院(7)に議席を占めることになった。彼は既成教会の福利にかかわるあらゆる問題で、積極的に発言する用意があった。忍耐がこの戦いを遂行していくうえで、根幹に据えられなければならなかった。エクセターとオックスフォード(8)の同志らが出会ったような敵にたとえ遭遇したとしても、邪悪が自分に及ぶことはないと勇気凛々考えた。

プラウディ博士は野心家であり、バーチェスター主教に任命される前は、ランベスか、少なくともヨーク(9)といった大主教区の栄光を手に入れることを夢見ていた。比較的若かったから、先天的、後天的才能の器として自分が選ばれたと、浅はかにもうぬぼれていた。今や国家レベルの領域が前に開かれていたので、才能はこれからいっそう注目すべき立場に彼を押しあげてくれるだろう。それゆえ、プラウディ博士は国家レベルにかかわる神学上のあらゆる問題で、顕著な役割を演じる心づもりでいた。このように考えていたから、前任の主教のように自分をバーチェスターに埋没させる気なんかまったくなかった。とんでもない！　ロンドンが活動の拠点でなければならない。地方の町の心地よい邸宅は、一年のうちの退屈な数か月で充分だった。ほかの大人物や上流階級の人がしたように、ロンドンから引退するのが自分の地位にふさわしいとプラウディ博士はいつも感じた。ロンドンが不変の住所でなければならない。聖パウロ(10)が全主教に特に奨めるあのもてなしの場所も、ロンドンと決めた。ロンドン以外の場所で、どうして世間の前で自分を保つことができようか？　ロンドン以外の場所で、どうして神学上の問題で、彼の影響力と才能の充分な利益を政府に提供することができようか？

世間一般からみると、これは疑いもなく健全な決意だった。しかし、バーチェスターの聖職者や住人には、彼の人気を失わせる結果となりそうだった。亡きグラントリー博士は常にバーチェスターに住んだ。真実を言うと、どんな主教もグラントリー博士のあとでは、人気をえることは難しかった。亡き主教の年収は平均九千ポンドだったが、後任のほうは五千ポンドと厳しく制限されていた。亡き主教は一人しか出費する子がいなかったが、プラウディ博士のほうは七、八人の子を抱えていた。亡き主教は個人的な出費をほとんどしない人で、その出費も節度ある紳士の趣味にかなう範囲に限られていた。一方、プラウディ博士のほうは上流社会で地位を維持しなければならず、それも比較的小さな資力でやるしかなかった。亡きグラントリー博士は主教にふさわしい馬車を保有した。しかし、その馬車や馬や御者はバーチェスターでは申し分なかったものの、ウェストミンスターではほとんど滑稽と言っていいほどのものだった。プラウディ夫人は夫の供回り付の馬車のことで、恥曝しな目になんかあいたくないと決意し、決意したことをたいてい実行した。

これらのことから考えると、前主教が市の商人を充分満足させる処遇をしたのに、プラウディ博士がバーチェスターで使うお金はあまりない、という結論になる。グラントリー家の父子は紳士にふさわしいお金の使い方をした。一方、プラウディ博士は限られた資金で可能な、富の最大の誇示という、あの打算的な工夫をよく知っていると、バーチェスターですぐ囁かれるようになった。

プラウディ博士は美男で、着こなしがよく、こざっぱりしており、とてもきちんとした容姿をしている。背は中背よりもいくぶん低い五フィート四インチ。足りない分は身に着けた威厳で補っている。威風堂々の視線はないものの、彼の落ち度ではない。なぜならそれを身につけるように熱心に努力しているから。鼻の線の鋭さに、彼の出自の卑しさが表れているという人がいるかもしれないが、顔立ちには均整がある。それには、彼が誇る口と顎のかたちが大いに貢献している。

プラウディ博士が幸運な男と言われたのも当然だ。裕福な家庭に生まれたわけでもないのに、今やバーチェスター主教だ。とはいえ、博士にも心配の種がある。子供が大勢いて、上の三人は娘で、みな成人しており、いつでも上流社会に出る用意ができている。そのうえ奥方がいる。プラウディ夫人の性格について秘密を漏らすつもりはないが、奥方がその美徳で博士の幸せを増進させるとは思えない。事実、閣下とは名ばかりの夫を奥方は家庭内で完全支配し、しかも鉄の杖で統制している。それだけではない。プラウディ博士は自発的にとはいわなくても、快く家庭内のことを奥方に委ねたかもしれない。しかし、プラウディ夫人のほうは家庭内の君臨だけでは満足できず、夫の活動領域全体に妻の力を拡張し、精神的な問題にさえも侵入を図ってはばからない。事実、主教は奥方の尻に敷かれている。

大執事の妻はプラムステッドで幸せな家庭を営み、妻の地位に伴う全特権をどう引き受けたらよいか、妻の気持ちを適切な口調と場所でどう表現したらよいか知っている。とはいっても、グラントリー夫人はたとえそのような支配力を保持するとしても、寛容で、情け深い。夫人は夫を辱めることがなく、世間の前では従順の模範となる。夫人は決して声を荒げることがなく、表情を鋭くすることがない。確かに夫人は権力を高く評価し、上手にそれを手に入れようとした。それでも、夫人は女性の支配力の限界がどこにあるかわきまえている。

　プラウディ博士の奥方はそうではない。この奥方は何事につけてもいつも権柄づくで、哀れな夫には専制的だ。世間の目には夫は成功者だというのに、奥方の目にはまだ決して満足できるものではないようだ。夫は奥方から自分を守ろうという希望をとうの昔になくしてしまった。夫はもうめったに自己を正当化しようなんて試みることがない。服従こそ家庭で達成できる平和の近道だと知っている。

　プラウディ博士の奥方は夫が国から召集される会議や委員会に当然出席することができない。もちろん奥方が貴族院で意見を表明することも、そんなことが夫の脳裏にしばしば思い浮かぶものの、できない。このままだと奥方が主教の職務のこの分野に夫の出席を許可しなくなり、夫の私室にもっといるように主張し出すかもしれない。夫はこの件についてほかの人に一言も話したことはなかったが、すでに固い決意を固めていた。もしそのようなことを要求されたら、反逆するつもりだった。虐待があまりに激しいとき、犬は主人に歯向かうし、ナポリ人[11]すら支配者に立ち向かう。プラウディ博士は胸中もし紐があまりきつく絞められたら、勇気を奮って抵抗しようと思う。

　奥方が私たちの主教に押しつけた隷属状態のせいで、父は娘たちの目のなかで高邁な姿には映らなかった。そのせいか娘たちは父に向かって話すとき、本来娘たちに備わるものではないあの権威をいやというほど身に帯びる。概して元気で、愛嬌のいい若い娘たちだ。母に似て背が高く、たくましく、母の高い頬骨と赤褐色と言っていい髪を受け継いでいる。娘たちは大伯父を少し過大評価しているが、その大伯父というのは尊大に構えて、今までお世辞を返してくることもなかった。しかし、今や父は主教であり、一族の絆がいっそう近づくことはあるだろう。教会との結びつきを考えると不思議だが、娘たちはこの世の快楽に対する偏見をほとんど持ち合わせていない。娘たちは、イギリスの多くの少女たちが近年見せた、プロテスタント系女子修道院(12)の隠遁生活に身を委ねたいとの熱望で、両親を悩ませるようなことはなかった。プラウディ博士の息子たちはまだ学校に通っている。

ここで奥方の性格にかかわるもう一つの際立った特徴を述べなければならない。奥方は社会や世間の慣習に背をむけるわけではないけれど、それなりに信心深い女性だ。安息日の厳格な遵守という点にこの傾向を見せている。奥方の考えによると、浪費と襟ぐりの深いドレスですごす平日の生活は、彼女の監督のもとですごす日曜日の、三度の礼拝と、夕べの彼女の説教と、酒色の完全な節制によって贖われるという。奥方の屋根の下で、平日の浪費と襟ぐりの深いドレスに無関係な人、すなわち使用人と夫にとっては不幸なことだが、安息日の厳格な償いは全員に及んだ。臆病なメイドに災いがふりかかる。彼女は魂を感動させるようなスロープ氏の夕べの説教の代わりに、リージェント公園で恋人の甘い囁きを聞くところを見つけられてしまった。このメイドは路頭に迷うだけでなく、上品な再就職先が望めないような人物証明書をつけて放り出される。身長六フィートの従者に災いがふりかかる。この従者は赤いフラシ天の半ズボンをはき、プラウディ夫人を信者席に送り届けるけれど、定められた後ろの信者席へ納まる代わりに、近所のビール店へ抜け出してしまった。プラウディ夫人はそのような違反者にアルゴス(13)の目を向けている。平日に時々酔っ払うことは見逃される。というのも、もし品行についていつも厳しくすれば、身長六フィートの従者を安い賃金で手に入れることは不可能だから。しかし、プラウディ夫人はいくら見栄えと経済のためとしても、安息日の神聖冒涜を許すことはできない。

このような宗教の問題で、プラウディ夫人はかの雄弁な説教師、スロープ師からしばしば導きを受けることを認めている。プラウディ博士が奥方から支配されているので、当然の帰結として私たちが今名をあげた高名な人物が、宗教の問題でプラウディ博士に強力な支配力を手に入れたことになる。スロープ氏がこれまでに手に入れた昇進は、ロンドンのある地域教会のただの読師兼説教師の地位だった。友人である新主教の叙任式に際し、スロープ氏は進んでこの地位を放棄すると、主教の家庭の付牧師という厄介だが性分に合った任務を引き受けた。

しかし、スロープ氏は最初の紹介に当たって、章の最後に読者の前に連れ出されるようなことがあってはならない。

註

（1）第一章註八参照。

（2）リチャード・ホエートリー（1787-1863）はトマス・アーノルドやエドワード・コプルストンらとともにイギリス国教会リベラル派の代表的人物で、しばしば論争のまととなった。彼は一八一一年から一八二二年までオックスフォードのオリエル・カレッジのフェローだった。彼はカトリック解放と政治改革の支持者で、一八三一年にダブリン大主教となった。アイルランド聖公会の改革に共感し、アイルランドのカトリック教徒に融和的な態度を示したため、福音主義者や高教会派から反感を買った。彼は一八四五年にメイヌース交付金への支持を表明した。レン・ディクソン・ハンプデン（1793-1868）もオリエル・カレッジのフェローだった。ホエートリー博士に支持され、一八三六年にホイッグ党首相メルバーン卿によってオックスフォードの神学部欽定教授に任命された。ハンプデン博士は欽定教授に就任したとき、高教会派とオックスフォード運動（ニューマンとピュージーが率いた）の支持者から激しい非難を浴びた。ニューマンとピュージーは、一八三二年のバンプトン講義に見られるハンプデン博士の神学上の立場を異端とみなした。一八三六年五月五日、オックスフォード聖職者会議はこの趣旨の声明を出した。一八四七年、ハンプデン博士がジョン・ラッセル卿によってヘレフォード主教に任命されたとき、もう一度騒動が起こった。

（3）イタリア人神学者レリオ・ソッツィーニ（1525-62）とその甥ファウスト（1539-1604）による異端の教義。彼らは三位一体説、キリストの神性、原罪を認めなかった。その著作はユニテリアン主義の出現に影響を与えた。

（4）一八三一年ホイッグ党政府は、アイルランドの教育に関する「王立委員会」（1824-7）の勧告に基づき、「アイルランド全国教育委員会」を設立する計画を発表した。その委員会はアイルランドのあらゆる宗派の子供に非宗教的な世俗的教育課程を提供し、宗教教育についてはそれぞれの教会で個別に実施することとした。この委員会はカトリックとプロテスタントと大主教ホエートリーから構成され、新しいシステムを管理運営するため十一月に委員が任命された。プラウディ博士はおそらくこの委員会に席を占めていたのだろう。

（5）王のご下賜金（*regium donum*）はもともと生活の苦しい非国教徒の聖職者とその未亡人に対する王の補助金だった。のちには政府が統合基金からこれを分配した。裕福な非国教徒はこの補助金を変則的なものと見て、国の資金を受け取ることによって、他の聖職者からなじられる原因となったことに憤慨した。一八四五年にメイヌース交付金が増大したあと、ご下賜金を廃止しようとする圧力が高まった。多くの非国教徒はメイヌース交付金の増大を嘆き、一八五一年以降ご下賜金は廃止となった。

（6）一七九五年、アイルランドにローマ・カトリックの聖職者を養成するメイヌース・カレッジが設立された。当時ナポレオン戦争のため、ヨーロッパ大陸で教育を受けることができなかったからだ。一八四五年にサー・ロバート・ピールはメイヌース・カレッジ交付金を年九千ポンドから二万七千ポンドに増額し、三万ポンドの資金を交付金とする法律を制定した。強力なアイルランドの聖職者を懐柔する政策としてその法律を制定したが、非国教徒とトーリー党に属する多くの高教会派の怒りを買った。

（7）一八四七年マンチェスターに主教区が創設されて以来、主教区の主教のほうが貴族院に割り当てられた議席数（二十六議席）よりも多くなった。新しい主教区が創設されても議席の数が増えなかったので、プラウディ博士は議席の順番を待たなければならなかった。主教の議席は二人の大主教、ロンドン、ウィンチェスター、ダーラムの主教、そして主教区にかかわらず着任順に選ばれた他の二十一人の主教によって構成された。

（8）イギリス国教会内で保守派の旗頭となったエクスターとオックスフォードの二人の主教を指す。ヘンリー・フィルポッツ（1778-1869）は一八三〇年にエクセター主教になった。彼は高教会派の思想を掲げ、政治改革、教会改革に抵抗したため、議論のまととなった。一八三二年彼が選挙法改正法案に強硬に反対したため、民衆が彼の主教公邸を襲撃した。G・C・ゴーラム師が洗礼に関して低教会派の考えを持っていたので、フィルポッツはゴーラムをブランプフォード・スピークの牧師に叙任することを拒否した。公邸襲撃と叙任拒否の件はヴィクトリア朝教会史のなかでも有名な事件となった。

サミュエル・ウィルバーフォース（1805-73）はウィリアム・ウィルバーフォースの三男で、一八四五年から一八六九年までオックスフォード主教だった。彼は教会と国家の問題に関する強力な演説家で、熟練した主教区管理者だった。「石鹸サム」（Soapy Sam）（扱いにくい問題を言い抜けるのがうまかったためこう呼ばれた）は高教会派の思想を、職務遂行上の実践的、精神的な力強さと結びつけた。彼はこのことで人々に実力者の印象を与えたので、高教会派のなかでフィルポッツよりも広く尊敬される指導者となった。

（9）ランベスがカンタベリー大主教の居住地であり、ビショップソープ（Bishopthorpe）がヨーク大主教の居住地。

（10）「テモテへの第一の手紙」第三章第二節に「さて、監督は、非難のない人で、ひとりの妻の夫であり、自らを制し、慎み深く、礼儀正しく、旅人をもてなし……」とある。

（11）一八四八年ナポリの王フェルディナンド二世に対する反乱があった。

（12）オックスフォード運動の影響を受けて、イギリス国教会に修道女会を設立しようとする動きがあった。『バーチェスターの塔』が出版される十年前には大いに議論のまととなった。

（13）ギリシャ神話に登場する百の目を持つ巨人のこと。

第四章　主教付牧師

　私はスロープ氏の家柄についてよく知らない。聞いたところによると、スロープ氏はT・シャンディー氏の誕生を介助した、あの著名な内科医スロップの直系の子孫であり、ほかの偉大な人々の例に倣って、ごく若いころ音調を整えるため、姓に「e」をつけ加えたという。そういうことから、先祖が有名になった確執の記念として、名のほうもオバダイアと命名[1]されたと推測される。とはいえ、私の調査をもってしても、スロープ家がいつカトリックから宗旨替えをしたのか、その日付を特定することはできなかった。

　スロープ氏はケンブリッジの特別給費生[2]だったが、うまく身を処してやがて文学修士となり、後輩大学生の面倒を見るようになった。そこからロンドンに移され、ベイカー通り地域[3]に建てられた新しい教区教会の説教師になった。この地位にあるころ、彼は宗教上の意見の一致によってプラウディ夫人に取り入ることができ、この交際を親密な、信任の篤いものにしていった。

　スロープ氏がプラウディ家の婦人たちと親しく交わるようになると、友情よりももっと甘い感情が生じてくるのも自然なことだった。彼と期待の長女、オリヴィアとのあいだに何かしら愛情のやりとりがあったものの、今のところよい結果には結びついていない。事実、スロープ氏は長女に愛の言葉を表明したが、その後プラウディ氏が娘に持参金を用意していないことを発見して、その表明を撤回した。そんな心変わりがあったあとで、ミス・プラウディがこれ以上この男の愛情を受け入れる気になれなかったのはよくわかる。

プラウディ博士がバーチェスター主教に叙任されたとき、スロープ氏はいくぶん考え方を修正した。主教はたとえ現金を所持しなくても、たくさんの聖職者を扶養できる。スロープ氏はもっと損得を考えるべきだったと後悔した。彼はプラウディ博士の昇進の知らせを聞くとすぐ、激しくというのではないが、丁重に一定の距離を置いて、オリヴィアへの包囲戦を再開した。しかし、オリヴィア・プラウディははつらつとした娘で、血管に二つの貴族の血を受け継いでいた。それに、本のなかに別の恋人を作っていた。スロープ氏はあきらめの溜息をつくほかなかった。両人はお互いに深い憎しみの絆を確立したほうが、好都合だとすぐ考えた。

こんな恋愛沙汰にもかかわらず、プラウディ夫人がこの若い牧師に対して親しい関係を変えなかったのは、奇妙に思われるかもしれない。じつを言うと、プラウディ夫人はこういう経緯をまったく知らなかった。奥方はスロープ氏がとても気に入っていたけれど、娘の一人が彼のような男を好きになるなんて考えもしなかった。娘の高貴な血筋と有利な社会的地位が頭にあったから、彼なんかとは違うタイプの結婚相手を娘に期待していたのだ。スロープ氏もオリヴィアも、経緯をプラウディ夫人に教える必要はないと考えた。オリヴィアの二人の妹も、使用人らも、両隣のうちの人々も、みな上の姉とスロープ氏の関係を知っていたが、プラウディ夫人だけが蚊帳の外だった。

スロープ氏は主教付牧師に選ばれたとき、主教の娘のことで悩まなくても、主教の任命権のおかげでほかによい女性をものにできると考え、自分を慰めた。オリヴィアの拒絶の苦痛にも堪えられると思った。バーチェスターへ向かう最初の旅で、列車の座席に主教やプラウディ夫人と向かい合わせに座ったとき、彼は将来の計画を頭のなかで組み立てた。パトロンとなった新主教の強みも弱みもよく知っていた。高揚した新主教の精神が舞いあがり、どんなことをし始めるか正確に把握していた。主教区の職務の細部よりも、ロンドンの公的生活のほうが、この大人物の好みに合うことも正しく推測していた。

ということは彼が、スロープ氏が、事実上のバーチェスター主教になるということだ。それが彼の決意だった。スロープ氏は、正当に評価すると、この決意を支えるだけの勇気も精神も持ち合わせていた。熾烈な戦闘を戦わなければならないこともわかっていた。というのは、彼のほかにもう一人偉い人――プラウディ夫人――が、主教区の権力と任命権を渇望していたからだ。奥方もまたバーチェスターの主教になろうと虎視眈々とねらっていた。しかし、スロープ氏は奥方を出し抜くことができるとうぬぼれていた。彼がいつもバーチェスターにいるのに、奥方はほとんどロンドンにいる。彼が主教区のことを知り尽くしていくのに、奥方はどうしても何も知らない状態に置かれる。初めのうちは、おそらく世辞や甘言で丸め込む必要があり、いくつかの事柄で譲歩しなければならないとしても、疑いなく彼は最終的な勝利を収めることができるだろう。たとえほかの手段が残らず失敗しても、主教に味方して奥方に対抗し、不幸な男に勇気を鼓舞し、女の権力の足元に斧を置き、夫を解放する方法があるだろう。

列車のなかで眠っている夫婦を見ながら、スロープ氏はそんな考えを巡らしたけれど、無駄にそんなことを考える男ではない。彼にはふつう以上の才能と度胸がある。必要とあれば身をかがめてへつらうことも、実際に身を低くすることもできるが、暴君の役割を演じる力も具えている。そういう力に対する強い願望もある。彼は最高レベルに達する学業は修めていないとしても、修めたものをそれなりに自家薬籠中のものとして利用することができる。説教壇上の雄弁の才能にも恵まれており、男性に対しては説得力を欠くところがあっても、女性には強く訴える力を持っている。説教のなかで、彼はしばしば告発のかたちを取り、心地よいところもある恐怖をか弱い聴衆の心に掻き立てたあと、すべての男性が危機的な状況にあり、すべての女性も――ベイカー通りの夕べの説教に規則正しく参列する人を除いて――危機的な状況にあるという印象を聴衆に残す。彼はあまりにも厳格な表情と声の調子を作るので、想像するところ、世界の大部分をとうてい手当てできないほど重篤な状態と見ているようだ。通りを歩くとき、世界の邪悪に対する恐怖の顔つきを作り、目の隅にはいつも破門の呪いを潜ませている。

スロープ氏はこんな厳格な精神を具えているから、何かに寛容になれるのは奇妙なことだが、教義上は、パトロンの主教と同じく、非国教徒に対して寛容だ。彼はウェスリーのメソジスト派[4]と相通じる考え方に立つ一方、ピュージー派[5]の不正に対しては震えるような激しい魂の苦痛を感じる。その嫌悪は精神的なものだけでなく、外面的なものにも向かう。急傾斜の屋根の新しい教会を見ると、苦々しい胆汁を胸に感じるし、胸に充分なひだを取った黒い絹のベストを見ると、悪魔の象徴に見える。彼の見方によると、裏表紙に十字架があり、朱刷りの文字を含む祈祷書よりも、下品な笑話集のほうがまだキリスト教徒の信者席を冒涜しないという。活動的な牧師にはいろいろな趣味があるが、彼の趣味は安息日の遵守だ。日曜日という言葉は決してつかわず、必ず「安息日」と言う。「安息日の冒涜」と好んで言うものは、酒色の快楽のことだ。警察官が地域の悪習にのさばるように、彼はこの酒色の快楽を餌にして太る。この問題を夕べの説教のお気に入りの話題とし、力強い雄弁の源とし、女性の心をつかむ力の秘訣とする。彼によると、神はユダヤ人に与えて遵守させたこの一つの掟[6]にのみ顕現するらしい。つまるところ、救い主の慈悲は彼の心には届かない。「柔和な人たちは、さいわいである。彼らは地を受け継ぐであろう」「あわれみ深い人たちは、さいわいである。彼らはあわれみを受けるであろう[7]」と、神聖な唇が語る山上の垂訓も、彼には無益な説教だ。新約聖書も比較的重要性がない。というのも、この地上で人に割り当てられた時間の、少なくとも七分の一の支配――彼が追求するもの――に必要な新しい権威が、新約聖書からは引き出せないからだ。

スロープ氏は長身で、不恰好な体形というのではない。彼の一族の例に洩れず手足が大きく、それら突出物をうまく動かす広い胸と肩幅があり、全体的に見て容姿は申し分ない。ただし、容貌は特別人好きがするというものではない。髪は長く、つやがなく、さえない褪せた赤色だ。髪は感心するほどの正確さでブラシをかけられ、大量の油で固められ、真っ直ぐ波立つ三つのブロックに成形される。二つのブロックは顔の横にぴったりとくっついて、一つはそれらの上に直角に載る。頬ひげはなく、いつも几帳面に剃られる。顔はいくぶん赤味が濃いものの、髪の色とほぼ同じで、牛肉――人によっては質の悪い牛肉と言う人もいる――に似ていなくもない。額は広々として高く、四角くて、重苦しく不快に光る。唇は薄く、血の気がなく、口は大きい。淡い茶色の、突き出た大きい目は、信頼感だけは人の心に呼び起こさない。それでも、鼻は他の欠点を補う特徴を持つ。鼻は決然と真っ直ぐで、整ったかたちをしている。赤いコルクから器用に作り出されたような、ややふわふわした毛穴の多い外観がなければ、私はもっとその鼻が好きになったと思う。

しかし、私はとてもスロープ氏の握手には堪えられない。ねばねばする冷たい汗がいつも彼の体からにじみ出て、たくさんの小さなしずくが額に浮かんでいる。彼の親しげな握手は、不快そのものだ。

スロープ氏とはそんな男だ。その男が突然バーチェスター聖堂構内のまっただなかに舞いおりて、亡き主教の息子が占めていた地位を引き継ぐことになった。考えてもみたまえ、思慮深い読者よ、グラントリー主教の優しい翼のもとでバーチェスターに育った、あの気持ちのよい名誉参事会員たち、あの紳士のような神学博士たち、あの仕事になじんで栄養充分な準参事会員たちのなかに、何という仲間を迎え入れることになったのか。

しかし、スロープ氏はたんに彼らの仲間になるため、主教や奥方とともにバーチェスターに旅して来たわけではない。支配者になるため、とまでは言わないけれど、少なくとも頭になるためだ。指導し、追随者をえ、主教区の財布の紐を握り、貧しく飢えた同僚らの従順な群れをまわりにはべらせるためだ。

ここで私たちは大執事と新しい私的付牧師とを比較対照せずにはいられない。すると前者のほうが多くの欠点を抱えているにもかかわらず、まだ優れていると判断せざるをえない。

二人とも、自分の教会の力を支え、増大させようと一生懸命であり、それに熱心すぎる嫌いがある。二人とも、おそらく自覚していないのだろうが、世界が聖職者に支配されることを切望している。二人とも、聖職者の以外の、人が人の上に置くどのような支配も認めない。グラントリー博士はたとえ精神的な領域で女王の大権(8)を認めるとしても、それは戴冠式の聖別的な性質のなかで司祭の権能が擬似的に女王に伝達されたと見るからで、世俗のものはその性質上必ず精神的なものに従属すると考える。ところが、スロープ氏は聖職者による支配について完全に異なった考え方に立つ。スロープ氏は女王の大権になんかまったく無頓着であり、そういうものを意味も、中身もないただの言葉として聞く。彼は形式を評価しないから、大権とか、聖別とか、聖職叙任式とか、そのたぐいの名ばかりの表現に何の意味も見出さない。魂に働きかけるスロープ氏を、至上者にしようではないか? 世俗の王、裁判官、看守は肉体にしか働きかけることができない。精神的な支配者は、もし必要な才能を具えて正しく使うことができるなら、魂に働きかけることができるから、より広い版図の帝国をえる。彼は信じ込ませることさえできるなら、聞く者すべてに対して全能になれる。もし知性に勝ちすぎる人、肉体的に弱すぎる人に干渉しないように注意するなら、彼は確かに至上者になれるだろう。スロープ氏の野心とはこのようなものだった。

グラントリー博士は配下の人々の世俗的な行いにほとんど干渉しなかった。博士が牧師の不品行や、教区の不道徳や、家庭内の怠慢を見逃したと言うつもりはない。ただ注意する必要のないところで目くじらを立てたくなかったのだ。博士は人を詮索するタイプではなかった。周囲の人々が非国教徒の異端的な考えに染まらない限り、母なる教会の有効性を素直に認める限り、教会が慈悲深く、愛情深く、人を甘やかし、人の懲罰をいやがる母であることを望んだ。博士自身、この世のよきものを満喫し、そうしていることを周囲の人々に知られることを好んだ。ディナー・パーティーを悪と考えたり、安いクラレットのジョッキを危険なものと問題視したりする牧師仲間を心から軽蔑した。それゆえ、ディナー・パーティーもクラレットのジョッキも主教区では一般的なものとなった。博士は法を与えることを好み、その法に無条件に人を従わせることを好んだが、布告する法が普通の人に堪えられる範囲、紳士に不快でない範囲にとどまるように取り計らった。博士はここ数年間まわりの聖職者らを統率してきた。不評を買うことなく権力を保持してきたから、英知を働かせてきたと言えるだろう。

スロープ氏の行動面については、重要な経歴がこれからだから多くのことを語れない。しかし、彼の趣味が大執事のそれとは大いに異なることを、前置きとして言っておく必要がある。スロープ氏は担当する人々の密かな行動や欲望を、残らず把握することを義務と考えた。貧しい階級には、既定の行動規範に対する無条件の従順を強要した。もし従わなかったら、偉大なる先祖スロップ先生に倣い、アーナルフの呪い(9)——「この者を呪いたまえ！　入るにも、出るにも、食べるにも、飲むにも、その他何をしていても、呪いたまえ」うんぬん——に頼って、それを爆発させた。金持ちに対しては、彼は別種の対応が必要であることを経験から学んでいた。高い身分の男性は呪われても何とも思わないし、女性は繊細な言い回しで呪われるなら、むしろそれを好むほどだ。しかし、それゆえにこそ彼は信仰を有するキリスト教徒の重要部分を見捨てはしなかった。彼は一般に男性に対しては、いい関係を作れない。常習的に罪人である男性には、司祭という魔法使いの声がしばしば骨折り損に終わる。ところが、彼は女性に対しては、老いた人にも、若い人にも、誘惑に負けない人にも、負ける人にも、信仰篤い人にも、ふしだらな人にも非常に強い力——と自分では思う——を及ぼすことができる。多くの世辞で罪を叱りつけ、愛撫するような仕方で非難の言葉を発することができる。それゆえ、もし女性が低教会派の感受性で心を輝かせるなら、その女性は彼に抵抗することができない。結果、彼は多くの家々で敬服される客となり、妻のため夫からもやむなく受け入れられ、いったん受け入れられると、簡単に振り払うことができそうもない。とはいえ、スロープ氏にはみだらな、お世辞たらたらの流儀があるから、自分の魂をだいじにする人は彼を評価しないし、嫌った。スロープ氏はバーチェスターで囲まれる大きな人の輪のなかで、すぐ人気者になれるような男ではない。

註

（1）トロロープは冗談で、オバダイア・スロープの姓名をローレンス・スターンの『トリストラム・シャンディー』（1759-67）から借用している。スロープという姓は、トリストラムを取りあげた内科医スロップ先生から、オバダイアという名は、スロップ先生の道具袋の紐を固く結んで、ひどく叱られたスロップ家の使用人の名から取っている。オバダイアはヘブライ語で「主のしもべ」の意。スロップ先生がカトリック教徒だったから、スロープ家の宗旨替えのことが述べられている。

（2）学寮から給付金を受け取る貧しい学部生のこと。かつては（スロープ氏の時代には当てはまらない）その見返りとして学寮の使用人の仕事を引き受けなければならなかった。オックスフォードが高教会派の拠点であるのに対して、ケンブリッジは福音主義の拠点だった。

（3）リージェント公園から南に延びる通りの一つ。

（4）ウエスレアン・メソジスト派はジョン・ウェスリー（1703-91）に由来するメソジスト派の主流。ウエスレアン・メソジストは十九世紀に国教徒とも、非国教徒とも異なる宗派を形成したが、その多くが一八五〇年代にはイギリス国教会の福音主義派に共感した。

（5）E・B・ピュージー（1800-82）はオックスフォードのヘブライ語欽定教授であり、クライストチャーチ学寮の参事会員だった。この地位のせいでピュージーは世間からオックスフォード運動の指導者と見られたけれど、ジョン・ヘンリー・ニューマンがじつはその精神的指導者だった。敵対する立場の人々から、ピュージー派とかトラクト（小冊子）運動派としても知られた人々は、『時代のための小冊子』（1833-41）九十編で、ニューマンやピュージーや他の者らが説いたアングロ・カトリックの教義を支持した。その特徴は、たとえば使徒継承の考え方、教会戒律の回復、祈祷書で許可された儀式の復活、教父に関する新たな研究などだった。彼らは国教徒を信仰の基礎に引き戻すと主張するが、実際の信仰と実践――特に非公開に信仰告白をしたり、ひざまずく拝礼を復活させたり、祭壇を装飾したり、個人的苦行として禁欲や断食などを重要視したり――を見ると、多くの同時代人にとってはローマ・カトリック的色彩が強かった。

（6）「出エジプト記」第二十章第八節に「安息日を覚えて、これを聖なる日とせよ」とある。

（7）「マタイによる福音書」第五章第五節及び第七節。

（8）一五三四年の国王至上法に由来する。この法によりヘンリー八世と彼の継承者がイギリス国教会の至上者となった。

（9）アーナルフはロチェスターの主教（1114-24）。この人の呪いが『トリストラム・シャンディー』第三巻第十一章で、スロップ先生がオバダイアに向かって発した、長く激しい呪いの原型となった。

第五章　朝の訪問

プラウディ博士が国会法のもと、即座に慈善院長を指名しなければならない――法にその言及がある――のは、周知の事実だった。しかし、主教に選択の余地があると思う人も、仮にもハーディング氏以外の人を指名できると思う人もいなかった。ハーディング氏自身、法のもとで問題がどう決着したか聞いたとき、たいして悩むこともなく、前の心地よい屋敷と庭へきっと帰れると思った。そういうふうに帰ることに、憂鬱な、むしろ悲痛な思いもあったけれど、帰れることが嬉しかった。娘も一緒に屋敷へ帰ろうと説得すれば、受け入れてくれるかもしれない。娘は胸中、あのすばらしい子、あの一粒種、あの地上の小さな神、つまり赤ん坊のジョニー・ボールドに、ちゃんとした自分の家を持たせたいと思っていたものの、父と一緒に帰ることにほとんど同意していた。

ハーディング氏は慈善院の問題をこんなふうに見ていたから、プラウディ博士が主教に就任したことについて、特に個人的な関心を払っていなかった。バーチェスターのほかの人と同じように、彼は教義の違う主教が――みなそれに気づいていたが――彼らのところに送り込まれたのを残念に思った。とはいえ、ハーディング氏は教会教義に関して頑迷な人ではなかったから、主教の地位にふさわしい上品な仕方で、プラウディ博士をバーチェスターに迎え入れる気でいた。ハーディング氏は変な期待にも、心配にも無縁な人だったから、主教と仲よくするのが義務だと感じ、それを妨げるものがあるとは予想しなかった。

ハーディング氏は主教と付牧師が到着した二日後、こんな気持ちで公邸へ表敬の訪問に出かけた。とはいえ、一人ではなかった。グラントリー博士が同行を申し出た。このような面会で、会話の負担を減らしてくれる同行者がいるのはむしろありがたかった。主教叙任式でグラントリー博士が主教に紹介されたとき、ハーディング氏も同席していた。しかし、彼はそのとき目立たないところに控えていたから、ようやく初めて大人物に紹介されることになった。

大執事はハーディング氏よりもはるかに気性の激しい人だった。彼は自分の要求が無視されるのを看過したり、他人がひいきにされるのを許したりできる人ではなかった。プラウディ博士がユーノーに対するヴィーナス(1)の役割を演じたから、大執事は手に入れたかった黄金のりんごの所有者と、それにかかわる全員、つまり付牧師やその他の者に対して共倒れの戦争を遂行するつもりでいた。

それにもかかわらず、大執事は、老大執事が新入りの主教に振る舞ったように、侵略者に対してもきちんと振る舞うのが義務だと感じた。大執事は非国教徒、教会改革、毎週評議会(2)等の問題で、プラウディ博士が抱く忌まわしい意見を熟知しており、この主教を嫌い、その教義を憎むものの、それでも主教の地位には敬意を表す用意があった。彼とハーディング氏はともに公邸を訪問した。

閣下は在宅中であり、二人の訪問者はなじみの大広間を通って親しく知る部屋――老主教がよくそこに座っていた――に通された。家具は見積もり額で買われた上等なものであり、椅子も、机も、壁の本棚も、カーペットの四角模様も、みな二人には自分の寝室と同じくらいに見慣れたものだった。それにもかかわらず、二人はすぐその場のよそ者だと感じた。家具は大部分同じなのだが、場所そのものが変貌していた。新しいソファー――とても高位聖職者のものとは思えない、反宗教的でさえある、ぞっとするようなチンツの代物――が一つ入れられていた。このようなソファーは、イギリス国教会の上品な高教会派牧師の、どの書斎にもあったためしがなかった。古いカーテンも取り除かれていた。それは確かにくすんでいたけれど、もともと高価で、質のいいルビー色が赤茶色に変色したものだった。しかし、ハーディング氏は赤茶色にくすんだもののほうが、プラウディ夫人が夫の――バーチェスターという地方都市の――部屋に合うと思った、けばけばしい黄褐色の見かけだけのモリーン[3]よりも、はるかに好ましいと思った。

　私たちの二人の友は、プラウディ博士が新しい前垂れ[4]をつけ、立派な様子で老主教の椅子に座り、スロープ氏が、ちょうど大執事が前にしていたように、説得するような、やる気満々の姿で炉辺の敷物の上に立っているのを見た。チンツのソファーにはプラウディ夫人がいた。これはバーチェスター主教座の、どの年間記録を探してみても見当たらぬ新機軸だった。

　しかし、奥方は確かにそこに座っており、二人はただ我慢するしかなかった。紹介が型通りに進むと、大執事は主教と握手してから、ハーディング氏の名をあげた。閣下は音楽監督にふさわしい量の挨拶をした。次に閣下は奥方に二人を紹介した。まず大執事をそれにふさわしい栄誉を込めて、次に音楽監督をそれなりに紹介した。そのあとスロープ氏が自己紹介した。主教も確かにスロープ氏の名をあげ、奥方ももっと大きな声で彼の名をあげたが、スロープ氏自身が自己紹介のおもな部分を引き受けた。彼はグラントリー博士と知り合いになれたことを、とても光栄に思うと言った。はたすべき主教区の職務領域で、大執事がこれまではたしてきた多くの立派な仕事の噂を聞いていると言った。こう言いながら、彼はこれまで主教区全体に及んでいた大執事の無限の支配を故意に無視した。とはいえ、主教区のその領域で与えられるグラントリー博士の援助に、閣下が大いに依存することも知っていた。それから、彼は片手を差し出すと、新しい敵の手を握り、無慈悲にそれを汗で湿らせた。グラントリー博士はお返しに頭をさげ、こわばった表情を作り、眉をひそめると、ハンカチで手を拭いた。これに何ら当惑することなく、スロープ氏はそれから音楽監督のほうへ注意を向けると、いかにも低い地位の牧師を相手にするという態度を取った。彼は相手の手をぎゅっと握り締め、それをねんごろにじめっと湿らせると、何とかさん――彼は名も正確に聞き取っていなかった――、ああハーディングさん、知り合えて嬉しいですと言った。「聖堂の音楽監督」とスロープ氏は推測して言った。ハーディング氏はそれが自分に割り当てられた小さな仕事だと答えた。「どこか教区の仕事も？」とスロープ氏が聞いた。ハーディング氏は聖カスバートという小さな教区教会の牧師だと認めた。スロープ氏は相手を一人取り残すと、高い地位の人々の会話に加わった。

四人の人物がめいめい自分こそは主教区の最重要人物だと考えていた。女性ながらプラウディ夫人もその一人だった。四人とも意見の違いがはなはだしかったから、仲良くやっていくことは考えられなかった。主教は目に見える前垂れを身に着け、前垂れと肩書きをおもに当てにしていたが、両方ともないがしろにできない事実だった。大執事は実務を知っており、ほかの三人が知らない主教の仕事に通暁していた。これが大執事の強味だった。プラウディ夫人は女性という強味と人に命令する習慣を具えていたから、グラントリー博士の風貌や容姿の威圧をまったく恐れなかった。スロープ氏は頼れるものとしては身一つ、勇気と機転しか持ち合わせなかったけれど、それでも自信満々、外的なものに頼りすぎる弱い男たち――主教も大執事もそう見える――にまもなく勝利することを疑わなかった。

「バーチェスターに住んでいらっしゃるんでしょ？　グラントリー博士」奥方はいちばん甘い笑顔を作って尋ねた。

グラントリー博士は、市から数マイル離れたプラムステッド・エピスコパイという教区に住んでいると説明した。奥方はグラントリー夫人と知り合いになれたら嬉しいから、訪問する田舎としてそこがあまり遠すぎなければいいがと言った。奥方は馬がバーチェスターに到着したら、いちばん早い機会に訪問したい。馬は現在ロンドンに置いてある。数日すると主教はロンドンへ戻らなければならないから、馬はすぐ田舎に来そうもないと言った。主教は今「大学改革委員会[5]」から出席を要請されているのだろうと、グラントリー博士は推測した。事実、最終的な報告書を書きあげるこの時期、委員会はこの主教がいないと先へ進まなかった。主教はパトロンか、会長か、理事かの役職に就く「製造業の町の朝夕日曜学校協会」にも計画書を準備しなければならなかった。それで馬は今バーチェスターに来そうもなかった。しかし、馬が来たら、奥方は田舎の訪問として距離さえ遠くなければ、プラムステッド・エピスコパイを真っ先に訪問するつもりだと言った。

大執事は五回目のお辞儀をした。馬の話が出るたびにお辞儀したあと、グラントリー夫人のほうから近々公邸を訪問するむねを約束した。プラウディ夫人は嬉しいとはっきり答えると、グラントリー夫人には会いに来てほしいとお願いできなかった。というのも、グラントリー夫人が馬を持っているかどうかわからないうえ、距離が遠すぎたら悪いと思った、うんぬんと言った。

グラントリー博士は再び頭をさげたが、何も言わなかった。彼はできればプラウディ家の全所有物を買いあげ、贈り物として突き返してやっても、あまり損とは思わなかっただろう。博士は結婚当日から妻専用に馬を二頭飼っていた。一方、プラウディ夫人のほうはこれまで社交シーズンのあいだ月々幾らで馬車を借りて、ロンドンを走り回った。社交シーズンをはずれたときは、何とか徒歩ですませたり、貸し馬車屋で垢抜けた一頭立てを雇ったりした。

「大執事の教区では、安息日学校の体制は整っていますか？」とスロープ氏が尋ねた。

「安息日学校！」と大執事は驚いたふりをして繰り返した。「誓って、学校のことは私にはわかりません。そういうことは牧師の妻と娘の問題です。プラムステッドにそんな学校はありません」

これは大執事の小さな嘘だった。なぜならグラントリー夫人にはとてもよい学校があったから。確かにそれはもっぱら日曜学校というのではなく、そう呼ばれてもいなかった。それでも、模範的な夫人は教会へ行く前に一時間ほどその学校に出席し、子供が教理問答を暗唱するのを聞いた。子供が手を洗い、靴を結び、教会へ行けるように清潔で、こぎれいにしているか確認した。夫人の娘グリゼルダとフロリンダは、土曜の午後に焼いた大きな菓子パンの籠をそこに運んで、見られる格好の子みなにパンを配った。パンは相当量が教会の礼拝のあとうちへ持ち帰られて、裂かれ、焼かれ、お茶と一緒に食べられた。プラムステッドの子供は、もし尊敬する牧師が彼の教区に日曜学校はないと断言するのを聞いたら、目を丸くしたことだろう。

スロープ氏は大きい目をもっと大きく見開き、わずかに肩をすくめた。とはいえ、お気に入りの持論を途中で取りさげる気にはならなかった。

「多くの人がここでは安息日に旅行をしているようで、残念です」と彼は言った。「『ブラッドショー』[6]を見ると、何ですか、安息日ごとに三本の列車が入り、三本の列車が出ているのがわかります。列車の運行をやめるように、鉄道会社に働きかけていないのでしょうか？　グラントリー博士、わずかな努力で悪の力を弱らせることができるとは思いませんか？」

「鉄道の取締役じゃないから、何ともわかりません。しかし、もし利用客を減らすことができれば、おそらく会社も列車の運行を控えるでしょう」と大執事は答えた。「たんに利益の問題です」

「しかしながら、グラントリー博士」と奥方が言った。「別の角度から問題を見なきゃね。例えば、あなたと私は、それなりの地位にいるわけですから、そんな重大な罪を食い止めるため、できる限りのことをしなきゃ。そう思いますでしょ。ハーディングさん」奥方はむっつりと座っていた音楽監督のほうを向いた。

ハーディング氏は運搬夫も、火夫も、車掌も、制動手も、転轍手も、みな教会へ行く機会が与えられるほうがよいと思ったから、みなにそういう機会があるように望んだ。

「しかしながら、はっきり、はっきり言って」とプラウディ夫人は続けた。「それじゃ、はっきり言って不充分でしょ。私たちが有益、かつ不可欠であると教えられた安息日の遵守は、はっきり言ってそれじゃ確実にはなりませんでしょ。はっきり――」

グラントリー博士は何があろうとも、プラウディ夫人とも、スロープ氏とも、教義の問題で論争に巻き込まれるつもりはなかった。それゆえ、博士はぶっきらぼうにソファーに背を向けると、公邸の修理がプラウディ博士の願いにかなうものであってくれればいいのですが、と言い始めた。

「ええ、ええ」と閣下は答えた。修理はおおよそ希望に添っている、おおよそ不平はないと思います。工事監督はおそらくやってくれていそうで――。ところが、彼の分身スロープ氏は主教の椅子ににじり寄ると、閣下にその曖昧な言葉を終わらせなかった。

「一つ言いたいことがあるんです、大執事。閣下から屋敷のなかを調べて回るように言われましてね。第二馬屋の馬房が完全じゃないようですが」

「おや、十二頭用の馬屋がちゃんと立っていますよ」と大執事。

「それはそうです」とスロープ氏は言った。「それはそうなんですが、ご存知の通り、何ですか、お客様はしばしば馬をたくさん収容するように求めてきます。主教には多くのご親戚がおありになり、いつも馬を持参されるんです」

グラントリー博士は馬屋のもともとの収容力が許す範囲で、ご親戚の方々の馬のため、適当な設備を整えると約束した。博士のほうから工事監督に連絡するとも言った。

「それから馬車置き場の件ですが、グラントリー博士」とスロープ氏は続けた。「大きいほうの置き場にも、二つ目の馬車が入る余地はありません。小さいほうには当然一つしか入りませんが」

「それにガスでしょ」と奥方が割り込んだ。「屋敷にガスが通っていません。台所と通路以外にはどこにもないでしょ。はっきり言って、公邸にガス管が備えつけられていないなんて。熱湯もね。一階より上にはどこにも給湯設備がないいんです。台所から水差しで運んでもらうんじゃなく、はっきり言って、寝室でも熱湯が出るようにしてもらわなきゃ」

主教は給湯用の配管は必要だとの強い意見を述べた。公邸の快適な生活に熱湯は欠かせない。立派な紳士の家の必需品だと。

スロープ氏は庭園の壁の笠石が多くの箇所で壊れていると言った。

プラウディ夫人は使用人らの大広間に大きな穴、明らかにねずみの仕業、を見つけたと言った。

主教はねずみに対する強い嫌悪を表した。この世でねずみほど憎むべきものはないと信じていたから。

スロープ氏はさらに離れの錠が壊れている、貯炭庫や木材置き場の具体的な例をあげてもいいと言った。

プラウディ夫人は使用人の寝室のドアでも、錠が同じようにひどいのに気づいていた。事実、公邸じゅうの錠が旧式で、使い物にならなかった。

主教は錠が決め手だが、鍵にもよると思った。それで、特に鍵の刻み目がなぜかよじれていたりしたら、問題はしばしば鍵のほうにあると言った。

スロープ氏は苦情の目録をあげ続けた。しかし、大執事はいくぶん大きな声でそれを遮った。大執事は、そういう苦情を言う相手は主教区の建築家、むしろ工事監督であり、彼、グラントリー博士はお愛想として公邸の快適さに触れたにすぎないと上手に説明した。それにしても、これほど多くの不都合が公邸に見つかったことを陳謝すると、逃げ出そうと椅子から立ちあがった。

プラウディ夫人は公邸の荒れた箇所を枚挙するところでは、スロープ氏に力を貸していたが、一方でハーディング氏の首根っこをつかんで引きずるのをやめることも、安息日の娯楽を糾弾するのをやめることもなかった。差し出されたハーディング氏の頭に何度も何度も「はっきり言って、はっきり」を叩きつけたけれど、この紳士のほうは攻撃をかわすのが下手だった。

ハーディング氏はこんないやな目にあったことがなかった。女性たちはこれまで宗教的な問題で意見を求めるとき、彼が言いたいことをある程度尊重して聞いてくれて、意見が異なるときにも黙っていてくれた。しかし、プラウディ夫人は彼を難詰し、説教した。「七日目はあなたの神、主の安息であるから、何のわざをもしてはならない。あなたも、あなたの息子、娘、しもべ、はしため……もそうである(7)」と、まるでハーディング氏が聖書のその一節を忘れているかのように、押しつけがましく繰り返した。奥方はお気に入りの戒律を引用するとき、まるで相手を懲罰で脅すように指を立てて揺すると、安息日の旅行が忌まわしい冒涜だとは思わないか、答えるように断固迫った。

ハーディング氏は人生でこれほど強く威圧されたことがなかった。はるかに年上の紳士で、牧師でもある相手に話しかけるのに、このような態度を取るこの女性を叱りつけなければならないと感じたものの、主教の面前で、しかも初めての公邸訪問のとき、その奥方を叱ることに尻込みした。そのうえじつを言うと、彼は奥方をいくらか恐れていた。奥方は相手が黙って茫然と座っているのを見て、決して攻撃をやめようとしなかった。

「ハーディングさん、お願いですから」奥方はゆっくりと、厳かに頭を横に振りながら言った。「あなたが安息日の旅行に賛成しているなんて、私に思い込ませないでちょうだい」奥方は彼の目を覗き込んで、言葉に表せない表情をした。

ハーディング氏はこれには堪えられなかった。今スロープ氏も、主教も、部屋の向こう側でいとまごいをすませた大執事も、ハーディング氏を見ていた。そこでハーディング氏も立ちあがると、プラウディ夫人に片手を伸ばし、「いつか日曜日に聖カスバートへ来られたら、この問題についてあなたに説教して差しあげます」と言った。

大執事と音楽監督はやっとその場を脱出した。奥方に深く頭をさげ、閣下と握手し、めいめいが最善の作法でスロープ氏から逃れた。ハーディング氏は再び不当に低い扱いを受けた。一方、グラントリー博士はどんな事情があっても、あの汚らしく、不潔な動物の手には二度と触れないぞと心底誓った。

もし私に力強い詩人の筆があったら、今大執事の気高い怒り(8)を叙事詩に詠ってみたい。公邸の階段は砂利の広い車回しにおりて、そこから小さな通用門が――構内に通じる屋根付門のすぐ近くで――外の通りに向かって開いている。道は公邸の玄関から左へ曲がると、広々とした庭園を抜け、聖堂から半マイルほど離れたロンドン通りで終わる。

二人はこの小さな通用門を抜けて構内に入るまで、一言も口を利かなかった。音楽監督は同行者の顔つきから判断して、怒りの大竜巻の到来を予測したが、それを止める気もなかった。ハーディング氏は生まれつき大執事よりもおとなしい性格だったのに、その彼でも怒っていた。あの穏やかで、礼儀正しいハーディング氏でさえ、汚い言葉で気持ちを表す気になっていた。

註

（1）パリスの審判への言及。イーデー山で羊飼の生活をしていたパリスは、ユーノーとアテーナーとヴィーナスの三女神のうち誰がもっとも美しいか、誰が黄金の林檎を与えられるべきか、決めるように求められたとき、ヘレネーとの結婚を約束したヴィーナスを選んだ。

(2) 一八五四年のオックスフォード改革法では、大学運営を担ってきたオックスフォードの各学寮長らによる古い会合「毎週役員会」(Hebdomadal Board)を、もっと教授たちに主体を置き、選挙で選ばれた代表による「毎週評議会」(Hebdomadal Council)へ移行させようと試みた。大執事グラントリーはオックスフォードの学寮の力をそぎ、聖職者の支配力を弱める方策として、この動きに不信感を抱いた。

(3) カーテンなどに用いる羊毛・綿または綿羊交ぜ織りの丈夫な織物。

(4) 主教の公式の正装の一部分で、転じて主教の地位の象徴となった。プラウディ主教はこの朝の訪問に備えて、地位の権威を強調するため前垂れを身につけた。

(5) これはおそらく一八五〇年にジョン・ラッセル卿がオックスフォードの実情を調査するため設置し、一八五二年にその報告書を提出した王立委員会のことを指している。もしそうであるなら、パーマーストン内閣時代初期(一八五五年)に設定されたこの小説の物語年表や、二か月後の第十一章「プラウディ夫人の歓迎会」で主教と参事会長と大執事が話す内容、すなわち大学改革法がすでに通過(一八五四年)してしまっている内容と矛盾する。確かにこの矛盾はあるけれど、一八五四年の法令で設置され、一八五四年から一八五八年まで、報告書の提言を推進した執行委員会のことが、トロロープの頭のなかにあったのかもしれない。この執行委員会は、当時その保守的な人事構成で非難されたが、リベラル派の委員も含まれており、プラウディ博士が牧師としてはリベラルだという評判のせいで、このような繊細な仕事に選ばれたのだろう。

(6) ヴィクトリア朝時代の標準的な鉄道時刻表。

(7) 「出エジプト記」第二十章第十節。

(8) ホメーロスの『イーリアス』の有名な冒頭部分、「怒りを歌え、女神よ、……アキレウスの」への言及。

「何たること！」と大執事は構内の砂利道に入るなり叫んだ。片手で帽子を持ちあげると、もう一方の手で白髪交じりの巻き毛をやや手荒になでた。上向きにした顎ひげから、湯気がまるで怒りの雲のように、噴き出した。怒りの安全弁が開かれて、目に見える湯気を放出し、決定的な感情の爆発と卒中を防いだ。「何たること！」大執事は聖堂の灰色の小尖塔を見あげ、多くのバーチェスター主教の行動を見おろしてきたあの生き証人に無言で訴えた。

「あのスロープさんは好きになれませんね」とハーディング氏。

「やつが好きに！」大執事は吼えると、声にもっと力を込めようと一瞬じっと立った。「やつが好きに！」構内のカラスはみな同意の鳴き声をあげた。塔の古い鐘も時刻を告げながら、その言葉を繰り返した。ツバメも巣から飛び出し、声もなく同じ意見を述べた。スロープ氏が好きになる！それは無理だ。バーチェスター育ちの誰も、スロープ氏が好きになることなんてありえなかった！

「プラウディ夫人も好きになれません」とハーディング氏。

大執事はここで自制心を失ってしまった。私は大執事のように自制心を失うつもりはないうえ、名があがった女性に対して彼が感情を爆発させた四文字語をここに転記して、読者のみなさんにショックを与えるつもりもない。カラスの鳴き声と時計の鐘の余韻は、それほど几帳面ではないから、その不適切な叫びを不明瞭に繰り返した。大執事が再び帽子を持ちあげると、もう一度健康にいい湯気が噴き出した。

しばらく間があった。このあいだに音楽監督は、バーチェスター主教の奥方が配下の大執事から構内でこんなふうに名指しされる状況を理解しようとしたが、できなかった。

「主教はかなりおとなしい人のようです」ハーディング氏は自分と同じ欠点を主教に認めて、それとなく言った。

「馬鹿だ！」とグラントリー博士は叫んだ。当面そういう発作的な発話しかできなかった。

「ええ、あまり賢そうには見えませんでした」とハーディング氏は言った。「それでもね、主教はずっと賢い人だという評判でした。思うに、あの人は用心深くて、進んで自分のことを話したがらないのでしょう」

グラントリー博士はバーチェスターの新主教をすでに軽蔑唾棄すべき人と見ていたから、その人の性格について語るところまで身を落としたくなかった。主教は他人に操られる人形、ただの蝋人形。前垂れとシャベル帽でおめかしされ、主教の椅子にでも、どこにでも、ぽんと置かれ、他人から好きなように針金で引っ張り回される人形だった。グラントリー博士は身を落としてまでプラウディ博士のことなんか話したくなかった。しかし、プラウディ博士の取り巻き連中たち、いわば人形芝居の箱のなかに閣下をおろして、望み通りに針金を操作しようとする主教補佐たち、この連中のことについては何か言わなければならないと思った。大執事はこれにひどい苛立ちを感じた。主教付牧師を無視して、主教と直接戦うことができるなら、その戦いに何ら品格をさげるものはなかった。ヴィクトリア女王には、人だろうと、猿だろうと、好きなものを選んでバーチェスター主教にさせればいい。しかし、いったん主教になったら、もしそいつがみずから戦う気になるなら、そいつは立派な敵になるだろう。ところが、スロープ氏のような代役が敵として押し出されて来たとき、グラントリー博士のような人は、いったいどうしたらいいのだろうか？

もし私たちの大執事グラントリー博士がこの戦いを拒んだら、スロープ氏は勝ち誇って戦場を歩き回り、バーチェスター主教区を支配下に置くだろう。

一方、もし大執事がスロープ氏――操り人形の新主教が相手として前面に押し出してきたやつ――を敵として認めたら、ある意味で同じ土俵に立つ人としてスロープ氏について話し、スロープ氏について書き、あらゆる問題でスロープ氏を扱わなければならなくなる。やつのことを。馬鹿な！　考えるだけでも吐き気がした。スロープ氏とかかわり合う気にはなれなかった。

「あの男はこれまでに出会ったいちばん下品なやつですよ」と大執事。

「誰のこと――主教のことですか？」ハーディング氏は何食わぬ顔で聞いた。

「主教！　違う、主教のことじゃない。いったいどうしたらあんなやつが、牧師に任ぜられたりするんだろう！　今ならどんなやつが任命されてもおかしくないが。しかし、やつはもう十年も教会にいる。十年前にはもう少し注意深かったと思うがな」

「ああ！　スロープさんのこと」

「あんなに紳士らしくないやつを見たことがありますか？」とグラントリー博士が聞いた。

「好きになれそうにないと感じました」

「好きになる！」と再び博士は叫んだ。カラスも同意を表して、鳴き声をこだまさせた。「もちろんやつなんか好きにはなれない。好き嫌いの問題じゃなかろう。しかし、やつをいったいどうしたらいいのか？」

「あの人をどうするって？」ハーディング氏が聞いた。

「そう、やつをどうすればいいのか？　やつをどう扱えばいいのか？　やつは現にここにいるし、居座り続けるはずです。やつはあの公邸に足を突っ込んでいる。追い払われるまで、その足を引き抜くことはないだろう。いったいどうやってやつを排除したらいいのか？」

「あの人がそんなに害になるとは思えませんが」

「害にならないって！――いや、ひと月もたたないうちに、あなたは意見を変えると思う。もしやつが主教を動かして、慈善院長にでもなったらどうします？　それは害になるでしょう？」

ハーディング氏はしばらく考え込んだあと、新主教がスロープ氏を慈善院長にするとは思わないと言った。

「慈善院長にしないとしても、いずれやつをどこかの職に就けるから、やはりそこでひどい害になる。事実上、やつがバーチェスター主教になりますよ」グラントリー博士は再び帽子を持ちあげ、物憂げに考え込むと、もう一方の手で頭をなでた。

「無礼な悪党め！」しばらくして博士は言った。「主教区の日曜学校と日曜日の旅行のことで、この私に容赦ない詰問をするなんて。生涯あれほど無礼なやつには会ったことがない。ああ、やつは私たちのことを、叙任式を待つ二人の候補生とでも思ったに違いない！」

「二人のうち、プラウディ夫人のほうがひどいと思いました」とハーディング氏。

「女性が無礼なときは、人はそれを我慢して、以後その女性に近づかないようにすればいい。しかし、このスロープには我慢ができない。『安息日の旅行！』」と、博士はひどく嫌うあの男の母音を引き延ばす独特の口調を真似しようとした。「『安息日の旅行！』こういう連中がイギリス国教会を破滅させ、牧師という職業を不名誉なものにするんです。我々が恐れるのは、ですよ、非国教徒やカトリック教徒なんかではない。我々国教徒のなかにのたくりながら侵入してくる、もったいぶった口調の育ちの悪い偽善者なんです。確固たる原理もないし、宗教や教義に対する基本的な考えもない連中です。やつが『安息日の旅行』にしてみせたような、受けのいい世論を取りあげる連中なんです」

グラントリー博士は声に出してもう一度問いを繰り返すことはなかったが、胸中しきりに自問した。「このスロープをどうしたらいいのか？」いったいどうしたら世間に対して、自分がこんなやつを拒否し、忌み嫌っていることを明らかにできるのか？

バーチェスターは極端に厳格な教義というものをこれまで押しつけたことがなかった。市と近隣に住む牧師らは高教会派の教義、特権、優先権を伸張させたいと思っていたが、漠然とピュージー主義の実践と呼ばれているものにはまだ染まっていなかった。牧師らは前に父祖がしたように、みな黒いガウン[1]で説教した。普通の黒い布地のチョッキを着用したが、ろうそくを――灯しても、灯していなくても――祭壇で使うことはなく、私的に低頭して片膝をつくこともなかった。牧師らはこの百年間流行し、遵守されてきた儀式に満足し、そこから踏み出ることはなかった。教区教会の礼拝の言葉は上品に、控えめに読まれた。詠唱は聖堂のなかだけに限られ、吟唱術[2]は知られていなかった。オックスフォードから直接プラムステッドにやって来た若い副牧師が、二、三回日曜日をやりすごしたあと、少しだけ吟唱を試みて、会衆のなかの気の弱い人たちを当惑させた。グラントリー博士はその場に居合わせなかったが、グラントリー夫人は吟唱について独自の意見を持っていたから、礼拝直後その若い紳士が病気でないことを願いつつ、喉の痛みによいとされるあらゆる種類の薬味を彼に届けた。それ以来、プラムステッド・エピスコパイでは吟唱はいっさい行われなかった。

しかしながら、大執事は徹底抗戦のため、強力な方策を考え始めた。プラウディ博士とその仲間は、イギリス国教会聖職者のなかでもいちばん低い低教会派に属していた。それゆえ彼、グラントリー博士は高教会派のなかでももっとも高い位置に立つ必要があった。プラウディ博士があらゆる形式と儀式を廃止しようとするなら、グラントリー博士はそういう形式と儀式を逆に増やす必要を感じた。プラウディ博士が教会からあらゆる権威と支配を奪うつもりなら、グラントリー博士は聖職者会議(3)の全権とその古い特権の復活を擁護するつもりだった。

グラントリー博士はなるほど礼拝を吟唱することが自分ではできなかったけれど、吟唱という神秘的な訓練を受けた紳士、副牧師の協力なら、いくらでも入手することができた。自分では進んで服装を変えるつもりはなかったけれど、丈の長いフロック・コートと、襟ぐりの詰んだ絹チョッキ(4)の若い牧師らで、バーチェスターを一杯にすることができた。なるほど自分では十字を切ったり、キリストの現存(5)を擁護したりする用意はなかった。しかし、そうまでしなくても遵守すべきものはいろいろあったから、それらを取りあげることで、プラウディ博士やスロープ氏のような連中にははっきりと嫌悪の情を表すことができた。

グラントリー博士はハーディング氏とともに構内を行ったり、来たりしながら、胸中このようなことを考えた。戦争、戦争、共倒れの戦争、そういう声が心のなかで聞こえた。バーチェスター市において、自分とスロープ氏とは不倶戴天の敵であり、一方が滅ぶしかないと感じた。とはいえ、博士のほうは抵抗する場所が一インチになろうとも降伏する気がなかった。スロープ氏がバーチェスターを脱出せずにおれなくなるまで、追い詰める自信があった。博士は相手を滅ぼす力が手中にある限り、滅ぼすことをためらうような軟弱さは持ち合わせていなかった。

「スーザンは主教公邸を訪問しなければなりませんね」とハーディング氏。

「ああ、妻には行ってもらうが、一度だけです。おそらく『馬車』じゃプラムステッドへ出て行くのは不便だとわかりますよ。ですから、一回訪問したら、それで終わりです」

「エレナーが公邸を訪問する必要はないと思います。エレナーがプラウディ夫人とうまくやっていけるとは思えません」

「そんな必要なんかまったくない」大執事は妻には必須の表敬訪問も、ジョン・ボールドの未亡人には不必要だと思った。「訪問したくなければ、する理由なんかありません。私としては、上品な若い女性がわざわざあんなやつと同室するような、厄介な目にあう必要はないと思う」

そこで、二人の牧師は別れた。ハーディング氏は娘の家へ向かい、大執事は箱馬車(6)のなかへ姿を消した。公邸の新しい住人は、二人の訪問客がその住人について言ったよりも、もっと不穏当な意見を訪問客について述べた。彼らはグラントリー博士のように強い言葉は使わなかったものの、博士に対して同程度の個人的な嫌悪を抱き、博士と同じように戦争が不可避であることを理解した。グラントリー派が支配する限り、バーチェスターにプラウディ派が入り込む余地はないことも理解した。

実際のところ、スロープ氏は大執事よりももっと練られた戦略、もっと明確な敵対的行動方針をすでに胸中に用意していたようだ。グラントリー博士は相手が憎いとわかったから、戦おうとした。一方、スロープ氏はグラントリー博士と戦う必要を見越していたから、あらかじめ憎しみを抱いていた。バーチェスターに入る前、地勢図を初めて眺めたとき、彼は大執事を懐柔すること、甘言を用い、世辞を言って服従させること、勇気によるのではなく、狡猾さで優位に立つことを考えた。しかし、少し調べてみただけで、狡猾さをもってしては、グラントリー博士のような人をスロープ流の行動様式に従わせることは不可能だと理解した。それゆえ勇気に訴えることにした。グラントリー博士とその支持者に対する公然たる戦いが、彼の立場にあっては必然だとすぐ見て取った。それゆえ、攻撃を仕掛けるもっとも都合のよい方法を入念に計画していた。

到着直後、主教はある参事会員の許可をえると、主教付牧師が次の日曜日に聖堂で説教すると参事会長にほのめかした。その参事会員はたまたま敬愛すべき師、ヴェシー・スタンホープ博士だった。博士はこのとき蝶の独自の収集――それで有名だった――を増やすため、コモ湖(7)の岸辺で忙しくしていた。もし蝶やそのほか夏の日の関心事がなかったら、彼は実際構内に居住していただろう。説教壇で博士の代理を務める予定だった聖歌助手は、スロープ氏に代わってもらうことに反対しなかった。

それでスロープ氏が説教した。説教者が人から聞いてもらえることで満足するとするなら、スロープ氏は満足した。満足したと、しかも説教壇に登るときにねらった目的の達成を確信してそこをおりたと、考えるにはちゃんとした理由がある。

このとき新主教は与えられた主教座に初めて納まった。新品の緋色の座布団と掛け布――新しい金箔の縁飾りと新しい房飾りがつくもの――が用意された。彫刻された古いオーク材の主教座は、たくさんのグロテスクな小尖塔を頂上にいただいて、聖歌隊席の天井の中間まで高く延びていた。その主教座は洗われ、ほこりを払われ、磨かれて、とても立派に見えた。ああ！　私は幸せな子供時代にどれほどしばしば祭壇の前の簡素なベンチに座りながら、どうしたらうまくあの木の塔の真ん中をよじ登り、小尖塔の先端までたどり着けるか考えて、退屈な説教の時間をすごしたことか！

バーチェスターの人々はみなスロープ氏の説教を聞くため、あるいは新主教を見るため、集まった。市の最上のボンネットと光沢のある最上の聖職者帽が残らずそこにあった。信者席はその席にふさわしい人で一杯だった。何人かの名誉参事会員はイタリアか、どこかにいて不在だったけれど、その席には、バーチェスターに説教を聞くため集まってきた同業の牧師らが座った。参事会長――今では年を取りすぎて、しばしば参列することもできなくなった太った老人――も出席した。大執事もいた。尚書役(8)も、財務役も、音楽監督も、様々な参事会員も、準参事会員もいた。聖歌隊の平信徒はみな、神聖な歓迎を表すしかるべき旋律と和音で新主教を迎え入れる用意をした。

礼拝は立派に執り行われた。聖歌隊の音楽教育がとてもよく、隊員の声が注意深く選定されていたから、バーチェスターではいつも立派な礼拝があった。聖歌は美しく詠唱され、テ・デウム[9]は壮大に歌われた。連祷は一定の様式――今でもバーチェスターで見られるかたち――で行われたけれど、私の感覚が正しければ、これはほかの場所では見られないものだ。バーチェスター聖堂の連祷先唱は、長いあいだずっとハーディング氏の技術と声が捧げられた特別任務だった。満員の聴衆はたいてい上手な歌い手になる。ハーディング氏は並々ならぬ力を尽くしたことに自分では気づいていないが、おそらく彼の普通の水準をはるかに越えた仕事をしていた。よその音楽監督も精一杯努力していたから、彼が同業者と張り合うのは当然だった。礼拝はこのように進行して、とうとうスロープ氏が説教壇にあがった。

彼は使徒パウロが弟子テモテに語った教え[10]の一節、精神的牧者と指導者に必要な行動に関するテキストを選んだ。バーチェスターのよき牧師が、彼の教えを受けることになったことが、すぐ明らかになった。「あなたは真理の言葉を正しく教え、恥じることのない練達した働き人になって、神に自分を捧げるように努め励みなさい」これが彼のテキストだった。このような場所でこのような題目を選ぶことによって、このような説教者はこのような聴衆から、耳を傾けてもらおうとしたのだった。聴衆は固唾を呑んで注目し、多大な驚きをもって耳を傾けた。説教を始める前、バーチェスターでスロープ氏についてどんな意見があったとしても、説教後、聴衆の誰も彼が馬鹿だとか、臆病だとか考える者はいなかった。

もし私が小説のページのなかで説教を戯画化したり、説教の言葉を再び取りあげたりしたら、礼儀を欠くことになるだろう。作中人物の性格を描写しようとするとき、私はある程度神聖な内容にも触れなければならない。この点、私が牧師に対して正当な敬意を見せていないなどと想像する人もいるかもしれないが、説教壇を嘲っているなんて思われたくない。私は説教者の無謬性に疑問を差し挟むことがあるものの、教えられる内容に疑念を抱いているなどと咎められたくない。

スロープ氏は説教を始めたとき、率直に彼が置かれた曖昧な立場を明らかにして、彼自身は卑しい身であるけれど、向かい側に座る著名な牧師の代弁者としてそこに立っているとほのめかした。そう前置きしたあと、彼はその主教が見て喜ぶだろう管轄下の牧師の行動というものを正確に定義した。彼が特に主張した内容は、この主教区の牧師らがみなもっともいやがる点、彼らの慣習や意見にもっとも敵対する点だったことは言っておく必要がある。彼は高教会派の牧師ら、すなわち今日高く乾いた教会、時勢に置き忘れられた教会と揶揄される一派が、ずっとだいじにしてきた独自の習慣や特権を嘲り、罵倒し、呪った。ところが、バーチェスター主教区の牧師は、みなその高く乾いた教会に属していた。

彼は一人の牧師が恥じることのない働き人になって、いかに神に自分を捧げるように努め励んだらいいか、彼の意見に添って説明したあと、真理の言葉をいかに教えたらいいか、という問題に取りかかった。この問題では、かなり狭い見解を取り、またこじつけの議論を展開した。彼の目的は、あらゆる儀式の音楽的な発話の様式に嫌悪を表すことだった。言葉の意味によって喚起されるのではなく、詠唱のように言葉の音によって喚起される宗教的感情を罵倒することによって、事実上聖堂の慣習を侮辱することだった。もし使徒パウロが真実の言葉を正しく教える代わりに、正しく発音することについて話していたのだったら、彼の説教のこの部分はよりまとを射たものとなっただろう。しかし、説教は使徒パウロの教えではなく、スロープ氏の教えを説明することを直接の目的とした。彼はテキストに巧妙に都合のいいひねりを加えていた。

聖堂の説教壇から話したとき、スロープ氏は聖堂の礼拝から詠唱を排除すべきだとまでは、明言することができなかった。もしそんな主張でもしようものなら、まとをはずして、失笑を買い、聴衆を大いに喜ばせたことだろう。しかし、主教区内では吟唱なんて知られていなかったにもかかわらず、彼は厳しい告発を込めて、教区教会内の吟唱の実践に言及することができ、事実そうした。そこから翻って、聴衆がたった今聞いたばかりの美しい礼拝のなかで、意味に対して音楽が持つ不当な優位——と彼は主張した——の問題に取りかかった。祖先から続く習慣が一回の警告ですぐ廃止ということにはならない。それはわかる、と彼は言った。そんなことをしたら、老人らの感情を踏みにじり、尊敬すべき人々の心にショックを与えることになるだろう。しかし、外的儀式が内的感情よりも重要なとき、効果的だった音楽中心の礼拝様式が、内的確信がすべてであるとき、すなわち牧師の唇から出る一語一語が聞き手の心に知的に訴えかけるとき、ほとんど野蛮なものになる。こういうことを理解する充分な知的品質、知る充分な教養を持たない人が多いことがわかる。かつて宗教は、大多数の人にとって想像力の問題だった。ここ最近、キリスト教徒は信仰に理由を持つこと、ただ信じるだけでなく咀嚼すること、ただ聞くだけでなく理解することが必要になった。朝の礼拝の言葉は、簡潔、明瞭に読まれるとき、何と美しく、適切で、わかりやすいことか！ しかし、それが旋律のけばけばしい呪文となるとき、どれほど多くの意味が失われてしまうことだろう！ など、など。

大執事グラントリー、音楽監督ハーディング、その他の人々の前で！ 自分の聖堂に集まった参事会長と参事会員全員の前で！ 事実優越意識のうちに独自の礼拝を実践しながら、年を重ねてきた人々の前で！ なされた説教がこれだった。しかもそれがこんなやつ、成りあがりの聖職者、担当教区を持たない男、たんなる付牧師、闖入者、メリルボーン[11]のどぶから——とグラントリー博士は言った——さらって来られたやつからなされたのだ！ それでも彼らは説教をじっと我慢して聞かなければならなかった！ 誰も、グラントリー博士さえも、耳をふさぐことができなかった。礼拝の時間には神の家を去ることが許されなかったから。聞く義務のもとに置かれたうえ、直接の反論もままならなかった。

文明化された自由な国に住む人にとって、おそらく説教をじっと聞かなければならないことほど、大きな苦しみはないだろう。黙ったまま座らせて、聴衆に拷問を加える人は、自由な国では説教者以外にいない。陳腐、自明、わかりきった虚偽に非常な喜びを覚える人は、説教者以外にいない。それでいて説教者は、熱のこもった雄弁や説得力ある論理があたかも自分の口から出てきたかのごとく、当然の権利のように原著者と同じ尊敬を聴衆からえようとする。法学か、自然科学かの教授に講義室に入ってもらって、幼稚な言葉、無内容な話を喋らせてごらんなさい。聞く人はいなくなって、空っぽのベンチがあるだけだろう。法廷弁護士に下手くそに喋らせてごらんなさい。喋る機会を失うことになるだろう。裁判官の説示といえども、否応なしに聞かせることができるのは陪審員、囚人、看守だけで、ほかの人は聞きたくなければ聞かなくてもいい。国会議員なら咳払いで発言を妨害できるし、議長による排除もありうる。町会議員ならタブー扱いにできるかもしれない。ところが、説教する牧師だけは誰にも排除できない。彼は時代の生んだ退屈男、私たちシンドバッド(12)が振り払おうとして振り払えない海の老人、日曜日の安楽を邪魔する悪夢、宗教を堪え難いものにし、神の礼拝を不快なものにする夢魔だ。私たちは力ずくで教会に連れて来られるのではない！　違う、教会には求めるものがある。教会から遠ざけられることなんか望んでいない。私たちは公的礼拝による慰めを享受したい、いや、断固享受する決意だ。できれば、普通の人が普通の忍耐力でもって堪えられる退屈の量で願いたい。あの強い逃避願望――平凡な説教がもたらす平凡な結果――を感じることなく、神の家を出られたらと願う。

若い牧師は何という自己満足のなかでテキストを曲解し、誤った解釈を引き出すのだろう。そのうえ、もし彼の命令に従わなかったら、ハーデースの罰(13)で私たちを脅す！　自信満々の若い友よ、私は神秘というものを信じるが、それがあなたの唇から話されるとき、あまりにも平凡に聞こえる。私は純粋な言葉というものを信じるが、それをあなたは手中でもてあそんでいる。それゆえ、私がいくつかの点であなたの解釈を疑うとしても、許してほしい。聖書はいいし、祈祷書もいい。いや、もし偉大な聖人たちが力の絶頂期に練りあげた由緒ある聖句を、あなたがそのまま読んでくれさえしたら、私はあなたもちゃんと受け入れよう。未熟な若い説教者よ。あなたの不完全な文章や繰り返される語句、偽りの哀調、母音を引き延ばす話しぶりと告発、あなたのふんとか、ええとか、おおとか、ああとかいう声、あなたの黒い手袋と白いハンカチ、そういうものに私があくびをするとしても、許してほしい。私はそういうものに何の意味も見出さない。時間は貴重だから、もしその浪費が避けられるものなら、避けたいと思う。

ここで私は、忙しい牧師がしばしば言う、説教の多さが過重負担であるという主張に、異議申し立てをしなければならない。私たちは自分の声を他人に聞かせるのが大好きだ。説教者は強制的特権によって聴衆に声を聞かせているうちに、虚栄心をくすぐられ、うぬぼれる。説教は彼の人生の心地よい喜びとなり、高揚感に満ちた爽快な瞬間となる。「今週は九回説教しました」と、先日若い友が額にものうげに片手をあげて、私に言った。過度な重荷を負う殉教者の図といったところ。「今週は九回、先週は七回、先々週は四回でした。今月は二十三回説教しました。本当に多すぎます」「まったく、多すぎる。人力を超えた量ですね」と私は身震いしながら言った。「そうなのです。苦痛を感じ始めているのです」と若い友がおとなしく答えた。「あなたには痛みを感じてほしい。感じるようになってほしい」と私は言った。しかし、若い友は私が気の毒な聴衆のことを思いやっているとは思っていなかった。

とにかく、問題の場面でスロープ氏の説教を聞いたとき、聴衆に退屈ということはまったくなかった。聴衆には、その論題が痛烈に応えたから、退屈どころではなかった。じつのところ、言葉を力強く使う才能がスロープ氏にはあった。彼は三十分の雄弁のあいだずっと聴衆の無言の注視を受け、傾聴された。しかし、あちこちに激怒した教区牧師のぎらぎら光る目があった。憤怒の蒸気が吹き出す大きく開いた鼻孔があった。

動揺した精神と不安な心を証しする、もぞもぞと動く足と落ち着きのない体の動きがあった。
主教は聴衆のなかでもいちばん驚いており、恐怖で髪の毛を逆立てていたから、彼の執務室で長く実践してきたのとは似ても似つかぬやり方で、最後にみなに祝福を与えた。それから、聴衆はそれぞれ帰路に着いた。

註

（1）ピュージー派牧師は説教檀でサープリスと呼ばれる白衣を着たため議論の的となった。ある者はこれをローマカトリック化の新しい試みと考え、一八四五年にエクスターで暴動が起きた。
（2）歌うような声で暗誦すること。
（3）イギリス国教会各管区の聖職者会議（convocation）のこと。この会議は一七一七年に禁じられたが、一八五〇年代に、聖職者会議の力を復活させようという高教会派主導の運動があった。高教会派は改革法案によって教会の独立が脅かされる状況のなか、聖職者会議こそ彼らの意見を述べる場になると見た。
（4）高教会派の聖職者は丈の長い黒のフロック・コート、襟ぐりの詰まった絹のチョッキ、幅の狭い襟という身ごしらえで、高教会派と見てすぐわかった。福音主義の牧師は前裾を斜めに断った燕尾服、白いシャツ、高い襟という服装で、高教会派とは明らかに異なっていた。
（5）キリストの肉体と血は、パンとブドウ酒の聖体のなかに象徴的にというより、むしろ実際に現存するという考え方。
（6）一頭立て四輪箱馬車。ブルーム卿（1778-1868）にちなんで名づけられた。
（7）イタリア北部ロンバルディア州にある風光明媚な湖。
（8）尚書役（chancellor）は聖堂の読師や説教師を管理する聖堂参事会員。同時に聖堂の司書、参事会の秘書、教会学校の校長など複数の役職にも就いた。

（9）"We praise Thee, O God"で始まるラテン語の神への賛歌。朝課、早祷、祝勝のときなどに捧げられる。
（10）「テモテへの第二の手紙」第二章第十五節。
（11）ロンドンのリージェント公園南。
（12）船乗りシンドバッドはある旅で無理やり年老いた男を背負わされたが、それは海の老人だった。
（13）ハーデースはギリシャ神話における死者の国。ここでは漠然と地獄と同じ意味で使われている。

第七章　聖堂参事会長と参事会の協議

バーチェスター全体が騒然としていた。グラントリー博士は聖堂の玄関を出ると、すぐ怒りを爆発させた。老参事会長は人と話すのをいやがり、黙ったまま参事会長邸に戻ると、そこで腰をおろしてなかば茫然としながら、あれこれと無益に考えを巡らせた。ハーディング氏は悲しい気持ちになり、一人ゆっくり聖堂を出た。彼は構内の楡の木の下をのろのろ歩きながら、今聞いたばかりの言葉がバーチェスター聖堂の説教壇から発せられたものとは、とても信じられなかった。またしても前途を邪魔されるのか？　またしても全人生が無益な偽物だったと人前で暴かれるのか？　慈善院長の職を捨てたように、音楽監督の職も捨てなければならないのか？　十二人の収容者をあきらめたように、詠唱もあきらめなければならないのか？　そうしたらどうなるのか！　別の『ジュピター』とか、別のスロープ氏とか、そういうものが現れて、聖カスバートからも彼を追い出してしまうのだろう。ずっと連祷を先唱してきたからと言って、それで一生過ちを犯してきたはずはない。しかし、疑念が生じていた。自分を疑うことがハーディング氏の欠点だったが、それは彼個人の問題で、教団に固有の欠点というわけではなかった。

そうだ！　バーチェスター全体が騒然としていた。影響を受けたのは聖職者だけではなかった。平信徒もスロープ氏の新しい教義を聞き、みな驚いた。ある者は憤慨し、ある者は複雑な感情——説教者に対する好悪相半ばするもの——にとらわれた。前主教と前主教付牧師、聖堂参事会長、参事会員、準参事会員、熟練した聖歌隊、特に聖歌隊を率いるハーディング氏、彼らはみなバーチェスターになじみの人々だった。お金を使い、バーチェスターに貢献した。貧しい人々を虐げることがなかっただけでなく、人前で威張り散らすことも、厳格すぎることもなかった。この市の評判はすべて教会組織の重みによるものだった。しかし、なかにはスロープ氏の説教に満足する者もいた。

毎日の退屈な日課に飽き飽きしているとき、刺激を受け、興奮するのはまことに喜ばしい！　聖歌やテ・デウムはそれ自体楽しいものだが、あまり頻繁に聞かされれば耳にたこだ！　スロープ氏は確かに楽しい人ではないとしても、新鮮で、利口だった。外の世界の宗教的変化に耳を貸すことなく、古い平凡なやり方を踏襲し続けることは、時代遅れだと――長年思っていたと――、バーチェスターの多くの住民が今口を開いた。時代に先行する人々は今新しい考えを示しており、まさにバーチェスターが時代に先行するときだった。スロープ氏はおそらく正しい。バーチェスターでは聖堂の礼拝を除くと、確かに日曜日を安息日として遵守してこなかった。礼拝と午後の礼拝のあいだの二時間は、朝の社交訪問と温かい昼食に長いあいだ不当に流用されてきた。それから日曜学校も！　スロープ氏が安息日学校と呼ぶ日曜学校については、もっとたくさん配慮がなされてもよかった！　亡き主教は確かに日曜学校をなおざりにしてきた。(1)（安息日遵守を主張する人々は、簿記が老人にとってつらい仕事であるように、日曜学校の教理問答や特祷が若者にとってつらい仕事だとは考えなかった。簿記に崇拝の感情が入らないように、他方にも入らないとは考えなかった。）それから、音楽的要素の強い礼拝という大問題に関しては、スロープ氏のほうに筋の通らない部分があった。住民が音楽を聴くため聖堂にやって来るのは事実だったから。

そういうわけで、バーチェスターにはっきりとスロープ氏支持の一派が結集した！　上流階級では女性が(2)中心だった。男性――つまり紳士――はスロープ氏に惑わされることがなかったし、大嫌いなガマリエル師を崇拝する気になんかならなかった。女性というのは時々身体的な欠点に盲目だ。たとえどんなに醜い、不恰好な口の持ち主でも、もしその人が上手に話したら、女性は耳を傾ける。醜男ウィルクス[3]は恋人としては幸運だった。そして、じめっと湿った肌、砂色の髪、皿のような目、赤らんだ手のスロープ氏は、女性の心に対してだけは力を発揮した。

　しかし、近隣の牧師のなかにはバーチェスター主教区のパンと魚[4]が入っているバスケット、すなわち聖職叙任権の持ち主、を無視するのは危険だと考えた人が一人、二人いた。彼らが、彼らのみが、聖堂の説教のあとスロープ氏を訪問した。このなかにクイヴァーフル[5]というプディングデイル教区の俸給牧師がいた。彼の妻は毎年新しい愛の印を夫に与え、何人も子を生み、夫の心配と同時に幸福を（そう期待したいものだが）増加させた。紳士が十四人もの子を持ち、年収がたった四百ポンドしかない場合、たとえパンと魚がスロープ氏のような人によって差配されるとしても、それを求めても不思議はない。

　説教があった日曜日直後、近隣のおも立った牧師らはスロープ氏をどうやって黙らせるかについて協議した。まずスロープ氏をバーチェスター聖堂の説教壇に二度と登らせてはならない。これがグラントリー博士の最初の見解で、ほぼみな同意見だった。ただし、スロープ氏を説教壇から排除する力が、彼らにあればの話だった。グラントリー博士は、その排除の力が参事会長と参事会にあると断言したが、登壇を要求する権利のほうは、主教その人を除いて、参事会の聖職者にはないと述べた。参事会長はそれに同意したけれど、このような問題に関する論争は見苦しいと言った。名誉参事会員の一人である痩せた小柄の博士がこれに答えて、全名誉参事会員がいつも説教壇に登る用意があるなら、割り込むスロープ氏の側に非難が向かうだろうと述べた。痩せた小柄の博士の狡猾なこと！　この博士はバーチェスター構内の居心地のいい屋敷に住むのが性に合うものだから、イタリアの別荘や心をそそるロンドンの家のほうが聖堂の聖職者席や構内の住居よりも好きな、ヴェシー・スタンホープやほかの不在聖職者に当てこすりを言って満足するのだ。

たくましい尚書役はもの静かで分別ある人だったが、これに答えて、不在名誉参事会員は俸給牧師を抱えており、その俸給牧師の登壇権は高位聖職者のそれと同等と見なされると言った。参事会長は深いうなり声を発してから、これに同意した。それについて、痩せた小柄の博士はいつ何時準参事会員の一人が裏切って、登壇権を譲るかわからないから、彼らの運命は準参事会員に握られていると言った。そのとき、たくましい尚書役が「ぷぅ、ぷぅ、ぷぅ！」と響く奇妙な音を発した。この名士が重い息を吐くときの、喉笛の鳴る音だった。なぜスロープ氏を黙らせるのですか？とハーディング氏が意見を述べた。誤った教義を説教しない限り、誰の説教であろうと、聞いて恥とはならない。説教が教義に反していたら、主教のほうから説教者を黙らせればいい。私たちの友はこう主張したものの、まったく聞いてもらえなかった。目的は手段によって達成されなければならず、手段が協議されているときだったから。しかし、参事会長は老いた半盲の目に一筋の希望の光を見出した。そうだ、このスロープ氏がみなにとってどれほどいやなやつであるかをみなで主教に訴えよう。最初の前垂れの光沢がまだ新鮮な、着任したばかりの新主教が、身内の牧師らを侮辱したくはないだろうから。

そのときグラントリー氏が立ちあがった。仲間の様々な知恵を聞いたあと、権威のある言葉を発した。大執事が立ちあがったというとき、当面の行動に立ちあがった内的な男のことを言っている。というのは、大執事は肉体的にはずっと立っていたからで、背を参事会長邸の空の火格子に向け、両腕でフロック・コートの裾を別け、両手は半ズボンのポケットに入れていた。

「この男に二度とこの聖堂で説教をさせてはならんというのは明白です。我々にはみなそれがわかっています。ここにいる親しい私の友を除いて、ですよ。ハーディングさんの気質に流れる情は、あまりにも優しく流れるから、たとえローマ法王が説教壇の借用を求めてきても、断る勇気がないほどです。しかし、やつには金輪際ここで説教をさせてはならん。やつが教会のことで我々と違う考えを持つからではない。そのことで喧嘩をするつもりはない。やつが故意に我々を侮辱するからです。この日曜日に説教壇に登ったとき、やつの考え抜いた目的は人々を怒らせることでした。やつがあつかましくも軽蔑する慣習を、人々が崇拝して年を重ねてきたからです。何たること！　よそ者が――若い、無名の、友もないよそ者がやってきて、主人である主教の権威を振りかざし、我々のことを義務を知らない、時代遅れの、役立たずだと言う！　やつの勇気をまず褒めるべきか、無礼を褒めるべきかわからん！　もう一つ言っておこう。あの説教はやつ一人の独創でしょうな。ここにいる参事会長がやつの説教に無関係であると同様、主教もやつの説教には無関係でしょう。みなご存じと思うが、この主教区に自由主義的な思想[6]――プラウディ博士はそれで有名です――を持つ主教がいるということが、嘆かわしいと思う。みなご存じと思うが、私はそういう男の意見をまったく信用しておらん。しかし、ですよ、この説教に関しては主教に非はないと思う。思うにプラウディ博士は立派な紳士たちのなかで長く生活してきたから、このような非道の罪を犯すことはありえない。他人をそそのかしてこのような罪を犯させることもありえない。そうです！　やつは主教の代弁者として話しているとほのめかしたとき、嘘をついた。聖務の静けさに包まれた我らのこの場所で、愛すべき聖堂の壁の内側の我らのこの場所で、長年不和に陥ることもなく評判を保ち、職務を遂行してきた我らのこの場所で、ただちに我々に挑戦するのが、ただちに我々に襲いかかるのが、やつの野心的な考え方にぴったり合っていたんです。このような男から、このような攻撃が我々に加えられるとは、じつに忌まわしい」「じつに忌まわしい」と参事会長はうなった。「忌まわしい」と痩せた小柄の博士もつぶやいた。「忌まわしい」と尚書役も腹の底から声を発した。「本当に忌まわしいと思います」とハーディング氏も言った。

「じつに忌まわしく、じつに言語道断ですよ」と大執事は続けた。「しかし、参事会長、神のおかげで説教壇はまだ我々のものです。いや君たちのものと言うべきでしょう。説教壇はバーチェスター聖堂の参事会長と参事会にのみ属している。スロープはまだこの会の一員とはなっていない。参事会長、あなたはスロープ氏を我々にけしかけるのをやめるように主教に直訴しようと提案した。しかし、ですよ、もし主教がスロープ氏の言いなりになっているとしたら、どうしますか？　私の意見では、この問題の鍵を握るのは我々自身です。スロープ氏は許可を求めてえられなければ、壇で説教ができない。それなら絶対に許可がおりないようにすればいいわけです。聖堂の礼拝のあらゆる職務に、やつが参加できないようにすればいい。それから、もし主教が干渉してきたら、どのような回答をすればいいかも用意しておきましょう。ここにいる友人によると、スロープ氏は準参事会員に担当を譲ってもらい、代行することによって、再び説教壇に立つ工作をするという。しかし、我々を支持する点でこの準参事会員の紳士たちは充分信頼に値すると私は確信する。特に参事会長がそのような説教代行に反対していると、準参事会員が知ればなおさらでしょう」

「もちろん信頼できるとも」と尚書役がうなずいた。

この学識ある聖職者の会議では、多くのことが協議された。もちろん大執事の指示に従うことで、議論はすべて決着した。集った人々は大執事の指示に長く慣れてきたので、すぐさまそれを払いのけることができなかった。特に今度のような場合、大執事が黙らせようと思っている相手に味方したいなんて思う者はいなかった。

私たちがたった今記録したような会議は、バーチェスター市では知られないまま、語られないまますむことはなかった。あらゆる立派な家（主教公邸を含めて）で、会議のことが話されただけでなく、参事会長や大執事、尚書役らが言った言葉も、話し手の趣味と意見に応じ、多くの追加と想像を含めて繰り返された。

それでも、みなはスロープ氏がバーチェスター聖堂で口を開くことを禁じられた、という点で意見が一致した。聖堂番は彼に席さえも与えないように命じられたと、多くの人が信じた。もっと強い措置を求める極端な考えの人は、彼の説教を正式な告訴に相当する違反行為と見なしたから、喧嘩騒ぎを起こしたことで彼に対する法的な手続きが取られると断言した。

スロープ氏を擁護しようとする一派は、熱狂的に信心する若い女性や、変化を望む中年の独身女性からなっていたが、この攻撃のせいでいっそう温かく彼を弁護した。女性たちは聖堂でスロープ氏の説教を聞くことができなければ、どこか別の場所で聞くつもりだった。彼女らは退屈な参事会長や、退屈な老名誉参事会員や、同じく退屈な準参事会員に、好きなだけ聖堂で互いに説教をさせておくつもりだった。彼女らはスロープ氏のためにスリッパや座布団を作ったり、襟にレースのふち取りをしたりして、彼を幸福な殉教者に仕立てあげた。新しいシオンとか、ベテスダとかの教会(7)で彼を高みに祭りあげ、聖堂のほうをすたれさせるつもりだった。

プラウディ夫妻はすぐロンドンへ帰って行った。夫妻は激しい嵐が収まるまで、あの説教について参事会長や参事会からじかに申し入れを受けないほうが得策と考えた。しかし、夫妻はひるむことなくスロープ氏をあとに残した。そのスロープ氏は熱心に仕事に取りかかり、世辞を聞いてくれる人には世辞を言い、愚かな女たちには信心深いたわごとを囁き、受け入れてくれる数少ない牧師に迎合し、貧しい者の家を訪ね、あらゆる人を調べあげ、何もかも詮索し、公邸内の荒廃を細かな点まで捜し出した。とはいえ、彼はすぐ聖堂で次の説教を試みようとはしなかった。

そのためバーチェスターの至るところで不和が生じた。

註

（1）短い祈祷文。

（2）ガマリエルは聖パウロの宗教上の師。「使徒行伝」第二十二章第三節に「私はキリキヤのタルソで生まれたユダヤ人ですが、この町で育てられ、ガマリエルのもとで私たちの先祖の律法について厳格な教育を受け、今日のみなさんと同じように、神に対して熱心な者でした」とある。

（3）ジョン・ウィルクス（1725-97）は有名な放蕩者。とても醜く斜視であったが、女性には人気があった。

（4）イエスが五つのパンと二匹の魚だけで、五千人もの人々を満腹にしたという奇跡についての言及。「マルコによる福音書」第六章第四十三節には「パン切れを十二の籠に一杯取り集め、魚の残りも取り集めた」とある。バーセットシャーの下位聖職者は、スロープ氏を有利な職の世話人と見た。

（5）クイヴァーフル氏のクイヴァーは矢筒のこと。矢筒のなかに矢が一杯とは子だくさんの意。「詩篇」第百二十七章第四～五節に「若いときの子らはまさに勇士の手にある矢のようだ。幸いなことよ。矢筒をその矢で満たしている人は……」とある。

（6）プラウディ博士の寛容なものの考え方を意味する。ここでは教義や信条を軽んじる、ふらちな無頓着さのことを言っている。

（7）当時、非国教徒の教会に見られる一般的な名。

第八章　前慈善院長が復職の見込みに喜ぶ

ボールド未亡人とその義理の姉は、スロープ氏を精神的な師と仰ぐバーチェスターの女性組には入っていなかった。構内の住人らの怒りが最初に巻き起こったとき、この二人の女性ほどこの闖入者に対して怒りを向けた人はいなかった。それは当然だった。音楽監督のまな娘なのに、聖堂の音楽が優れていることを誇りに思わない人がいるだろうか？　由緒正しい聖歌隊に対する侮辱に、この二人ほど腹を立てる資格のある人がいるだろうか？　こういう問題について、ミス・ボールドとその義理の妹は同じ考えに立っていた。

しかし、この二人の女性がその怒りをある程度和らげたあげく、スロープ氏に弁解の機会を与えてしまったのは残念だ。説教から二週間ほどたったころ、金ボタンの小姓がボールド夫人の応接間のドアを開けて、スロープ氏の名を告げたとき、二人は少なからず驚いた。ただの朝の訪問で、これほど二人を驚かせる人はほかにはいなかった。バーチェスターの善男善女が恐れる大敵が今この応接間に姿を現したというのに、二人はといえば守ってくれる力強い腕も、巧みな話術も、持ち合わせていなかった。未亡人は揺り籠から赤ん坊をひったくると、膝に抱き、メアリー・ボールドは赤ん坊のため勇敢に戦って死ぬことも、もし状況がそんな犠牲を必要とすれば、厭わないという様子で立ちあがった。

こんなふうにスロープ氏は迎え入れられた。しかし、部屋を出るとき、彼はそれぞれの女性の手を取り、上品にもてなされた紳士らしくお別れの言葉を言うことができた！　そう、彼は握手を交わしたうえ、丁寧に膝を曲げたお辞儀を二人から返された。金ボタンを留めた小姓は、最高位の参事会員にするようにドアを開けた。スロープ氏は赤ん坊のかわいい手に触れ、熱い祝福を与えた。未亡人に話しかけて、彼女の若き日の悲しみに触れた。エレナーの密かな涙に非難の気配はなかった。メアリー・ボールドには、彼女の信仰心がいつか報われると述べた。メアリーはその讃辞をすなおに聞き入れた。では、いったいどうやって彼はこういうことをやり遂げたのか？　どうやってこれほど短時間のうちに、敵対関係を少なくとも知人のつき合いにまで変えることができたのか？　どうやってうちに入るときに向けられていた二人の敵意を克服して、こんなふうにたやすく二人と和解することができたのか？

これまで書いてきたことから、読者は私がスロープ氏を嫌っていると推測されることだろう。しかし、彼が有能な人だということは認めざるをえない。彼は適切な場面で心地よい言葉を話す話術を心得ている。聞く者の耳に合わせてご機嫌の取り方を変えることができ、陰険な人の奸計を知り尽くし、逆にそれを利用することができる。もしスロープ氏が女性組だけでなく、男性組にも彼のやり方を適用でき、かつ紳士たるもののあり方を学んでいたとしたら、昇りつめて偉大な人になっていたかもしれない。

スロープ氏はエレナーの父を褒め倒すことから接近を始めた。彼は言った。どれだけ高く評価しても、しすぎることのないあなたのお父さんの感情を不幸にも害してしまったことに気づいたと。応接間の話題にふさわしくない深刻な話に今触れるつもりはないけれど、世間が、少なくとも聖職者仲間が、もっとも高く評価しているハーディング氏の信用をおとしめるような言葉を口にしたのは不本意だったと。続けて、彼の説教の大部分を取り消すとまで言ったあと、音楽監督の音楽の才能をこれ以上ないほど賞賛した。さらにいつも女性のため特別に用いる低い、柔らかな囁き声で、父と娘と義姉を誉め称えることによって最終的に彼の目的を遂げた。辞去するとき、スロープ氏は再訪を許してほしいと希望を述べた。エレナーは口に出して同意こそしなかったものの、反対することもなく、かくしてスロープ氏は未亡人の家を訪問する権利を確立した。

翌日エレナーはこの訪問の件を父に話し、スロープ氏がまわりの人から塗りたくられているほど真っ黒な人ではないとの意見を述べた。ハーディング氏は訪問の様子を聞き、いつもより大きく目を見張ったものの、何も言わなかった。彼はスロープ氏を賛美することに賛成できなかったが、他人の悪口を言うような人ではなかった。とはいえ、スロープ氏の訪問は気に入らなかった。彼は単純な心の持ち主だったけれど、それでもスロープ氏には、二人の女性とただ口当たりのいい会話を楽しむだけではなく、何かもっと深い目的があったと感じた。

しかし、ハーディング氏が娘に会いに来たのは、スロープ氏の人物について善し悪しを言うためではなかった。ハイラム慈善院長の空席が再び埋められることになり、ほかならぬ彼が十中八九懐かしい屋敷と十二人の老人のもとへ帰れそうだと話すためだった。

「それでも」彼は笑いながら言った。「過去の栄光はかなり刈り取られることになるね」

「どうしてなの、父さん？」

「議会の新しい法律が慈善院をもう一度立て直すが」と父は続けた。「私の年収を四百五十ポンドと定めている」

「四百五十ポンド」と娘は言った。「前は八百ポンドだったのに！　まあ、何て少なくなるのかしら。でも父さん、あの懐かしいすてきなお屋敷とお庭は父さんのものになるのでしょう？」

「おまえ」と父は言った。「あれは報酬の二倍の値打ちはあるからね」父はそういう口調や物腰やエレナーの応接間を歩く早足に、明るい満足の気持ちを表していた。「報酬の二倍の値打ちはある。屋敷と庭と必要以上の収入を手に入れることになる」

「とにかく父さんには、世話がかかる浪費の娘はもういません」若い未亡人はそう言うと、腕に手を回して父をソファーの隣に座らせた。「とにかくそういう出費はありません」

「それはそうなんですが、娘と一緒に住めないのは寂しいね。でもね、今はそれを考えないでおこう。収入についても、必要以上にたくさんある。懐かしい屋敷も手に入る。下宿住まいには、時々不便を感じることがあったと、今なら認めてもいい。下宿は若者にはいいだろうが、私の年になると、欠けるもの——何と言ったらいいか、体面に欠けるというか、そういう」

「まあ父さんったら！　下宿って、とても立派なことよ。誰もそんなふうには思いません。ハイストリートのあの貸間に下宿するようになってから、父さんはバーチェスターの誰よりも尊敬を集めています。ほかの誰よりも！　参事会長邸の参事会長も、郊外のプラムステッドの大執事も、父さんにはかないません」

「おまえがそんなことを言っているとわかったら、大執事はあまり嬉しくないでしょう」彼は娘のあげる比較対象が高位聖職者に限定されていることに少しほほ笑んだ。「まあ、いずれにせよ昔の屋敷へ戻れるのは何よりです。法律上すべてが決着したと聞いて以来、もうあの二間続きの居間がないと、くつろげないような気がするね」

「ここに来て、私と一緒に暮らしましょうよ、父さん、問題が落ち着くまで。だいじな父さんですもの」

「ありがとう、ネリー。でもね、それはやめておこう。引越しが二度手間になってしまうから。もう一度老人たちのところへ帰れたら、とても嬉しい。ああ！　この数年間に十二人のうち六人も亡くなってしまった。十二人のうち六人も！　気の毒に、残された連中はあそこで悲しい毎日をすごしている。かわいそうなバンス、気の毒なバンスじいさん！」

バンスはハイラム慈善院の生き残りの一人だった。今や九十を越す老人で、ハーディング氏の昔からのお気に入りだった。

「バンスさんはどんなに喜ぶかしら」ボールド夫人はそう言うと、柔らかい手で柔らかく拍手した。「父さんが帰ったら、みんながどれほど喜ぶことでしょう。きっとすぐ前のように、みんなと仲よくなれます」

「それでも」彼は半ば笑いながら言った。「新しい問題もあるね。私にはひどく厄介な話です。今度は十二人のおばあさんと、婦長が一人入ってくることになる。十二人のおばあさんと婦長なんて、どうやって扱っていいやらね！」

「婦長がそのおばあさんたちを管理するのよ、もちろん」

「でもね、その婦長は誰が管理するのかね？」

「誰からも管理されたがらないでしょう。婦長自身がとてもしっかりした人だと思うわ。でも父さん、その婦長はどこに住むことになるの？　まさか院長屋敷で、父さんと一緒に住むようなことはないでしょうね？」

「ねえおまえ、それは願いさげです」

「父さんったら、はっきり言っておきますけれど、私はその婦長が新しい義母さんになるなんていやです」

「おまえをそんな目にはあわせはしません。できればね。婦長とおばあさんたちの住む家が、別に建てられることになっている。どこに建てられるかまだ決まっていないがね」

「それで婦長はもう誰になるか決まったの？」とエレナーが聞いた。

「まだ院長さえ決まっていないね」と父が答えた。

「でも、それについてはもう決まったようなものですわ」と娘。

ハーディング氏は確かに決まったようなものだと思う、というのも大執事がそのような趣旨の言明をしたから、と言った。大執事によると、主教と主教付牧師の二人には、たとえ誰か別の人を任命したい意志と、その意志を実行する厚かましさがあったとしても、ハーディング氏以外の人を任命する腕力がないという。大執事によると、ハーディング氏が慈善院長の職を辞し、しかもそれを無条件でやってのけたから、慈善院問題が議会の法律によって今新しい基盤の上に決着したからには、主教にはハーディング氏の復職しか選択の余地がないのだという。義父はこういう大執事の意見を微塵も疑うことなく受け入れていた。

グラントリー博士はハーディング氏の院長辞任にずっと強く反対していた。辞任を思いとどまらせるため、全力を尽くした。慈善事業から年八百ポンドを受け取ったという、世間から受ける攻撃の喧噪に義父は堪える義務があったと考えていた。義父の辞任をまだ意地のある、威厳のあるものとは納得していなかった。また、博士は今回の院長職の俸給減額を、大衆向け新聞の攻撃を逃れようとする政府のけちな、卑劣な企てと見ていた。グラントリー博士は次のように述べた。年九百ポンドであろうと、年四百五十ポンドであろうと、政府にはもともとハイラム資産の収益の分配を取り決める権限なんかない。報酬を定める権限は、政府にではなく、明らかに主教と参事会長と参事会にある。また十二人の老女にであろうと、千二百人の老女にであろうと、博士は断言したが、政府には慈善を施せという指示の権限がない。それで、博士はこの問題にひどく憤慨していた。ところが、こう主張するとき、政府がそのようなことをしようとしているわけでも、そのような権限や力を持とうとしているわけでもないことに、おそらく博士は気づいていなかった。そのような問題で、全能の議会がすることを無力な政府のせいにするという、一般的な過ちを博士も犯していた。

グラントリー博士は国の新たな取り決めのせいで、バーチェスター慈善院長職の栄光と名誉がひどく傷つけられてしまったと、ホイッグ党委員(1)の手が入ったせいで、施設全体が薄汚れてしまったと、給与の減額、老女の収容、その他新しい工夫が持ち込まれたせいで、慈善院は以前とは違ったものに変質してしまったと感じた。しかし、博士は世故にたけて現実的な人だったので、院長職が汚され、損なわれ、委員会の言いなりになるからと言って、生活費が現在たった年二百ポンドの義父に、その職を拒絶するように願うことはできなかった。

そういうわけで、ハーディング氏は懐かしい慈善院の屋敷へ戻ろうと考え、じつを言うと、戻ると考えただけで、ほとんど子供のように浮き浮きした気持ちになった。報酬の減額のことなんか、一瞬たりとも残念に思わなかった。むしろ婦長と十二人の老女のほうに抵抗感があったけれど、この取り決めによって実際、市の貧しい老女が助かるのだと考えて、心を慰めた。新主教の任命権のもとで、しかもスロープ氏の手を通して復職することになると思うと、少し戸惑ったものの、そういうかたちで復職するからと言って、相手方に恩を感じる必要なんかないと大執事が請け合ったから、安心することができた。前院長の復職は当然のこととして世間では受け取られるだろう。それゆえ、ハーディング氏は昔の屋敷へ帰ることが既定路線となっていると、娘に言うことに何のためらいもなかった。

「では自分のほうから復職を求める必要はないの、父さん?」

「ないね、おまえ。ほとんど知りもしない主教に、頼み事なんかできる道理もないからね。職を手配する仕事はスロープさんに委ねられているが、私はスロープさんに頼むつもりもさらさらない。それはない」ハーディング氏は一瞬気質に似合わぬ怒りに突き動かされていた。「慈善院へ帰れるのはたいへん嬉しい。でもね、そのためにスロープさんにお願いしなければならないというんなら、そうまでして帰るつもりはありません」

エレナーは現在の心境に照らし合わせたとき、父のこの小さな怒りを不快に感じた。スロープ氏に好意を抱き始めていたというわけではないが、彼が父のことをとても尊敬してくれていると思い始めていた。それゆえ、父とスロープ氏のあいだに少しでもよい感情が生まれるように、彼女は努力を惜しむまいと考えた。

「父さん」と彼女は言った。「父さんはスロープさんのことを少し誤解なさっているようです」

「私がかね？」と父は穏やかに言った。

「誤解なさっているように見えるんですもの、父さん。私、あの方は説教をして大執事や参事会長をあんなに怒らせたけれど、父さんに個人的に無礼を働くつもりはなかったと思うわ！」

「私だってそう思うね、おまえ。私に無礼を働く気だったかどうか、私も考えてみた。そんなこと、考える価値も、参事会の話題にする価値もありません。でもね、あの人はイギリス国教会の規則にのっとった神の礼拝の執行に対しては、無礼を働くつもりだったと思う」

「でも、父さんや参事会長やここにいる私たちみんなが正しいと確信していることに、あの方はどうしても異議を唱えなければならないと思ったのではないかしら？」

「教会の年長者の宗教的確信について、無礼な攻撃を加えるのが若者の義務であるはずがありません。たとえ思いやりや慎み深さから口をつぐむことができなくても、礼儀からでも、黙っていてほしかった」

「でも、天の神様の命令は、ああいう問題では口をつぐむことを認めないと、スロープさんは言っていました」

「神は礼儀正しくすることも認めないのかね？　エレナー」

「それは言わなかったわ、父さん」

「父さんの言うことを信じなさい、おまえ。キリスト教の牧師は神の言葉を根拠にして、仲間の牧師の確信を――たとえそれが偏見であっても――侮辱するように求められることは、絶対にないとね。宗教というのは、ほかの学問に負けず劣らず、洗練された礼儀正しい行動を人に身に着けさせるんです。残念ながら、私はスロープさんが聖堂で説いたあの説教を受け入れることができない。さあ、おまえ。ボンネットをおかぶり。慈善院の懐かしい庭のまわりを歩いてみようじゃないか。あそこを離れてからずっと、私にはあの中庭を越えていく勇気がなかった。そろそろ思い切って、なかに入ってみることができると思う」

エレナーは赤ん坊をうちに一時間ほど残していくことに、あまり乗り気はしなかったが、呼び鈴を鳴らすと、いとしい赤ん坊が快適でいられるようにいろいろな指示を言いつけた。それから父と連れ立って、懐かしい慈善院を訪ねるため、ゆっくり歩いて出かけた。二人が屋敷の塀から一緒に歩いて出た日から、そこは父だけでなく娘にとっても禁じられた場所となっていた。

註

（1）一八五三年の慈善信託法により、ハイラム慈善院のように昔からある慈善施設の資金をより公平に管理するため、その権限をもつ慈善監督委員局が設置された。

第九章　スタンホープ一家

プラウディ博士が主教の統治を始めてから三か月がたち、少なくともやる気を見せる変化がすでに主教区に現れた。とりわけ不在聖職者は看過しがたい警告を受けた。亡き主教のグラントリー博士はこの不在者問題についてかなり寛容であったうえ、息子の大執事もきちんとした口実があって不在であったり、職務に相当するものを別のかたちで提供したりする不在者に対して、厳しい態度を取ることはなかった。

この点、主教区最大の罪人がヴェシー・スタンホープ博士だった。博士が職務をきちんと一日はたしてから長い歳月がたったが、その気になれないという理由以外に職務をはたせない理由はなかった。スタンホープ博士は主教区には名誉参事会員の指定席を、構内には最上の屋敷を、クラブトリー・キャノニコラムとストッグピンガムには大きな禄付牧師館を所有した。アイダーダウンとストッグピンガムの教区は一つに数えられていたから、事実上彼は三つの教区を管轄した。彼はイタリアに十二年住んでいた。イタリアへ最初に行ったとき、行く口実は喉の痛みだった。それからどんなに喉を酷使してみても、痛みは二度と起こらなかったのに、その口実が大いに役立ったので、以来安楽な、怠惰な暮らしの免罪符としていた。

博士は荒々しい力によるのでも、有無を言わせぬ命令によるのでもなく、無視し難くみえる手紙によって今故国へ召還された。スロープ氏が主教の希望を代弁し、博士に次のような手紙を送っていた。第一に、主教は管轄区内でヴェシー・スタンホープ博士から価値ある協力を期待すること。第二に、主教は管轄区内でもっとも著名な牧師と個人的な面識をえることを急務とすること。さらに、主教はスタンホープ博士がしばらくバーチェスターに戻ることが、博士自身にとっての利害上必須と思うこと。最後に、現在不在者に対する強い反感が高位聖職者のなかに現れており、数か月以内に国の審議会に提出される名簿に、ヴェシー・スタンホープ博士の名が載らないようにする必要があると書いた。

スタンホープ博士は最後に書かれた脅しに漠然と恐怖を感じたから、夏の二、三か月をバーチェスターの屋敷ですごすことに決めた。彼の禄付牧師館には副牧師が住んでいた。博士は長いあいだ不在だったため、教区の勤めには不向きだと感じたけれど、名誉参事会員の屋敷が空いていたから、時々参事会員として説教するくらいならできるかもしれないと考えた。それで、博士は家族とともにバーチェスターに到着した。博士とその家族を読者に紹介しなければならない。

スタンホープ家の人々の大きな特性は非情と言っていい。一家は感情の欠如というこの特性を多くの善性とともに持ち合わせていたので、世間的にはほとんどそれを察知されなかった。一家はどちらかというと隣人たちから感謝を寄せられるほうだったから、その人たちの幸福と福祉にいかに無関心であるかなかなか悟られなかった。スタンホープ一家はたとえばあなたが病気になったら（はっきり伝染病ではない場合だけだったが）、オレンジやフランス小説や最新のスキャンダルを携えてお見舞いに来るけれど、あなたが死んでも、回復しても、同じように無関心な冷静さでその報を聞くことだろう。家族同士に対する振る舞い方も、隣人に対するのと同じだった。家族はお互いに堪えた。これからご覧になると思うが、家族愛が忍耐を超えることはなかったから、家族は大いに堪えなければならなかった。一家の一人が他の四人の幸福を妨げるため、どれだけのことができるか、またできたかを知ると驚くほかはない。

一家は全部で五人、すなわち博士とスタンホープ夫人と娘二人と息子一人だった。博士はおそらく一家でいちばん普通の、尊敬に値する人だったが、その美点が浮かびあがるのは否定的な特徴が強調されるときだった。博士は美男で、かなり多血質で、六十歳の紳士。髪は雪のように白くふさふさして、最高級の羊毛のよう。頬ひげはとても大きく、とても白く、気のいい眠たげな老ライオンの様相を顔に与えていた。服装は常に非の打ちどころがなかった。長年イタリアですごしたにもかかわらず、いつも牧師にふさわしい上品な色合いのものを身に着けていた。とはいえ、決して過度に牧師っぽく見せることもなかった。お喋りをしたがる人ではなかったが、わずかに話す言葉はみな気が利いていた。読みものはいちばん軽いもの、必ずしも道徳的とは言えないロマンスと詩くらいだった。博士は完璧な美食家で、飲みすぎることのないワインの鑑定家で、また、台所関係全般にかかわる容赦ない批評家だった。子供がまわりで成長して以来、博士は家のなかで許さなければならないことがたくさんあり、結局ディナーに関する不注意以外はみな許した。この弱点が今家族全員によって了解されていたから、博士はめったに癇癪を起こさなくてよくなった。スタンホープ博士は牧師だったから、宗教的な確信が性格のかなりの部分を作りあげていた、と考える向きもあろうが、それは間違いだった。博士が宗教的な確信を抱いていたのは疑いないとしても、子供にそれを押しつけるようなことはしなかった。こういう制約を秩序立ててしないのが博士の大きな特徴だった。父が子供の考え方に影響を及ぼさないように、前もって路線を定めていたというのでもない。博士は常習的にひどく怠惰だったので、子供に影響を与える機会がないまま、それを永久になくしてしまった。父がどんな宗教的な確信を抱いていたにしろ、子供は父が収入をえる教会のまったく無関心な構成員となっていた。

スタンホープ博士とはこんな人だった。スタンホープ夫人には、博士の性格に見られるほど際立った特徴はなかった。夫人はイタリアの怠惰な暮らしに心底慣れきっており、無為の状態がこの世の幸せと考えるようになっていた。物腰や外見を見ると非常に魅力的で、若いころは美人だったが、五十五歳という年齢で、今なお端麗な容姿を保っていた。服装は常に完璧。一日に一回しか盛装しないで、三時か四時になるまで人前に出ることはなかった。しかし、人前に出てきたときには最高の状態で現れた。ドレスアップの苦労が一部夫人によるものか、全面的に付メイドによるものか、著者には想像の及ばないところだ。衣装はいつも凝っていたものの、不自然に作りすぎることはなかった。衣装はたくさんあっても、ごてごてと派手に飾り立てることはなかった。装飾品は高価な、貴重なもので、確実に人目を引いたが、人目を引くために着けているようには見せなかった。スタンホープ夫人はドレスアップの仕方を心得、日々その知識を活かしていると言ったへまはしなかった。建築上の装飾の秘密をよく知っていたから、飾りのほうに主力を注ぐようなら、それ以上に夫人について言うことはない。このほかに人生の目的はなかったから。だから、夫人が他人の目的に干渉しなかったのは立派だった。若いころ、夫人は博士にディナーの用意をするため、たいへんな試練を受けた。ここ十年、十二年、長女のシャーロットから台所仕事を取りあげられたから、夫人はほとんど煩わしさから解放されていた。解放されていたのは、このひどいイギリスへの帰還命令が発せられるまでのことだった。帰還命令以来、面倒な生活を送ることになってしまった。こんな性格の夫人にとって、コモ湖畔からバーチェスター市まで運ばれる苦痛は運び手がどんなに気をつかっても、相当なものだった。スタンホープ夫人は旅の影響を避けるため、ドレスを一枚一枚しまい込まなければならなかった。

シャーロット・スタンホープはこのとき三十五歳だった。彼女の欠点が何だったとしても、この年齢の女性が持つ欠点は何一つ具えていなかった。若ぶって着飾ることも、若ぶって喋ることも、若ぶった格好を作ることもなかった。自分の年齢にただ満足したふうで、若さを気取ることはなかった。立派な女性であり、もし男性なら、じつに立派な好青年だったろう。家のなかで使用人がしないことはみな彼女が引き受けた。指示を出し、支払いをし、使用人を雇い、首にし、紅茶をいれ、肉を刻み、まさにスタンホープ家の家事をみな一人で切り盛りした。彼女、彼女だけが父の関心を世俗的な問題に向けることができたし、彼女だけが妹の非常識をいくぶんかでも抑制できたし、彼女だけが一家全員を悪評と困窮から救い出すことができた。一家が不愉快ながらも今バーチェスターに腰を据えることができたのも、まさしくシャーロットの助言によるものだった。

ここまでのところシャーロット・スタンホープの印象は悪くないだろう。しかし、言わなければならないことがある。シャーロットは影響力を家族の幸せな生活のため、ある程度は用いたとしても、家族の真の利益のため、使ってほしいときには使わなかった。父の兄が地所を貴族の資産として所有するように、父は聖職禄を個人的に所有する、彼女はそんな考えを主張して、牧師の義務に対する父の無関心を助長した。時々表れるイギリスへ戻りたいという発作的な父の願望を、何年にも渡ってもみ消してきたのも彼女だった。自分がスタンホープ家の管理人兼女主人になりたいがため、母を怠惰に陥れた。妹の愚行から当然予想される結果が身に及ばないように、妹をいつも守りたいと思い、しばしば守ることもできたのに、むしろその愚行をあおって悪化させた。弟をとことん甘やかしたあげく、一シリングの金も自由にできない無職の怠惰な男として世間に放り出した。

ミス・スタンホープは賢い女性だった。どんな話題についても語ることができ、どんな話題についてもこだわりを持たなかった。イギリス的偏見から解放された自分を誇りに思っていた。女性らしい繊細さからも解放されていた、とつけ加えてもいいかもしれない。宗教に関する純粋な自由思想を持ち、真の愛情に欠けていたから、意見を披瀝しては父を当惑させ、それを楽しんだ。彼女はイギリス国教会の信仰を残りかすまで胸中から排除することができたら、もっと満足することができただろう。しかし、教会の栄誉ある地位を父に捨てさせる、というようなことは考えたこともなかった。ほかに収入の道がない以上、いったいどうして父にそんなことをさせられようか？

家族のなかでも際立った二人がまだ紹介されていない。二番目の子はマデリンと名づけられた、非常に美しい女性だった。「だった」とは言わなくてもいい。彼女の体はある事故によって長年損なわれていたものの、私たちが今書いている時点ほど美しい時はなかったから。若いころのマデリン・スタンホープを詳細に語る必要はない。彼女は十七歳のころイタリアへ渡って、ミラノのサロンやコモ湖畔の賑わう別荘でそのたぐいまれな美しさを最大限開花させた。持ち前の気質を鮮やかに示す恋の冒険で名を馳せると、心に指一本触れさせることなく、十二人の騎士の心を砕いた。色香を巡る争いで血が流されると、その決闘の噂を聞いて、心地よい興奮を感じた。あるときは小姓に変装し、介添え役になり、恋人が倒れるのを目撃したと言われる。

よくあることだが、言い寄って来た男たちのなかでも最悪の男と彼女は結婚した。なぜパウロ・ネローニを選んだか、もはや語る必要はないだろう。この男は家柄も、財産もなく、ただの法王の衛兵大尉で、どうせ遊び人かスパイとしてミラノへやってきた。愛想はやけにいいのに、性分は荒く、容姿は卑しく、顔は浅黒く、発言は一時間に一度は嘘を含んだ。時が来て、彼女にはおそらくこの男以外に選択の余地はなかった。とにかくネローニが夫となった。湖のあいだで長いハネムーンをすごしたあと、二人はローマへ旅立った。法王の大尉は新妻にしゃしゃり出ないで、後ろに控えているように説得したが、無駄だった。

六か月後、彼女は重大な損傷を片脚に受け、子連れで父のうちに戻ってきた。戻るという知らせもなく、身を覆う服さえままならない格好で、嫁入り道具に光彩を添えた多くの装飾品もみな失って戻ってきた。赤ん坊はミラノから連れてきた貧しい少女に抱かれていた。マデリンによると、ミラノまで同行したローマのメイドがホームシックになって帰ってしまったから、その少女に交代させたという。マデリンがローマの生活を物語る証人を排除しようと考えたのは明らかだった。

片脚の損傷については、遺跡を登っていたときに落ちて、膝の腱をひどく傷つけてしまったという。とてもひどく傷つけたから、身長はそれまでより八インチも低くなって、歩こうとすると、尻を突き出し、脚を突っ張らせ、みっともないかたちで、痛ましく体を引きずるしかなかった。それゆえ、彼女はこれを限りに二度と歩こうなんて思うまいと決意した。

本当の話がすぐあとから追いかけてきた。彼女はネローニから虐待を受けており、事故は夫の暴力が原因だった。それにしても、夫についての話はほとんど届かなかった。とはいえ、その少ない話から、家族は二度とシニョール・ネローニに言及してはならないことを理解した。虐げられた哀れな美しい娘を実家に再び受け入れることに何の問題もなかったし、幼い娘をスタンホープ家の屋根の下に迎え入れることにも問題はなかった。スタンホープ一家は非情ではあるものの、決して利己的というわけではなかったから。母子は受け入れられ、甘やかされ、もてはやされ、しばらくのあいだほとんど崇拝されていたが、その後両親によって、家の大きな厄介者と見なされるようになった。この娘が家のなかにとどまり、動かないまま思い通りに振る舞うとき、その振る舞いがイギリス聖職者の習慣にそぐわなかったからだ。

マダム・ネローニは世のなかを自由に歩き回ることをあきらめなければならなくなったとしても、この世のことをまったくあきらめてしまうつもりはなかった。美しい顔は損なわれておらず、この人ならではの輝きがまだ健在だった。豊かな濃い茶色の髪にはギリシア製のリボンが巻かれて、額と両頬をできる限り際立たせていた。額はかなり低いけれど、完璧な輪郭と真珠のような白さがあって美しかった。目は大きく、切れ長で、不思議なほどに輝いて、まるでルシファー(1)のような魔性を秘めた輝きを帯びるとでも言えば、その煌めきの深さをうまく表現できるだろうか？　その目を覗き込むのはあまりにも恐ろしかったから、穏やかな心といいかげんな精神の持ち主なら、このような敵と武器を交えることを思いとどまるような目と言ってよかった。その目には才能と情熱の炎とウィットの戯れが秘められていたが、愛だけはなかった。その代わりに残酷さ、度胸、支配欲、狡猾さ、悪戯心があった。とはいえ、その目は美しかった。まつげは長く、完璧だった。物怖じせずにじっと覗き込むその凝視が崇拝者を魅了する一方、怯えさせもした。美を熱烈に希求する者にとって、逃れられないバジリスク[2]の目だった。鼻も口も歯も顎も首も胸もすべて完璧で、二十八歳の今、十八歳のときよりも完璧に美しかった。こんな魅力がまだ顔に輝き、こんな障害が容姿にダメージを与えていたのだから、ソファーに横たわった姿でしか人に会うまいと彼女が決意したのは、納得できることだった。

　その決意を実現するのは、容易ではなかった。マデリンは前のようにミラノのオペラへしばしば出かけ、たまには貴族のサロンに現れた。そういうとき、魅力を損なったり、ドレスを乱したり、障害をさらけ出したりしないように、彼女は体を馬車から運び出したり、運び込んだりしてもらわなければならなかった。姉のシャーロットやメイドや使用人が常に付き添い、公式の場面では二人の使用人が同行した。付き添いがこれ以下の人数だと、彼女の思い通りの意図を実現することは無理だった。充分なお金はなかったけれど、これを実現した。するとネローニ以上に自堕落なミラノの若者たちが再びスタンホープ家の別荘を頻繁に訪れ、彼女の長椅子を取り囲むようになり、父の大きな不満のもとになった。時々父は気持ちを高ぶらせ、黒い斑点を頬に浮かべ、反乱を起こしたものの、シャーロットが得意の料理の腕前でその怒りを和らげると、またしばらく何事もなくすごすのだった。

　マデリンは部屋と、容姿と、女性らしい小物に、あらゆる種類の豪華な、珍奇な工夫を凝らした。これをもっとも端的に表したものが名刺だった。今の状態の彼女に朝の訪問がいかに不可能か見れば、名刺が必要だなんていう人はいなかっただろうが、彼女はそうは思わなかった。名刺を厚みのある金箔で縁取ると、これに次のような三行を印刷した。

ラ・シニョーラ・マデリン
ヴェシー・ネローニ
——旧姓スタンホープ

名の上には、輝く金箔の冠状飾りをつけたたいへん立派な名刺だった。なぜこんな名を捏造したのか、説明するのは難しい。ある人がトーマスという洗礼名を持つように、彼女の父はヴェシーという洗礼名を持っていた。ジョサイア・ジョーンズ氏の娘が、スミス姓の男と結婚するとき、ジョサイア・スミス夫人と名乗ることはありえない。それと同じで、マデリンには父の洗礼名を名乗る資格なんかなかった。金箔の冠状飾りも同じように筋違いで、やはり根拠もなくつけられていた。パウロ・ネローニにはイタリア貴族の子孫を名乗れるような肩書きなんて何一つなかったから。もし二人がイギリスで出会っていたとしたら、ネローニはおそらく伯爵とでも名乗ったことだろう。ところが、二人が出会ったのはイタリアであり、彼がそんな詐称でもしようものなら、すぐばれてしまっただろう。しかし、冠状飾りはかわいい装飾にすぎなかった。もし名刺の上のそれがこの哀れな身障者の慰めとなるのなら、いったい誰がそれを渋ることができようか?

マデリンは夫や夫の家族のことを決して語ろうとしなかったが、崇拝者に対しては、煙に巻きながらもしばしば彼女の結婚生活や孤独に触れることがあった。娘を指さして皇帝の末裔だと言い、ネローニの血筋が最悪のシーザー(3)を出した古いローマの家系に結びつくかのような言い方をした。

この「シニョーラ」には、才能がないわけではなかったし、いくぶんかの努力がないわけでもなかった。彼女は飽くことを知らぬ手紙の書き手だった。その手紙は郵便料金に充分値するもので、機知、悪戯、風刺、愛、自由主義哲学、自由な信仰、そして時々、ああ！　あけっぴろげの猥談で一杯だった。とはいえ、彼女は受取る人に応じて話題を変えながら、道徳的な若い女性か、堅物の老婦人を除けば、どんな人とでも喜んで文通した。また、彼女はふつうイタリア語で詩のようなものを書き、フランス語で短いロマンスを書いた。文学を濫読、かつ多読し、近代語学者として大きな熟達を見せた。これが今、バーチェスターの男性たちの心を傷つけるようになった女性の姿だった。

エセルバート・スタンホープはいくつかの点で下の姉に似ていたけれど、男性である分だけ計り知れぬ部分が少なくて、まだわかりやすかった。財産のない人の息子なら、日々の糧を自分で稼がなければならないのは当然の原則だろう。ところが、この息子はこういう原則をまったく身に着けておらず、それが大欠点になっていた。身に着けさせるため、これまで多くの試みがなされたが、どれもみな頓挫してしまった。この息子にある、怠惰というのではなく、気に染まない努力に対する嫌気が原因だった。彼はイートンで学び、聖職に着く予定だったのに、嫌気から一学期でケンブリッジを退学した。父には法曹界を目指して勉強するむねを伝えた。予備的にドイツの大学に入る必要があると考え、ライプツィヒへ行った。そこに二年間逗留したあと、ドイツ語の知識と美術の趣味を身に着けて帰ってきた。このときはまだ法曹界を目指していたから、弁護士事務所に身を置くと、博学者の門下生として聴講し、ロンドンで三か月ほどすごした。そうしたとき、適性が芸術家の生活に向いていることを発見して、絵を描いて暮らそうと決意した。この方針のもとでミラノに戻り、支度してローマへ向かった。優れた画家になるのにただ努力を欠いているだけだったから、努力すれば画家として日々の糧を稼ぐこともできたかもしれない。しかし、ローマでは別のものに心を奪われ、すぐうちへ無心の手紙を書いた。カトリックに改宗し、すでにイエズス会の侍祭になったと言い、ユダヤ教徒を改宗させる使命を帯び、パレスチナへ向けて仲間とともに旅立つところだと伝えた。いざユダヤに着いたエセルバートだったが、ユダヤ人を改宗させるどころか、逆に彼のほうが改宗させられてしまった。彼は再びうちへ手紙を書くと、モーセこそがこの世で唯一完全な法の与え手だと言い、真の救世主の到来が間近に迫っており、大いなる出来事がパレスチナで起こりつつあると語った。彼はシドニア族(4)の非凡な一人――西ヨーロッパへ向かう途中のユダヤ人銀行家――に出会った行きがかりから、その人がこちらの旅程変更の申し出に応じて、スタンホープ家の別荘へ立ち寄ることになったと伝えた。エセルバートはこのすばらしい預言者の言葉に耳を傾けてほしいと母や姉に希望を述べた。父が金銭上のこだわりから、ユダヤ人の話を聞いてくれないことはわかっていたから。しかし、このシドニアはかつて一族の別の人(5)がイギリスの若い貴族に示したような気まぐれを、少なくともエセルバートに示してくれること――ライオンくらいの大きさの金塊を与えてくれること――はなかった。それで、ユダヤ教徒のエセルバートは再び父の国教会収入に頼らざるをえなかった。

父が二度とお金を送るつもりはない、ユダヤ人を家に迎え入れるつもりもないと誓った様子、シャーロットがエセルバートを文なしのままエルサレムに残すことはできないと主張した様子、また「ラ・シニョーラ・ネローニ」がこのシドニアを足下にはべらせてやろうと決意した様子、などは語る必要がない。結局、お金は送られ、ユダヤ人はやってきた。しかし、やってきた男は「ラ・シニョーラ」の好みにはまったく合わなかった。薄汚れた小柄な老人で、金のライオンをくれることはなかったものの、若いスタンホープの求めには応じてくれるように見えた。このユダヤ人はロンドンの彼の銀行でスタンホープ博士の請求書を受け取るまで、別荘を立ち去ることはないとはっきり告げた。

偏見を払拭していたうえ、彫刻家になって名声と財産を築きあげようという堅い決意を固めていた。彼はローマで作り始めたひな型をいくつか持ち帰った。それらはこの方面で仕事を続けるうえで、さらに父から援助を引き出すうえで充分見込みのあるものだった。エセルバートはカラーラにアトリエを開くと、というよりも下宿と仕事場を構えると、そこで多くの大理石を台無しにし、いくつかのかわいい像を造った。その時期から、それは今から四年前だが、カラーラとコモ湖の別荘を行き来するようになり、仕事場に滞在する期間はだんだん短く、別荘の期間はだんだん長くなっていった。カラーラがイギリス人の住みたがる場所ではないとするなら、何ら不思議なことではなかった。

一家がイギリスへ出発するとき、エセルバートはあとに取り残されないように留意した。イタリアに残ってほしいという父の希望に逆らって、上の姉の協力をえながら、主張を通した。彫刻の注文を取るには、イギリスへ行く必要があると彼は言った。こういう口実以外に、彼の職業がいったいどんな役に立ちえようか？

エセルバート・スタンホープは外見上かなり奇異な印象を人に与えた。確かにハンサムだった。姉マデリンの目から、苛酷な、狡猾な、残酷な堅い芯と凝視を取り除いた目をしていた。マデリンよりもかなり明るい色の目で、あまりにも明るく澄んだ青なので、ほかの何よりも目が顔を際立たせていた。同室するとき、まずエセルバートの青い目が注意を引き、部屋を出たあと、それが最後まで心に残った。明るい色の髪は長い絹のようであり、上着にかかっていた。顎ひげは聖地にいるときに蓄えられて、家父長的な威厳を醸し出した。ひげは剃ることもなく、めったに整えることもなかったのに、それでも光沢を帯び、柔らかく、清潔で、まったくもっていやな感じを与えなかった。そんなひげなので、巻き取って繭綿の代わりに刺繍に編み込みたいと、女性らに思わせるほどだった。顔は白く、ほとんどピンク色。身長は低く、手足は細いものの、均整の取れた体つきをしていた。声は特別甘かった。

彼は振る舞いや服装の点でも際立っていた。イギリス男性特有のはにかみはなかった。誰からも心地よく受け入れてもらえたから、紹介など不要だった。見知らぬ人にも、男性同様女性にも、いつも気さくに話しかけ、そうしたからと言って、しっぺ返しを食らうことはなかったようだ。服装は多様なので、一概に言うことはできなかったものの、色や構成の原理上、その日つき合う相手の服装と全体的に対照となるように組み合わせていた。

彼は女性を口説く常習者であり、それだからと言って何の良心の呵責も、間違ったことをしているといった罪の意識も感じていなかった。彼には動かされるような心がなかったから、口説くことによって相手を苦悩に陥れることがあるという点がまったく理解できなかった。このことを深く考えることはなかったものの、聞かれたら、女性の心を虐待すれば、これから世に出るその女性の前途を傷つけることになると答えただろう。それゆえ、結婚相手になると思われる男性がその女性に現れたとき、きっぱりとその女性をあきらめることを主義とした。このようにして彼の場合、善性がしばしば楽しみを妨害することがあった。逆に言うと、目を楽しませるすべての女性にたっぷりと愛を告白するのをやめさせるものは、彼の善性以外になかった。

バーティ・スタンホープ――普段はそう呼ばれている――は男性女性、イギリス人イタリア人の区別なく人気があった。とても広い交友関係を持ち、あらゆるタイプの人とつき合った。身分の高い人に尊敬を払うこともなければ、身分の低い人に嫌悪を見せることもなかった。イギリス人貴族、ドイツ人店主、カトリック司祭などと親しく交際した。みなほとんどバーティに似た連中だった。彼はどんな偏見にも縛られることがなく、どんな美徳からも魅了されることがなく、どんな悪徳からもショックを受けることがなかった。最上流階級と交わっても、遜色ない生来の物腰を身に着けていたが、最下層階級と交わっても、決して場違いには見えなかった。胸中、主義も、他者に対する心づかいも、自尊心も、欲望も持たなかった。働かなくても充分な蜜をもらえる雄蜂になれるなら、雄蜂以外のものになりたくなかった。蜜について言うなら、最近はごく乏しい手当しかもらえそうもないことを予想していた。

スタンホープ一家はこのような面々からなり、この時期突然バーチェスター構内の聖職者の輪のなかに飛び込んできた。バーチェスターとスタンホープ一家、これ以上に奇妙な組み合わせは考えにくかった。しかし、一家がまったく見ず知らずの場所に落ちてきたかのように考えるのは間違いだった。それなら新参一家とプラウディ派の結合も、新参一家とグラントリー派の結合も、どちらもありえないことになる。それは間違っていた。スタンホープ一家はバーチェスターで広く知れ渡っていたうえ、両派ともすすんで諸手を広げ、一家に歓迎の意を表した。スタンホープ博士は名誉参事会員の一人、禄付牧師の一人、教会の柱の一つであり、プラウディ派からもグラントリー派からも確かな盟友として当てにされた。

スタンホープ博士はある貴族の弟であり、妻も別の貴族の妹だった。両方の貴族ともホイッグ党の支持者で、新主教には盟友と見られた。スロープ氏はこれを主教派に有利な材料ととらえて、敵方に出し抜かれる前にスタンホープ博士を味方につけられたら、との強い希望を抱いた。一方、老参事会長ははるか昔、まだ牧師としてみなぎる力を誇っていたころ、スタンホープ博士を応援して昇進させたことがあった。また、それよりもっと昔、二人の博士スタンホープとグラントリーはともに若い牧師としてオックスフォードの談話室で歓楽をともにした仲だった。それゆえ、グラントリー博士は新参者が彼の旗下に入るものと信じて疑わなかった。

彼らはみなスタンホープ一家がどういう面々で成り立っているか、想像すらしていなかった。

註

（1）文字通りラテン語で「明かりをもたらす者」の意味。ルシファーは天上で神に反逆した天使の頭領で、サタンと同一視された。
（2）ひと息またはひとにらみで人を殺した神話上の大蛇。
（3）ローマ皇帝ネロ（在位 54-68）は、残虐と堕落で悪名高い。
（4）シドニアは架空のユダヤ人融資家で、ベンジャミン・ディズレイリの小説『コニングスビー』（1844）と『タンクレッド』（1847）に登場する。シドニアのモデルはロスチャイルド家という。
（5）『タンクレッド』でシドニアは主人公の若い貴族にエルサレムの商人への信用状を渡す。第二巻第十六章には「もしこの信用状を持参した若者が前払いを要求するなら、ソロモン王の玉座の、一段目右側のライオンを作れるくらいの金塊を持たせなさい。もしもっと欲しいと言えば、左側のライオンを作れるくらいの金塊を持たせなさい……」とある。
（6）大理石の産出で有名なイタリア、トスカナ州北西部の町。

第十章　プラウディ夫人のパーティー——始まる

主教と奥方は最初の訪問でバーチェスターに三、四日しか滞在しなかった。私たちが見てきたように、閣下は確かにその座に着き、主教の威厳を体現しようと意図したものの、彼の付牧師の大胆な説教によって大いに面食らってしまった。彼は配下の牧師らの顔をまともに見ることもできなければ、雑用係が代理として説教したことがみな主教の真意であると、厳しい顔つきで断言することもできなかった。そうかと言って、スロープ氏を見捨て、その説教に主教は無関係であり、むしろ憤慨しているとまわりの人々に示すこともできなかった。

主教はそれゆえ不満に思いながらも、力なくよたよたと人々に祝福を与えたあと、この説教のことで付牧師に何と言ったらいいかわからないまま、公邸に歩いて戻った。しかし、長く悩むことはなかった。彼がローンを脱ぐ間もなく、苦楽をともにしてきた奥方は執務室に入ってくると、腰をおろす前から語気強く言った。

「主教、あれ以上に崇高で、魂を揺さぶる、当をえた説教を聞いたことがおありになって？」

「そうかい、おまえ、はあ——ふん——ひぃ！」主教は何と言ってよいかわからなかった。

「あなた、あれを駄目なんておっしゃいませんでしょ？」

そのときの奥方の目には、あの説教が駄目なんて言おうものなら、閣下といえども承知しないという表情があった。主教はもし駄目というなら今しかないと感じたものの、今ではないとも感じた。スロープ氏の説教が時宜をえない、見当違いの、いらいらさせるものだったと、彼の真意を心の妻に告げる気にならなかった。

「いやいや」と主教は答えた。「まさか、駄目とは言えないね。とても上手な説教だし、よく意図が伝わってくる。おそらく非常に有益なものです」彼は途中まで言ったことでは、プラウディ夫人をとても満足させないと見て、最後の賛辞をつけ加えた。

「みなさんのためになる説教です」と奥方は言った。「充分賞賛に値するものと思います。主教、あんな連祷をこれまでお聞きになったことがおありになって？　ハーディングさんの連祷の詠唱って、まるでお芝居を演じているみたいでした。ああいうものがみんななくなるまで、この話題についてスロープさんにずっと説教を続けるようにお願いしなくては。とにかく、私たちの聖堂では上品な、神を敬う、慎み深い朝の礼拝しか許しません。お芝居がかったものなんか、もうここにはいりません」そう言うと、奥方は昼食のベルを鳴らした。

主教は聖堂や参事会長、音楽監督、教会の礼拝、それから主教の権力について奥方よりも多くを知っていた。しかし、今はその話をしないほうがいいと思った。

「なあ、おまえ」と主教は言った。「火曜日にはロンドンへ帰らなければならない。私がここにいるのは、政府にとってたいへん都合が悪いようですから」

主教は奥方がこの提案に反対することはないと知っていた。そのうえ、こういうふうに戦場から撤退することによって、留守のあいだに争いの熱が冷めるかもしれないとも考えた。

「スロープさんは当然ここに残るのでしょ？」と奥方が尋ねた。

「ああ、もちろん」と主教は答えた。

こうして主教は一週間も公邸にいないうちにバーチェスターをあとにして、ロンドンの社交シーズンが終わる二か月後まで、戻って来ることはなかった。そのあいだスロープ氏は怠けていたわけではないとしても、聖堂で再び説教を企てることはなかった。一連の説教を勧めるプラウディ夫人の手紙に回答して、彼は少なくとも奥方が説教を聞きに戻ってくるまで、そのようなことを引き受けるのを延期したいと請うた。

彼は時間を無駄にすることなく、プラウディ・スロープ派、というよりもスロープ・プラウディ派の地盤固めに精進した。彼は参事会長や参事会にちょっかいを出すことはしなかったが、時々これについての主教の希望、あれについての主教の気持ち、などとじらすようなほのめかしをした。彼らはそのやり方に鬱陶しいものを感じたけれど、腹を立てるわけにはいかなかった。スロープ氏は市から遠い郊外の教会で一、二度説教したものの、聖堂の礼拝担当を願い出ることはなかった。彼は「主教のバーチェスター安息日学校」二校の設置に着手したり、提案された「主教のバーチェスター青年夜間講義教室」を告知したり、バーチェスター支線鉄道管区長に三、四通の手紙を送って、主教が日曜日の列車運行停止をいかに切望しているか伝えたりした。

しかし二か月後、主教と奥方は再び姿を現した。到来の幸せな先触れとして、盛大なイブニングパーティーの開催が約束された。ロンドンのブルートン通り[1]から巨大な茶封筒に入った招待状が、忌まわしい安息日破りの鉄道経由でスロープ氏に届けられた。バーチェスター市とそこから二マイル圏内にいる自称紳士淑女が残らず招待された。主教区の牧師はみな招待され、主教が少なくとも主教夫人が、欠席をほぼ確信するその他多くの著名な牧師も招待された。大勢が集まる注目の催しとしてそれが企画され、数百人を迎え入れる準備が必要とされた。

そこで、主教の招待に応ずべきか否かについて、グラントリー派の人々にかなり動揺が生じた。本人と妻と娘の簡単な欠席届を返そうというのが、彼らの最初の感情的な反応だった。ところが、次第に処世上の深慮が感情を上回った。大執事はもし主教座の聖職者がほんの少しでも主教に怒りの口実を与えるなら、誤った一歩を踏み出すことになると考えた。彼らは全員で会議を開き、出席することで合意した。たとえその人が嫌いでも、主教という職に対しては敬意を表すことをいとわなかった。老参事会長はほんの三十分のことなら、這ってでも行くと言った。尚書役も、財務役も、大執事も、名誉参事会員も、準参事会員もみな行く、妻を連れて行くと言った。ハーディング氏は特に出席を求められたから、胸中プラウディ夫人には近づくまいと決意した。ボールド夫人は父からそんな犠牲を払う必要はないと言われたけれど、出席を決意した。バーチェスターじゅうの人々が出席するというのに、エレナーとメアリー・ボールド、二人だけが欠席する理由はなかった。二人はそれぞれ別個に招待されていなかったか？　非常に丁寧な言葉で書かれた主教付牧師の小さな手紙が、大きな主教の招待状とともに同封されていなかったか？

そして、スタンホープ家も一人残らず出席することにした。怠惰な母でさえ、今はこの催しに奮起していた。彼らは到着したとたん、構内の屋敷で待ち構えていた招待状を発見したのだ。まだバーチェスターの誰にも会っていなかったから、社交界に姿を現すまたとないチャンスと思った。大執事夫妻のように数少ない昔からの友人は、訪問して博士と長女には会ったが、家族のなかでも特に際立った面々にはまだ顔を合わせていなかった。

博士は胸中じつはシニョーラに主教の招待を断ってほしいと願っていた。ところが、シニョーラは招待に応じることをきっぱりと決めていた。父は娘が主教公邸へ運び込まれることを恥じたとしても、娘のほうはそんな感情を持ち合わせなかった。

姉は出席者がみな牧師とその奥さんだけなのよと言い、穏やかに妹に出席を思いとどまらせようとした。

「もちろん私は行くつもり」と妹は答えた。「牧師なんて、黒い上着を脱がしてしまえば、ほかの男とまったく同じじゃない。その奥さんと言っても、私にかなう人なんていない。私、うちに置いてきぼりになんかならないって、パパに言って」

それを聞いたパパは言うことを聞くしかないと感じた。いまさら子供のことを恥じても仕方がなかった。こんな子供でも彼の庇護のもとでこんなふうに育った。自分で整えたベッドなのだから、それに寝るしかない。自分で蒔いた種なのだから、それを刈り取らなければならない。博士がそんな考えをそんな言葉で実際に口に出したわけではなかったが、考えの要点はそういうことだった。博士がマデリンに主教の客になってほしくないと思ったのは、彼女が肢体不自由者だったからではない。手慣れた誘惑の手管を男性らに駆使し、礼儀正しいイギリス女性に必ずや不快な振る舞いをすると知っていたからだ。イタリアでは父がそういう娘の手管を見て当惑することはあっても、ショックを受けることはなかった。そこではそういうことで誰もショックを受けたりしなかったからだ。ところが、ここバーチェスターでは、ここ牧師仲間のあいだでは、博士はそういう手管が人目に曝されるのを恥ずかしいと思った。博士はそういうふうに思ったものの、それを抑えた。同僚の牧師がショックを受けたからと言って、それが何だというのだ! 結婚した娘の振る舞いが奔放だからと言って、父が栄誉ある地位を奪われることはないだろう。

ラ・シニョーラ・ネローニは人にショックを与えても、少しも気にしなかった。むしろ大騒ぎを起こしたいとの野心を抱いていた。バーチェスターの男性の大部分が牧師であることを見て取ると、牧師らを足下にはべらせ、できるなら牧師夫人らを残さず嫉妬の緑色の炎で焦がして、うちへ送り返したいと思った。相手の牧師が年寄りすぎるとか、若すぎるとか、高貴すぎるとか、世俗的すぎるとか、そういうことは気にしなかった。主教さえも罠にかけ、主教夫人を鼻であしらう用意ができていた。いつもこういうことに成功してきたから、成功を疑わなかった。とはいえ、一つのことが絶対に必要不可欠だった。ソファーを丸ごと一つ彼女用に確保しなければならなかった。

スタンホープ博士と夫人と家族に送られた招待状は封筒で送られ、その表書きにスロープ氏の名があった。プラウディ夫人がまだ公邸に現れていなかったから、主教の付牧師が万事を取り仕切っているとシニョーラにはすぐわかった。奥方に頼むよりも彼に頼むほうがはるかに性に合っていたから、彼女は付牧師に世界一かわいい、短い手紙を送った。五行ですべて説明した。バーチェスター主教と奥方と、加うるにスロープ氏に是非ともお近づきになりたいと言った。彼女の嘆かわしい状態を説明したあと、ソファーを用意してもらい、そこに運び込まれるという、厚かましい願いをプラウディ夫人が許してくださるに違いないと締めくくった。彼女は美しい名刺を一枚同封した。大階段を登ってすぐの大広間に専用のソファーを一つ取っておくむね、スロープ氏からの丁寧な返事があった。

さてパーティーの当日がやってきた。主教と奥方は高貴な人々のやり方にふさわしく、パーティー当日の朝ようやくロンドンから到着した。スロープ氏は滞りなく手はずが整っていることを確認するため、昼夜を問わず忙しく働いた。やるべきことがたくさんあった。いつのころからか公邸は客らしい客を迎え入れなくなっていた。新しい家具、新しいポットとフライパン、新しいコップと受け皿、新しい大皿と平皿が必要だった。プラウディ夫人は飲食のような卑しいことはしないと初め言っていたけれど、スロープ氏が直接にでなく、経済的に手紙で奥方を説得した。主教は人をもてなすことを好きにならなければならない、そのもてなしとは飲食を意味するのだと。そういうわけで客には夜食が認められ、立食のかたちになった。

主教公邸の二階には相通じる四つの部屋があり、二つの客間、大広間、プラウディ夫人の私室となっていた。昔はその三つの部屋がグラントリー主教の寝室と居間と執務室だった。ところが、今の主教は一階奥の居間へ追いやられ、その小さな聖所に入りきれない大勢の牧師を迎えるときだけ、食堂で客を接待してもよいと言い渡された。主教は受け入れたくなかったが、短い議論のあと屈服していた。

　プラウディ夫人は続き部屋を確認するとき、胸を高鳴らせた。本当に壮麗だった。少なくともガス灯の明かりのなかでなら、そう見える。お金をかけていないのは立派で、それでも部屋は見栄えよくなっていた。大きい部屋は人が一杯で、光があふれるとき、よく見える。広くて、一杯で、明るいからだ。小さな部屋には高価な調度品や高級な家具が必要だ。プラウディ夫人はこういうことを承知していて、最大限利用した。十二個のバーナーのついた巨大なガス灯を一つずつ各部屋の天井から吊りさげさせていた。

　客は十時に到着し、十二時から一時まで夜食、一時半にはみな帰る予定だった。馬車は市の門から入り、門の外から出ることになっていた。馬車は一時十五分前には客を拾うように伝えられた。手はずはみごとに整えられ、スロープ氏がその重要な役割を担った。

　九時半、主教と奥方と三人の娘が大広間に入った。堂々たる厳粛な登場だった。スロープ氏は階下でワインについて最後の指示を与えた。副牧師と田舎の俸給牧師とその家族には、主教区構内の高位聖職者ほど高いワインは必要でないと心得ていた。ワインには役に立つ等級分けがあり、屋外の隅っこの補足的なテーブルには、一ダース二十シリングのマルサラ[2]で充分だった。

　閣下が腰をおろしたとき、奥方が「主教」と呼びかけた。「すみませんが、そのソファーには座らないでちょうだい。それはあるご婦人のために空けておかなきゃならないの」

　主教は跳びあがり、籐の座の椅子に座り直すと、「あるご婦人？」とおとなしく聞いた。「ある特定のご婦人用ということかい、おまえ」

「そうですわ、主教、ある特別なご婦人よ」奥方は説明を嫌ってそう言った。

「その方には脚がないのよ、パパ」三女はそう言うと、くすくす笑った。

「脚がない！」主教は目を丸くした。

「馬鹿ね、ネッタったら、何てくだらないことを言うの」とオリヴィアが言った。「脚はあるけれど、使えないの。その方はいつも横になっていなくてはならなくて、三、四人の男の人がどこへ行くにも運ぶのよ」

「まあ、何てたいへんなの！」とオーガスタは言った。「いつも四人の男の人に運ばれるなんて！　私ならいやだわ。ママ、後ろのほうはちゃんとなっている？　何だか開いているような気がする」彼女は心配する母のほうへ背中を向けた。

「開いているわ！　何よ、この子ったら」と奥方は言った。「それにペチコートの紐が一ヤードもぶらさがって。人に見られてもいいように気をつけてくれないと、リチャーズさんに何であんなお高い給料を払っているかわかりゃしない」プラウディ夫人はそう言いながら紐を突っ込んだり、ドレスを引っ張ったり、娘を一押し揺すったりして、これでいいと言った。

「しかし」主教は謎の女性と脚のことで興味津々だった。「あのソファーに座るのはいったい誰なのです？　名前は何というのです？　ネッタ」

玄関のドアをたたく雷のような音が会話を遮った。プラウディ夫人は立ちあがると、かすかに身を揺すり、鏡を見ながら帽子の両側に触った。娘たちはみなつま先立ちし、胸の蝶形リボンを整えた。スロープ氏が階段を三段ずつ駆けあがってきた。

「とはいえ、誰なのです？　ネッタ」と主教は三女に囁いた。

「ラ・シニョーラ・マデリン・ヴェシー・ネローニよ」と娘が囁き返した。「そのソファーに誰も座らせないように気をつけてね」

「ラ・シニョーラ・マデリン・ヴィシニローニか！」戸惑った高位聖職者はつぶやいた。もしアウドの皇太后(3)か、西方諸島のポマラ女王(4)がやって来たと聞かされても、主教はこれほど驚かなかっただろう。ラ・シニョーラ・マデリン・ヴィシニローニは立とうにも脚がなくて、客間のソファーを予約した！　いったい何者なのか？　しかし、スタンホープ夫妻の到着が告げられたので、今はこれ以上詮索することができなかった。充分時間をかけてシニョーラを馬車に乗り込ませるため、スタンホープ夫妻は邪魔にならぬように予定時刻よりも少し早く送り出されていた。

主教は名誉参事会員の妻スタンホープ夫人に向かって、奥方は名誉参事会員に向かって、満面の笑みをたたえた。スロープ氏は紹介されたとき、噂の人物と知り合いになれて嬉しいと言った。スタンホープ博士は深々と頭をさげると、スロープ氏にはとても挨拶を返すことができないという表情をした。博士はこのスロープについて何の話も聞かされていなかったが、長いあいだイギリスを離れていても、紳士は一目で見分けることができた。

それから客が大勢やって来た。クイヴァーフル夫妻と三人の成人した娘たち。チャドウィック夫妻と三人の娘。たくましい尚書役と妻と息子――オックスフォード出の牧師。家族のない痩せた小柄の博士。エレナーとミス・ボールドを同伴したハーディング氏。参事会長は痩せた未婚の娘、一緒に暮らしている一人っ子、の手を借りていた。この娘は鉱石やシダや草木や害虫に精通しており、花弁に関する本を書いていた。このミス・トレフォイルはそれなりにすてきな女性だった。妻をつれた弁護士のフィニー氏の姿があったが、彼が客間にいるのを見たことがない多くの人を当惑させた。バーチェスターの五人の博士が一堂に会した。老スカルペンもいた。引退した薬剤師兼歯抜き師で、招待状を主教からもらって、初めて自分が上流階級に属するのだと考えるようになっていた。それから、大執事と妻が上のほうの娘グリゼルダを連れてやって来た。痩せた、青白い、引っ込み思案の十七歳のこの娘は母のそばを離れようとしないで、穏やかな用心深い目であたりを見回した。この娘は時が熟せば、とても美しくなりそうだった。

どの部屋も一杯になって、人の固まりができあがった。新しくやって来た人はみな主教に挨拶すると通りすぎ、あえて閣下の注意を独り占めにしようとはしなかった。大執事はスタンホープ博士と心から握手を交わし、グラントリー夫人は博士の妻の隣に座った。プラウディ夫人はちょうどスロープ氏がワインでしたように、客の質に合わせて好意の量を量りわけながら、きちんと調整された優雅な姿で動き回った。ソファーはまだ空席のままだった。二十五人の婦人と五人の紳士が、目配りの利く主教付牧師によって、そこへ座らないよう丁寧に注意された。

「なぜその人はまだ来ないのだろう?」主教は胸中でそう思った。あまりにシニョーラのことが気になって、主教としての振る舞いを忘れてしまうほどだった。

とうとう一台の馬車が大広間前の階段へ、その夜そこへやって来たどの馬車とも違う近づき方で勢いよく乗りつけてきた。大騒動が巻き起こった。スタンホープ博士はその騒ぎを客間で聞き、娘の到着を知ると、奥の隅っこ――娘の入場が見えないところ――へ退いた。プラウディ夫人は何か重大なことが起こりつつあると感じ、反り身になった。主教はラ・シニョーラ・ヴィシニローニがついに到着したと直観し、スロープ氏は手助けをするため大広間へ急いだ。

ところが、スロープ氏は大広間の階段で出会った彼女の供揃えによって、危うく押し倒され、踏みつけられるところだった。スロープ氏は何とか体を起こすと、供揃えのあとを追い、階段をあがった。シニョーラは頭を先に運び込まれた。頭は弟と仕事慣れしたイタリア人従者が、脚はおつきのメイドとイタリア人小姓が世話していた。シャーロット・スタンホープは優雅と作法がしかるべく保たれているか見守りながら、後ろに従っていた。こんなふうに一行がたやすく階段をあがって客間に入っていくとき、群集のあいだに広く道が開かれ、シニョーラは安全にソファーに横たえられた。シニョーラはあらかじめ使用人を送って、ソファーが左向きか右向きか確かめさせておいた。ソファーの向きに応じてドレスを整え、特に腕輪について配慮する必要があったからだ。

そのドレスはシニョーラにとてもよく似合っていた。白いビロード製で、胸のあたりと短い袖のまわりに真珠を散りばめた白い豪華なレースをあしらっており、それ以外の装飾を省いていた。彼女の額には赤いビロードのヘッドバンドが巻かれ、そのまんなかからモザイクのみごとなキューピッドが輝いていた。キューピッドの翼はとても美しい空色、ふっくらとした頬は澄んだピンク色だった。ソファーで姿勢を取ったとき、見られるほうの腕にはそれぞれ違う石をはめた三つの豪華な腕輪があった。彼女の体の下、すなわちソファーとソファーの袖とクッションの上には深紅の絹の敷物か、ショールかが敷かれ、それが彼女の体全体を包むように脚を覆い隠していた。敷物の真紅が白いドレスの純粋な輝きをいっそう浮き出して強調するなか、シニョーラは非常に美しい不動の姿勢を取ると、あの愛らしい額を見せ、あの輝く大胆な大きな瞳で見つめた。こんなふうにドレスを身に着け、こんなふうに見えたから、男も女もシニョーラを注視せずにはいられなかった。

男も女もしばらくほかに何もできなかった。

彼女の供揃えにも注目が集まった。三人の従者はイタリア人であり、その国ではおそらく特別ではなかっただろうが、このバーチェスターの公邸では非常に際立っていた。一人の従者は特に注目に値したが、友人なのか、使用人なのか、どちらなのだろうと——同じようにエセルバートについても誰なのだろうと——

人々に思わせた。その従者はゆったりとした普通の正装用黒上着を着ていた。陽気な、太った、満足げな、顎ひげのないきれいな顔をして、首には黒の絹のネッカチーフをゆったりと巻いていた。その従者は主教からお辞儀をされそうになったけれど、よく訓練されていたから主教を無視し、じつにおっとりと部屋から退出していき、そのあとにメイドや小姓が続いた。

エセルバート・スタンホープは上から下まで明るい青色の服に身を包んでいた。狩猟服ふうに四角くカットされた、とてもゆったりとした青い短上着。それには空色の絹の裏地がついていた。青いサテンのベストを身につけ、青いネッカチーフを喉の下で珊瑚の輪で留め、足元を隠すほどだぼだぼの青いズボンをはいていた。やわらかい光沢のある顎ひげには、これまでにない柔らかさとつやがあった。

一度思い違いをした主教は彼も従者と思い込むと、通れるように道を開けようとしたが、エセルバートがすぐその間違いを訂正した。

註

(1)ニュー・ボンド・ストリートと西側から直角に交わる通り。
(2)シシリーのマルサラ産デザートワインのこと。
(3)一八五六年、イギリスによって併合されたインドのアウド王国の王母。彼女は一八五六年八月、併合の賠償金を増額するよう要求するためイギリスを訪れた。
(4)一八二七年に兄の死によりタヒチの女王となったポマレ四世のこと。一八七七年、崩御の年まで王権を握った。

第十一章　プラウディ夫人のパーティー——終わる

「バーチェスター主教ですね？」バーティ・スタンホープは気さくに主教に手を差し出した。「お知り合いになれて嬉しいです。ずいぶんお近づきになれましたね？」

事実、二人は密着していた。二人はソファーの頭側袖後ろの人混みにいた。主教はマデリンを迎え入れようと待ち受け、もう一方は彼女を運んでいた。二人は身動きの余地がなかった。

主教はすばやく片手を差し出し、わざとらしい小さなお辞儀をすると、お知り合いになれて嬉しい——。とはいえ、主教はその先を言うことができなかった。相手がシニョールなのか、伯爵なのか、公爵なのか、わからなかったからだ。

「姉が本当にご迷惑をおかけしました」とバーティ。

「どういたしまして」主教はシニョーラ・ヴィシニローニを歓迎することができてとても嬉しい、少なくともそう言いながら人混みを押しわけ、ソファーの正面に回り込もうとした。とにかく奇妙なお客が姉弟であることはわかった。推察すると、弟はシニョール・ヴィシニローニか、伯爵か、公爵に違いなかった。話す英語はとてもすばらしかった。わずかに外国なまりが聞き取れた。

「バーチェスターは全体的にお気に入りましたか？」とバーティが聞いた。

主教は威厳に満ちた様子でバーチェスターは気に入ったと答えた。

「あまりここには長く滞在されていませんね?」とバーティが聞いた。

「はい——長くはありません」主教はそう言いながら、ソファーの後ろと重い禄付牧師のあいだを通り抜けようと、もう一度試みた。禄付牧師はソファー越しにシニョーラのしかめ面を見つめていた。

「前は主教ではありませんでしたね?」

プラウディ博士はこれが初めての担当主教区だと言った。

「ああ、そうだと思いました」とバーティは言った。「時々配置換えもあるんでしょう?」

「転任は時々あります」とプラウディ博士は言った。「とはいえ、昔ほど頻繁ではありません」

「委員会は主教の収入をほぼ均等になるように削減[1]してしまいましたね?」とバーティ。

主教はこれに返答する気になれず、もう一度重い禄付牧師を動かそうと試みた。

「だけど、おそらく仕事は変わらないんでしょう?」とバーティは続けた。「ここバーチェスターで仕事はたくさんあるんですか?」若い海軍省の事務官が財務省の仲間の助手に質問するときのような口調だった。

「イギリス国教会の主教の仕事は」プラウディ博士はかなり威厳を込めて言った。「簡単ではありません。事実、はたさなければならない責任はかなり重いのです」

「そうですか?」バーティはすばらしい、青い眼を大きく見開いて言った。「だけど、ぼくは責任を取ることを恐れたことはありません。ぼく自身がかつて主教になることを考えたことがあるんです」

「主教になることを考えたことがある!」プラウディ博士は非常に驚いて言った。

「つまり、教区牧師——まず教区牧師になる。あとで主教になる。もしいったん始めたら、ぼくならそれに固執しましたね。だけど、総じてぼくはローマ・カトリック教会がいちばん好きです」

主教はその点を議論することはできなかったので、沈黙を守った。

「ところで父のことですが」とバーティは続けた。「父は固執しなかったんです。父は同じことを何度も言うのが、好きではなかったと思います。ときに主教、父にお会いになりましたか？」

主教はこれまでになく驚いた。彼の父に会ったことがあるか？「いいえ」と主教は答えた。「まだお会いしておりません。お会いできたらと思います」主教はそう言うと、力があれば、その動かない太った禄付牧師を力ずくで動かすことを決意した。

「父はこの部屋のどこかにいますよ」とバーティは言った。「じきに姿を現すと思います。ところでユダヤ人についてはよくご存知ですか？」

ついに主教は出口を見つけた。「申し訳ありませんが」と彼は言った。「部屋を回らなければなりません」

「ええ――あなたのあとについて行きます」とバーティ。彼は成り行きから体を密着させていた太った禄付牧師に「ひどく暑いですね」と話しかけた。「このソファーは部屋のなかでおそらくいちばん邪魔になるところにありますね。動かして見ましょう。マデリン、気をつけて」

ソファーは後ろにいる人が外に出られないところに置かれていた。人一人でふさがるくらいの狭い幅しか、ソファーと壁のあいだに隙間がなかった。これはまずい置き方で、バーティは直せると思った。

「気をつけて、マデリン」彼はそう言うと、太った禄付牧師に向かってつけ加えた。「押すのを少し手伝っていただけませんか」

禄付牧師がそのときソファーに預けていた体重は、バーティが意図的に生み出した動きにはずみをつけ、思いがけなくそれを加速させた。ソファーはもとの位置から勢いよく動き、部屋の中央へ半分のところまで移動した。プラウディ夫人はそのときスロープ氏とともにシニョーラの正面に立ち、低姿勢で社交的に振る舞っていた。ところが、奥方はシニョーラに話しかけるとき、いつも相手がスロープ氏に返答するのに気づいて、ご機嫌斜めになった。確かにスロープ氏は奥方のお気に入りだった。それはそうとしても、プラウディ夫人は自分が主教付牧師よりも軽視されることに我慢がならなかった。奥方が感情を害し、威厳を高め、よそよそしくなっていたとき、運悪くソファーの脚輪が奥方のレースの裾を巻き込んで、おびただしい数の装飾品を一挙に奪い去った。ギャザーがはじけ、縫い目が裂け、プリーツが飛んでほどけた。ひだ飾りが垂れるのが見え、布地のはぎ合わせがさらけ出された。長く裂けたレースがカーペットを汚し、動いたソファーの忌まわしい脚輪にまだその一端がはさまれていた。

堅固な砲台が築かれるとき、その力強さと均斉が賞賛され、戦争を遂行する男たちの目を喜ばせる。何年もかかった仕事の成果。こぎれいなはざま銃眼、仕上げられた胸壁、耐爆装甲を施された階層は現代科学技術の粋を表す。しかし、危険な導火線にほどなく小さな火花が点けられる。と、塵の雲が天まで昇り、ゴミと埃と醜い破片以外に何も見えない。

ユーノーが美貌をないがしろにされたとき、その怒り(2)がどんなふうだったか私たちは知っている。天上の神々しい心もどんな激情の嵐に曝されるか知っている。ユーノーがイダ山上でパリスを見たように、プラウディ夫人はエセルバート・スタンホープを見た。彼がソファーの脚輪をレースの裾に押し込んだときのことだ。

「まあ、なんて馬鹿なの、バーティィ」シニョーラは起こったことと、どんな結果が生じるかを察知した。

「馬鹿！」とプラウディ夫人は繰り返した。まるでその言葉が、本当の気持ちの半分も強く表していないかのようだった。「思い知らせてやらなくては――」しかし、奥方は身のまわりを見回して、一目で最悪の事態を見て取ると、まずは散らばったドレスのくずを集めなければならないと思った。

バーティはしでかしたことを知ると、ソファーへ駆け寄り、怒った奥方の前へ身を投げ、片膝をついた。

疑いもなく、脚輪から裂けたレースをはずすことが目的だった。しかし、彼の様子はまるで女神に許しを懇願するかのように見えた。

「手をお放しになって！　あなた」プラウディ夫人がどんな劇的な詩の断片(3)から、この言葉を抜粋したかわからない。しかし、その断片は奥方の記憶のなかにおそらく残っていたもので、今ちょうどふさわしい折に威厳をもって発せられたのだ。

「もし許してくださるなら、ぼくは妖精のはた織機まで飛んで行って、この損害を直させます」エセルバートはなおもひざまずいたまま言った。

「手をお放しになって！　あなた」プラウディ夫人は激怒し、語気を強めて言った。妖精うんぬんの言葉が奥方を真っ向からあざ笑う意図を持ったもの。少なくとも奥方にはそう思えた。「手をお放しになって！　あなた」声はほとんど金切り声になった。

「ぼくのせいじゃありません、忌ま忌ましいソファーめ」バーティはまだひざまずいたまま奥方の顔を懇願するように下から見あげつつ、奥方のものに触っていないことを示すため両手をあげた。

シニョーラがそのとき笑った。大きな声ではなかったものの、それが聞こえてしまった。子を奪われた雌虎が怒りを手近にあるものに向けるように、プラウディ夫人はその女性客に敵意を向けた。

「マダム！」と奥方は言った。散文の力をもってしては、その目に煌めく怒りの炎を表現するのは難しい。

シニョーラは一瞬奥方の顔を正面からじっと見つめ、それから弟のほうへ向き直ると、冗談交じりに言った。「バーティったらまったく馬鹿ね、お立ちなさい」

このときまでに主教とスロープ氏と三人の娘が奥方のまわりを取り囲み、広く散らばった盛装の残骸をすくい集めていた。娘らは母の後ろを丸く取り囲むと、そのまま残骸を持って母のあとに続いて、少しは威厳を保ちながら、大広間を出て行った。プラウディ夫人は退出後、盛装をやり直す必要があった。

きらびやかな人々がいなくなると、ひざまずいていたエセルバートはすぐ立ちあがり、太った禄付牧師にふざけて上辺だけの怒りを向けた。「結局あなたのせいなのです――ぼくじゃない。だけど、おそらくあなたは昇進待ちなのでしょう。だからぼくが罪をかぶるのです」

それで太った禄付牧師に対する笑いが起こり、主教も付牧師もそれに加わった。こうして再び秩序が回復した。

「まあ！　主教閣下、弟がそそうをしてしまって、申し訳ございません」シニョーラは手を差し出して、主教が取らずにいられないようにした。「弟は本当に軽率で。どうかお座りくださいな。閣下とお知り合いになれて、嬉しゅうございます。私はソファーを必要とするような哀れな身ではありますが、それを独占するほど利己的ではありません」マデリンはいつも一人の紳士のため、ソファーの一部を空ける気でいた。しかし、彼女によると、女性の場合クリノリンがかさばりすぎるから、そこに座ることができないのだ。

「ここまでこんな身を引きずって来ましたのも、ただあなたにお目にかかるためなのです」と彼女は続けた。「もちろんあなたのお仕事のことを考えると、拙宅を訪問する時間を作るように、お願いするなんてぶしつけなことはできません。あなた方のイギリスふうディナー・パーティーはとても退屈で、気位の高いものですわ。ご存知かしら、閣下、イギリスに来るに当たって、私の唯一の慰めはあなたにお目にかかることでした」そう言うと、彼女は女悪魔の表情で主教を見た。

ところが、主教はマデリンをまるで天使のように思ったから、勧められた席を受け入れ、そばに腰をおろした。主教は彼女がここに来るため払わなければならなかった労苦に対し、深い感謝を月並みな文句で口にした。そして、ますます相手はいったい何者なのだろうと不思議に思った。

「もちろん私の哀れな身の上をご存知でしょう？」と彼女は続けた。

主教は何も知らなかった。しかし、相手がほかの人と同じように歩いて部屋に入ることができないと知っていたか、思っていたから、その知識を最大限に利用した。主教は言いようのない悲しみの表情を浮かべると、神がどれほどひどい苦しみを彼女に与えたか知っていると言った。

シニョーラはすてきなポケット・ハンカチを取り出して、ちょっと両の目頭を押さえた。そうなの、と彼女は言った――普通の人の忍耐力を超えるような試練――つらい試練を受けてきました。けれどね、子供がいますから、すべてが残されています。「ああ、閣下！」と彼女は叫んだ。「あの子に会ってくださらなくては――すばらしい樹の最後のつぼみに。あなたが神聖な手を頭にかざして、無垢なあの子を清め、女性の美徳がえられるようにする、そのような希望を母に与えてくださらなくては。それをお願いしてもよろしいでしょうか？」彼女はそう言うと、主教の目を見つめ、主教の腕に手を置いた。

主教は普通の男だったから、彼女の申し出を受け入れた。結局、それは娘に堅信礼を施してほしいという依頼にすぎなかった――若い女性が普通に申し出るなら、主教が当然の職務としてはたすべき事柄だから、実際には必要のない頼みだった。

「ティベリウスの血[4]」シニョーラがほとんど囁くように言った。「ティベリウスの血が娘の血管を流れています。ネロの最後の血筋ですわ！」

主教は西ゴート族の最後の人[5]の話なら聞いたことがあり、モヒカン族の最後の人[6]については、漠然とした考えしか頭のなかになかった。ところが、こんなふうにネロの最後の血筋を目の前に突きつけられ、祝福を求められるというのは驚きだった。それでも主教はシニョーラが気に入った。彼女はしっかりした考え方を持ち、弟よりも作法にかなう話し方をした。とはいえ、彼女らはいったい何者なのだ？ 絹のような顎ひげのあの青い狂人がヴィシニローニ公爵ではないことははっきりした。女性は既婚者であり、夫の名によってもちろんヴィシニローニ家の一員であることは間違いない。主教は胸中模索を続けた。

「いつ会ってくださいますか?」シニョーラは話を切り出した。

「どなたとですか?」と主教。

「私の子ですわ」と母。

「その若い女性はおいくつですか?」主教は尋ねた。

「七歳です」とシニョーラ。

「何と」主教は頭を横に振りながら言った。「若すぎます――ちょっと若すぎます」

「けれどね、明るい日差しのイタリアでは、年など気にしませんわ」シニョーラは飛び切り甘い笑顔を主教に見せた。

「とはいえ、本当に幼すぎます」主教は主張した。「もっと大きくならないと、堅信礼はできません」

「けれど、娘と話をしてくださいますわね。あなたの聖なる唇で娘に話してください。娘はローマ人かもしれないけれど、見捨てられていないと、ネロかもしれないけれど、キリスト教徒だと、異教徒シーザーの血のせいで黒い巻き毛と浅黒い頬を具え持つかもしれないけれど、まさしく恩寵の子だと。娘にそのように伝えてくださいますわね? お友だちのあなたから」

友は伝えようと言うと、その娘が教理問答を言えるかどうか尋ねた。

「いいえ」とシニョーラは答えた。「ローマは聖職者によって踏みにじられ、偶像崇拝で汚染されていますから、そんなところで娘が教えを学ぶことを許しませんでした。娘が最初に聖なる言葉を回らぬ舌で教えられるのは、ここ、このバーチェスターにおいてなのです。ああ、ここであなたが娘の教師となるのだわ!」

今やプラウディ博士はすっかりこの女性が好きになった。しかし、主教という立場を考えると、彼自身が小さな女の子に教理問答の初歩を教えるのは、妥当でなかった。それで、別の先生を送ると言った。

「けれどね、娘には会ってくださるのでしょう？　閣下」

主教は会うと答えたものの、いったいどこへ訪ねていったらいいのだろう？

「パパの家よ」シニョーラはその質問にいくぶん驚いた様子で言った。

主教はそのパパが誰なのか、相手に尋ねてみる勇気を持ち合わせなかった。しかも、ついにその謎を解明できないまま、その女性のもとを去らなければならなくなった。プラウディ夫人が二番目にいい盛装で、今大広間に戻ってきたから。夫は奥方が軽蔑の感情を抱くらしい女性と親密な会話を続けるのは、あまり穏当でないと思った。やがて主教は末娘を見つけた。

「ネッタ」と彼は聞いた。「あのシニョーラ・ヴィシニローニのお父さんはどなたか知っているかい？」

「ヴィシニローニじゃないわ、パパ」とネッタは言った。「ヴェシー・ネローニよ。あの人はスタンホープ博士の娘よ。でも、これからグリゼルダ・グラントリーのところへ行って、親切にしてあげなくては。あのかわいそうな子は今晩誰からも話しかけられていないのよ」

スタンホープ博士！　ヴェシー・スタンホープ博士！　ヴェシー・スタンホープ博士の娘、自堕落なイタリア人のならず者とその娘の結婚の噂を、前に聞いたことがあるのを主教は思い出した！　主教の仕事について問いただした青い服の無礼な小僧は、あのスタンホープの息子だったのか！　娘に会って教理問答を教えてほしいと頼んできた女性は、あのスタンホープの娘だったのか！　彼の名誉参事会員の娘だったのか！

これらのことがぱっと頭のなかに思い浮かぶと、主教は妻の怒りに勝るとも劣らぬ怒りに駆られた。しかし、それにもかかわらずあのネロの末裔の母は感じのいい女性だと認めざるをえなかった。

プラウディ博士はグラントリー派の牧師らが集う隣の部屋に入っていった。大執事が際立った姿でそのなかに立っており、老参事会長が暖炉のそばの巨大な肘掛け椅子に埋まるように座っていた。主教は彼らに優しくして、できるなら付牧師が彼らに掻き立てた敵意を緩和したいと思っていた。スロープ氏の行動は毅然たるもの、主教の態度は優しいものという硬軟両様の対応だった。

「ああ、参事会長、どうかそのまま。どうか立たないで」主教は立ちあがろうとする老人に言った。「このような雑多な集まりに、ご足労をいただいたあなた方のご親切に感謝します。私たちはまだここに腰を落ち着けていないのです。[7]プラウディ夫人はまだ希望の友人に会うことができません。ところで、大執事、私たちはオックスフォードであなた方に危害を加えてはいませんよね」

「はい」と大執事は答えた。「ただ我々の歯を抜き取り、我々の舌を切り取っただけですな。息をし、飲み込むことはまだ許してくれていますが」

「はっはっは！」と主教は笑った。「オックスフォードの大物の舌を切り取るのは簡単ではありません。——もちろん歯なぞは——はっはっは！　私たちが定めたかたちでも、栄光に満ちた昔の『毎週役員会』時代のように、学寮長らが思い通り力を振るえないことはないと思います。どう思われますか、参事会長？」

「閣下、老人は変化を好みません」と参事会長。

「それが事実なら、あなた方は始末におえない不器用者です」と大執事は言った。「実際、正直に言うと、あなた方はオックスフォードではしくじったと思います。いずれにしても、認めなくてはなりません。あなた方はやると自慢して言ったことの半分もやり遂げていません」

「ところで教授体制に関してですが——」尚書役がゆっくりと話し始めた。尚書役はこの先を続けることができなかった。

「教授について言うと」柔らかくて明瞭な声が尚書役のすぐ後ろから聞こえてきた。「あなた方イギリス人は、多くのことをドイツから学べるのに、それをしようとしません。少々誇りが高すぎるんです」

主教は振り向くと、あの忌ま忌ましい若いスタンホープがあとを追ってきているのに気づいた。参事会長はこの世のものとは思えぬ亡霊でも見るかのように、エセルバートをじっと見た。名誉参事会員と準参事会員数人も同じように見た。大執事は笑った。

「ドイツの教授は学問の人です」とハーディング氏が言った。「でもね、――」

「ドイツの教授だと!」尚書役はうめいた。まるで彼の神経組織がオックスフォードで一週間すごさなければ癒せぬ衝撃を受けたかのようだった。

「そうです」とエセルバートは続けた。しかし、オックスフォードの個人指導教員の目から、ドイツの教授がいかに軽蔑の対象と見えたか、その理由を本人が知らなかった。「ドイツの大学は高い名声をえています。もっともオックスフォードにそれがないわけではありませんが。ドイツでは教授は教えるんです。だけど、オックスフォードでは私が思うに教授は教えるふりをするか、下手をしたらそれすらもしません。ドイツから学ばなければ、(8)あなた方はじきに大学を駄目にしてしまいます!」

これには答えることができなかった。六十歳を超えた、威厳に満ちた牧師らは身を落としてまで、こんな服装でこんな顎ひげの若者とこんな問題を議論することができなかった。

「プラムステッドには、いい水がありますか、大執事?」主教が話題を変えようとした。

「とてもいい水が出ます」とグラントリー博士が答えた。

「でも、大執事のワインよりもいいとは言えません、閣下」機知のある準参事会員が言った。

「みんなが利用できるものでもありません」ともう一人が言った。「大執事のワインは内輪だけのものですから」

「はっはっは！」と主教は笑った。「よいワインセラーは家のなかでも心地いい場所ですね」

「あなたのいうドイツ人教授はビールのほうがお好きでしょう」と、皮肉屋の、痩せた小柄の名誉参事会員が言った。

「彼らはビールもワインも好きじゃありません」とエセルバートが言った。「それが彼らの優秀性を説明しています。ところでユダヤ人の教授は――」

オックスフォード出の面々は、これ以上の侮辱に堪えられなかった。大執事は一方に、尚書役も他方に、それぞれ弟子を引き連れて、去っていった。主教と若い改革者は暖炉の前の敷物の上に取り残された。

「私はかつてユダヤ教徒だったこともあるんです」バーティが切り出した。

主教はこの若者からもう一度問いただされることも、パレスチナとかかわりになることも、避けたいと思った。それで、彼は特別やらなければならないことをまたもや思い出すと、若いスタンホープと参事会長をその場に残して去っていった。参事会長はつらい目にあうことはなかった。エセルバートが聖地での驚くべき行動について、嘘のない説明をしたからだ。

「ああ、ハーディングさん」主教は前慈善院長に追いついて言った。「慈善院について、一言言っておきたかったのです。当然ご存知でしょうが、もうじき院長に人を当てることになります」

ハーディング氏は少し心臓を高鳴らせると、そう聞いていると答えた。

「もちろん」と主教は続けた。「私が院長になってほしいと思うのはただ一人です。あなたのご意見がどうなのかはわかりませんが。ハーディングさん――」

「私の意見ははっきりしています、閣下」とハーディング氏は言った。「もし私にその職が提供されれば受け、もしほかの人に与えられるなら、それに堪えなければなりません」

主教はその言葉を聞いて嬉しいとはっきり言った。余人がこの職に就くことはないとハーディング氏は自信を持っていてよい。若干の事情があって、院長の職掌にわずかな変更が加えられた。ハーディング氏はたぶんそれをご存知だろうし、それについてスロープ氏と話し合うことに、おそらく反対はなさらないだろう。スロープ氏が大きな関心を抱いた問題だったから。

ハーディング氏は理由不明の圧迫と困惑を感じた。スロープ氏がしゃしゃり出て、いったい何をしようというのだろう？　職掌に変更があることはわかっていた。どのような変更か誰かが院長に伝えなければならない。その誰かが主教の付牧師ということなのだろうか？　ハーディング氏は胸中そう問答しつつ平静を取り戻そうとしたが、報われなかった。

そのころ、スロープ氏はシニョーラのソファー――主教が去ったあとの席――に腰をおろすと、人々を夜食に案内する時間までそこにとどまっていた。プラウディ夫人はこれを穏やかならぬ目で見ていた。この女は奥方のドレスを見て笑わなかったか？　スロープ氏は女の笑いを聞かなかったか？　この女は見せかけと、気取った態度と、図々しさがすべての、半分は誰かの妻、半分はすれっからしの、悪事を企むイタリア女ではなかったか？　この女はビロードと真珠でごてごてと――背中から引きちぎられることもなく――飾りたてていなかったか？　この女はとりわけまわりの人たちよりも美しいふりをしていなかったか？　プラウディ夫人が嫉妬に燃えていたというのでは、適切にその心情を表していない。奥方はスロープ氏から思いを寄せてほしいなんて、思ってもいなかった。しかし、精神的、世俗的両面でスロープ氏の愛想のいい奉仕を求めていたから、シニョーラ・ネローニのような対象にそれがそれていくのを好まなかった。スロープ氏は義務としてもシニョーラを憎んでいてほしいと思っていた。ところが、彼の様子を見ると、シニョーラを憎んでいるようにはとても見えなかった。

「おいでになって。スロープさん」奥方はさっと現れると、感情をもろに表す表情で言った。「少しはお役に立っていただけますでしょうか？　グラントリー夫人を夜食へご案内して差しあげて」

グラントリー夫人はそれを聞いて、逃げ出した。プラウディ夫人がその言葉を発するやいなや、ねらわれた夫人は夫の副牧師の腕に手を差し込んで窮地を逃れた。グラントリー夫人がスロープ氏と一緒に階下へおりていくところを見られたら、いったい大執事から何と言われるだろうか？

スロープ氏は奥方の言葉に従ったものの、期待されたほど従順ではなかった。事実、彼がプラウディ夫人に従順に従う期間は終わりに近づいていた。もしできるなら、奥方との関係はまだ維持したかったし、完全に絶つことを望んでもいなかった。しかし、彼はこの公邸の主人になりたいと思い、奥方も同じ決意をしていたから、二人が衝突することはありうることだった。

スロープ氏はシニョーラのソファーを離れる前に彼女の正面に小さなテーブルを置くと、何を運んできたらよいか尋ねた。彼女は食べ物に無関心で、何もいらない――何でもいいと言った。今一人取り残されそうになると、身の不運をみじめに思った。そうね、鶏肉を少しとハムと一杯のシャンパンをお願い、と彼女は言った。

スロープ氏はパトロンのしみったれのせいで、シャンパンはないと顔を赤らめながら説明しなければならなかった。

シェリー酒で代用することもできるだろう。そのあと、スロープ氏は博学なミス・トレフォイルを腕にエスコートしながら、階下へおりていった。バーセットシャーの羊歯はカンバーランドのそれと同じかどうか教えてほしいと、彼はミス・トレフォイルに聞いた。羊歯に関しては何か強い世俗的な愛着を感じる、と彼は言った。それから、それに答えをえる前に、ミス・トレフォイルをドアと食器棚のあいだに挟み込んで立ち去った。ミス・トレフォイルはそこから抜け出すのに五十分かかったが、そのあいだ食べ物を口にすることができなかった。

「私たちのところにいてください、スロープさん」油断のない女主人が言った。彼女の奴隷が客人たちの頭上高く食べ物を掲げながら、ドアのほうへ去っていくのを見たからだ。

スロープ氏はシニョーラ・ネローニが夜食をほしがっていると説明した。

「どうかスロープさん、その夜食は弟に持って行かせればいいでしょ」プラウディ夫人が大きな声ではっきりと言った。「そんなことにあなたが使われるなんて、話になりません。どうかスロープさん、私をがっかりさせないで。きっとスタンホープさんが姉に給仕してくださるでしょ」

その弟のエセルバートは部屋のもっとも遠い隅っこで、プラウディ夫人の末娘を相手に、愛想のいい、有能な男の役を非常に愉快そうに演じていた。

「たとえマデリンが夜食を食べられなくて餓死するとしても、奥様、ぼくは手が離せません」と彼は言った。「空を飛ぶことができるなら別ですが、体は一か所にしかいられません」

奥方は末娘も敵方の手に落ちているのを見ると、怒りを増幅させた。スロープ氏が奥方の注意と明確な命令に逆らって、大広間へ去って行くのを見たとき、怒りが許容量を超え、自分を抑えることができなくなった。「このような無礼な振る舞いは見たことがありません」と奥方はつぶやいた。「絶対に許せない、許しません」それから数分間ぶつぶつ不平を言い、ぷりぷり苛立っていたが、群集を押しのけ、スロープ氏のあとを追った。

奥方は上の部屋に着いたとき、罪深い一組の男女以外に、誰もいないことに気がついた。シニョーラは心地よさそうに座り、夜食に取りかかろうとしており、スロープ氏は彼女にもたれかかって、あれこれ世話を焼いていた。二人は安息日学校の長所について議論していた。シニョーラは生徒のところへ自分は行くことができないけれど、生徒のほうが来るようにしてくれれば、かねてよりの念願を実現することができると提案した。

「では、いつがよろしいかしら、スロープさん？」とシニョーラが言った。

プラウディ夫人は部屋に入り、スロープ氏がこの約束に縛られるのを救った。奥方はソファーの前にさっと現れると、罪深い男女に対面した。二人を一瞬じっと見つめたあと、隣の部屋へ移動しながら言った。「スロープさん、階下で主教閣下があなたの付き添いを特に望んでおられます。閣下のところへ行ってくださると嬉しいんですが」それから、奥方はもったいぶった歩き方で立ち去った。

スロープ氏は返事の代わりに何かつぶやくと、階下へおりる用意をした。主教閣下が階下で付き添いをうんぬんに関しては、言っていることが本当か、嘘か、わかるくらいに、彼は女パトロンのことを理解していた。女性の前で女主人に逆らって、その場面の主人公になるつもりも、その場面が求める以上に、女性にいんぎんに振る舞うつもりもなかった。

「あの方はいつもこんなふうなの？」とシニョーラが聞いた。

「ええ——いつもこうなんですわ——マダム」プラウディ夫人が引き返してきて言った。「いつも同じ、どんな不適切な行動にも、いつも等しく反発するのよ」奥方は再び大またで部屋を歩き、スロープ氏に続いてドアから出た。

シニョーラは奥方のあとを追えるものなら、追っていただろう。その代わりに、大声で笑い、その声をロビーから階下へ、プラウディ夫人の足元にまで響かせた。もしシニョーラがグリマルディ[9]くらいに動けたら、おそらくグリマルディ程度のしっぺ返しをしていただろう。

「スロープさん」プラウディ夫人はドアのところで義務不履行者を捕まえて言った。「私のそばを離れて、あんな虚飾のイゼベル[10]に奉仕するなんて、驚きました」

「ですが、あの人は脚が不自由なんです、プラウディ夫人、動けないんです。誰かがあの人に給仕してあげなくては」

「脚が不自由ねえ」とプラウディ夫人は言った。「もしあの人が私の子だったら、私が不具にしていました。あの人はいったいここに何の用があったのかしら？　あんなに無礼な——あんなに気取った人が」

大広間と隣接の部屋では、人々がマントを着たり、ショールを肩にかけたりした。バーチェスターの人々は帰り支度をしていた。プラウディ夫人はいとま乞いをする一人一人に目一杯笑みを浮かべようとした。しかし、怒りをどう処理していいかわからなかったから、とても成功したとはいえなかった。客人たちはゆっくりそれぞれの帰路についた。

「馬車を折り返し返してください」エセルバートはスタンホープ夫妻が出発するとき、言った。

スタンホープ家の若い三人は最後まで残ることになったから、主教の家族と居心地の悪い一団を形成した。彼らは食堂に入ったものの、そのとき主教が「あの女性」が大広間に一人きりでいることに気づいて、みな主教に続いて階段をあがった。

プラウディ夫人はスロープ氏が眩惑されることも、娘らが汚染されることも、許すまいと決めていたから、彼らを内輪の会話のなかに巻き込んだ。主教はバーティとユダヤ教徒をひどく恐れていたので、イタリアの気候についてシャーロット・スタンホープと会話しようとした。バーティとシニョーラはお互い同士しか時間つぶしの相手が見つからなかった。

「マデリン、結局夜食は食べられたかい？」図々しいというよりも、悪戯好きの若者が聞いた。

「ええ」とマデリンが答えた。「ご親切にスロープさんが運んでくれたわ、けれどね、願った以上にあの人が苦境に陥ったのではないかと心配だわ」

プラウディ夫人はシニョーラを見たが、何も言わなかった。その視線は語っていた。「もしこの家にまた足を踏み入れるようなことがあったら、好きなだけ図々しく、気取って、悪戯をしていいようにして差しあげるわ」

ついに馬車が三人のイタリア人従者を連れて戻ってきた。ラ・シニョーラ・マデリン・ヴェシー・ネローニは運び込まれたように、運び出された。

公邸の奥方はバーチェスター初の盛大なパーティーの結果に満足しないまま、私室へ退いた。

註

（1）「教会委員会」については第一章の注十参照。
（2）ユーノーの怒りについては第五章の注一参照。
（3）プラウディ夫人はおそらく『ハムレット』第一幕第四場の「手を離したまえ、君……」という台詞を覚えていた。
（4）ティベリウス・クラウディウス・ネロ・カエサル・アウグストゥスは、第二代ローマ皇帝（14-37）。
（5）西ゴートの君主（710-11）として国を治めたロデリックのこと。彼はロバート・サウジーの詩『ロデリック——ゴート族最後の人』（1814）の主人公。
（6）ジェイムズ・フェニモア・クーパーの小説（1826）の題名。
（7）一八三〇年代四〇年代にあったオックスフォード改革に関する長い議論は、学寮と、学寮を通してイギリス国教会が、教育と試験を牛耳る支配体制をどうするかだった。これに関して改革派はカリキュラムと入学条件を拡大し、教授会を強化し、閉ざされたフェローの地位を自由競争に置くことによってしか、学問水準をあげられないとの信念を抱いた。学寮のフェローがイギリス国教会の聖職者でなければならなかった時代、グラントリー博士のような高教会派牧師にとって、改革派の提案は危険なほど世俗的に見えた。ジョン・ラッセル卿によって一八五〇年に設置されたオックスフォード調査王立委員会が、一八五二年に改革派の主張の多くを取り入れた報告書を提出したとき、この問題は重要な局面を迎えた。改革の要点は、学内自治に民主主義的形態を与えるため、教職員会（Congregation）を復活してその力を拡張すること、学寮長らによる古い「毎週役員会」（Hebdomadal Board）を、教授が決定権を持つ新しい毎週評議会（Hebdomadal Council）へ置き換えること、教授の地位を改善すること、研究や試験に関する権限を教授に付与すること、特に現存する規定では不充分か、存在すらしていない歴史、法律、自然科学のような科目の発展を奨励する権限を教授に与えること、フェローの地位を自由競争に付して、聖職者資格をその要件からからはずすこと、貧しい学生に対する大学の支援を拡張することなどだった。もっとも議論のまととなったのが、余ったフェローの数を抑制する項目、講師と教授の維持のため学寮から資金を転用する項目だった。

報告書のねらいは、学寮の経費で大学を強化することにあった。改革派の委員たちはドイツの大学に倣ってオックスフォードを非宗教的な機関に変えようと試みた点で非難された。ドイツの大学は教授の講義と研究の体制を通して、多くの分野で当時世界の指導的地位を確立していた。一八五四年の「オックスフォード改革法」は、王立委員会の主張をほとんどすべて施行に移した。しかし、多くの改革者が期待したほど強い圧力を学寮にかけることができなかった。聖職者としてのフェローの地位は廃止されず、教授の職に対する学寮の資金移転は足踏み状態だった。主教プラウディ博士がここで示唆するように、新しい「毎週評議会」は学寮長らの権力をはばむことができなかった。しかし、法案通過の過程で一つの重要な修正が実現した。王立委員会の指示からは排除されていた宗教の試験が廃止され、非国教徒にも大学を解放することになった。

（8）バーティはここでオックスフォード出身者の感情を逆なでしている。多くの改革派（バーティもその一人）が聖職者中心のオックスフォードを攻撃したのは、世俗的なドイツの大学に倣うべし――個人指導よりも教授体制を重視し、宗教的信条とは無関係に奨学金を支給する――というスローガンに基づくものだった。上記注九参照。

（9）ジョゼフ・グリマルディ（1779-1837）は有名なイギリスのパントマイム道化役者で、ダンサー。
（10）イゼベル（Jezebel）については「列王記上」第十六、十九、二十一章及び「列王記下」第九章。

第十二章　スロープ対ハーディング

　パーティーから二、三日後、ハーディング氏はスロープ氏から翌朝早い時間に主教公邸に訪ねてきてほしいとの短い手紙を受け取った。内容に無作法なところはなかったが、語調は最初から最後まで不愉快だった。手紙は次のようなものだった。

親愛なるハーディング様
　明朝九時半に公邸に私を訪ねてくださるようにお願いします。主教が私に慈善院についてあなたと話をするようにお望みです。こんなに朝早い時間を指定する非礼をお許しください。私の時間がふさがれているせいです。ですが、どうしてもあなたのご都合がつかない場合は時間を十時に変更いたします。ご返事の手紙をお待ちしています。

親愛なるハーディング様
あなたの信頼できる友
オバ・スロープ

公邸にて、月曜日の朝
一八五——年八月二十日

ハーディング氏はここに書かれていることが信じられなかったし、信じるつもりもなかった。自分のことをオバなどと呼ぶスロープ氏をかなり生意気だと思った。信頼できる友なんて！　いったい何人の信頼できる友に人はこの世で巡り会えるというのか？　どんな経緯をへたら、そのような友になれるというのか？　これまでハーディング氏とスロープ氏のあいだにそんな経緯がどれだけあったと言えるのか？　ハーディング氏は目の前の手紙を何度も読み返しながら、こんな問いを胸中問いかけずにはいられなかった。しかし、彼は次のような返事をした。

拝啓
　お望み通り明朝九時半に公邸へ伺います。

敬具
S・ハーディング

バーチェスター、ハイストリート、月曜日

翌朝九時半きっかりに彼は公邸のドアを叩くと、スロープ氏への案内を請うた。
　主教には公邸の一階に小さな部屋が割り当てられており、スロープ氏にも一部屋があった。ハーディング氏は後者の部屋に案内されると、座るように言われた。スロープ氏の姿はまだそこになかった。前慈善院長は窓際に立って庭を眺めたとき、公邸で生まれ育った家族のように、ここに全面的に受け入れられていた時期から、短い月日しかたっていないことを考えずにはいられなかった。そのころ老使用人がドアを開けてくれたとき、どんなふうにほほ笑みかけてきたか、彼はよく覚えていた。公邸のお見舞いがいつもより数時間遅れたとき、親しい執事が彼に何と言ったか——「ハーディングさん、あなたの姿を見ると悲しい目には薬です」——よく覚えていた。気むずかしい家政婦が公邸で彼に食事をさせようと、ディナーは食べていないかもしれない、朝食は？　昼食は？　などと、どんなふうにやきもきしながら話したか。それから、とりわけ彼が部屋に入っていったとき、旧友の姿を目にした亡き老主教の顔にいつも満足の快い輝きが広がったのをよく覚えていた。

これがみな失われてしまったと思うとき、両の目に涙が込みあげてきた。孤独で、老いた彼にとって今慈善院に何の意味があると言えるのか？　旧友の主教のようにまもなくあらゆるものを残して、去って逝かなければならない。慈善院も、聖堂内の慣れ親しんだ場所も、たまり場も、娯楽も、もっと若い人たちに残して、去って逝かなければならない。ああ、あのすばらしい彼の詠唱ときたら！——おそらく詠唱なんていう時代は本当は終わってしまっていたのだろう。まるで世界が足元から沈んでいくような気がした。これまで他人に対して自信たっぷりに希望を持つように説教してきたけれど、まるで今、今こそ彼が自信を持って希望に頼る時ではないかと感じた。「もし老年期固有の鬱に直面したとき、信仰が人を支えてくれないとしたら」と彼は独り言を言った。「いったい宗教にどんな価値があると言えようか？」主教の庭の様々な明るい花壇に涙の目を向けたとき、彼は求めていた支えをえたように感じた。

それはそれとして、前院長はこんなふうに待たされるのはご免だった。もしスロープ氏が実際に九時半に会うのを望んでいなかったのなら、まだ朝食が胃袋に収まりきらないうちに、なぜ彼を貸間から呼びつけるようなことをしたのか？　じつを言うと、それがスロープ氏の狡猾なところだった。ハーディング氏が卑屈に身を屈して院長職を受け入れるか、まるきり拒絶するか、そのどちらかだとスロープ氏は考えていた。そして、もしハーディング氏が不機嫌な精神状態にあるとき、この問題を持ち出したら、彼は後者の選択肢に向かいやすいとスロープ氏は計算した。その計算はおそらく必ずしも間違っていなかった。

十時近くになってやっとスロープ氏が足早に部屋に入ってきた。彼は主教や主教区の仕事について何かつぶやきながら、握手してハーディング氏の片手を無慈悲に湿らせると、椅子に腰掛けるように勧めた。ハーディング氏はこの男の偉そうな態度に反発した。しかし、怒りをどう表したらいいかわからなかった。相手に対抗して彼のほうでも偉そうな態度を気取ることは、精神的にも、気質的にも容認できない態度だった。相手の横柄な態度を率直かつおおっぴらに叱責し、相手をやり込める――大執事ならそうしただろう――には、世俗的な精神や理解の早さが必要だが、彼にはそんなものが欠けていた。ハーディング氏は相手に従うしかなかったから、結果的にそうした。

「慈善院のことなんですが、ハーディングさん」スロープ氏は口を切った。まるでケンブリッジの学寮長が処理しなければならない特別給費生のことを話すような口ぶりだった。

ハーディング氏は脚を組み、その上に両手を重ねて置くと、真っ直ぐスロープ氏の顔を見たが、何も言わなかった。

「院長の職に再び人を当てる予定なんです」とスロープ氏。ハーディング氏はそう理解していると答えた。

「もちろん、ご存じのように、俸給は大幅に削減されます」とスロープ氏は続けた。「主教は気前よくお金を出したいと思ったから、院長職は少なくとも年四百五十ポンドと評価されると思うと、政府に回答したのです。私は主教が正しかったと思います。というのは、職務そのものが煩わしくないうえ、以前よりもずっと楽なものになるからです。聖堂の町に所属する牧師が私たちの自由になる教会財産の範囲内で、できるだけ裕福になるのはおそらくいいことです。主教はそういうふうにお考えで、私も同意見と言わなければなりません」

ハーディング氏は座って、手をこすり合わせていたが、何も言わなかった。

「報酬についてはそんなところです、ハーディングさん。もちろん、屋敷はこれまで通り院長のものとなります。ですが、何ですか、院長は七年ごとに内壁を、三年ごとに外壁を塗り替えること、また院長が亡くなるか、何らかのかたちで屋敷を立ち退く場合には、修繕義務が条件となること、などが約定で定められると思います。ですが、この問題についてはまだ主教と相談していません」

ハーディング氏は黙ったまま座って、なおも手をこすりあわせ、あまり見たくないスロープ氏の顔を見あげた。

「それから職務のことですが」とスロープ氏は続けた。「私の認識が正しければ、これまで院長にそれらしい職務があったようには見えません」彼はこの中傷を冗談にしてごまかすため、半分作り笑いを浮かべた。

ハーディング氏は懐かしい施設ですごした幸せな、安楽な日々のこと、援助した疲れはてた老人たちのこと、心のなかにあふれていた誠意のこと、確かにもっとも軽い部類に入る仕事のことなどを考えた。これらのことに思いを馳せたとき、自分はそういう皮肉を浴びせられる人間ではないとの思いに一瞬駆られた。そういう皮肉は不当だと思ったけれど、それを面と向かって敵に言うことも、敵を非難することもしなかった。院長の職務はつまらないものだったが、職責ははたされ、亡き前主教には満足していただけたと思うと、彼はただ非常に穏やかに、きわめて謙虚に述べた。

スロープ氏は再びほほ笑んだ。今度の笑みは前院長の能力を嘲るというよりも、むしろ亡き前主教の思い出に嘲笑を浴びせるものだった。ハーディング氏はそう理解した。頬が紅潮し、ひどい怒りが込みあげてきた。

「ハーディングさん、バーチェスターに大きな変化があったことにあなたもお気づきでしょう」とスロープ氏。

ハーディング氏は気づいていると答えた。「バーチェスターのみならず、何ですか、広く世界で大きな変化が起きています、ハーディングさん。新しい人が新しい措置を講じて、前世紀の無用なゴミを投げ捨てています。バーチェスターだけでなく、国全体でも同じことが進行中です。今や仕事をする人だけが賃金をえられるんです。仕事の程度と賃金の支払いを監督しなければならない人は、この原則が実現されるように見守る義務があります。ハーディングさん、今や新しい人が求められており、ほかの職業におけるのと同様に、教会のなかにもそういう新しい人が現れようとしています」

このような新しい事態こそ、老いた私たちの友の苦悩の種だった。彼は自分の能力や行動力が優れているとうぬぼれたことなんかなくて、古きよき聖職者に深く共感していた。反感を抱く人があるとすれば、おせっかいで、無慈悲で、うぬぼれの強い新しい人――まさしくスロープ氏が代表例である――そういう人に対してだった。

「きっと」ハーディング氏が口を開いた。「主教は新しい人を院長に望んでおられるのでしょうね？」

「とんでもない」とスロープ氏は言った。「主教はあなたが指名を引き受けてくださることを切に願っています。ですが、何ですか、付随する職務については、前もってあなたに理解しておいていただきたいとも望んでいます。まず安息日学校が慈善院に付設されることになります」

「何ですって！　老人のためにですか？」とハーディング氏は尋ねた。

「いいえ、ハーディングさん、老人のためではなく、適格とされたバーチェスターの貧しい子供のためです。主教はあなたにここへ出校してもらい、教師たちの監督や世話をしてもらいたいと望んでいます」

ハーディング氏は重ねていた上の手を放すと、支えられたほうの脚のふくらはぎをこすり始めた。

「老人たちと、慈善院の一部となる老女たちに関してですが」とスロープ氏は続けた。「何ですか、主教はあなたに院内で安息日には朝夕の礼拝、平日には一度の礼拝をしてほしいと、日曜日には少なくとも一度説教をしていただきたいと、朝夕のお祈りの時間には収容者全員を集合させてほしいと望んでおられます。こうすれば、聖堂内に確保してある慈善院の収容者席が不要になると主教はお考えです」

スロープ氏は間を置いた。ハーディング氏は何も言わなかった。

「本当のところ院の収容者席が邪魔になって、女性用の席を見つけるのが困難になってきています。聖堂の礼拝は誰が参加しても有益とは思いますが、全体から見て、ハーディングさん、院の老人たちにはあまりそうでもないように見えます」

「よろしかったら、そんな議論はしたくありません」とハーディング氏。

「私もしたくはありません。少なくとも今のところはね。ですが、慈善院の新しい体制については、主教の希望をあなたに充分理解しておいていただきたいのです。もしあなたが閣下の考えに同意すると言ってくださるなら、そうしてくださると私は信じておりますが、閣下があなたに贈る役職の使者、つまり私にとってもこのうえない喜びです」

「でもね、私が閣下の考えに同意しないと言ったら、どうなるんですか?」とハーディング氏が尋ねた。

「そのようなことはないと願っています」とスロープ氏。

「それでも、もし同意しなかったら?」再び一方が尋ねた。

「もし不幸にもそういうことになったら、私にはそういうことは考えられませんが、あなたご自身の胸に問うて、指名を断ることが妥当かどうか決めることになると思います」

「しかし、もし私が指名を受諾しながら、主教の考えに同意しなかったとしたら、どうなるんですか？」

スロープ氏はこう問いかけられて、いくぶん当惑した。確かに主教とこの問題を話し合ったとき、安息日学校や慈善院の礼拝の件をハーディング氏に提案する内諾をえていた。とはいえ、これらの提案が指名を直接左右する決定的な条件となっていたかどうか、言い切れる確信がなかった。主教は当然ハーディング氏の同意がえられるもの、安息日学校がロンドンの新しい施設と同様、妻と主教付牧師の支配下に置かれるものと思い込んでいた。スロープ氏の読みは主教よりも正確だった。彼はハーディング氏に指名を拒否するように仕向けてから、言いなりになる別の盟友をその職に就けるつもりでいた。しかし、ハーディング氏が公然と指名を受け入れ、同じく公然とその条件を拒絶するとは考えてもいなかった。

「あなたが主教から栄誉ある地位を受け取っておきながら、何ですか、その地位に付随する義務についてはあらかじめ無視する決意だなんて考えられません」とスロープ氏。

「もし私が院長になったあと」とハーディング氏は言った。「職務を怠ったら、主教はその不満の種を取り除く手段をお持ちです」

「あなたからそのような主張、そのような行動指針の提案が出るとは、思ってもいませんでした」スロープ氏は道徳心を傷つけられたかのような表情で言った。

「私のほうも院長職にそんな条件が提示されるとは、思ってもいませんでした」

「とにかく閣下に何とお答えすればいいかわかって嬉しいです」とスロープ氏。

「私のほうからも早々に閣下にお目にかかる機会を作りましょう」とハーディング氏。

「そのような面会の取り決めは」とスロープ氏は言った。「何ですか、閣下の不興を買うだけです。事実任命権の問題が生じるたびに主教が区内の牧師に会うことなんか不可能なんです。主教はこの問題ですでにあなたに会ったと思います。主教がわざわざもう一度あなたに会わなければならない理由が、私にはわかりません」

「スロープさん、私がこの町でどれほど長いあいだ、牧師として職務をはたしてきたかご存知ですか?」

スロープ氏は今ねらい通りの結果をほぼ手に入れた。ハーディング氏は怒っており、のっぴきならない羽目に陥ることが目に見えていた。

「長く勤めてきたこととこの問題とがどんなかかわりがあるのか、私にはわかりません。あなたがたんに聖堂内で長年勤めてきたからと言って、本来活動的な人に割り当てられるべき職を閑職扱いにするのを主教が許すとしたら、それはとても正当化できるものではありません」

「それでも私が頼めば、主教は私に会う気になるかもしれません。スロープさん、この問題について友人たちと相談してみます。でもね、私は目的を遂げるため、ごまかしの罪を犯すつもりはありません。慈善院に関する主教のお考えには同意できないので、あなたが先ほど示したような条件のつく院長職をお断りします、そう主教にお伝えください」そう言うと、ハーディング氏は帽子を手に取って立ち去った。

スロープ氏は満足した。ハーディング氏の最後の言葉を院長職の完全な拒絶と勝手に受け取ることにした。少なくとも彼は主教とプラウディ夫人にそのむねを伝えた。

「まったくもって意外ですね」と主教は言った。

「少しも意外ではありませんでしょ」とプラウディ夫人が言った。「連中がみなあなたの権威に逆らおうと、どれほど心を固めているか、あなたは少しもおわかりになっていないのです」

「しかし、ハーディングさんはあの職を切に望んでいた」と主教。

「その通りです」とスロープ氏は言った。「閣下の管轄権をまったく否定するかたちで、あの職が手に入るのなら、それがほしいということでしょう」

「そんなことはまったく不可能です」と主教。

「まったくその通りだと思います」と主教付牧師。

「はっきりそういうことでしょ」と奥方。

「本当に残念です」と主教。

「たいして悲しむ必要もないでしょ」と奥方は言った。「クイヴァーフルさんのほうが、はるかにあの職にふさわしい人です。あの職を必要としています。公邸近辺でもハーディングさんよりもずっと役に立つ人になってくれるでしょ」

「私はクイヴァーフルさんにお会いしたほうがいいですね」と主教付牧師。

「そうしたほうがいいね」と主教。

第十三章　ゴミ荷車

ハーディング氏は主教公邸の小道を歩いてから構内に出たとき、みじめだった。栄誉ある地位と心地よい屋敷をこれで二度失ってしまった。とはいえ、なんとか堪えることができた。息子と言っていいほど若い男から教えを授けられ、侮辱されたものの、なんとか堪えることができた。殉教者は不当な苦悩からも常にある種の安らぎをえ、受けた残酷な扱いの程度に比例する強さの慰めを普通えると信じられている。まさしくハーディング氏も受けた侮辱の傷からもある種の慰めをえた。彼は院長屋敷の快適さが懐かしいと、かつて娘に認めたことがあった。しかし、もしこれで決着して、ごたごたから解放されたら、勝ち誇ってというわけにはいかないとしても、少なくとも満足して、ハイストリートの貸間に戻ることができた。とはいえ、主教付牧師の長広舌の毒が彼の血液にも作用したから、その甘苦い満足からも力がそがれた。

「新しい人が新しい措置を講じて、前世紀の無用なゴミを投げ捨てている！」これは何と残酷な言葉だろう！　何としばしばこの種の言葉が、スロープのような人によって無慈悲に、残酷に使われることだろう！　政治においてであれ、宗教においてであれ、人は過去二十年に確立された新流派に属さないことがわかると、いやというほど非難を浴びせられる。その人は自分をゴミと思い、ゴミのように投げ捨てられると思う。人は新時代を充分理解できなければ、今や価値がない。その新時代では、誠実とか、真実とかはあまり求められず、成功だけが唯一の価値基準のようだ。私たちは既成のものを残らず笑って捨てなければならない。その笑いは非常に悪質なもの、笑いの本来の原理にまったく背くものだ。それでも、私たちは笑って捨てるか、ゴミ荷車に乗せられないように気をつけるか、そのどちらかしかない。たとえ悪のあの抑えがたい衝動にとらわれるとしても、私たちは時代の精神に合致するように話し、考え、生活し、また書かなければならない。でなければ、私たちは無価値なのだ。新しい人と新しい措置、いいかげんな信用と良心の欠如、大成功か、みごとな没落か、そういうことが今や生き方をわきまえたイギリス人の好みとなっている。ああ、何ということ！　ハーディング氏はこのような状況のなかで、自分を生き方を知らぬイギリス人と見なさざるをえなかった。残念なことに、スロープ氏のこの新教義とゴミ荷車——少なくともバーチェスターでは目新しい——のせいで、彼は心の平安を乱された。

「国全体でも同じことが進行中だ！」「今や仕事をする人だけが賃金をえられる！」彼は賃金を受け取って生活して来たが、生涯仕事らしい仕事をしてこなかったのではないか？　今老年期に至ったが、巨大なゴミ穴に落とされるゴミと見られて当然の生涯を送ってきたのではないか？　ハーディング氏は高教会派、すなわちグラントリー派やグイン派やオックスフォード神学者の古い高貴な一派に所属することを自認した。しかし、高教会派の人々は彼が悩まされるような自責の念に苦しむことはなかった。高教会派の人々が自分らの行動の英知と妥当性に満足する点は、スロープ氏やプラウディ氏一派が自分らのそれに満足するのと原則的に変わらなかった。ところが、不幸なことにハーディング氏に限っては、こういう自信をほとんど持ち合わせなかった。彼は世のスロープらから自分がゴミと名指しされるのを聞いたとき、どうしてそんなふうに名指しされなければならないのか、胸中に問うしかその対応ができなかった。ああ、何ということ！　いろいろな証拠を考えると、彼がそう名指しされても仕方がないように思われた。

ハーディング氏は主教の面会室で一人思った。こういう悲しい悔恨の発作、老齢期の悲しみの源泉——ほとんどの思索家が晩年に陥る状況――を前にするとき、宗教だけが慰めを与えてくれると。そうだ、宗教だけがこの世のよきものの喪失を償う慰めを与えてくれる。しかし、無為にすごした歳月を悔い改めさせ、残された歳月を希望のうちにすごさせてくれるほど、彼の宗教は力強いものだろうか？　そのような悔い改めそのものが、苦悩と涙を必要とする仕事ではないのか？　懺悔について言うのは簡単だけれど、人がそれをなし遂げるためには、熱い鋤先の上を歩かなければならない。生きたまま皮をはがれた聖バルトロメオ(1)や、たくさんの矢で射られた聖セバスティアヌス(2)や、焼き網で焼かれた聖ラウレンティウス(3)のように！　もし過去の生活が彼にこのような悔悟を求めてきたらどうしよう？　その悔悟をやり遂げる力が彼にあるのだろうか？

ハーディング氏は主教公邸を出たあと、一時間ほど構内の楡の緑陰の下をのろのろと歩き、それから娘のうちへ出かけた。何はともあれ、まず起こったことをエレナーに報告してから、プラムステッドへ行き、グラントリー博士に相談しようと決意した。

ハーディング氏には、みじめな思いをしなければならないもう一つの運命が待ち受けていた。スロープ氏が機先を制するように、前日の午後、未亡人を訪問していたからだ。そのとき、スロープ氏はボールド夫人にこれを伝えることができて嬉しいと前置きしたあと、夫人の父がハイラム慈善院の美しい屋敷へ戻れることになりそうだと話した。院長の指名がすぐにもなされることを、ハーディング氏に知らせるように主教から指示を受けたと言い、ハーディング氏が長く立派に務めてきた栄誉ある職に復職できることを、主教ももちろん身に余る喜びと感じていると言った。それから徐々に、スロープ氏はやがて慈善院に付設させたいと思う、きれいな安息日学校のことを話題にした。彼は便利で、絵のように美しい、思いやりに満ちた付属施設を想像させて、ボールド夫人を魅了した。そのとき夫人は父の賛成がえられることは疑いがなく、自分も喜んでその授業を引き受けたいとまで言った。

スロープ氏はこの計画中の付属施設、安息日学校のことを父娘に別々に語ったが、それぞれの会話で彼が使いわけた完全に異なった態度と口調を見聞きしたら、誰でも彼を天才と認めずにはいられなかっただろう。彼はボールド夫人に対しては、慈善院の説教と礼拝の義務のこと、聖堂から院の収容者を排除すること、修繕義務と壁の塗装のこと、ゴミを投げ捨てることなど、そういうことはいっさい省略して言わなかった。エレナーは個人的にはもちろんスロープ氏が好きではなかったとしても、彼がとても積極的、かつ熱心な牧師であり、疑いもなくバーチェスターで役に立つ人であることを胸中認めていた。こういうことがみな、ハーディング氏にいっそうみじめな状況を追加する結果となった。

エレナーは父の足音を階段に聞いたとき、幸せに満ちた表情を浮かべた。父に院長就任のお祝いを言う場面が来たと思い込んでいたからだ。ところが、父の顔を見たとたん、お祝い事なんかではないことがわかった。彼女は前にも一、二度悲しみに打ちひしがれた同じ表情を父に見たことがあり、そのときのことをよく覚えていた。父が『ジュピター』のあの批判記事――結局院長辞任に追い込まれるきっかけとなった記事――を最初に読んだとき、父にその表情があった。大執事が礼節と名誉の観念にそむいても院長職にとどまるように父を説得したとき、父にその表情があった。彼女は父に深い苦悩があることを一目で見抜いた。

「まあ、父さん、何かしら?」彼女は赤ん坊をおろすと、床に這わせてから言った。

「おまえに言っておこうと思ってね」と父は言った。「これからプラムステッドへ行くつもりです。一緒に行きませんか?」

「プラムステッドへですか、父さん? あそこに泊まるつもりなの?」

「今夜は泊まることになると思う。このうんざりさせる慈善院のことで、大執事と相談しなければなりません。ああ、私は！　院のことを二度と考えなくてすめばいいのに」

「まあ、父さん、どうなさったの？」

「スロープさんと話をして来ました。いいかい。とにかく私にとってね、あの男はいちばん不愉快な相手なんです」エレナーは顔を半ば赤らめた。父が娘とスロープ氏の親しい関係に何か触れたと想像したとしたら、それは彼女の間違いだった。

「それで、父さん」

「あの男は慈善院を日曜学校や説教会場に変えたがっている。そして、思い通りにするんでしょうね。私はそんな施設にふさわしい人間じゃないと思うから、院長の指名を拒否すべきだと思う」

「日曜学校にどこか不都合なところがあるのですか、父さん？」

「ふさわしい校長がね、いないんです」

「でも、もちろんそれは代行を置けますわ」

「スロープさんは私を校長にして、手間を省きたいんです。でもね、私はそんな仕事には向かないから辞退するつもりです」

「まあ、父さん！　スロープさんにそんなつもりはありません。昨日あの方がここに来て、教えてくれたところによると――」

「あの男が昨日ここに？」とハーディング氏が尋ねた。

「そうよ、父さん」

「慈善院について何か話したんですか？」

「父さんがあそこに復職できたら、あの方も、主教も、どれほど嬉しいかわからないと言っていました。

それからあの方は日曜学校のことを話しました。じつを言うと、私はあの方の意見に賛成しました。父さんも賛成してくれると思ったのです。スロープさんは日曜学校について話したけれど、それは慈善院のなかにではなく、ただそこに付設されるだけだと言っていました。父さんはその学校の後援者兼監察官になるのよ。父さんはそんな学校が気に入るだろうと思って、私は学校の面倒を見るし、授業を受け持ってもいいと約束したの——とてもすばらしそうに見えたから——。でも、ああ、父さん！　もし私が悪いことをしたとわかったら、何てみじめなのかしら！」

「悪いことなんかしてはいません、おまえはね」父は優しく、とても優しく娘の愛撫を避けて言った。「おまえが人の役に立ちたいと願う、そこに悪いところなんかないんです。ほんとに是非とも人の役に立つようにならなくてはね。無用扱いされたくない人は、みな努力しなければなりません」哀れなハーディング氏はみじめな思いをこらえながら、新しい教義をこのように子に説いた。「男性であろうと、女性であろうと、まったく同じです」と彼は続けた。「人の役に立とうとするこの種のことは、まったく正しいんです、しかしね——」

「でも、父さん」

「もし私がおまえだったら、スロープさんを導き手にすることはきっとないと思う」

「でも、私は決してあの方を導き手になんかしないし、そうするつもりもありません」

「あの男の悪口を言うなんて、結局私のほうが悪いんでしょうね。というのも、私はあの男の悪いところなんか実際には知らないんですから。それでも、私はあの男が誠実であるとは思いません。態度において紳士らしくないことははっきりわかります」

「あの方を導き手にしようと思ったことはありませんわ、父さん」

「私としてはね、いいかい」と父は続けた。「『老犬に芸を教えても無駄だ』という古いことわざがありますから。日曜学校の件は断らなければなりません。それで、おそらく慈善院のほうも断らなければならなくなるでしょう。でもね、まずおまえの義兄に会ってみるつもりなんです」父は帽子を取ると、赤ん坊に口づけし、退出した。エレナーは父と同じほど打ちひしがれた気持ちになった。

ハーディング氏は娘との会話でいっそうみじめになった。彼には心をわかち合える人がほとんどいなかったので、かけがえのない共感を寄せてくれる娘から切り捨てられるのは堪えられなかった。しかし、今回の出来事はそういうひどい局面であるように思えた。娘がスロープ氏を憎むように願ったことはなかった。そう自負していた。とはいえ、たとえ娘がスロープ氏に向かって憎しみを露わにしたとしても、娘のそういう狭い了見に対して牧師としての彼の非難に厳しさはなかっただろう。しかしながら、事実は逆で娘がスロープ氏と仲よくし、スロープ氏の考え方に共感し、スロープ氏の計画をただちに信奉し、喜んでスロープ氏の教えを聞いたということだった。ハーディング氏は娘があの男を憎むように願ったことなんかなかったが、娘があの男を愛するよりは憎んでくれたほうがましだと思った。

彼は宿屋へ歩いて行って、一頭立て貸し馬車を注文してから、うちに帰り、旅行かばんに荷物を詰め、プラムステッドへ出発した。そこでなら、大執事とスロープ氏が親しくしているなんていう恐ろしい事態は考えられなかった。しかし、大執事の場合、共倒れの戦争、公然たる抗議、大声の非難、人目をはばからぬ戦闘装備を逆に彼に勧めることだろう。大執事のやり方を選ぶほうが、ハーディング氏の好みに合うというわけではなかった。

牧師館に着いたとき、ハーディング氏は大執事が外出しており、ディナーまで帰って来ないとわかった。それで、彼は長女のグラントリー夫人に不平をこぼし始めた。夫人は夫同様、スロープ氏に対して強い敵愾心を抱いていた。夫人もまたプラウディ派と戦う必要性、構内の昔ながらの教会の利害を守り、夫人の仲間――高教会派――に正当に割り当てられたパンと魚、(4)すなわち現世の利益を確保する必要性に気づいており、夫同様、容赦なく戦争を遂行する構えだった。夫人は近隣の牧師と口論したり、不仲になったりする女性ではなかった。それでも、夫人は夫同様、スロープ氏がバーチェスターにとどまることは亡き主教の縁故を侮辱するもの、スロープ氏による主教区の支配は夫を精神的に傷つけるもの、と信じていた。グラントリー夫人がどれほど激しく戦えるか、人々はこれまで推測したこともなかった。夫人は日常生活のなかで周辺の禄付牧師の妻たちと最良の関係を保っており、構内の女性みなに人気があった。夫人は州の牧師夫人のなかでもいちばん裕福だったが、馬車や馬がほかの人の不愉快にならないように、うまく目立たなくしていた。夫人は州の有力者との交際を避けたから、ほかの牧師の妻に嫉妬を掻き立てることもなかった。伯爵や伯爵夫人との交際を大きな声で話すことも、女家庭教師に年六十ポンド、料理人に年七十ポンド払うことを自慢することもなかった。グラントリー夫人は賢く、思慮深く、仲裁役の女性として生きてきた。それで、バーチェスターの人々はグラントリー派女性軍の大将として、夫人が示した戦闘力の激しさに驚いた。

グラントリー夫人は慈善院の日曜学校の件で、妹のエレナーがスロープ氏に手助けを約束したことをすぐ察知した。夫人が父の話のなかで、初めに注意を向けたのはこの点だった。

「エレナーはどうしてあんな男に我慢ができるのかしら?」と夫人。

「あの男はね、とてもずる賢いんです」と父は言った。「あの男は自分がおとなしい、寛大な、いい牧師だとエレナーに思い込ませることができた。あの男のずる賢さが功を奏したんです。私の誤解だとしたら、神よ、どうかお許しください。でもね、私の考えによると、あの男の本性は決してそんな立派なものではありません」

「あの男の本性と言ったら、とてもそんな！」夫人は父の穏健な言葉に対してすら軽蔑に近い気持ちを表して言った。「エレナーに自分の立場を忘れさせてしまうほど、それほどあの男がずる賢くないことを願うだけですわ」

「娘があの男と結婚するという意味ですか？」父はこんな恐ろしい出し抜けの発言に仰天し、いつもの自分を失った。

「そんな羽目になることも、あるのではないでしょうか？　もしあの男が成功の機会をねらおうと思ったら、結婚が目的となってもおかしくありません。エレナーには自由にできる年千ポンドのお金があります。そういう大金を自由にする力を手に入れる以外に、スロープさんの人生にどんな幸運が期待できるというのかしら？」

「それでも、あの子があんな男を好きになるとは思えないがね、スーザン？」

「どうして？」とスーザンが言った。「妹があの男を好きになって、どこがおかしいのです？　あの男は世話してくれる人がいない妹みたいな未亡人とねんごろになるしかない男なのです」

「世話してくれる！」父は落ち込んで言った。「まるで私たちがあの子の世話をしていないみたいに聞こえるね？」

「ああ、父さんって、何て世間知らずなのかしら！　もちろん、エレナーの再婚は織り込み済みです。もし妹が適当な期間を置いて、少なくとも紳士と結婚するのであれば、私は喜んで妹に再婚を勧めますわ」

「エレナーがスロープさんとの結婚を考えたことがあると、おまえ、本気で言っているのかい？　まだボールドさんが亡くなって、一年しかたっていないのに？」

「十八か月よ」と娘は言った。「エレナーは再婚なんか考えたことはないと思います。けれども、おそらくあの男は考えたのよ。妹をくどいて自分と結婚させようとね。予想される事態に注意を怠ったら、あの男が成功することも充分にありえます」

哀れなハーディング氏にとって、これはまったく新しい局面だった。この世でたった一人本気で嫌っている男を義理の息子、愛娘の夫として、信頼を託さなければならないとしたら、とても堪えられない災難だった。しかし、この恐ろしい推測にいったい根拠があるのだろうか？　彼は世俗的な問題全般に渡って、概して長女の意見を健全で、信頼に値するものと見なしていた。長女は人物と動機の評価、男女両方の行動の評価の点で普通間違えることがなかった。早くからエレナーとジョン・ボールドの結婚を予測していたし、一目で新主教と主教付牧師の性格を読み取っていた。とはいえ、今回の長女の推測が現実のものとなる可能性があるのだろうか？

「でもね、あの子があの男を好きになるとは思えないが？」とハーディング氏。

「ねえ父さん、妹があの男――嫌って当然のあの男――を嫌っているとは思えません。妹の家に入ることなんか許されるはずがないとき、なぜあの男が家のなかに入り込んで、打ち解けた友人のようにしているのでしょう？　父さんの幸福と身分に関することを、妹があの男に話しているのはなぜ？　話しているのははっきりしています。先夜の主教のパーティーでも、妹があの男と三十分続けて話しているのを私、見ましたわ」

「スロープさんはね、スタンホープさんのあの娘以外に、誰にも話かけていないように見えました」ハーディング氏は娘を擁護したい気持ちで言った。

「まあ、父さん、スロープさんはあなたが思っているよりも、ずっとずる賢い男なのです。一度に二股も、三股もかけられるのよ」

エレナーを正当に評価するなら、彼女がスロープ氏に少しでも惹かれていると考えたら間違いだ。彼女は主教との結婚を考えていなかったと同様、スロープ氏との結婚を考えていなかった。スロープ氏が求婚者として現れるという発想そのものが、彼女にはまずなかった。もう一度彼女を正当に評価するなら、夫の死後、求婚者なんて考えたこともなかった。しかしながら、ほかのグラントリー派の人々が強く感じているスロープ・アレルギーを、彼女が感じていなかったのも事実だ。あの男の説教を許し、あの男の低教会派的傾向と、日曜学校と、清教徒的な戒律遵守を許し、あの男の偽善的な横柄さも、油ぎった顔や、お世辞たらたらの下品な態度さえも許していた。このような無礼の数々を大目に見たあと、彼女がやがてはスロープ氏を求婚者と認めるようになると見たとしても、おかしくはなかった。

スロープ氏についていうと、これまで彼のせいにされてきた悪事について、やはりエレナーと同様、彼も無実だと明言されなければならない。スロープ氏はたいていまわりのことにとても大きく目を見開いていたのに、この若い未亡人が美人で、かつ裕福だということにどうして気づかなかったか、今はおそらく説明ができない。ところが、それは事実だった。スロープ氏は市のなかで低教会派の立場を強化するため、ほかの女性にしたと同じようにボールド夫人に取り入っただけだった。のちに彼はこの誤りを修正した。しかし、それは彼がハーディング氏と会談したあとのことだった。

註

（1）十二使徒の一人。ナイフとはがされた皮で象徴される。
（2）三世紀ディオクレティアヌス帝のとき、ローマで殉教したキリスト教徒。
（3）三世紀のスペイン出身のキリスト教徒で、ウァレリアヌス帝時代に教会の財産を貧者にわけ与えたためローマで殉教した。

（4）「マタイによる福音書」第十四章第十七節。

第十四章　新しい闘士

大執事はディナーの間際に牧師館に戻ってきたので、ディナーというこの重要な儀式の前に義父と話をする時間がなかった。彼は格別上機嫌な様子で、打ち込んでいる仕事が思い通りになっているときの快活かつ誠実な態度で義父を歓迎した。

大執事は化粧室で手を洗いながら、夫人に「全部決まったよ、おまえ」と言った。夫人はいつものように寝室で座って、聞いていた。「アラビンが教区を引き受けることに同意したよ。来週にはここに着く」彼は手をごしごし洗い、乱暴にてきぱきと顔をこすった。アラビンが来ることが大きな得点であることを表していた。

「その人はこのプラムステッドに来るの？」と妻が聞いた。

「うちに一か月滞在すると約束した」と大執事は言った。「受け持ち教区がどんな様子か確認するためです。おまえはきっとアラビンが気に入るよ。どの点から見ても紳士で、ユーモアにあふれている」

「とても風変わりな人じゃありませんの？」と妻が聞いた。

「うん――妙なこだわりがあって、ちょっと変わっているが、おまえが気に入るところばかりだろう。オックスフォードのどの牧師よりも信頼できる男です。アラビンがいなかったら、我々はどうしていいかわからない。あの人がそばにいてくれるなんてありがたいよ。もしスロープをやり込める人がいるとすれば、それはアラビンだな」

フランシス・アラビン師はラザラス学寮のフェローで、偉大なグイン博士のお気の入りの弟子、あらゆる点で高教会派——彼の経歴の一時期には、ローマの汚水溜めのなかにずり落ちてしまうほどの高教会派——の牧師だった。アラビン氏は詩人で論客、オックスフォードの談話室の寵児、雄弁で、ひょうきんな変わり者、ユーモア満点で、精力的、良心的で、大執事が自慢する完璧な紳士だった。これから私たちはもっと彼に注目していくことになるが、今つけ足しておかなければならないのは、彼が聖イーウォルドの俸給牧師——グラントリー博士が大執事としてここの任命権を握っている——に指名されたということだ。聖イーウォルドはバーチェスター市の郊外にある教区で、確かに新興住宅地のはずれに位置するが、部分的にはバーチェスター市に食い込んでおり、かわいい教会と牧師館は市の門から一マイル余りしか離れていない。

聖イーウォルドの牧師はあまり裕福な職ではなく——せいぜい年三百か四百ポンドの収入しかない——、ふつうは聖堂聖歌隊付牧師が就く職だった。しかし、今度その職に空きができたので、もしその聖イーウォルド教区に頼りになる人を置くことができたら、その力で味方の勢力を補強することが重要な課題だと大執事は感じた。彼は聖職指名権を自分と家族の利益のために用いるという軟弱な精神からではなく、信頼——教会の繁栄がその正しい執行に依存する信頼——を託された人として、バーチェスターの仲間とこの問題を議論した。彼はその名があたかも会議出席者の選択に委ねられているかのように、アラビン氏の名をあげた。出席者はもしアラビン氏が聖イーウォルドを引き受けてくれるなら、これ以上の選択肢はないと満場一致で認めた。

もしアラビン氏が聖イーウォルドを引き受けてくれるなら！　これが難問だった。アラビン氏は仲間うちでは、すなわちイギリス国教会のなかでは、傑出する人物だったからだ。彼はフェロー以外に栄誉ある職に就かず、確かに金持ちではなかった。お金に貪欲ではなく、もちろん独身で、印刷物と演壇の両方を通じて教会の特権と慣行を論じて、時間の大部分をすごしていた。大執事が教会の世俗的な力を求めて戦ったように、アラビン氏は教会の精神的な力を求めて戦った。二人とも自分のためというよりも、他者の利益のため非常に良心的に戦ってきた。

アラビン氏はこういう立場の人だったから、聖イーウォルドの牧師職を断るのではないかと大いに危惧された。グラントリー博士はこの件でわざわざオックスフォードへ足を運んだ。グイン博士とグラントリー博士は二人して、この卓越した神学者にバーチェスターへ行くことが責務であると説得し、成功した。この受諾には複雑にからむ事情があった。このころアラビン氏はほかならぬスロープ氏と、使徒伝承[1]に関するすさまじい論争を繰り返していた。この二人の紳士は一度も顔を合わせたことがなかったものの、印刷物では極端に辛辣に角を突き合わせていた。スロープ氏が主張を際立たせるため、アラビン氏をフクロウ[2]と呼ぶと、アラビン氏はスロープ氏を不信心者だとほのめかし、仕返しをした。この論争は影響力のある日刊紙『ジュピター』のコラムで始まった。その編集者は使徒伝承問題ではスロープ氏の意見に賛同していた。ところが、『ジュピター』の読者がこの論争をとても退屈に感じるようになると、編集者はスロープ氏の非常に強烈な反論を掲載して、そこに小さな註をつけ加えた。その註に、敬愛する紳士アラビン氏のこれ以後の投稿は、広告としてなら掲載すると書いた。

しかしながら、新聞以外の出版物を利用するなら、『ジュピター』の広告代よりも安くすんだから、両者の論争は楽しく続いた。スロープ氏の主張によると、人を聖別する、つまり人を聖職者にする、という意味は、聖職の義務に対する内的人間の自己献身にほかならなかった。アラビン氏の主張によると、人はほかの主教の按手を通して聖職者になり、また按手した主教も、ほかの主教の按手を通して主教になったという具合に、按手の淵源が直接十二使徒の一人につながらない限り、人は聖別されることがなく、聖職者のいかなる属性も備えることができないという。両者は繰り返し相手をジレンマに追い詰めたけれど、どちらも追い詰められた分だけ苦境に陥っているようには見えなかった。論争は楽しく続いた。

アラビン氏が聖イーウォルドの牧師職を引き受けることになった理由は、この敵が近くにいたことに何か関連があったか、はっきりとはわからない。ラザラス学寮のグイン博士の書斎で決められたのは、とにかくアラビン氏がそこの牧師職を引き受けること、敵をバーチェスターから追い出すか、黙らせるかするため、力を貸すことだった。アラビン氏はオックスフォードに部屋を残したまま、聖イーウォルドに副牧師を置いて、その助けをえることも考えたが、考え直して、バーチェスター周辺でできる限り時間を割くことに合意した。グラントリー博士はこのような偉大な人物から、このような約束をえて非常に喜んだ。プラウディ主教はひいきの付牧師の敵を、まもなく目と鼻の先の教区に牧師として置かざるをえなくなる、そういう取り決めができて、グラントリー博士は格別の満足を味わった。

夕食のあいだじゅう大執事は上機嫌で、顔をきらきらと輝かせた。おいしいものをたらふく食べ、妻や娘とともにワインを飲み、オックスフォードでまんまとやりおおせたことを楽しそうに話し、義父のハーディング氏にラザラス学寮のグイン博士を訪ねるように勧めて、もう一度アラビン氏を褒めにかかった。

「アラビンさんは結婚してらっしゃるの？　父さん」とグリゼルダが尋ねた。

「いやいや、学寮のフェローは結婚しない」

「お若いのかしら、父さん？」

「四十くらいじゃないか」と大執事。

「まあ！」とグリゼルダ。アラビン氏が年を取りすぎていると思ったから、父が八十と言ったとしても、それよりも年取っているようながっかりした表情をした。

ワインを前にして紳士だけになったとき、ハーティング氏は悩みを告白した。悲しい話だったのに、この話でさえも大執事の上機嫌を損なうことはなく、むしろ彼の喧嘩腰にはずみをつけた。

義父が院長職の新しい条件を大執事に説明したとき、「やつにはできませんよ」とグラントリー博士は繰り返した。「やつにはできない。やつの言うことは聞くだけ無駄。院長の職掌を変更することなんかまずできない」

「やつとは誰のことです?」と前慈善院長が尋ねた。

「主教、主教付牧師、主教の奥方、誰だっていい。奥方のほうが、ほかの二人よりもこの問題については言いたいことがたくさんありそうですな。しかし、公邸全体が団結しても、院長を日曜学校の先生に変える力はありません」

「でもね、主教には好きな人を任命する権限があって——」

「それはわからない。それどころか、主教にはそんな権限なんかないことに気づくと思う。主教にやりたいようにやらせてみなさい。そうしたら新聞は何て書き立てるでしょう。今回限りは、一般大衆の共感が我々の側にあるんです。しかし、プラウディは馬鹿ではあるとしても、よく世間を知っているから、ごうごうたる非難を身に浴びるようなことはしませんよ」

ハーティング氏は新聞の話が出たのでひるんでしまった。新聞種になって、世間に取りざたされた体験をいやというほど味わってきたから、怪物と言われようと、殉教者と言われようと、二度と恥ずかしい思いを世間に曝したくないと思った。彼は二度と自分の名が新聞に載ることがないようにとの希望を穏やかに述べてから、院長への復帰を断念したいと切り出した。「私も年を取ってきたし」と彼は言った。「新しい職務を引き受けることが、ふさわしいかどうかわかりません」

「新しい職務！」と大執事は言った。「新しい職務なんかありえないと、今あなたに言ったばかりですよ」

「前の職務であっても、です」とハーティング氏は言った。「今のままで私は満足しています」荷車でゴミを捨てるスロープ氏の姿がまだ彼の胸中にあった。

大執事はグラスのクラレットを飲みほすと、力をみなぎらせて言った。「スロープのようなやつから、あなたが義務と信じることを断念させられることがないように、ですよ、あなたにはもっと強くなってほしい。国会があなたを辞任に追い込んだ問題点を今回取り除いて、院長俸給を定めたんですから、院長に復職するのがあなたの義務だということはわかっているはずです。それは否定できないでしょう。もし臆病のせいで復職できないとすれば、今後あなた自身が良心の呵責に苦しむことになります」大執事はこの発言を終えると、相手にクラレットの瓶を押しやった。

「良心の呵責に苦しむことになるんです」と大執事は続けた。「あなたは良心の呵責のせいで、院長職を辞任した。私はそういう考えを共有することはできなかったけれど、その良心を大いに尊敬した。友人らもみな尊敬した。あなたは資産の面で被害を受けた分だけ、立派な評判をえて、慈善院を去った。今はあなたがそこへ復職することが期待されている。グイン博士がほんの数日前に言っていましたが――」

「グイン博士はね、最後にお会いしたときから、私がどれだけ年を取ったか考えておられない」

「年を取った！　――馬鹿げたこと」と大執事は言った。「あなたが年寄りだと思ったのは、公邸にいるあの気取り屋の無礼なたわごとを聞いたあとからでしょう」

「十一月で六十五歳になります」とハーディング氏。

「あなたは十年後の十一月に七十五歳になっても」と大執事は言った。「見込みとしては十年前と同じくらい有能に活躍していますよ。お願いですから、この問題で言い訳はよしにしましょう。年を取ったというあなたの主張は言い訳にすぎません。まあ、ワインでも飲んでください。言い訳にすぎませんな。本当はあなたはこのスロープのやつを半分恐れているから、放っておいたら踏みつけてくるやつと殴り合いになるよりも、むしろ貧乏と不快に甘んじるほうがいいと思っている」

「避けられるなら、殴り合いは避けたいですね」

「私だって避けたいですよ――しかし、ときには避けられないこともある。やつの目的は、あなたに院長職を断念させておいて、やつの息のかかった者をその職に就かせること、主義と性格が聖堂参事会と一体であるあなたを侮辱することによって、我々みなを侮辱し、やつの権力を見せつけることなんです。あなたはたとえ自分のためでなくても、我々みなのためにやつに抵抗する責務を負っている。しかし、あなたご自身のためにも、やつが仕掛けた罠にはまって、苦もなく口のパンをやつから奪われてしまうような臆病であってはなりません」

ハーディング氏は臆病と言われるのがいやで、これを聞くとむっとして言った。「お金のことでつまらぬ口論をしても、本当の勇気があるとは思えませんが」

「我々のこの邪悪な世界では、もし正直者がお金の争いをしなかったら、不正直者がみなそれを取っていってしまう。そうしたら、美徳の理想もたいして高められることはないと思いますよ。いや――我々は持てる手段を残らず使って、お金の争いをしなければならない。あなたの伝を突き詰めていくと、教会所有の収入は残らず不正直者にくれてやってしまうことになる。そのうえ、ですよ、お金を与えて犠牲を払っても、教会が強くなったとはとても言うことができない」大執事はグラスを満たすと、一気に飲み干した。彼の魂がとてもだいじにしている世俗教会の健全性と永続的な安定に対して、大いなる尊敬の念を込める無言の乾杯だった。

「主教と聖職者のあいだの争いは、避けるべきだと思いますね」とハーディング氏。

「私もそう思いますよ。しかし、争いを避けるように気をつけるのは、目下の者の義務であると同時に、主教の義務でもあります。いいですか、ハーディングさん、いい方法があるんです。私が妥協するつもりのないことはわかっておられるでしょうから、許してもらえるなら、この件に主教がどうかかわっているか確認してみましょう。日曜学校や説教についてのこのくだらない条件は、もともとすっかりスロープとプラウディ夫人によって言い出されたもので、主教はいっさい知らないというのが私の意見なんです。そう簡単に私との面会は断れないから、奥方も付牧師もそばにいないときを見計らって、主教にこれを問いただしてみましょう。そうしたら、きっとあなたはまったく無条件で、主教から院長の指名を受けることができます。聖堂のなかの収容者席のことなんか、参事会長に一任したらいい。主教は馬鹿だから、望めば聖堂の意向を無視できると、本気で考えているんでしょうな」

二人はこの方針で行くことに決めた。ハーディング氏はわざわざ助言を求めてここに来たわけだから、与えられた方針を受け入れるのが義務だと感じた。そのうえ、院長への復職をあきらめる話なんか、大執事がもともと聞き入れるはずがないことはわかっており、指名を辞退する意向を自信満々打ち出してみたものの、大執事の反論に初めから従う気持ちでいた。

それゆえ二人は互いに上機嫌で応接間に入ると、近々予想されるアラビンとスロープの戦いを論じながら、その夜を楽しくすごした。二人にとって、カエルとネズミがどう戦おう(3)と関係ないし、アガメムノーンとアキレウスがどう戦おうとかまわなかった。大執事は両手をこすり合わせながら、新しい措置の成功をどんなに得意がったことか。彼は自分から身を落としてまでスロープと闘技場へおりていくことはできなかったが、アラビンなら、そんなためらいなんかなかった。アラビンはそういう仕事に打ってつけの男であり、自分がそれにふさわしいと思っている唯一の人物だった。

大執事が寝台の枕に頭を載せたとき、相変わらず上機嫌で、快活だったが、グラントリー夫人はバーチェスターで起こっている事態について、夫人なりの見方を説明し始めた。夫は驚いてしまった。その晩の大執事の最後の言葉は次のようなものだった。

「もしエレナーがそんなことをするなら、二度とあの子に話しかけることはできない。あの子からは一度窮地に引きずり込まれたことがあったが、こんな不潔なことで自分の身を汚されたくない――」大執事は部屋全体を揺するような身震いをし、胸中の乱れた思いのせいで、激しく身もだえした。

今この問題で、ボールド未亡人は親類たちからひどい冷遇を受けることになった。彼女は三度か四度スロープ氏と話をして、日曜学校で教鞭を取る意思を明らかにしただけだ。この男との関係で、彼女が犯した過ちと言ったら、これだけだった。かわいそうなエレナー！　しかし、時がこれを解決してくれるだろう。

翌朝ハーディング氏はバーチェスターへ帰った。彼が聞いているところで、スロープ氏と下の娘の交際については一言も話されなかった。しかし、朝食のとき、大執事の態度が前夜ほど温かくないことにハーディング氏は気づいていた。

註

（1）主教の霊的権威は使徒たちから今日まで途切れることなく受け継がれているという主張。

（2）まじめ〈謹厳〉そうな人、賢そうな人の意。

（3）アガメムノーンとアキレウスの争いは、ホメーロスの『イーリアス』の主題であり、これはおよそ紀元前五百年に書かれた『カエルとネズミの戦争』（*Batrachomyomachia*）のなかでパロディー化された。

第十五章　未亡人の求婚者たち

スロープ氏はクイヴァーフル氏と会ってもいいとの主教の許可をえると、時を移さず会うことにした。ボールド夫人が自分の結婚相手としてふさわしい人だと彼が初めて気づいたのは、この立派な牧師との会話のなかでだった。彼はプディングデイルへ馬車で出かけ、院長予定者に主教の好意を通達した。二人の議論の自然な成り行きとして、ハーディング氏とその家族の資産が話題にのぼった。

クイヴァーフル氏は十四人の子供を抱え、年四百ポンドの収入しかなかったから、非常に貧しかった。彼は自分の禄を顧みたとき、今回の昇進の見込みをとてもありがたいと思った。こんな境遇にある牧師がこんな昇進の見込みを嬉しく思わないことがありえようか？　とはいえ、彼はハーディング氏とは昔からの知り合いであり、好意も受けていたので、院長職を友人から奪うことになると考えると心苦しかった。それにもかかわらず、彼はいやというほどスロープ氏のご機嫌を取り、まといつくように丁重に振る舞った。客を大人物のようにもてなして、シェリー酒を一杯飲むように請うた。これがまずいマルサラ酒[1]だったので、今や増長したスロープ氏から鼻先であしらわれてしまった。クイヴァーフル氏は主教とスロープ氏に深い感謝の意を表明したうえ、もし——もしもハーディング氏が本当に院長職を辞退するつもりなら、その職はどうしても手に入れたいと言葉を結んだ。

クイヴァーフル氏のように貧しい人なら、もっと私利私欲に走ってもおかしくないところだった。

「ハーディングさんは今回指名に必要な条件を聞いて、はっきりとその職を辞退しました」スロープ氏は面目をつぶされたという表情を作って言った。「もちろんあなたもおわかりでしょうが、クイヴァーフルさん、同じ条件があなたにも課されています」

クイヴァーフル氏は条件なんかまったく意に介さなかった。彼ならスロープ氏が命じる説教をいくつでも引き受けられるし、日曜日の残り時間を学校の塀のなかで何時間でもすごすことができた。どんな犠牲を払い、どんな約束をしようとも、もらえる収入の増加分と広い屋敷に勝るものがあるとは思えなかった。ところが、胸中まだハーディング氏のことが気になっていた。

「なるほどね」とクイヴァーフル氏は言った。「ハーディングさんにはお金持ちの娘さんがいるから、慈善院のことでくよくよする必要なんかありませんね」

「グラントリー夫人のことでしょう」とスロープ氏。

「未亡人の娘のほうですよ」と相手が言った。「ボールド夫人には自由になる年千二百ポンドのお金がある。ハーディングさんはそっちの娘と一緒に暮らすのでしょう」

「年千二百ポンドのお金！」とスロープ氏は繰り返した。そのあと、彼は慈善院についての話をできるだけ避けて、早々にそこを立ち去った。馬車でゆっくりとうちへ帰る途中、年千二百ポンド！と独り言を言った。自由になる年千二百ポンドのお金が事実ボールド夫人にあるとするなら、その父の院長復帰に反対するなんて、何て馬鹿なことをしているのだろう。スロープ氏の思考回路は読者にもおわかりだろう。年千二百ポンドを自分のものにしてはいけない理由があるだろうか？　もしそうした場合、義父はこの世のよき地位、財産に恵まれていたほうが好都合ではないか？　さらに言うと、もし義父の意向を実現するため、自分の権限を振るうことができたら、娘を手に入れるのもずっと容易になるのではないか？

スロープ氏の胸中にこれらの問いが非常に力強く浮かんで来たものの、いくつかの懸念も混ざり合っていた。もしハーディング氏を復職させることに決めたら、いくつかの必要な手順をただちに踏まなければならない。すぐ主教を説得しなければならないし、とても説得できるような相手ではないプラウディ夫人とも喧嘩しなければならない。クイヴァーフル氏にはハーディング氏の院長辞退が早計な判断だったことを知らせなければならない。彼はこういうことをみなやりおおせると思ったけれど、ただではやりたくなかった。ハーディング氏に譲歩したあげく、その娘から拒絶されるなんて羽目には陥りたくなかった。力のある別の有力者を確保するまで、すでに手に入れている主教の後ろ盾を失いたくなかった。

スロープ氏はうちへ向かいつつ、胸中多くのことを考えた。そういえばボールド夫人は大執事の義理の妹だった。いくら年千二百ポンドのためとはいえ、あんな傲慢な男に屈服したくないという思いが胸にあった。金持ちの妻は是非とも欲しかったが、仕事の成功はもっとだいじだった。それに妻になりたがっている金持ちの女はほかにもいそうだった。結局、この年千二百ポンドも精査すると、注目に値しないはした金にすぎなかったかもしれない。それから、ボールド夫人には息子がいることも思い出した。

スロープ氏はもう一つの事情、結局意思に反して彼を突き動かす別の事情を胸に抱え、そこから強い影響を受けていた。じつはシニョーラ・ネローニの面影が絶えず彼の眼前にあったのだ。恋に溺れていたと言えば言いすぎになるが、これほど美しい女性にこれまで会ったことがないと思っていた。彼はこの種の衝動に引きずられやすいたちだったので、イタリアふうの誘惑の手管にあって、理性をずたずたに引き裂かれていた。彼の本心については、ここでは語れない。本心はどこかに当然あったのだろうが、それは現在の感情の動きとはほとんど無関係だった。シニョーラといると、好みは満たされ、目は魅了され、虚栄心はくすぐられた。これまで見たこともない美しさに目をくらまされて、こだわらぬ、奔放な、官能的な素振り――まったく新しい体験——に魅惑された。これほど誘惑されたことがなかったから、抵抗できなかった。まわりのほかの女性よりもシニョーラが好きだと認めたことはなかった。それにもかかわらず、次に彼女に会うときのことを頻繁に考え、しばしば会うため、ちょっとした狡猾な計画を無意識のうちに練っていた。

主教のパーティーの翌日、彼はスタンホープ博士の家を訪れた。そのときシニョーラ崇拝に新たな油を注がれて、さらに熱をあげていた。シニョーラは主教のソファーで横になり、多くの人目に曝されていたとき、彼に優しく応対し、嬉しがらせる話をしてくれた。しかし、自宅の応接間にいるときは、もっと打ち解けた態度でそうしてくれた。シャーロットしか、妹の本性か、手管かを抑え込む人がその場にいなかったからだ。このため、スロープ氏は胸中混乱したままシニョーラのもとを立ち去っていた。この女性との特殊な友情をこの先捨てなければならない計画なんか、一片たりとも思い描くことができなかった。

スロープ氏はゆっくりと馬車を進めつつ考えた。

ここで著者はスロープ氏が全面的に悪い人間ではないという点を、読者にはっきりとさせておきたい。彼の動機はたいていの男の動機と同様、混じり合ったものだった。彼の行動は賞賛に値するものからおよそかけ離れていたものの、おそらく世の多数の人と同様、義務をはたしたいという欲望に突き動かされていた。彼は教えている宗教——辛辣で、不快で、無慈悲な宗教だった——を信じていた。ひづめの下に踏みつけておきたい高教会派の人々、教会内のグラントリー派やグイン派をその宗教の敵と信じていた。自分を偉大なことをなし遂げるように運命づけられた頼りになる大黒柱と見ていた。人の心が陥りやすい微妙で、利己的で、曖昧な詭弁でもって、自分の利益を追求すればするほど、自分の宗教の振興のためにも、多くの利益をもたらすと思い込んでいた。しかし、スロープ氏は決して不道徳な人ではなかった。じつは、賞賛に値する強い決意で不道徳な誘惑に抵抗してきた。青春の快楽とは相容れない職業に人生の早い時期から身を捧げたので、もがきながらそういう快楽を放棄してきた。それゆえ、既婚女性であるシニョーラの美しさを熱く賛美するとき、彼は胸中必ず良心の痛みを感じていた。その良心の痛みを静めるため、賛美が本質的に無垢のものと思い込む操作をしなければならなかった。そういうふうに彼を理解する必要がある。

スロープ氏は馬車を進めながら考えたとき、胸中平穏ではなかった。未亡人とその財産を選べば、良心の呵責は避けられた。これを他の選択肢よりも神の御心にかなう選択、もし実現できるなら、キリスト教徒としての評判に寄与する選択と見なした。この未亡人のほうには、将来の悔恨も、忘れなければならない不名誉な操作も、良心の痛みもなかった。もしボールド夫人が本当に年千二百ポンドを思い通りにできる人なら、スロープ氏はこの妻とお金の主人になることをむしろ宗教上の義務、多少の自己犠牲も必要な義務と見なしたかった。その場合、シニョーラとの友情をあきらめ、ハーディング氏への反感を捨てなければならない。グラントリー博士への毛嫌いも――いや、やつに対する毛嫌いだけは、分別ある反省の上に立っても、抑えられそうもなかった。もし未亡人が許してくれたら、義兄とは敵のまま結婚することにしよう。もし許してくれなかったら、彼女は別の夫を見つけなければならない。

バーチェスターに着いたとき、スロープ氏はこう決意していた。未亡人の財産について事実関係をすぐ確認し、その結果いかんによって慈善院に関する行動を決めることになろう。たとえ方向転換しても、あまり犠牲なくハーディング氏に院長職を確保できるとわかったら、そうするつもりでいた。たとえ確保できなくても、父の意向を無視して娘に求婚するつもりでいた。しかし、どちらの場合にしても、大執事に屈服するのはご免だった。

馬が馬屋に引かれていくのを見送ったあと、彼はただちに調査に取りかかった。スロープ氏を正しく理解するなら、ぐずぐずして好機を逸する人ではなかった。

哀れなエレナー！　彼女はこれとはもう一つ別の思惑の犠牲になる運命にあった。

スロープ氏がプディングデイルの俸給牧師を訪れたころ、構内のスタンホープ博士の家でも、この未亡人の魅力と財産に関する議論があった。朝の訪問客があり、客らがジョン・ボールドの遺産について真実と嘘を一緒くたにして噂した。少しずつ客が去り、スタンホープ博士も客らと一緒に出て行くと、博士の妻は姿を現さなかったから、シャーロット・スタンホープと弟は二人だけ部屋に取り残された。バーティは時間をつぶす方法がわからなかったから、明らかに途方に暮れた様子で所在なげにテーブルに座り、バーチェスターの著名人の戯画を走り書きしたり、あくびをしたり、一、二冊本を覗いたりした。

「バーティ、彫刻の注文取りはしていないようね」と姉。

「注文だって！」と弟は言った。「いったい彫刻の注文をするような人がバーチェスターにいるのかい？ここの誰が頭を大理石にしてもらうことに価値があると思っているんだい？」

「じゃあ、仕事をやめるつもりなの？」と姉。

「いや、やめはしない！」弟は主教の滑稽な肖像を描きながら言った。「ロット、これを見ろよ、とてもきゃしゃな男じゃないかい、前垂れも、何もかも？　姉さんが言う仕事はすぐ続けるよ。もし親父がロンドンにアトリエを持たせてくれたらね。だけど、彫刻のことなんて、バーチェスターの半分の人がトルソーの意味さえ知らないんだ」

「ロンドンで仕事を始めようとしても、パパは一シリングもあなたに出してくれないのよ」とロットは言った。「じつの話、パパはあなたに充分なお金をあげられないの。パパにはないんです。けれど、あなたが望むなら、自分でうまく始められる」

「いったいどうやって始められると言うんだい？」と弟。

「本当のことを言うとね、バーティ、どんな仕事に就いても、あなたは一ペンスも稼げないと思う」

「それはぼくがよく考えていることさ」弟は少しも腹を立てずに言った。「ある人はお金を稼ぐ立派な才能に恵まれているというのに、そのお金が使えない。ある人は二シリングもかき集められないというのに、お金を使うことには立派な才能がある。ぼくの才能は、完全に後者の部類に属すると思うようになった」

「それじゃあ、どうやって生きていくつもり?」と姉は聞いた。

「自分を若いカラス[2]と思うようにして、神から恵まれるマナ[3]を探すことにしよう。それに、親父が死んだら、なにがしかのお金が手に入るから」

「そうね――手袋と長靴を補充する程度のお金は入るでしょうね。ユダヤ人の場合、カラスみたいに何もないと言っても、たいていのものをすでに持っていると思うの。あなたは才能と長所に恵まれているのに定職に就こうともしない、そういうあなたの無関心には、バーティ、驚くばかりよ。父さんが死ぬときを私、びくびくしながら待っているの。母さんと、マデリンと、そして私――かなり貧しくなる。けれど、あなたには何もなくなるでしょう」

「一日の苦労は、その日一日だけで充分さ[4]」とバーティ。

「私の助言は聞かないの?」と姉。

「それは時と場合によるね」と弟。

「お金持ちの奥さんと結婚する気はない?」

「お金のない女とは」と弟は言った。「どうせ結婚するつもりはないね。お金持ちの奥さんは今日びなかなか手に入らない。牧師どもが残らず漁ってしまうから」

「早く見張っていないと、あなたにどうかと目をつけている奥さんも牧師にさらわれてしまう。私が言っている奥さんってボールド夫人のことよ」

「ひゅううう！」バーティは口笛を吹いた。「未亡人じゃないか！」

「とても美人よ」とシャーロット。

「そのうえ、相続人として息子もちゃんと準備されている」とバーティ。

「赤ん坊はよく亡くなるものよ」とシャーロット。

「そんなことはわからないさ」とバーティは言った。「赤ん坊は生きてくれてもいいけれど――殺したいとは思わないからね。ただ、すでに子がいるというのは欠点に違いない」

「赤ん坊は一人しかいないのよ」⑤とシャーロットは訴えた。

「しかも、メイドが言うみたいにとても小さな子なんだろ」とバーティ。

「乞食に選択の余地はないのよ、バーティ。いいものを手に入れることなんてできないの」

「ぼくはわからず屋でもないし」と弟は言った。「持説に固執する人間でもないことは、神様がご存じさ。もし何もかも手はずを整えてくれるなら、ロット、ぼくはあの未亡人と結婚するよ。ただこれだけは覚えていておくれ。お金が確実に入ってくることと、未亡人が生きているあいだ少なくとも収入はぼくの自由になるということをね」

シャーロットは計画を実行に移すつもりなら、独力で未亡人に言い寄ることが必要だと説得し、エレナーの美しさを熱心に賞賛してから、そうするように弟を励ました。そのとき、シニョーラが応接間に連れて来られた。シニョーラはうちのなかで家族の目しかないとき、二人の使用人によって両脇を支えられ、引きずられるように運ばれていた。今その二人の運び役からソファーの上におろされた。彼女は主教のパーティーのときのような、華やかな衣装は身に着けていなかったけれど、それでも選び抜かれたドレスを着ていた。

不安と苦痛の表情を瞳にたたえ、日の光のなかでとても美しかった。

「ねえマデリン、ぼくは結婚することになりそうだ」二人の使用人がさがるやいなや、バーティが言った。

「あなたがまだやっていない愚かなことと言えば、それくらいしかないから、やってみたらいいわ」とマデリン。

「何だ、結婚は愚かなことだと思っているの？」と弟は言った。「ロットはどうしても結婚したほうがいいってぼくに言うんだ。だけど、こういう問題では経験豊かなあなたの意見が最良だろうね」

「そう、経験は豊かです」マデリンはつらい悲しみの口調で言った。「私が悲しいからって、あなたに何の関係があるの？　同情を求めたことなんかない、とでも言わんばかりの口調だった。

バーティは自分の発言が姉を傷つけたと知ると、気の毒になり、仲直りをするため、姉の目の前で床にしゃがみ込んだ。

「ねえ、マッド、からかっただけさ、わかるだろ？　だけど、ロットは真剣にぼくに結婚したほうがいいと言っている。ボールド夫人と結婚してほしいんだって。たくさんのお金と、かわいい赤ん坊と、美しい顔立ちと、ハイストリートのホテル「ジョージ・アンド・ドラゴン」を所有する未亡人さ。いいかい、ロット、ぼくがこの人と結婚したら、自分のパブが持てるんだ。ぼくにぴったりの生活じゃないかい」

「嘘でしょ？」とマデリンが言った。「未亡人帽の、あの気の抜けた浅黒い女と！　服の背中をまるで三叉の長柄で添え木されたような、しゃちほこ張ったあの人と！」シニョーラはほかの女性が美しいと言われるのがしゃくにさわった。

「気の抜けたどころか」とロットが言った。「とてもきれいな人です。先夜のパーティーのどの部屋でも、マデリン、あなたを除くと、あの人は群を抜いて美しかったわ」

このお世辞を聞いても、片脚が短い美女は厳しい心を和らげることはなかった。

「ロットによると、女性はみんな美しいのね」とマデリンは言った。「ロットがこれほど鑑賞眼のない人とは思わなかった。第一あんなものを頭につけていたら、どんな女性もきれいに見えるはずがないわ」

「あの人は今当然未亡人帽をつけているけれど、バーティと結婚すれば、はずすわよ」

「あの帽子のどこが当然なの」とマデリンは言った。「私、たとえ夫が二十人死んでも、あんな帽子を着ける気になんかならない。苦行でしかないわ。ヒンドゥーの寡婦が夫の火葬の火に入るのと同じ、異教信仰の名残ね。そこまで血生臭くなくても、同じように野蛮で、同じように無益なものだわ」(6)

「だけど、未亡人帽のせいで、あの人を非難することはできないよ」とバーティは言った。「国の習慣なんだからあれをつけている。もしそうしなかったら、みんながあの人のことを悪く思う」

「なるほどね」とマデリンは言った。「母や祖母が頭を袋に包んでいたから、毎年夏の三か月間頭を袋のなかに包む、あの人はそういうイギリスの取るに足らない女の一人だわ。そんな厄介な習慣に従う必要はないっていう発想があの人にはないのね」

「イギリスのような国で、若い女性がそんな偏見に立ち向かうのはとても難しいことなのよ」とシャーロットが分別臭く言った。

「つまり、馬鹿が馬鹿じゃないように見せるのは難しいってことね」とマデリン。

バーティ・スタンホープは若い頃から世界じゅうをうろつき回り、イギリスの習慣の重みにたいして敬意を払ってこなかった。とはいえ、そんな彼でもおそらく妻にする場合、イギリスの偏見のほうが、長い目で見ればイギリス系イタリア人の自由奔放よりも望ましい、という考えに達していた。彼は思った通りをそのまま口には出さなかったが、別の仕方でそれを明らかにした。

「思うに」と彼は言った。「ぼくが死んで幽霊になって出たら、ぼくの未亡人は何よりも未亡人帽が似合う人であってほしいな」

「そうね。それから引き籠もって、あなたのことを忍び泣きしたり、焼身自殺しか道はないと思い詰めたりしてほしいのでしょう。けれどね、あの人はそんなふうには考えません。あのひどい女性用ヘルメットを脱ぐ勇気がないから、あの人はそれを着ける。けれどね、あの帽子を捨てていいときが来るのを心のなかで待ち望みながら、それを着ける。私はそんな表面的な、不誠実な見せかけが大嫌い。私なら世間に好きなように言わせて、悲しくないなら、悲しみの印を身に着けることはしない――たぶんたとえ悲しいと思っても、身に着けなんかしない」

「未亡人帽を着けても財産が減るわけじゃないから」とシャーロット。

「増えることもね」とマデリンは言った。「じゃあ、どうして帽子を着けるの?」

「だけど、ロットの狙いはあの人にあれをはずさせることなんだ」とバーティ。

「もしあの人が本当に年千二百ポンドのお金を自由にできて、お下品ながらも我慢できる程度の人なら、あなたにあの人との結婚を勧めるわ。おそらくくどけば落ちる程度の人なのでしょう。愛情があって結婚するのではないから、きれいかどうかはどうでもいいことね。愛情のための結婚なんて、あなた、そんなことをするほど馬鹿じゃないと信じているわ」

「まあ、マデリン!」と姉は叫んだ。

「まあ、シャーロット!」と妹。

「男は馬鹿じゃなきゃ女を愛せないって言うの?」

「まさしくそれが言いたいことだわ。可愛い顔を手に入れるため、進んでお金を犠牲にするような男はみんな馬鹿。可愛い顔なんて、もっと安く手に入るわ。私はね、ロット、あなたのめそめそした感傷が大嫌い。あなただって私同様、夫婦がどんなふうに暮らすか知っているでしょう。夫婦の愛情の温かさというものが、どの程度の試練までしか堪えられないか、まずい夕食にだって、雨の日にだって、貧しさがもたらすほんのちょっとした欠乏にだって、堪えられないことを知っているわ。男がどんなに自由をほしがるか、妻からどれほど隷従を強要するか、知っているわ。妻がたいていどんなふうに従うかもわかっている。結婚っていうのは一方の独裁、一方の欺瞞を意味するの。ですから、こんな取引のため、お金を犠牲にするような男は馬鹿だって言うわ。女だって普通お金のほうをだいじにするしか、生きる道はない」

「けれど、バーティもそれしか生きる道はないのよ」とシャーロット。

「それでは神の名において、弟をボールド夫人と結婚させなさい」とマデリン。それで二人の話は決着した。

しかし、ここで心優しい読者から心配の種を取り除いておこう。エレナーはスロープ氏とも、バーティ・スタンホープとも、結婚する運命にはない。小説家が物語を語る技術の要諦について、考え方を説明しておくのはおそらく許されるだろう。読者が好む作中人物の運命について、第三巻のほぼ終わりまで謎のままにするという物語構成法が見られる。私はこのような構成法には、著者と読者の適切な信頼関係を損なう欠陥があるので、強く異議を唱えたいと思う。いや、信頼関係を損なうもっとひどい、多くのことがこれまで頻繁に踏襲されてきた。読者の切望をはぐらかし、誤った希望や不安を掻き立て、実現されることのない期待を生み出すため、天才の深甚なる努力がこれまで費やされてきたのではないか？　読者への約束はただたんにはらはらさせる心地よい恐怖でできあがっており、その代わりに著者が最終章で提供するものは、ごく平凡な成り行きにすぎないのではないか？　こんなはぐらかしの努力なかには、現代の誠実な人が顔を背けたくなるような欺瞞があるのではないか？

第三巻を覗き見することによって消えてしまう、あの結末への関心にいったいどんな価値があると言えようか？ 楽しむことによって台無しになってしまう、そういう文学的魅力にいったいどんな価値があると言えようか？ ラドクリフ夫人の厳かなカーテン(7)に隠された絵の謎がわかったとき、私たちは額縁にも、ベールにも、もはや興味を感じなくなる。それらはもう私たちが視野から上品に葬り去りたいと願う古い骨壺であり、場違いな棺でしかない。

そのうえ、読み終わった人の無分別な、思いあがった入れ知恵によって、小説の喜びが台無しにされるのは何と嘆かわしいことだろう。「ああ、あなたはオーガスタのことで心配する必要はないのよ。もちろん結局ガスタヴァスを受け入れるわ」「あなたって何て意地悪なの、スーザン」とキティは目に涙を浮かべて言う。「もうぜんぜん読む気がしなくなったわ」親愛なるキティ、もし私の本を読んでくださるなら、姉の意地悪にだって対抗できる。姉があなたに教えられる謎なんかないからだ。いや、よかったらこの本の最終章を読んで、錯綜する物語の結末を読んでください。それでも、これから読む話の面白さは何一つ失われないことがわかるだろう。

著者と読者はお互いに完全に信頼し合い、ともに進まなければならない、というのが私たちの原則だ。劇の登場人物には完全に間違いの喜劇を演じさせるが、観客にはシラクサの人とエフェソスの人(8)を混同させてはならない。そうしないと、観客が間抜けの一人になってしまい、間抜け役の威厳が失われてしまう。

読者にはこの章を正しく理解してもらいたいから、エレナーがスロープ氏と結婚する気になるとか、あるいはエレナーがバーティ・スタンホープの生贄になるとか、そういうことを信じてもらいたくない。しかし、バーチェスターの立派な人々のなかには、エレナーがそのどちらかと結婚すると信じる人が多数いた。

註

（1）シシリー島西岸のマルサラ産酒精強化ワイン。

（2）「詩篇」第百四十七章第九節に、神は「食物を獣に与え、また鳴く小がらすに与えられる」とある。また「ルカによる福音書」第十二章第二十四節にも「カラスのことを考えて見よ。まくことも、刈ることもせず、また、納屋もなく倉もない。それだのに、神は彼らを養っていてくださる。あなたがたは鳥よりも、はるかにすぐれているではないか」とある。

（3）「出エジプト記」第十六章第十四～三十六節。イスラエルがエジプト脱出後、荒野で神から与えられた食物。

（4）「マタイによる福音書」第六章第三十四節に「だから、あすのことを思いわずらうな。あすのことは、あす自身が思いわずらうであろう。一日の苦労は、その日一日だけで充分である」とある。

（5）フレデリック・マリアットの『少尉候補生イージー』（1836年）の第三章で、メイドが庶子の赤ん坊のことをいろいろと弁明する場面がある。

（6）夫の火葬の薪の火に入り、その未亡人が殉死するというヒンドゥー教の習慣サティー（suttee）についての言及。第二巻第五章の註一参照。

（7）アン・ラドクリフのゴシック・ロマンス『ユドルフォ城の秘密』（1794）で、女主人公が覗き込む神秘的な黒い垂れ幕のこと。

（8）シェイクスピアの『間違いの喜劇』に登場する二組の双子の兄弟。二組とも生き別れになったため、劇の根底となる人違いの騒動を引き起こす。

第十六章　赤ん坊崇拝

た。

「ディドゥル、ディドゥル、ダム、ダム、ダム」エレナー・ボールドがつぶやき、口ずさんだ。「ディドゥル、ディドゥル、ダム、ダム、ダム」メアリー・ボールドもこの合唱の第二パートを引き受けた。

音楽会の聴衆は赤ん坊だけだったが、その坊やがあまりにも大声の喝采をするから、歌い手はそれをアンコールと見なして、再び歌い始めた。

「ディドゥル、ディドゥル、ダム、ダム、ダム。完璧な子。坊やにはかわいい脚はないかしら?」と得意満面の母。

「ふむむむむむ」メアリーは感極まって、赤ん坊のふくよかな首元に唇をうずめた。

「ふむむむむ」母も感極まって、赤ん坊の短くてむっちりとした脚に唇をうずめた。

「この子はかわいい向こう見ずな坊や。そうね。それに世界でいちばんすてきなピンクの脚の持ち主。そうね」感極まった声と口づけがもう一度続いた。まるで二人の女性が空腹のあまり、この子を食べてしまおうと決めているかのようだった。

「そうね、坊やは母さんのかわいい子。ああ、坊やに——あ、ねえメアリー、見たかしら? どうしたらいいの? 腕白な、腕白な、かわいいジョニーったら」母は感嘆の力強い声をあげた。息子が未亡人帽の下から母の髪を引っ張り出す、たくましい悪戯っ子とわかったからだ。「この子ったら腕白で、母さんの髪をみんな引っ張り出すの。これまで、これまで、見たこともない、いちばん腕白な、腕白小僧なのだから」

いつもの赤ん坊崇拝が続いた。メアリー・ボールドは低い安楽椅子に座り、赤ん坊を膝に抱いていた。エレナーは崇拝する偶像の前にひざまずいていた。彼女がつやのある焦げ茶の長い巻き毛で、赤ん坊の顔を包み込んでやると、赤ん坊はその巻き毛を好き勝手にあっちこっちへ引っ張った。このときも、未亡人帽の母はとても美しく見えた。その顔には穏やかな、変わらぬ、心地よい愛らしさがあって、エレナーをよく知る人にはそれが強く心に刻印され、古い友人らによる大いなる賛美につながった。とはいえ、よく知らない人には賛美をひどく誇張したもののように感じさせた。彼女の愛らしさは風景のそれに似て、頻繁に見つめる人にしか味わうことができなかった。目には暗く澄んだ深い輝きがあるものの、一瞥だけの観察者にはそれを見ることができなかった。口元の特徴は親しく会話を交わした人にしかとらえることができなかった。完全に均整のとれたすばらしい頭のかたちは芸術家の目にしか鑑賞することができなかった。一方の極にマデリン・ネローニの魅力、あの目もくらむような輝き、あの官能的なルーベンス[1]の美、あの真珠の白さとちりばめられた朱、近づく男たちをバシリスクの目で即座に魔法にかける魅力があった。しかし、そういう魅力とはエレナーは無縁だった。シニョーラの魅力に抵抗することはほとんど不可能だったが、エレナーに対してはもともと抵抗感そのものがなかった。エレナーに向かってまるで妹ででもあるかのように話し始めても、夜、頭を枕に沈めるころには、もうその美しさが鮮やかに脳裏にあり、声が甘く耳にこびりついている。ネローニ夫人と突然半時間をすごすことになったら、それは落とし穴にでも落とされたようなもの。ところが、エレナーと夕べをすごすことになったら、それは思いがけなくアスフォデル[2]の咲く、静かな野原を散歩するようなものだった。

「この子の小さな、小さな、お鼻がまったく見えなくなるまで、隠してあげましょう」母は赤ん坊の顔に流れるような巻き毛を広げた。赤ん坊は嬉しがって叫び声をあげると、メアリー・ボールドが抱いていられなくなるほど膝を蹴った。

このときドアが開いて、スロープ氏の来訪が知らされた。エレナーは驚いて跳びあがると、両手をすばやく動かして髪を肩の上に押し戻した。髪はそのままにしておいたほうがよかったかもしれない。なぜなら、そうしたために外に表さずにすんだ戸惑いをいっそう外に表してしまったから。ところが、このときスロープ氏はただちにエレナーの愛らしさを察知してしまった。豊かな財産は別としても、この人こそ男性が家庭にいてほしいと願う同居人、心配事を楽にしてくれる心の伴侶だと内心思った。エレナーは赤ん坊について不必要な弁解をつぶやくと、未亡人帽を着け直すため、急いで部屋を出て行った。彼女がいないあいだ、私たちは少し時間を遡って、結婚計画についてスロープ氏がどんな思索結果を導き出したか見てみよう。

未亡人の収入に関する調査は、これまでのところ計画の続行を決めるほど芳しいものだった。それで、未亡人の父、ハーディング氏のため、スロープ氏は自分に迷惑が及ばない限り、できるだけのことをしてやろうと決心した。少なくとも当座、院長職の件はプラウディ夫人に話さないでおこうと思った。ねらいは何かというと、主教をそそのかして、そちらからちょっとした反乱を起こさせようという趣旨だった。こうしたほうがハーディングとクイヴァーフル両氏にとってだけでなく、広い目で見ると主教区全体にとっても望ましいことだと思った。スロープ氏はプラウディ博士が統治者として適格だとは、口が裂けても言うことができなかった。仲間の牧師がかかあ天下に甘んじているのは、良心に照らしてもやはり間違いだと思った。それで、まるまる奥方に反抗するところまでいかなくても、奥方に対抗できるくらいには自分の勇気の一部を主教に吹き込んでやろうと決意した。

それゆえ慈善院の件で閣下と再び話をする機会があったとき、スロープ氏はやはりハーディング氏を院長指名から排除するのは賢明ではない、という趣旨のことをほのめかした。ところが、予想以上に厳しい事態に直面してしまった。プラウディ夫人はおいしいパトロンの役を目一杯に演じたいと望んでいたから、クイヴァーフル夫人に手紙を書いて、主教公邸への訪問を求めていた。その訪問のとき、謎めかしと謙虚さと威厳をたっぷり交えつつ、未来の院長夫人とその子供に授ける恩恵をすでに説明してしまっていた。スロープ氏がプディングデイルの俸給牧師館でクイヴァーフル氏に応対していたとき、じつはプラウディ夫人はクイヴァーフル夫人に対して同じようにパトロンの役をはたしていた。奥方自身が深くクイヴァーフル氏の指名にかかわっていたのだ。クイヴァーフル夫人の感謝と卑下と謝意と驚きの念が、奥方に抗しがたい満足を与えていた。クイヴァーフル夫人は女パトロンの膝をほとんど抱きかかえんばかりにすると、衣食の足りない十四人の赤ん坊たちは――夫人は家族のことをこう表現したけれど、長姉は二十三歳のたくましい娘だった――神が送りたもうた気前のよいご友人に朝夕祈りを捧げると約束した。プラウディ夫人にとってこう言ったお世辞は悪い気はしないし、このうえなく大切なものだった。十四人の衣食の足りぬ子供がもし支援に値するとわかったら――それは疑いなかったが――、奥方は全面的な支援をしようと申し出た。長姉が安息日学校で指導する資格があればなあ、との希望も述べた。このとき、クイヴァーフル夫人の目のなかで奥方は高く評価され、途方もなく大きな女性の姿に拡大されていた。

こういうことがあったから、奥方はプディングデイルの家族に幸運を知らせたことを、主教に一言言っておくのが賢明だと思った。そうしておけば、クイヴァーフルの指名に主教を深くかかわらせることができた。主教は奥方の計略を充分承知していたが、怒りはしなかった。主教は任命権を奥方が横取りしているとわかったので、その干渉を終わらせ、権力を奪還することを決意した。しかし、今はそれをする時ではないと思った。かかあ天下の境遇にある多くの夫がそうするように、主教はいやなことを先延ばしにした。

こんな状況だったから、ハーディング氏を慈善院長に推そうというスロープ氏の説得は当然うまくいかなかった。彼の理解によると、公邸内に全面的な反乱を引き起こし、かなりの犠牲を払わない限り、現状は打開できそうもなかった。現時点の大反乱は良策かもしれないが、裏目に出るかもしれないし、軽々に取りうる手段ではなかった。それで、スロープ氏はもしハーディング氏を院長に復職させなかったら、世論が背く恐れがあると主教に囁くことから始めた。そのとき、主教は少しむっとしたあと、クイヴァーフル氏はまさしくスロープ氏の助言に基づいて、指名の約束をえたのだと答えた。「約束はされていないのでは？」とスロープ氏。「いや、約束されたのです」と主教は答えた。「そのうえ、プラウディ夫人はこの件ですでにクイヴァーフル夫人と会っているのです」スロープ氏はこんな事態を予想すらしていなかったが、落ち着きを失うことなく、主教の発言にうまくつけ込んだ。

「ああ、閣下」と彼は言った。「女性が干渉してくると、私たちはみな難儀に陥りますね」

この発言は閣下の気持ちとあまりにも一致していたから、かなり好意的に受け取られた。それでも、そんなふうに女性の干渉のことを口にしたので、彼は閣下から叱責を受けてしまった。閣下のほうも、奥方と付牧師のあいだに意見の相違があることを知ると、必ずしもみじめな気持ちにはならなかったけれど、驚いてしまった。

「干渉、とはどういう意味かわかりません」と穏やかに主教が尋ねた。「クイヴァーフルさんが院長に指名されそうだと聞いたとき、家内が安息日学校のことでクイヴァーフル夫人に会ってみたいと思っても、不自然ではありません。私には干渉があったとは思えませんね」

「閣下、私はただただあなたの意向が実現されるように願って行動しています」とスロープ氏は言った。

「私は主教区におけるあなたの安寧と威厳を擁護したいんです。ほかに動機はありません。個人的な感情に関する限り、プラウディ夫人は私のいちばんの友人です。それは忘れていません。ですが、現在の立場で私が第一に従う義務は閣下に対するものです」

「それはわかっている、スロープさん。よくわかっている」主教は心を和らげて言った。「あなたは、本当にハーディングさんが慈善院長になったほうがいいと思っているのですか？」

「誓って、今はそう思っています。最初にクイヴァーフルさんの名をあげた責任を取る用意もあります。ですが、その名をあげたあとになって、ハーディングさん支持の強い動きが主教区内にあり、閣下はそれに譲歩したほうがよいと気づきました。閣下が提示した院長受け入れの条件について、最初に抱いた意見をハーディングさんが修正した、ということも聞いています。プラウディ夫人とクイヴァーフル夫人のあいだに起こったことについては、少しばかり面倒かもしれません。ですが、それが非常に重大な障害になるとは思いません」

こう言われて、気の毒な主教はどうしたらいいかわからない、恐ろしい未決状態に陥ってしまった。しかし、ハーディング氏を指名する方向にわずかに気持ちが傾いた。そうしたほうがプラウディ夫人に対抗するとき、スロープ氏の助けがえられると思ったからだ。

スロープ氏がボールド夫人の家を訪ねて、夫人が赤ん坊をあやしている場面に立ち会ったとき、公邸内はそういう状況だった。ボールド夫人が部屋から飛び出したあと、スロープ氏はメアリー・ボールドを相手にまずすばらしい天候のことを話し、それから赤ん坊を讃えて口づけし、次にその母を、次にミス・ボールドを賛美した。ボールド夫人はすぐ戻ってきた。

「こんな早い時間にお訪ねしたことを謝らなければなりません」とスロープ氏は話し始めた。「ですが、あなたとお話ししたいという気持ちがあまりに強かったものですから。あなたもミス・ボールドも許してくださるといいのですが」

エレナーは何とか聞き取れる声で「もちろん」とか、「なるほど」とか、「早くなんてありません」とかつぶやくと、身なりが整っていないことを謝り、赤ん坊がこんなに大きな子になって手に負えないと笑顔で言った。

「とても大きな腕白小僧よね」と彼女は赤ん坊に話しかけた。「私たちはこの子を乱暴に遊び騒ぐ、とても大きな生徒たちのところへ送らなきゃなりません。先生はとても大きな棍棒を持っていて、母さんの言う通りにしない腕白小僧に恐ろしいお仕置きをするところ」母はそう言うと、赤ん坊と離ればなれになるという自分の想像に怯え、また幾度も口づけし始めた。

「そう、そこの先生の髪はあなたののように掻き乱しても、長くて、きれいな髪じゃないんでしょう」スロープ氏は彼女の軽口を引き継いで、賛辞を送った。

エレナーはお世辞なんか言ってくれないほうがいいと思ったけれど、何も言わず、無表情のまま赤ん坊に夢中になっていた。

「坊やをちょっと連れていっていいかしら。この子、暴れるから背中が脱げてしまって」メアリーはそう言うと、その子を連れて部屋から出ていった。ミス・ボールドはスロープ氏がエレナーに緊急に話したいことがあると言うのを聞いていたから、二人の邪魔しているのではないかと思い、この機をとらえて部屋から出ることにしたのだ。

「すぐ帰ってきてね、メアリー」ミス・ボールドがドアを出るとき、エレナーが言った。

「ボールド夫人、二人だけでお話しできる機会が十分でもできてよかった」スロープ氏が口を切った。「簡単な質問を一つ、率直にさせていただいてもよろしいでしょうか？」

「もちろんです」と彼女は答えた。

「簡潔、かつ率直なお答えをしていただけますね」

「どちらかかもしれないし、まったく答えられないかもしれません」夫人はそう言って、笑った。

「では質問です、ボールド夫人。あなたのお父さんは慈善院へ戻ることを、本当に望んでおられますか？」

「なぜ私にお聞きになるの？」とエレナーは言った。「どうして父に直接お尋ねにならないの？」

「ねえ、ボールド夫人、わけをお話ししましょう。複雑な事情があるんです。あなたに残さずお話しするつもりですが、その時間がないかもしれません。この質問にあなたの回答をいただくことが必要不可欠なんです。そうしないと、何ですか、お父さんの願いをかなえる方法がわかりません。私が直接お父さんに尋ねるのは無理なんです。私以上にあなたのお父さんを尊敬している人間はおりませんが、この思いがお父さんからも返していただけるかどうか疑わしいからです」返してもらえることは、当然ありえなかった。「ハーディングさんがひどく傷つくような結果にならないよう、ただ一つ取りうる方法として、あなたに包み隠さず申しあげなければなりません。残念ながら、バーチェスターには私に対する悪感情があります。偏見とまで言うつもりはありません。あなたも覚えていらっしゃるでしょう、あの最初の説教が――」

「まあ！　スロープさん、そこまでたどっていく必要はありませんわ」とエレナー。

「ちょっと待ってください、ボールド夫人。私のことが問題ではないんです。事態がどうなっているか、あなたに知っていただくことが必要なんです。あの説教は誤解されたかもしれません。――確かに誤解されました。ですが、今はもうそれについては何も言いません。ただ一つ、あの説教があなたのお父さんに私に対する反感――ほかの人たちと共通の反感――を生んだんです。お父さんに正当な理由があるのかもしれませんが、結果として、私はお父さんと打ち解けて会うことができなくなりました。こういう事情があることを知らないのか、お尋ねしているんです」

エレナーは答えなかった。スロープ氏は熱心に語りつつ、相手に気づかれないように少し椅子を未亡人のほうへ近づけた。

「事情がそういうわけなので」とスロープ氏は続けた。「あなたに聞くようには、このことをお父さんに直接聞くわけにはいかないんです。バーチェスターに来てから、私自身の怠慢にもかかわらず、あなたから友人と見なしていただきました」エレナーは相手の言葉を否定するように、わずかに頭を横に動かした。スロープ氏はそれに気づいたけれど、気づいた素振りを見せなかった。「あなたになら率直に話せるし、心で感じていることも説明できます。ですが、あなたのお父さんにはこれができないんです。不幸なことに、主教は慈善院の件を私の手を通してやろうとしています。委員会に用意しなければならない仕事があって、主教はそれで手一杯なんです。それで、やむなく私がこの件でお父さんと面会することになりました」

「それは知っていました」とエレナー。

「そうそう」とスロープ氏は言った。「その面会のとき、私はハーディングさんが院長に復職したくないという印象を受けました」

「どうして復職したくないなんて?」とエレナーは声を出した。冷たい礼儀正しい態度を崩すまいと決めていたのに、心を掻き乱されて、ついにそれを忘れてしまった。

「ねえボールド夫人、誓って言いますが、何ですか、そういう印象だったのです」そう言うと、彼はまた少し夫人に近づいた。「そのうえ、面会前に公邸の人が――主教ではありません――、ハーディングさんが院長に復帰したがっていないのは事実だと教えてくれました。私は、認めますけれど、それが信じられなかった。認めますが、お父さんは良心の安らぎのためにも、老いた収容者のためにも、懐かしい関係とすぎ去った日々の思い出のためにも、是非とも復帰を願っているものと思っていました。是非とも院長に戻りたいと考えていると思っていました。ですが、お父さんからは戻ることは望んでいないと言われました。確かにお父さんから受けた印象は本当のことを告げられたんだという印象でした」

「まあ！」とエレナー。もうすっかりこの話に興味を掻き立てられた。

「ミス・ボールドの足音が聞こえます」とスロープ氏は言った。「大きなお願いなのですが――あなたならうまくやって、ミス・ボールドが部屋に入って来ないようにできるでしょう」

エレナーは「うまくやって」という言葉が好きではなかったが、外に出ると、メアリーにもう十五分スロープ氏と二人だけにしてほしいと頼んだ。

「ありがとうございます、ボールド夫人。信頼してくださって、とてもありがたいです。そうなのです。はっきりとした印象を抱いて、あなたのお父さんのもとを去りました。じつのところ、お父さんは指名を受けないということを明確にしようとしたと思います」

「指名のことじゃないんです」とエレナーは言った。「父は指名は拒絶しなかったと思います。でも、計画には同意したくないと言っていました――つまり、条件となった安息日学校や礼拝やそのほかの主教の計画が、みな気に食わないと言っていました。院長職を拒絶したいなんて、一度も言わなかったと思います」

「そんな、ボールド夫人！」スロープ氏は熱のこもった調子で言った。「あなたのようなすばらしい娘さんに、お父さんのようなすばらしい人の非難をするつもりはまったくありません。ですが、お父さんのためにも、現在の状況がどうなっているか、正確に話させてください。日曜学校に関する主教の希望をお伝えすると、ハーディングさんは少しうろたえていました。あなたは同じ問題で私に全面的に賛成してくれましたから、おそらくあまり注意を払わないまま、私はお父さんにそれを伝えてしまったのです。お父さんは少々困った様子でしたが、穏やかな口調でこう言いました。『主教の考えに同意できないとお伝えください。――そんな条件がついている慈善院へ戻るつもりはありません』お父さんがおっしゃったのはそんな内容でした。実際にはどちらかというと、何ですか、もっと強い言葉づかいでした。私は閣下にお父さんの言葉をそのまま繰り返すほかなくて、閣下もその言葉を拒絶と見なすほかないと言われたんです。閣下はお父さんが指名を望んでいないという報告をすでに受け取っていて、諸般を勘案すると、ほかの誰かを捜すしかないと考えられたようです。その結果、院長職をクイヴァーフルさんに申し出られたんです」

「院長職をクイヴァーフルさんに！」とエレナーは繰り返した。目は涙で一杯になっていた。「それではスロープさん、もう決着はついたのですね」

「いいえ、あなた、そうでもないんです」と彼は言った。「私が今ここにお邪魔しているのは、そんな決着を食い止めるためなんです。私の質問にご回答をいただき、ハーディングさんが院長復帰を望んでいるという方向で考えていきたいんです」

「復帰を望んでいるって――望んでいるに決まっています」とエレナーは答えた。「父は当然屋敷と俸給と院長職――たった一つの居場所――を取り戻したいと望んでいます。父の年齢になると束縛されるのがいやになるものです。でも、そういう束縛を受けなくても手に入るものなら、父は一度誠実に自分を殺して放棄したものを取り戻したいと願っています。父のような年齢の人に、いったいどうして主教は大勢の子の校長になれなんて、言うことができるのでしょう？」

「考えられないことですね」スロープ氏はそう言うと、少し笑った。「あなたのお父さんにそんな要求をするなんて許せません。どんなことがあっても、私がそんな理不尽な要求にかかわることはないと、お約束します。私たちはお父さんに慈善院で説教していただきたいと思っているだけです。院の外に出て説教を聞くには、収容者らが年を取りすぎているからです。ですが、そういうことも強制されてはなりません。私たちは慈善院に安息日学校を付設することもお願いしました。ハーディングさんのような立派な聖職者が監督し、そのうえあなたが加わってくだされば、その学校が必ずや有益なものになると考えてのことです。ですが、ボールド夫人、こういったことは今話す必要はありません。明確なことが一つ。主教がクイヴァーフルさんに申し出たこの性急な指名を取り消すため、何ですか、私たちはできるだけのことをしなければなりません。お父さんはクイヴァーフルさんには会いたがらないでしょうね？　クイヴァーフルさんは立派な人ですから、お父さんの邪魔は決してしないと思います」

「何ですって？」とエレナーは言った。「十四人もの子を持つ人に、昇進をあきらめるように頼み込むなんて！　父はそんなことは決してしないと言い切れますわ」

「そうでしょうね」スロープ氏はそう言いつつ、いっそうボールド夫人のほうへ接近した。今や二人の距離はとても近かった。エレナーはそれをたいして気に留めてはいなかったが、本能的に少し遠ざかった。プラムステッドでどういう噂が立つか想像することができたら、彼女はどれほど距離を大きく取ったことだろう！「お父さんはそんなことは決してなさらないでしょうね。ですが、クイヴァーフルがお父さんの地位を奪うなんて、もってのほかです――そう、もってのほかです。主教は性急すぎました。いい考えがあります。おそらくそれが神のお恵みにより、正しい方向へ導いてくれるでしょう。ねえボールド夫人、あなたが直接主教に会ってくださるというのは駄目でしょうか？」

「なぜ父が主教に会ってはいけないのでしょうか？」とエレナーは言った。彼女はこれまでに一度だけ、父のことで出すぎた口を挟んだことがあった。しかし、あまりうまくいかなかった。今はそのころよりも年を取っていたから、父にとって重大な問題で、父の同意なしに動き回ってはならないことをわきまえていた。

「じつのことを言いますと」スロープ氏はまるでパトロンである主教に慈悲心がなくて嘆かわしいというような、悲しげな表情を作った。「何ですか、主教はあなたのお父さんに怒る理由があると思い込んでいます。お父さんが直接主教に会ったりしたら、その怒りがいっそう増すのではないかと心配です」

「まあ」とエレナーは言った。「父はいちばん穏やかで、優しい人なのに」

「これだけははっきりしています」とスロープ氏は言った。「お父さんには最良の娘がいらっしゃる。ですから、あなたが主教に会ってくださるというのはどうでしょう？　面会の手はずは、あなたを煩わせることなく、私がうまく設定します」

「父と相談しなくては、スロープさん、私は何もできません」

「何と！」と彼は声をあげた。「そういうことでは、お父さんの役には立ちません。それでは、あなたはただお父さんの伝言役にしかすぎません。何かいい考えは思い浮かばないんですか？　何か行動しなければなりません。馬鹿げた誤解のせいで、お父さんを破滅させてはなりません」

何もいい考えは浮かんでこなかった。エレナーはそれがとても辛いと言った。目から涙がこぼれ落ち、頬を伝った。その涙を拭う特権をえられたら、スロープ氏は代わりに何を与えてもいいと思った。しかし、ボールド夫人に何か特権をえるためには、その前になすべきことがたくさんあることくらいわきまえていた。

「こんなふうに悲しみに暮れているあなたを見ると、胸にひどくこたえます」とスロープ氏は言った。「ですが、あなたのお父さんの利益を私に守らせていただけるなら、損害がお父さんに及ばぬようにすることを請け合います。主教には率直に事実を伝えましょう。主教にはあなたのお父さんを指名する以外の権利なんかないと説明します。もしほかの人を指名したら、大きな不正を犯すことになるとも言います。それから、あなた、ボールド夫人、あなたには、私がお父さんの幸せ――お父さんとあなたの幸せを心から願っていることを、何ですか、信じる寛い心を持ってほしいんです」

　未亡人はどんな返事をすればいいかわからなかった。父がスロープ氏に感謝することはありえないとわかっていた。父と同じ気持ちでいたいと強く願った。それにもかかわらず、スロープ氏がとても親切な人だと思わずにはいられなかった。父は普段誰に対しても寛大な心を見せ、悪口を言わない人なのに、スロープ氏にだけは注意するように娘に警告していた。それでも、エレナーはスロープ氏に感謝せずにはいられなかった。この男は告白したもののほかに、いったいどんな利害関係をこの件に抱えているのだろうか？　やはり男の態度にはエレナーにも信用できないところがあった。なぜだかわからないが、やはりこの男には警戒し、身構えなければならないところがあると感じた。

　スロープ氏は未亡人の躊躇する様子を見ながら、まるで打ち明け話をされたかのように、はっきりとこの女性の胸中を読み取っていた。言葉を交わす相手の女性の心を読み取ることができるのが、この男の才能だった。エレナーが彼に対して疑念を抱いていること、感謝の念を抱くとしても、感謝せずにはいられないからそうしているだけだということを見透かしていた。それがわかっているからと言って、彼が怒ったり、苛立ったりすることはなかった。ローマは一日にして成らず。

「ここに来たのは、あなたから感謝していただくためではありません」男はエレナーの躊躇する様子を見て続けた。「感謝なんか望んでもいません――何ですか、感謝に値するようなことができるまではね。ですが、ボールドさん、私が望んでいるのはこの主教区の仲間たちと友人になることです。誰よりも謙虚な羊飼いとして、神が喜んで私を寄越してくれたこの主教区のね。もし友人になれなければ、ここの仕事はみじめなものになるほかありません。友人になれるように、何はともあれ、努力します」

「あなたなら、きっとすぐたくさんのお友だちができますわ」エレナーは何か言わなければならないと感じて言った。

「友人とは私の気持ちに共感してくれる人、私が尊敬し、賞賛し、愛せる人でなければ意味がありません。もっともよい友人、もっとも純粋な友人が離れていったら、評価できない人たちの友情で満足できるはずはありません。そうなれば一人で生きていくしかありません」

「そんな！　スロープさん、一人になりはしません」エレナーは何か特別な意味でそう言ったのではなかった。ところが、何か特別な意味があると思っているように見せるほうが、この男には都合がよかった。

「本当に、ボールドさん、私は一人で生きていかなくてはなりません。結びつきたいと望んでいる相手に去られたら、心のなかはまったく孤独です。ですが、今回は充分です！　あなたを友人と呼べるようになりました。どうか私を裏切らないようにお願いします。あなたのお父さんも、いつか友人と呼べる日が来ると思います。ボールド夫人、あなたと、あなたのお子さんに神のご加護がありますように。お父さんにお伝えください。私はお父さんのお役に立つようにできるだけのことはやりますと」

スロープ氏はいつもよりも親しみを込めて未亡人の手を握ってから去っていった。しかし、状況から見て、エレナーにはこの親しみが不自然であるようには見えなかった。腹を立てる理由なんかないように思えた。

「あの人のことは理解できない」とエレナーは数分後メアリー・ボールドに言った。「いい人なのか、悪い人なのか、わからない――誠実なのか、嘘つきなのかも」

「それなら疑わしきは罰せずの法を適用をしなくてはね」とメアリーは言った。「いちばんいいところを信じなさい」

「私もだいたいそうしようと思う」とエレナーは答えた。「あの人に善意があるのは信じられるわ。もしそうなら、あの人の悪口を言ったり、私たちと一緒にいるとき、あの人にみじめな思いをさせたりするのは、恥ずかしいことね。でも、ああ、メアリー、父さんは慈善院のことでがっかりするのではないかしら」

註

（1）バロック期のフランドルの画家、サー・ピーター・ポール・ルーベンス（1577-1640）のこと。
（2）アスフォデルはおそらく水仙で、ギリシア神話ではエリュシオン（極楽浄土）の野に咲いた。

第十七章　誰がお山の大将になるか？

　このところ主教公邸には、ずっと何かぎこちない雰囲気があった。スロープ氏が一言、二言ほのめかしたことは決して無駄ではなく、主教に強い影響を与えた。今やほとんど堪え難くなった奥方の独裁に対抗したければ、時を移さずやらなければならない。家庭内のことは別としても、主教区の主人が主教というなら、すぐ主人の仕事を始めなければならない、と主教は感じた。それには、今よりも主教叙任式直後のほうがたやすかったろうけれど、プラウディ夫人が主教区の細部を完全に掌握しきったあとよりは、今のほうがまだましだった。スロープ氏の支援が主教には大きかった。予期せぬありがたい助力だった。主教はスロープ氏とは堅固な同盟関係にあると見ていた。スロープ氏をどこか遠くの裕福な教区に昇進させることによってしか、この同盟関係を解消する機会はないと思い始めていた。しかし、今敵の一人、敵のなかでももっとも力の弱い一人、それでもやはり重要な敵の一人が敵方の陣営から離れようとしていた。スロープ氏の支援があれば、主教みずからが手をくださなくてもいいこともあるだろう。主教は小さな執務室を行ったり来たりしながら、先代がいつも座っていた上の階の大きな部屋を自分専用に使える日が来ることを夢想した。

　主教がこんなことを考えていたとき、グラントリー大執事から短い手紙が届いた。この高位聖職者は、手紙なかで、明日接見の栄誉を与えてくれるよう、時間を指定してくれるように閣下に求めていた。ハーディング氏をバーチェスター慈善院長に復職させる件での訪問の申し込みだろう、と主教は思った。手紙を読み終わるころ、大執事の使用人が返事を待っていると知らされた。

たちまち主教は自己の責任で行動する大きなチャンスに直面した。しかし、彼は新しい盟友のことを想起し、ベルを鳴らしてスロープ氏を呼んだ。残念ながら当人が屋敷にいないようだった。そこで主教は大胆にも補佐なしで、大執事に対して承諾の返事を書いた。手紙を携えた使者が無事構内から出て行くのを執務室の窓から眺めながら、主教は次に何をなすべきか考え始めた。

主教は明日ハーディング氏を院長に指名するか、しないか、大執事に明言しなければならない。プラウディ夫人に知らせないまま、クイヴァーフル一家を見捨てるようなことはできなかった。そんなことをしたら、不誠実と思われると感じた。主教は巣穴の雌ライオンに敢然と立ち向かい、こんな状況なのだから、ハーディング氏の再指名が必要なのだと、はっきり言おうとついに決意した。クイヴァーフルに与えた損害を償うため、主教に裁量権のある最初の昇進枠を彼に与えることを、プラウディ夫人に約束しても、新しい勇気ある自立の道から逸脱することはないと感じた。もしそんな飴玉で雌ライオンをなだめられるなら、初めての自立の努力がいかに幸せな結果を生むか、味わうことができる。

主教はプラウディ夫人の私室に入ったとき、不安で一杯だった。奥方を外に呼び出すことも初め考えたけれど、そんな呼び出しを奥方が無視することもありえた。娘たちが話し合いの場にいるほうが盾になったかもしれない。奥方は鉛筆の頭を齧りながら、会計簿の前に座っていた。明らかに金銭問題の泥沼にはまっており、公邸の出費の多さと主教の威厳を保つ経費の重さに悩まされている様子だった。娘たちも奥方のまわりにいた。オリヴィアは小説を読み、オーガスタはベイカー通りの親友に手紙を書き、ネッタはペチコートの裾に馬車の車輪のミニチュアを縫いつけていた。もし主教が今の心理状態の奥方に打ち勝てたら、まさしく男になれる。そうしたら、その勝利を長く彼のものと見なすことができる。結局、こんなとき夫婦のあいだに起こる状況は、同じ学校に通う二人の少年、同じ庭に住む二匹の雄鶏、同じ大陸にいる二つの軍隊のあいだに起こるのとまったく同じだ。いったん征服者になれば、そいつが普通そのあとずっと征服者であり、勝利の威光はずっと続く。

「えへん――おまえ」主教は話し始めた。「もし暇なら話があります」プラウディ夫人は足し算をしてきたところに注意深く鉛筆を置くと、合計を記憶のなかに書き留めてから、不機嫌そうに夫の顔を見あげた。

「忙しいのなら、次の機会でも」と主教は続けた。戦場に立ったとたん、彼はボブ・エーカーズ[1]のように、勇気をなくしてしまった。

「何のお話?」と奥方は尋ねた。

「ああ――クイヴァーフル一家のことです――とはいえ、忙しそうですね? 別の時でも構いません」

「クイヴァーフル一家がどうかしたんですか? あの一家が慈善院に入ることは、もう了承済みだと思います。それに何の疑いもありませんでしょ?」奥方は話しながら、鉛筆でしっかりと目の前の数字の欄を押さえていた。

「とはいえ、おまえ、問題があってね」と主教。

「問題ですって!」とプラウディ夫人は言った。「どんな問題でしょ? クイヴァーフルさんが院長職を約束されて、当然それに就くことになっています。あの人はその手はずだって整えています。プディングデイルに入ってもらう副牧師を探しているし、農場や馬や牛を売却することも競売人に伝えています。院長職があの人のものになるという前提でね。もちろんその通りでしょ」

さあ、主教よ、おのれを信じ、身内の男らしさを残さず呼び覚ませ。どれだけ多くのものがこの一瞬に賭かっているか考えるのだ。いったん鉄砲を構えて、あとに引いてしまったら、もう金輪際スロープのような人は味方になってくれない。最初の火薬の臭いで軍旗を捨てる人に、いったいどんな同盟が期待できるだろうか？　おまえ自身が戦場を求めたのではなかったか？　戦場に立ったら、男らしく戦え。勇気を出せ、主教、勇気を！　こわい顔で人は殺せぬ、刺々しい言葉で骨は折れぬ。何と言っても、主教の前垂れはおまえのもの。奥方は慈善院長を指名できないし、聖職禄を与えることもできないし、付牧師を任命することもできない。おのれを信じさえすればよい。立ちあがれ、揺るぎない心で奥方に立ち向かえ。

胸中の小さな声は主教をそのように鼓舞した。しかし、そのとき違ったふうに助言する別の声もあった。思い起こせ、主教よ、奥方は女だ。ああいう女のことをおまえは誰よりもよく知っている。ああいう女と言葉の剣を交えるのは、厄介なこと。どうしても戦争をしなければならないのなら、おまえの執務室で、おまえの机越しに仕掛けたほうがいいのではないか？　どんな雄鶏も自分の糞山陣地でこそ、力を発揮できるのではないか？　おまえの愛の印、おまえの腰の産物、娘たちもここにいる。その娘たちに、おまえが母に勝利するところを見せていいのか？　いや、まさかとは思うけれど、おまえが母に負けるところを見せていいのか？　そのうえ、おまえを有名にしたあの英知をまったく見せることなく、ちょっとした機転のはずみで、こういう機会を選んでしまったのではないか？　おまえが間違っており、敵が正しかったということになってしまわないのか？　この慈善院の問題で、おまえは実際に約束を与えてしまっており、その約束の実現を求めるからと言って、奥方に当たるということになるのではないか？　おまえはキリスト教の主教であり、その言葉は結果がどうあれ、神聖と見なされるのではないか？　引き返せ、主教よ、階下の聖所へ。少なくとももっと有利な賭け率で戦いができる時まで、喧嘩好きの気質を満たすのは先延ばしにするのだ。

プラウディ夫人が鉛筆を止め、合計の数字を記憶の文字盤に記したまま座っているあいだ、このような思いが主教の胸中を通りすぎた。「四ポンド十七シリング七ペンス」と奥方は独り言を言うと、次に「もちろんクイヴァーフルさんが、慈善院を引き受けなければなりません」と閣下に大声で言った。

「なあ、おまえ、ただちょっと伝えておきたかったのです。もしハーディングさんを院長に復職させなかったら、私たちのほうが大衆の反感を買うかもしれない、スロープさんはそう考えているようです。新聞だっておそらくこの問題を取りあげるでしょう」

「スロープさんはそう考えているようですって！」とプラウディ夫人が言った。その口調には、主教が戦いを避ける方向で突破口を見つけようとしたことが、正しかったと感じさせるものがあった。「それで、スロープさんはこの問題とどんな関係があるんでしょ？　閣下、あなたはご自分の付牧師の言いなりにならないほうがいいと思いますが」奥方は熱くなり、会計簿の計算をどこまでしたかわからなくなってしまった。

「私が人の言いなりになることなんか、おまえ、ありませんね。ないと保証します。それでも、スロープさんは世間の風向きを知るには役立つ人なのです。クイヴァーフル一家には、それ相応の別のものをあげられたらと――じつは思ったのです」

「馬鹿なこと」とプラウディ夫人は言った。「それ相応の別のものと言っても、院長の半分の価値の職でも、与えてやるのに何年もかかってしまいます。それから、新聞とか、世論とか、そういうものには、一つのことにいつも二つの話があるってことを覚えておいてちょうだい。もしハーディングさんが愚かにも彼の話をするようなら、私たちだって私たちの話をすることができるわけでしょ？　私たちはハーディングさんに院長職を提供したのに、辞退されたってね。それで別の人の手にその職を渡したんです。それで話は終わり。少なくとも私はそう思います」

「ああ、おまえ、おまえが正しいようですね」主教はそう言うと、こそこそと部屋を出て行った。階下におりると、彼は明日どんな顔をして大執事を迎えたらいいか悩んだ。もっかのところ体調が思わしくなかったから、明朝は胆汁にやられて、部屋から出られなくなるようなこともあると考え始めた。不幸にも主教は胆汁に悩まされることが多かった。

「まさかあのスロープが！　私があの人の運命にくだりのスロープをつけてやる」怒った奥方は聞いていた娘らに言い放った。「スロープがなぜあんなふうに変節したかわからない。きっとあの人はバーチェスター主教にでもなるつもりでしょ。もともとあの人は私が手を引いてあなた方のお父さんに紹介し、そのおかげで家の付牧師になったのに」

「あの人、いつも厚かましい人でした」とオリヴィアが言った。「母さんに前に一度その話をしたことがありますわ」しかし、オリヴィアはスロープ夫人になるように求められたとき、この男をそれほど厚かましいとは思っていなかった。

「でも、オリヴィア、あなたはあの人が好きなんだと、私、いつも思っていました」姉に悪意を抱いているオーガスタが言った。「私はね、いつだってあの人が嫌いでした。なぜってあの人とても下品なんですもの」

「そこは違うでしょ」と奥方は言った。「決して下品じゃない。むしろ魂を揺さぶる雄弁な説教師よ。しかし、この家に居続けるつもりなら、分をわきまえるように強く言わなくちゃ」

「あの人の目、見たことがないような怖い目よ」とネッタが言った。「それにあの人の食い意地ってすごいのよ。昨日どれだけ干しぶどうパイを食べたかご存知？」

スロープ氏は公邸に帰ってくると、主教の言葉と物腰から、プラウディ夫人の命令が慈善院の問題では通るのだとすぐ理解した。プラウディ博士は「今回だけです」とか、「聖職任命権に関することはただ主教だけが握っている」とか、言い訳をしたけれど、ハーディング氏のことはあきらめる方向でもう心を決めているようだった。スロープ氏は主教と奥方の両方を敵に回したくなかったので、当面は屈服するしかないと思った。

スロープ氏はもちろん主教の考えを実現すると言い、主教に判断の自信があれば、主教区は安泰だとだけ言った。釘を急所にしばしば打ち込んでおけば、いつかは貫通することを知っていたから。

その日の夜、彼が自室に一人で座っていると、軽くドアをノックする音が聞こえ、返事をする前にドアが開いて、女パトロンが入ってきた。彼は一瞬満面に笑みを浮かべたけれど、奥方は違っていた。それでも奥方は勧められた椅子に座ると、苦情を言い始めた。

「スロープさん、あのイタリア女に対する先夜のあなたの振る舞いは、とても承服するわけにはいきません。あなたがあの女の恋人だと、誰もが思ったことでしょう」

「何と、奥さま」スロープ氏はぞっとしたような表情を作って言った。「ですが、何ですか、あの方は既婚者ですよ」

「そんなこと、わかりゃしません」と奥方は言った。「ただ、あの女が既婚者で通したいだけなんでしょ。しかし、既婚にしろ、未婚にしろ、あなたのあの女に対する慇懃な振る舞いは、適切じゃなかった。私の客間であんな不愉快ことをする気になったのが、信じられません、スロープさん。しかし、私自身と娘たちへの義務としても、あなたの振る舞いが好ましくなかったということを言っておかなきゃなりません」

スロープ氏は大きな突き出た目をもっと大きく見開き、驚いた表情をみごとに作って見つめた。「何ですか、プラウディ夫人」と彼は言った。「あの方がお腹が減ったと言うから、食べものを運んだだけなんですが」

「あの女を訪問したことがあるでしょ」奥方は正体を現した刑事の鋭い目で、罪人を見ながら言った。

スロープ氏は誰を訪問しようが、何をしようが、勝手だと、この口やかましい女にただちに反論していいか考えた。しかし、バーチェスターでの立場がまだ確固としたものではなかったから、奥方を懐柔したほうがいいと思い直した。

「確かに私はスタンホープ博士の家を訪問して、ネローニ夫人に会いました」

「やはりそうね、二人きりで会ったんでしょ」と主教区監視役のアルゴスが言った。(2)

「間違いなく二人きりでした」とスロープ氏は言った。「ですが、たまたまほかの人が部屋にいなかっただけです。家族がみんな出かけていたのは、私の落ち度ではありません」

「おそらくそうでしょう。しかし、スロープさん、あの女の誘惑にあなたが身を委ねていることがわかったら、あなたについての評価はひどく落ちてしまいます。女のことは私のほうがよく知っています、スロープさん。自分のことをシニョーラと呼ぶあの女は、若い独身の厳格な福音主義の牧師には、ふさわしい相手じゃないってことはわかるでしょ」

スロープ氏は笑えるものなら、奥方をどれほど笑いたかったことか！　しかし、そんな勇気はなかった。それで彼はただこう言った。「プラウディ夫人、くだんの女性は、何ですか、私にとって無縁の人であることを保証いたします」

「まあ、それならいいのですが。しかし、私の義務としてこの警告をしなければと思いました。それから、もう一つ言っておかなきゃいけないことがあります。主教に対するあなたの振る舞いのことです、スロープさん」

「主教に対する私の振る舞い」と彼は言った。今度は本当に驚いたから、奥方が言おうとしていることがわからなかった。

「そうです、スロープさん。主教に対するあなたの振る舞いです。見苦しいものでした」

「主教が何かおっしゃったのですか、プラウディ夫人？」

「いいえ、主教からは何も。あなたを閣下に最初に紹介して、目に留まるようにしたのは私です。それで、私のほうからこの点は注意したほうがいいと、おそらく主教は思っておられると推察します。問題はですね、スロープさん、あなたが仕事をたくさん抱え込みすぎる嫌いがあるってことなんです」

怒りの斑点がスロープ氏の頬に浮かんだ。怒りを抑えるのが難しかった。しかし、奥方が話しているあいだ、彼は怒りを抑え、黙って座っていた。

「それって、あなたのような立場の多くの若者によくある欠点ですから、主教は今のところそのことで怒る気はありません。あなたがしなければならないこと、してはならないことは、おそらくすぐわかるようになります。しかし、私の忠告を聞いてくださるなら、聖職任命権にかかわる問題で、主教にあなたの助言を押しつけることがないように注意してちょうだい。助言がほしいとき、閣下はそれをどこに求めればいいかちゃんとご存知です」奥方はこの忠告につけ加えるように、若い独身の厳格な福音主義の牧師がどう振舞ったらいいか、ありきたりの発言をしたあと、思いに沈む付牧師を残して去っていった。

到達した結論は、主教区に彼とプラウディ夫人の両方の力を入れる余地はない、どちらの力が勝ちを占めるか、早々に決着をつけなくてはならない、ということだった。

註

（1）シェリダンの劇『恋敵』（*The Rivals*, 1775）第五幕第三場で、ボブ・エーカーズは決闘に臨んで、勇気が「手のひらからだんだん失せていく」ように感じる。

（2）無数の目を持つ巨人。

第十八章　迫害される未亡人

翌朝早くスロープ氏は主教の更衣室に呼び出された。閣下が前日の叱責を再度繰り返すように奥方から尻を叩かれ、ひどく腹を立てているのだと予想してそこへ向かった。スロープ氏は何はともあれ、主教から叱責されるのは堪えられないと意を決し、かなり喧嘩腰で更衣室に入った。しかし、そこにはこのうえもなく穏やかで、優しい気分の主教がいた。閣下は軽い頭痛があり、胃の調子もよくないから、体調は芳しくないと不平を漏らした。とはいえ、ご機嫌に問題はなかった。

「ああ、スロープさん」主教は付牧師から差し出された手を取って言った。「グラントリー大執事が今朝私を訪ねて来るのですが、とてもあの人に会う気分ではないのです。迷惑をかけて心苦しいけれど、私の代りにあの人に会ってほしいのです」それからプラウディ博士はグラントリー博士に何を言わなければならないか説明した。ハーディング氏が慈善院長職を拒んだから、指名はクイヴァーフル氏へ回され、受諾されたというのが、きわめて丁寧な口調で伝えてほしい内容だった。

スロープ氏はその決定はおそらく賢いやり方ではないと思うと、再度パトロンに指摘した。用心の小声で。こういう用心をしても、多くを話すのは安全ではなかった。このちょっとした発話のあいだに、主教は更衣室から奥の聖所へ開くドアのほうを親指で指し示し、かすかだが、じつに不吉な身振りをして見せた。スロープ氏はすぐその意図を読み取ると、それ以上は何も言わなかった。しかし、彼はパトロンとの信頼関係がこれから生み出されること、望んでいた同盟が構築されること、クイヴァーフル氏を慈善院長に指名するものの、これが奥方の言うなりになる最後の犠牲——結婚の祭壇に差し出す最後の恭順の貢ぎ物——となることを理解した。スロープ氏はこういうことを主教の親指のかすかな仕草に正しく読み取った。印を押した羊皮紙も、証人も、説明も、誓言も必要なかった。二人のあいだで取り決めが了解され、スロープ氏は主教の手を取ってそれを確認した。主教のほうも手に感じた特別な圧力の意味を了解すると、同意の目をきらりと輝かせた。

「くれぐれも大執事には丁重に接してくれたまえ、スロープさん」主教は大きな声をあげた。「とはいえ、これだけはあの人にはっきりと理解させてほしい。この件でハーディングさんは私の好意を受け入れる気がなかったという点です」

二人のこの話し合いのあいだ、プラウディ夫人が寝室に座り、鍵穴に耳をそばだてていたと言ったら、奥方に対する中傷となるだろう。奥方にも礼節の精神があり、そのような下品な行為に身を落とすことはできなかった。鍵穴に耳を当てるとか、隙間からなかの様子を伺うとか、そういったことはメイドのする芸当だった。プラウディ夫人は分をわきまえていたから、そういうことはしなかったが、メイドの芸当まで身を落とさなくても、メイドの役得がえられるように、ドアのそばぎりぎりまで身を寄せていた。

しかし、奥方は二人の話をほとんど聞き取ることができず、二人のねらい通りまんまとだまされてしまった。二人が交わしたあの親しい握手をまったく見ることができなかったばかりでなく、締結された同盟に気づくこともなかった。二人の不実な男が結んだ裏切りの決意なんか、夢にも想像しなかった。男たちは今の地位にふんぞり返っている奥方の驕慢の鼻を明かし、口をつける前に奥方の唇から盃を叩き落とし、甘い中身を味わう前に奥方の権力をみな奪い取ってしまおうと決意したのだ。この二人は裏切り者だった。腹心の夫と、奥方が世話して、この世のもっとも明るい炉辺の暖かさを味わわせてやった浮浪者の、この二人は！しかし、二人にはどちらも奥方の度量が欠けていた。奥方に対抗してこういう同盟を結んだけれど、奥方の戦いが敗けと決まったわけではなかった。

グラントリー博士は主教の代理に会うことを拒絶するだろう、とスロープ氏は確実視していたが、やはりその通りになった。公邸のドアが開かれたとき、大執事は短い案内の手紙を渡された。スロープからご挨拶を申しあげる、うんぬん。主教は病気で部屋に伏しており、大執事に面会できないのを残念に思っておられる、うんぬん。スロープが主教の意向を託されているので、大執事さえよければこの付牧師と面会していただければありがたい、うんぬん。しかし、大執事はスロープ氏では話にならないと思ったから、この手紙を大広間で読んだあと、くしゃくしゃに握りつぶし、閣下が病気なのは残念だというようなことをぶつぶつぶやくと、回答の伝言も残すことなくその場を立ち去った。

「病気！」大執事は一頭立て四輪馬車の座席に身を投げると、独り言を言った。「やつはどうしようもない臆病者だな。私に会うのが怖いからで、病気なんて、とんでもない！」大執事は病気になったことがないから、病気で面会の約束が守れない人間なんて、真実理解できなかった。そんな言い訳はごまかしにすぎないと思ったが、今回の場合、当たらずといえども遠からずだった。

グラントリー博士はハイストリートにある義父の住まいへ馬車で向かったが、ハーディング氏が次女の家にいることを使用人から聞き、本人を追いかけてボールド夫人の家でようやく見つけた。応接間に入ったとき、大執事はかんかんに怒っており、このころには付牧師の悪事の背後に主教の小心が潜んでいることなんか忘れてしまっていた。

「これを見てください」大執事はしわくちゃになったスロープ氏の手紙をハーディング氏に投げ出した。

「もしよければ、スロープと面会してほしいと言われた。しかも、はっきりと主教に会う約束を取りつけて行ったあとにです」

「主教は病気と言っていますね」とハーディング氏。

「ふん！　まさかそんな言い訳で私がだませるとは、本気で考えてはいないでしょう。昨日あいつはぴんぴんしていた。こうしよう、どうしても主教に会ってやる。主教の行動をどう見ているか、はっきり言ってやるよ。ああ、会ってやるとも、さもないとバーチェスターは怒りで燃えあがって、やつを主教のまま置いてはおかないだろう」

エレナーも同じ部屋に座っていたが、怒り心頭に発したグラントリー博士からほとんど注意を向けられなかった。エレナーはこのうえもなく無邪気に大執事に話しかけた。「スロープさんにお会いになればよかったのに、グラントリー博士。そうしたら事態がいい方向へ進んでいたかもしれません」

大執事は残忍なと言っていい怒りを込めて、エレナーのほうを振り返った。今の願いを聞いたとき、彼はエレナーが身も心もスロープ・プラウディ派に属することを確信した。たとえ彼女がこのときすぐスロープ氏を再婚相手に決めたと白状したとしても、これほど大執事に確信させることはできなかっただろう。何と哀れなエレナー！

「やつに会えって！」大執事はエレナーを睨みつけた。「なぜあんなやつとかかわり合って、私や私の世間体を汚すようなことをしなければならないんですか？　これまで私は紳士とつき合ってきたんですよ。あんなやつとかかわって敵の陣営に引きずり込まれるつもりはありません」

気の毒なハーディング氏は大執事の言い分をよく聞きわけたけれど、一方エレナーのほうは赤ん坊と同じくらい無邪気だった。ほんの数分間へりくだってスロープ氏と話をするだけで父の利益がえられるとき、そうしたら敵の陣営に引きずり込まれるなんて、どうしてそんなふうに大執事が考えるのかエレナーにはわからなかった。

「私は昨日一時間たっぷりスロープさんとお話しましたが」エレナーは少し威厳を込めて言った。「それで私の品格が落ちたようには感じませんでした」

「そうかもしれない」と大執事は言った。「しかし、言ってよければ、私ならそんなふうには判断しません。いいですか、エレナー、あなたは友人たちの忠告を受け入れるようにしたら、ずいぶん自分のためにもなるでしょう。そうしないと、気づいたら忠告してくれる友人が一人もいない、ということにもなりかねませんよ」

エレナーは髪のつけ根まで真っ赤になった。こう言われても、大執事の真意がまだ理解できなかった。気の毒なジョン・ボールドが死んでこのかた、愛し愛される色恋の発想が彼女にはなかった。そのような発想が生じるとすれば、その対象となる男性はスロープ氏とはまったく違ったタイプの男性に違いなかった。

それにもかかわらず、エレナーは真っ赤になった。自分の行為が破廉恥なものとして断罪されたと感じた。父のため、父を愛してこそ、甘んじてスロープ氏の聞き役になったというのに、その父がただちに娘を擁護する側に回らなかったこともいっそう胸に苦痛に感じた。彼女はスロープ氏のことを包み隠さず父に話してきた。慈善院に関するスロープ氏の意見について、父と同じ見方には至らなかったが、スロープ氏と話をすること自体が間違っているとは、父から一言も聞いていなかった。

エレナーは義兄に対してひどく腹を立てたから、その前で謙虚に控えていることができなかった。事実これまで義兄の前で卑屈になったことはなく、心を許す親しさも義兄には感じていなかった。「あなたのおっしゃっていることは、私には理解できません、グラントリー博士」と彼女は言った。「友人たちから好ましくないと思われることをしたからと言って、なぜ私が責められなければならないのかわかりません。スロープさんが私のところへいらっしゃったのは、明らかに慈善院について、父さんの要望が何であるか聞きたかったからです。それに私、あの方が好意で来られたと信じていますから、あの方と話をしたのです」

「好意で！」大執事が嘲った。

「あなたはスロープさんのことをひどく不当に扱っていると思います」とエレナーは続けた。「これはもう父さんには説明しましたし、あなたは私の言うことが納得できないようですから、グラントリー博士、よければ父さんとあなたをお二人にして失礼します」そう言うと、エレナーはゆっくりと部屋を出て行った。

このやりとりを見て、ハーディング氏はひどくみじめな気持ちになった。大執事夫妻はエレナーがスロープ氏と結婚する気なのだと明らかに決め込んでいた。ハーディング氏は娘にそんな気があるとは思いたくなかったものの、状況から見ると、娘がこの男とのつき合いをまんざら嫌っているわけではないのは否定できなかった。娘は今絶えずこの男と会っていたうえ、ほかの未婚男性の訪問を受けているわけでもなかった。この男がこちら側の友人たちにとって、いかに不快な男か知っているにもかかわらず、娘はこの男がこきおろされるたびにこの男に味方した。それに、とハーディング氏は考えた。もし娘がスロープ夫人になりたいと言い出したら、それを正面から思いとどまらせる方法はないと。娘には思い通りに生きる権利があり、スロープ氏のように世間的にしっかりした牧師と結婚することが娘を辱めることになるとは、父として主張することができなかった。大執事は決別をほのめかして娘を威嚇するけれど、ハーディング氏はこういう結婚問題で娘と口論したり、娘と決別したりするのは問題外だと思った。万が一娘がこの男との結婚を決めたなら、父としてはできるだけこの男への嫌悪を克服しなければならない。彼のエレナー、懐かしい幸せな我が家の古い仲間は、今でもまだ腹心の友、大切な我が子に変わりがなかった。ほかの者が見捨てようと、彼は決して見捨てはしない。誰よりも嫌いな男と同じ食卓を囲むのが余生の運命というなら、彼はその運命に立派に従うつもりだった。どんなにひどい目にあおうとも、エレナーを失うことに較べればまだましだった。

ハーディング氏はこんな心境だったが、大執事の前でエレナーにどう味方したらいいか、エレナーの前で大執事にどう振る舞ったらいいか、わからなかった。表面的には娘を疑っているように振る舞ってしまった。──残念だ！　娘を疑ってはならないのに。しかし、ハーディング氏も完璧な人間とは言えなかった。優柔不断で、弱腰で、人の言いなりになり、自信を欠いていたから。それでもハーディング氏は大執事が嫌悪するこの結婚、スロープ氏をよく知る私たちがやはり嫌悪するこの結婚をそれほどひどいものとは思っていなかった、ということは覚えておいてほしい。ハーディング氏は慈悲心があったから、大執事や私たちほど主教付牧師のことを嫌ってはいなかった。

とはいえ娘が部屋を出て行ったとき、ハーディング氏はとても悲しくなり、悲しいときの習慣からいつもの癖を出した。ビオロンチェロを心に思い描くと、緩やかな曲を演奏し始めた。弓を持っているように、片手を左右にゆっくりと引きながら、他方の手で存在しない弦を押さえて転調した。

「あの子がスロープと結婚するのは、二と二が四になるのと同じくらい確実ですな」と実務的な大執事が言った。

「そうならないよう、そうはならないように願いたい」と父が言った。「でもね、もし娘があの男と結婚するつもりなら、娘にどう言ったらいいのか？　あの男に反対する権利は私にはありません」

「権利がない！」グラントリー博士が叫んだ。

「娘の父としてそんな権利はありません。あの男は私と同じ職業に就いている。よくは知らないが、案外いい男かもしれない」

大執事はこれに同意しなかった。しかし、エレナーにとって都合の悪い話を彼女の応接間で議論するのはよろしくなかった。二人はそう考えると、部屋を出て、構内にある楡並木の下に行き、あらゆる角度からこの問題を議論した。ハーディング氏はスロープ氏が昨日未亡人を訪問した意図、少なくとも想像できる意図が何だったか、義理の息子に説明してみせた。そして、未亡人の父に対するスロープ氏の思い入れが、本人が装って見せたほど実際に強いようには見えないと言った。「私に対するあの男の振る舞いは忘れることができません」とハーディング氏は言った。「それにあの男の考えがそんなふうにすぐ変わるとは考えられません」

「全部読める」と大執事は言った。「あのずる賢いタルチュフ[1]野郎！　やつは父に職を与えることで、娘を買い取るつもりでいる。やつがいかに力を握っているか、いかにいい人間であるか、いかに娘の明眸のため多くのことができるか、父に見せつけようというんです。そうですよ、やつの魂胆はもうすっかりわかった。しかし、我々はまだやつにとっては多数派なんです。ハーディングさん」大執事はそう言いながら、連れのほうを振り向くと、いくらか厳粛な態度でハーディング氏の腕に手を置いた。「今の状況から見ると、あんな条件で院長職に就くよりも、失ったほうがまだましかもしれない」

「失ったほうがまし！」とハーディング氏は言った。「もうすでにね、あの職は失っています。取り戻したいとも思いません。あの職がなくてもやっていく決意です。厄介事からは完全に手を引きます。ちょっと主教のところへ行って、一行ほど書いてね、私の主張を取りさげると言います」

ハーディング氏にとって、こんなふうに悩みと苦境から逃れられることくらい、このうえない喜びはなかった。しかし、彼は大執事に対して性急に話を進めすぎてしまった。

「いや――いや――いや！　我々はそんなことはできない！」とグラントリー博士は言った。「慈善院はまだ我々のものです。そのことに疑問の余地はありません。それもスロープ氏のおかげでそうだというのでもない。やつの助けをもらうくらいなら、慈善院は失ったほうがましです。しかし、ですよ、やつの歯も、牙もものともせず、できれば慈善院は我々のものにしておきたい。明日アラビンがプラムステッドに来ることになっている。あなたも来て、あの人と話をしてください」

それから二人は聖堂の付属図書室へ向かった。そこは構内の聖職者が説教や手紙を書いたり、神学書や雑誌や新聞を読んだりする集会所になっていた。神学書と言っても、外部の人が図書室の概観から思うほど頻繁に利用されていなかった。二人の盟友はここでこれからの行動方針を立てた。大執事は礼儀をわきまえた力強い言葉で、主教に手紙を書いた。そのなかで強く義父を院長に推薦し、前回訪問のとき閣下に会えなかったことに遺憾の意を表した。スロープ氏については一言も触れなかった。それから、ハーディング氏が明日プラムステッドへ出かけることが決められた。大執事は議論のあと、エレナーも一緒に来てもらうのはどうかと提案した。そうすれば、スロープ氏の注意を彼女からそらすことができるかもしれない。「一、二週間あれば」と大執事は言った。「やつがどんな人間なのかエレナーに教えてやれる。それにプラムステッドにいるあいだ、あの子は安全なところにいられる。いくらなんでも、あそこまでスロープがあの子を追って来ることはないでしょう」

義兄がエレナーのうちに引き返して来て、じつに礼儀正しく、明日父と一緒にプラムステッドへ出向いてくれるように求めたとき、彼女は少なからず驚いてしまった。父が娘に味方して、裏で義兄と戦ってくれたのだとすぐ察した。父に対してありがたいと感じたから、父のため怒りを我慢して、大執事の申し出に応じようと思った。しかし、明日は出向くことができない、とエレナーは言った。スタンホープ家からお茶の招待を受けて、行くと約束してしまったから。父が待ってくれるなら、明後日に父と一緒にお伺いしたい、待てなければ、あとから追って行く、とエレナーは答えた。

「スタンホープ家か！」とグラントリー博士は言った。「あなたがあの一家とそんなに仲がいいとは知らなかった」

「ミス・スタンホープが昨日訪ねていらっしゃるまで、私もそんなに親しいとは思っていませんでした」と彼女は言った。「でも、私はあの方がとても好きです。あちらのお宅へ伺って、どなたかとチェスをする約束をしたのです」

「そこでパーティーでもあるのかな？」大執事はなおもスロープ氏の影を気にして、聞いた。

「あら、いいえ」とエレナーは答えた。「ミス・スタンホープはほかには誰もいらっしゃらないと教えてくれました。メアリー義姉さんが何週間か家を空けるあいだ、私が一人きりになることをシャーロットさんはお聞きになったのでしょう。それと、私がチェスをする話を誰かから教えてもらったのね。それで私のことを思って、わざわざ尋ねて来てくださったのです」

「それは本当にご親切な」と前院長は言った。「あの人たちは見た目こそ同胞というよりも、外国人のように見えるけれど、だからと言って悪い人ということではないんです」

大執事は日頃からスタンホープ家の人々を好ましく思っていたので、この話に異論を唱えることはなかった。それでハーディング氏はプラムステッドへの訪問を一日だけ延期し、エレナーと赤ん坊と子守を連れて行くことになった。

スロープ氏は確かにバーチェスターで重要人物になりつつあった。

註

（1）信仰上の偽善者の意。モリエールの喜劇『タルチュフ』（1664）の登場人物にちなむ。

第十九章　月明かりのバーチェスター

スタンホープ家の住人が悲嘆にくれたり、時々精神的に動揺したりしても、その原因がたくさんあったから、不思議ではなかったが、彼らが表面上そんな様子を見せることはめったになかった。彼ら一人一人が重圧に対して不平を言うことも、同情を請うこともなく堪えることができたのは、特異な才能だったろう。壁のどちら側かにかすかな光が見えれば、彼らは普通明るいほうの側を見た。光がないときでも、禁欲的というのではないが、ストア哲学者が目指した目的にかなう無関心な態度で闇に堪えた。老スタンホープは父としても、牧師としても、自分の務めをはたすことができなかったと考えずにはいられなかった。自分の死を予想するとき、遺される家族の境遇を嘆かずにはいられなかった。ずっと年三千ポンドもの高給をえていたのに、妻の財産一万ポンドしか蓄えがなかった。収入を使いはたしただけでなく、借金までしていた。それでも、家計が火の車であるような素振りをほとんど外に表さなかった。

それは母も同様だった。母は子供を悲しませることはあっても、喜ばせることは少なかった。割り当てられた運命に愚痴をこぼすことも、過去や未来の災難についてあまり語ることもなかった。ドレスを整えてくれるメイドがいて、立派な仕立てのドレスがあれば満足した。子供も同様だった。シャーロットは予想される貧困の元凶として父を非難することはしなかった。どんどん婚期をすぎ、未婚のまま年を取っていく状況を嘆くようにも見えなかった。シャーロットは心を乱されることがほとんどなく、外見から見るといつも幸せそうだった。シニョーラはあまり気だてのいいほうではなかったけれど、強気で堪える人だった。めったに不平を言うことがなく、家族に対しては特にそれを控えた。シニョーラの場合、同じように美しくて宗教の支えがないたいていの女性なら、心を打ち砕かれたであろう苦悩を抱えていたが、それでも黙々とその苦悩に堪えた。むしろただ同情を引いたり、男の賞賛を煽り立てていちゃついたりする目的で、その苦悩を口にした。バーティの場合には、声の調子や瞳の輝きから判断する限り、この世に憂いや悲しみがあるとはとても想像できなかった。彼自身、想像できなかった。明日の悲しみを予想するなんて彼には無理だった。肉屋の包丁が近くに見えるからと言って、羊の食欲がなくなることがないように、将来の貧困が近くに見えるからと言って、彼の欲望がなくなることはなかった。

スタンホープ家のだいたいの基調はこのようなものだったが、まれに例外も見られた。父はときおり怒りの視線を向け、ライオンがあたかも血生臭い所業を企てるかのように、低い危険なうなり声をあげることがあった。ネローニ夫人も時々人類全体に厳しく当たって、普通以上に世の良識に挑戦し、あたかも係留地から放たれたように、感情の潮に流されるまま、破滅と難破の運命を受け入れようとすることがあった。しかし、シニョーラも家族のほかの者と同様、真摯な感情を欠いているから、真の情熱を感じることがなかった。それが彼女の防衛本能の表れだったとも言える。シニョーラは何かとんでもない企てを実行する前に、ちょっと計算してみると、いつもスタンホープ別荘のほうが——バーチェスター構内でもいいが——世界のどこよりも、まだましだという結論に達した。

家族の時間はまったく不規則だった。父が普通朝食の居間にいちばん先に現れた。シャーロットがすぐおりてきて父にコーヒーを出す。しかし、ほかの者は好きなところで、好きなように、好きな時間に朝食を食べた。大執事が公邸を訪問して追い返された翌朝、スタンホープ博士は眉根を寄せながら、不気味なほど暗澹たる様子で階下におりてきた。白い巻き毛をいつもよりも乱しており、肘掛け椅子に座ったとき、太く大きい溜息をついた。開いた手紙を手に持っており、シャーロットが部屋に入ったとき、まだそれを読んでいた。彼女はいつものように父に近づくと口づけしたが、そうしても父からまったく注意を向けられなかったので、すぐ何か問題があると悟った。

「これはどういう意味なのだ」父はミラノの消印のある手紙をテーブルの上へ放った。シャーロットはその手紙を取りあげたとき、少し怯えていたものの、それがたんにイタリアの帽子屋の請求書とわかってほっとした。合計金額はなるほど大きかったが、重大な騒ぎを引き起こすほどのものではなかった。

「こちらに来る半年前からのお洋服代です、パパ。私たちが三人、ただで服を着ることはできませんのよ」

「ただでね！　とんでもない！」彼は数字を見ながら言った。ミラノの通貨単位では確かに途方もなく大きな数字だった。

「店の人は請求書を私に送ってくれればよかったのに」とシャーロット。

「おまえが払ってくれるのなら、私も心からそうしてくれたらと思う。その内の四分の三がマデリンのものであるのは見てわかる」

「妹にはほかに楽しみがないのよ、パパ」人のいいシャーロットが言った。

「あの子のほうにも、ほかに楽しみがないようだ」博士は別の手紙を娘に放って言った。それはシドニア族の別の一員からの手紙で、父に七百ポンドというささやかな金額の支払いを丁寧に要求していた。エセルバート・スタンホープ氏のために利子を差し引いて貸しつけた金額であり、すでに九か月の滞納だった。

シャーロットはその手紙を読むと、ゆっくりと折りたたんで、お盆の下に差し込んだ。

「あの子はユダヤ人から利子天引きで借金する以外に、楽しみがないようだ。私が払うとでも思っているのだろうか?」

「パパが払うとは、弟もきっと思っていないと思う」とシャーロット。

「あの子は誰が払うと思っているのだろう?」

「正直に言うと、たとえ払わなくても、あまり問題にはならないと思うのよ」とシャーロットは言った。

「弟が借りた分はほんの少しだと思うから」

「あの子が刑務所に入って痩せ衰えても、あまり問題にはならないと思うね」と父は言った。「それももう一つの選択肢だろう」

スタンホープ博士は裁判前に逮捕が可能だった昔の慣例(2)のことを話していた。しかし、娘のほうは長い外国暮らしにもかかわらず、イギリスの実状に精通していた。「債権者が弟を逮捕するなら」と彼女は言った。

「法廷の手続きをへなければならないのよ」

汝シドニアの大いなる一族よ、これが我らキリスト教異邦人が汝らを扱うやり口なのだ。我らが金欠で困り切っているとき、汝と汝のお金がライオンほども大きな金塊で、時にはワインの受け取り保証(3)や、何ダースもの衣装ケースの注文で、我らを助けてくれたというのに。

「何と、あの子は債務不履行者になっているのか?」と博士。

「弟はそうなっています」いつも苦境を乗り越えたいと願うシャーロットが言った。

「イギリス国教会の牧師の息子が、何という有様だ」と博士。

「牧師の息子はほかの若者よりも、どうしてちゃんと借金を払わなければならないのかわかりません」とシャーロット。

「あいつは退学以来、貴族の長男にも匹敵するたくさんの金を私から搾り取っている」と怒った父。

「ねえパパ」とシャーロットは言った。「弟にもう一度チャンスをあげて」

「何だと！」と憤慨した博士。「あのユダヤ人に金を払えと言うのか？」

「まあ、誤解です！　私だって、お金は払いません。弟に運試しをさせてください。万一の場合、バーティは外国へ逃げ出すほかないのです。けれど、パパにはバーティに優しくしてほしいの。私たちがここにいるあいだは、弟もここにいられるようにしてください。弟はある計画を考えていて、それでやがて独り立ちできるかもしれません」

「彫刻の仕事をもっときわめる計画でもあるのか？」

「ええ、それもあります。けれど、それは次の話。弟は結婚を考えているの」

ちょうどそのときドアが開いて、バーティが口笛を吹きながら入ってきた。博士が注意をすぐ手元の卵に集中したから、バーティは父に挨拶しないまま、口笛を吹いて姉のほうへ回っていくことができた。

シャーロットは弟に目で合図を送ると、まず父のほうに、次に手紙のほうに目配せした。手紙の隅がお盆の下から覗いていた。バーティはすぐそれに気づくと、猫のように静かな動きで手紙を抜き取り、その内容を確認した。しかし、博士は卵の殻に没頭しているように見せながら、息子をしっかり見ており、いちばん辛辣な声で言った。「それで、その紳士のことは知っているのかね？」

「はい、父さん」とバーティは言った。「その男とはちょっとした知り合いなんです。だけど、父さんに迷惑をかけるほどの間柄ではありません。よければ、ぼくのほうから手紙に回答します」

「とにかく私は何もするつもりはない」父は少し間を置いてつけ加えた。「それでおまえ、その男に七百ポンド借りているというのは本当なのか？」

「ええと」とバーティは答えた。「ぼくがあの男から実際に借りた金額を返してよいという条件なら、その額については議論があると思います」

「その男は七百ポンドの請求書を持っているのか？」父は非常に大きな、非常に怒った声で聞いた。

「ええ、持っていると思います」バーティは答えた。「だけど、その男から受け取ったお金は全部で百五十ポンドです」

「あとの五百五十ポンドはどうなったのだ？」

「ええと、手数料が百ポンドかそこらで、残りは敷石と揺り木馬[4]でもらいました」

「敷石と揺り木馬だと！」と博士は言った。「それはどこにあるのだ！」

「ああ、それならロンドンのどこかにあるはずです。父さんがほしいのなら問い合わせてみます」

「こいつは馬鹿だ」と博士。「これ以上、こいつに金を使うのは愚の骨頂だわ。こいつを破滅から救い出すのは無理だ」こう言うと、かわいそうな父は部屋を出て行った。

「親っていうものは、敷石をほしがるものかい？」とバーティは姉に聞いた。

「教えてあげるけれど」と姉は言った。「注意していないと、あなた、気づいたときには宿なしで放り出されるのよ。わかってないようだけれど、パパはかなり怒っているの」

　バーティは大きな顎ひげをなでつけ、紅茶をすすり、おもしろ半分、まじめ半分に悲運を語った。彼はボールド未亡人に気に入られるように、最善を尽くすことを姉に約束して、言葉を切った。シャーロットは部屋まで父を追い、怒りをなだめたあと、とりあえず数週間はユダヤ人高利貸しのことを話に出さないように父を説得した。ちゃんとした人生の備えを確実にできる保証が息子にあるのなら、父は七百ポンドを払ってもよい、請求書に決着をつけてもよい、とまで言いだした。かわいそうなエレナーについて、父娘とも何もおおっぴらには話さなかった。しかし、言わずもがなの了解をした。

スタンホープ家の全員が夜九時に客間で上機嫌に顔を合わせた。そのとき、ボールド夫人の訪問が告げられた。エレナーはこれまでに何度か招待されたことがあったが、この家に来るのは初めてだった。彼女は今いつもの夜会用ドレスに身を包んで、見ず知らずの人がいる客間に入り込んだのに、まるで生来の知己のように、自分が親しくそこに打ち解けているのを奇妙に感じた。とはいえ、三分もたたないうちにまわりの人が彼女をそこになじませていた。シャーロットは軽やかに階段をおりて来て、エレナーからボンネットを受け取り、バーティは近寄って来て、ショールを脱ぐのを手伝い、シニョーラはご愛想用の笑顔でほほ笑みかけ、老博士はいい人に違いないと感じさせるすぐ心に届く優しい祝福の仕方で握手した。

エレナーが座って五分もたたないうちに再びドアが開いて、スロープ氏の訪問が告げられた。彼女はほかに訪問客があると聞いていなかったから、少なからず驚いた。家族の反応から判断すると、スロープ氏の訪問もありうると考えられていたことが明らかだった。とはいえ、この訪問にたいした意味はなかった。このようなとき、独身者が一人二人招待されて一緒になったとしても、取るに足らないことだった。スロープ氏がエレナーと同じように、スタンホープ家でお茶を飲んではいけない理由はなかった。しかし、スロープ氏のほうは未来の配偶者がこの場にいることを知って、とても驚き、あまりいい気持ちはしなかった。彼はネローニ夫人の美しさを存分に鑑賞し、甘いお世辞に受け答えし、楽しむため、ここに来た。はっきりと把握してはいなかったものの、それでも、もし彼の思惑通りにこの夜をすごしたら、ボールド夫人との縁談を前進させることはできないと感じた。

シニョーラは恋敵などという発想をもともと持たなかったから、いつもの優雅な調子でスロープ氏を迎えた。握手したとき、シニョーラはお茶のあとでお話したいことがあるの、と小声でこっそり彼に囁いて、主教付牧師をとりこにする明らかな下工作をした。哀れなスロープ氏は完全に気が動転してしまった。彼がエレナーの賛美者であることは素振りからエレナーに伝わっていると思っていた。エレナーから充分とは言えないまでも受け入れられているともうぬぼれていた。もし既婚女性のシニョーラにここでのめり込んでしまったら、エレナーからいったい何と思われるだろうか！

ところが、エレナーはこんなことがあっても、スロープ氏を厳しく咎め立てるようには見えなかった。彼女はバーティとシャーロット・スタンホープのあいだに座ることがわかっても、つまりスロープ氏のそばに座ることができなくても、途方に暮れているようには見えなかった。スロープ氏の意図やほかの人の思惑を忖度しているようにも見えなかった。むしろスロープ氏が近くにいないほうが嬉しそうだった。

バーティ・スタンホープは隣に座っても、エレナーに不快感を与えなかった。バーティは見ず知らずの人にも心地よい印象を与えずにはおかない人だった。彼の場合、威張りたがりやの主教が相手なら、うまくいかないくても、若く、美しい女性が相手なら、確実にいい印象を与えられた。女性を相手にするとき、生意気なところをいやがられることもなく、すぐ親しくなるこつを心得ていた。彼にはどこかまるで飼い猫のような性質があった。かわいがられ、なでられ、なれなれしく優しく扱われること、そのお返しにごろごろ喉を鳴らし、小ぎれいにし、優雅にし、当然のことながら決して爪を見せなかった。しかし、彼もほかの飼い猫と同様、爪を隠しており、時々それを凶器にした。

お茶が終わったとき、シャーロットは開いた窓のところへ行くと、中秋の満月は美しく、とても無視できませんよと大声で言い、満月を見るようにみなを呼んだ。本当のことを言うと、月の美しさが大好きな人が一人いたけれど、それはシャーロットではなかった。しかし、こういう場合、場を盛りあげるため貞淑の女神[5]がどれほど有効であるかシャーロットはよく知っており、簡単にその場を盛りあげて見せた。エレナーとバーティはすぐ彼女のそばにやってきた。博士は肘掛け椅子で静かにしており、スタンホープ夫人は自席に座り、二人とも今にも眠りに落ちそうだった。

「ボールドさんはヒューエル派かしら、ブルースター派かしら、それとも別の派かしら？」[6]とシャーロットは聞いた。彼女はいろいろなことを少しずつかじっており、今あげた本のそれぞれ三分の一を読んでいた。

「ごめんなさい、私はどの本も読んでいません」とエレナーは言った。「でも、月には少なくとも一つ、生命体がいると信じています」

「ヒューエルのいうどろどろのゼラチン状の物体は信じていないのですか？」とバーティ。

「それは聞いたことがあります」とエレナーは言った。「でも、そんなふうに話すのは邪悪だと思います。神が私たちを統治するため与えたこの地球の法則に照らして、どうしてほかの星の神の力を論じることができるのかしら」

「まさにその通り！」とバーティが言った。「金星には火トカゲの類がいてもおかしくありません。たとえ木星に魚しかいないとしても、それが地球の男女のように、抜け目のない魚であってもおかしくありません」

「それでは生命体についてほとんど何も言っていないのよ」とシャーロットは言った。「私はヒューエル博士と同じ意見です。男と女がこんな無限の星のなかで繰り返し存在するのは無意味だと思う。ほかの星にも生命はあるのでしょうが、それが肉体を具えているとは思えない。けれど、さあボールドさん、ボンネットをつけて構内の散歩に出かけましょう。星の不思議について語り合うなら、この狭い窓にへばりついているよりも、聖堂の塔の下のほうがはるかにふさわしいから」

ボールド夫人が異議を唱えなかったので、散歩に行く組が作られた。シャーロット・スタンホープは連れが三人なら仲間割れという原則をよく知っていたので、妹にスロープ氏を同行させてくれと頼む必要があった。

「さあスロープさん、散歩の組に入ってくれますね」とシャーロットは言った。「十五分もしないうちに戻って来ますから、マデリン」

マデリンは姉の言いたいことを目に読み取ると、そのねらいを知った。彼女は楽しみの多くを姉に頼らなければならなかったから、ここは従わなければならないと感じた。同世代のほかの人たちが明るい月夜の柔らかな雰囲気を散歩で楽しんでいるとき、一人だけ家に取り残されるのは辛かった。しかし、マデリンには、男といちゃついたり、陰謀を巡らしたりするとき、姉の黙認がなくなったら、そちらのほうが堪え難かった。家族のため今は楽しみをあきらめなければならないと、シャーロットが目で訴えたので、マデリンは従った。

しかし、スロープ氏のほうには、シャーロットの目からその種の訴えがなかった。彼はほかの三人が出かけてシニョーラと二人きりになるのをむしろ願っていたから、シニョーラに優しくこう囁いた。「あなたを一人だけで残したりはしません」

「いえ、いえ」とマデリンは言った。「行って、どうか行ってください、お願いですから。私がそんなわがままな女だとは思わないで。こういうとき、私のためということでは、誰もうちへ残らないことになっているの。私のことをもっと知ってくだされば、おわかりになります。どうぞみんなと行ってちょうだい、スロープさん、けれどね、散歩から帰ってきたら、うちへお帰りになる前に五分間私とお喋りをしてくださるかしら」

スロープ氏は散歩に行くことに同意すると、広間で待つ一行に加わった。ボールド夫人の腕を取ることができるなら、この取り決めでも文句はなかった。ところが、これは問題外の期待で、彼の運命はあっという間に決まってしまった。玄関に着くとすぐ、ミス・スタンホープが彼に腕を絡めて来た。バーティはエレナーをあたかももう自分のものであるかのように連れて歩き去った。

こんなふうに散歩が始まった。初めの目的通り構内を歩いて、小さな聖カスバート教会下の古いアーチ門をくぐった。それから、主教公邸の敷地を回り、町はずれの橋までたどり着いたが、そこからはハイラム慈善院の庭が見おろせた。ここで、シャーロットとスロープ氏は――先を歩いていたけれど――あとから来る二人が追いつくのを待った。スロープ氏は月明かりのなかで美しく浮かぶ切妻壁や古い煉瓦の煙突が、ハーディング氏の前の屋敷と知っていたから、できればこんな連れで、こんな場所に立ち止まりたくなかった。しかし、ミス・スタンホープは先へ進もうという彼の合図を無視した。

「ここはとてもすてきなところね、ボールドさん」とシャーロットは言った。「バーチェスター周辺でいちばんすてきなところです。あなたのお父さんはあのお屋敷をあきらめたのかしら?」

そこは本当に美しく、人目を惑わす月明かりを浴びて、真実を暴く日中に見るより倍も大きく、倍も美しく、倍も古風な絵のようだった。今慈善院が見せているように、みごとな樹木に半分取り囲まれた古い切妻造りの建物が月明かりのなかで見せる複雑な多様性と、神秘的で心躍らせる優雅な雰囲気を誰か知らない人がいるだろうか? 今私たちが語っている夜の橋から眺めたとき、ハーディング氏の前の屋敷はとても美しかった。エレナーは父がその屋敷を離れたことを悲しんではいなかったが、このときばかりはそこへ父が戻ることを許されたらと強く願った。

「お父さんはまもなくあそこへ戻るんでしょう?」とバーティが聞いた。

エレナーは即答できなかった。これに似た多くの問いが質問者に気づかれぬまま、回答されずにやりすごされてきた。しかし、今はそういうわけにいかなかった。みなが黙って、彼女の答えを待っていた。すぐシャーロットが口を開いた。「ハーディングさんが慈善院へ戻ることは決まっていると思うのですが、違うかしら？」

「それについてはまだ何も決まっていないと思います」とエレナー。

「だけど、戻るのが当然でしょう」とバーティが言った。「つまり、もしあなたのお父さんが望むならです。いろいろあったあと、お父さん以外のいったい誰があのお屋敷に住むことができるでしょうか？」

エレナーはこの問題が今一緒にいる人たちで議論できるものではないことを穏やかに連れに理解させた。一行は歩き進んだ。シャーロットは町はずれの丘へちょっと登って、聖堂の塔を眺めようと提案した。エレナーは道々バーティの腕に寄りかかり、支えをえながら、父と主教のあいだで問題がどうなっているか話した。

「そしてあの男は」バーティはスロープ氏を指差して言った。「どんな役割を演じているんですか？」

エレナーはスロープ氏が初めいかに父を虐げようとしたか、ところが最近はいかに考えを変えて、ハーディング氏に有利になるように主教を説得しようと尽力しているか説明した。「でも、私の父は」とエレナーは言った。「なかなかあの方を信用しようとしないのです。あの方は町の年上の牧師に対して横柄に振る舞いすぎるとみなが言っています」

「ぼくの言葉を信じてください」とバーティは言った。「あなたのお父さんは正しいんです。もしぼくが間違っていなければ、あの男は横柄であるうえに、嘘つきなんです」

一行は丘の上まで登ると、野原を抜けて小道を戻った。その小道は小さな木橋――錆びた手すりがあるただ厚板を渡しただけの橋――で川を渡り、出発点から見て聖堂の反対側に出た。こうして一行は主教公邸の敷地――そのなかを川が流れている――を回り、聖堂と隣接の野原を一周した。スタンホープ博士の玄関に着くころには十一時をすぎていた。

「とても遅くなりました」とエレナーは言った。「こんな時間にまたお母さんを煩わせるのは申し訳ありません」

「あら」シャーロットは笑って答えた。「ママを煩わすことはないの。この時間にはもうたぶん寝ていますから。それにあなたがマデリンに会わないまま帰ったら、あの人は怒り狂いますよ。いい、バーティ、ボールドさんのボンネットを取って差しあげて」

一行が階段をあがっていくと、シニョーラが一人で本を読んでいた。シニョーラはどこか悲しげで憂鬱そうに見えたものの、外見ほどではなく、スロープ氏の胸にいっそうの恋心を掻き立てた。彼女はすぐその幸せな――ソファーに座ることを許された――紳士と親密な会話を囁き声で交わし始めた。シニョーラには独特の囁き方があったが、それは偉大な悲劇役者のあいだで流行しているものと正反対のものだった。悲劇役者は不明瞭な発声ながら、息を詰めた歯擦音で囁き声を出すが、それでも声を全館に通す。しかし、シニョーラは歯擦音を使わずに、言葉をみな澄んだ銀の声で発音するけれど、その言葉は注がれた者の耳にしか聞こえなかった。

シャーロットは多くのことをしたり、するふりをしたりして、部屋をあちこち慌ただしく動き回った。それから、ママに用があるというふうなことを言って、二階へあがって行った。こうしてエレナーはバーティと二人きりにされ、あっという間に一時間をすごしてしまった。バーティを正当に評価すると、彼はこのチャンスをうまく活用した。これ以上の活用はできなかっただろう。彼はエレナーに求愛することも、溜息をつくことも、恋い焦がれたふうに見せることもしなかった。しかし、愉快に、気兼ねなく、敬意を込めて振る舞った。彼は深夜一時にエレナーを家まで送って行った。ついでながら、このとき嫉妬に駆られたスロープ氏を同道していた。エレナーはバーティをとても感じのよい人、スタンホープ一家をこれまでに会ったいちばん好感の持てる家族と思った。

註

（1）ストア哲学者とは古代ギリシアの思想家ゼノン（335-263BC）の信奉者のこと。神の摂理に調和する自然法則に哲学的に従うことを人生の目的とした。

（2）一八三八年まで貸し主が法によって取り立てることができたのは、借り主の移動可能な資産のみだった。借り主に支払いを強制するため、借金が法的に確定される前でも、貸し主には借り主を逮捕する権利が与えられていた。一八三八年にこの法律は廃止され、貸し主は借り主の他の資産まで取り立てることができるようになり、取り立てがやさしくなった。シャーロットが言うように、借金が法廷で確定されれば、バーティは逮捕されてもおかしくない状態だった。

（3）現金の代わりにワインによる引き渡しを認める借用証書のなかの項目のこと。貸し金の一部がワインのかたちで借り主に渡される。

（4）バーティは外国で法外に高い利息でお金を借りた。高利貸しは取り締まる法を擦り抜けるため、不法交換（*cambium fictivum*）の手段を取ることがあった。不法交換とは貸し金の一部が、外国で購入したとして、自国で現金に換えられる品物のかたちで借り主に引き渡される。

（5）ローマの月と狩猟の女神ディアーナは伝統的に処女と見なされた。ギリシアのアルテミスと同一視される。

（6）地球以外の宇宙に知的生命体が存在する可能性について、ウィリアム・ヒューエル（1794-1866）とサー・デイビッド・ブルースター（1781-1868）のあいだで交わされた当時の論争に言及したもの。ヒューエルは『世界の複数性について』（1853）のなかで、科学的、宗教的根拠にもとづいてその可能性がないことを主張した。ブルースターは『複数世界』（1854）のなかでヒューエルを攻撃した。彼らの論争で神学上皮肉なのは、神が地球を特別に創造したという伝統的な考えを擁護するのが、リベラル派イギリス国教徒のヒューエルであり、スコットランド人で福音主義者のブルースターが、世界の複数性を唱え、過去キリスト教を批判したトマス・ペインのような急進派教義を支持する点である。「どろどろのゼラチン状の物体」や「木星には魚のみ」というバーティの発言は、木星に存在できる唯一の生命体は「骨がなくて、水っぽくてどろどろの生き物」であるというヒューエルの主張に添うものである。「別の派」(t'othermanite)とは、ディオニュシオス・ラードナーの『惑星群――それは生命の住む世界か?』(1854)や、ベーデン・ポーエルの『帰納哲学の精神と諸世界の単一性と創造の哲学について』(1855)など、論争に貢献したその他の一派を指している。

第二十章　（第二巻第一章）　アラビン氏

フランシス・アラビン師、すなわち、ラザラス学寮のフェロー、オックスフォードの前詩学教授、現在バーチェスター主教区内、聖イーウォルドの俸給牧師をじきじきに読者に紹介する必要がある。彼はこの第二巻で際立った位置を占めることになるので、著者に可能な限りの人物描写を駆使して、読者の眼前に立つようにしたいと思う。

銀板写真術(1)あるいは写真の言語的方法——この方法によって人物の性格が文章に写し替えられ、誤りのない正確な真実描写で文法的な言語に翻訳される——がまだ発見されていないのは残念なことだ。小説家、歴史家、伝記作家はいかにしばしば感じることか。ある人物の完璧な性格や容姿を心のなかに想像し、脳のメモ帳に正確に造形したにもかかわらず、その肖像を永続化させるため、ひとたびペンとインクを手に取ると、言葉から見捨てられ、避けられ、失望させられ、台無しにされ、十二ページも書くころには、町角の看板がケンブリッジ公爵に似ても似つかないのと同様、描写された人物は初めに想像された人物とは似ても似つかなくなるということを。

写真家の技術は、愛する子の完璧な複製を所有したいと願う母をかなり満足させる。しかし、機械的記述法の場合、たとえそのようなものがあるとしても、その記述法が写真家の技術ほど読者を満足させることはないだろう。確かに似姿は本物だ。とはいえ、それは鈍く、死んで、無感覚な、不吉な類似だ。顔は確かにそこにある。その顔を見た者は、誰の肖像であるか瞬時に理解するだろうが、その顔の持ち主は類似性を誇りに思うことはない。

学問に王道なし。価値ある技術の獲得に近道はない。写真家や銀板写真家には、やりたいようにやらせて、技術の実績にさらなる技術を重ね、改良を加えさせよう。彼らが神聖な肖像に到達することはないだろう。伝記作家、小説家、その他私たちの文筆仲間には、肩に重すぎる荷を負い、呻吟させておこう。私たちは男らしく重荷に堪えるか、引き受けた仕事が力不足でできないと認めるか、どちらかしかない。うまく書く方法も、簡単に書く方法もないだろう。

「労働はあらゆる困難を克服する」(2)労働者が座右の銘として選ぶべきはこの言葉だ。労働がもし充分持続するなら、最後にはフランシス・アラビン師の真実に近い似姿を創り出すことができるだろう。

アラビン氏の業績や達成した名声についてはすでに述べた。彼は四十歳でいまだ独身、イングランド北部で小資産を持つジェントリーの末っ子だ。少年時代はウィンチェスター(3)に行ったから、父からはニューカレッジ(4)に入ることを期待された。勉強は好きなほうだったが、定められたレールを走るのは苦手だった。奨学金はえられなかったものの、才能があるという評判をえ、十八歳でパブリックスクールを出た。性格のよさに加えて英詩の金メダルを獲得したから、イギリス詩人の不朽のリストに新たな名を刻む運命にあると、友人たちからは信じられた。

彼はウィンチェスターからオックスフォードに入学し、ベイリオル学寮の普通学生となった。ここからすぐ独自の経歴を始めた。不道徳な連中とのつき合いを徹底的に避け、ワイン・パーティーも開かず、馬も飼わず、ボートも漕がず、喧嘩もせず、学寮の指導教員の誇りとなった。少なくとも学士取得の第一次試験を受けるまで、そんな生活を送っていた。しかし、その後少なくとも男性としては賞賛に値するものの、指導教員にとってはあまり好ましくない一連の行動を開始した。彼は活動的な弁論部の一員となり、ユーモアたっぷりの力強い討論で際立った存在となった。いつも真剣だったのに、どこかそれがひょうきんだった。認識において正しいこと、三段論法において反駁できないこと、理想において高潔であること、ただそれだけでは満足できなかった。もし敵の議論を馬鹿げたものに変え、理性とウィットの両面で敵を征服できなければ、敵から見るとき、敵の意見と同様自分のも失敗だと思った。彼が笑いを取るだけを目的とした、というのは見当違いだろう。笑いというようなそんな聞き手の平凡で、無意味な満足の証拠には苛立つだけだった。彼にとって、笑いを取るような冗談は口にする価値もなかった。彼は耳よりも鋭敏な感覚によって、ウィットの成功を評価することができたし、聞き手の目のなかに自分が理解され、評価されたか見ることができた。

　彼は在学中信心深い若者だった。国教会の一派に心酔し、そのような大義の同志にしか恵まれない利益を享受した。私たちは教会の亀裂を文字通り悪と見なしがちだが、適度の亀裂は、そのようなものがあるとすれば、とにかく亀裂の部分に耳目を集め、本来ならそういう問題に無関心だった支持者を呼び寄せて、人々に宗教のことを考えさせる。フルード遺稿集[5]の出版を嚆矢とするイギリス国教会のあのオックスフォード運動のあとに、どれほど多くのこの種の貢献があったことだろう。

　若いころのアラビン氏はこのトラクト運動に加勢し、オックスフォードでしばらくあの偉大なニューマン[6]に師事した。この大義のため彼の全能力を注ぎ込んだ。この大義のため詩を作り、演説を行い、穏やかな才知の火花を煌めかせ、食べ、飲み、装い、人格を形成した。やがて学位を取得すると、文学士を称した。しかし、学問的に華々しい輝きを収めたわけではなかった。高教会派が抱える問題、高教会派の信徒に通常伴う論争、政治活動、示威運動のため、あまりにも忙しかったから、二科目で最優等を取るほど気力を残していなかった。彼は二科目最優等生にも、首席にもなれなかった。しかし、その年の最優等生や二科目最優等生を影の薄い存在にしてしまい、二十三歳になっても円錐曲線論やギリシア語のアクセントのほか、もっと重大な問題に関心を寄せない衒学者を笑い飛ばし、大学にしっぺ返しをした。

ベイリオル学寮では、ギリシア語のアクセントと円錐曲線論は必修として高く評価されており、アラビン氏がフェローのリストに入る余地はなかった。しかし、オックスフォードでいちばん金持ちで、快適な学寮、ラザラス学寮が、闘う教会の若き闘士を温かく迎え入れた。アラビン氏は牧師に叙任され、学位取得後すぐフェローになり、その後まもなく詩学教授に選出された。

それから大きな危機が訪れた。推察される疑念の苦悶と、多くの精神的苦闘のすえ、トラクト運動の偉大な予言者がローマ・カトリック教徒だと告白した。ニューマン氏は迷える多くの人々を引き連れて、イギリス国教会を去った。アラビン氏が連れ去られることはなかったが、この紳士がそれを逃れたのは間一髪のところだった。彼はこれしかないという道筋を穏やかな心で模索するため、しばらくオックスフォードを離れ、人里離れた海岸の小さな村に引き籠もった。そこで魂と語り合うことによって、良心の呵責なしに、母なる教会の枠のなかにとどまることができるか判断しようとした。

もしアラビン氏がまったく一人きりで放置されたら、彼の場合、何事もうまくいかなかっただろう。イギリス国教会にとどまることに、あらゆる部分が反対していた。世俗的な利害を考えるなら、プロテスタントにとどまっていなければならなかった。しかし、彼はそのような世俗的な利害を敵の領域に属するものと見て、それに打ち勝つことを究極の名誉と考えていた。当時の恍惚感に満ちた苦悩のなかでは、国教会を捨てるような勝利を収めても、痛みと感じることはなかっただろう。生計なんか、たやすく放棄することができた。それゆえ、イギリス国教会を選んだら、世俗の利害が絡む不純な動機からそんな選択をしたとの責めを免れない、という思いからなかなか抜け出せなかった。それから、心も国教会にとどまることに反対した。心はこれまで導き手であったニューマン氏を熱烈に慕い、あとについて行きたいと願った。好みも反対した。ローマ・カトリックの儀式と華麗な行列、威厳のある祝宴と厳粛な断食は、想像力を掻き立て、目を楽しませた。肉体も反対した。迷える哀れな弱い人間にとって、正しく制定されて、明白な間違えようのない罪による以外に破られることのない法によって、高い道徳的義務と禁欲と従順と貞節を強制されることは、何と大きな救いとなることだろう。それから信仰も反対した。深く信仰する必要を感じ、信仰の印を外に表したいと強く望み、たんにヨルダン川の水[7]で身を清めるだけでは不充分と見なしていたから、彼は真の教会のためすべてを捨てるといった高貴な行為に、抵抗しがたい魅力を感じた。

アラビン氏は当時とても若くて、オックスフォードを出て遠い隠棲の地にたどり着いたとき、あまりにも弁舌に自信満々で、あまりにも普通の人の普通の感覚を見くだしていたから、偶然選んだその土地の人から胸中の戦いの援軍がえられるとは、まったく期待していなかった。しかし、神の摂理は寛大だった。ほとんど荒涼としたあの場所で、嵐が吹き寄せるあの遠い海岸で、彼はある人に出会った。その人のおかげで、徐々に心を落ち着かせ、想像力をなだめ、キリスト教徒の義務の何たるかを知った。アラビン氏はオックスフォードを出たとき、イギリスの田舎教区牧師を軽蔑の目で見ていた。もし国教会の枠内にとどまるとするなら、彼ら田舎牧師を劣等感から救い出し、正し、その心に活力と信仰を注ぎ込む手助けをするのが、彼の野心となっただろう。彼ら田舎牧師は、あまりにも満足し切って、活力も信仰もなしに生きていると思っていた。

しかし、アラビン氏がそのとき極度に必要としていた救いをもたらしたのは、そういう田舎牧師の一人だった。キリスト教徒の義務を統括する最高の法は、外部からではなく、内部から働かなければならないこと、書かれた布告に服従するだけでは、役に立つ神の召使いにはなれないこと、ローマの門のなかに求めようとした安全は、戦いの前夜に仮病を使う卑怯な兵士が求める自己本位の安全——危険の回避——にほかならないこと、これらのことを初めて学んだのは、コーンウォールの小さな教区の貧しい副牧師からだった。

オックスフォードに戻ったとき、アラビン氏は前よりも謙虚な、善良な、幸せな人になっていた。それ以後、彼は教育を受けた国教会の牧師として懸命に努力した。親しくした人々との交際のおかげで、所属する高教会派の原理に忠実であり続けた。とはいえ、ニューマン氏との決別以来、彼に強い影響力を持つ学寮長はいなかった。彼の転向が予想される時期、グイン博士はこの若者をあまり好ましく思わなかった。グイン博士は穏健な高教会派に属していたから、三十九か条(8)で信仰を満足させられない者には反感を抱いていた。博士はニューマンのような熱中を、宗教というよりむしろ狂気につながる精神状態と見ていた。若者たちが見せるそのような熱中状態を、大部分虚栄心によるものと考えていた。グイン博士自身は信心深い人だったが、同時に非常に世故にたけた実利的な人だった。彼は宗教と実利が両立しないという考え方を退けていた。アラビン氏が半分カトリック教徒と知ったとき、グイン博士は役立たずの若造にフェロー職を与える努力をしたと後悔し始めた。アラビン氏がローマ・カトリックへの旅をおそらく完遂するだろうと知ったとき、グイン博士はいくらか満足しながら、その場合にはフェローにまた空きができると考えた。

しかし、アラビン氏が戻ってきて堅信のプロテスタントだと公言したとき、ラザラスの学寮長グイン博士は諸手をあげて歓迎した。アラビン氏はだんだん学寮の寵児となっていった。しばらく彼は暗く、寡黙で、学内の論争に積極的に加わろうとしなかった。しかし、徐々に元気を取り戻すと、というよりも正常に戻ると、福音主義の臭いのするものに対して、即座に敢然と戦う人として知られるようになった。説教と演説と夕食後の会話を得意とし、いつも上手に話すだけでなく愉快だった。選挙を楽しみ、委員会の一員となり、大学改革のあらゆる企画に対して全力で反対した。国教会に予想される破滅や、ホイッグ党が犯す日々の冒涜について、ポートワインを飲みながら、心地よく話した。淑女ローマの甘言に抵抗した試練が、彼の人格強化に大いに役立った。外部の小さな問題については、充分自信を見せたものの、内なる人間に深くかかわる問題については、コーンウォール海岸へのあの訪問のおかげで、今魅力的と思えるようになった謙虚な精神を心がけた。彼は毎年この訪問を繰り返していた。

アラビン氏が聖イーウォルドの聖職禄を引き受けたとき、彼の心象風景はこのようなものだった。外見上際立ったところはあまりなかった。平均よりも背が高く、体格がよく、非常に活動的だった。真っ黒だった髪は今灰色が混じるようになったが、顔は年齢を感じさせなかった。ハンサムと言ったら、おそらく間違いだったとしても、見て、好感がもてた。頬骨は高すぎて美しいとは言えず、額は大きくて重苦しすぎたが、目や鼻や口は完璧だった。目のなかには絶えず炎が揺らめいて、話そうとすると、いつも哀調か、ユーモアを期待させ、それが裏切られることはなかった。口元には優しい動きがあったから、そのおかげでウィットが皮肉に終わることはなかったし、当意即妙の会話が悪意を持つこともなかった。

アラビン氏は女性に人気があったけれど、特定の女性からというよりも、みんなから好かれた。オックスフォードでフェローをしていたあいだ、結婚は問題外[9]だった。彼が女性に心を触れさせたことがあるかどうかも疑わしかった。国教会の牧師は必ずしも独身でいる必要はなかったが、彼は独身でいることが必要な聖職者の一人と、自分を思うようになっていた。オックスフォードの仕事を妻子のいる家庭の喜びとは相容れないものと見ていたうえ、教区牧師の職を捜したこともなかった。それで、彼は女性というものをローマ・カトリックの神父たちが見る見方で見た。美しい魅力的な女性を身近に置くことは好んだものの、女性は概して子供同然に見えた。女性に話しかけるとき、聖職者としての権能を自覚していた。女性から話を聞くとき、それが自分の行動を左右することも、自分の意見に影響を及ぼすこともありえないと思って聞いた。

　プラムステッド・エピスコパイのグラントリー家に滞在することになった、聖イーウォルドの新しい俸給牧師アラビン氏とはこんな人だった。

　ハーディング氏とエレナーが訪問する予定の前日、アラビン氏はプラムステッドに到着した。そのため、グラントリー一家はほかの客を迎える前に、新しい客のことを知り、その客について議論することができた。グリゼルダはこの客がとても若く見えることに驚いた。彼女はその夜部屋に戻ったあと、妹のフロリンダに客の話し方がまったく若者らしくないと言った。グリゼルダは十七歳が十六歳に対して具える権威を持って、目はかわいいけれどこの男性はイケないと断言した。十六歳の妹は、こういうことでは十七歳の意見にいつものように盲目的に従ったから、この男性は本当にイケないと言った。それから、姉妹は近隣の独身牧師たちの優劣に話題を移したあと、姉妹のあいだに何の嫉妬の感情もなく、オーガスタス・グリーン師がそのなかでは飛び抜けて高く評価できると結論づけた。当該の紳士には、確かに有利な点がたくさんあった。父から充分な小遣いをもらっていたから、副牧師収入を残さずすみれ色の手袋や、非の打ちどころのないネクタイに充てることができたから。姉妹は新参のアラビン氏がグリーン氏の優位を揺るがすことはないと明確に結論づけると、それから自分と世界に満足して、お互いの腕のなかで眠りについた。

　グラントリー夫人も、夫のお気に入りの人物を一目見るなり、娘たちとほぼ同じ結論に達した。夫人はアラビン氏の相対的価値を量るため、グリーン氏と比較することはなかった。なるほど夫人はほかの人と比較してこの人を判断することはなかったものの、夫に向かって、ある人にとっての白鳥はしばしば別の人にはガチョウにすぎないと言った。この言葉で、アラビン氏が夫人を満足させる白鳥の資格をまだ証明していないことを、はっきりとさせたかったようだ。

「そうか、スーザン」大執事は友が失礼な言われ方をするのを聞き、いくぶん気分を害して言った。「アラビンさんをガチョウと思うなら、おまえの眼力を高く評価するわけにはいかないな」

「ガチョウ！　いいえ、あの方はもちろんガチョウなんかじゃありません。たいへん賢い方であるのはわかります。例えですわ、大執事。都合のいいとき、あなたは急に事務的になりますから、ほかの人は安心して決まり文句を使うことができません。アラビンさんはきっとオックスフォードではとても価値のある方なのでしょう。聖イーウォルドでも、よい俸給牧師になると思います。けれども、私が言いたいのは、夕べを一緒にすごしてわかりますが、あの方がみなさんの模範になるとは思えません。もし間違っていなければ、あの方は、少しうぬぼれていると思います」

「私が親しく知っている人のなかでは」と大執事は言った。「アラビンさんがいちばんうぬぼれのない人と思うがね。欠点はむしろ自信を欠くところです」

「そうかもしれません」と夫人は言った。「ただ私に言えるのは、今夜はそんなふうには見えませんでした」

アラビン氏に関しては、それ以上話をしなかった。グラントリー博士は、妻がアラビン氏のことを悪く言うのは、たんに彼がアラビン氏を褒めちぎったからにすぎないと考えた。グラントリー夫人は、大執事がすでに意見を強く表明した人について、賛成、反対、好きだ、嫌いだ、と議論しても無意味だと理解していた。

真実を言うと、二人の意見はともに正しかった。アラビン氏は親しくない人とつき合うとき、自信を欠いていた。一方、仕事としてはたさなければならない状況に置かれたり、義務として精通していなければならない問題を議論したりするとき、身についた習慣からとても厚かましくなった。エクセターホール(10)で演壇に立ったとき、彼ほど群集の目を前にして、まごつかない人はいなかっただろう。職業が要請する仕事だったから。しかし、普段の人づきあいでは、自分の意見を強く打ち出すことをためらった。そうすると、そのつき合いを労力に値しないものと思っているように見せてしまった。意見を強く打ち出して指図するのが不適当と思われる場所では、そうすることを嫌った。人が聞きたいと思うような議論をいつも構えて果断に扱ったから、議論に引き込もうとする罠を普通避けた。その結果、グラントリー夫人から浴びせられたような非難に曝されるのは、まれではなかった。

アラビン氏は開いた窓のそばに座って、気持ちのよい月の光を楽しみ、牧師館敷地内にそびえる教会の灰色の塔を見つめるとき、自分が多くの友好的、非友好的な批判のまとになっているとは夢にも思っていなかった。私たちは他人の性格を議論したがり、しかも、思いやりに欠けた議論をしたがる。そう考えると、他人の話のなかでは自分が好意的に扱われていると思い込みたがったり、他人が私たちの悪口を言っている証拠が明白になったとき、ひどく怒ったり、傷ついたりするのは奇妙なことだ。私たちは確かにいちばん大切な親友のことを、時々その親友が聞きたくないような仕方で話している。それなのに、いつもその親友に対しては、私たちの欠点に目をつぶり、私たちの長所のわずかな点も敏感に察して、話してくれるように期待している。

アラビン氏は自分が人の噂にのぼっているとは、夢にも思っていなかった。このうちの主人グラントリー博士に較べれば、自分は言葉にも、考慮にも値しない、つまらぬ人間だと思っていた。彼はまったく天涯孤独の身であり、夫婦、親子、兄妹のような、赤の他人には見られぬ親密な関係とか、家族の絆とかには無縁だった。このような親密な絆が人の幸せにとって必要なのか、しばしば自問してみたあと、この世の幸せそのものが必ずしも必要ではないという回答で満足した。この点で、彼は自分を欺いていた、というより自分を欺こうとした。自分だって、他人同様楽しいと思えるものを楽しみたかった。多くのキリスト教徒に見られる近代的な禁欲主義でもって、喜びと悲しみがこの世の重要なものではないと信じ込もうとしたが、喜びと悲しみに無関心ではいられなかった。彼はオックスフォードの部屋と学寮生活に飽き飽きしていた。友人の妻子を何か羨望のような眼差しで見た。かわいい窓から芝生や花壇が見渡せる心地よい応接間、快適な家の外観、そして何よりもそれらを取り巻く家庭的な雰囲気を心から求めていた。

彼は田舎の教区、畑と庭のある生活、妻がいたら光彩を添える家を所有したばかりだった。今こそこのような願望を実現するにふさわしいときはなかったと言える。裕福なプラムステッドと、つましい経済状態の聖イーウォルドのあいだに違いがあったのは確かだ。しかし、アラビン氏は富にあこがれる男ではなかった。友人たちはこぞって彼のことを富に無頓着な人だと言った。とはいえ、友人たちが彼の何を知っているというのか？　この世の幸せを禁欲的に否定する時期、彼は富への欲望を塵あくたとして捨てた。昇進にも無関心だと公言した。彼の才能を賞賛した人々や、その才能にふさわしい報いをできれば確保しようとした人々は、その言葉を信じた。そして今、真実を明らかにするなら、彼はその人々にではなく、自分に失望を感じていた。青春時代の白昼夢は終わり、四十という年齢にあって、自分が使徒の精神で働く状態にはないと感じた。働けると誤解したまま、その誤解に気づいたのは手遅れになってからだった。彼は主教冠や執事の邸宅、裕福な禄や好ましい聖職領耕地(11)には無関心だと公言した。それらは自尊心からあえて軽蔑したものだったが、今そういう他人のよき所有物に自分があこがれていることを認めなければならなかった。

彼は俗悪な意味で富にあこがれたことも、贅沢な品々の享受を望んだこともなかった。しかし、妻や子や幸せな家庭が与えてくれる普通の世俗的な幸せ、自分には不必要として拒絶してきた普通の人の慰めを、求めていればよかったと今後悔していた。

昇進を求める気になれば、彼の才能、地位、友人がそれを勝ちえただろうと思った。そういう昇進の代わりに、もしフェロー職を投げ出しても結婚できるなら、年三百ポンドくらいの収入は受け入れてもいいという気になった。四十という歳なら、それくらいが世間的に成功と見なされる労働報酬だった。世間もまたアラビン氏が充分に支払われ、自分なりに納得していると考えていた。ああ！　悲しいかな！　世間は間違っていた。アラビン氏はこれでいいのかと再確認し始めていた。

ここで私は、読者にこの人物についての判断を厳しくしないようにお願いしたい。彼のたどり着いた状態は、人間性の否定に到達しようとした努力の当然の帰結ではないのか？　現代の禁欲主義は、キリスト教のうえに確立されているものの、人間性を踏みにじる点では古代の禁欲主義と変わらないのではないか？　ゼノンの哲学(12)は真の法に立脚したけれど、その真の法が誤解され、誤用されていた。この点で、富や世俗的快適さやこの世の幸せは追求する価値がないと教える現代の禁欲主義と同じだ。ああ、信じる生徒も真の教師も見いだせない教えは何と悲しいことか！

アラビン氏の場合、いっそう特異な状況にあった。なぜなら、彼は教会の世俗性を明らかに寛容に受け入れるイギリス国教会の一派、高教会派に属しており、世俗的な快適さになじんだ人たちと普段から一緒に生活していたから。しかし、こういう事実が、逆に若いころ不自然な心理状態を内面に創り出したのが、彼の特異な点だった。つき合う仲間とは著しく違う方向を打ち出すことができ、自分の原理に忠実でいられるなら、高教会派の一員であることに満足した。仲間とは違う行動や思考の方向を保つことが許されれば、喜んで高教会派にとどまろうとした。仲間から思うようにさせてもらった結果、仲間のほうが正しくて、彼のほうが間違っていると感じ始めた。しかし、それを確信したときにはすでに手遅れで、それは役に立たないものになっていた。この世の仕事に割り当てられた普通の報酬のため働くことができたら、妻と子と家族を乗せる馬車を手に入れられたら、友人らとワインを飲める楽しい食堂が持てたら、商人が喜んで店に迎えてくれると知りつつ、田舎町の本通りを歩くことができたら、価値のあることだとやっと思い当たった。しかし、それはもはや手遅れの発見だった。ほかの人は人生の始まりにそのような確信にたどり着き、その確信に添うように働いた。彼がこの確信にたどり着いたとき、もう手遅れで使いものにならなくなっていた。

アラビン氏はつき合って楽しい人物と言われている。これまで描かれてきたアラビン氏の心的状態がユーモアとは相容れないものと思われるかもしれない。ところが、彼の場合はそうではない。ウィットは人の心的外皮であり、それは内側の思考や感情とは何の関係もない。祭壇の牧師の豪華な錦織の装いが、その下に隠れた隠者の苦行――肌は麻布で痛めつけられ、肉体は鞭打たれている――とは何の関係もないのと同じだ。いや、このような人こそしばしば誰よりも、その衣服の派手な見た目を嬉しく思うのではないか？　外見は輝いている一方で、心のなかはうめき声をあげていることが、自尊心の糧となるのではないか？　人々の精神的な努力はそのようなものだ。人が日々世に見せるものは、しばしば精神内部の働きとは正反対のものだ。

大執事の応接間で、アラビン氏は普段の気取りない知性を燦めかせていた。とはいえ、寝室に戻り、開いた窓のそばに悲しげに座ったとき、妻も子も、充分に刈り込まれて転がれる柔らかい芝生も、付き添いの副牧師の集団も、銀行員からのお辞儀も、豪華な禄付牧師館も持っていないと心で愚痴をこぼした。思い描いていた使徒の仕事は両手を擦り抜けて、彼は今では主教冠を夢見る聖イーウォルドの俸給牧師にすぎなかった。正直なところ、虻蜂取らずの状態だった。

註

（1）ルイ・ダゲール（1789-1851）が一八三八年に発明した写真の初期のかたち。

（2）ウェルギリウスの『農耕詩』（the *Georgics*）第一巻百四十五行。
（3）ハンプシャーの州都にある最古のパブリック・スクール。
（4）オックスフォードの学寮の一つで多くの大主教、主教を輩出している。
（5）オックスフォード運動は一八三三年に始まったとされるから、トロロープがここで言うように、これが運動の始まりとなったわけではないが、トラクト運動の若き担い手リチャード・ハーレル・フルード（1803-36）の私的手稿が一八三八年に死後出版されたとき、この運動の転換点となった。彼の遺稿はルターの宗教改革に対する憎悪（彼はそれを「正すためには再び折る必要がある、間違って接がれた骨折」と表現した）と、難行苦行への病的な嗜好を明らかに示した。トラクト運動の敵対者と中立者にとって、彼の本はこの運動のローマ・カトリック化傾向を暴露するように思われ、以前にはなされなかった旗色鮮明化の役割をはたした。
（6）ジョン・ヘンリー・ニューマン（1801-90）はオックスフォード運動の知的指導者であり、一八四五年にローマ・カトリックに改宗した。オックスフォードの付属教会、聖メアリー・ザ・ヴァージンでなされた説教の力強さは伝説となった。
（7）「列王記下」第五章第十一節から第十三節によると、スリヤ王の軍勢の長ナアマンは、神の人エリシャからヨルダン川へ行って七たび身を洗えば、らい病を治すことができると言われるが、それに従わなかった。その命令があまりにもつまらない簡単なことと思えたからだ。ダマスコの川は、イスラエルの川に勝るだろう。ダマスコの川で身を洗っても清くなれる、とナアマンは思った。そのとき、しもべらが彼を諫めた。「わが父よ、預言者があなたに、何か大きなことをせよと命じても、あなたはそれをなさらなかったでしょうか。まして彼はあなたに「身を洗って清くなれ」と言うだけではありませんか」と。ナアマンはこの諫言にしたがって、ヨルダン川で七たび身を洗い、らい病を治した。つまり、アラビン氏もまた「簡単なこと」ではなく、彼の信仰を世に広める「何か大きなこと」を望んでいた。
（8）三十九か条はイギリス国教会の教理の基礎であり、所属の聖職者はこれに同意することを求められた。
（9）当時学寮のフェローは地位を放棄しなければ、結婚することができなかった。
（10）集会や演奏会として使われたストランド街の大講堂。当時は特に福音主義者に利用された。

（11）ミトラ（主教冠）は主教の背の高いかぶりもので、その職を象徴するようになった。アラビン氏の考える執事の邸宅とは、大執事グラントリー氏のものである。聖職領耕地とは、生計の一部として聖職者に付与される農地のこと。

（12）第一巻第十九章註一参照。

第二十一章　（第二巻第二章）　聖イーウォルド牧師館

翌朝ハーディング氏とボールド夫人が禄付牧師館に着いたとき、大執事とその友人は聖イーウォルドへ出かけていた。新しい俸給牧師に担当の教会を視察させ、郷士を紹介するためであり、夕食の時間まで帰らない様子だった。ハーディング氏はプラムステッドに来たときの習慣で、芝生や教会のまわりを散策した。父が散策しているあいだ、彼の娘たちも自然バーチェスターについてお喋りを始めた。

姉妹には信頼のつながりがあまりなかった。グラントリー夫人はエレナーよりも十歳上で、エレナーがまだ子供のころ結婚してしまった。それで姉妹は希望や愛などを語り合ったことがなかった。今一方は人妻で、他方は未亡人だったから、姉妹がそのように語り合うことはもうありえなかった。姉妹は離れればなれに暮らしすぎたため、信頼を必要とする種類の交際に入ることはなかった。さらに、十八歳では簡単なことも二十八歳になると非常に難しかった。グラントリー夫人はこういうことをよく知っていたから、妹の信頼を期待しなかった。しかし、妹が本当にスロープ氏を好ましいと思っているのか聞きたかった。

夫人が話題をスロープ氏へ向けるのは決して難しくなかった。その紳士はバーチェスターでとても有名になっていたし、その市と結びつく聖職者と深い関係を保ち、ハーディング氏の問題に特に関与していたから。それゆえ、ハーディング氏の娘がこの男のことを話さないほうが奇妙だった。グラントリー夫人は喜んですぐこの男の悪口を言った。一方、ボールド夫人はそれと同じくらい熱心にこの男を擁護した。ボールド夫人はじつはスロープ氏を嫌っていた。二度と会わなくてもいいように、この男が姿を消してくれたら嬉しかった。実際この男を恐れていた。しかし、ボールド夫人はなぜかいつもこの男をかばった。他人の悪口を言い、人格をののしることは不当と感じたから、かばう必要があると思った。いつの間にか、スロープ氏を擁護することが、ボールド夫人の議論の方向となってしまった。

話題はスロープ氏からスタンホープ家へ移った。グラントリー夫人はスタンホープ家について説明するエレナーの言葉を興味ありげに聞いた。そのときスロープ氏がスタンホープ家の客になっていたことをふと耳にした。

「何ですって!」と禄付牧師の妻は言った。「スロープさんもそこにいたのですか?」

エレナーはそうですと答えた。

「ねえ、エレナー、あの男はあなたが好きなのよ、きっと。あの男はどこにでもあなたのあとについて行きそうよ」

この言葉でもエレナーの目を開くことができなかった。彼女はただ笑うと、スロープ氏がスタンホープ博士のところで、別の魅力的な女性を見つけたと思うと言った。そこで二人は別れた。グラントリー夫人は忌まわしい男女一組ができあがったことを確信した。一方、ボールド夫人もあの不運な主教付牧師は不愉快だが、犯した罪よりも厳しく非難されている[1]と確信した。

大執事はエレナーがスロープ氏と会うため、昨日バーチェスターにとどまり、実際に会ったと夕食前に聞いた。彼女がスタンホープ家に客はほかにいなかったと明言したのを覚えていたから、大執事は彼女を嘘つきと非難するのをためらわなかった。そのうえ、彼女がこういうことで嘘をつくという事実、そう想定される事実はあまりにも明白な彼女の犯罪、彼女がスロープ氏を恋人として受け入れたという犯罪、の証拠にほかならなかった。

「我々にできることはもう手遅れではなかろうか」と大執事は言った。「かなり驚いた、と白状するよ。男性に関するあなたの妹の好みは、前から気に入らなかった。とても信用できるものではない——うう！」

「それも早すぎますしね」グラントリー夫人はスロープ氏を恋人にする妹の趣味の悪さよりも、喪服を脱ぐ前に恋人を作るという礼節違反のほうを重視した。

「ねえ、おまえ、厳しく当たるのも、お父さんを傷つけるのも、申し訳ないと思う。しかし、どうあろうとあの男とその妻にはこのうちの敷居をまたがせるつもりはない」

グラントリー夫人は溜息をつくと、結局事態はまだ終わったわけではないと言って、自分を慰め、夫を慰めようとした。エレナーは今プラムステッドにいるので、身を滅ぼす情熱から妹を引き戻すため、まだいろいろ手を尽くすことができるかもしれない。かわいそうなエレナー！

その夜は特に目立ったこともなくすぎていった。アラビン氏は聖イーウォルド教区について大執事と話し合った。そこに教区の名士たちを知るグラントリー夫人とハーディング氏が加わった。エレナーも知っていたけれど、ほとんど知らないと言った。アラビン氏は外見上あまりエレナーに注意を向ける様子はなかった。彼女のほうも義兄の特別なお気に入りを、そのとき特に進んで歓迎する気分にはなれなかった。寝室に入ったあと、彼女はスタンホープ博士のうちには、禄付牧師館よりもはるかに愉快な家族がいると最初に思った。牧師とその単調な、退屈な、お上品な生活様式には飽き飽きしていた。結局外の世界、イタリアやロンドンやその他のところに住む人々が必ずしも非道で、忌まわしいわけではないと思い始めた。スタンホープ家は軽薄で、思慮に欠けた、贅沢な人々の集まりと思っていた。ところが、彼らに悪いところなんか見出せなかった。むしろ彼らこそ家を心地よくする方法を完璧に知っていることがわかった。大執事がその同じ生活の知恵を少しも持ち合わせていないのが心から残念だと思った。アラビン氏はすでに述べたように、エレナーを特別気にかけているようには見えなかった。しかし、彼はベッドに入ったとき、とてもかわいい女性と一緒に時をすごしたと思わずにはいられなかった。たいていの独身男性と一部既婚男性によくあることだが、彼もとてもかわいい女性と一緒にすごせると知ると、一か月のプラムステッド滞在を愉快に感じた。

みなが寝室へ引きあげる前に、翌日全員で聖イーウォルド牧師館へ馬車で視察に出かけることが決まった。三人の聖職者は教会財産の毀損(2)について話し合い、二人の女性は独身男性の住居として必要な改善を提案する助けをしなければならなかった。

そういうわけで朝食のすぐあと馬車がドアの前に到着した。馬車には四人分しか席がないので、大執事は御者台に登った。エレナーはアラビン氏の向かい側に座ることになり、礼儀上会話を交わさなければならなかった。二人はすぐ心地よい間柄になった。もし彼女がきちんと考えたら、アラビン氏がその真っ黒な聖職服にもかかわらず、スタンホープ家に加えてもう一人、悪くないお相手だと思ったことだろう。

大執事がいなくなると、一行はくつろぐことができた。ハーディング氏はアラビン氏の新しい教区にある、古い伝説を非常に無邪気に語り始めた。その話によると、昔聖イーウォルドにはあらゆる病気を治せると国じゅうで評判のすばらしい女司祭がいた。その女司祭はほかの女司祭と同じように井戸――今も現存している――を持っており、教区教会の聖なる土地から出る聖なるものを、多くの人の心に分け与えたという。アラビン氏は教区民のそんな考えは、決して正統なものではないと明言した。グラントリー夫人は男司祭だけでなく女司祭がいなければ、教区は正常と言えないと思うから、アラビン氏の意見にまったく反対だと答えた。「男女の役割が分担されなければ、義務はきちんとはたされません」と夫人は言った。

「私は、父さん」とエレナーが言った。「女司祭が昔は支配権を握っていたと思う。おそらくアラビンさんは万一神聖な女性が教区に入って来て、今そんなことにでもなったら、ひどいことになるってお思いなのでしょう」

「私はとにかく」とアラビン氏は言った。「そんな危険は冒さないほうが安全だと思います。女性聖職者の高慢ほど度を越すものはありませんから。控えめな男性副牧師なら、私は押さえ込めるかもしれませんが、女性副牧師なら、私はきっと負けてしまいます」

「そんな事態が起こっている確かな例がありますからね」とグラントリー夫人が言った。「噂ではバーチェスターにも、祭壇にかかわるあらゆることで非常に傲慢な女司祭がいるそうですから。おそらくそんな運命の恐れがあなたの目に映っているのでしょう」

俸給牧師館の前の砂利の上で大執事と合流したとき、一行は再び重々しい退屈さのなかに身を置くことになった。グラントリー大執事が退屈な人というのではないが、彼がもてあそぶユーモアは難解なタイプのものであり、彼の機知は気が利いているときでも普通聞き手に理解されることはなかった。今の場合、大執事はすぐ傷んだ屋根や壁について論評を始め、それらに外科医の手術が必要だと断言した。大執事が叩かない仕切り板、念入りに調べない煙突のブロック材はなかった。配水管、通気管、貯水タンク、下水道はみな検査した。大執事は友人の助けを借りて床下に入り、床の様々な板材に錐で穴をあけることまでした。

アラビン氏は大執事について部屋を回り、そんな家うちの問題でも賢そうに見せようとした。ほかの三人もあとに続いた。グラントリー夫人は二十年も無駄に教区の女司祭をしてきたわけではないことを証明して、とても慣れた手つきでベルや窓ガラスを調べた。

「ここがあなたの私的聖所になったら、窓からとにかく美しい景色を見ることができます」とエレナー。彼女は上の階の小さな部屋の格子窓のそばに立っていたが、確かにそこからすばらしい景色を見渡すことができた。それは俸給牧師館裏手の景色で、荘厳な灰色の聖堂まで視界を遮るものがなかった。そこまでのあいだには樹木が美しくちりばめられていた。前景には小さな川があり、川はそこから市を縁取るように流れていた。聖堂の右手には、取り囲む楡の木々のあいだからハイラム慈善院の尖った切妻と煙突が顔を覗かせていた。

「そうですね」アラビン氏が彼女のところに来て言った。「敵がとてもよく見える景色を手に入れたことになります。敵の町の正面に陣取ったから、とても手頃な距離からやつらに弾丸を撃ち込んでやれます。もし敵が慈善院を手に入れるようなことになったら、慈善院にも弾丸を撃ち込んでやるのです。主教公邸も充分射程距離に入っています」

「あなたのような牧師さんに会ったことがありません」とエレナーが言った。「いつも戦うことしか考えていないのね」

「戦うか、支え合うか、そのどちらかです」と彼は言った。「悲しいことに私たちは一方なしに、もう一方をすることができない。が、私は戦うためにここに来たのではないですか？　私たちの教会は闘う教会ではないですか？　もし仕事をちゃんとやろうというなら、戦って、激しく戦う以外にないのではないですか？」

「でも、牧師同士で戦うというのはどうですか」

「そういうことはあるでしょう。同じ教会の牧師と私が戦うことについて、あなたは不平を言いますが、ローマ司祭の誤りと私が戦うことについて、マホメット教徒は同じ不平を言います。が、私がローマ司祭と戦うのは間違いだなんて、あなたが言うことはきっとないでしょう。多くの神々を持つ異教徒の場合、一神教のキリスト教徒とマホメット教徒で、意見が違うことを奇妙に思うでしょう」

「まあ！　でも、些細なことであなたはずいぶん激しく争っていらっしゃる」

「些細なことを巡る争いは」と彼は言った。「いつも激しいものです。特に隣人同士ではね。違いがすごく大きいときとか、当事者が他人同士のときとかには、人は礼儀正しく争うものです。確かに兄弟同士の争いほど激しい争いはありません」

「でも、そんな争いは教会の醜聞になるのではないかしら？」

「こんな争いがなかったら、逆にもっと多くの醜聞が教会にふりかかることになります。私たちには一つしかそれを避ける道はないのです——それは教会に共通の首長を認めることです。その首長の言葉には教義のあらゆる点で権威が与えられる必要があります。このようなかたちで困難が終結するとすれば、充分心をそそられるところがありますね。多くの人々にとってあらがえないほどの魅力、私にとっても抵抗できないほどの魅力だと認めます」

「ローマの教会のことを今話していらっしゃるの？」とエレナー。

「いえ」と彼が答えた。「必ずしもローマ教会ではなく、ある首長がいるある教会の話です。神がそのような教会を私たちに与えてくださったら、私たちの道は楽だったでしょう。が、神は楽な道が私たちにとって最良とは考えませんでした」彼は話をやめると、しばらく黙って立っていた。戦いのない楽な道をたどろうと、精神力と自由な活動と心の泉に流れる新鮮な水、まさしく内的自己——彼の持てるすべてを、あわや犠牲にしてしまおうとした時期のことを思い出した。それから彼は続けて言った。「あなたの言うことも一理あるのです。私たちの争いは確かに醜聞をもたらします。外部の人たちは私たちの人間的な弱さを絶えず非難し、聖職者であるにもかかわらず、ただの人にすぎないと言って私たちを面罵します。私たちに神のような完全無欠な仕事をするように求めるからです。が、私たちは神ではありません。どの人にも共通の苦味があって、一人一人違っています。人間的な弱さがあるため、相手に勝ち誇るようなこともします。違った神を持つことが原因で、決して神聖とは言えない敵意や反感を抱くことがあります。これは真実です。が、この代わりに何かほかのものがあるというのでしょうか？　地上の教会で誤りを犯さない首長なんかいません。人を信じようというこの夢は試練を受けており、それがどうなったかはイタリアやスペインで結果を見ることができます。法王の教会の囲いのなかには論争なんかないし、あったためしもないと認めましょう。そんな想定なんかまったく真実ではありませんが、それを認めても言わせてほしい。どの教会がより重い醜聞を背負い込むことになったでしょうか」

アラビン氏の穏やかな熱意がそこに表れていた。相手の非難を認める気持ちと自己を弁護する気持ちとが半々だった。それがエレナーを驚かせた。彼女は育ちが育ちで牧師の議論には慣れていた。しかし、論者の扱うものがほとんど世俗的な重要性しかない問題だったから、そんな話題に敬意を感じることができなかった。彼女が耳にした論者の口調のなかには、いつも固い世俗的な力、収入への欲、権力への欲が潜んでいた。真実をもとめる熱望や、宗教的純粋さへの希求なんかどこにもなかった。彼女のまわりの牧師たちがいつも当然のことと見なしていたのは、自分たちが間違いなく正しいこと、疑問の余地なんかないこと、牧師の義務が何たるかを確認する困難な仕事は、すでに完了してしまったこと、活動的かつ好戦的な牧師に残された仕事は、新参者に備えて持ち場を守ることだった。父は確かにこの例外だった。とはいえ、父はあらゆることに本質的に非好戦的だったから、胸中ただほかの人から区別して分類しているにすぎなかった。彼女はこの問題を心に問いかけたことも、この共通の気風が欠陥かどうか考えたこともなかった。理由もわからずにこの気風に吐き気を感じていた。新参者のアラビン氏が、これまで慣れきっていた気風とはずいぶん違った仕方で話すのを聞いて、彼女は驚きと心地よい興奮を感じている自分に気がついた。

「非難するのは易しいのです」アラビン氏は考えの続きをたどりながら言った。「新聞記者とか野党党首とかの生活ほど、楽しい生活はないと思います。権力を持つ人に非難を浴びせたり、やっと作りあげたものの最悪部分を暴き出したり、他人の粗捜しをしたり、憤慨したり、皮肉ったり、滑稽に扱ったり、教えを垂れたり、傲慢になったり、褒めるふりをして罵倒したり、明らかな誹謗中傷で叩きつぶしたり。批判する者が何の責任も負う必要のないとき、これほど易しいことがあるでしょうか？　あなたは私がすることを非難する。が、私の立場になって逆にそれをしたら、そのときは私があなたを非難できないかわかります」

「ああ！　アラビンさん、私はあなたを非難なんかしません」

「失礼ですが、ボールドさん、あなたは非難しますよ。――あなたは世間の一部として振る舞います。ある時は野党の一員となり、ある時は記者として社説を書き、立派に激しく非難するのです。『犬には楽しく吠えさせ、咬ませろ』(3)ですよ。適切にも、あなたは次のような優雅な引用から始めるのです。『もし教会というものがどうしても必要なら、教会を主宰する牧師たちがお互い同士で首を締め合うようなことはやめてほしい。弁護士はお互い同士名を汚すことなく生きていける。医者は決闘をすることなんかない。牧師だけが言いたい放題、お互いを罵倒し合うというのはどうしてなのだろう？』こう前置きしてから、あなたは私たち牧師の邪悪な口論や、分派傾向や、恥ずべき教義上の相違について罵倒し続けるのです。かと言って、あなたが次の週に別の記事のなかで、私たち牧師に見られる感情鈍麻のことを批判しても、何の問題もありません。記事の不一致を取り繕う必要なんかないのです。牧師というものが年がら年じゅうどれほど人に執拗であるか、それでいて考え方の違う人からはどれほど接触を避けようとするか、この矛盾をあなたの読者が問い合わせてくることはないでしょう。あなたがこの条約、あの公式協定と次々に非難するとき、基準さえ違えば重大な過誤の責めを負うことはありません。非難するのはとても簡単で楽しいのです。賛辞は誹謗ほど聞き手を魅了することはありません」

エレナーは相手の揶揄に半分しかついていけなかったが、意図するところはわかった。「あなたを批判するように見られたことは謝らなければなりません」とエレナーは言った。「でも、最近バーチェスターで私たちのあいだに生じた悪意のことを悲しんでいるのです。許される以上にあなたに明け透けに話してしまいました」

「地上の平和と人のあいだの善意は、天国と同じように未来の約束です」彼はエレナーに話すと言うよりも、自分の考えをたどりつつ言った。「その予言がかなったとき、もはや聖職者の出番はありません」

ここで二人は大執事の声によって会話を遮られた。それは貯蔵庫から俸給牧師に叫びかける声だった。

「アラビン、アラビン」——大執事は明らかにすぐ後ろにいる妻に振り向いて言った。「彼はどこへ行った？　この貯蔵庫は本当にひどい。こんなところに瓶を置いたりしたら、ワインを殺してしまう。屋根をつけ、壁をつけ、床を張るまでは駄目です。こんな貯蔵庫でグッドウッドさんはいったいどうやってきたのだろう？　わからんね。グッドウッドさんは人が飲めるようなワインは一杯も出せなかっただろう」

「何ごとでしょうか、大執事？」俸給牧師はそう言うと、考えにふけるエレナーを上に残し、階段を走りおりた。「このワイン貯蔵庫には、屋根も壁も床も必要です」と大執事は繰り返した。「いいかい、私が言うことを覚えておきなさい。このままでも充分だという建築家の意見に納得してはいけない。そういう連中の半分はワインについて何も知らないんです。ここは冬には冷たく湿って、夏には暑く蒸している。ここに二年間寝かされたら、どんなワインも最高とは言えません」

アラビン氏は同意すると、貯蔵庫を大執事の見立て通りに再建することを約束した。

「それからアラビン、ほら、台所の火格子にこんなこしらえを見たことがあるかい？」

「火格子は本当にひどい状態です」とグラントリー夫人は言った。「女司祭が将来義務をはたす場所としてこのうちに連れて来られたら、こんなものがいいとはきっと言わないでしょう。本当です、アラビンさん、すばらしい井戸に慣れている女司祭が、こんな火格子に我慢できるはずがありません」

「聖イーウォルドに女司祭がどうしても必要なら、グラントリー夫人、女司祭には井戸に専念してもらって、貧乏のせいで不行き届きな部分に聖なる怒りを向けないように祈りましょう。が、私はおいしく調理されたディナーの魅力には目がないのです。火格子は確かに取り替えさせましょう」

このころ大執事は再び上にあがり、今は食堂にいた。「アラビン」大執事はいつものはっきりした大きい声、いつものあの命令口調で言った。「この食堂は絶対改装しなければいけない。すっかり改築したほうがいいな。ほら縦十六フィート横十五フィート。こんな寸法比の食堂なんて見たことがあるかい！」大執事は重々しい歩調で縦に、横に歩いた。まるでやり方によってはこういうことにさえ牧師の威厳が分け与えられるかのような態度だった。「かろうじて十六フィート、正方形とも言える」

「円形テーブルにはもってこいですね」と前院長のハーディング氏が提案した。

大執事は円形テーブルを何か特別正統的ではない発想のように思った。彼は絶えず磨かれて真っ黒な、鏡のように輝く良質の縦長のテーブル――客の数に合わせて心地よく長くできるもの――に慣れきっていたからだ。ディナー用の円形テーブルは、今一般にオーク材か、大執事が好きなあの独特の色合いに欠ける新素材か、でできていた。大執事は円形テーブルから、あの新しい、いやらしい、気取ったやり口(4)――男性にワインで長っ尻ができないように警告するため、テーブルクロスを卓上に残しておくやり口――を連想した。彼は円形テーブルを何か民主主義的なもの、成金趣味のもののように考えた。非国教徒とか、サラサのおし染め師とかがおもに円形テーブルを使うと、良家の出というよりも機知で際立つ人気作家がおそらく使うと、そんなふうに想像していた。そんな品が弟分のアラビン氏によって、しかも義父の指示によって、主教区に持ち込まれそうだと思うと、困惑した。

「円形ディナー・テーブルは」大執事が熱っぽく言った。「これまでに考案された家具のなかでいちばん忌まわしいものです。アラビンはそんなものをうちのなかに持ち込まないくらいの、趣味のよさを見せてほしい」

哀れなハーディング氏は手厳しく咎められたと感じ、もちろんそれ以上何も言わなかった。しかし、アラビン氏は貯蔵庫と台所の火格子などの小さな問題で、従順に従っていたものの、懐具合から見て、高くつきすぎる改築には反対せざるをえないと思った。

「しかし、私が思うに大執事、この部屋を長くするには壁を取り壊さなければいけません。壁を取り壊せば、またそれを立て直さなければならない。もし一方に弓形の張り出し窓を出すなら、反対側にも同じように出さなければなりません。もし一階でそれをするなら、上の階でもそれをしなくてはならない。そうすると家に新しい正面玄関をつけることになり、思うに結局二百ポンドはかかってしまいます。食堂がたった十六フィートしかないことで、私が不満を言っていると教会委員会(5)が聞いたら、援助をしてくれないでしょう」

大執事はほかの部屋に手を着けないまま、食堂の正面に六フィートをつけ足すことがいかに簡単なことか説明し始めた。小さな田舎家のこんな建築上の型破りは、何もないよりもむしろ優美だと彼は言った。もしそれで四十ポンド以上かかったら、彼の財布から全額支払うとも提案した。しかし、大執事がぷりぷりやきもきしても、アラビン氏はまったく譲歩しそうもなかった。四十ポンドは、彼にとって重大問題だと言った。友人たちがこんな状態でも親切にここを訪ねてきてくれるなら、たとえ正方形の部屋がみじめだとしても、堪えてもらわなければならない。アラビン氏は円形テーブルを食堂には置かないと明言し、喜んでこの問題に妥協した。

「でも」とグラントリー夫人が言った。「もし女司祭が両方の部屋を大きくしたいと主張したらどうします?」

「その場合は、女司祭が自分でそれをしなければなりませんね、グラントリー夫人」

「彼女はそういうことができるでしょうし」と夫人は答えた。「もっと多くのすばらしいこともできるでしょう。聖イーウォルドの女司祭なら牧師館に入るとき、手ぶらで入ってくることはないと思うから」

しかし、アラビン氏は牧師館に入居するこの時点で、危険な出費をする気はもうとうなかった。そんな出費をしても、教会委員会にも、前任の牧師の財産にも、公正に請求ができそうもなかったから、屋敷の実質的な改築をタブーと見た。この基本的な例外はあったものの、大執事は命令し、提案し、大いに満足のいくかたちであらゆることを進めた。緻密な観察者がその場にいたとしたら、大執事と同じくらいにその妻が役に立つ人だとわかっただろう。心地よい家に必要な付属品について、グラントリー夫人ほど知っている人はいなかった。とはいえ、夫人は夫であり主人である人が彼のものにして得意になっている誉れを、自分に取り戻す必要があるとは思わなかった。

一行は効果的に手際よく仕事を終えると、この遠出に満足しながらプラムステッドへ戻った。

註

（1）『リア王』第三幕第二場の台詞。

（2）聖職禄所有者の任期の終わりに教会財産が荒廃しているとき、次の所有者のためにする修理費用。
（3）アイザック・ワッツ（1674-1748）の『子供のための神聖にして道徳的な歌』（1715）第十六番「口論と喧嘩に対して」からの引用。
（4）テーブルクロスを取り払うことは、ワインを飲む紳士のため部屋を空けなさいという女性への合図として用いられた。
（5）この委員会（Ecclesiastical Commissioners）は一八三六年から一九四八年までイギリス国教会の財産を管理運営した。

第二十二章 （第二巻第三章） ウラソーンのソーン家

次の日曜日、アラビン氏は三十九箇条の信条を朗読し、教会の新任牧師となることになった。大執事がアラビン氏に同行し、書見台で朗読を補佐する一方、ハーディング氏がプラムステッド教会で大執事の聖務を代行することが、禄付牧師館で合意された。グラントリー夫人は日曜学校を抱えており、パンを焼いてそこへ持参しなければならないから、手が放せないとはっきり言った。しかし、ボールド夫人はアラビン氏らに付き添うことになった。一行は郷士ソーンの家で昼食を取り、午後の礼拝が終わってから帰宅することも決めた。

ウラソーンの郷士ウィルフレッド・ソーンは、聖イーウォルドの、というよりもウラソーンの大地主だった。というのも、郷士の住まいは昔聖女の名で有名になっていたよりも、今はもっと悪名で知れ渡っていたからだ。ソーン氏は郷士ウェスタン(1)が一世紀前に代表していたものの現代版——私たちの時代に現れたその種の典型だった。もしウェスタンに関する記述が真実だとするなら、郷士階級ほど急速な進歩をとげた階級はないと言える。とはいえ、ソーン氏はたくさんの欠点を抱え、嘲笑のまとになりかねない人物だった。彼は五十になるのにまだ独身で、プライドの高いところが鼻についた。ウラソーンの自宅ではプライドを満たしてくれるものはあまりなかったけれど、いつも紳士らしい、また確かにそうだったが、教区の第一人者らしい装いをしていた。毎年ひと月からひと月半ほどロンドンですごし、そこでも大人物のように振る舞おうと骨折ったものの、じつのところまったく大人物なんかではなかったから、クラブの多くの人から馬鹿にされた。彼は文学のある分野のかなりの通だった。好きな作家はモンテーニュとロバート・バートン(2)であり、自州でも近隣の州でも彼ほど過去二世紀のイギリス随筆家を知る人はいなかった。『アイドラー』、『スペクテイター』、『タトラー』、『ガーディアン』、『ランブラー』(3)の全巻揃いを所有しており、これらの出版物がそれ以後『エディンバラ・レビュー』や『クオータリー』(4)で発表されたどの随筆よりも優れていることを何時間でも話すことができた。その一方、彼は系図学に精通しており、家系という贅沢の所有者がどの血統から由来するか即座に答えられるほど、イギリス紳士の家をあらかた知り尽くしていた。彼自身が血統と家系には深い敬意を払っており、ノルマン征服よりもずっと前の時代まで祖先を遡ることができた。彼の話を聞けば、サクソン人のセドリック(5)のように、彼の祖先がどのようにしてノルマン直臣らのなかで地歩を保ってこられたかわかるだろう。彼の説明によると、それは何もまわりのノルマン領主に対する祖先の低姿勢だけによるものではなかった。ジョン王治世(6)のころウラソーンのイールフリードという人物は、いったん彼の城の防備を強化すると、ジェフリー・ド・バーグの攻撃からその城だけでなく、当時のバーチェスター聖堂も守り抜いた。ソーン氏はその包囲戦について記された史書――子牛皮紙に書かれ、かなり贅沢に彩飾された書物――を持っていた。誰もその書を読むことができなかった、というのはさして重要なことではない。たとえ読むことができたとしても、誰もその言語を理解できなかったから。しかし、ソーン氏はその史書の細部を適切な英語に訳すことができ、しかもそれをするにやぶさかではなかった。

彼が家系のない人を見くだしていると言ったら、不当な言い方になるだろう。見くだしたりはしなかった。そういう人ともしばしば交際し、そういう人から多くの友人を選んだ。しかし、彼は大富豪が少ない収入の人を見るように、ソフォクレスに精通している人がギリシア語を知らない人を見るように、家系のない人を見た。彼らは間違いなく気のいい人々、徳の誉れも高く、みごとな才能にあふれ、どの面から見ても尊敬に値する人々なのだろう。しかし、彼らは一つの大きな天与の贈り物に恵まれなかった。立派な血統を欠くことは、何によっても償うことができないし、家系のもたらすよい影響力は、何によっても無効にすることができない。これが家系についてのソーン氏の持論だった。今やほとんどの人が立派な家系を持たなかったから、それを持つことがいっそう貴重だった。この問題に関するソーン氏の論評を聞くのはじつに楽しかった。家系について無知なあなたが、家長が古い家柄の准男爵だから、その人は立派な家の出なのだろうなんて推測したら、彼はびっくりしたふりをし、楽しそうな表情で目を見開くと、准男爵家がジェームズ一世の時代(7)までしか遡れないことをさりげなく教えてくれた。フィッツジェラルド家とド・バーグ家(8)の血統の話をしても、ソーン氏は優しく溜息をつくのみ。ハワード家とラウザー家(9)が古いと主張しても、とても認めようとせず、家系という充分な栄誉をかろうじて満たす家柄として、これまでにやっとトールボット家(10)の名をあげたくらいだった。

イギリスでは比類のないすばらしい一族、三つの貴族宝冠が与えられ、国じゅうに広がる一族、その御曹司らが様々な選挙区で議員になり、そのうちの幾人かが今世紀組閣されたたいていの内閣に入っている一族、ソーン氏はかつてそういう一族に触れたとき、彼らをみな「ごみ」と呼んだ。彼はこの一族の人々に無礼を働くつもりはもうとうなかった。この一族のことは様々な点で賞賛していたし、ねたむことなく彼らの特権を認めていた。彼はこの一族の血管に流れる血が、いまだ時の経過によって完全に清められておらず、系図学の分野では血と呼ぶにふさわしい本物の霊液(11)に達していない、という思いをただ表明したにすぎなかった。

ソーン氏はアラビン氏に紹介されたとたん、アップヒル・スタントンのアラビン家の一人ではないかと言った。アラビン氏は指摘された一族の遠い親戚だと答えた。ソーン氏はそんなに関係が遠いはずはないと推測した。アラビン氏はあまりに遠い間柄なので、お互いに相手の家については何も知らないとソーン氏に請け合った。ソーン氏はこれを聞いて優しく笑うと、アラビン氏に言った。エリザベス一世治世[12]以前からアラビン家の祖先の親株から分かれた分家は一つもない。それゆえ、アラビン氏は自分のことを遠縁とは呼べないはずだ。アラビン氏こそ明らかにアップヒル・スタントンのアラビンにほかならないと。

「しかし」とその俸給牧師は言った。「アップヒル・スタントンはド・グレイ家に売られてしまい、この五十年彼らの所有するものとなっています」

「あと百五十年たって、不幸にもまだそれがド・グレイに所有されているとしても」ソーン氏が続けて言った。「あなたの子孫がアップヒル・スタントンの一族だという肩書きを失うことはありません。ありがたいことに、ド・グレイでもその肩書きを買うことはできません――じつにありがたいことに――アラビンも、ソーンも、そういうものを売ることはできないのです」

政治面では、ソーン氏は断固たる保守主義者だった。あの五十三人のトロイアの勇者――ドッド氏[13]が述べるように一八五二年十一月に自由貿易を厳しく咎めたあのトーリー党内の人々[14]――をソーン氏はイギリス政治家に残る唯一の愛国者と見ていた。自由貿易という恐ろしい危機が訪れるなか、国の唯一の救世主とソーン氏が見た、まさにその人々によって穀物法が廃止[15]されたとき、彼はしばらく麻痺状態に陥ってしまった。国は敗れた。とはいえ、それは些細な出来事だ。他の国々は盛衰を繰り返し、人類はいまだに神の摂理のもとで進歩を続けている。しかし、今人を信頼したいという強い期待は、いっさい終わりにしなければならない。破滅は免れないうえに、その破滅はいちばん信頼できる――と思われた――人々の背信によって訪れる。紳士の仕事とされるイギリスの政治も、終わりにしなければならない。もしホイッグ党員によって踏みつけにされたのなら、ソーン氏はトーリー党の受難者として、それに堪えることもできただろう。ところが、彼が熱心に支持し、全幅の信頼を寄せた人々からすっかりだまされ、見捨てられたことは堪えがたいことだった。それゆえ、彼は政治家として生きることをやめ、国の政情に関して広く世間との対話を断ってしまった。

サー・ロバート・ピールの背信後[16]、二、三年間のソーン氏の心境は以上のようなものだった。しかし、誰もがそうであるように、時がたつにつれて彼も平静を取り戻していった。彼は活動を再開すると、頻繁に議場と市場を訪れ、手ひどく裏切った人々とも肩を並べてディナーに出席したりした。これは生きるために必要なことだった。世間を避けることは解決にはならなかった。しかし、彼と、いまだに保護貿易主義を頑強に支持する彼のまわりの人々――彼と同類で、暴徒の叫び声を聞いてもひるむことのない本物の連中――は、彼らなりに慰めをえる方法を発見していた。彼らこそ残存するエレウシスの密儀[17]に似た儀式、正しく神々に近づくことができる唯一の深遠な、不思議な崇拝の儀式の真の継承者だった、またそうだと信じていた。彼らの子供らを注意深く秘密裏に教育することによって、この密儀を知り、これを永く伝える仕事が、まだ可能だとするなら、今となっては彼らに、彼らだけに委ねられていた。

書物を見れば、いかに独自の私的崇拝が、外面的にはごく普通の教会の礼拝に順応しているように見えて、時代から時代へ家族のなかで秘密になされてきたか明らかだ。ソーン氏の場合も次第にこのようになっていった。保護貿易は死んだと言われても、冷静にそれを聞くすべをついに学んだ。しかし、それがまだ神秘的な生命を保って生きていることを心のなかでは知っていた。自明のことが大衆には教えられぬと知るのは、多少嬉しいところがあった。ジェントリー仲間のあいだでさえ、自由貿易は結局そんなに悪いものではなかったとの話が出るようになり、異議を差し挟むこともなく、そんな話を聞くことに慣れてきた。しかし[19]、彼はイギリスのよきものすべてが、古い守護神[18]とともに廃れてしまったと意識していた。彼は胸中小カトーに通ずる思いを抱いていた。小カトーはローマ人がもはやその名に値しないと言って、誇らかに自殺を遂げたのだ。とはいえ、ソーン氏はキリスト教徒であり、まだ年四千ポンドの収入があったから、自殺は考えなかった。しかし、心は決して安らかではなかった。

ソーン氏は狩猟愛好家であり、あきれるほどとまでは言わないけれど、かなり活動的だった。国の政治が大きく失墜する前、彼は全力で狐狩りを支えた。聖イーウォルド教区に、雁や七面鳥が一羽たりともしっぽを見せなくなるまで狐を保護した。狐の隠れ場になるハリエニシダを植え、ナラやカラマツよりも注意深くその世話をした。雌羊や子羊よりも狐が快適かどうか気づかった。ウラソーンでは、狩りの勢揃いくらい人気のあるものはなかった。ソーン氏ほど、遠来の猟馬のため馬小屋を開放する人はいなかった。彼ほどクラブを維持するため発言し、書き、行動する人はいなかった。保護貿易論は州内で狩猟を実践するところから、おのずと発展してくるものなのだ！　しかし、大きな破滅が訪れたとき、バーセットシャーの猟犬を差配する頭領が貴族院の変節大臣を支持し、誠実さも、男らしさも、友人たちも、ガーター勲位の栄誉も、浅ましく棄て去ったとき、彼は狐狩りをあきらめた。狐の棲息場所を刈り払うことはしなかった。そんなことをしたら、紳士らしからぬ行動になるだろう。狐を殺すこともしなかった。彼の見方からすれば、狐を殺すのは人を殺すのも同然だった。狩人たちに狐の隠れ場所を捜してはいけないとか、隠れ穴に栓をしてはいけないとか、そういうことは言わなかった。ジェントリーのあいだで流布する条例によれば、そんなことをするのは違法だったから。しかし、彼はウラソーンで狐狩りの勢揃いがあるときは、いつも家を留守にして、狐の隠れ場所を明け渡した。参加するよう説得されても、衣装箪笥から狐狩り用のピンクの上着を取り出したり、馬屋から猟馬を出したりすることはなかった。これが二年間続いた。それから徐々にあと戻りした。彼はまず狩猟服に身を包んでポニーにまたがり、偶然入り込んだかのように近所の勢揃いに現れた。それからある朝、好きなハリエニシダの植え込みで狐の隠れ場所が捜索されるところを、徒歩で見に行った。馬丁がたまたま雌馬を連れ出してきたとき、それに乗ることをいとわなかった。次に彼は自由貿易に反対した不滅の五十三人の一人から、州境を越えて狩猟道具を運び、猟犬と二週間すごそうと誘われ、その気になった。こうして徐々に昔の生活に戻っていった。しかし、ほかのものと同様狩猟においても、外界でともに同じ空気を吸う人々に対して、彼は内なる神秘的な優越感に支えられていた。

ソーン氏はウラソーンで孤独な生活をしていたわけではない。十歳年上の姉がいた。姉のミス・ソーンは弟の偏見と感情にあまりにも深く共鳴していたため、まさしく弟の全欠点を体現する生ける戯画だった。彼女は応接間で季刊誌の最新号を開いてみようとも思わないし、雑誌を読もうという気にもならなかった。お金をもらっても、『タイムズ』の切れ端なんかで指を汚したくなかった。彼女はアディソンとスウィフトとスティールについて、まるでまだ彼らが生きているかのように話した。デフォーをイギリスでもっともよく知られた小説家と見なす一方、フィールディング(20)をロマンス分野の若いけれど賞賛に値する新人と見ていた。詩の分野では、新しくてもドライデンまで(21)しか親しい詩人はいなかった。一度ポープの『髪の毛盗み』を読む気になったことがあったが、スペンサーがイギリスではいちばん純粋なタイプの詩人と考えていた。系図学が彼女の大好きなものだった。彼女は多くの系図学者が誇りとしたものを卑しむべきものと見た。紋章とモットーは、彼女の胸をむかつかせた。ウラソーンのイールフリードはジェフリー・ド・バーグの胸を切り裂いたとき、モットーには何の救いも求めなかった。イールフリードの曾祖父つまり巨人のウラフリッドは、卑しい侵略者のノルマン王を城のてっぺんから放り出したとき、自然が与えた武器以外のもの――紋章なんか――を必要としなかった。彼女は現代的なイギリスの名には振り向くこともなかった。ヘンギストとかホルサとか(22)の名だけが、耳には真の高貴の趣があるように聞こえた。彼女はサクソンよりも昔に遡ることができなければ、家系というものには満足できなかった。もし子がいたら、その子にはいにしえのブリトン人の洗礼名を与えたことだろう。いくつかの点で彼女はスコットのウルリーカに似ていなくもなかった。もし人を呪う場面に立たされたら、間違いなくミスタとかスコギュラとかザーンボック[23]とかの名にかけて人を呪ったことだろう。しかし、彼女は哀れなウルリーカのように、汚れたノルマンの抱擁に身を委ねたことも、父殺しを手助けしたこともなかったから、人間らしい優しさのミルクをまだ胸のなかで凝固させていなかった。彼女は人を呪うことなんか決してなく、むしろ人を祝福した。とはいえ、いっぷう変わった野暮なサクソン流の仕方で人を祝福したから、彼女の小作人以外にはとうていその祝福が理解できなかった。

政治について言えば、ミス・ソーンは穀物法問題に先立つずっと前から、政治家の浅ましい行為にほとほとうんざりしていたから、穀物法を巡る裏切りで動揺することはなかった。彼女の見るところ、弟は信用できない若輩者であり、情熱的な気質のせいで民主的な傾向に流される嫌いがあった。幸いにも弟は今世間の不正を目の当たりにして、より健全なものの見方にたどり着いた。彼女はいまだにグレイ卿の改革法に納得できず、いまだにカトリック解放法[24]での、ウェリントン公爵の約束不履行を恨んでいた。女王の相談役として誰を採用したらいいと思うかと尋ねられたら、彼女はおそらくエルドン卿[25]を指名したことだろう。その尊敬すべき男はもはやこの世にいないから、女王の助けにはならないと指摘されても、彼女はおそらく溜息とともに今は死者しか私たちを救える者はいないと答えたことだろう。

宗教について言えば、ミス・ソーンは純然たるドルイド僧[26]だった。そう言ったからと言って、彼女がここ最近人を生け贄にする儀式を手伝ったとか、実際にキリスト教会に敵意を抱いていたとか、そういうふうに理解されてはならない。彼女は祖先崇拝のより穏やかな形式としてキリスト教を採用した。改革が健全なものとわかったら、改革に対する偏見なんか抱いていないことの証拠として、彼女はこのキリスト教採用をいつも例としてあげた。聖アウグスティヌス(27)の時代より前、イギリス女性がドーランを塗らなくなり、ある種のペティコートを身に着けるようになったと推定するなら、この改革が今のところ彼女が受け入れた最新の改革と言えるだろう。彼女はドーランとペティコートの両方を使う、さらに女性らしい進歩を受け入れることはなかった。

しかし、彼女は国教会の慣例や風習のなかで、どう行動したらいいかわからないと後悔する点でドルイド僧だった。彼女は過去のよいものについて時々語り、絶えずそのことに思いを馳せたものの、その過去のよいものが何だったかほとんどわかっていなかった。今ではもうなくなってしまった純粋さがかつては存在し、霊的指導者に敬神があり、人々に素朴な従順さがあったと想像した。これについて、歴史が何の証明もしてくれないのは残念至極だった。彼女はよくクランマー(28)について、もっとも堅固で、もっとも純真な殉教者だったかのように話し、エリザベス女王について、国民の純粋なプロテスタント信仰が女王の生涯の唯一の関心事だったかのように話した。彼女に真実をわからせるのは、もしそれが可能だったとしても、酷なことだった。クランマーは地位を保つためなら、どんなことでもする日和見的な聖職者であり、エリザベス女王は——女王自身が法王でなければならないというただし書きつきで——心はカトリック教徒だったと、彼女に信じ込ませるのは不可能だった。

それで、ミス・ソーンは黄金時代の原理として神授の王権というものを懐古し、追放されたスチュアート王家(29)再興の、口には出せぬ本気の願いを胸中に大切にしまって、溜息をつき、嘆き続けた。いったい誰がその溜息の贅沢、あるいは感傷的な嘆きの甘美を彼女から奪うことができようか！

彼女は姿形、服装ともに完璧で、完璧さを自分でよく知っていた。小柄で、上品な老女だが、その顔からは若さの輝きがまだ失われず、薔薇色の色合いが漂っていた。顔色や灰色の髪が自慢の種で、その髪は短い縮れた巻き毛になり、上品な白いレースの帽子から顔のまわりに覗いていた。彼女がその白いレースにつぎ込むお金を想像するだけで、かわいそうなクイヴァーフル夫人と七人の娘たちは悲嘆に暮れてしまった。ミス・ソーンは歯も自慢にしており、まだ白く、多くの歯に恵まれていた。輝く元気な瞳も、快活な歩調も、その歩調を刻むきびきびと動く小さな足も、自慢にしていた。贅沢な錦織の絹――それを着て応接間を練り歩くのが彼女の習慣だ――を特に自慢していた。

ブランクサムの貴婦人の習慣がどのようなものだったか知っている――

高名な二十九人の騎士は
盾をブランクサム・ホールに吊るした(30)

ウラソーンの女主人はこれほど好戦的ではなかったが、この貴婦人と同じくらいに浪費家だった。その気になれば、二十九着のそれぞれ体にぴったり合った絹のスカートを、部屋で広げられることを彼女は自慢した。スコットランドの英雄の二十九の盾は、彼女のスカートほど一つ一つ独自のものではなかったし、彼女のスカートほど攻撃に対する抵抗力を持っていたわけでもない。ミス・ソーンが盛装するとき、頭のてっぺんからつま先まで武装したと言ってもいい。余人の知るところ、彼女は常に身に余すところなく盛装していた。

ミス・ソーンは、こういう贅沢な衣装代を弟に出してもらう必要なんかなかった。彼女はたいそう安楽に暮らしていける個人資産を持っており、それを若い親戚や、婦人帽製造業者や、貧しい人々に分け与えた。貧しい人々には特に多額のお金を与えた。それゆえ、愚行の多さにもかかわらず、彼女には人気があることが想像できよう。彼女の愚行については、すべて語り尽くしたと思う。彼女の美徳は書き記せないほど多いうえ、記述に値するほどおもしろくもなかった。

ソーン家の人々について語ってきたが、彼らの住む家についても一言述べなければならない。それは大きくも、立派でもなく、おそらく近頃の考え方からすると、ゆとりのある便利な家でもなかった。しかし、本物のチューダー建築特有の色彩と装飾を愛する人の目から見れば、その家はまさしく完璧な宝石にほかならなかった。この機会に、イギリス建築の美しさがイギリス人にほとんど理解されていないとの驚きを表明し、その理解できない仲間に、みなが入っていることを白状しておきたい。コロセウムの遺跡、フィレンツェの鐘塔、サンマルコ大聖堂、ケルン、パリの商品取引所とノートルダム大聖堂は観光客によく知られ、親しみのあるところだ。しかし、観光客はウィルトシャーやドーセットシャーやサマセットシャーのすばらしさについて何も知らない。いや、多くの著名な旅行家たち、おそらくシナイ山のふもとにテントを張って野営したような人々が、ウィルトシャーやドーセットシャーやサマセットシャーのすばらしさについて、いまだに無知であることがひどく問題なのだ。是非とも行って、よく見てほしい。

ソーン氏の家はウラソーン・コートと呼ばれ、適切な呼び名と言えた。家は四角い敷地の長い横と短い奥行き二辺をなして建ち、他の二辺は高さ二十フィートの壁になっていた。この壁は粗雑な切り出し石でできており、今ではすっかりすり減っていたものの、美しく豊かな黄褐色だった。この黄褐色はあまり成長しないベンケイソウによるもので、この色を生み出すのに三世紀はかかっていた。壁のてっぺんは、壁と同じ黄褐色の大きな丸い玉で飾られていた。中庭に続く入り口には一対の鉄門があった。鉄門はかなり大きくて重く、楽に開け閉めできるようなものではないから、めったに動かす者はいなかった。この門からは中庭を斜めに横切る二本の小道が延びていた。左側の小道は、直角に折れる建物の直角部分にある玄関ドアに続いていた。右側の小道は、横に伸びる建物の一番遠い端にある勝手口に続いていた。

屋敷の利便性を工夫する達人は、乗り物で玄関に乗りつけられない点をウラソーン・コートの大きな欠点と見るだろう。とにかくウラソーンに入るには、読者よ、あなたは徒歩か、少なくとも車椅子かで入るしかない。馬に引かれた乗り物が、鉄門を通り抜けたことはない。しかし、次に待ち受ける恐ろしい欠点に較べれば、これはたいしたことではない。さして立派な入り口ではない玄関ドアを開けて入ったとたん、もうあなたは食堂にいることがわかる。何たること――玄関広間がないって？　現代生活の快適な付属物に慣れきった贅沢な友人はそう叫ぶ。そうではない。子細に眺めれば、ここが立派な広間なのだ。ジェントリーの家族にはすばらしい大きさの、正真正銘イギリスの広間なのだ。そう考えてもらえれば、ここは食堂兼居間なんかではない。

　弟のほうが一度だけ友人からそそのかされて、改装を考えたことがあるものの、ソーン氏もミス・ソーンもこの住まいの独自性を自慢にしていた。たとえ二人だけの差し向かいの食事としても、セドリックのように真の広間で食事をしていることがわかると嬉しかった。白状する必要はなかったが、姉弟ともこのような広間の配置――不便――を何とかよくしようと努力し

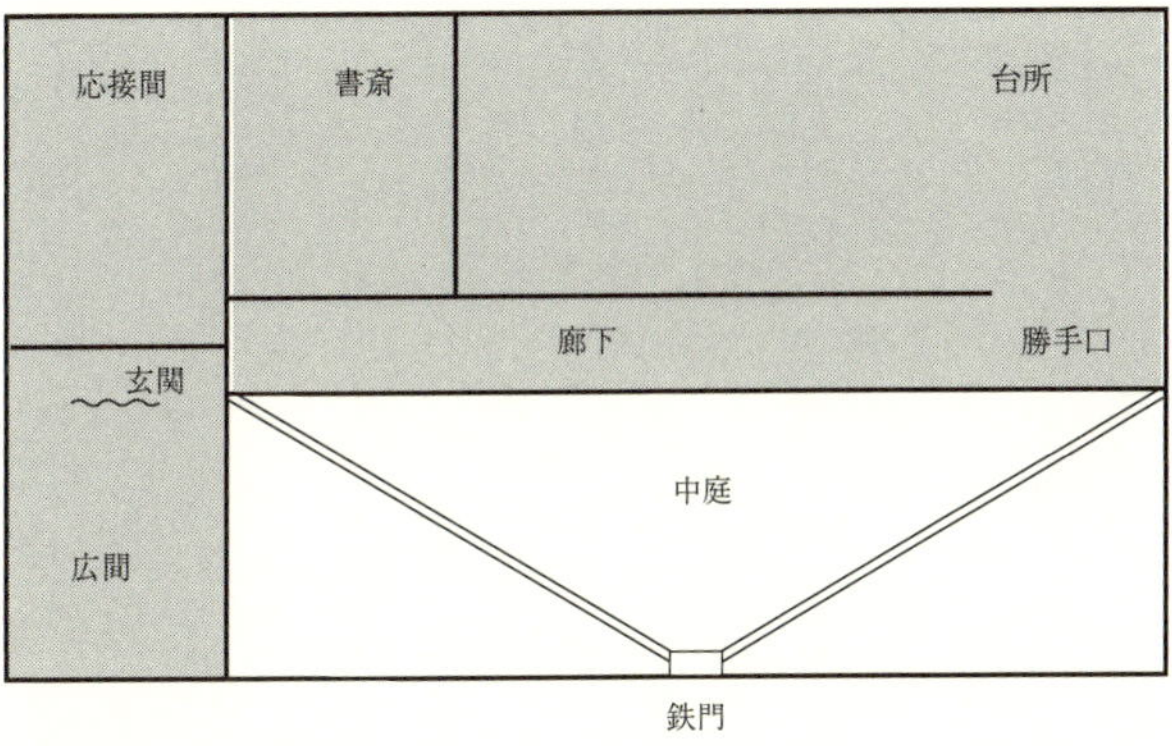

てきた。大きな屏風が玄関と広間を仕切っており、このように仕切られた建物の直角に曲がった部分から二番目のドアが廊下へ続いていた。その廊下は建物の横長の側面を中庭に面して延びていた。広間が建物の短いほうの側面、奥行き部分の一階にあるとか、鉄門を入ったとき建物の奥行き部分が左手にあるとか、建物の奥行き部分が家の左翼全体を占めているとか、そういうことがはっきりしないなら、読者も私も地形学は不得手と言えるだろう。同じようにはっきりしているのは、石の組子で仕切られた四角い三つの窓を通して、きれいに刈り込まれた芝生を望むことができることだ。それぞれの窓は下が長く、上が短い二つの部分に仕切られて、さらに石の支柱で縦に五つに区切られている。こんな窓よりももっと光を取り入れる窓がありそうなものだから、実用主義の友人は光を取り入れることが窓の役割だというかもしれない。この友人とこれについて議論するつもりはないし、実際議論では勝てそうもない。しかし、どんな種類の窓もウラソーン・コートで採用された窓の半分も人に幸せを与えることはない、との私の確信は死んでも変わらない。何てこと――張出し窓がないのですって？　ミス・ダイアナ・ド・ミドラージが言う。そうなのだ、ミス・ダイアナ――張出し窓は確かに美しいが、それさえもこの窓にはかなわない。張出し窓はイギリスの穏やかな家庭的安楽の完璧な感触になじまないのだ。大学とか、有力貴族の半分公的な邸宅とかは、張出し窓で優雅に飾ればよい。しかし、穏やかなジェントリーの淑女たちや普通の家庭的な人々の居間には、組子で仕切られた四角いチューダー様式(31)の窓にかなう窓はない。

広間にはレーリーが描いた一族の女性らの無味乾燥な肖像や、ネラー(32)が描いた赤い軍服姿の男性ソーンらの不快な肖像が掛けられていた。ソーン家の一人一人がきちんとパネルに入れられて腰板張りにあった。広間のつきあたりには巨大な暖炉があり、それが姉弟のいさかいの種になった。ソーン氏の父は、百ポンドの石炭の重さにも耐える古い火格子を炉床に固定していた。もちろん、この炉床はもともとまき用に作られたもので、まき載せ台はまだ備えつけられていたが、今は火格子の石細工に半分埋め込まれていた。ミス・ソーンは、このまき載せ台が使えるようになることを切望していた。善良な老女は何でも過去のものに戻れれば喜んだ。もし思い通りにさせてもらえたら、いずれは間違いなく指のほうがフォークよりも前に作られたことを思い出して、彼女はフォークよりも前の習慣に立ち戻ったことだろう。しかし、ソーン氏はこの炉床に関しては、過去に立ち戻る気にならなかった。まわりのジェントリーたちはみな食堂に快適な火格子を備えつけていたから。確かに彼はつね日頃現代的な生活様式を主張するほうではなかったが、今のところ父がこしらえたものを取り除くほど、古いものに執着していたわけではない。じつは、ソーン氏はあまり手をかけなくても、玄関が少なくとも廊下へ向かって開くように、改装できると一度言い出したことがあった。ところが、これを聞いたとたん姉のモニカは――これがミス・ソーンの名だ――病気になって一週間もふせってしまった。姉が生きているあいだは、玄関の改装を考えないとの誓いを弟から受け取ってやっと、姉は階下におりてきた。

広間の暖炉の反対側には、応接間に続くドアがあった。応接間は広間と同じ大きさで、同じかたちの窓で採光していた。しかし、応接間の様相は、広間とはまったく異なっていた。壁紙が貼られ、天井が――広間の天井は古い垂木を見せていたが――白塗りされ、現代的な蛇腹で仕上げられていた。ミス・ソーンの応接間――いつも撤収間と呼んでいた――は美しい部屋だった。窓は手入れの行き届いた美しい庭園を広く見渡せた。窓のすぐ前には花の小区画があり、いくつもの丈夫で、立派な花壇――それぞれ独自の笠石で取り巻かれていた――でできていた。花壇の向こう側には低い手すり壁があり、その上には壷や像、ファウヌス、ニンフ、サテュロス、(33)牧羊神パンの従者一族が置かれていた。手すり壁のさらに向こうには、美しい芝生が庭園と私設運動場とを区切る隠れ垣まで傾斜して延びていた。ソーン氏の書斎は応接間の先にあり、その向こうが台所と事務室になっていた。ミス・ソーンの撤収間とソーン氏の聖所の両方にすでに述べた廊下からドアが開いていた。廊下はソーン氏の書斎まで来ると広がって、上の階へ続く大きな黒いオーク材の階段の空間を作っていた。

以上がウラソーン・コート内部の様子だった。こんなふうに描写すると、おそらくいくらか退屈になってしまったが、イギリス人旅行者には、家の内部を好意的に親しむ機会を逃さないように忠告したい。しかし、注目してもらいたいのは内部の様子だけではない。ウラソーンの外観もそれは立派なものだから。旅行者には、少なくとも庭園に入って、建物の直角部分がよく見える柔らかな芝生に身を横たえてもらいたい。そこからは建物の二正面を見ることができ、すばらしい外観――長い線だけの形式的な単調さとは違う建築美の広がり――を楽しむことができる。

注目すべきはウラソーンの色だ。建物全体がすばらしい黄褐色の色合いであり、数世紀に渡る植物の豊かな影響を受けた石の色だ。壁を手で叩くだけなら、石には何の外皮もないように見える。しかし、注意深くこすってみれば、指に色が着くのがわかる。パレットで色を作ってきたどんな画家でも、長い歳月をかけて凝集したこの豊かな色彩にたどり着くことはできない。

ウラソーンは三階建てなので、地方の家からすれば高い建物だ。各階の窓は大きさや位置の点でそれぞれ違うけれど、すでに述べた窓と同じものだ。一階の窓だけは同じ大きさで、揃った位置にある。しかし二階、三階の窓は大きさも位置もまちまちで、その不規則さがこの建物をいっぷう変わった、絵画的な外観にしている。最上部分では、四面すべてに低い胸壁が備えつけられ、ほぼ屋根を隠して、四隅にはさらにファウヌスやサテュロスの像が置いてある。

これがウラソーンの屋敷だ。教会の描写も含めて、屋敷に近づく方法について一言言っておかなければならない。聖イーウォルドの絵のように美しい古い教会が、ウラソーン・コートの鉄門のすぐ真向かい、楡の木の枝に囲まれて建っている。両側から屋敷に至る道は、楡の木の並木道になっている。この並木道は壮麗だが、個人所有のものではないから、屋敷の不動産的価値をかなり低く落としている。この並木道は生垣のあいだを通る公道で、両側に広い芝生の縁を取っており、そこから楡の木が生えている。それゆえ、ソーン氏は隣接する土地をみな所有するとはいえ、ウラソーン・コートが完全に個人の私有地に立つというわけではない。しかし、このことが彼の不快の種になるわけでもない。新しく土地を手に入れるとき、人は完全な所有ということを重視するけれど、祖先が昔から住んできた土地に暮らす人は、それがないからと言って不幸とは感じないものだ。ソーン氏もミス・ソーンも、広く世の人が望めば徒歩か馬車かで好きなように公道から入れるからと言って、プライバシーを欠いているとは思わなかった。そのような特権を利用しようとする世の人の了見のほうが狭いのだ。

以上が一年ないし二年前のウラソーンのソーン屋敷だ。イギリスの多くの田舎家の住人がこんなものだと思う。こんな住人の数が減るのに、長く時間がかかりますように。

註

（1）フィールディングの『トム・ジョーンズ』に登場する無学で、酒豪で、短気なトーリー党郷士。

（2）ミシェル・ド・モンテーニュ（1533-92）は『随想録』を書いたフランスの随筆家で、一六〇三年のジョン・フロリオ訳を通して広くイギリスに知られた。ロバート・バートン（1577-1640）は『憂鬱の解剖』（1621）の著者。両者の作品はどの田舎紳士の書斎にも見られる古典だった。

（3）サミュエル・ジョンソンは『ランブラー』（1750-52）に週二回随筆を執筆した。別の新聞にも週一回随筆を書き、のちに『アイドラー』(1761)としてまとめた。これらの仕事のなかでジョンソン博士は洗練された随筆の伝統を築き、それが十八世紀の始めにジョゼフ・アディソンとサー・リチャード・スティールの『タトラー』(1709-11)と『スペクテイター』(1711-14)、スティールの『ガーディアン』(1713)で全盛期を迎えた。

(4)十九世紀初頭のもっとも有力な二つの季刊誌。ホイッグ党の『エディンバラ・レビュー』は一八〇二年に、トーリー党の『クオータリー』は一八〇九年に創刊された。

(5)サー・ウォルター・スコットの『アイバンホー』に出てくるサクソン人地主。

(6)在位一一九九~一二一六年。

(7)在位一六〇三~二五年。

(8)これらはノルマンの家系。『アイバンホー』はトロロープの愛読書の一つ。この章を通してトロロープは自由を愛する土着のサクソン人と、侵略者であるノルマン人というスコットの対比をサクソンのジェントリーとノルマンの貴族という対比で描いている。

(9)ウィリアム・ハワードが一二九五年ノーフォークの議員となり、その子ロバート・ハワードがノーフォークの公爵領に支配権をえて、その子ジョンがノーフォーク公爵となった。ラウザー家は一二八三年にはカンバーランドに勢力をえて、のちカンバーランドやウェストモアランドを支配した。

(10)リチャード・トールボットは一一八四年ヘンリー二世からアイルランドのマラハイドを与えられた。

(11)ギリシア神話で神々の脈管中を流れるとされる体液。

(12)在位一五五八~一六〇三年。

(13)一八三二年に創刊した『議会必携』の編者チャールズ・ロジャー・P・ドッド(1793-1855)のこと。

(14)一八五二年十一月、自由貿易を支持する決議案が四六八対五十三で可決された。この動議は、一八四六年の穀物法廃止に強く反対したディズレーリ(当時大蔵大臣)のような保護貿易派政治家を困惑させた。五十三人の頑強な抵抗者たちは、保護貿易支持を公に表明しようとしたが、当時もう勝ち目のない主張となっていた。

(15)穀物法は外国産小麦に変動する関税をかけて、国内産の小麦に高価格を保証し、それによって地主や農業関係者を保護するものだった。しかし、「飢餓の四十年代」の政治的な圧力——不作、貿易不振、反穀物法同盟の活動、一八四五年のアイルランドじゃがいも飢饉などの影響——のもと、サー・ロバート・ピール（1788-1850）は穀物法の廃止の必要を決断した。ディズレーリとジョージ・ベンティンク卿が率いるトーリー党内の保護貿易派の反対にもかかわらず、ピールは一八四六年に穀物法を廃止した。まもなく、少数派トーリー政府は権力の座から転落した。穀物法の廃止は十九世紀の政治的、象徴的な重要事件だった。つまり、これはこれまで支配的だった農業利害優先に対して、拡大する産業社会に見合う自由貿易と安いパンへの方向転換を意味した。

（16）穀物法の廃止は、長年に渡ってトーリー党を分裂させた。ソーン氏は頑強な保護貿易主義に立って、地主を裏切ったかどでピールを非難した。保護貿易主義者は、地主の利害にこそ真のトーリー主義の基盤があると信じていた。

（17）ギリシアの穀物の女神デーメーテールとその娘ペルセポネーの神秘的祭式。アテネに近いエレウシスの古代の遺跡で毎年九月に祝う。

（18）トロイの安全を守ったパラス・アテーナーの像。

（19）マルクス・ポルキウス・カトー・ウティケンシス（95-46BC）いわゆる小カトーは、ローマのストア派の政治家。内戦でシーザーが勝利したあと自殺した。彼の名は公的廉直と自由への献身の代名詞となった。

（20）有名な十八世紀の作家たち。ジョゼフ・アディソン（1672-1719）は詩人であり随筆家。サー・リチャード・スティール（1672-1729）は随筆家であり劇作家。ジョナサン・スウィフト（1667-1745）は詩人であり諷刺家。ダニエル・デフォー（1660-1731）とヘンリー・フィールディング（1707-54）は小説家。

（21）ジョン・ドライデン（1631-1700）は詩人であり劇作家。ドライデンは韻文諷刺家としてアレクサンダー・ポープの重要な先駆者だった。ポープの『髪の毛盗み』（1714）は擬英雄詩の傑作。エドマンド・スペンサー（1552-99）は、騎士の探求物語を古風な文体で描く、寓意的なロマンス『妖精の女王』（1590-96）の著者。

（22）五世紀イギリスに侵攻したジュート族の指導者。

（23）『アイバンホー』の第三十章で瀕死のノルマンの貴族フロン・ド・ブーフをなじるとき、ウルリーカが呼び出すサクソンの神々。

（24）ミス・ソーンは弟同様トーリー党政治家に失望する運命にあった。プロテスタントの政体擁護が期待できたウェリントン公爵（1769-1852）が首相のとき、ローマ・カトリック教徒の公民権制限を取り除く法律（カトリック解放法）が一八二九年に成立した。一八三二年グレイ卿の改革法がこれに続いた。改革法は腐敗選挙区を廃止し、新しい町の代表者を増やすため議席を再配分し、参政権を広げるものだった。

（25）第一代エルドン伯爵ジョン・スコット（1751-1838）は、一八〇一年から一八二七年まで大法官を勤め、カトリック解放と政治改革に対する敵対者として名高かった。

（26）キリスト教伝来以前にガリアやケルト族にあった司祭や魔術師の教団で、人を生け贄にしたとも一般に考えられていた。

（27）イギリスにキリスト教をもたらしたローマの修道士で初代カンタベリー大主教。

（28）トマス・クランマー（1489-1556）は、一五三三年ヘンリー八世によってカンタベリー大主教に任命された。トロロープはクランマーを「日和見的な聖職者」と言っているが、必ずしもそうではなかった。クランマーは宗教上の王室大権を支持し、ヘンリー八世治世では政治的に時宜を得た貢献をした。一五五三年にカトリック教徒のメアリー一世が即位し、プロテスタント主義と王室大権が対立したとき、彼は異端者として処刑された。

（29）スチュアート家で最後に玉座に着いたジェイムズ二世は、独裁統治とカトリック信仰で知られ、一六八八年に追放された。

（30）サー・ウォルター・スコットの『最後の吟遊詩人の歌』（1805）第一篇第三連。

（31）サー・ピーター・レーリー（1618-80）はイギリス在住のオランダの肖像画家。

（32）サー・ゴドフリー・ネラー（1646?-1723）はドイツ生まれのイギリスの宮廷肖像画家。

（33）ファウヌスは山羊の足と角と耳を持つローマの林野牧畜の神。サテュロスは酒神ディオニューソスに従うギリシアの山野の精。

第二十三章　アラビン氏が聖イーウォルド教会で朗読し、牧師の職に就く（第二巻第四章）

日曜日の朝、大執事は義妹とアラビン氏を伴い、取り決め通り馬車でウラソーンへ赴いた。途中、新任の教区牧師は初めて教区民と顔を会わせるのが不安だと言った。自分はいつも理由のないはにかみとじれったいほどの内気に苦しみ、しばしば新しい仕事には向かなかった。今この不安をとても強く感じるので、聖イーウォルドの書見台でも、間の抜けた失敗をするのではないかと恐れていると言った。ミス・ソーンの小さな鋭い目が彼に注がれるのがわかるし、その目が彼の説教を受け入れようとしないのがわかるとも言った。大執事はこれをみな大いに冷やかした。大執事自身は内気ということがどういうことかわからなかった。ミス・ソーンは、いつもウラソーンの小作人やバーチェスター郊外の貧民と一緒に説教を聞いており、一方説教者のアラビン氏は、オックスフォードの聖メアリー教会の博識な聴衆を相手に演説することに慣れていたから、ミス・ソーンがアラビン氏の落ち着きを失わせることなんて大執事には考えられなかった。それで、大執事はアラビン氏の謙遜を笑った。

アラビン氏はこの問題を詳細に論じ始めた。聖メアリー教会から聖イーウォルド教会への移動は、聖イーウォルド教会から聖メアリー教会への移動と同じくらいに、精神には衝撃だと彼は言った。運命の巡り合わせから、突然人夫のなかに投げ込まれた貴族は、突然貴族の地位に昇進した人夫と同じように、仲間の嘲りを恐れるのではないか？　大執事はそれを大声で笑うと、新任牧師がミス・ソーンを人夫に例えたと伝えようと言った。ところが、エレナーはそんな結論は不公平であり、比較は比較されるもの同士を同一化しない程度において正しいと言った。アラビン氏は大執事の冷やかしも、エレナーの弁護も、無視して論じ続けた。彼の言うところによると、知らない人で混雑する部屋のなかで、若い女性が難しい楽譜をきわめて冷静に演奏できるのに、まわりの人よりも少し高い箱の上で自分の意見を述べるように求められたら、どんなに親しい友人に囲まれていようと、どんなにありふれた話題であろうと、わかりやすく冷静に意見を述べることは難しいと。これはみな教育の問題であり、四十の内気な彼が理解したのは、新たに自分を教育し直すのは難しいということだった。

エレナーは高い箱のことで異議を申し立てた。上に立っても怖くない大きさの箱だったら、たとえ友人たちがみな聞いていようと、彼女なら、その箱の上で洋服や赤ん坊や羊の脚肉についてきちんと喋ることができると。エレナーは一言も喋れないと、大執事は断言した。大執事のこの援護があっても、アラビン氏の主張が有利になるわけではなかった。アラビン氏はいつか禄付牧師館が客で一杯のとき、ボールド夫人を箱の上に立たせて、問題を試してみようと言い出した。エレナーは客が自分の仲間だという条件で、この挑戦を受け入れた。大執事は仲間というその条件にスロープ氏が入るかどうか考えると、もし入るのなら、箱の試験はプラムステッド牧師館の応接間で行われることはないと思った。

こんな議論しているうちに、一行はウラソーン・コートの鉄門に着いた。

ソーン氏とミス・ソーンは教会用の服を着て広間に立っており、心を込めて客の牧師に挨拶した。大執事は昔からここでは人気があった。彼は守旧派の牧師だったから、女主人のお気に入りだった。彼は自由貿易が議論されているあいだ、ずっと自由貿易に反対してきた。今や決着が着いたので、たいていの平信徒のトーリー仲間が意見撤回を強制されていたのに、彼は牧師だという理由で強制を受けなかった。それで、彼は純潔な五十三人の支持者と見なされ、この点でソーン氏のお気に入りだった。小さなベルが鳴ると、教区民が並木道に並んだり、教会の回転式木戸に寄りかかったり、古いウラソーン・コートの壁に寄りかかったりして、新任牧師がコートから牧師館へ移動する姿を見ようとした。大執事の使用人は礼服を抱え、一行に先立ってすでにこちらに来ていた。

みながいっせいに教会に入った。女性たちが入るとき、三人の紳士はしばらく並木道にとどまっていた。その間、ソーン氏が俸給牧師に教区のおもだった者を一方的に紹介した。

「アラビンさん、ここにいるのが私たちの教区委員です。農家のグリーンエーカーさんとスタイルズさんです。スタイルズさんはバーチェスターの入り口に製粉所を持っています。二人はとてもよい教区委員です」

「あまり厳しくなければいいのですが」とアラビン氏が言った。二人の教区委員は帽子に触れ、その地方独特のやり方でそれぞれ右足を引いてお辞儀をした。二人はお目にかかれて光栄だと言うと、天気も収穫にふさわしくなったとつけ加えて、俸給牧師を安心させた。都会生活に慣れていたスタイルズ氏は、厳しそうな印象を新任牧師に与えてしまったと思い、礼拝の時間に子供をおとなしくさせる教区委員の役割のことで、牧師の誤解を解こうとした。スタイルズ氏はアラビン氏の「厳しくなければいいのですが」という言葉をそう解釈したから、「寺男のクロドヒーヴが子供の面倒を見ていますが、ときとして説教中にちょっと鞭を振り回すこともあるかもしれません」と急いで言い訳をした。アラビン氏は大執事の目を見て、目を明るく輝かせた。教区委員が彼らの権威の本質と、アラビン氏にさえも振るうことができる監視の義務(1)にいかに無知であるか知ってほほ笑んだ。

アラビン氏は礼拝を執り仕切り、説教した。新任牧師が当惑するのは当然だった。いくら説教壇の朗読に慣れていたとしても、農夫らが聞き耳を立てて、最近亡くなった前任牧師の優秀さにそれが及ぶかどうか判断しようと構える、そのわけ知り顔を見たら、当惑して当然だった。当座は彼らの胸中だけの静かな判断だったとしても、それはすぐ聖イーウォルドの年長者のあいだで公然たるものとなり、子供にも、先祖の緑の墓にも及んだ。前任の哀れな老グッドイナフ師はそれほど優秀ではなかったのだ。初めアラビン氏に少し神経質な、邪魔な気取りが見られて、大執事の気をもませたものの、説教者が就任の説教を充分うまくこなしたと思わない人はいなかった。

しかし、説教というのは人を試すものだ。しばしば驚いてしまうのだが、たいへん若い人が見知らぬ聴衆に初めて説教するという蛮勇を振るうことがある。まだほんの少年と言ってもいい若者、学者になるための教育を目的とした、実際には学校とも呼べない神学校を卒業したばかりで、考えることといったら舟遊びやクリケットやワイン・パーティーのことばかりという若者、そういう若者が従順な聴衆のはるか頭上の説教壇に登る。神の言葉を聴衆に読むのではなく、聴衆の啓発のため自分の言葉を説教するのだ。置かれた立場がはらむ新しい、恐ろしい厳粛さに圧倒されて、口をつぐんでしまわないのが不思議なくらいだ。私に例えてみれば、二十三になったばかりで、思考力をえてから十日も思索の日々をすごしたことがないのに、その私が、うんざりするほど長い歳月を思索に費やして、墓に近づいている灰色の顎ひげの老人たちに教えを垂れるとしたら、いったいどうしたらいいだろうか？　そんな私が老人たちに義務を教えられようか？　私自身が不充分にしか理解していないもの――長年の思索を通して老人たちには自明となっているもの――を、私が彼らに説明できようか？　神の牧師の一人という新たな特権のせいで、説教者のすばらしい仕事への適性が私に与えられていると強弁できようか？

若い牧師はこんな考えにとらわれて当然だろうが、この克服し難いように見える困難をたやすく克服してしまう。普通の人は聖職叙任式というかたちで、主教の按手の権能を体験することができない。按手には若者の精神を支え、胸中の謙遜の気持ちを打ち消す何かがあるのかもしれない。しかし、サンプソン先生の場合(2)のように、神の福音を説教しようとして、説教壇から黙ったまま不名誉にも引きおろされることになった先生の内気さのほうが、若い生徒に注ぐ愛情よりも、先生を読者になじめるものにしていることは認めなければならない。

我々の教会には、序列の低い牧師が礼拝の一部を執り行うことを禁じる規則がある。罪の赦しは司祭(3)の序列の牧師によって与えられなければならない。もしそんな牧師が不在であるなら、会衆はそれぞれが個人的に自分に施すもの以外に、罪の許しはえられない。この規則は、その必要性がほとんど一般に理解されていないけれど、必要な規則かもしれない。しかし、もしこの規則が万一説教にも同じように適用され、若者の側に説教の自粛が見られるなら、それはいっそう賞賛されることになる。危惧があるとすれば、会衆の願いが強すぎて、若い牧師が上の序列へ昇進するのを食い止められないことだろう。牧師はみな説教したがるから、説教できない牧師は買収してでも説教できない状態にしておくほど貴重な存在になるだろう。

とはいえ、アラビン氏は若者の謙遜というようなものに邪魔されることはなかったので、聖書の朗読よりも上手に説教を成功させた。彼はテキストとして聖ヨハネの第二の手紙から二節を引用した。「すべてキリストの教えを通りすごして、それにとどまらない者は、神を持っていないのである。その教えにとどまっている者は、父を持ち、また御子をも持つ。この教えを持たずにあなたがたのところに来る者があれば、その人を家に入れることも、挨拶することもしてはいけない(4)」彼はここで触れた家というのは今初めて演説しているこの教会のことだと言い、初対面の挨拶としていちばん適切で嬉しいのは、聴衆が福音の教えを辛抱強く守ってくれることだと述べた。しかし、仕事と信仰の結合というキリスト教の偉大な教義を教えなければ、聴衆に辛抱強く従えと要求することはできないとも言った。この点を敷衍したけれど、あまり詳しくは述べなかった。二十分後、彼は新たな友人たちに新しい牧師として申し分なく受け入れてもらい、彼らを首尾よく焼いた羊肉とプディングの待つ家へ送り返すことができた。

ウラソーンの昼食の時間が来た。広間に入ったとたん、ミス・ソーンはアラビン氏の手を取って、彼女の家――祈りを捧げる礼拝堂と彼女は言う――に喜んで迎え入れると請け合い、心から彼の幸運を祈った。アラビン氏は感激し、無言のまま未婚女性の片手を強く握った。そのあとソーン氏は教会の建物がアラビン氏の発声に合うといいのだがと、希望を述べた。建物に合うように声の調節ができれば、きっとすぐ問題はなくなるとアラビン氏が返事をした。それから、一同は目の前にあるすばらしい食事を始めた。

ミス・ソーンはボールド夫人に特別な気配りをした。エレナーは依然寡婦服を着ており、最近の未亡人のお決まりとなった厳粛な、悲しい母性の雰囲気を漂わせていた。ミス・ソーンはその様子に優しい心を動かし、若い客にどんなことでもしてやる気でいた。彼女は未亡人のため皿に鶏肉とハムを山盛りにし、ポートワインをグラス一杯に注いだ。エレナーがありがたく思って少し飲んだら、ミス・ソーンはすぐグラスを一杯にしようとした。エレナーが断っても無駄だった。ミス・ソーンは片目をつぶってうなずき、飲んでも後ろめたいことは何もない、飲まなきゃいけない、ちゃんとわかっているからと囁いた。ボールド夫人には、誰も気にせずに飲み干してほしかった。

「いいですか、体をだいじにするのはあなたの義務なのです」ミス・ソーンは若い母の耳元で言った。「食べたり飲んだりするのはあなた一人の問題ではないからです」こう言うと、さらに冷たい鶏肉とポートワインを勧めた。貧しい男の妻は、勧めてくれる冷たい鶏肉もポートワインもないのに難なく子を育てていき、裕福な男の妻は、いいものを飲み食いするのに子を育てられないのはどういうことだろう。この問題の決着は、差し当たり医者と母親に委ねることにしよう。

ミス・ソーンは歯にこだわっていた。小さなジョニー・ボールドは、ここ数日生え始めた乳歯に苦しんでいた。エリナーがワインを半分も飲み終えないうちに、女性同士の言わず語らずの――フリーメイソン的な――共感から、ミス・ソーンはこの事実に気づいていた。祖母が若いころずいぶん流行した対処法を老女はすぐ示して、現代の薬がいいという誤った考えに陥らないように厳かな声でエレナーに警告した。

「珊瑚の歯がため(5)を手に取って、あなた」と彼女は言った。「にんじんジュースをしっかりすり込んで、ジュースが乾くまでこすって、赤ちゃんにあげて、しゃぶらせる――」

「でも、そんな珊瑚なんて持っていません」とエリナー。

「珊瑚の歯がためがないですって！」ミス・ソーンはほとんど怒ったように言った。「珊瑚の歯がためがないなんて――どうしてこの子に最初の経験を積ませることができるかしら？　ダフィの店のエリキシール剤(6)はあるの？」

エレナーは持っていない理由を説明した。かかりつけのバーチェスターのリアチャイルド先生から、そんな処方なんか受けなかったと。それから、若い母はリアチャイルド氏の新しい考え方が勧める、ぞっとするほど現代的な代用薬を数種あげた。

ミス・ソーンはひどく厳しい顔つきをすると、「気をつけなさいよ、あなた」と言った。「その医者は抜け目のない人よ。あなたのかわいい坊やが殺されないように気をつけなさい。でも――」彼女はそう言いながら表情を悲しげに和らげ、怒ってというよりも哀れんで話した。「今バーチェスターではどの医者が信頼できるかわかりません。老バンプウェル先生は本当にいい――」

「まあ、ミス・ソーン、その先生は私が小さいころに亡くなりました」

「そう、あなた、先生は亡くなりました。バーチェスターにとって不幸なことでした。そのあとやって来た若い先生たちについて言えば」――ついでながらリアチャイルド先生はミス・ソーンと同い年だった――「その先生がどこから来て、どんな人で、医術について知っているのかどうか、わからないのです」

「バーチェスターにはとても偉い先生たちがいると思いますわ」とエレナー。

「おそらくいるかもしれません。ただ私は知らないのです。医者が昔のようではないことは、あらゆる方面で言われています。昔の医者は才能があり、観察眼があり、よく教育されていました。けれど、今は薬屋を出た若造が医者を名乗っています。今医者になるのに教育なんかまったく必要でないように見えます」

エレナーは医者の未亡人だったから、この厳しい発言に少しむっとした。しかし、ミス・ソーンの根が善良だったから、彼女はその発言に腹を立てていられなかった。それでワインをすすり、鶏肉を食べ終えた。

「いずれにせよ、あなた、にんじんジュースを忘れないで、是非その子にすぐ珊瑚の歯がためをあげてね。祖母のソーンはこの地方でいちばんの歯の持ち主で、八十でその歯を墓場へ持って行ったのです。みなにんじんジュースのおかげだと、祖母が言うのを聞いたことがあります。祖母はバーチェスターの医者には堪えられなかった。立派な老バンプウェル先生でさえ気に入らなかったのです」五十年ほど前のバンプウェル氏は新進の医者であり、当時のウラソーンの女性の目には、現在の医者がミス・ソーンの目に映るのと同じくらいに、資質に欠けるように見えたのだろう。彼女はそういうふうに考えることができなかった。

大執事はたっぷりと昼食を食べ、蕪の筋蒔き機と新しい刈り入れ機について屋敷の主人と話をした。一方、主人のほうは新来のアラビン氏の相手をするのが礼儀と考え、またアラビン氏には日曜日に蕪の収穫のことなんかおもしろくないだろうと思って、教会内のいろいろな話題を取りあげた。

「雑木林の向こうのあの畑で、ソーンさん、あなたが収穫した小麦くらい実の重いのを見たことがありません。グアノ(7)のせいと思いますが」と大執事。

「そう、グアノです。ブリストルで手に入れたものです。アラビンさん、ここら辺のバーチェスター住民はかなりいい会衆だとわかるでしょう。歩くのに気候が暑すぎないころの、特に午後の聖イーウォルド教会がとても好きなのです」

「いずれにせよ今日は会衆から少し距離を置く義務があります」と俸給牧師は言った。「初めての説教では会衆が小さいに越したことはありません」

「ハイストリートのブラッドリーの店で三千ポンド手に入れたが」と大執事は言った。「それはまったくの偽物で、グアノは五百ポンドも入っていなかった」

「ブラッドリーにいいものはありません」ミス・ソーンはエレナーと囁き合っていたとき、その名を小耳に挟んでそう言った。「ブラッドリーが来る前、あそこにすてきな店がありました。ウィルフレッド、あなた、アンブロフがどんなにいいものを持っていたか覚えていますか？」

「アンブロフの時代から、もう三人代替わりしている」と大執事は言った。「いずれも甲乙つけがたいひどい店です。ソーンさん、誰がブリストルでグアノを手に入れてくれたんですか？」

「今年は自分で行って船から買ったのです。アラビンさん、日が短くなってくるから心配です。書見台が暗すぎるかもしれません。誰かに斧で何本か枝を切り落とさせましょう」

アラビン氏は朝の光はちゃんと入ってくるとはっきり言い、楡の木の枝を払うことに反対した。それから、一同はこぎれいに刈り込んだパルテール(8)のあいだを散策した。アラビン氏はボールド夫人にナイアッドとドライアッド(9)の違いを説明して、花瓶と壺のかたちにも話を広げた。ミス・ソーンはパンジーの世話で忙しくなり、弟のほうは特に日曜日らしい話題へ会話を向けるのは困難とわかって、ブリストルのグアノに関する大執事との話にかたをつけた。

三時に一同は再び教会に入った。今度はアラビン氏が礼拝を執り仕切り、大執事が説教した。午前とほとんど同じ会衆だった。市から冒険心に富んだ歩行者が来ていたが、八月の真昼の熱い太陽にもかかわらず遠出を思いとどまろうとしなかった連中だ。大執事はピレモンへの手紙第十節をテキストとして引用した。「捕われの身で産んだわたしの子オネシモについて、あなたにお願いする」この聖句から、グラントリー博士が行った説教がどういうものか想像できるだろう。全体として説教は退屈でもなく、悪くもなく、場違いでもなかった。

彼は教区民のため牧師を探し出し、長くお務めした人の後任を提供する義務があったと話した。聖パウロが若い弟子を送り出すとき、その弟子を息子と見なしたように、彼も選んだ人を息子と見なすと言った。任命権とか、好みとかに触れることなく、できうる最適な人物を注意深く選んだことを手柄として話した。とはいえ、大執事の見方からいうと、最適な人物はスロープ氏を制圧できる人物、この紳士のバーチェスターでの立場を危うくする人物なのだが、それは言わなかった。教区民のためよい牧師を手に入れようとした彼の並々ならぬ努力こそ、教区民との絆の証しだと話した。彼は自分と聖パウロを同列に見ないように求めたけれど、聖パウロがピレモンとその家族にオネシモをお願いしたのと同じように、教区民にアラビン氏をお願いする資格が自分にはあると言った。

大執事の説教とテキストと祝福は、三十分以内に終わった。一行はウラソーンの友人たちと握手したあと、プラムステッドへ戻った。アラビン氏はこのようにして聖イーウォルドの牧師職に就いた。

註

（1）現代の教区委員は普通教区教会の世俗的な問題にだけ責任を持つが、教区委員は伝統的に現役牧師による教会法違反を報告する（主教に由来する）権威を持っていた。
（2）サー・ウォルター・スコットの『ガイ・マナリング』第二章。
（3）国教会では主教、司祭、執事の三つの序列からなる。
（4）「ヨハネの第二の手紙」第九～十節。アラビン氏が「ヨハネの第二の手紙」をテキストに選んだのは、エレナーとの将来の関係やスロープ氏との来るべき戦いから見ると、隠された意味がある。というのもテキストの主題は「ある信心深い夫人へのヨハネの心配」であり、「世に入ってきた」「多くの惑わす者たち」［第七節］を警戒するようにこの夫人に警告しているからだ。
（5）乳児に噛ませる珊瑚製の輪（teething ring）のこと。
（6）十七世紀から普及する子供用沈静シロップ。
（7）南アメリカ沿岸で見つかる海鳥の乾いた排泄物で、肥料となる。
（8）花壇と小道を装飾的に配置した庭。
（9）水の妖精と木の妖精。

第二十四章（第二巻第五章）プディングデイルで腕を振るうスロープ氏

プラムステッドに集まった人々は次の二週間を楽しくすごし、表面上仲よくやっているように見えた。エレナーはうちのなかを居心地のいいものにしようとしたので、大執事とグラントリー夫人はスロープ氏と妹の不行跡のことを忘れてしまったように見えた。ハーディング氏はビオロンチェロを持参していたから、娘たちの伴奏で人々に演奏した。ジョニー・ボールドはリアチャイルド先生のおかげか、珊瑚の歯がためとにんじんジュースのおかげか、歯の生え初めの難しい時期を克服した。楽しい催しもあった。彼らがウラソーンのディナーに招かれたり、ソーン家の人々が禄付牧師館のディナーに招かれたりした。エレナーは演説するように正式に箱の上に立たされたものの、ひだ飾りの効果について――それが彼女の雄弁を試すため出された題目だった――箱の上で意見を述べることはぜんぜんできなかった。アラビン氏はもちろん自分の教区ですごして、俸給牧師館の仕事に気を配り、教区民を訪問し、新しい職務をこなした。しかし、夜はプラムステッドに戻ってきた。グラントリー夫人は彼を愉快な同居人とみる夫の意見を少し受け入れる気になってきた。

彼らはスタンホープ博士のディナー・パーティーにも出席した。アラビン氏もそのパーティーに同席し、シニョーラのろうそくの炎で蛾のように羽を焦がしてしまった。ボールド夫人はその場に居合わせたから、アラビン氏がネローニ夫人にあまりに注意を向けるのを見て、彼の趣味の悪さというか、趣味の欠如にいくぶん不快な思いをした。マデリンは男性を魅了し、虜にしたまさにそのとき、確実に女性を不快にし、苛立たせた。そういう結果は自然の成り行きだった。アラビン氏が魅了されたのもうなずけた。とても賢く、美しい女性だなと彼は思った。独自の受難のせいで、みなの同情に値する女性だとも思った。これほど苦悩が完璧な美と澄みきった心に結合しているのは見たことがない。大執事の馬車で帰るとき、彼はシニョーラについてそう言った。エレナーはそんな賛美を聞きたくもなかった。とはいえ、彼女がアラビン氏に腹を立てるのはきわめて不当だった。というのも、彼女はバーティ・スタンホープと楽しい夜をすごしていたから。バーティの腕を借りてディナーに案内され、紳士らが食堂を出たあとは、片時も離れず彼のエスコートを受けていた。自分はバーティと楽しい時をすごしながら、新しい友人がバーティの姉と楽しい時をすごすのをねたむというのは不公平だった。しかし、事実ねたんでいた。彼女は馬車のなかでアラビン氏に半分腹を立てて、俗悪な趣味について何か嫌みを言った。アラビン氏は女性のやり口をよく心得ていなかった。もし心得ていたら、エレナーが自分に恋しているのだとうぬぼれたかもしれない。

しかし、エレナーは彼に恋していたわけではない。愛と無関心のあいだにどれほど多くの陰影があるか、そのあいだの目盛りがどうなっているか、そういうことはほとんど理解されていない！　彼女はかれこれ三週間アラビン氏と同じうちに住み、たくさん彼の注目を浴び、毎日彼の話を聞いた。少なくとも夜の時間の一部は彼女のためだけに割いてもらった。その彼が、スタンホープ博士の家で別の女性に時間を割いた。これに苛立ったからと言って、女性が必ずしも恋に落ちていたということにはならない。不快の原因が恋にあると悟ることさえなかったかもしれない。エレナーにそんな認識はなかった。立場も考えずにシニョーラとでれでれするのは、アラビン氏にとって残念だと彼女は考えた。パーティーから帰ってすぐ、座って揺り籠の赤ん坊を見つめながら、「もっと知的な方かと思っていたわ」と一人つぶやいた。「結局、スタンホープさんのほうが愉快な方ね」ああ、今は亡きジョン・ボールドにはお気の毒！　エレナーはバーティ・スタンホープにも、アラビン氏にも恋していなかった。しかし、揺り籠の赤ん坊を前に、彼女の心をえたいと願う男性たちの欠点や弱点に思いを巡らすとき、亡き夫への愛情を急速に失っていた。

誰かこのことで私の女主人公を非難できるだろうか？　読者にはむしろ全体をいいほうへ、いいほうへ導く神の善性に感謝してほしい。神の慈悲は永遠に続く。

エレナーは確かに恋していなかった。アラビン氏も、バーティ・スタンホープも、恋していなかった。しかし、バーティはすでにチャンスを見つけ、恋していると彼女にほぼ伝えたと思えるところまでいっていた。未亡人帽のせいで積極的に告白するところまでいっていなかったが、未亡人帽さえなければ、三度目か四度目に会うときには告白してもいいと思ったことだろう。未亡人帽は結局今ではほんの小さな帽子にすぎず、骨組みにしだれ柳はほとんど残っていなかった。この悲しみの象徴が目に見えぬ段階をへていかに色褪せていくかを見ると不思議だ。それぞれの段階が前段階によく似ているように見えながら、最後に後ろ頭に快活に載る白く縮れたクレープの喪章は、泣く者の顔を歪める最初の巨大な悲しみの山とは似ても似つかぬものであり、それはイギリスの寡婦給与がヒンドゥーの寡婦殉死(1)と似ても似つかないのと同じだ。

とにかくエレナーは誰にも恋していなかったし、誰もエレナーに恋していなかったことははっきりとさせておこう。こんな状況だから、彼女はアラビン氏に対する怒りを長続きさせることができず、二日もたたないうちにこれまでのように彼とは仲よしに戻っていた。一緒にすごす時間はいつも楽しくすぎていったから、彼女は彼が好きにならずにはいられなかった。しかし、とことん好きになれなかったのは、彼の会話のなかに彼女をまともに相手にしないといった印象をはっきりととらえたからだ。まるで子供と遊んでいるような態度だった。彼が本当は真面目な、思慮深い男性であり、重要な事柄や局面では真の苦悩にも堪え抜くことができるのをエレナーは充分承知していた。しかし、彼女に対してはいつも優しくふざけていた。もし彼の曇った表情を見ることができたら、とことん彼が好きになっていたかもしれない。

プラムステッドの生活はだいたい楽しくすぎていったが、ついに大きな嵐が地平線を覆い尽くし、竜巻の猛威が牧師館の人々を襲った。短時間のうちに空の表情が驚くほど変化してしまった。人々は完璧な調和のうちに朝食を食べて散会したけれど、激しい怒りが夕方に荒れ狂ったから、ディナーでは同じテーブルに戻ることができなかった。これを説明するには少し前に戻る必要がある。

主教が更衣室でクイヴァーフル氏の慈善院長就任を確認するようにスロープ氏に言い、大執事にこの決定を伝えるように要請したことを覚えておられるだろう。大執事が憤慨してスロープ氏の面会を断り、院長職をハーディング氏に与えるように、強く要求する手紙を主教に書いたことも覚えておられるだろう。この手紙に対して大執事はスロープ氏からすぐ正式な返事を受け取った。その返事には主教が大執事の手紙を受け取り、手紙に対して最善の配慮を払うと書いてあった。

大執事はこの返事をもらってから、かえって手詰まりになってしまったように感じた。会うことも、手紙で言い争うこともしようとしない相手、それでいて疑いもなくひいきの牧師を指名する力を持っている相手をいったいどうしたらいいのだろうか？　アラビン氏に相談すると、ラザラス学寮長に助けを求めたらいいという答えだった。「もしあなたとグイン博士が正式に主教を訪問したいと伝えたら」と彼は言った。「主教はあなた方に会うことを拒めないでしょう。もし二人が一緒に主教に会えば、きっと目的をはたして帰って来ることができるでしょう」

大執事はバーチェスターの主教公邸に入るのに、ラザラス学寮長の助けが必要かと思った。それでも、今その助言は的確だと感じ、それを受け入れることにした。大執事は再び主教に手紙を書くと、閣下が約束した配慮がなされるまで慈善院問題を棚上げにしてほしいとの希望を伝えた。一方、友人のラザラス学寮長には嘆願の手紙を送り、プラムステッドに来てもらい、主教に言うことを聞かせる手伝いをしてほしいと頼んだ。学寮長のグイン博士は都合が悪いと回答したものの、拒絶はしなかった。大執事は早急な行動の必要を主張して、再度強く要請した。グイン博士は不幸なことに通風を患っていたので、すぐ日時を告げることはできないが、是非とも必要ならば行くと約束した。プラムステッドに関しては、このような状況にあった。

しかし、ハーディング氏に味方して戦ってくれる別の友人がいた。ラザラス学寮長と同程度に強力な人物、ほかならぬスロープ氏だった。スロープ氏は慈善院の問題で奥方の意見に譲歩するように主教からしつこく求められていたけれど、自分の目的を放棄する必要はないと考えていた。未亡人が婚前折衝を好意的に受け入れてくれているとの想像には、日々根拠があるように思っていた。自分が推してハーディング氏を慈善院長に就けることができれば、義理の息子としても受け入れてもらえやすいし、ハーディング氏もそのほうがプラムステッドの大執事の勢力下で、対決と失望のうちに呻吟するよりもましだと感じずにはいられなかった。正しく見れば、スロープ氏はこれよりももっと大きな動機によって駆り立てられていた。彼は妻を欲し、お金を欲したけれど、そのどちらよりも権力を欲した。ついにプラウディ夫人と戦うべき時がきたと感じた。主教付牧師としてバーチェスターにとどまるつもりはもうとうなかった。とどまるよりはむしろ主教区とのつながりを失う危険を冒すほうがまだましだった。何と！　彼は今非凡な才能を身のうちに感じることができた。自分が勇敢で、断固としており、良心が邪魔しない問題で、平気で悪事を働くことができることもわかっていた。それなのに高位聖職者の妻の雑働きで満足できようか？　スロープ氏は自分の宿命について高い考えを持っていた。自分か、プラウディ夫人か、どちらかが破滅しなければならない。どちらが破滅するか決める時が今来たのだ。

主教はクイヴァーフル氏を新慈善院長にすることを明言していた。スロープ氏は必要なら大執事に会う心づもりで下におり、その必要がないことに満足したものの、心のなかではやはりハーディング氏が慈善院長になるべきだと思っていた。それゆえスロープ氏はこの目的を実現するため、プディングデイルまで馬車を走らせ、収入の多い職を期待している名士と再度会見した。クイヴァーフル氏は何もかも考え合わせると立派な人物だった。生活必需品さえまともに揃えることができない収入で、十四人の子を紳士淑女に育てあげる、そんな不可能な役目を背負い込んでいた。そのために精神にも、名誉感にも、悪影響を受けていた。自分ならそうならずに堪えられたと誰が自慢できようか？　クイヴァーフル氏は正直で、勤勉で、こつこつ働く人だったが、パンと肉がほしかった。行きつけの肉屋を黙らせるお金、パン屋の奥さんの厳しい顔つきを笑顔に変えるお金がほしかった。とはいっても、罪悪感からは免れていたかった。彼はまわりの人からよく思われたいとか、汚名や不名誉な噂を避けたいとか、そういう居心地のいい地位に就く人なら考えそうなことは考えなかった。そういう行動の細かな機微、そういう道徳的な贅沢の余裕はなかった。彼は世間の目から見て普通に正直であることで充分であり、他人の舌には好きなように喋らせておくことで満足した。

クイヴァーフル氏はスロープ氏に服従の意を表した最初の瞬間から、二十年来の仲間の牧師らが冷たい視線を自分に浴びせるのを感じていた。主教が指名したハイラム慈善院の新院長が彼であることが噂になり始めたとき、彼らの視線はますます冷たくなった。苦痛だったが、運命として堪えなければならない十字架だった。彼はむしろ妻のことを思った。妻のいちばん新しい絹のドレスは六年も着ているものだった。子供のことを思った。子供を日曜日に教会へ連れて行ってやることもできなかった。見苦しくない靴も、靴下もなかったからだ。自分の黒い上着のすり切れた袖のこと、反物屋の厳しい顔つきのことを思った。できれば喜んで反物屋からもう一着分の布地を買い求めたかったけれど、掛け売りなら断られることを彼はよく知っていた。それから、バーチェスターの居心地よい院長邸、充分な収入、学校へ通う息子たち、繕い物の針の代わりに本を手に持つ娘たち、笑顔の戻った妻の顔、食べ物がたくさん並んだ日々の食卓のことを思った。彼はこれらのことを思った。読者よ、あなた方もこれらのことを思うと、スロープ氏が主教付牧師としていい贈り物を満載するように彼に見えたとしても不思議ではないだろう。「よきおとずれを伝える者の足は、山の上にあって何と麗しいことだろう」(2)

なぜバーチェスターの牧師らはクイヴァーフル氏を冷ややかな目で見たのか？　彼らはみな母なる教会のパンと魚を、彼と同じように満足の目で見てはいなかったか？　彼らはみな彼よりも何とかうまく立ち回っていただけではないか？　彼らはただ彼が負わされたような重荷を負わされていなかっただけだ。グラントリー博士は五人の子を年五千ポンドの収入で養っていた。博士が何もしてくれない新主教と、注目に値しない主教付牧師を鼻先であしらうのは簡単なことだった。しかし、十四人の子を立派に育てたいと切望したという理由で、その父が世間を敵に回す立場に置かれるとしたら、それは残酷だ！　彼、クイヴァーフル氏が慈善院長職を求めたわけではなかった。ハーディング氏が辞退したと、はっきり確認できるまでその職を受けなかった。やらなければ不謹慎となったであろうことをやったからと言って、クイヴァーフル氏が非難されるのは何とも堪え難いことだった！

このように、この慈善院の問題で哀れなクイヴァーフル氏は試練を受け、また慰めもえた。全体として慰めのほうが大きかった。厳しい顔つきの反物屋は昇進の知らせを聞くと、倉庫の布地をクイヴァーフル氏が自由に使えるようにした。かつて将来は暗い影を投げかけるだけだったが、バーチェスターへの父の栄転は、クイヴァーフル夫人と上の三人の娘に新しい衣装一式というかたちで嬉しい影を投げかけた。このような慰めは夫の胸、妻の胸にしみじみとこたえた。夫がどう感じようと、妻は聖堂参事会長や大執事、名誉参事会員のしかめ面なんか気にしなかった。妻にとって夫と十四人の子供の衣食住がすべてだった。妻の胸のなかであの母性の野心――夫と子供と自分がきちんと服を着て、きちんと食事ができるように気をつけたいという思い――が、ほかの望みを呑み込んでしまった。妻にとって人生にこれ以外の目的はなくなっていたので、他人の想像上の権利なんか気にしなかった。ハーディング氏の辞退がはっきりするまで、院長職を引き受けることはできないと夫が言い出したとき、妻はそんな夫に我慢がならなかった。夫には十四人の子を犠牲にしてドン・キホーテを気取る権利なんかなかった。夫が幸運をドブに捨ててしまう危機を間一髪で切り抜けたとき、妻はほとんどしびれてしまった。今確かに夫婦はスロープ氏からだけでなく、プラウディ夫人からも充分な約束を与えられていた。今は幸運を安心して受け入れてもよかった。しかし、もしすべてが失われたら、どうなるのか？　もし父の病的な感傷によって十四人の子が再び貧困の泥水に腰まで浸かることになったら？　クイヴァーフル夫人は今幸せだったが、たどってきた危機のことを振り返ると、息を呑みそうになった。

「父さんが院長職をハーディングさんのものと決めてかかって、いろいろと言うとき、私は何を言っているのだろうと思う」と夫人は長女に言った。「ハーディングさんが快く年四百五十ポンドをくれるなんて、父さんは本気で思っているのかしら？　父さんがその職に就いたら、損害を受ける相手が上機嫌に振る舞うかしら？　怒って当然なのですから。まわりの人がみな欲張っているのに、いったいどうして父さんだけがあんなふうに弱腰でいられるのかしら」

このように、外部の人がクイヴァーフル氏を昇進に強欲で、名誉を軽視していると非難した一方、うちのなかの人は同じくらいの激しさで父を誤った感情――感傷的な誇り――のため、家族の利益を犠牲にしようとしたと攻撃した。見方によって見る対象がどれほど大きな違いを見せるか、知れば驚きだ。

スロープ氏が二度目に訪問したとき、プディングデイルの家族のそれぞれの思いはこんな状態だった。クイヴァーフル夫人は俸給牧師館の門をスロープ氏の馬がやって来るのを見ると、慌てて縫い物の大きな籠を片づけ、夫と一緒にいた部屋を急いで娘とともにあとにした。「スロープさんよ」と夫人は言った。「慈善院のことであなたと取り決めをするためいらっしゃったようよ。すぐ引越しができるといいのだけれど」夫人はメイドに玄関へ行くように急いで言いつけて、歓迎する大人物が待たされないようにした。

　スロープ氏はクイヴァーフル氏が一人でいる部屋に入った。クイヴァーフル夫人は心配で心臓をどきどきさせながら台所兼奥の居間に立ち去った。夫人は幸せのコップと達成の唇とのあいだに何かずれが起こるのをひどく恐れていたけれど、これまでの経緯からそのようなずれは起こりえないと考えて、納得しようとした。

　スロープ氏は牧師仲間と握手するあいだずっと笑顔を保ち、慈善院長にかかわる事実関係をクイヴァーフル氏にすぐ納得してもらうのがいいと思って、こちらを訪問したと言った。相手がそう言っているあいだに、期待に満ちた哀れな夫であり、父である人は一目で輝かしい希望が地面に叩きつけられるのだと思った。訪問者が前回訪問したときに言った言葉を取り消す目的で、今ここに来ているのを見て取った。相手の声の調子のどこかに、目配せのどこかにそれを告げるものがあった。クイヴァーフル氏はすぐそれを見て取った。しかし、冷静を保ち、かすかに意味のないほほ笑みを浮かべると、スロープ氏にご足労をかけて申し訳ないとだけ言った。

「最初から最後まで骨の折れる問題でした」とスロープ氏は言った。「主教は、何ですか、どう動いてよいかわからなかったんです。ここだけの話です――もちろんほかの人に知られないように気をつけてください、クイヴァーフルさん」

クイヴァーフル氏はもちろんほかの人には言いませんと返事をした。「本当のところは、ハーディングさん自身が気持ちを決められなかったんです。この前の話の内容は当然覚えているでしょう」とスロープ氏。

クイヴァーフル氏はしっかり覚えていると請け合った。

「ハーディングさんが慈善院に戻ることを辞退したと、私が言ったことは覚えているでしょう」

クイヴァーフル氏は記憶のなかでこれほど明確なものはないと言った。

「この辞退を受けて、あなたが院長職に就くように私は提案したんです」とスロープ氏は続けた。「主教が私に与えてもよいと公認してくれたと、あなたがおっしゃったのを覚えています」

「そんなことを言いましたか？　そこまで言いましたか？　きっとそうかもしれません。あなたのためを思って、何ですか、らちを越えてしまったようです。私が覚えている限り、そこまで言ったとは思えません。ですが、あなたが院長になるのを私が望んでいたのは確かです。分別を越えて、それ以上のことを言ったかもしれません」

「しかし」クイヴァーフル氏は主張をはっきり申し立てておきたいと強く願って言った。「私の妻は人と人の明確な約束をプラウディ夫人からももらっています」

スロープ氏はほほ笑むと、ゆっくり頭を横に振った。本人は快い笑顔のつもりだったとしても、相手の目には悪魔的に見えた。「プラウディ夫人！」と彼は言った。「もし私たちがこんな問題をご婦人方に通用する仕方で扱ったら、とても抜け出せない面倒に落ち込むことになります。プラウディ夫人はとてもすばらしい女性であり、思いやりがあり、寛大で、信心深く、あらゆる点で尊敬に値する人です。ですが、クイヴァーフルさん、主教区の聖職任命権はこの夫人の手中にはないんです」

クイヴァーフル氏は座ったまま一瞬恐慌を来して、黙っていた。「それでは約束をいただいていないと理解しなければならないのですね？」考えをまとめることができるようになると、やっとそう言った。

「よろしければ事態がどういうことになっているか正確に説明しましょう。ハーディングさんの辞退という条件で、確かにあなたは院長の約束をもらいました。ハーディングさんが辞退したことがわからなければ指名は受けないと、あなた自身がはっきりと述べたことを思い出していただければ、公正に判断していただけるでしょう」

「はい」とクイヴァーフル氏は言った。「確かにそう言いました」

「ところが今になって、何ですか、ハーディングさんが辞退していないように見えるんです」

「しかし、確かにあなたは彼が辞退したと言い、一度ならずそれを繰り返しました。彼が辞退するのを耳で聞いたと」

「そう理解していたんですが、私が間違っていたようです。ですが、クイヴァーフルさん、私はちっともあなたを見捨てるつもりはないんです。たくさん子供がいて、切迫した生計を抱えるあなたのような人に、いったん救いの手を差し伸べておいて、その手を引っ込めるようなことはしません。あなたには私と一緒に公正に、誠実に行動してほしいんです」

「何をするにしても、少なくとも公正に行動するように努力します」哀れな男は心の最後の拠りどころとして殉教精神に頼るほかないと感じていた。

「きっとそうしてくださるでしょう」と相手は言った。「あなたはどう見ても他人の収入であるものを、自分のものにしたいなんて思う人ではないと信じています。あなたほどハーディングさんのことを知っている人はいませんし、その人柄を認めている人はいません。ハーディングさんは院長職への復帰を願っています。この件に関して私とあなたのあいだでこの前取り交わされた約束によって、もちろんそれに縛られているわけではないんですが、何ですか、主教は今身動きが取れなくなったと感じています」

「ああ」とクイヴァーフル氏。こんな羽目に陥ってどう振る舞ったらいいか途方に暮れたから、妻を大胆にしたあの防衛本能でむなしく神経を固めようとした。

「この小さな慈善院の院長職は、クイヴァーフルさん、主教が持っている任命権のたった一つのものでも、いちばんいいものでもありません。主教は一度でも高く評価した人を忘れるような人ではありません。もし友人としてあなたに助言するとするなら――」

「本当にとてもあなたには感謝しています」とプディングデイルの哀れな俸給牧師は言った。

「ハーディングさんの主張に反対の立場を取らないようにしてください。たとえあなたが要求に固執しても、成功するとは思えません。ハーディングさんにはその職に就く正当な権利がありますから。ですが、もしハーディングさんの邪魔をしないと主教に伝えてもよいというんなら、何ですか、約束することができるかもしれません――これが正式な約束と見なされては困りますが――主教はあなたを慈善院長になるよりももっとお金持ちにするつもりです」

クイヴァーフル氏は肘掛け椅子に座り、黙ったまま宙を見つめていた。どう答えたらいいのだろうか？

スロープ氏が言ったことはみな本当だった。ハーディング氏には慈善院へ戻る権利があった。主教は多くの職の任命権者だった。主教も、スロープ氏も、彼のような立場の人にとって優れた友にも、最悪の敵にもなりえた。彼には約束の証拠がなかったから、主教に指名を強制することもできなかった。

「では、クイヴァーフルさん、このことについて何かおっしゃりたいことは？」

「ああ、もちろんあなたが言ってもいいと思われることしかありません、スロープさん。とてもがっかりしました、とてもがっかりしました。スロープさん、自分がとてもみじめな人間だと思わざるをえません」

「結局、クイヴァーフルさん、これが最後にはあなたのためになるとわかりますよ」

スロープ氏は院長指名に関するどんな要求も取りさげるという、クイヴァーフル氏の承諾をえてこの面会を終了した。立会人なし、口頭だけの承諾ではあったけれど、もとの約束も同じ方法でなされていた。スロープ氏は忘れはしませんよともう一度相手を安心させると、これで思い通りに主教を操れると、満悦してバーチェスターへ戻った。

註

（1）この部分の原文は state となっているが、トロロープは suttee と書こうとしたらしい。確かにそのほうがヒンドゥー教徒の未亡人が夫の火葬の薪の山で殉死する運命（寡婦殉死）と、イギリスの未亡人が結婚契約による金銭上の支給（寡婦給与）のおかげで快適に生活していく運命との違いを明確にすることができる。

（2）「イザヤ書」第五十二章第七節。

第二十五章 （第二巻第六章） クイヴァーフル氏の主張を支持する十四の根拠

母ライオンは子ライオンらに囲まれて獲物を守るとき、激しい怒りを見せることをたいていの人が聞いている。母ライオンが一腹の子ライオンの集団のなかで骨をくわえるとき、その母の邪魔をしたいと思う者はいない。メーデイアと子供のこととか、コンスタンスの悲嘆とかについてはよく知られている。クイヴァーフル夫人は夫からスロープ氏との面談の経緯を聞いたとき、母ライオンの怒りも、猟犬の強欲も、悲劇の女王の憤怒も、子から引き裂かれた母の絶望もみな胸に感じた。

クイヴァーフル夫人はスロープ氏の話を恐れるほどの内容ではないと思っていたけれど、疑っていたから、客が出て玄関のドアが閉められるや、夫のところへ駆け寄った。スロープ氏がこのとき母ライオンの口を逃れたのは運がよかった。この女性のこのときの怒りには、スロープ氏といえども怯えたことだろう。一般的に女性は癇癪を起こさないほうが望ましい。女性が荒れ狂うとき、醜くなり、普通馬鹿げて見える。口やかましい女性ほど男性にとって不愉快なものはない。テーセウスはアマゾーン族の一人を愛したけれど、愛の表し方は乱暴だった。テーセウスのころから今日に至るまで、男性は妻に生意気な勇ましさよりも、むしろ内気な優しさで抜きん出てほしいと願っている。落ち着いた低い声が「女性においてはすばらしいもの」だ。

これが一般的な常識とされる。たいていの女性がこの常識に従っており、まれにしかはずれることがない。しかし、もし女性が髪を風になびかせ、腕を振り回し、トランペットのように甲高い声で男性の耳に叫び声をあげるとき、(5)それは女性自身の欲求からではない。子宮が産み、胸が授乳した子供の欲求のため、人が神に顔を向けるように日々のパンを求めて母に顔を向ける子供のため、女性のなかの本能が叫ぶのだ。

クイヴァーフル夫人は詩の才能なんか持ち合わせなかったうえ、メーデイアでもコンスタンスでもなかった。ほかの人ならもっと効果的な口調を使ったかもしれないところを、平易な言葉で、気取りなしに怒りを表した。それでも、今知らず知らずのうちに悲劇的な調子を帯びてきた。

「ねえ、おまえ、あの職はもう手に入りそうもないよ」夫人が台所の火で熱くなって居間に入って来たとたん、耳にした夫の最初の言葉がこれだった。夫の顔はその言葉よりも多くを物語っていた。

男はそのような情けない顔、気力もなえて
落胆消沈、あたかも死人同然の顔をして、
深夜にプリアモスの寝床のカーテンを引き寄せた(6)

「何ですって!」と夫人は言った――シドンズ夫人(7)でも一言にこれ以上の激情を込めることはできなかっただろう――「何ですって！　手に入らないですって？　誰がそう言うの?」夫人は夫の向かい側に座ると、机に肘をつき、指を組み、かつては美しかった、きめの粗い、がっしりした顔を夫へ向けた。

夫は死んだように黙りこくっている夫人に話しかけたが、その沈黙が怖かった。夫は話し下手で、要領をえなかったものの、夫人は話の全体をすぐ理解した。

「それで、あの職をあきらめてしまったの?」と夫人は尋ねた。

「あの職は手に入れるチャンスがなかったのです」と夫は答えた。「スロープ氏の申し出がたとえ主教を拘束できるとしても、それには証人がいない。決して手に入らない職のため争うよりも、あんなやつらとでも仲よくしていたほうが私にとってはいいのです！」

「証人ですって！」夫人は叫んで、急に立ちあがると、部屋を行ったり来たりした。「牧師の約束に証人が必要だというの？　あの人は主教の名で約束したのよ。それが破られるとすれば、理由はわかります。あの人は院長職をあなたに与えるように主教から命じられて来たと、あのときはっきり言いました」

「言ったよ、おまえ。が、それが要領をえたものではないのです」

「どう見てもちゃんとした約束よ！　あなた、証人ですって！　それなのに、十四人の子を養いたいからって言っても、牧師としての体面を汚してはならないなんて言ったりする。約束はどう見たってちゃんとしたものです。私がバーチェスターの十字路であいつらの耳にそれを叫んでやったら、わかるようになります」

「レティシア、おまえは主教が多くの任命権を持っていることを忘れています。少し待つしかない。それだけです」

「待つ、ですって！　待って、子供が養えるの？　待って、ジョージやトムやサムを世のなかに出せるの？　待って、可哀そうな娘たちの骨折り仕事をやめさせられるの？　待って、ベッシーやジェーンを家庭教師にできるの？　待って、先週バーチェスターで手に入れたものの支払いができるの？」

「待つしかないのですよ、おまえ。私だって同じくらいにがっかりしている。それも私のためというよりも、おまえのためにがっかりしているのです」

クイヴァーフル夫人は夫の顔を正面から見つめたとき、夫の深いしわの頬に小さな熱い涙が流れるのを見た。女心には堪えられないことだった。夫は立ちあがり、背中を空の火床に向けた。夫人は夫のところに駆け寄ると、両腕に抱き、その胸でわあと泣きじゃくった。

「あなたは人がよすぎるし、弱腰すぎるし、従順すぎます」夫人はようやく言った。「あいつらはあなたが必要なときに手先のように使い、必要なくなったら古靴のように捨てる。あいつらがこんな仕打ちをするのは二度目よ」

「見方によってはいいほうへ向かっているのかもしれないよ」と夫は言った。「この一件で主教は私に借りができた。何かしなければいけないと感じるだろうから」

「とにかく主教に訴え出なくては」夫人はそう言うと、激しい怒りに戻った。「しかも大声で訴え出なくては。それに奥方にも。奥方とは公邸であれほど二人きりで話し合ったあと、みな失ってしまったままおとなしく黙って座っているとでも思うなら、奥方はレティシア・クイヴァーフルを知らなさすぎる。奥方に心というものがあるのなら、恥を知らせてあげます」夫人は再び部屋を行ったり来たりしながら、太った重い足で床を踏み鳴らした。「何ということでしょう！　みすぼらしい十四人の子の父をこんな目にあわせるなんて、あの女はどんな心を持ち合わせているのかしら」

クイヴァーフル氏は一歩前に進み出ると、今回のことはプラウディ夫人とは無関係だと思うと説明した。

「そんなことは通りませんわ」と夫人は言った。「私にはちゃんとわかっています。プラウディ夫人こそ、バーチェスターの主教であり、スロープさんはその子分でしかないと、世間の人は知っていないなかったかしら？　院長の任命権がまるで奥方にあるみたいに私にその職を約束したのは、奥方自身ではなかったかしら？　教えてあげる、今日スロープさんをここへ送り込んだのは、あの女よ。何かあの女の都合で約束を振り出しに戻したかったのよ」

「おまえ、それは違っています――」

「ねえ、Q、そんなに弱腰にならないで」と夫人は続けた。「私を信じて。主教はジェミナよりもものわかりが悪いのよ」ジェミナは二歳の子だった。「私の助言を受け入れて、時を移さず主教のところへ行って会うのよ」

しかし、クイヴァーフル氏は弱腰であったかもしれないが、この場面で妻の意見を受け入れる気にはならなかった。それで、プラウディ夫人の主教区干渉について言ったスロープ氏の言い分を詳細に説明し始めた。夫がそうしているあいだに、次第に夫人の頭に新しい考えが浮かんで、それに合う新しい行動方針がおのずと明らかになった。スロープ氏がクイヴァーフル家を訪問した事実をもしプラウディ夫人が知らなかったとしたらどうなるかしら？　その場合、この件に関する限り奥方はまだ頼りになる友のままだから、スロープ氏に対抗してこの難儀を切り抜ける援助を惜しまないのではないかしら？　クイヴァーフル夫人はふと浮かんだこの漠然とした期待のことを何も口に出さないまま、夫の言いたいことをいつもより我慢強く聞いていた。夫がプラウディ夫人の権力と権威について世間の評価が間違っている点をまだ説明しているあいだに、夫人は次の行動を決意した。しかし、その決意を夫には明かさなかった。夫が話し続けたとき、夫人は不気味に頭を振り、夫が話し終わったとき、夫人はただひどい、ひどい仕打ちだと言って、立ちあがった。そして、ディナーがいつもの三時よりも遅くなるけれど、待ってもらえるかと夫に聞き、承諾をえてから計画を実行に移した。

夫人はすぐ公邸へ向かおうと決めると、できればプラウディ夫人がスロープ氏に会う前に着いて、奥方から迎え入れられる仕方に応じて、従順に、悲しそうに、哀れに振る舞うか、怒りに任せ、激しく、容赦なく振る舞うか、どちらかにしようと決めた。

夫人は実行力には自信があった。十四人の子の逼迫する必要に応えてきたせいで強くなっていたから、主教の部下の大軍を切り抜け、必要とあれば不当な扱いをした奥方の面前にも進み出ることができると感じた。恥ずかしさもはにかみもなかったし、大執事に対する恐怖もなかった。夫人は夫に明言した通り、救済と正義がえられないなら、市場のまんなかで嘆きの声を響かせるつもりだった。未婚の若い副牧師がこんな問題で恥知らずな行為に及んでも驚くには当たらない。安楽な禄付牧師が充分満たされているのによりよい地位をえるため、こっそり裏工作するとしても驚くには当たらない。しかし、十四人の子持ちのクイヴァーフル夫人は恥も外聞も捨てた。もし夫人がスロープ氏のせいで虐待を受けるのなら、こっそりとしっぺ返しをする必要なんかない。世界じゅうに知ってもらわなければならない。

クイヴァーフル夫人は今の心境では身なりに注意を払う暇なんかなかった。ボンネットを顎の下で結び、肩には肩掛けを掛け、伝来の木綿の傘で武装し、バーチェスターへ出発した。クイヴァーフル夫人にとって公邸へ行く旅は、プラムステッドの友人が公邸へ行くよりも困難だった。プラムステッドはバーチェスターから九マイルだが、プディングデイルは四マイルしか離れていなかった。それでも、大執事は一頭立て四輪箱馬車と、速足の鹿毛の去勢馬を繰り出して、一時間で市に行ける。プディングデイルの俸給牧師の馬車小屋には、箱馬車はないし、馬小屋には、鹿毛の馬もなかった。そこの住人には自然が人に与えた方法以外に移動手段はなかった。

クイヴァーフル夫人は大柄で、重くて、若くなく、歩くのも難儀した。台所や家族の寝室では活発に動けた。とはいえ、速さや足どりの点で道路には向いていなかった。夫人にとって八月中旬にバーチェスターまで歩いて往復するというのは、まったく実行不可能と言えないまでも、きつい仕事だった。俸給牧師館から市へ向かう道を半マイルほど行った教区内に、慎み深い、親切な農夫が住んでいた。農夫はこの世で裕福な生活をしつつ、あの世のことを考え、きちんと規則正しく教区教会に顔を出していた。クイヴァーフル夫人は次第に逼迫する家計上の苦しさから、以前この農夫に助けを求め、ある程度援助をもらっていた。夫人は農夫の玄関先に行くと、その妻に急用ですぐバーチェスターへ行かなければならなくなったと説明し、農夫サブソイルに軽量二輪馬車[8]で送ってくれるように頼んだ。農夫は夫人の話を聞き入れて、プリンスに首当ての用意をすると、すぐさま旅に出た。

　クイヴァーフル夫人は旅の目的を語らなかった。農夫もつまらぬ質問で親切心の価値をさげることはしなかった。夫人はただ市に入る橋のところでおろしてくれるよう、同じ場所に二時間以内に迎えに来てくれるよう、頼んだ。農夫は時間通りに来ると約束した。夫人は傘で体を支えながら歩くと、構内まで近道し、公邸の玄関まで数分のところにたどり着いた。

　夫人は待ち受ける面会について、この時点まで何の恐れも抱いていなかった。自分の要求を曝け出し、もしそれが完全に認められなければ、怒りとともに不当な扱いを告発したいという願いしかなかった。しかし、今になって状況の厳しさが少しずつわかってきた。夫人は一度だけ公邸へ行ったことがあったが、あのときは主教に感謝の意を表すためだった。受けた好意に対して感謝しに行く人は、簡単にお偉方の大広間に入れた。しかし、頼みごと、願いごとがある場合は、たとえ女性であってもそうはうまくいかないだろう。ましてや約束の実現を要求する人の場合、入るのは容易ではない。

　クイヴァーフル夫人は世故に通じており、こういうことを予測したから、綿の傘とぼろに近い肩掛けという身なりで、公邸の使用人の好意をえるのは難しいと思った。へりくだりすぎても、かえって成功しないとも思った。しかし、こんな肩掛けを肩に掛け、こんなボンネットを頭にかぶり、高圧的な態度で相手を押し切るには、彼女の生得のものを超える強引さが必要だろう。クイヴァーフル夫人にはそれがわかった。紳士であり、牧師である人の妻であることを相手にわからせ、そのうえでへりくだって相手の不信を解かなければならない。

哀れな女性は、企ての端緒で迎えたこの困難を乗り越える方法を一つしか思いつかなかった。それゆえ、その方法に頼ることにした。プディングデイルの家内はあまり持ち合わせはなかったものの、それでも半クラウン貨くらいは持っていたから、ロンドンから連れてきた長い単語を使う(9)プラウディ夫人の従僕に袖の下としてこれを役立てることにした。彼女はプディングデイルのクイヴァーフル夫人で、クイヴァーフル師の妻であることを従僕に伝え、プラウディ夫人に面会したいと申し出た。プラウディ夫人に会うことが必要不可欠だった。ジェイムズ・フィッツプラッシュ(10)は相手に疑いを抱くよりも、困惑の表情をした。従僕は奥方が外出中なのか、用事で手が放せないのか、寝室にいるのかわからなかった。彼は奥方がこのいずれかに該当するか、あるいは姿を見せない別の理由があると思った。従僕がプラウディ夫人のメイドに問い合わせているあいだ、クイヴァーフル夫人は待合室に座って待つことができた。

「いいですか、あなた」とクイヴァーフル夫人は言った。「私は奥方様に会わなくてはならないのよ」そして、夫人は名刺と半クラウン貨を——読者のみなさん、よく考えてみてください、これは最後の半クラウン貨だった——男の手に委ねると、待合室の椅子に腰掛けた。

賄賂が功を奏したのか、主教の奥方が本当に俸給牧師の妻と会おうと思ったのか、聞いても役には立たない。従僕は戻ってくるなり、クイヴァーフル夫人について来るように言い、主教区の女王のところへ案内した。

クイヴァーフル夫人はすぐ女パトロンが上機嫌であることに気がついた。勝ち誇った態度が眉に表れ、支配の喜びが巻き毛のあたりに漂っていた。奥方は今朝主教と大きな言い争いをした。主教は大主教から数日一緒にすごそうとの招待状を受け取っていた。主教は心底充足感を求めていた。とはいえ、猊下の手紙には一言も夫人のことに触れていなかった。もし出席するなら、一人で行かなければならなかった。もしプラウディ夫人に何も言わずに行けるとしたら、障害なんかないし、喜びの充足を妨げるものもないだろう。が、それはできなかった。旅行かばんの荷造りを命じ、奥方には土曜日に戻ってくるとだけ伝えて、主体性のある男として出発することなんか、主教にはできなかった。このようなことをする男性――怪物とでも呼ぼうか？――もいれば、このような扱いに我慢する女性――奴隷とでも呼ぼうか？――もいる。しかし、プラウディ博士と妻はそのようなタイプではなかった。

主教は探りを入れながら、非常に行きたいという気持ちを奥方に伝えた。奥方は探りなんかなしに、率直にそんな話を聞く耳は持たないと主教に理解させた。ここで両陣営が用いた議論を繰り返す必要はないし、結果を記録する必要もない。既婚者はこの争いの決着がどうなったか容易に理解できる。また、未婚者は経験だけが教えられる教訓を学ぶまでそれを理解することはできない。クイヴァーフル夫人がプラウディ夫人の部屋に呼び込まれたとき、奥方は主教のところから戻ったばかりだった。しかし、主教のもとを去る前、奥方は大主教への返信が書かれ、封印されるのを見た。クイヴァーフル夫人を迎え入れたとき、奥方は当然のことながら満面に笑みを浮かべていた。

奥方は訪問者の核心に迫る話題にすぐ触れた。「ねえ、クイヴァーフルさん、いつバーチェスターへ引っ越すか決まりましたの？」

奥方はクイヴァーフル夫人から一、二時間前に「あの女」と呼ばれていたが、すぐ主教の奥方にふさわしい気品の女性に戻ることになった。とっさにクイヴァーフル夫人は哀れみを誘うのが肝要であり、怒りからは何もえられないと悟った。女パトロンとともに怒るのでない限り、実際何もえられないだろう。

「あら、プラウディさん、残念ながらバーチェスターへは引っ越しできません」と夫人は話し始めた。

「どうしてなの？」奥方は鋭く聞き返し、ほほ笑みと謙遜の姿勢を即座に捨てると、重要と見て取った仕事のほうへすばやく転じた。

それからクイヴァーフル夫人は話を始めた。夫人が不当な扱いの話を進めたとき、スロープ氏に依存すればば依存するほど奥方がどんどん険悪に眉をひそめるようになり、この険悪さが夫人の申し立てをむしろ後押ししてくれることに気がついた。その朝スロープ氏がプディングデイルの俸給牧師館に来たとき、クイヴァーフル夫人は彼を女主教の手先と思っていたが、今彼を女主教の敵と感じた。クイヴァーフル夫人は何の痛みも、屈辱も感じることなくこの間違いを受け入れた。夫人はたった一つの感情しか抱いておらず、それは家族へ向けられたものだった。夫人は夫を慈善院長屋敷へねじ込むことさえできれば、新顔ばかりの主教公邸で自分がいくら身悶えするとしても気にならなかった。夫人は強く望む夫の昇進さええられれば、友人が誰で、敵が誰だろうとかまわなかった。

クイヴァーフル夫人は話し、プラウディ夫人は黙って聞いていた。クイヴァーフル夫人はスロープ氏がいかに夫をだまして、院長職を断念させたか話し、ハーディング氏以外に誰も慈善院長になりえない、それが主教の意思だと明言したことを話した。プラウディ夫人はますます眉を寄せ、険悪な表情になった。奥方はついに椅子から立ちあがると、クイヴァーフル夫人に戻ってくるまで座って待つように言い、部屋から出て行った。

「ああ、プラウディさん、十四人の子のためなのです。十四人の子の」この言葉がドアを後ろ手に閉める奥方の耳に重く響いた。

註

（1）エウリーピデースとセネカの劇によると、メーデイアはイアーソーンから捨てられたとき二人の子を殺害した。
（2）シェイクスピアの史劇『ジョン王』第三幕第四場でコンスタンスは囚われの息子アーサーの身を嘆く。
（3）伝説上のアテネの王テーセウスは女性戦士の部族アマゾーンを破り、女王ヒッポリュテーと結婚したとされる。
（4）『リア王』第五幕第三場でリアがコーディーリアについて言う台詞。
（5）『マクベス』第一幕第七場。
（6）『ヘンリー四世』第二部第一幕第一場。
（7）セアラ・シドンズ（1755-1831）は当時有名な悲劇女優。
（8）二輪の屋根なし荷馬車で、減税の対象となったため、おもに農民や商人によって使われた。
（9）ここで使われている単語 **sesquipedalian** はラテン語で一フィート半の長さを意味する。ホラティウスが『詩論』（*Ars Poetica*）の九十七行目で使って以来、長い言葉を使う傾向を意味するようになった。しかし、ここで使われている意味はさだかではない。
（10）ジェイムズ・フィッツプラッシュは標準的な従僕の名として使われた。サッカレーの小説に登場するジェイムズ・プラッシュに由来する。第一章の註七参照。

第二十六章 （第二巻第七章） プラウディ夫人が戦って敗北を喫する

プラウディ夫人が夫の執務室から勝ち誇って出てきてから、一時間もたっていなかった。奥方は勇気凛々、勝ち気満々、もう一戦交えようとそこに戻って行った。夫の二枚舌と思えるものに強い憤りを感じていた。夫は慈善院長について奥方に明確に約束した。それなのにもう完全に別の方向を向いていた。あらゆる問題でこんなふうに二度、三度議論し、争わなければならないとするなら、さすがのプラウディ夫人でも主教区の仕事は手に余ると感じ始めた。

奥方はノックもしないで夫の部屋にさっさと入ると、夫が執務机に着き、向かい側にスロープ氏が座っているのを見た。夫の指のあいだに奥方の面前で大主教に宛てて書いた手紙があった。——しかし、手紙は開封されていた！　そう、夫は奥方の承認をえて神聖なものとなった封印を解いてしまっていた。二人は密議のさなかだった。すでにこの問題は議論されたあと、奥方の命令に従って決着していたにもかかわらず、二人が大主教の招待について再検討していたのは明らかだった。スロープ氏は椅子から立ちあがると、少し頭をさげた。敵対する二つの魂は互いに相手を正面から見つめた。互いに敵を見ていることを了解していた。

「主教、クイヴァーフルさんのことはどうなっていますの？」奥方はそう言うと、机の片側に寄り、そこに立った。

スロープ氏は主教に答えさせないで、みずから答えた。「奥様、私は今朝プディングデイルへ行って、クイヴァーフルさんに会ってきました。クイヴァーフルさんは院長職への要求を放棄しました。というのも、何ですか、ハーディングさんがその職に戻りたがっていることに気づいたからです。こういう事情ですから、私は閣下にハーディングさんをその職に指名するように強く勧めたのです」

「クイヴァーフルさんは何も放棄なんかしていません」奥方はとても横柄な口調で言った。「閣下はあの人にその職を確約していますから、それを尊重しなければなりません」

主教はずっと黙りこくっていた。主教は旧敵が足下で一敗地にまみれることを強く願っていた。新しい味方がそれは簡単なことだと言っていた。今その味方が助っ人としてそばにいたものの、主教の勇気は萎えていた。一度縄張りから追い出された雄鶏が勇気を取り戻し、糞山で再び誇らしい地位に就くのは非常に難しいのだ。

「私が口を挟むべきではないかもしれません――」とスロープ氏が言った。「ですが――」

「もちろん口を挟んではいけません」と激昂した奥方。

「ですが」スロープ氏は発言を遮られたことなんか気にせずに続けた。「私はハーディングさんの主張を軽視しないように主教に諫言するのが義務だと思っています」

「ハーディングさんは身のほどをわきまえていなきゃなりません」と奥方。

「ハーディングさんが慈善院長に復帰できない場合、閣下は主教区だけでなく、世間一般の非難に直面することになります。そのうえ大局から見ると、閣下はハーディングさんのような尊敬に値する人――立派な牧師――をこの人事で喜ばせる必要があると感じているように、ご推察いたします」

「それでは安息日学校はどうなるのでしょ、慈善院の日曜日の礼拝は？」とプラウディ夫人が聞いた。顔には冷笑に近い笑みがあった。

「ハーディングさんは安息日学校について何の反対も唱えていないと存じます」とスロープ氏が言った。「慈善院の礼拝については、指名のあとで話し合うのがいいでしょう。もし彼がずっと反対するようなら、そのときには残念ですが、礼拝の話は休眠ということにならざるをえません」

「あなたの良心はこういう問題でずいぶん安易に妥協なさるのね、スロープさん」と奥方。

「もし私の言動のせいで主教が無分別な行動に走るとするなら、安易な良心どころか、何ですか、正反対の譲らぬ良心を堅持しなければなりません」とスロープ氏は抗弁した。「ハーディングさんとの面会で、私はあの人を誤解していたことがわかったのです――」

「あなたがクイヴァーフルさんのことを誤解していたのも同じように明らかでしょ」奥方は怒りの頂点に達した。「何の用があってそんな面会をなさるの？　誰があなたに今朝クイヴァーフルさんのところへ行くように望んだの？　いったい誰がこの件の処理をあなたに依頼したの？　答えてくださいません？　誰があなたを今朝クイヴァーフルさんのところへ送ったんでしょ？」

部屋には重い沈黙があった。スロープ氏は椅子から立ちあがると、背もたれに手をかけて立っていた。初めはもったいぶった顔つきだったけれど、今は怒りを顕わにしていた。プラウディ夫人は初めに陣取った机の端に立ったまま、敵を糾弾しつつ、女性とは思えない力で机を叩いた。主教は安楽椅子に座り、二本の親指を回しながら、奥方のほうをちらりと見、付牧師のほうをちらりと見た。双方とも棍棒を構えていた。双方とも彼のいないところでとことん戦ってくれたら、どんなに気が楽なことだろう。とことん戦って、主教区内の問題に関する限り一方が他方を殺してくれたら、彼、主教がどっちの指示に従えばいいかはっきりさせてくれたら、どちらが勝っても平穏な生活に戻れるだろう。とはいえ、もしどちらが勝者になってほしいか希望を言ってもいいとすれば、主教はスロープ氏に敵対的ではなかった。

「正体不明の災いよりも正体のわかっている災いのほうがましだ」というのは古いことわざだが、おそらく真実を言い当てている。しかし、主教はまだこの真実に気づいていなかった。

「答えてくださいません?」と奥方は繰り返した。「いったい誰があなたに今朝クイヴァーフルさんのところへ行くように指示したんでしょ?」再び間があった。「答えるつもりはおありなの?」

「プラウディ夫人。いろいろ勘案すると、何ですか、ご質問にはお答えしないほうがよろしいかと思います」スロープ氏は思い通りにいくつもの声色を使いわけた。そのなかには信心ぶった低い声色も、信心ぶった荒々しい声色もあったが、このときは前者を用いた。

「誰があなたを送ったんでしょ?」

「プラウディ夫人」とスロープ氏は答えた。「私がどれだけあなたのお世話になっているかよくわかっています。紳士たるもの女性にどんな礼を尽くさなければならないかもわかっています。ですが、それよりももっと配慮しなければならない義務があるんです。もしその大局からの配慮だけに動かされるようにするなら、何ですか、私は許されると思います。私はこの件で閣下に義務を負っており、閣下以外の人からの質問には応じられません。閣下は私のしたことを承認しておられます。閣下の承認と私自身の承認以外に、ほかには何もいらないと言っても、あなたは私を許してくださるでしょう」

プラウディ夫人が耳にしたのは何と恐ろしい言葉だろうか? 事態は明々白々だった。陣営内部に反乱が計画されていたのだ。ちょっとした権力の結実をきっかけとして、たちの悪い連中が服従しないだけでなく、公然と反乱を教唆し、扇動していた。主教がその座に着いてまだ一年もたたないうちに、反乱が公邸内にその恐ろしい頭をもたげていた。突き止めた陰謀を鎮圧する強力なすばやい措置を奥方が講じなければ、無統制、無秩序がすぐ出現するだろう。

「スロープさん」奥方はゆっくりとした威厳のある声で言った。先ほどまでの声とはずいぶん違う声だった。「スロープさん、お手数をおかけしますが、よろしければこの部屋を出て行ってくださらない？　閣下と二人だけで話したいの」

スロープ氏はすべてがこの会談にかかっていると感じた。もし今主教が再び奥方のペチコート支配下に戻るなら、主教の隷属状態は固定化し、永続化するだろう。この瞬間が特別反乱の好機だった。主教は大主教への返信の封印を破って、明らかに一歩を踏み出していた。スロープ氏はそれゆえ今主教に圧力を加えることを恐れなかった。大主教の招待を断るなんてもってのほかだと、すでに念を押していた。主教には圧力がかけられると思った。主教はクイヴァーフル氏の院長辞退を受け入れていたから、奥方からこの件を蒸し返されるのをひどく恐れていた。主教は今意思を主張するところまで気力を奮い立たせてきたから、決定的な成功でもあれば、成功がいかに可能か体得するところまで気力を維持できるかもしれない。今こそ勝利か敗北かの天下分け目だった。スロープ氏が主教区の支配者になるべき時は今だった。それとも職を辞し、再び運試しを始めるのか。スロープ氏は状況をはっきり見抜いていた。いったんことが起こってしまえば、奥方との妥協は不可能だった。奥方の命令に従っていったん執務室を出て、主教を奥方の手に引き渡してしまえば、彼はすぐさま旅行かばんに荷物を詰め、教会のお偉方やボールド夫人やシニョーラ・ネローニにさよならを言うしかなかった。

それでも奥方から出て行けと命令されたら、スロープ氏といえどもその場に踏みとどまるのは容易ではなかった。妻が夫と二人だけで話したいと申し出たとき、スロープ氏といえども夫婦のあいだに第三者として居座り続けるのは容易ではなかった。

「スロープさん」奥方が繰り返した。「私は閣下と二人だけになりたいんですの」

「閣下は主教区のもっとも重要な仕事で私をお呼びになっています」スロープ氏はプラウディ博士のほうへ落ち着かない目を向けて答えた。主教の信頼を当てにしなければならない場面だったが、その信頼が悲しいほど当てにならないと感じた。「今この場に閣下を残して行くことは、残念ながらできません」

「私に口答えなさるおつもりですの、恩知らずな方ね？」と奥方が言った。「閣下、スロープさんに部屋を出るようにお願いしてくださらない？」

閣下は頭を掻くばかりで、差し当たり何も言わなかった。これが主教にスロープ氏が期待できる精一杯のものであり、主教が最大限行使できる夫の権利だった。

「閣下」と奥方が言った。「部屋を出るのはスロープさんなの、それとも私なの？」プラウディ夫人はここで言葉の選択を誤った。奥方自身がこの場から引きさがる可能性なんか示すべきではなかった。奥方のスロープ氏追放命令が、即座の服従以外の扱いを受けてもよいという選択肢なんか示すべきではなかった。奥方からそう聞かれて、主教は自然心のなかでこうつぶやいた。どちらか一方が部屋を出る必要があるが、それは奥方のほうであってもよいと。主教は確かにそう心のなかでつぶやいた。とはいえ、外見上は再び頭を掻き、二本の親指を回すだけだった。

プラウディ夫人は怒りではらわたが煮え返る思いをした。まあ、何てこと！　敵が怒りを抑えたように、奥方もそうすることさえできたら、今までのように奥方は敵を支配することができただろう。しかし、神聖な怒りがほかの烈婦を打ち負かしたように奥方を圧倒した。奥方は敗れた。

「閣下」と奥方は言った。「答えていただけるの、いただけないの？」

ついに主教は重い沈黙を破り、自分がスロープ信奉者であることを高らかに宣告した。

「いいかい、おまえ」と主教は言った。「スロープさんと私はとても忙しいのです」

それで終わりだった。それ以上に必要なものはなかった。主教は戦場に赴き、屈辱と激情に堪え、敵の激昂にあい、勝利をえた。おのれに忠実な者にとって成功は何とたやすいことだろう！

　スロープ氏は手に入れたものの総体をすぐ見抜くと、勝ち誇った表情で敗れた奥方に目をやった。奥方はその表情を決して忘れることも、許すこともできなかった。ここではスロープ氏が間違いを犯した。奥方に謙虚な視線を送り、おとなしい、訴える目で奥方の怒りを非難すればよかった。視線で彼の成功の許しを請い、義務のため余儀なくはたした抵抗の許しを請えばよかった。どうにかして奥方の横柄な胸をなだめ、将来の関係に道を開いておけばよかった。しかし、スロープ氏は無条件の支配を望んだ。ああ、恩知らずで経験不足の男！　所有者である奥方からあの小さな怯える犠牲者を離婚させることができるとでもいうのか？夫婦に寝台[1]と食事を別々にするように仕向けることができるとでもいうのか？　主教が奥方の肉の肉、奥方の骨の骨ではないとでもいうのか？　この深い関係が続かないとでもいうのか？　奥方が部屋から不名誉にも追い出されたとき、その場に踏みとどまって、勝利を誇るのはいいだろう。しかし、あの寝室のカーテンが引かれるとき、あの恐ろしい堅牢なるかぶとが顎の下で結ばれるとき、主教のわずかに残る武勇が頭上のふさ飾りに怯えるとき、あなたはその場にいられるとでもいうのか？　奥方が「閣下と二人きりで話したい」と望むとき、あなたはそこに割って入ることができるとでもいうのか？

　しかし、この瞬間だけはスロープ氏は完全勝利した。プラウディ夫人はこれ以上の談判をやめると、執務室を出て、ドアを力一杯閉めた。そのあと新しい同盟者は親密な会議を開いた。そこで多くのことが話されたが、話す側のスロープ氏も聞く側の主教もこういう展開に驚いていた。とはいえ、どちらの側にももう敵意はなかった。もはや婉曲表現の必要もなかった。付牧師は主教に次のことをはっきりと伝えた。世間では主教が奥方の支配下にあると信じられていること。主教区では主教の信用と人格が傷ついていること。プラウディ夫人の干渉を――もともと女性の手に余る問題で――許せば、主教が厄介な立場に陥ってしまうこと。事実、堪え難い桎梏となった奥方のくびきを今かなぐり捨てなければ、主教が軽蔑を浴びるのは必定であること。主教は初めもぐもぐ口ごもり、言われたことを否定する素振りを見せた。しかし、否定はもろくて、たちまち崩れた。主教は今や付牧師の臣下同然の立場になったことを沈黙によってすぐ認め、スロープ氏の助けを借りて方針を変えると誓った。スロープ氏もまた上手に自己弁護した。奥方、常に女パトロン役をはたしてくれ、多くの点で味方となってくれ、主教の目にとまるように推薦してくれた奥方に背くことがどれだけ悲しいか説明した。しかし、やらなければならないことは急を要した、と彼は言った。自分は主教と特別な信頼関係にあって、主教その人と直接結びつく立場にあった。こういう状況のなかで自分の良心が求めたものは主教の利害だけに配慮することだった。それゆえ思いきって話すことにしたのだと。

主教は付牧師の言葉をそれなりに評価した。スロープ氏もそういう評価を望んだ。これでスロープ氏の処方する薬は苦みを和らげられ、主教が長い間飲んできた別の薬よりも苦くはないと思わせた。

「閣下」はさっそくいい子にしていた報酬をえた。主教は手紙を書くように勧められ、すぐ大主教宛に猊下の招待を受け入れるむねの手紙を書いた。スロープ氏は奥方よりも賢明だったから、自分の手でこの手紙を受け取って投函した。主教の自立した権力行使ができるだけ既成事実になるように配慮した。付牧師はただちにハーディング氏にも手紙を書くように主教に請い、甘言を用い、脅しをかけた。しかし、主教は一時的に奥方から解放されはしたものの、まだスロープ氏の虜になり切っていなかった。主教は言った。そのような申し出は公式になされるべきだが、公式文書に署名する用意はまだできていない。署名する前にハーディング氏に会いたいから、スロープ氏のほうからハーディング氏に主教を訪問するように要請してもらってもかまわないと。おそらく正しい発言だった。スロープ氏はやり遂げたことにほぼ満足して、この場を立ち去った。まずポケットに入れておいた貴重な手紙を投函すると、これから私たちがほかの章で見る企てを実行に移した。

プラウディ夫人は執務室のドアをばたんと閉めて鬱憤を晴らしたものの、すぐにはクイヴァーフル夫人のもとへ戻れなかった。実際、奥方は撃退されたあと、初めの何分間かは二度とクイヴァーフル夫人に会うことができないと感じた。奥方は戦いに敗れたことを認め、王冠が額から、王笏が手中から奪われたことを告白しなければならなかった。いやそれよりも、明日か明後日に手紙を送るという伝言をクイヴァーフル夫人に届けよう。こう決心して寝室へ向かった。ところが、奥方はここで再び考えを変えた。この神聖な囲い地の雰囲気に触れると、いくぶん勇気が湧き、元気が回復してきた。アキレウスが甲冑を見て元気づいたように、ドン・キホーテが槍をつかんで勇気を注がれたように、プラウディ夫人も夫の枕に目を向けたとき、新鮮な月桂冠をえる希望を抱いた。絶望などしない。奥方はそう決意すると、再び堂々とした物腰と生き生きとした表情をたたえ、クイヴァーフル夫人に会うため下へおりていった。

主教の執務室で起こった出来事の場合、叙述に必要な時間よりも実際の行動にかかった時間のほうが長かった。会話の全部を取りあげたわけではないからだ。いずれにしてもクイヴァーフル夫人はいらいらし始め、農夫サブソイルが夫人を待ちくたびれているのではないかと考えていたとき、プラウディ夫人が戻ってきた。ああ！　願い事を抱える夫人が奥方の顔に書かれているものを覗き込んだとき、夫人の心のときめきをいったい誰が推察できるだろうか？　家、収入、安楽、未来の資力の約束か、それともこれからも悪化する貧困の運命か。哀れな母！　哀れな妻！　あなたを慰めるものがそこにはほとんどなかった！

「クイヴァーフルさん」奥方は立ったままかなり厳粛な口調で話しかけた。「あなたのご主人が今回とても軟弱な、愚かな振る舞いをしたことがわかりました」

クイヴァーフル夫人はすぐ立ちあがった。奥方が立っているのに座ったままでいるのは失礼と思ったからだ。しかし、クイヴァーフル夫人は座るように指示され、座らされた。奥方が立って夫人に説教するためだった。紳士は相手が立っているのにこちらが席についているのは屈辱的だと一般に思う。同じことが女性についても当てはまる。それはそうだが、お偉方のほうが立って話すあいだ訪問者には座るように言う場合、想定される半分も不快感、劣等感を生み出すことはない。立派な育ちの人に見られるそういう破格行為を言葉にして解釈するなら、次のようになるだろう。「世間に通用する礼儀の規定によると、私はあなたに席を勧めなければならない。もし勧めなかったら、横柄で礼儀に欠けるとあなたは非難するだろう。私は世間の掟に従うけれど、それはそれとして私はあなたとは対等の位置に立ちたくない。あなたは座っていてもいい。しかし、私はあなたと一緒に座りたくない。それゆえ、私の命令に従って座っていなさい。そうしたら私は立ってあなたに話しかける」

これがまさしくプラウディ夫人の言いたいことだった。クイヴァーフル夫人はあまりに不安な、混乱した精神状態にあったから、相手の行動の意味が充分わからなかったが、その効果は感じることができた。彼女は怯えていて、居心地が悪かったから、二度目に椅子から立ちあがろうとした。

「お座りになって、クイヴァーフルさん、座っていてください。あなたのご主人はね、とても軟弱で、愚かでした。苦境を切り抜けようと自分で努力しない人を助けるのは、クイヴァーフルさん、不可能なことでしょ。残念ながら、この問題であなたにして差しあげることは何もありません」

「まあ！　プラウディさん――そんなことをおっしゃらないで」哀れな女性は椅子から跳びあがって言った。

「お願いですから、お座りになって、クイヴァーフルさん。残念だけど、これ以上あなたにして差しあげることはないのです。あなたのご主人はね、私の権限でご主人に与えたものをとても説明できないやり方で自分から放棄なさったの。当然のことながら、主教は自分が指名した牧師は決意を固めているものと思いますでしょ。最終的に主教がどうするか――最終的に私たちがどう決めるか――今は言えません。あなたのご家族が多いのはわかっています――」

「十四人の子がいます、プラウディさん、十四人！　それに、パンもほとんどありません――ほとんどないのです！　牧師の子らにはつらすぎます。いつも上品に職務をこなさなければならない人にはつらすぎます！」クイヴァーフル夫人は自分のことには触れなかった。しかし、荒れた広い頬――八月の道路のほこりがその跡を残した頬――からは涙がこぼれた。

プラウディ夫人は感じのいい、愛想のいい女性としてこれまで本書では描かれてこなかった。奥方に有利な印象を読者に与える意図もなかった。あらゆる小説には男性と女性の天使と、男性と女性の悪魔が設定されている。この規則が本書でも踏襲されていると考えるなら、最後の役がプラウディ夫人の役だと見なされなければならない。とはいえ、奥方が完全な悪魔だというわけではなかった。あの固い骨製の胴着のなかにおそらくあまり大きくはないし、あまり容易に近づくこともできないけれど、心が宿っていた。クイヴァーフル夫人はこの心に接近し、奥方が結局女性にほかならないことを発見した。乏しいパンと乏しい後ろ盾しかない十四人の子のせいなのか、父の仕事の体面のせいなのか、母の顔に見られたほこりと涙の混ざり合いのせいなのか、理由ははっきりしなかった。しかし、プラウディ夫人は心を動かされた。

奥方はほかの女性のようにそれを外に表さなかった。奥方はクイヴァーフル夫人にオーデコロンを与えることも、一杯のワインを飲ませることもしなかった。夫人を鏡台へ連れて行って、ブラシや櫛やタオルや水を使うように勧めることもなかった。奥方は夫人にちょっと優しい言葉をかけることも、落ち着くように親切になだめることもなかった。クイヴァーフル夫人は粗末な外見にもかかわらず、この土地のどの女性とも同じように、ささやかな気配りを示されたら従順になったことだろう。しかし、そういう配慮は示されなかった。その代わり、プラウディ夫人は手と手をぴしゃりと打ち鳴らして明言した。――神かけて誓ったわけではない。女性として、安息日厳守主義者として、女主教として、神かけて誓うことはできないけれど――「私の目の黒いうちはそんなことはさせません」と約束した。

これはクイヴァーフル氏に約束された院長指名を、スロープ氏の裏切りと主教の弱腰によってだまし取られるようなことは、奥方が許さないという意味だった。奥方はこれをすぐさまクイヴァーフル夫人に説明した。

「なぜあなたのご主人はあんなに愚かだったのかしら」奥方はそう言うと、今は人を見くだした態度をやめ、相手の夫人のそばに打ち解けた様子で腰掛けた。「あの男から投げられた餌に引っかかるほどにね？　もしご主人がそんなに馬鹿でなかったら、あなた方が慈善院へ行くのを妨げるものは何もなかったはずよ」

哀れなクイヴァーフル夫人は自分の言葉で夫に正面から軟弱だと、非難を浴びせる用意はできていた。子らには夫のことをもっと尊敬を込めて話してもよかったのに、必ずしもそうしてこなかった。しかし、他人が夫を非難するのを聞くのはいやだったから、夫を弁護し始めた。夫がスロープ氏をプラウディ夫人の使者と見なしていたこと、スロープ氏が特にプラウディ夫人の友と考えられていたこと、それゆえクイヴァーフル氏がスロープ氏の言葉に逆らえば、奥方に逆らうことになったと説明した。

こういうふうに静められたあと、プラウディ夫人は再び「私の目の黒いうちはそういうことはさせません」と宣言した。奥方は公邸内の自分の権力と影響力を最大限に行使し、クイヴァーフル氏の指名を主張するると保証したあと、クイヴァーフル夫人をうちへ送り返した。「言うことを聞かなかった」という言葉を繰り返すとき、奥方はナイトキャップをかぶった主教のことを想起しつつ、唇を固く結んでわずかに頭を横に振った。ああ！　野心あふれる牧師、高位聖職者たちよ。主教職を受諾するとき口にする「ノロ・エピスコパリ」[(2)]は耳には甘い言葉だけれど、あなた方の誰がプラウディ博士のような条件で主教になりたいと思うだろうか？

クイヴァーフル夫人は農夫の荷馬車で家路に着いた。明るい気持ちにはなれなかったが、訪問はうまくいったと満足していた。

註

（1）ここでは皮肉にもアダムがエバに会ったときに言った言葉の裏返しとなっている。「これこそ、ついに私の骨の骨、私の肉の肉、男から取ったものだから、これを女と名づけよう」「創世記」第二章第二十三節。

（2）「主教にはなりたくない」（*nolo episcopari*）とは、主教職を提供された者の伝統的な公式回答。

第二十七章　（第二巻第八章）　ラブシーン

すでに述べた通り、スロープ氏はかなり意気揚々と公邸を出た。困難はすべて乗り切ったなんて、都合よく考えはしなかったが、それでも盤上の駒が許す限り、初手はうまく指したし、落ち度はどこにもないと思った。スロープ氏はまず大主教への手紙を投函し、一つを確実にしたあと、獲得した有利な地歩をさらに前進させようとした。もしボールド夫人が自宅にいたら、夫人を訪問していただろう。しかし、夫人がプラムステッドにいることを知っていたから、次のような手紙を書いた。愛情のこもった、これから長く続く一連の書簡――スロープ氏はそう確信していた――の最初のものだった。

親愛なるボールド夫人

現時点で、私があなたのお父様に直接手紙を差しあげることができないのはわかっていただけると思います。私はそれができたらと心から願っていますし、霧が晴れてお互いに理解し合える日がそう遠くないことを期待しています。しかし、次の数行をお伝えできる喜びを禁じえません。Q氏は今日私の面前で慈善院長になる権利を放棄しました。主教はこの職をあなたのお父様に提供するつもりだと私に明言されました。

お父様――あなたのお宅のご客分となっていると存じています――には、水曜か木曜の十時から一時までのあいだに主教を訪問してくださるよう、どうか敬意を込めたご挨拶とともにあなたからご依頼していただけませんでしょうか？　「これは主教のご希望です」ハーディングさんの都合のいい日時を一行私にお知らせいただけたら欣快の至り、使用人たちには遅延なくお父様をご案内するように手はずを整えておきます。私はもうこれ以上口を差し挟むことはいたしませんが――お父様が引き受けられる職務内容に関する話は、主教と討議されることはないということを、あなたからどうかお父様にお伝えしていただけたらと願います。私個人としてはお父様ほど立派に院長としての職務をはたした、また再びはたすであろう牧師はいないと確信しています。

前回お会いしたとき、年齢差を考えると、私はお父様に対して軽率で、性急にすぎました。お父様が今は私の謝罪を受け入れてくれるように期待しています。また、あなたの助けと快い敬虔な労働をお借りできるなら、市の貧しい人々にとって――神の恩寵と援助により――祝福となる安息日学校を私たちの手で古い施設に設置できる日が来ることを希望しています。

あなたはこの手紙が親展であることをすぐご理解くださるでしょう。もちろん内容のせいだからですが、もしお父様にも見せることが適当だとあなたがお考えになるなら、あなただけでなくお父様にもこの手紙をお見せいただいて結構です。

かわいい小さな友、ジョニー坊やはお変わりなくお元気でしょうか――かわいい小さな友。坊やはあなたの絹のような長い髪の房をいまだに手荒に扱っているのでしょうか？

きっと友人たちはあなたがバーチェスターにいないから、とても寂しく思っていることでしょう。ですが、このうだるような天気のあいだ花や野原に囲まれたあなたに文句を言っても残酷ですね。

どうか私を信じてください、親愛なるボールド夫人。

心を込めて記す

オバダイア・スロープ

バーチェスターにて金曜日

さて、この手紙はスロープ氏がエレナーとのかなり親密な関係を前提にしている嫌いはあっても、長い髪の房に触れることさえなければ、全体から見ると悪くはないだろう。紳士たるもの、特別親しい間柄でもない限り、相手の女性の髪の房のことなんか書かないものだ。しかし、スロープ氏にそういうことをわきまえるように期待しても無駄だ。彼はこの書簡にもっと愛情を込めたかったけれど、手紙がハーディング氏にも見られることを知っていたから、それを軽率なことだと思った。指示を出しても、それが聞いてもらえないと感じなかったら、手紙が内密のものであり、エレナー以外の人の目に触れないように指示していたことだろう。それゆえ、スロープ氏は情熱を抑えつつ、文末に「愛情を込めて」と書く代わりに、長い髪の房に関するお世辞を書くことで満足した。

スロープ氏は手紙を書き終えると、ボールド夫人の家に持参した。その家のメイドから午後にプラムステッドへ送る便があると教えられたから、いろいろ指示を与えたあと、そのメイドに手紙を託した。

その日一日、これからスロープ氏のあとをたどってみよう。彼の手紙とその重大な運命については次章に譲ることにしよう。

求愛について忠告を与えてくれる古い歌がある。

新しい恋に落ちる前に
古い恋は捨てるのがよい。(1)

スロープ氏はこの格言の知恵を知らなかったから、ボールド夫人に手紙を書いたあと、続いてシニョーラ・ネローニを訪問しようとした。彼はこの二人の女性にほぼ同時に惚れていたから、どちらが古い恋でどちらが新しい恋かわからなかった。万一の備えとして、弓のつるを二本用意するほうが間違いないとおそらく思ったのだ。とはいえ、キューピッドの弓に二本のつるを使う者は常に危険に曝されている。二兎を追うものは一兎をもえず、という格言を肝に銘ずべきだ。

実際、スロープ氏は善の本能でボールド夫人に惹かれ、悪の本能でシニョーラに惹かれていた。たとえ彼が未亡人を勝ち取り、妻にしたとしても、誰も文句を言う人はいないだろう。読者や私やエレナーの友人たちは、嫌悪と失望の念をあからさまに表しながら、そんな結婚の話を受け取ることだろう。このとき私たちが腹を立てるのはスロープ氏に対してではなく、エレナーに対してだ。男の主教にしろ、女の主教にしろ、聖堂参事会長にしろ、参事会にしろ、全員出席の主教区会議の牧師らにしろ、二人の結婚に異議を唱える者はいないだろう。主教区会議、すなわちあの不可思議、かつ力強い聖職者会議も、決してその結婚にとやかく口を挟むことはないだろう。彼が年千ポンドの収入と美しい妻を所有したからと言って、それが説教壇の魔術師の声を損なったり、模範的な牧師の美徳や信心を減らしたりすることはないだろう。

しかし、こういったことはシニョーラ・ネローニとの関係では当てはまりそうになかった。まず彼はシニョーラの夫が生きていると知っていたから、誠実なかたちの求婚はできなかった。それから、誠実な求婚に――そういうことが可能だったとして――適しているとシニョーラを推奨するものが何もなかった。彼女はたんに持参金を持たないだけでなく、不幸な出来事のせいで役に立つ配偶者を望む男の妻にはなれそうになかった。スロープ氏は彼女が無力で、希望のない障害者と承知していた。

それでも、スロープ氏は自分を抑えることができなかった。スタンホープ博士の家の奥の応接間で時間を浪費するのは誤りだとわかっていた。もしそこで起こっている事態が発覚すれば、ボールド夫人との関係も終わりだとわかっていた。醜聞があとを追いかけてきて、バーチェスターの黒い上着の人たちのあいだに、彼がシニョーラの耳に注いだ溜息の噂を誇張して広めることもわかっていた。自分が一般に認められた人倫の原理に背き、行動規範――それにのっとっていっそう成功を収めたいと思っている――に反して行動していることもわかっていた。しかし、すでに述べたように、彼は自分を抑えることができなかった。あまりにも強い情熱、人生初の情熱に突き動かされていた。

シニョーラはどんな言い分も受けつけなかった。本当のところ、シニョーラはスロープ氏のことなんか、彼以前に足元にはべらせた二十人もの男性同様、歯牙にもかけていなかった。彼女は進んで、いや貪欲に彼の忠誠を受け入れた。彼というバーチェスターが提供した最良の蠅を網に捕らえたのだ。シニョーラはみごとな網を仕掛ける強力な蜘蛛であり、蠅を捕らえずに生活することなんかできなかった。捕らえた獲物に用はなかったから、忌まわしい趣味を持つ蜘蛛だった。若い女蜘蛛はしばしば母蜘蛛の作った網を利用しながら獲物を捕らえる。しかし、彼女はそんなふうに結婚を餌にして獲物をえることができなかった。非合法な不倫によって獲物をむさぼることもできなかった。不幸な災難のせいで恋人と駆け落ちすることもままならなかった。ソファーから移動するのに三人もの使用人が必要な女性が駆け落ちすることなんか不可能だろう。

シニョーラはいかなる情熱にも動かされなかった。恋する時はすぎ去った。スロープ氏がユークリッド幾何学の第二巻や大学の食料売店で未納の請求書のことなんか考えている年齢で、つまりごく早い時期に、彼女は恋に焦がれる少女時代の心情――そんなものも彼女なりにあった――を卒業していた。年齢ではシニョーラのほうがスロープ氏より若かったけれど、恋愛感情や恋愛知識や不義密通に関しては、彼女のほうがはるかにうわてだった。男性をいつも足下にはべらせておくことが彼女には必要だった。そういう習慣的な興奮が生きがいだった。それがもたらす力の行使の感覚に喜びを感じた。今ではそれが彼女の野心を癒す唯一の食料になっていた。シニョーラはどんな男性でも笑いものにできると姉に自慢した。その姉のほうは、妹と同じくらいに女性らしい繊細さに欠けていたから、人生の通常の喜びから閉め出された脚の悪い妹にはそんな楽しみが与えられてもいいと悪気なしに思っていた。

スロープ氏はシニョーラにひどく恋していたが、それを自覚していなかった。少年がコルクの上にコフキコガネをピンで串刺しにするように、シニョーラはスロープ氏を串刺しにしたあと、彼がもがき苦しんで激しく旋回するのを楽しんだ。彼女は何をしているか自覚していた。

スロープ氏は他家を訪問する牧師に許される精一杯の身の回り品——きれいなネクタイ、きれいなハンカチ、新しい手袋、必要な少量の香水——を身に着けると、三時ごろ博士のうちを訪ねた。シニョーラがこの時間には奥の応接間に一人でいることが多かったからだ。母親が階下におりてくることはなかったし、博士は外出しているか、自室にいた。バーティは出かけており、シャーロットは妹目当ての訪問者があるときは、とにかくその部屋に近づかなかった。それを姉らしい思いやりと見ていた。

スロープ氏はいつものようにスタンホープ氏はご在宅かと尋ね、いつものように使用人からシニョーラは応接間にいるとの答えを聞いた。彼は二階にあがり、シニョーラがいつものようにソファーにいるのを見つけた。前にはフランス語の本を置き、テーブルの上には美しい象眼細工の小さな筆箱を開いていた。部屋に入ったとき、シニョーラは書き物をしていた。

「あら、いらっしゃい」彼女はそう言うと、机越しに左手を差し出した。「今日は来られると思っていませんでしたわ。今こそあなたに手紙を書いていたところです——」

スロープ氏はシニョーラの柔らかい、色白の、繊細な手——本当に柔らかい、色白の、繊細な手——を取ると、大きな赤い頭をさげ、それに口づけした。その様子は見ものであり、できれば記録しておきたい場面、キャンバスに描き留めたい光景だった。スロープ氏は図体が大きく、ぶざまで、鈍重。恋に熱中して、落ち着かない様子だった。シニョーラはすでに述べたように色白、金髪で、繊細。あらゆる点で洗練され、上品だった。スロープ氏の手に取られたシニョーラの手は、にんじんのなかに置かれた薔薇のようだった。その手に口づけしたとき、彼はまるで餌のなかに薔薇を見つけた牛のような表情をした。シニョーラはうずくまって顔をもたげた女神のように優雅で、そのうえアドーニスに求愛するビーナスのように冷静だった。

ああ、このような優雅とこのような美がこのような男の楽しみに屈服し、浪費されてしまうのか！

「あなたに手紙を書いていたところです」と彼女は言った。「けれど、走り書きはもうくず籠に入れてもいいわね」シニョーラは机の上の金色の便箋を持ちあげると、引き裂こうとした。

「いえ、捨てないでください」彼はだいじな手紙に半ストーン(2)もの血と肉の重みをかけて遮った。「あなたが私のために書いてくださったものを冒涜するつもりはありません」彼はそう言うと、手紙を取りあげ、にんじんのあいだに置いて、餌を食べるように読み始めた。

「まあ！　スロープさん」と彼女は言った。「私があなたに書いた紙くずを全部取っておこうっていうのじゃないでしょうね。何を書いたか、いつ書いたか、たいてい私にはわかりません。燃やしてしまうのがいちばんよ。手紙を取っておくなんてそんな馬鹿な真似はしないでください」

「私なら、少なくともいただいた手紙をくず籠に捨てるようなことはしません。もし手紙を破棄しなければならないなら、何ですか、昔ディードーがそうしたように(3)積んだ薪で燃やして、立派に最期を迎えさせます」

「もちろんスチール製のペンで串刺しにしなくちゃ」と彼女は言った。「あなたのたとえ話を完全にするならね。知っている女性のなかでいちばん馬鹿なのがディードーです。なぜクレオパトラのように[4]しなかったのかしら？　なぜ船を出して、私も一緒に行くとあの男に言い張らなかったのかしら？　彼女はだまし取った土地を失うことにも、恋人を失うことにも、堪えられなかったのでしょう。二兎を追って一兎もえられなかったということ。スロープさん、何をなさってもかまいませんが、愛と仕事を一緒くたにしないでね」

　スロープ氏は目から、まだらな額、さらに髪の生えぎわまで真っ赤になった。ボールド夫人に関する下心をシニョーラに見透かされたと感じた。正体を見破られたと良心が告げた。彼の命運は見え見えだった。二枚舌のゆえに罰せられ、目の前の美女から拒絶されるのだ。哀れな男。たとえボールド夫人に関する下心がシニョーラにばれたとしても、それはただ彼女の楽しみに興趣を添えるだけだったとは夢にも思っていなかった。シニョーラのほうは、スロープ氏を足下にはべらせ、牧師を笑いものにして彼女の力を誇示できればそれでよかった。信心深い男性でさえ、宗教の力をもってしては情熱を抑えることができないことを証明し、彼女の背信的な心を満足させればよかった。しかし、別の女性――その愛を確実にすることができれば、あらゆる点で有益であり、健全だとわかっているそういう別の女性――から犠牲となる男性を誘惑し、引き離していると知ることができたら、彼女にとってはさらにいっそう高度の充足となったことだろう。

　シニョーラはこの人特有の鋭い勘を働かせたから、すでにボールド夫人と結婚したがっているスロープ氏の下心を見抜いていた。とはいえ、ディードーうんぬんを話しているときは、まだそんな考えに想到していなかった。しかし、恋人の顔の赤らみから何を考えているかすぐ察知し、ただちにそれを利用することを思いついた。

　彼女は怒っているわけでも、ほほ笑んでいるわけでもなく、ただ抗しがたい視線でまじまじと付牧師の顔を見つめた。それから人差し指をあげると、かすかに頭を横に振って言った。

「あなたが何をなさっても、いいこと、愛と仕事を一緒くたにしないでね。富の市と財宝に執着するか、男らしく愛を取るかですわ。けれどね、両方をほしがってはいけません。もし両方をほしがったら、かわいそうなディードーのように失意のうちに死ななければなりません。スロープさん、あなたはどちら、愛？　それともお金？」

スロープ氏は即席で説教する場合に備えて、いつも感動的な持ちネタを用意していたのに、このときは当意即妙の回答をひねり出すことができなかった。何か気の利いた、意中の女性の先入見を払拭することを言わなければならないと感じた。しかし、どう答えたらいいかわからなかった。

「愛です」と彼は答えた。「抗しがたい真の愛こそ、何ですか、男が感じるもっとも強い情熱です。愛はほかのあらゆる願望を支配し、ほかのあらゆる楽しみを無視します。ですが、私の場合、相手からも愛を返してもらえないと、そのように愛が働くことはありません」彼は言葉の足りないところを補おうとシニョーラに優しい表情を向けた。

「私の忠告を聞いてください」と彼女が言った。「愛なんてどうでもいいじゃないの。だいたい愛って何？　ほんの二、三週間の夢。それが愛の喜びのすべてです。一生の失望が愛のネメシス[5]なんです。真の愛を成就させた人なんかいるの？　実った愛は逆にその愛が偽りであることを示すうえ、真の愛はいつも落胆させるか、悲劇をもたらします。ジュリエットは愛し、ハイディー[6]は愛し、ディードーは愛したものの、結局どうなったかしら？　トローイロスは愛したすえ、男性らしさをなくしてしまったわ」

「トローイロスは愛したけれど、もてあそばれたのです」一段と[7]男らしい付牧師は言った。「男性は愛しても、トローイロスのようにはなりません。また女性がみなクレシダというわけでもないでしょう」

「ええ、確かに世の女性がみなクレシダというわけではありません。過ちはいつも女性が犯すというわけでもありません。イモジェンは誠実だったけれど、どんな報いを受けたでしょうか？　夫は留守中にイモジェンが最初に近づいた男性を情夫だと信じました。デズデモーナも誠実だったのに絞め殺されてしまった。オフィーリア(8)も誠実だったのに狂気に追いやられてしまった。愛に生きて幸せはありません。イギリス小説の結末以外ではね。けれどね、愛にはなくても、富や金や家や土地や品物や動産には、つまりこの世のよきものには、そうよ、実体があるし、所有して楽しむことができます」

「おやおや、とんでもない」スロープ氏はこんな異端の教義には抗議しなければならないと感じた。「この世の富は誰も幸せにしません」

「じゃあ何があなたを幸せにするの――あなた――あなた？」彼女は上半身を起こすと、テーブル越しに力強く聞いた。「あなたはいったいどこに幸せの源を求めるの？　何も求めないなんて言わないでくださいね！　そんなの信じられないわ。あらゆる人が生涯を費やす探求なのですから」

「そんな探求は無駄に終わります」とスロープ氏が言った。「私たちは現世では幸せを探求しますが、天国では幸せは望むだけでいいんです」

「ふん！　自分で信じていないとわかっている教義を説くわね。あなたのやり方ってみなそうです。この世に幸せはないとわかっているなら、なぜあなたは主教や聖堂参事会長になりたがるのかしら？　なぜ土地や収入をほしがるのかしら？」

「人として自然な野心はあります」とスロープ氏。

「もちろんおありになりますわ、自然な情熱も。ですから、説教する教義をあなたは自分で信じていないって言うのです。聖パウロは宗教的な熱狂者です。聖パウロは野心や情熱が自己の信条と対立しなくなる

[9]まで強く信じたのです。柱の上に直立して半生をすごす東洋の狂信者もそうです。私はね、外部にはっきりと現れる信仰しか信じません。つまり、説く人の実践によって推奨される説教しか真摯であるとは思いませんわ」

スロープ氏は驚き、怯えたけれど、反論できないと感じた。実際彼がそこにいて悪魔の所業を企てているというのに、立って神の教えを説くなんてことがどうしてできようか？ 彼はやはり本当の信仰者だった。もし信仰者でなかったら、シニョーラの言葉は痛くも、痒くもなかっただろう。彼はたいていのことは図々しくやってきたけれど、神の言葉をもてあそぶほど大胆にはなれなかった。シニョーラはこれをみな知ったうえで、捕らえたコフキコガネが串に刺されて旋回する様子を大いに楽しんだ。

「あなたはこういった議論で、何ですか、才気を振るうのがお好きなんでしょう」と彼は言った。「ですが、あなたの心や理性はその議論を支えていません」

「私の心ですって！」と彼女は言った。「もしそんなものがあると思うなら、あなたは私という人間を構成するものについてまったく誤解しています」結局、シニョーラはこの間ほとんど嘘をついていなかった。スロープ氏が欺瞞に陥っていたとすれば、みずからそれを招いたのだった。シニョーラが自分について述べたことくらい開けっぴろげなものはなかった。

机に付属する書き物用小テーブルがまだ彼女の前にあり、それは敵から身を守る防壁のようだった。彼女はずっと背筋を真っ直ぐに伸ばして座っていた。スロープ氏が椅子をソファーに寄せているので、二人のあいだには小テーブルの角しかなかった。彼女が話すとき、片手をテーブルの上に載せていると、たまたまスロープ氏が答えながら、手をその上に重ねた。

「心がない！」と彼は言った。「あなたは重い告発を自分にしていますが、そんな罪があなたにあるとは思えません――」

シニョーラは優しく静かに手を引っ込めた。侮辱されたように怒ってすばやく引っ込めるのではなかった。

「私は裁判にかけられているわけではないのですから、この問題についてあなたから判決を受ける立場にはありません」とシニョーラは言った。「これから裁くつもりだなんて言わないでください。そうするつもりはないでしょうし、私だっていやですわ。あなたはこんな幽霊みたいな、恐ろしい私の愛を求めるよりも、もっと実質のあるものをえられる誓いを立てたほうがいいわ」

「あなたの愛がえられたら、一国の君主さえ夢がかないます」スロープ氏は言葉の意味を考えないまま言った。

「大主教さえ夢がかなうっておっしゃいな、スロープさん」とシニョーラ。かわいそうな男！　彼女はこの男にとても残酷だった。スロープ氏は自分の仕事のことに触れられて、再びコルクの上で串のまわりを旋回した。しかし、何とかほほ笑みを浮かべようと努めながら、この重大な問題で冗談を言う相手を優しく咎めた。

「ねえ――あなたたち男性は私たち女性をどれだけ間抜けにしたらいいのかしら？」と彼女は言った。「どれだけ思う存分私たち女性を馬鹿にするの？　男性のなかでも牧師がいちばん甘くくすぐる言葉に堪能だわ。さあ私の顔を見てちょうだい、スロープさん。大胆に、真っ直ぐにね」

スロープ氏は恋に思い詰める目で相手を見ると、前のように彼女の手を取ろうとした。

「私を大胆に見てちょうだいとは言ったけれど、スロープさん、大胆なのは目だけで結構です」

「ああ、マデリン！」彼は溜息混じりに言った。

「ええ、私の名はマデリン」と彼女が言った。「けれどね、家族以外に誰も普通私をそう呼ぶことはありません。さあ私の顔を見てくださ い、スロープさん。私を愛しているとおっしゃっていると理解してもよろしいかしら？」

スロープ氏は愛しているとは一度も言っていなかった。もしこの訪問前に少しでも計画を練っていたとしたら、そんな言葉を発することなくこの女性といちゃつくことがねらいだっただろう。しかし、今彼は愛を否定することは不可能だった。それで、取り乱したようにひざまずくと、ソファーに寄りかかり、人の愛を超える愛で彼女を愛していると誓うほかなかった。

シニョーラは胸の動悸も、驚きの表情もなく、その誓いを受け入れた。「もう一つ質問に答えてくださるかしら」と彼女は言った。「あなた、いつ私のお友だちのエレナー・ボールドとご結婚なさるおつもり？」

哀れなスロープ氏は死の苦悶のなかで串のまわりを旋回し続けた。今の状態では、どんな答えを返したらいいか知るよしもなかった。しかし、これに答えなければ確実に有罪となってしまう。告発に対してすぐ罪を認めたほうがまだましだったのにそうはできなかった。

「なぜそんな嘘偽りで私を咎めるのですか？」

「嘘偽り！　嘘なんか言っていませんｃ。あなたを咎めることも、咎めるつもりもありません。お願いですから弁解はやめてください。あなたは私の美しさを愛すると誓っておきながら、ほかの女性とは結婚を目前にしている。私はむしろそれを賛辞だと思うの。あなたが弁解すべきはボールド夫人に対してです。私のことをボールド夫人に秘密にしておくことができなければ、釈明は難しいでしょう。けれどね、あなた方牧師は普通の男性よりも賢いから」

「シニョーラ、あなたを愛していると言いました。それなのにあなたは私に毒づくのですか？」

「毒づくですって。よくもまあ。男の方っていったい何を考えているのかしら？　さあ、ゆっくりこの質問に答えてくださいね——考えなしに答えるのではなく、ゆっくり考えてからね——あなたはボールド夫人とご結婚なさるおつもり?」

「いいえ」とスロープ氏は答えた。その言葉を口にしたとき、精妙な愛で愛さずにはいられないシニョーラを彼はほとんど精妙な憎しみで憎んだ。

「けれどね、あなたはボールド夫人の崇拝者なのでしょう?」

「違います」スロープ氏は崇拝者という言葉に特にむっとした。シニョーラはその言葉が相手に不快感を与えるに違いないと思っていた。

「不思議ですわ」と彼女は言った。「ボールド夫人を賛美しないっていうの? 私の目にはあの人こそ完璧なイギリス美女であるように見えます。それにお金持ちでもあるし。あの人こそまさしくあなたを魅惑してやまぬ女性と思いますわ。さあスロープさん、いい忠告をして差しあげましょう。あのすてきな未亡人とご結婚なさい! あの人は子のよき母、牧師の家庭のすばらしい主婦になりますから」

「ああシニョーラ、あなたはどうしてそんなに残酷なのですか?」

「残酷ですって」彼女はそれまで使っていた冷やかしの口調をはっきりまじめな口調に変えた。「これって残酷かしら?」

「私の心があなたのものだというのに、どうしてほかの女性を愛せましょうか?」

「もしこれが残酷っていうのなら、スロープさん。万一私があなたの情熱に応じると宣言したら、私のことを何ておっしゃるかしら? この私のソファーで日々苦行をしなければならないとあなたを愛の誓いで縛ったら、どう思われるかしら? 私はその男性の愛に何を返せるというの? ああ、あなた、私に与えられた運命がどんなものかわかっていませんわ」

スロープ氏はずっとひざまずいていたわけではない。愛の告白のあと、今の新しい姿勢のほうがいいと思ってすぐ立ちあがり、椅子の背に寄りかかっていた。彼はシニョーラのこの優しい心の噴出に一瞬圧倒されたので、眼前の、脚が不自由で、しかも既婚の、この美しい女性の愛が自分のものになるなら、すべてを犠牲にしてもいいと感じた。

「あなたの運命に共感することはできないのですか?」スロープ氏は今彼女のソファーに座り、片足でテーブルを押しのけながら言った。

「共感は哀れみでしょう!」と彼女は言った。「私を憐れむなら、体は不自由だけれど、私はあなたを拒みます」

「ああ、マデリン! あなただけを愛します」スロープ氏は彼女の手を再び取ると、むさぼるように口づけした。彼女は今度は手を引っ込めるのではなく、されるがまま座っていた。一匹の大きな蜘蛛がしっかり捕らえた大きな蝿を見るように、その大きな目で相手を見ていた。

「もしシニョール・ネローニがバーチェスターに来るようなことがあったら」と彼女は言った。「夫とお近づきになってくれるかしら?」

「シニョール・ネローニ!」とスロープ氏。

「主教やプラウディ夫人、それからお嬢さん方に夫を紹介していただけるかしら?」彼女はそう尋ねたとき、スロープ氏が大嫌いな、あのぞっとする冷やかしの口調に戻っていた。

「なぜそんなことを聞くんですか?」と彼。

「なぜって、シニョール・ネローニという夫がいることをあなたはわきまえていなければなりません。お忘れになっているのでしょう?」

「あなたがあの悪党にまだひとかけらでも愛をとどめている——やつはまったくそれに値しません——と思ったら、何ですか、私は死を選びます。私の気持ちを伝えて、あなたの心を掻き乱すことはしません。いいえ！　たとえあなたの心が夫のものであったとしても、おそらくあなたを愛します。ですが、その場合あなたがそれを知る必要はありません」

「また私の心のこと！　しかも何という言い方でしょう。じゃあ、あなたは夫が妻の心を失ったら、その夫は妻の忠誠を要求する権利もなくなるとお考えなのね。妻は夫を愛さなくなったら、誠実である必要もなくなる。それがイギリス国教会の牧師として、この問題に関するあなたの教義かしら？」

スロープ氏は胸中に感じる魂の汚染を拭い去ろうと躍起になった。心を魅惑する妖婦セイレーンから身を引き離そうともがいたものの、逃れられなかった。心を妖婦から解き放つことができなかった。この美しい女性を愛することに恍惚の喜びを求めたけれど、失望と譴責しかえられないことがわかった。目には甘くおいしそうに見えるが、味は苦く、吐き気のする死海の果実に出会ったのだ。口のなかに入れた林檎は歯のあいだで灰に変わってしまった。それでも身を引き離すことができなかった。彼女から嘲られ、愛をこけにされ、信仰の弱さを侮辱されたと身に染みて感じた。とはいえ、彼女から崇拝は半分認められた。半分認めてもらえたことが、敬虔の泉をもってしても消せぬ欲望の火に油を注いだ。彼は残忍さと苛立ちと復讐心を感じた。シニョーラからなじられ、傷つけられたから、彼もシニョーラをなじり、傷つける侮辱の言葉を考えた。彼女の前に一瞬黙ったまま立ち尽くし、相手の高慢な精神を屈服させたいなら、相手よりももっと高慢に対応すべきだ。ひれ伏させて彼の愛を請わせたいなら、冷たい態度で相手を征服しなくてはならない。こういった考えを彼は心のなかで思い巡らした。死んだ知識に関する限り、女性を飼い慣らす方法は知っていたし、知っているつもりでもいた。とはいえ、死んだ知識に基づいて行動しようとすると、彼は子供のように失敗した。男性同士の駆け引きにおいても、死んだ知識が経験に対してどんな勝ち目がありえようか？ましてや男性と女性のあいだではどんな勝ち目がありえようか？　スロープ氏は猛然と、狂ったように、愛したとしても、恋の駆け引きをしたことがなかった。シニョーラはまったく愛していなかったうえ、盤の上の駒の動きに精通していた。生徒とフィリドール[10]が戦うようなものだった。

　そういうわけでシニョーラは彼を侮辱し続け、彼はそれに堪え続けなければならなかった。

「愛のために世界を犠牲にするですって！」シニョーラは彼が改めて語る気の抜けた情熱の宣言に答えた。「同じ言葉を何度も聞いたけれど、いつも嘘でしたわ！」

「嘘だなどと」と彼が言った。「私があなたに嘘をついていると言うのですか？　私の愛が本物ではないと？」

「嘘？　もちろん嘘ですとも。――この世が始まってから、もし嘘が単為生殖ではなく生みの父を必要とするなら、嘘の父が嘘であるのと同じように嘘ですとも。あなたは愛のために世界を犠牲にする用意があるのでしょう？　じゃあ何を犠牲にするつもりか見せてください。結婚の誓いなんてどうでもいいわ。あなたはご親切にも私の夫を悪党と呼びました。私が愛と服従を誓ったあの悪党は、本当に嫌悪をもってしか考えられない、不快でいやなやつなのです。私は心の会議室であの人を離婚しました。私にとって夫のことを思うのは、まるで老貴族が昔の放蕩な生活を何か月にも渡って細かく満足げに振り返るようなものなのです。世間が何と言おうと関係ない。私と同じように何でも率直に話してくださる？　私を妻としてあなたの家に迎え入れてくださる？　主教や聖堂参事会長や名誉参事会員の前で私をスロープ夫人と呼んでくださる？」

哀れな痛めつけられた男は、何と言ったらいいかわからないまま黙って立ち尽くしていた。「ほら！　それはできないでしょう。嘘なのでしょう。あなたは私の魅力と引き替えに、いったいこの世のどの部分を犠牲にしてくれるというの？」

「もしあなたが自由に結婚できる身なら、明日にでも、何ですか、あなたを私のうちへ連れ帰り、それ以上のことは望みません」

「私は自由よ」彼女はそう言うと、立ちあがりそうな勢いを見せた。彼女は崇拝する牧師に関心があるように見せかけていたけれど、真実ではなかった。しかし、愛や結婚について一般に話すときの侮蔑や皮肉には真実の感情を交えていた。「私は自由よ。風のように自由。さあ、ありのままの私を受け入れてくださる？　望みをかなえ、世界を犠牲にし、あなたが誠実な男性であることを証明してください」

スロープ氏は彼女の言葉をそのまま信じればよかった。そうしたら彼女のほうが躊躇しただろうから、この申し出を有利に利用することができたはずだ。しかし、彼はそうすることができなかった。そうする代わりに、驚いて茫然と立ち尽くすと、赤い直毛の髪に指を通し、活き活きした彼女の顔を見つめながら、ますますそこに不思議な美しさが増してくると思っていた。「は！　は！　は！」と彼女が声をあげて笑った。「ねえスロープさん、世界を犠牲にするなんてもう言っちゃ駄目。二十と一歳を超えた男性はそんな夢を抱いてはいけません。もしあなたと私に愛の残りかすがあり、心のなかにまだ情熱が少しでも残っているなら、残り物をもっと節約して使わなくては。私たちはもう青春の盛りにはないのです。この世はすばらしいところ。少なくともあなたの世界はそうです。金がうなるいろいろな禄付牧師館が手に入るし、主教の地位も楽しむことができる。さあ告白しなさい。よく考えてみれば、脚の悪い女のほほ笑みのために、そういったものを犠牲にするつもりはないでしょう？」

彼はこれに答えることができなかった。とにかく威厳を保つためには黙っていなければならないと感じた。「ほら、すねたりしないで」と彼女が言った。「私が真実を口にし、急所を突くからと言って怒らないでください。ねえ、わかったのは、苦い真実をこの世から教えてもらったということ。ほら、私を許すとおっしゃってください。お友だちのままではいられないの?」彼女はそう言うと、もう一度スロープ氏に片手を差し出した。

スロープ氏はそばの椅子に腰掛け、その手を取ると、彼女のほうへ身をかがめた。

「ねえ」彼女はこの上なく甘く、優しいほほ笑み――この笑みに抵抗するには、男性は三重の鋼鉄容器に入れられなければならない――を浮かべて言った。「ねえ、ここに許すという印を押してちょうだい」そう言うと、彼女はスロープ氏の顔のほうへ手を持ちあげた。この男は何度もその手に口づけした。それから差し出された手を超え、ほかにも許しと慈愛の場所を拡張しようとするように彼女のほうへ背を伸ばした。しかし、シニョーラはどうにか彼の熱意を止めることができた。この主教付牧師のように簡単に誘惑される男には、手だけで充分だった。

「ああ、マデリン!」と彼は言った。「私を愛していると言ってください。あなたは――あなたは私を愛していますか?」

「しっ」と彼女が言った。「母の足音です。二人だけの内緒話がちょっと長すぎました。もう行ったほうがいいわ。けれどね、またすぐ会えるでしょう?」

スロープ氏は明日また訪問すると約束した。

「それから、スロープさん」と彼女は言った。「どうか私の手紙に返事をくださいね。あなたは手紙を手に持っていますけれど、この二時間読んでくれなかったわ。安息日学校と子供のことです。私がここで教室を受け持ちたいとどれほど望んでいるかご存知ね。そのために教理問答も学んできました。来週私のためにそれをやりくりしてくださいさい。子供にはとにかく牧師や先生に服従することを教えるわ」

スロープ氏は安息日学校についてほとんど何も言わなかった。彼は別れを告げると、心には悲しみ、精神には混乱、良心には戸惑いを抱いてうちに戻った。

註

（1）ジェイムズ・ジョンソンの『スコットランド人の音楽資料館』（1796）第五巻第四百十二番、'Here's a health to them that's awa',というスコットランドの民謡からの引用。本書第三巻第十二章でもシニョーラがこれを引用する。
（2）一ストーンは六・三五キログラム。
（3）ウェルギリウスの『アイネーイス』第四巻でカルタゴの女王ディードーはアイネイアースに捨てられた。彼女はアイネイアースの服や鎧かぶとを積み重ねて薪を作り、その上に登り、彼の剣に飛びおりて自殺した。それでシニョーラは次の文で「スチール製のペン」に言及する。
（4）シェイクスピアの『アントニーとクレオパトラ』では、クレオパトラはアントニーとともにアクティウムの海戦に赴くと言い張った。しかし、結局戦いのさなかに艦隊とともに逃走した。
（5）ネメシス（Nemesis）はギリシア神話における応報天罰の擬人化。
（6）ギリシアの海賊の娘。ドンジュアンを救い恋に落ちるが、狂死する。バイロンの『ドンジュアン』の第二～四編。
（7）クレシダはトロイア人トローイロスの浮気な恋人。チョーサーとシェイクスピアに作品がある。
（8）イモジェン、デズデモーナ、オフィーリアはそれぞれ『シンベリン』、『オセロ』、『ハムレット』のなかのヒロイン。みな恋人に誠実であったが、その恋人によって苦悩をなめさせられた。
（9）「コリント人への第一の手紙」第九章第二十七節に「自分のからだを打ち叩いて服従させるのである。そうしないと、ほかの人に宣べ伝えておきながら、自分は失格者になるかもしれない」とある。
（10）フランソア・フィリドール（1726-95）はフランスの作曲家。チェスの名手。チェスの指南書の著者。

第二十八章　（第二巻第九章）
ボールド夫人がプラムステッドでグラントリー夫妻に歓待される

スロープ氏がボールド夫人宅に恋文を残したとき、それが夫人の滞在先プラムステッドへ午後転送されると知らされたことを覚えておられるだろう。事実、大執事とハーディング氏が一頭立て四輪箱馬車で町にやって来た。二人はプラムステッドへ帰る途中、エレナーの荷物を拾う手はずになっていた。到着したとき、メイドが御者に小さな籠と注意深く詰め込んだ大きな包みを手渡した。それから馬車の窓越しにスロープ氏の手紙を差し込んだ。大執事は窓側に座っていたから、その手紙を受け取って、筆跡を敵のものとすぐ見抜いた。

「誰がこの手紙を預けたのかね？」と大執事が聞いた。

「スロープ様がご自分で持って来られました、大執事様」とメイドが答えた。「今日じゅうにエレナー様に届けてほしいと言っておいででした」

馬車が出発し、手紙は大執事の手に残った。彼はまるでまむしの籠を持っているかのように手紙を見た。たとえ中身を読んで、神を冒涜するみだらなものとわかったとしても、今見ている手紙のほうがはるかに邪悪なものに映った。とはいえ、大執事は多くの賢者が同じ状況に置かれたとき普通にすることをした。手紙の宛先の女性のほうを、あたかも彼女が共犯者でもあるかのように、ただちに非難した。

気の毒なハーディング氏はスロープ氏と娘の仲を取り持つつもりはなかったが、婿の手から手紙を奪うためなら、何を犠牲にしてもいいと思った。しかし、それは今不可能であり、手紙は大執事の手にあった。大執事は相思相愛の恋人の大げさな言葉しかそこにはないと確信するかのように嫌悪の表情を見せた。

「この手紙がうちの屋根の下に入るのはとてもつらい」彼はしばらくして言った。

大執事は確かに道理に合わないことを言っていた。義妹を家に招待したからには、義妹がそこで手紙を受け取るのはごく自然なことだった。もしスロープ氏がエレナーに手紙を書きたいと思ったら、その手紙が彼女のあとを追うのは当然だった。さらに言うと、家に招待するという行為そのものが招待する側のされる側に対する信頼を意味している。ボールド夫人が家に泊まるにふさわしい人だと主人が見なしたことが招待の前提だろう。夫人の権利は行使される前に侵犯されたわけだけれど、それは夫人が悪いせいではなかった。それなのに屋根の下の神聖さを夫人が犯したと大執事が不平を言うのは夫人に対して残酷だった。

ハーディング氏はそう感じた。大執事が屋根の下の神聖さうんぬんについて話したとき、エレナーの父として大執事の話を不快に思わずにはいられなかった。エレナーがスロープ氏から手紙を受け取ったからと言って、グラントリー家の純潔がどんなふうに汚されるというのか？　ハーディング氏は娘がそんなふうに決めつけられ、そんなふうに話されるのを聞いて怒った。彼はたとえ娘がスロープ夫人となっても、この地上で誰よりも親しい人であることに変わりはないと思った。堪忍袋の尾が切れて、そう口に出してしまいそうになったが、何とか思いとどまった。

「ほら」大執事は不快な手紙を義父に投げて寄こした。「あいつの恋文の運搬役はご免です。あなたは父だから、これはあなたが適切と思う仕方で処理してください」

大執事は「適切と思う仕方で処理」という言葉で、ハーディング氏なら父として手紙を開封して読み、その結果必要な措置を取っても、それが正当化されると言いたかった。じつを言うと、大執事には信頼を裏切られたというだけでは説明しきれない、手紙の中身に対する強い好奇心があった。もちろん自分ではそれを開封することができなかった。しかし、ハーディング氏はエレナーの父としてそれをしても充分正当化されると言いたかったのだ。ところが、ハーディング氏には手紙を開封して読むという発想がなかった。エレナーがジョン・ボールドと結婚して以来、父はそのような権利の行使をやめていた。娘の文通を詮索する気はまったくなかった。父は手紙をポケットに収めると、できれば大執事に手紙のことを知られずにこうしたかったと思った。二人とも帰路の残り半分をたどるあいだ黙って座っていたが、やがて大執事が口を開いた。「たぶん手紙はスーザンから渡したほうがいいと思う。スーザンならやつとのつき合いがどれだけ恥知らずなことか、あなたや私よりも上手に説明できるから」

「あなたはエレナーに厳しすぎやしませんか?」とハーディング氏が言った。「娘が恥知らずなことをするのは許しませんが、娘がそんなことをするとは思えません。娘には好きな人と文通する権利があります。スロープさんから手紙を受け取ったからと言って、娘を責めるつもりはありません」

「あなたは娘に」とグラントリー博士が言った。「やつとは結婚してほしくないと願っているし、もし娘がやつと結婚すれば、恥辱にまみれると考えているのではないですか」

「娘にはあの男と結婚してもらいたくありません」困惑した父が言った。「私はあの男が嫌いです。あの男がいい夫になるとはとうてい思えません。でもね、たとえエレナーがあの男と結婚したいと思っても、それで恥辱にまみれるとは思いません」

「何たること!」グラントリー博士は叫んで、箱馬車の席の隅に深く座り直した。ハーディング氏はそれ以上何も言わず、想像のビオロンチェロに想像の弓を当てると、哀歌を演奏し始めた。馬車のなかにはそれに充分な広さがないように思えたが、彼は曲を様々に変調しつつ演奏を続け、禄付牧師館のドアに到着した。

大執事は心のなかで悲しい思いを巡らせていた。これまで大執事は義父について真の味方になってくれる人だとは思っていたが、それには闘争心が欠けると考えていた。大執事は敵の隊列を突破するとき、前慈善院長の武勇を当てにすることはなかったけれど、ハーディング氏が敵方に寝返るかもしれないとの恐れを抱いたことは一度もなかった。しかし、今その義父がエレナーの策略によって罠にかけられ、変節しようとしているように見えた。娘からだまされて正常な判断を失い、生活のなかに染みついている趣味や嗜好を奪われ、数年前の義父なら堪えられなかったあの男の横柄さ、俗悪さを受け入れるよう仕向けられているように見えた。エレナーとスロープ氏のあいだで仕組まれた通りにすべてが運んでいることに、もはや疑いの余地はなかった。ハーディング氏がそういう事情を了解していることさえ疑えなかった。ハーディング氏がなぜか事情を察知し、二人に了承を与える用意があることも明らかだった。

じつを言うと、事情は大執事の想像通りだった。ハーディング氏は気質上人を憎めないたちだったが、それでも精一杯スロープ氏を嫌った。もし娘が再婚によって父をいちばん不愉快な目にあわせたいと思ったら、スロープ氏ほどそれにかなう再婚相手はいなかった。とはいえ、もし娘が本当に悪いことをしていないとするなら、娘を責める権利が自分にあっただろうか、とハーディング氏はしばしば考えた。もしスロープ氏を愛すると言うなら、それは娘の問題だった。あれほど気だてがよく、あれほど教養があり、あれほど趣味が洗練された娘があんな男を好きになるとは、父にはまるで奇跡としか思えなかった。娘にそんなことが可能かどうか父は自問した。

ああ、なんじ弱き者よ、誰よりも慈悲深く、誰よりも立派なキリスト教徒であるのに、誰よりも弱き者よ！　あなたはそれを娘に尋ねることができたのではないか？　この娘はあなたの腰から生まれた子、あなたの心の子、誰よりもいとしい人ではなかったか？　娘は愛に満ちた親密な歳月を通じてあなたに誠実さ、優しさ、子としての従順さを証明してきたのではないか？　しかし、こういうことをみな知り、感じながらも、あなたは闇のなかを手探りし、この愛を傷つける口調で娘の悪口が言われるのを聞き、思うように弁護できない状態が続くことに堪えている！

　ハーディング氏は娘が本気でスロープ氏との結婚を望んでいると、これまで信じたことがないし、今でもまだ信じていなかった。自分がこんな発想にかかわることすら恐れていた。もし娘がその気になったら、それからは逃れられなかった。父として心から今願うことは――第一に、大執事の推測が間違っていることだった。勇気さえあったら、父は喜んでこの願いに身を任せたことだろう。第二に、もし不幸にもエレナーがこの結婚を考えているとしたら、それが破綻することだった。第三に、万一娘がこの男との結婚にのぼせあがっているとしたら、娘から離れる理由はないと主張しつつ、父として正当化できる行動が取れることだった。

　父としては娘がそんな結婚を望むはずがないと信じたかった。そう信じていることを娘に示したかった。とはいえ、たとえ不幸にも娘が思っている通りの娘でないとわかっても、悪いことは何もしていないと、あとで言うことができるようにしておきたかった。

　娘に対する愛情しかこんな気まぐれは説明できない。しかし、父の愛情はこれを当然のことと見なした。ハーディング氏に古代ローマ人的な廉直さはほとんど見られなかった。たとえ娘がタルクイニウス(1)に似る公邸の牧師から求愛され、汚されたとしても、父はルクレーティアを犠牲にすることなんかできなかった。もし娘がタルクイニウスと結婚せずにすむなら、とても喜ばしいことだ。しかし、たとえその結婚を阻止できない場合でも、父は娘に心を開き、ありのままの娘とタルクイニウスとすべてを受け入れるつもりだった。

グラントリー博士はもっと度量の大きい、強い精神の持ち主であり、勇気凛々の人だった。彼は妻子、友人らを偽りのない誠実な心で愛した。義父のことも愛していたし、エレナーのことも、もしこちら側の人間、つまり味方になり、あのスロープやプラウディ一党を人類の敵と見なし、グインやアラビンらのよさを認めるなら、愛する用意ができていた。大執事は自分の家と心の最深部に入る人々がいわゆる「安全な人」であることを望んだ。高教会主義、これが彼にとってフリーメイソンにも等しいものであり、その境界について厳格な線引きをしなかったが、忠実かつ強固なこの高教会主義の感情に欠ける人々とは活き活きと交わることができなかった。彼はイギリス国教会保守主義諸派の多くの陰影に苛立つことなく堪えていた。とはいえ、スロープやプラウディらとはまったく主義を異にしていた。

さらに言うと、大執事はハーディング氏に特徴的な、あの女性的な優しさに欠けていた、というよりも正しくはむしろそういうものに惑わされることがなかった。仲間たちが寄り添ってくるときは親しく寄り添い、肩と肩を寄せて一緒に仕事をし、忠実な者には忠実に対応する、というのが彼の友情についての考え方だった。偽りの友人が口にする抽象的な美しい友情は信じなかった。

二人はこのようにそれぞれひどくみじめな気持ちを抱えて、プラムステッドに戻った。

二人が屋敷に到着したのはかなり遅い時間になってからであり、女性たちは着替えるためもう二階へあがっていた。大広間で別れたとき、二人は一言も口を利かなかった。ハーディング氏は自室へ向かう途中、エレナーの部屋をノックして手紙を渡した。大執事は自分の生活領域へ急ぎ、忠実な伴侶に胸の内を聞いてもらおうとした。

戦術会議室と隣接する化粧室のあいだで夫婦がどんな会話を交わしたか、詳細は明らかにしないでおこう。読者はもう関連の作中人物たちとは親しくなっているから、たやすく想像できるだろう。ディナーのため階段をおりてきたグラントリー夫人の顔つきが、夫婦のあいだの話の大筋を物語っていた。

エレナーは父から手紙を受け取ったとき、差出人が誰か見当もつかなかった。スロープ氏の筆跡をこれまで見たことがなかったか、あるいは見ても忘れてしまっていたから。筆跡や封緘紙で差出人がわからないとき、人がよくやるように手紙をよじってみたものの、それに思い当たらなかった。彼女は鏡の前に座り、髪を梳きながら、絶えず立ちあがっては寝台の上の赤ん坊の遊び相手をしてやった。赤ん坊は母だけでなくメイドの注意も引いていた。

彼女はやっと化粧台の前に腰を落ち着けると、封緘紙をはがし、手紙をひっくり返して裏に書かれたスロープ氏の文字を見た。初めは驚き、困惑し、それから不安になった。手紙を読み進むうちにだんだん彼女は興味を掻き立てられた。父が慈善院へ戻る障害が取り除かれたことを知ると、あまりの嬉しさに気を取られ、そこに書かれている鼻につく表現にも気づかなかった。彼女は事情を父に知らせる委任を受けたように感じたけれど、何よりもまず独身の若い牧師からこんな連絡を受け取ってはならないとは思い至らなかった。彼女は全体としてスロープ氏に感謝の気持ちを抱くとともに、早くドレスを着て、手紙を持ち、父のところへ走りたいと思った。それから、彼女の敬虔な労働に触れる部分を読んだとき、スロープ氏のことを妙に気取ったとんまだと思った。さらに読み進んでいくと、我が子がスロープ氏のかわいい子と呼ばれていることに気分を害した。――赤ん坊は誰のものでもなく彼女のかわいい子であり、スロープ氏のような不快なよそ者のかわいい子なんかではなかった。最後に長い髪の房のところに来たとき、嫌悪の吐き気を感じた。顔をあげると、目の前の鏡のなかにその髪の房があった。確かにそれは絹のように長く、美しかった。髪がそんなふうに美しいのを知らなかったとは言わないが、彼女は急にこの髪に怒りを感じ、荒々しく、ぞんざいにブラシを掛けた。怒りに任せて手荒に手紙を握りつぶすと、これは父に見せないでおこうと、あまり考えないで決意した。内容だけを父に伝えればすむだろう。それから男の子をあやしながら、自分を元気づけたあと、ドレスをきっちり締めてもらってディナーへおりていった。

階段をおりていくにつれ、自分が難しい立場に立っていることがわかり始めた。慈善院の知らせを父に知らせずにおくことはできないし、かと言ってグラントリー家の人々の前でスロープ氏の手紙のことを言い出すのも気まずかった。父はもう下へ行ってしまっていた。父の足音をロビーに聞くことができた。それゆえ彼女は父をわきに呼んで、内緒で知らせを少しだけ伝えようと決めた。哀れな娘！　おまえは知るよしもない。その不吉な手紙のことをみながすでにいかに厳しく議論し合っていたかを。

エレナーが応接間に入ったとき、アラビン氏も含め、すでに全員が揃っており、みなむっつりと不機嫌な表情をしていた。二人の娘はいつもと様子がおかしいのに気づくと、黙ったまま、分かれて座っていた。アラビン氏さえも重苦しく黙り込んでいた。エレナーは今朝の朝食以来彼に会っていなかった。彼は一日じゅう聖イーウォルドに出かけていたので、いつもなら土産話に花を咲かせているところだった。ところが、彼はそんな話をしないで、ただひたすら重苦しく黙っていた。みなが重苦しく黙りこくっていた。エレナーはみなが自分のことを噂していたことを察すると、スロープ氏と手紙のことを考えて不安になった。とにかく今の状況では、父にだけ話しかけることはとうてい無理だと感じた。

ディナーがすぐ知らされ、グラントリー博士がいつものようにエレナーに片腕を差し出した。しかし、大執事は感情的には受け入れられない仕事だけれど、やらなければならないのでやっているといった態度をありありと見せた。エレナーはすばやくそれを感じ取ったから、大執事の上着の袖に指を触れることもできなかった。ディナーの時間がどのようにすぎていったか読者には想像できるだろう。グラントリー博士はアラビン氏に少し言葉をかけ、アラビン氏はグラントリー夫人に少し言葉をかけ、夫人は父に少し言葉をかけ、そして父はエレナーに少し言葉をかけようと努めた。彼女は何で自分が告発されているかわからないまま、その罪で裁判にかけられ、有罪の判決を受けたように感じた。彼女はみなに言いたかった。「ねえ、私が何をしたというの。はっきり言ってください。どんな罪を犯したのか。何がいちばん悪かったのか、お願いですから教えてください」と。しかし、彼女はそれを口に出すことができなかった。何も言うことができないまま、ただ黙って座り、有罪の意識に苦しんだ。それで、ディナーを食べる振りさえうまくいかなかった。

とうとうテーブルクロスがさげられ、女性たちは早々に席を立った。残った紳士たちはいくぶん打ち解けた雰囲気になったけれど、さほど社交的にはなれなかった。もちろんエレナーの罪について話すことはできなかった。大執事はディナーの前に書斎でアラビン氏に会ったとき、エレナーに関する危惧を耳に囁いていたので、もうすでに義妹に対する裏切りを働いていた。大執事がこのうえなく重苦しく、悲しげにそれを囁いたとき、アラビン氏も話の内容を聞くにつれ、重苦しい、はっきりと悲しげな表情を見せた。彼は目を大きく見開き、口を大きく開けて、「スロープ！」と囁いた。もし友人から子供部屋で恐ろしい病気が見つかったと知らされたとき、彼が「コレラ！」と言うときの口調と少しも変わらなかった。「そういう恐れがあり、残念ながら事実のようです」と大執事が言い、それから二人は書斎を出ていたのだ。

こんな重大な知らせを受け取って、アラビン氏がどういう気持ちだったか、詳しくは分析しないでおこう。驚き、苛立ち、悲しみで一杯になり、落ち着きを失った、と言えば充分だろう。彼はエレナーをあまり意識していなかったかもしれない。しかし、彼女の影響力については高く評価しており、田舎家で親しくなれれば、喜ばしいし、有益なことと思っていた。彼はこれまで大執事にエレナーの聡明さを賞賛していたし、赤ん坊を彼の背にしょって低木の植え込みを彼女と散歩したこともあった。アラビン氏がジョニーをかわいい子と呼んだとき、エレナーは怒らなかった。

三人の男性が座ってワインを飲みながら、同じ問題について思いを巡らせていたものの、それについてお互いに話し合うことはできなかった。それゆえ男性たちをここに残し、応接間へ向かった女性たちのあとを追ってみることにしよう。

グラントリー夫人は夫から任務を託されて、渋々それを引き受けていた。夫人はエレナーに深刻な忠告を与え、もしスロープ氏に固執するつもりなら、友人たちの今の顔色を期待することはできないと告げるように夫から言われていた。グラントリー夫人はいくぶん夫よりも妹のことがわかっていたから、妹に話しても無駄だと夫にはっきり言った。夫人の意見によると、いちばん有効な策はエレナーをバーチェスターから遠ざけておくことだという。夫人はこういうことには鋭い眼を具えていたから、妹はアラビン氏のそばにでも置いておいたら、希望の芽があるかもしれないと付言してもよかった。しかし、夫人はこれを口には出さなかった。大執事が妻の説得なんかに応じなかったからだ。彼は良心が許さないなどとくどくど述べると、グラントリー夫人がやらないのなら自分が引導を渡すと言い張った。夫人はそのように言われたから、任務を引き受けたものの、夫人が介入すれば無益というよりもむしろ逆効果になるとの所信を述べた。夫人の予測はその通りになった。

女性たちが応接間に着くと、グラントリー夫人はすぐ娘たちを追い払う口実を見つけ、任務に取りかかった。夫人は妹に対して権威を振るうことができないことをよく知っていた。姉妹は異なった様式の生活を営み、かなり離れた場所に住んでいたから、親密な信頼関係を結ぶことはなかった。姉妹は子供時代からほとんど一緒に生活したことがなかった。そのうえ、エレナーはここ数年大執事が父に支配的な権威を振るうことに秘かに腹を立てていた。大執事の妻が彼女に対しても権威を振るうことを渋るのは間違いなかった。

「あなた、ディナーの前に手紙を受け取ったでしょう」姉が口を開いた。

エレナーは受け取ったことを認めたけれど、認めたとき、顔が赤くなるのを感じた。顔色を変えずにすむなら、何でも差し出したことだろう。しかし、変えまいと思えば思うほど、いっそう顔は赤くなった。

「スロープさんからじゃなかったの？」

エレナーはスロープ氏からの手紙だと答えた。

「あの方とは規則正しくお手紙のやりとりをするの、エレナー？」

「そうでもありません」エレナーは答えたが、すでにこの尋問に苛立ちを感じ始めていた。なぜか理由はわからなかったが、何が何でも姉のスーザンには手紙の内容を教えまいと決意していた。グラントリー夫人が大執事にそそのかされていることはわかっていた。大執事からなされる糾弾に抗弁するつもりはもうとうなかった。

「ねえ、エレナー、どうしてスロープさんなんかから手紙を受け取ることができるの？　あの人が父さんや、大執事や、あなたのお友だちみなにとって不快な人だと、あなたにだってわかっているはずなのに」

「初めにね、スーザン。あの方から何通も手紙をもらっていません。今日受け取ったものがスロープさんの最初の手紙です。次に私はただそれを受け取っただけ。父さんから手渡されたのですからどうしようもないでしょう。その質問は私に聞くよりもスロープさんに聞いたほうがいいわ」

「どんな内容のお手紙でした、エレナー？」

「それは言えません」とエレナーは言った。「内密なことですもの。第三者にかかわる仕事のお話です」

「それでは、あなた自身にかかわる個人的なものではないのね？」

「はっきりそうとも言えません、スーザン」姉の質問にますます怒りを感じながら、エレナーは答えた。

「まあ、それもずいぶんおかしな話ね」グラントリー夫人は笑顔を作ろうとした。「あなたのような立場の若い女性が、未婚の紳士から手紙を受け取っておきながら、どんな内容か人に言えないし、姉にも見せるのが恥ずかしいなんて」

「恥ずかしいなんて思っていません」エレナーはかっとなって言った。「このことで私は何も恥ずかしいなんて思っていません。ただ私の手紙のことで誰からも尋問なんかされたくないだけ」

「あのね、エレナー」と姉が言った。「言わずにはいられません。スロープさんはあなたの文通相手としてふさわしい人じゃないと私は思っているの」

「たとえあの方がそんなにふさわしくない人だとしても、私に手紙を書くのをどうやってあの方にやめさせるというの？　あなた方はみなあの方を偏見の目で見ています。ですから、ほかの人の場合なら親切な、気前のいい行為も、あの方の場合なら憎らしい、厚かましいことになるのです。偏った慈愛を教えるような宗教は嫌いです」

「残念ですね、エレナー、このうちの宗教をあなたが嫌うなんて。でも、こういう問題で大執事はあなたよりも世間のやり方を心得ていることを忘れないでください。あいにく私はあなたよりもずいぶん年上ですが、私を尊敬するよう、私の言うことを聞くように、あなたに求めているわけではありません。でも、こういう問題では大執事の指導に従ったほうがいいと思います。あなたさえよければ、大執事はあなたの友人になりたいと心から願っています」

「こういう問題ってどういうこと？」エレナーは苛立たしげに言った。「いったいこういう詰問が何のためなのかぜんぜんわかりません」

「私たちはあなたにスロープさんとの関係を絶ってもらいたいの」

「私をあなた方のような狭量な人間にしたいのでしょう。私は絶対にそうはなりません。スロープさんと知り合いであることに何の不都合もありません。わざわざ関係を絶つと言って、あの方を侮辱する気もありません。あの方は必要と思ったから私に手紙を書いたのです。ですから、手紙の件で大執事の忠告を聞く気はありません。その気になれば私のほうから聞きます」

「では、エレナー、義務として言います」グラントリー夫人はひどく重々しい口調で言った。「大執事はそんな文通を恥知らずなものと考えていますから、自分のうちでそれが続くことを許しません」

エレナーは姉に反論するとき、椅子からさっと立ちあがると、目を炎で爛々と輝かせた。「私はどこにいようと、どんな手紙であろうと、誰からでも、好きなように受け取りますと大執事にお伝えください。恥知らずという言葉ですが、グラントリー博士が私についてそれを言うなら、博士は男らしくないうえ、もてなしの礼に欠けています」エレナーはドアのほうへ歩いた。「父さんが食堂から出てきたら、私の寝室へ来てくれるように伝言をお願いできますか。スロープさんの手紙を父さんに見せます。でも、ほかの人には見せません」エレナーはそう言うと、赤ん坊のところへ帰って行った。

エレナーは自分が咎められている罪が何なのか見当もつかなかった。スロープ氏を恋人として扱っていると友人たちから見られていることが問題なのだとは夢にも思わなかった。友人たちは偏見に満ちた狭量な心でスロープ氏を迫害していた。それゆえ、たとえどんなに彼のことが嫌いでも、その迫害には加わるまいと彼女は思った。

エレナーはひどく腹を立てたまま、開けた窓のそばに置かれた赤ん坊の寝台近くの低い椅子に腰掛けた。「私が恥知らずなことをしたなんて」彼女は何度も心のなかで繰り返した。「いったいどうして父さんはあの大執事の横暴に我慢ができるのかしら！　あの暴言の許しを請うて来ない限り、大執事のうちでは絶対一緒のディナー・テーブルには着きません」それから、もしかしたらアラビン氏が自分とスロープ氏との「恥知らず」な文通について耳にしたかもしれないと思った。彼女は純粋な苛立ちを感じると、顔を真っ赤にした。ああ、もし彼女が真実を知ることができたら！　彼女がスロープ氏と結婚する気でいることは、事実としてすでにアラビン氏に知られていることを、もし考えることができたら！

彼女が寝室に入ってほどなくして父が訪ねてきた。父が応接間を出ると、グラントリー夫人はすぐ夫を窓のところへ引っ張って行き、妹の説得にひどく失敗したことを伝えた。

「就寝前に私のほうから彼女に話してみよう」と大執事。

「お願いですからそれはやめてください」と夫人は訴えた。「うまくいきません。屋敷のなかにいやな争いを引き起こすだけです。妹がどれだけ頑固になれるか、あなたは知らないのです」

大執事はそんなことは平気だとはっきり言った。義務はわきまえており、それをはたすつもりでいた。義父はこういった問題で極度に弱腰だった。こんな恥知らずな男女の結びつきを阻むため全力を尽くさなかったと、大執事はあとで後ろめたい思いをしたくなかった。怒りにまかせてエレナーに話しても、ただ危機を早め、今は疑いですむものを確実なものにするだけだと、妻からいくら説得されても耳を貸さなかった。彼は腹を立て、依怙地になり、悲しんでいた。身内の女性がスロープ氏から手紙を受け取ったという事実によって誇りをはなはだしく傷つけられ、もはや自分を抑えることができなかった。

ハーディング氏は娘の部屋に入ったとき、やつれて、悲しげだった。悲しみによる心労でひどく苦しみ、これ以上それが続くようなら、前に主教付牧師から予言されたように本当に破滅してしまうのではないかと感じた。父は娘の部屋のドアを優しくノックすると、入室許可の言葉を聞くまで待った。そのとき、娘でなく父のほうが容疑者のような様子だった。

エレナーはすぐさま腕を父の腕に通すと、喜びに満ちた愛情からではなく、求めてすがる愛情から額に口づけし、父を愛撫した。「ああ、父さん」と娘は言った。「父さんとお話しがしたかった。今晩みんなが下で私の噂をしていました。父さんはご存知でしょう?」

ハーディング氏は囁くような声で大執事が噂していたことを白状した。

「グラントリー博士が大嫌いになりそう」

「ああ、おまえ!」

「でも、嫌いになりそうなのです。どうしようもないの。あの方は慈悲のかけらもなく、とても冷酷で、あの方を崇拝しない人に対してひどく疑り深いのです。それに、あの方は自分とは違った意見を主張する人たちに対してひどく横柄なのです」

「真面目で、熱心な人なんです、おまえ。あの人は不親切にするつもりはないんです」

「不親切な方ですわ、父さん、誰よりも冷たい方です。ねえ、私、ディナーの前にスロープさんの手紙を受け取ったでしょう。父さんが私にくれたのです。さあ、どうぞ読んでください。書いてあるのはほとんど父さんのことです。手紙は父さん宛にしたほうがよかったくらいです。下ではみんながこの手紙のことをどんなふうに話していたか知っているでしょう。ディナーのときにみんなが私にどんな振る舞いをしたか知っているでしょう。ディナーのあとスーザンからとても部屋に一緒にいられなくなるまでお説教を聞かされたのです。読んでちょうだい、父さん。そして、グラントリー博士をそんなに怒らせるような手紙かどうか言ってください」

ハーディング氏は娘の腰に回していた腕を解くと、ゆっくりと手紙を読み始めた。慈善院復帰の道筋がはっきりと開かれたこの知らせを読めば、喜びに輝く父の顔を見ることができると娘は期待した。しかし、以前いくぶん同じような場面(2)で裏切られたのと同じように、娘の期待は裏切られることになった。父は手紙を読んだあと、第一にスロープ氏が不必要に院長職の問題に介入してきたことに純粋な嫌悪を覚えた。院長に復帰することを望んでいたものの、少しでもスロープ氏の世話になるくらいなら、むしろそれを捨ててしまうほうがまだましだった。それからスロープ氏の手紙の口調についても、とても好きになれなかった。口調はあの男の人となりをそのまま表していたから、気取って、不誠実で、不健全だった。父はエレナーが見抜けなかったもの、文章に表現された裏に意図されたものを読み取ることができた。父の仕事とは別にエレナーに敬虔な労働、安息日学校への貢献を求める部分では、父として娘に不憫で、不快感に満たされた。それから、「かわいいジョニー坊や」と「絹のような長い髪の房」のところまで読み進むと、ゆっくり手紙を閉じ、失意のうちに折りたたんだ。相手から好意を寄せられ、励まされてでもいなければ、スロープ氏といえども手紙でこんな言葉をつかえるものではなかった。それに、エレナーにも相手の気を引くようなところがなければ、こんな手紙を受け取ることはありえなかったし、受け取って安閑としてはいられなかっただろう。そういうふうにハーディング氏は自分に言い聞かせなければならなかった。

他人の気持ちを正しく読み取ることは何と難しいことだろう。ハーディング氏は手紙の終わりまで読み進んだとき、胸中娘のはしたなさを咎め、咎めることでいっそうみじめな気持ちになった。スロープ氏が書いたことは娘に責任はなかった。それは確かだ。しかし、娘はこれにまったく嫌悪の情を表さないどころか、むしろ手紙の全体を承諾していた。しかも、自分とスロープ氏の身の潔白を証しする証拠として父に手紙を見せたのだ。父は娘の無実を証明できないと感じると、深く落ち込んだ。

しかし、こんな有罪の判断が彼女に向けてなされたのは、彼女の真に女性らしい繊細な考え方のせいだった。淑女のみなさんには私の話をよく聞いてもらい、あなた方にこそエレナーの無罪を証明していただきたい。エレナーはこのスロープを――彼女のほうに恋人としての意識がまったくないこの自称恋人を――父やグラントリー夫妻が嫌っているように嫌っていた。個人的には父らと同じようにスロープ氏をいやなやつと思っていた。しかし、彼女はスロープ氏を基本的に誠実な人間で、進んで父の手助けをしてくれる人と考えていた。院長職についていろいろな経緯があったから、この手紙は父に見せる必要があると感じ、スロープ氏が書いている内容は父が知る必要があると感じた。しかし、スロープ氏の俗悪な口調については――あらゆる俗悪さが無知から生じるわけだから――詫びたり、非難したり、指摘したりする必要はないと思った。そのいやなことをわざわざ父にあげつらう必要はないと思った。こういう説明をしないからと言って、父とのあいだに意見の食い違いが生じるとは、娘には思いもよらないことだった。いちばん大切に思い、崇拝する父に対して娘のほうからこういうことを説明したり、強く申し立てたりしたら、苦痛でしかないだろう。通りを歩くときよくあるように、スロープ氏と出会ったとき、彼女は不快なものと出会った。しかし、出会ったからと言って、不快なものにいつまでも拘泥する必要はないと思った。

愚かで、優柔不断で、愛すべき父は一言も口を利かなかった。このとき父が一言でも話していたら、問題は解消していただろう。あふれる涙が洪水のようにすべてを洗い清め、十分もたたないうちに屋敷じゅうの者が問題の本当のありかに気づいただろう。父は喜びに顔を輝かせ、姉は妹に口づけし、千回も謝っただろう。大執事も許しを請い、驚き、眉を吊りあげ、幸福感に満たされて眠りについただろう。そしてアラビン氏――アラビン氏はエレナーを夢に見て、翌朝は恋の思いに満たされて目を覚まし、次の夕べには結婚の計画を練りあげて就寝したことだろう。しかし、ああ、これは現実にはならなかった。

ハーディング氏は手紙をゆっくりたたむと、娘にそれを返し、額に口づけし、娘の加護を神に祈った。それから自室へのろのろと歩いて戻った。

彼が廊下から部屋に入るとすぐ、エレナーの部屋のドアがまたノックされた。グラントリー夫人付の非常に控えめなメイドが忍び足で部屋に入ってくると、もし迷惑でなければ書斎で大執事と二分ほど話をしてくれないだろうかとボールド夫人に聞いた。大執事は挨拶とともに、二分も引き止めはしないと伝言していた。

エレナーはとても迷惑だと感じた。へとへとに疲れ、気力が萎え、悲嘆に暮れていた。グラントリー博士に対しては、とても愛情とは言い難い感情に今支配されていた。しかし、彼女は臆病者ではなかったから、五分で大執事の書斎を訪れると約束した。それから髪を梳き、未亡人帽を着け、心臓をどきどきさせながら下へおりていった。

註

（1）伝説によると、ローマ最後の王の息子であるセクストゥス・タルクイニウスはいとこの妻ルクレーティアを凌辱したとされる。ルクレーティアは受けた恥辱を夫に告白したあと自害した。

（2）『慈善院長』（*The Warden*）第十三章。

第二十九章（第二巻第十章）　深刻な対話

深刻な対話を楽しむ人がいる。特に忠告を与えたり、非難を浴びせたりする役割がその人の側にある場合だ。おそらく大執事はこういう一人だった。しかし、今回の場合大執事はこれから起こる対話をどう処理していいかわからなかっただけでなく、楽しみを期待することもとてもできなかった。確かに大執事は欠点のある人だったが、人のもてなしをないがしろにする人ではなかった。自分のうちでエレナーを叱責するとき、自分がもてなしの礼に背いていると感じた。そのうえ叱責をうまくやれるという自信もなかった。普段発言に信頼を置いている妻からも、うまくやれないとはっきり言われていたからだ。とはいえ、大執事は良心に照らしてエレナーの行動の過ちを確信し、それを正すべしとの義務感に駆り立てられていたので、妻の忠告を入れ、静かに眠りに就くことができなかった。

書斎に入ってきたエレナーの表情は大執事を安心させてくれなかった。概して彼女は物腰の柔らかな人だったけれど、目は叱責することが容易でない人であることを表していた。事実、彼女は叱責されることに慣れていなかった。子供時代から大執事以外にそれを試みた人はいなかった。試みたときはだいたい失敗した。彼女が結婚して以来叱責したことはなかった。今書斎に入ってきた彼女の屈託のない穏やかな足取りを見たとき、大執事は妻の忠告を聞いておけばよかったと思った。

大執事はまず足労をかけたことを謝った。彼女は階下におりることなんかたいしたことではないから、謝るには当たらないと言い、椅子に座ると、大執事が攻撃を開始するのを辛抱強く待った。

「ねえ、エレナー」と彼は言った。「信じてほしいが、私ほど誠実な友はいないと請け合ってもいい」エレナーがこれに何も言わなかったから、大執事は続けて言った。「もしあなたに兄でもいたら、これから言うことで私が出しゃばる必要はないんです。しかし、本当の兄と同じようにあなたの幸せを願う人が近くにいるのがわかったら、あなたも実際安心すると思います」

「私に兄はいません」とエレナー。

「いないのはわかっているから、私が話さなければならないんです」

「兄はいませんが」と彼女は繰り返した。「悔やんだことはありません。父さんが兄でもありましたから」

「あなたのお父さんはこの上なく人に甘く、情け深い方です。しかし」

「父さんはこの上なく人に甘く、情け深い、最善の助言者です。父さんが生きている限り、必要な忠告に欠けることはありません」

大執事はこの言葉でかなり当惑した。義妹がその父について言ったことに正面切って反論することはできなかった。しかし、考え方は彼女と異なっていた。彼女の父は善良ではあるものの、弱腰であり、世故にたけているわけではなかったから、義兄である自分が支援しているのだと理解してほしかった。とはいえ、これを正面切って言うことはできなかった。それで、忠告を必要としているとか、忠告に感謝しているとか、そういう義妹の側の了承をえないまま、忠告を与える局面に急いで入らなければならなかった。

「スーザンから聞いたところによると、あなたは今夜スロープさんから手紙を受け取ったということですが」

「はい、父さんが馬車で持ってきてくれたのです。父さんがそう言いませんでしたか?」

「スーザンは手紙の内容を教えてほしいと頼んだが、あなたから拒絶されたと言っている」

「姉から頼まれたとは思いません。でも、たとえ頼まれたとしても、教えなかったでしょう。手紙のことを人から問いただされるのはいい気持ちがしません。もし手紙を見せたければ、頼まれなくても見せます」

「確かにしかり。あなたが言う通りです。しかし、あなたがスロープさんから手紙を受け取っておきながら、その手紙を友人たちに見せたがらないということ自体、何かある不審——ある疑惑——を掻き立てずにはおかない状況ではないですか？」

「疑惑！」と彼女は言った。普段と変わらない、まだ柔らかな女性的な口調だが、それでも怒りを含んだ声だった。「疑惑！　どなたが何について私を疑うのですか？」少し間があった。大執事は疑惑の根拠を説明する用意がなかった。「ええ、グラントリー博士、スーザンにはスロープさんの手紙を見せたくなかったのです。父さんが見るまで、ほかの人には見せられませんでした。もし今あなたが読みたいと思うなら、読めますわ」そう言うと、彼女はテーブル越しに手紙を手渡した。

大執事はこんな従順な行動を相手から予想すらしていなかったから、戦術面でかなり当惑した。しかし、彼は手紙を受け取り、注意深く読むと、それから折りたたんで、テーブルの上に片手で押さえた。彼にはそれがどの点から見ても恋人の手紙のように、最悪の疑念を確証するもののように思えた。エレナーが手紙を見せたのは、スロープ氏から恋文をもらって嬉しいとの彼女の側の公然たる宣言に等しかった。大執事は来るべき求婚と結婚に思いを凝らしすぎて、手紙の本旨をまったく見落としていた。

「よろしければ手紙を返してくださったら、ありがたいのですが、グラントリー博士」

大執事は手紙を手に取り、持ちあげたが、すぐ返すような素振りは見せなかった。「それでハーディングさんは読まれたんですか？」と聞いた。

「もちろん読みましたわ」とエレナーが答えた。「父さんが読むようにと書かれてありましたから。これは特に父さんの仕事にかかわる手紙ですから——もちろん父さんに見せました」

「それで、エレナー、この手紙はあなたが、あなたのような立場の人が、スロープさんから受け取ってもいい手紙だと思っているんですか?」

「まったく何の問題もありません」彼女がそう言うとき、おそらく少し依怙地になっており、絹のような巻き毛についてのいかがわしい部分を一瞬忘れていた。

「それでは、エレナー、私があなたとはまったく違う意見だということを義務として言わなければなりません」

「そうなのでしょうね」彼女は今対抗心と、屈すまいという決意に駆り立てられて言った。「あなたはスロープさんをサタン直通の使者と思っている。私はよく働く、善意の牧師と思っている。これほど私たちの考え方が違うのは残念です。でも、これだけ違っているのですから、これ以上話をしないほうがいいでしょう」

ここでエレナーは疑いもなくまずい立場に自分を置いてしまった。彼女が喧嘩腰にならなかったら、グラントリー博士との議論を打ち切ることができたかもしれない。しかし、大執事の言うことを聞くことにしたからには、大執事がスロープ氏を悪魔の使者と見ているなんて言うべきではなかった。彼女自身スロープ氏を嫌っていることを知っておりながら、スロープ氏を賛美するようなことを言ってはならなかった。しかし、彼女は傷つき、怒り、苦い思いに満たされていた。この夜ずっと侮辱と尋問と無礼な扱いを受けてきた。誰も、アラビン氏さえも、父さえも、優しくしてくれなかった。これもみな大執事の偏見とうぬぼれが原因だと彼女は思っていた。それゆえ、大執事に対する敵意は限りなかった。さじ加減を加える気も、加えられる気もなかった。彼が文通について尊大にでしゃばって聞いてきたら、彼女は意思をはっきりと打ち出そうと決めていた。

「エレナー、あなたは自分を見失っている」大執事が厳しく相手を見つめながら言った。「そうでもなければ、この私が人をサタンの使者と見ているなんて言わないでしょう」

「でも、あなたはそう見ています」とエレナーは言った。「スロープさんくらい悪い人はいないのです。よろしかったら、その手紙を返してください」彼女は手を差し出すと、相手からそれを取り返した。「あの方は父さんの友人たちがしてくれる以上に、父さんの役に立とうと最善を尽くしてくれます。ところが、あなたはあの方がいやな主教の付牧師ですから、紳士の扱いを受ける権利がないように言うのです」

「あの男はあなたのお父さんに何もしてくれませんよ」

「あの方がたくさんのことをしてくれていると信じます。私に関する限り、あの方には感謝しています。あなたが何をおっしゃっても私の感謝の気持ちを消すことはできません。私は人を行為で判断します。私が見る限り、あの方の行為は立派です」彼女は少し間を置いた。「もしこれ以上お話がなければ、お休みの挨拶を言わせていただけたら、ありがたいのです。たいへん疲れましたから」

グラントリー博士は義妹に対して礼儀正しくしようと精一杯試みてきた。義妹に厳しい態度を取らないように、非難の言葉からも毒気を抜くように努めてきた。しかし、言うことを聞いてもらえないまま彼女を帰す気はなかった。

「私は言いたいことがあるんです、エレナー。あなたに是非聞いてもらわなければなりません。あなたは今手に持っているそんな手紙をスロープさんから受け取ることに何の不都合もないとおっしゃる。しかし、スーザンと私はまったく違ったふうに考えています。あなたはもちろん自立した女性です。もしあなたとお別れしなきゃならないとしたら、双方ともに大いに悲しいことです。そういう別れをもたらす行動をあなたが取らないようにする権限は私たちにはありません。もしあなたが友人たちの助言を拒絶するわがままな人なら、あなた自身が気に入るように振る舞うほかはありません。しかし、エレナー、これは聞いてもいいでしょう。スロープさんのために、あなたを愛するみなと——あなたが愛するみなと別れる価値があるんですか？」

「グラントリー博士、何をおっしゃりたいのかわかりません。あなたが話していることがわかりません。私は誰とも別れたくなんかありませんわ」

「しかし、もしあなたがスロープさんと結びつけば、お別れすることになります。エレナー、はっきりと言っておかなければなりません。あなたは姉と私と私たちの友人か、スロープさんと彼の友人か、どちらかを選ばなければなりません。お父さんのことは言いません。お父さんの気持ちはあなたのほうが私よりもよくわかっておられるでしょう」

「何をおっしゃりたいのでしょう、グラントリー博士？　どう理解したらいいのでしょう。生まれてこのかたこんな邪悪な偏見は耳にしたことがありません」

「偏見ではないんです、エレナー。私はあなたよりも世間を長く知っています。スロープさんなんかあなたの足元にも近づけない人間です。あの男がそんな人間だとあなたは知っているし、感じているはずです。どうか——お願いですから、手遅れになる前にこのことを考えてください」

「手遅れになるって！」

「あるいは、もし私の言うことが信じられないなら、スーザンに聞いてください。スーザンがあなたに偏見を抱いているとは思わないでしょう。あるいは、あなたのお父さんに相談してください。アラビンさんに

立った。

「まさかこのことをアラビンさんに話してしまったの！」彼女はそう言うと、跳びあがり、大執事の前に
聞いてみてください」

「エレナー、いずれすぐバーチェスターじゅうの人がこのことを噂しますよ」

「でも、私とスロープさんのことをアラビンさんに話したのですか？」

「もちろん話しました。彼も同じ意見です」

「どんな同じ意見ですの？」と彼女は聞いた。「あなたは私の気を狂わせたいのね」

「あなたをスロープ夫人としてプラムステッドに受け入れることができないという点で、彼も私もスーザンも同じ意見です」

エレナーはスロープ夫人という名がいつか自分の属性となるかもしれない、となるはず、となると初めて聞いた。このときのエレナーの表情を私は悲劇の詩神の寵児というわけではないから、描写する勇気がない。義妹の表情がそんなふうだったから、グラントリー博士はしばらくそれを忘れることができなかった。一瞬、彼女は内心の深い怒りと嫌悪を表現する言葉を見つけられなかった。事実、この危機に臨んで自由に言葉を駆使することができなかった。

「いったいどうしたらそんなに無礼になれるのかしら？」エレナーはついに言うと、大執事に二の句を継ぐ機会を与えないまま急いで部屋から出ていった。自室に着くまで自分の気持ちを抑えておくのがやっとだった。ドアに鍵をかけ、ベッドに身を投げると、心も裂けよとばかりにすすり泣いた。

しかし、今のところまだ彼女は真実を把握していなかった。父と姉がここ数日で彼女とこの男の結婚というようなことを真剣に考えるようになったとは思えなかった。大執事がそれを思いついたとも信じられな

かった。何らかの頭脳の働きを通して、彼女はこの発想の起源をアラビン氏に求めた。そうしたとき、彼に対する度を超した怒りと、堪え難い苛立ちに襲われた。アラビン氏の告発が真剣なものだったと、そんなふうに考えることはできなかった。大執事とアラビン氏がこのいかがわしい交際について話し合ったとき、アラビン氏が敵とエレナーの交際を無礼に扱ういちばん手厳しい方法として、嘲りと皮肉な口調でこの忌まわしい結婚を発想したのだろう。大執事がアラビン氏からその発想を横取りし、こう言って彼女を罰するのが適当と考えた、というのがありそうなことのように思われた。一晩じゅう彼女は目を覚ましたまま横たわり、言われたことを考えると、これがもっともありそうな帰結だと思った。

しかし、アラビン氏が不必要に彼女をスロープ氏の名と結びつけて語ったと思うと、堪え難かった。告発を繰り返す大執事の悪意に満ちた意地の悪さを思い返すとき、彼女は夜明け前にもこの家を出たいと思った。一つだけ確かなことがあった。朝より先この家にとどまることはどうしてもいやだった。グラントリー博士と同席して朝食を食べるのはどうしてもいやだった。その名が彼女と結びつけられた男のことを考えると、心底嫌悪の叫びをあげずにはいられなかった。大執事がひどい言葉を使ったのは、彼女をこんなふうに嫌悪させ、こんなふうに傷つけ、ショックを与え、骨の髄まで痛めつけるためだった。大執事は彼女をスロープ氏と喧嘩させたかったから、それでぞっとするような俗悪さで挑発したのだ。とにかく彼女は大執事の意図を正しく把握したと相手に知らせる決意をした。

大執事のほうもこの深刻な対話の結果にエレナーと同様不満を感じていた。大執事は得意の推理力を駆使して、エレナーが彼に憤慨した理由を推察した。彼女はスロープ氏との結婚の意図を勘ぐられたから怒っているのではなく、そんな意図を犯罪とされたから怒っているのだと考えた。グラントリー博士は予想されるこの結婚を嫌悪とともに見ていた。しかし、エレナーがその結婚を大執事とまったく同じにとらえたから憤慨しているとは思ってもみなかった。

大執事は苛立ち、少し滅入って、妻のところに戻った。とはいえ義妹に対する怒りを固めていた。「彼女の行動の全体が」と大執事は言った。「非常にいかがわしい。恋文を読むように自慢げに私に手渡したんだ。手紙を自慢しているよ。このお世辞たらたらの欲深なやつを足下にはべらせているのが自慢なんだ。自分の身とジョン・ボールドの金をやつの膝の上に放り出すつもりらしい。男の児を台無しにして、お父さんとあなたを辱め、哀れでみじめな女になっていくことだろう」

彼の伴侶は化粧用テーブルに座ったまま、化粧を続け、夫の言葉に答えなかった。干渉しても大執事にうるものがないことを見抜いていた。とはいえ、夫人は思いやりがあったから、夫が深い悲しみに包まれていたとき、それをあからさまに言って刺激したくなかった。

「これもみなボールドの遺言に由来する」と大執事は続けた。「あれほど多額のお金をエレナーに委ねておくのは、慈善学校の貧乏娘にそれを委ねるのと同じくらい不適当なんだ」それでもグラントリー夫人は返答しなかった。「とはいえ私は義務をはたした。これ以上のことはできない。私とやつのあいだに関係を作ることは不可能だとはっきり彼女に言った。この先彼女をプラムステッドに温かく迎えるのは私の手に余る。スロープさんの恋文をこの家に入れることはできん。スーザン、エレナーがこの問題で譲るようには見えないから、バーチェスターへ帰ってくれたほうが双方ともに望ましいと、おまえが彼女に引導を渡してくれるといい」

今グラントリー夫人は夫に腹を立てていたものの、同じくらいエレナーに腹を立てていた。とはいえ、妹を家から追い出す気はなかった。それで、夫人はついに声を出すと、穏やかで魅力的な口調で、大執事が不必要に苛立ち、騒ぎ立て、やきもきしていると言った。事態は大執事がいじり回すよりも放置しておいたほうがうまくいくと断言した。最後に夫をいくぶん前よりは寛容な精神状態でうまくベッドに就かせることができた。

翌朝、エレナーはメイドに頼んで言づけを食堂にもたせた。気分がすぐれないので朝の祈りに出席することができない、自室で朝食を取る、との伝言だった。自室に父の訪問を受けたとき、すぐバーチェスターへ帰りたいと気持ちを伝えた。父はそう知らされてもほとんど驚かなかった。屋敷じゅうの人が何かうまくいっていないことに気づいているようだった。みなが控えめな足取りで歩き回り、人の靴がいつもよりもきしんでいるように思えた。女性たちは訳知り顔を浮かべ、男性たちは何も問題がないかのように話そうとしたが、うまくいかなかった。これらがみなハーディング氏の心に重くのしかかった。エレナーがバーチェスターへすぐ帰る必要があると言ったとき、父はただ痛ましげに溜息をつき、進んで同行しようと言った。

しかし、娘はこれに強く反対した。一人で帰りたい、グラントリー博士との喧嘩に父が巻き込まれてはならない、と強く希望した。これに父もついに屈した。しかし、父娘はスロープ氏について——また前夜の深刻な対話について、一言も、一つの問いも交わすことはなかった。父娘とも理由はわからなかったが、ほとんど信頼関係を失っていた。エレナーは父に主教を訪問しないのかと一度聞いた。父はわからない、行く必要はないと思うけれど、今はわからないとかなり辛辣に答えた。こうして父娘は別れた。父娘ともそれぞれがいつも二人を結びつけていた思いやりの印、信頼の回復、愛情の表れをみじめに切望した。しかし、それを見つけ出せなかった。父は恋人とされた男について娘に問いただす気になれなかった。娘は怒りの原点となったグラントリー博士の忌まわしい言葉を繰り返して、口を汚す気になれなかった。それで父娘は別れた。

エレナーの帰宅方法を決めるとき、ごたごたがあった。彼女は父に駅馬車を呼んでくれるように請うた。しかし、グラントリー夫人がこれを聞いて強く反対した。たとえエレナーが大執事に腹を立てて立ち去るとしても、なぜ使用人や近所の人にまでそれを知らせる必要があるのか？　それで結局エレナーはプラムステッドの馬車を使うことに同意した。大執事は朝食後すぐ外出してディナーの時間まで帰ってこない予定だったから、彼女は旅を昼食後まで延期した。大執事がいなくなったらこの家の家族と一緒にいることにも同意した。喧嘩のことについては、誰も何も言わなかった。ハーディング氏が二人の女性のあいだの使者役を務め、馬車の件を取りまとめた。姉妹が会ったとき、互いに愛情を込めて口づけすると、まるで何事もなかったかのように座り、それぞれがかぎ針編みをした。

第三十章　（第二巻第十一章）　もう一つのラブシーン

しかしながら、禄付牧師館にはもう一人客がいた。この嘆かわしい事態に遭遇したその男性の感情は、いくぶん厳密に分析する必要がある。アラビン氏は友人からエレナーとスロープ氏が結婚するかもしれないと聞いて、驚きはしたものの信じられないわけではなかった。彼はエレナーに恋していないと著者は述べてきたが、このときまでそれは真実だった。ところが、彼はこの女性がほかの誰かを愛していると聞いたとたん、この女性への恋愛感情に気づき始めてしまった。彼女のことを妻にしたいと心に決めていたわけではなく、自分と結びつけて考えたことも、今も考えていなかった。しかし、彼は胸中言葉に表せない深い遺憾の念、責め苛む悲しみ、抑えることのできない憂鬱な気分、それにある種の自己蔑視を味わった。彼、アラビン氏が本当に心から軽蔑しているあの卑しい男、もう一人の男が、このかわいいだいじな人をさらっていくのを阻止できなかったからだ。

　こんな感情を知らないまま独身で四十歳になってしまった男は誰にしろ、立派な成功を収めているか、非常に冷淡な心の持ち主か、どちらかだろう。

　アラビン氏は豪華大型商船の護衛として帆走するため、バーク船[1]の帆を調節しようと考えたことは一度もなかった。ボールド夫人を美しいと思ったが、その美しさを自分のものにしようと夢見たことはなかった。ボールド夫人が財産を持っていることは知っていたが、その富を自分のものにすることは、グラントリー博士の富を自分のものにしようと考えなかったのと同様、考えたことはなかった。ボールド夫人が賢明で、思いやりがあり、感じがよく、思慮深く、男性が妻に望むあらゆるものを具えた女性だということを発見していた。とはいえ、彼女の魅力や考えられる資格が大きければ大きいほど、これらの所有者としての自分の姿をどうしても想像することができなかった。彼の場合、考え方というよりも本能の部分で、そんなふうに非常に謙虚で、自信に欠けていた。自信に欠けるという欠点のせいで、今この女性を結局オバダイア・スロープの餌食にしてしまう憂き目にあっていた。この女性は彼の目には完璧な美しさを具えた人、近づくのを思いとどまらせるほどの財産を持った人、たとえ財産で思いとどまらなかったとしても、未亡人であることよって沈黙せずにはいられなかった人だった。

ボールド夫人が出発する朝、アラビン氏は馬にまたがって聖イーウォルド牧師館へ向かった。馬を走らせながら、ヴァン・アルテフェルデ(2)の一行を繰り返しつぶやいた。

女の愛の何と失望させること

我々がそれについて思うとき、
女の愛の何と失望させること
もっとも近くにいる男に安っぽく与えられ

それから、彼は平常心を取り戻すため、ほかのこと、教区や大学や信条のことについて考えようとしたけれど、思いはまたスロープ氏とフランドルの首領へ戻っていった。――

もっとも高く売ろうとする

ボールド夫人は自分以外の男と結婚してはならない。求婚者として自分はまだ名乗りをあげていない。もし彼女がスロープ氏と結婚しないなら――それでも彼は何度も繰り返した――

外面の優雅さも
内面の輝きも女にはいらない――日ごとに
その両方を求める男らは
神の創造した女のなかでも最良最高の者と結婚するけれど、
その女の愛は男らしさ以外に区別しないで
男の選択そのものを嘲る

彼は胸中大いに悩みながら進み続けた。

今朝の馬の乗り心地は悪かったうえ、聖イーウォルドの務めもうまくいかなかった。彼は牧師館に必要な手直しをすばやくすませたあと、部屋から部屋へ歩き回ったり、階段をあがったりおりたり、庭をぶらついたりしたけれど、周囲のものに関心を向けることができなかった。窓という窓で立ち止まり、じっと外を眺めてスロープ氏のことを考えた。エレナーとは、ほとんどの窓の前で話を交わしていた。彼女とグラントリー夫人は絶えずここに来ており、グラントリー夫人が指図し、指図通りになるように見守るあいだ、彼とエレナーは牧師の職業に関するいろいろなことを話した。彼が何度法を規定したか、彼女がどんなに優しく彼の独断的な言い方に我慢していたか思い出した。話を聞くときの理解力や、穏やかですばやい受け答えや、教会と彼にかかわることへの関心の深さを思い出した。それから彼は乗馬用の鞭で窓敷居を打つと、エレナー・ボールドがスロープ氏と結婚することなんかあってはならないと断言した。

彼はそんな結婚がありえないことを信じていればよかったのに、実際は心からそれを信じることができなかった。そんな結婚がまったくありえないと感じられるくらいに、彼女のことが理解できていればよかったのに。エレナーにはそんな価値の下落から身を守る地力があることがわかっていればよかったのに。しかし、彼もほかの多くの男性と同じように、女性に対する自信に欠けていた。エレナー・ボールドがスロープ夫人になることはありえないと、何度も独り言を言ったものの、そうなるだろうと信じていた。彼はぶらぶら歩き回り、何をすることも、何を考えることもできなかった。落ち着かなくて不安なまま、自分とほかの者みなに怒りを向け、スロープ氏に対する敵意を募らせた。本人が正しく理解し、感じていたように、これは好ましい状況ではなかった。しかし、いかんともし難かった。アラビン氏は気づいていないが、真実のところ今ボールド夫人に恋していた。四十歳という年齢にもかかわらず、それと気づかずに恋に落ちていた。苛立ち、思い悩みながら、二十一歳の若者でもわかるその状況が何なのか理解できなかった。そのため聖イーウォルドでは何も手につかず、ボールド夫人がプラムステッドを発つ前に会いたいという無意識の願望に突き動かされ、いつもよりかなり早く馬で帰った。

エレナーは不愉快な朝をすごしていた。まわりの人たちみなに苛立ち、とりわけ自分に苛立っていた。他人から利用されることはなかったが、事態をうまく処理できなかったと感じていた。姉の指摘や大執事の説教を超然と受け入れられるくらいに、疑惑から遠ざかっていられたらよかったのに、そうできなかった。怒りや悲しみをまき散らしたうえ、今は苛立っていることを恥じながら、それをやめることができなかった。

エレナーは午前中のほとんどを一人ですごしたが、しばらくすると父が合流した。ハーディング氏はどんなことがあろうと、末娘とは別れまいと強く心に決めていた。スロープ氏のテーブルの上席に娘の姿を見ることなんてとても受け入れられなかったけれど、その気持ちを克服していた。スロープ氏は尊敬すべき人であり、牧師であり、父として娘がそういう人と結婚しないように工作する権利はないと自分に言い聞かせた。父は世のなかの何よりも娘を優先しようとどれほど決意しているか、娘が間違っていないと認める覚悟がどれほどできているか、グラントリー博士とはどれほど考え方が違うか、娘に伝えたかった。とはいえ、父はスロープ氏の名をどうしても娘に言い出すことができなかった。彼らの憶測がみな間違っているという可能性がまだあった。まだ疑わしい状況だから、父はその話題を率直に娘に切り出すことができなかった。

父は娘と一緒に応接間に座ると、娘の腰に腕を回し、時々愛情のこもった優しい言葉をかけながら、想像上のチェロの弓で一生懸命演奏していた。そこへアラビン氏が入ってきた。父はすぐ立ちあがって、彼とどちらもお互いに何を話しているか考えないまま、陳腐な言葉を交わした。そのあいだエレナーは憂鬱な様子で黙ってソファーに座っていた。彼女は怒りを向ける人々の名簿にアラビン氏も加えていた。無礼にも彼女のスロープ氏との交際を咎め、彼の敵を敵と見なそうとしないと言って彼女を非難したから。出発前に彼に会うつもりはなかったし、今さら愛想よくする気にもなれなかった。

何かが間違っているという雰囲気が家じゅうに漂っていた。アラビン氏はエレナーに会ったとき、事情を何も知らないかのような表情をしたり、そのように話したりすることができなかった。いつものように快活に、積極的に、議論を仕掛ける立場に立つこともできなかった。その部屋に二分もいないうちに早く帰ってきたのは間違いだったと感じた。彼女の声を聞いたとたん、心底聖イーウォルドにいればよかったと思った。いったいどうしてスロープ氏の未来の妻に何か言いたいことがあるなんて考えたりしたのか?

「あなたがこんなにも早く私たちのもとを去ってしまうと聞いて残念です」と彼は言った。普段通りの声で話そうと努めたものの、うまくいかなかった。彼女はこれに答えて、バーチェスターへ帰らなければならない理由を何かぶつぶつつぶやいてから、かぎ針編みに専念した。

アラビン氏とハーディング氏はそれからありふれた会話をもう少しした。ありふれて、骨の折れる、退屈で、無意味な会話。二人とも話すことは何もなかったのに、そのときは黙っていたくなかった。とうとうハーディング氏が会話の間に乗じ、部屋から抜け出したので、エレナーとアラビン氏は二人きりになってしまった。

「あなたが行ってしまうと私たちの集まりは分裂してしまいます」と彼は言った。

彼女はほとんど聞こえない声で何かまたつぶやいたが、目はかぎ針編みに向けたままだった。

「ここですごした一か月はとても楽しいものでした」と彼は言った。「少なくとも私はですが。それがこんなにも早く終わってしまって残念です」

「もう予定よりも長く家を空けてしまっていますから」と彼女が言った。「そろそろ帰らないと」

「楽しい時間や楽しい日々には終わりが来るのですね。楽しい日々が本当に少ないのは残念です。むしろないほうが——」

「男女とも余計なことをして日々の楽しさを破壊するのは確かに残念なことです」エレナーが彼の言葉を遮って言った。「慈悲心が広く見られないのは残念です」

「慈悲心は身近なところから始めなければなりません」と彼は言った。牧師として人に教えるのが義務と思う原理を犠牲にしてまで、彼女が言う慈悲心のある存在に自分はなれそうもないと説明しようとした。そのとき、こんなことでスロープ氏の未来の妻と議論するのはまったく無駄だと気づいた。「が、あなたは私たちのもとを去るところです」と彼は続けた。「ですからまた説教して最後の時間を退屈させたりするつもりはありません。じつのところ、あなたには説教をしすぎてしまったと心配しています」

「あなたは説教だけではなく実践すべきですわ、アラビンさん」

「確かにそうでなければなりません。私だけでなくみながそうあるべきです。おこがましくも説教をしている私たちはみな教えを実践するため最善を尽くす義務があります。教えを実践する点で私に至らなさがあることを完全に認めます。が、私は今あなたが暗にほのめかしていることが何なのかはっきりわかりません。今になって私に説教だけでなく実践もすべきだと言うのには、何か特別なわけでもあるのですか？」

エレナーは何も答えなかった。怒りの原因を彼にわからせ、失礼なことを言ったと彼を叱責し、最後に許して、仲よく別れたいと願った。今のような気持ちで彼と別れたら、不幸だと感じた。しかし、スロープ氏のことをどうしても言い出すことができなかった。それに、アラビン氏が発想し——そう信じていた——、大執事が指摘した彼女の結婚相手のことをいったいどうして話題にすることができようか？　間違いを彼にわからせ、ひどい扱いをしたと彼に気づかせて、許しを与える優しさを高めたかった。しかし、彼がとても好きだったから、不快な気持ちのまま別れることには不満があった。とはいえ、彼の側から何の説明もなく、何の罪の自覚もなく、もう二度と彼女に対してひどい罪を犯さないとの何の保証もないとしたら、深い不快感を克服することができなかった。

「なぜあなたは説教を実践するように私に言うのですか？」と彼は続けた。

「みながそうあるべきでしょう」

「確かにそうですね。それはいわば了解済み、周知のことです。が、あなたはあらゆる男性、あらゆる牧師にそう言っているわけではありません。その助言は立派なものですが、ある特殊な欠陥に触れるとき以外にはなされないものです。もし私の特殊な欠陥を教えてくださるなら、その助言から教訓をえるように努めましょう」

エレナーは少し間を置くと、相手の顔を真正面から見てこう言った。「あなたは率直に、わかりやすく、はっきりものを言う勇気のない人です、アラビンさん。でも、女の私には、はっきり言えとおっしゃる。なぜ私のいないところでグラントリー博士に私の悪口を言ったのですか?」

「悪口ですって!」彼は顔を真っ赤にして言った。「いったいどんな悪口ですか? もし私があなたの悪口を言ったとしたら、あなたにも、私が言ったという人にも、神にまでも、許しを請うつもりです。が、私がいったいどんな悪口をグラントリー博士に言ったというのですか?」

彼女も顔を真っ赤にした。別の男の妻として彼女のことを話さなかったかと、どうしても相手に聞く気にならなかった。「それはあなたがいちばんよくご存知でしょう」と彼女は言った。「でも、名誉を重んずる方としてあなたにお尋ねします。あなたが自分の妹についてなら口が裂けても言えないような悪口を、私について言わなかったかと。いや、これはお聞きしません」彼がすぐ答えないのに気づくと、彼女は続けた。「こんな質問に答える必要はありません。グラントリー博士があなたの言ったことを教えてくれましたから」

「グラントリー博士は確かに私に助言を求めてきました。それで回答しました。あの人は私に聞きました――」

「あの方が聞いたのは知っています、アラビンさん。あの方はたまたまあなた方が個人的に不愉快に思っている紳士と私が交際を続けるなら、私をプラムステッドに置いておくのは正しいかどうか聞いたのです」

「あなたは勘違いなさっています、ボールドさん。私は直接スロープさんを知りません。スロープさんとは一度も会ったことがありません」

「でも、あなたは個人的にスロープさんに敵意を抱いています。あなたの敵意が適切かどうか私は問うてみる立場にはありません。でも、その敵意に私の名を巻き込まないでほしいと求める権利はあります。あなたは女性である私にとって非常に有害で、非常に苦しめるやり方でそのなかに私の名を巻き込んだのです。アラビンさん、私はこれとは違った扱いをあなたに期待していたと申しあげなければなりません」

こう言いながら彼女は必死に涙をこらえていたが、何とかこらえた。もし彼女がこらえきれなくて、多くの女性がするように大声で泣きじゃくっていたら、アラビン氏はすぐ心を和らげ、彼女に許しを請い、おそらく彼女の足元にひざまずいて愛を告白したことだろう。すべてが説明され、エレナーは満ち足りた思いでバーチェスターへ帰ったことだろう。もしアラビン氏から真実の全体を聞き出していたら、どんなにか彼女は簡単に大執事の疑いを許し、忘れることができただろう。しかし、そうなっていたら私の小説はどこへ行ってしまうのだろう。彼女は泣かなかったし、アラビン氏は心を溶かさなかった。

「あなたは私を不当に扱っている」と彼は言った。「私はグラントリー博士から助言を求められ、回答しなければならなかったのです」

「グラントリー博士はとても横柄で、無礼でした。私だって彼のように自由に交友関係を作る権利があります。グラントリー博士がタテナム・コーナー卿(3)を知っているからと言って、私がうちから博士を追い出すことが妥当かどうかもしあなたに意見を求めたら、あなたは何とおっしゃるかしら? スロープさんが牧師の娘に好ましくないのと同様、タテナム卿は牧師の知人として好ましくないと私は思いますわ」

「私はタテナム・コーナー卿なんて知りません」

「そうですか。でもグラントリー博士は知っているのです。彼がイギリスのすべての競馬場にいる若い貴族をみんな知っているとしても、私には関係ないことです。私は彼に干渉する気はないし、彼にもまた干渉させません」

「残念ながらあなたとは意見が違います、ボールド夫人。あなたがこの問題を取りあげたとき、私が言ったわずかなことで特に私を非難したとき、あなたとははっきり意見が違うと言います。グラントリー博士には男性として世間的な立場上知人を選ぶ権利があり、同時に一定の外的影響力に従う義務もあります。もし彼が悪い知人を選んだら、その外的影響力が働きます。もし彼がふさわしくない人とつき合ったら、主教が干渉してくるでしょう。グラントリー博士にとっての主教が、あなたにとってのグラントリー博士なのです」

「認めません。私は絶対に認めません」エレナーはそう言うと、ソファーから跳びあがり、アラビン氏の前で顔を真っ赤にした。そんなに興奮した姿はこれまで見せたことがなかった。そのときの彼女はいつもの倍も美しかった。

「私は絶対に認めません」と彼女は言った。「グラントリー博士はどんな影響力も私に振るうことはできません。あなたと彼は私が世界で一人きりじゃないってことをお忘れじゃありませんか？　私には父がいます。思うにグラントリー博士はいつもそのことを忘れています」

「アラビンさん、あなたからだったら」と彼女は続けて言った。「私は助言を聞いていたことでしょう。なぜなら、あなたからだったら、先生が生徒に与える命令のようなものではなく、友人が友人に助言するようにそれを与えてくれたと思うからです。あなたとは意見が違っていたかもしれません。この問題に関しては違っていたはずです。でも、もしあなたがいつものような態度と率直さで私に話してくださったら、私は怒ってなんかいませんでした。でも今――こんなふうにとても無礼に――私のことを話すのは――アラビンさん、男らしいことでしょうか？　あなたがおっしゃったことはとても繰り返すことができません。私がどう感じているかわかってください。あなたが否定なさる教義を持つ男性と私が知り合いになったからと言って、私のことをそんなふうにおっしゃり、姉の夫に姉の家から私を追い出すように忠告するのが、あなたにとって正しいことでしょうか?」

アラビン氏は暖炉に背を向けて立つと、絨毯の模様をじっと見つめ、ゆっくりと落ち着いた声で話した。「私とグラントリー博士のあいだで交わされたやりとりを率直に話す以外に、私に残された道はないようですね、ボールド夫人」

「そうですわ」彼女は相手が少し間を置いたのを見て言った。

「これから言うことはあなたを傷つけるかもしれません」

「あなたがすでに傷つけた以上に傷つけることはありません」と彼女。

「グラントリー博士はスロープさんの妻としてあなたを家のなかに迎えるのは分別のあることと思うかと聞いてきました。それで私はそんなことをしたら分別に欠けると思うと答えたのです。スロープさんと――そんなことは絶対にありえないと信じていたからです」

「ありがとうございます、アラビンさん。もう充分ですわ。あなたの理屈はもう聞きたくありません」彼女はひどく冷静な声で言った。「私はこの紳士に隣人としてごく普通の礼儀を見せてきました。あなたとグラントリー博士は教義の違う牧師には当然恨みや憎しみを向ける必要があると考えていました。私が教義の違う牧師に普通の礼儀を見せて、恨みや憎しみを向けなかったから、あなた方は私とその紳士が結婚すると結論づけたのです。――いえ、あなたはそうは結論づけなかった。分別のある人は、もっとちゃんとした根拠がなければ、そんな常軌を逸した結論にはたどり着かなかったでしょう。そう、あなたはそうは思わなかった――でも、私が敵との結婚というような非難に特に傷つきやすい立場にあるから、あなた方はこの敵に対して私を怯えさせ、私に敵意を抱かせるため、こんな非難をしたのです」

彼女は話し終わると、応接間の窓のほうへ歩いていき、庭へ出た。アラビン氏は部屋に取り残されて、絨毯の模様を数えるのに忙しかった。しかし、彼女が話した一語一語をはっきりと聞き、正確に記憶していた。彼女の言ったことから判断すると、彼女がスロープ氏に愛情を寄せているという大執事の考えが誤りであるのは、明らかではなかったか？　エレナーがまだ自由に別の男性を選べる状態にあるというのも、明らかではなかったか？　奇妙に思えるかもしれないが、アラビン氏はここで一瞬これを疑った。疑う必要なんかなかったのに疑ってしまった。彼女は受けた非難を完全に否定したわけではなかったし、その非難が間違いだとははっきり言っていなかったからだ。アラビン氏は女性の感情の性質というものをほとんど理解していなかった。もし理解していたら、実際に告白したもの以上に、彼女が心の内を明かすことがどんなにありえないことかわかっていただろう。ほとんどの男性が女性の心の本質を実際には理解していない。歳月の経過がそういうものを理解する必要のないことを教えることになる。そうでなければ男性はあまりにも簡単に女性の心を勝ちえてしまうから。

アラビン氏は絨毯の模様を数えながら立ち尽くしていた。彼女から投げかけられた厳しい言葉でひどく落ち込み、不幸な気持ちを味わった。しかし、尊敬する女性が結局大嫌いな男の妻にはならないことがわかって、非常に幸せな気分になった。立ち尽くしているうちに、彼女に恋していることに気づき始めた。四十年の記憶を遡ってみても、女性の美しさのせいで落ち着かない時間をすごしたことは一度もなかった。今すごしているこの時間こそ非常に落ち着かないものだった。

今語りに費やした時間の半分も、四分の一もアラビン氏はその場にとどまっていたわけではない。エレナーの言葉にもかかわらず、アラビン氏は実際には男らしい男だった。自分がこの女性を愛していることを確認したあと、彼女が少なくとも進んで受け入れる気があるなら、今や自由に彼の愛を受け入れることができると信じたから、できる求愛をするため彼女のあとを追って庭へ出た。

彼女はすぐ見つかった。大執事の敷地に教会墓地を取り囲んで立つ楡の並木道を行ったり来たりしていた。アラビン氏と交わした言葉によっても、残念なことにとげとげしい心を和らげることはできなかった。彼女はとても怒っていた。ほかの誰よりもアラビン氏に怒っていた。いったいどうして彼女のことをそこまで誤解することができたのか？　彼ととても親しくし、好きなことを言う自由を彼に許し、彼の考えに従い、彼の意見を大切にし、彼の教えを心に抱き、彼が快適であるように気をつけてきた。美しい女性が心身を捧げることなく独身男性をだいじにできる、あらゆる方法を尽くして彼をだいじにしてきた。そのように振舞ってきたのに、彼はというと相手のことを別の男性と婚約中の女性と見なしていたのだ。

並木道を歩いていると、時折自然と涙が彼女の頬をつたった。それを拭おうと片手をあげて、こんなふうに扱われたと思いながら、恨みを込めて小さな足で芝生を踏みしめた。

アラビン氏に気づいたとき、すぐそばまで来ていたから、彼女はくるりと背を向けると、来た並木道を引き返して、告げ口する涙の跡を頬から拭い去ろうとした。むだな努力だった。なぜなら、アラビン氏はそんなささいなことに気を取られるような精神状態ではなかったから。彼はあとを追いかけて、歩道の端っこで追いついた。

アラビン氏はどうやって話しかけたらいいか、何と言ったらいいか考えていなかった。ただ喧嘩はみじめだから、仲よくすることができたら幸せだと感じていた。それでも身を屈して許しを請うことはできなかった。彼女に悪いことをした覚えはなかった。彼女は責めるけれど、彼女のことを中傷したことも、傷つけたこともなかった。してもいない罪を告白することなんかできなかった。過去のことは過去として水に流し、将来に向けた二人の希望について尋ねることしかできなかった。

「敵のままお別れしたくないのですが？」と彼は聞いた。

「私に敵意なんかありません」とエレナーは言った。「どんな敵意も避けるように努めています。でも、たった今いさかいがあったあとなのに、真の友情があるなんて言ったとしても、それは上辺だけのことにすぎません。人は軽蔑している相手を友人にすることはできません」

「私は軽蔑されているのですか？」

「確かに私が非難されたわけですから、私のほうが軽蔑されていたに違いありません。私は裏切られました、残酷に。あなたは私のことを高く評価してくださる、尊敬してくださると信じていましたのに」

「あなたを高く評価しているし、尊敬もしています！」と彼は言った。「自己弁護のため、これよりももっと強い言葉を使わなければなりません」彼がちょっと間を置いたとき、エレナーは再び話し続けるのを待つあいだ、苦痛なほど激しく胸を高鳴らせた。「私はあなたを尊敬してきました。どんな女性に対してもなかったほど、心から尊敬しています。あなたのことを高く評価しています！　どんな人に対してもなかったほど、あなたを高く評価し、だいじに思っています。あなたを中傷し、侮辱し、故意に名誉を毀損するなんて！　中傷、侮辱、毀損からあなたを守るのが私の特権であればいいと思うのに！　中傷するなんて！　ああ！　私としたことが。が、中傷のほうがまだましでしょう。邪悪で、無益な、罪深い崇拝で偶像視するよりはまだましです」それから彼は後ろ手に手を組むと、足元の芝生を見つめながら、彼女のそばを歩いたが、真意をどうやって伝えたらいいかわからないまま、途方に暮れていた。エレナーは救いの手を差し伸べることだけはすまいと心に決めて、彼のそばを歩いた。

「ああ！」ついにアラビン氏はエレナーに、というよりも自分に言った。「ああ！　心安らかなときであれば、ここのプラムステッドの散歩道はとても気持ちがいいのに。心乱れているときは、オックスフォードの単調で、退屈な石畳のほうがはるかにいいように思えます。聖イーウォルドもここと同じです。ボールドさん、私はこちらに来たときに過ちを犯したと思うようになりました。カトリックの神父なら、今直面するこういうことから逃れていられたでしょう。ああ、天の父よ！　あなたが私たちに確かな規則を与えてくださっていたら、どんなにかよかったのに」

「私たちに確かな規則はないのですか、アラビンさん？」

「そう――そうです、確かにありません。『私たちを誘惑に会わせないで、邪悪なものからお救いください[4]』しかし、誘惑とは何か？　邪悪とは何か？　これは邪悪なものなのか？――これは誘惑なのか？」

　哀れなアラビン氏！　彼はあの深い真実の愛をどうしても口に出せなかった。答えを要求するはっきりした言葉で、それを口にすることができなかった。そばにいる女性にどう言えばいいかわからなかった。「あなたはもう一人のあの男を愛していないし、あの男の妻にはならないのですから、私を愛してくれますか？　私の妻になってくれますか？」これが彼の心のなかにある言葉だったが、どんなに溜息をついてもこれを口に出すことができなかった。彼はこの簡単な問いを発する力をえるためなら、代わりに何を投げ出してもよかった。しかし、説教壇や演壇で舌はぺらぺらとよく喋ったのに、今は心の率直な望みを表す一言を見つけ出すことができなかった。

　ところが、エレナーは彼が巧みな女たらしのロザリオ[5]の口で優雅に、流暢に激情を告白したかのように、彼の言いたいことを完全に理解した。彼がプラムステッドの心地よさとオックスフォードの石畳について話したとき、カトリックの神父の安全と、誘惑の隠れた危険に触れたとき、彼女は女性特有の直観で彼の心の屈曲をみな理解した。それがみな愛を意味していることを知った。傍らにいるこの男性、この洗練された学者、熟達した演説者、偉大な論争好きの闘士は、その心がもはや自分のものではないことを彼女に伝えようと、いたずらにもがきにもがいているのを知った。

エレナーはこれを知り、知って喜びを感じたものの、彼に助け舟を出そうとはしなかった。アラビン氏が彼女を深く傷つけ、不当に扱い、愛に気づいているのにかえって彼女を無価値なもののように扱ったから、エレナーは復讐心を捨てることができなかった。最終的に彼の愛を受け入れるかどうか自問することも、彼の愛に今喜びとともに気づいて得心することも自分に許さなかった。今このとき彼の愛は心に触れなかった。それはたんに彼女の自尊心を満足させ、虚栄心をくすぐっただけだった。アラビン氏は大胆にも彼女の名をスロープ氏のそれと結びつけた。今喜んで彼女の名を自分のそれと結びつけたいと願っているのがわかって、彼女は心を慰められた。彼のそばを歩きながら、お世辞を吸い込んで得意になったけれど、相手に優しさを返すことはしなかった。

「これには答えてください」アラビン氏はそう言うと、突然足を止め、一歩踏み出してエレナーと正面から向き合った。「この一問には答えてください。あなたはスロープさんを愛していませんね？　彼の妻になるつもりはありませんね？」

アラビン氏はエレナー・ボールドのような女性を口説く方法を明らかに誤った。語られはしなかったが、彼の真の愛の温かさの前で彼女の怒りが消えかけ、霧消しようとしているまさにそのとき、彼はまったく無用にももとの罪を繰り返して、再び彼女の怒りに火をつけた。もし問題を心得ていたら、エレナー・ボールドを完全に自分のものにするまで、スロープ氏の名を彼女の前で口に出すことはしなかっただろう。自分のものにして初めて好きなだけ勝ち誇りながら、スロープ氏のことを話したらよかったのに。

「そんな質問には答えられません」と彼女は言った。「それから、どんな言い訳があろうと、そんな質問は許されないと言わなければなりません。さようなら！」

エレナーはそう言うと、誇らしげに芝生を横切って、応接間のフランス窓を抜け、食堂で昼食を取っていた父と姉に加わった。それから三十分後、彼女は馬車に乗り、二度とアラビン氏に会うこともなくプラムステッドをあとにした。

彼は教会の構内の薄暗い緑陰のあいだを抜ける、長く、悲しい道のりをたどった。人目を避けるため、大執事の敷地を離れ、緑の小山をぶらついた。小山の下には、プラムステッドのかつて情愛深かった田舎者や忘れられた美人がたくさん安らかに眠っていた。耳にはエレナーの最後の言葉が取り返せぬ弔鐘のように聞こえた。エレナーが彼に怒り、激昂し、冷淡に振る舞い、それでも彼を愛していることが彼には理解できなかった。スロープ氏が彼女の好意を勝ちえた恋敵かどうかもわからなかった。もし恋敵でなかったのなら、なぜエレナーは質問に答えなかったのだろうか？

哀れなアラビン氏！——世間知らずの、素養のない、粗野で、無知な男！　四十歳にして女性の心の動きがほとんどわからないとは！

註

（1）通常三本マストで、後檣のみ縦帆の帆船。
（2）劇作家、詩人ヘンリー・テイラー（1800-86）の劇的ロマンス『フィリップ・ヴァン・アルテフェルデ』（1834）第二部第三幕第二場からの引用。アルテフェルデはフランドルの政治指導者。
（3）エプソム競馬場の最終直線コース直前の急カーブ、競馬の難所をもじった名。
（4）「マタイによる福音書」第六章第十三節。

（5）桂冠詩人ニコラス・ロウ（1674-1718）の悲劇『美しい悔悟者』（1703）の登場人物で女たらし。

第三十一章　（第二巻第十二章）　主教の図書室

　こうしてプラムステッドの楽しい集まりは壊れてしまった。お互いに上機嫌でいるあいだ、それはとても心地よい集まりだった。グラントリー夫人は牧師館がこれほど陽気で、明るかったことは久しくなかったと感じていた。大執事の考えによると、ひと月が心地よくすぎたのはほかの何よりも彼のもてなしのよさによるものだ。エレナーが出発してから三、四日のうちにハーディング氏も帰って行った。アラビン氏は聖イーウォルド俸給牧師館に落着く前、オックスフォードで一週間をすごした。グイン博士に伝えたいことがたくさんあった。バーチェスター主教公邸に見られるいんちきな所業や、スロープ氏の不吉な手紙で保証されていたにもかかわらず慈善院がいまだにはらむ危険についてなどだった。

　エレナーはバーチェスターへ向かう馬車のなかでアラビン氏について考える機会があまりなかった。姉と会話したり、仲よく別れるような外見を取り繕ったりする必要があって、アラビン氏の罪と愛について考えることから気をそらされた。馬車が自宅のドアに着いて、姉と姪にお別れの口づけをしているあいだに、メアリー・ボールドが駆けつけて叫んだ。

「ねえ！　エレナー――聞きました？――まあ！　グラントリー夫人、何が起こったかご存知ですか？かわいそうな参事会長のこと！」

「何ですって！」グラントリー夫人が言った。「何――何が起こったの？」

「今朝九時に卒中の発作を起こしたのです。それから言葉が出なくなって。もう亡くなっているのではないかとても心配です」

グラントリー夫人は聖堂参事会長ととても親しかったから、ひどくショックを受けた。エレナーは懇意にしていたわけではないが、その人の人となりや物腰は充分知っていたから、その知らせを聞いて、驚き、嘆いた。「私はすぐ参事会長邸へ向かいます」とグラントリー夫人は言った。「大執事もきっとそこにいるはずです。あなたに伝えなければならないことがあったら、町を出る便にトマスを差し向けます」馬車はエレナーと赤ん坊をメアリー・ボールドに委ねて出発した。

グラントリー夫人は正しかった。大執事は参事会長邸にいた。彼はエレナーに干渉したくなかったから、その朝一人でバーチェスターに来ていた。到着直後、参事会長の発作を知らされた。すでに述べたように、参事会長邸と聖堂を連結する部分に図書室、あるいは閲覧室があった。あるバーチェスター主教が聖堂にそれを増築したので、この部屋はふつう主教の図書室と呼ばれていた。主教の図書室は回廊の真上に建てられており、そこから聖堂の牧師が儀式用白衣に着替える更衣室に階段でおりて行くようになっていた。図書室のもう一方の側は直接参事会長邸に続いており、参事会長が公的な勤めでいつも使う通路となっていた。そこに出入りする権利が誰にあり、誰にないかは難しい問題ではあったが、バーチェスターの人々はその権利が参事会長にあり、バーチェスターの牧師らはそれが聖堂参事会にあると信じていた。

問題の朝、参事会を構成する構内居住聖職者の大部分とほかの何人かがここに集まっていた。彼らのなかでいつものように大執事が威厳をもってそびえ立っていた。大執事は町に入る橋を越える前に参事会長の発作の知らせを聞くと、すぐ聖職者周知の会合場所、主教の図書室を訪れた。十一時くらいにはそこに着いて、それからずっとそこにとどまっていた。時々呼び出された医者が参事会長邸から主教の図書室に入って来ると、少しだけ容態の情報を漏らして、また戻って行った。老人が回復する希望はあまりないように見え、完全な回復の見込みは皆無だった。問題は参事会長が最初のひどい発作に襲われたまま言葉を発することもなく、意識もなく、すぐあの世へ行かなければならないのか、それとも適切な医療によって容態を意識できるまでこの世に連れ戻され、裁きの席で神と直接顔を突き合わす前に、神に一度お祈りを捧げることができるのかということだった。

サー・オミクロン・パイはロンドンからこちらへ向かって出発していた。この偉大な医者は亡きグラントリー主教の病気のとき、老人の生命を維持する名人であることを示した。当然のことながら、同じように参事会長の命を長らえさせることが期待されていた。そのあいだフィルグレイヴ先生とリアチャイルド氏が最善を尽くしていた。哀れなミス・トレフォイルは父の寝台の枕元に座り、ほかの娘がそういうときにするように、何か愛情の印を見せたいと願っていた。ただ両手で父の脚をこすって温めるだけでも、横暴な医者たちの雑用をするだけでもいい、今必要なことがあれば何でも役に立ちたいと思っていた。

付き添いの牧師のうち大執事だけが少しのあいだ病人の私室に入ることを許された。彼は靴をきしませながらゆっくり部屋に入ると、感情を抑えた声で悲しみに暮れる娘に慰めの言葉をかけた。それから、「いつか私もこのようになるのだろう」と胸中つぶやくかのように、厳粛な、熱心に探る目で旧友の歪んだ顔を見つめた。そのあと彼は医者たちに二言、三言意味のない言葉を囁くと、靴をきしませて主教の図書室に戻った。

「残念だが、もう二度と言葉を発することはないだろう」音を立てないように図書室のドアを閉めるとき、大執事は言った。彼は意識も感覚もない死にゆく男が遠く離れた私室から錠の音を聞いているかのように慎重にドアを閉めた。

「ほんとに！　ほんとに！　そんなにお悪いのですか？」痩せた小柄の名誉参事会員が尋ねた。彼は次の参事会長候補を頭のなかで順繰りに思い浮かべると、大執事がそれを評価し、受け入れてくれるか知りたいと思った。「発作はひどいもののようですね」

「七十をすぎた男が卒中に襲われたら、軽くすみはしないでしょう」とたくましい尚書役が言った。

「優れた、心の温かい人でした」と聖歌助手が言った。「いったいどうやって抜けた穴を埋めたらいいかわかりません」

「本当にそういう人でしたね」と準参事会員が言った。「聖堂の礼拝を分かちあった特権的な人々にとって大きな恵みでした。政府が後任を任命するでしょうが、大執事。もうこれ以上のよそ者は勘弁してほしいですね」

「今は後任の話をするときではないだろう」と大執事は言った。「まだ希望があるうちはね」

「ええ、もちろんです」と準参事会員が言った。「きわめて無作法ですから――」

「私が思うに」と痩せた小柄の名誉参事会員が言った。「スロープさんほど今の政府に縁故を持っている人はいませんよ」

「スロープさん」と二、三人が同時に小声で言った。「スロープさんがバーチェスター聖堂参事会長！」

「馬鹿な！」とたくましい尚書役が叫んだ。

「主教はあの人のためなら何でもしますよ」と小柄の名誉参事会員が言った。

「それにプラウディ夫人もね」と聖歌助手が言った。

「馬鹿な！」と尚書役。

大執事はそういう話を聞いて青ざめてしまった。スロープ氏がバーチェスター聖堂参事会長になったらどうなるか？　そんな冒涜的なことはありえないと思いたかったものの、その根拠はなかった。確かにありうることだった。プラウディ博士は政府につながりを持っていたし、スロープ氏はプラウディ博士をいわばポケットに入れて歩いているようなものだった。もしスロープ氏がバーチェスターの参事会長になったら、彼らはいったいどう振る舞ったらいいのか？　ちょっとそう考えただけでグラントリー博士は言葉を失ってしまった。

「スロープさんを参事会長邸に迎え入れたりしたら、とても不愉快なことになりますね」小柄の名誉参事会員は自分の予想がもたらした明らかな動揺を見て、内心ほくそ笑みながら言った。

「あなたを主教公邸に迎え入れるのと同じくらいに不愉快で、ありえないことです」と尚書役が言った。

「そんな任命はとてもありそうもないだけでなく」と準参事会員が言った。「きわめて無分別だと思います。そう思われませんか、大執事？」

「そんな任命はまったくありえないと思っている」と大執事は言った。「しかし、今はスロープさんのことよりも近くで横たわる哀れな友人のほうが気がかりです」

「もちろん、もちろん」聖歌助手がとても厳粛な様子で言った。「もちろんそうですとも。私たちも気がかりです。かわいそうなトレフォイル博士。この上なく立派な人ですけれど――」

「ここはイギリスでもっとも住みよい参事会長邸です」と二番目の名誉参事会員が言った。「十五エーカーも敷地があります。多くのほかの主教公邸よりも立派ですね」

「そのうえ年二千ポンドの収入[1]」と痩せた博士。

「それは千二百ポンドに削られました」と尚書役。

「いいえ」と二番目の名誉参事会員が言った。「千五百ポンドです。特例になったんです」

「そんなはずはない」と尚書役。

「いいえ確かにそのはずです」とその名誉参事会員。

「私も報告書で読みました」と準参事会員。

「馬鹿げたこと」と尚書役が言った。「そんなことはないでしょう。ロンドンとダラム(2)以外に例外はないはずです」

「それにカンタベリーとヨークもね」聖歌助手が控えめに言った。

「どう思われますか、グラントリー?」と痩せた小柄の博士。

「何のこと?」と大執事が聞いた。彼は友人の参事会長のことを考えているふりをしていたものの、じつはスロープ氏のことを考えていた。

「次の参事会長の収入ですよ。千二百か、千五百か?」

「千二百だ」大執事は威厳をもってそう言うと、その話題に関する部下たちの疑念や論争を終わらせた。

「そうですか、私は確かに千五百と思ったのですが」と準参事会員。

「馬鹿な!」とたくましい尚書役は言った。そのときドアが開いてフィルグレイヴ先生が入ってきた。

「容態はどうですか?」「意識は戻りましたか?」「話せますか?」「まだ亡くなっていませんよね?」

「もっと悪い知らせじゃないでしょう?　先生」「少しはよくなりましたか?　先生」一度に六人がそれぞれとても気がかりな口調で尋ねた。老参事会長が牧師らのあいだでいかに人気があるか見るのは快かった。

「変わりありません、みなさん。まったく変わりありません――しかし電報が届きました――サー・オミクロン・パイが今夜九時十五分の汽車でこちらに着きます。もし何かできるとするなら、サー・オミクロン・パイしかいません。しかし、医術にできることは尽くしました」

「先生のご尽力はわかっています、フィルグレイヴ先生」と大執事は言った。「よくわかっています。しかしご存知のように――」

「ああ！　わかっています」と医者は言った。「わかっています――私でも同じようにしたと思います――私はすぐ助言しました。このような方、このような命を救うにはサー・オミクロンを呼んだほうがいいとリアチャイルド先生に言ったのです。――もちろん経費なんか問題ではありません――こんなに著名な、こんなに人気のある参事会長なのですから。それでも、医術にできることは尽くしました」

ちょうどこのころグラントリー夫人の乗った馬車が構内に入ってきた。大執事は下におりて、妻が聞いた知らせが事実であることを伝えた。

夜九時十五分の汽車でサー・オミクロン・パイが到着した。その夜のうちに老参事会長の意識が少し戻った。これがサー・オミクロン・パイのおかげによるものかどうか意見は述べないほうがいいだろう。フィルグレイヴ先生は自分の努力によるものと見ていたけれど、サー・オミクロンはその熟練した医者とは違った意見を持っているように見えた。とにかくサー・オミクロンは参事会長がもう何日か長らえると断言した。

それから八日すぎ、十日すぎても、哀れな参事会長は同じ状態で生き長らえた。意識は半分あるが半分は昏睡状態だった。見舞いに来た牧師らは今後数か月新しい任命の必要はないと思うようになった。

註

（1）一八四〇年の「聖堂参事会長と聖堂参事会に関する法」によって定められたもの。

（2）イングランド北東部ニューカッスルより十五マイル南の州都。ノルマン時代の大聖堂がある。

第三十二章（第二巻第十三章）教会の栄誉職への新しい候補者

聖堂参事会長の病気は、参事会長邸と隣接する主教の図書室以外の場所でも大きな精神的混迷を引き起こした。痩せた小柄の名誉参事会員はスロープ氏の昇進という予想を脳裏に思い浮かべたが、彼だけが思い浮かべたわけではなかった。

参事会長の病気の知らせが届いたとき、主教は執務室で力なく座っていた。その知らせを携えてきたのは、バーチェスターでいちばんそれを待ち望んでいたスロープ氏だった。プラウディ夫人もまもなくこの知らせを耳にするだろう。主教閣下を従順に従わせようとするこの二人の対抗者のあいだに、このとき親しい交渉は欠落していたと考えていい。実際、一つ屋根の下に暮らしていたとはいえ、先日主教の執務室で交わした激しい論争以来、二人は顔を合わせていなかった。

そのときはプラウディ夫人が負けた。この戦闘的な女性は常勝の威信が軍旗からもぎ取られたことを大いに悲嘆した。しかし、たとえ一時的に負けたとしても、まだ打ち負かされてはいなかった。まだ失地を取り戻すことができる。彼女が拾いあげてやった塵のなかにスロープ氏をまだもう一度投げ捨てることができる。罪を重ねる夫に荒布をまとわせ、灰をかぶらせて[1]、まだ許しを請わすことができると考えていた。

あの記憶すべき日、奥方の重大な命令に対して主教の反乱と謀反が起きたあの日、主教は高飛車に自分のやり方を推し進めて、奴隷の日々も終わりに近いと本気で考え始めていた。彼は今まさに自由の地に、一気に飲み干せる乳と、目にじらされるだけではない蜜の流れる豊穣の地に[2]、足を踏み入れることができると思い始めていた。プラウディ夫人が執務室を出てドアをバタンと閉めたとき、彼はついにどこからどこまで完全に主教であると感じた。確かに彼はそのあとスロープ氏の説教に少し怯えはしたものの、概して大いに満足し、最悪の事態は収まったと自讃した。「難しいのは最初の一歩だけだ[3]」と思った。今その最初の一歩がとても勇敢に踏み出された。あとはわけなく進むだろう。

主教はディナーのとき当然奥方と顔を合わせた。主教の幸せを損なう話はそこでほとんど出なかった。娘たちと使用人がそこにいて、主教を護っていたからだ。

主教はこれからは思い通りにすることを関係者みなに示すため、計画中の大主教訪問について一言、二言発言した。使用人たちはその変化に気づき、奥方から主人へ敬意をわずかにずらした。主人はそれを察知し、奥方も察知した。しかし、プラウディ夫人は時機をうかがっていた。

ディナーのあと主教は執務室に戻った。スロープ氏がまもなく主教に合流し、二人で紅茶を飲み、たくさんの計画を練った。数分のあいだ、主教は本当に幸せだった。とはいえ、炉棚の上の時計が夜の静かな時間が迫るのを警告したとき、室内用の燭台を使う必要に気づいたとき、再び落胆が主教を襲った。彼は鶏鳴とともにこの地上を自由にさまよう力を失う亡霊のようだった。いやむしろ鶏が鳴くまで再び農奴でいなければならなかったから、亡霊とは逆の存在だったろう。それだけだろうか？　彼は朝、自由人として朝食におりていけると確信できただろうか？

主教はいつもより一時間遅くベッドへ向かった。休息！　休息といえたのか？　とはいえ、主教はシェリー酒を二杯飲んで階段を登った。彼のあとを追う気はもうとうない。小説家も、歴史家も、書いてはならないことがあり、詩人さえも描いてはならない場面が人生の戯曲のなかにある。この夜プラウディ博士と奥方のあいだで起こったことは、そういうたぐいのものとしておこう。

翌朝階下におりてきた彼は思いに沈むみじめな男だった。見るからに衰弱し、やつれていると言ってもよかった。灰色の巻き毛が昨夜よりもずっと白くなったように見えた。とにかくひどく老けてしまった。歳月は人を一定速度で徐々に老けさせるのではない。喜びも悲しみもなく植物のように生きて死んでいく、そういう珍しい例を除けば、世間を見ると、人は必ずしもそういう一定速度で老けるのではないことがわかる。人は年齢に関係なく薔薇色の若々しい健康を保っていく。三十代――四十代――五十代――それから身を切るような霜、苦悩の時がやってきて、肉体の繊維から汁気を奪い、壮健で力強い人は老人の仲間入りをする。

主教は階下におりると一人で朝食を取った。プラウディ夫人は気分が優れなかったので、娘たちから世話されて寝室でコーヒーを飲んだ。主教は一人で朝食をすませると、何をしているか自覚しないまま執務室のいつもの椅子に座った。大主教への訪問が近いことを考えて、そこに慰めを見出そうとした。とにかく自由意志を働かせることができたという勝利の感覚がまだ残っていた。しかし、今自由を達成したものの、なぜかその自由にあまりなじめなかった。大主教のテーブルに列席するように突き動かしてきたのは野心だったが、今はその野心がすっかり萎えていた。

主教がそんな状態で力なく椅子に座っていたとき、スロープ氏が息せき切って姿を現した。

「閣下、参事会長が亡くなりました」

「何とまあ！」と主教は叫んだ。突然悲しい知らせに触れて、驚いて、麻痺状態から目覚めた。

「亡くなっているか、亡くなりかけているか、そのどちらかです。卒中の発作です。ほとんど希望はないと言われました。今ごろもうこの世の人ではなくなっていると思います」

ベルが鳴らされ、即座に使用人らが見舞いに行かされた。主教は付牧師の腕に寄りかかりながら、朝のうちに参事会長邸を訪れた。プラウディ夫人はミス・トレフォイルに手紙を書いて、あらゆる援助を申し出た。ミス・プラウディらも手紙をしたためた。公邸と参事会長邸のあいだに深い心の交流があった。病状の問い合わせへの回答は変わらず、参事会長は同じ状態のままだった。サー・オミクロン・パイが午後九時十五分の汽車で到着することになっていた。

それからスロープ氏はほかの人が考えたように、誰が新参事会長になるか考え始めた。そして、ほかの人が思い至ったように、自分が新参事会長になる可能性に思い至った。それから聖堂の図書室にいるほかの牧師らの心に思い浮かんだように、俸給は年千二百ポンドなのか、千五百なのか、それとも二千なのか、という問いが彼の心にも思い浮かんだ。

二千だろうが千五百だろうが千二百だろうが、それを手に入れることができたら、間違いなくすばらしいことだろう。スロープ氏の場合、野心の充足は貪欲の満足よりもはるかに大きい喜びだった。聖堂の市で大執事をしのぐ地位に就くとは、名誉参事会員や参事会員よりも上に位置を占め、聖堂の説教と礼拝を意のままに取り仕切ることができるとは、何とすばらしいことだろう！

しかし、どんなものも望むよりも手に入れるほうが明らかに難しかった。しかし、スロープ氏は望みを実現する手段を持っていたうえ、ぐずぐずして好機を逸する人ではなかった。第一に主教が与えてくれる支援を当てにできると——前向きに——考えた。それからすぐパトロン——主教——に対する考え方を改めて、もし参事会長になったら、主教閣下を再び奥方の臣下の地位に戻してやろうと決めた。対立する助言者の片方を取り除くことができたら、閣下にはむしろ喜ばしいだろうと思った。スロープ氏は別の権力者にも名を売り込む措置を取っていた。ある国民学校(4)の理事長がいて、政府要人に気に入られ、かなり影響力を持つと見られていた。スロープ氏はその理事長と手紙による親交を保っていた。このサー・ニコラス・フィッツウィギンにも問題なく支援を依頼できると考えた。もしサー・ニコラスが精一杯尽力してくれれば、望みを伝えるだけで参事会長くらいの職は手に入れることができると確信していた。

それから彼は意のままになる新聞も持っていた、というか持っていると自負していた。日刊紙『ジュピター』はアラビン氏との論争において徹底してスロープ氏に味方した。スロープ氏がこの新聞の編集部の紳士と面会したのは一度や二度ではなかった。その紳士は編集長ではないとしても、編集長と同格の人物だった。スロープ氏はその紳士に教会の悪習に関する批判記事を書くことを長いあいだ習慣としており、それには頭文字で署名し、本名で署名した私的な手紙を同封した。確かに彼とタワーズ氏――彼が縁故を持つ新聞の有力な紳士――はかなり親密だった。スロープ氏が書いたものはちょっとしたものでも印刷され、時々論評も加えられた。こうしたわけで彼は小規模ながら文芸上の名士だった。名士としての生活にもちろん不都合なところもあったけれど、大きな魅力もあった。あるとき――記者たちの前で話していたとき、彼は『ジュピター』が支持し、賞賛し、断言した特殊な行動指針を支持し、賞賛し、断言し損なってしまった。彼はこのことが原因で古い盟友からのちに無慈悲に攻撃されたとわかり、はなはだ驚き、当座かなり腹を立てたことがあった。変わらぬ友どころかいっぱしの敵になったか、敵よりももっと悪い存在になったかのようにタワーズからからかわれ、悪口を浴びせられ、馬鹿にされた。彼はそのときまで『ジュピター』の編集スタッフになりたいと思うなら、人は個性のすべてを明け渡さなければならないことを知らなかった。それでも、この酷評がもとで友人タワーズとのあいだに深い溝を作ることはなかった。スロープ氏は世間をよく知っていたから、『ジュピター』のような有力者に対して怒りを表すことはしなかった。そのときは苦しい罰を素直に受け入れたので、今回は公正に見返りを期待していいと思った。じき空席になりそうな栄誉ある職の候補に彼がなっていることを、タワーズ氏にすぐ知らせておこうと決めた。『ジュピター』の論評欄が政府に提示した勧告にほぼ添うかたちで、最近一度ならず公職が埋められた例があったからだ。

とはいえ、スロープ氏はまず主教の支援を確保する必要があった。特に主教が大主教を訪問する前にそうしておかなければならないと感じた。参事会長が病に倒れたのは、じつに幸運なタイミングだった。彼の推挙を温かく取りあげてくれるようにプラウディ博士に働きかけることができたら、大主教公邸にいるあいだに主教からたくさんのことがしてもらえるかもしれない。そう強く感じたから、スロープ氏はまさにその日の午後、主教の気持ちを探ろうと決めた。主教は明朝ロンドンへ発つことになっていたから、一刻の猶予も許されなかった。

スロープ氏は五時ごろ主教の執務室に入ると、主教がまだ一人そこに座っているのを見つけた。主教は参事会長邸にお見舞いの足を運んだことで少し興奮しており、それ以後ほとんど動いていないように見えた。主教はまだ半分無意識の苦悩からくるあの沈んだ生気のない表情を浮かべていた。スロープ氏がその日二度目に主教の執務室を訪れたとき、主教は何もせず、何も読まず、何も考えず、ただ虚空を見つめているだけだった。

「おや、スロープさん」主教は少し苛立って言った。というのはじつを言うと、今はあまりスロープ氏と話をしたくないと思ったからだ。

「閣下、残念ですが気の毒な参事会長は今のところ回復の兆しを見せていません」

「ああ――そう――そうですか？　お気の毒に！　本当にお気の毒です。サー・オミクロンはまだ到着していないようですね？」

「ええ。午後九時十五分の汽車ですから」

「お抱え医がいないというのが不思議です。トレフォイル博士はたいへん裕福だと聞いていましたのに」

「たいそう裕福だと思います」とスロープ氏は答えた。「ですが、じつを言えば、ロンドンの医者はみないして役に立ちません。できる限りの手は尽くしたという、かたちを示すほかには何もしません。気の毒なトレフォイル博士はもう長くないでしょう、閣下」

「そんなことは——そんなことはないと思います」

「ですが、そうなのです。実際親友たちでさえ、彼がこの卒中を生き延びることを、何ですか、願っていないのです。知力がそのままというわけにはいきませんから」

「お気の毒に！　お気の毒に！」と主教は言った。

「誰が後任となるかが当然閣下にとって重要な課題となるでしょう」とスロープ氏は言った。「重要な点であなたと同じ考え方に立てる人を確実に指名することができたら、それだけで立派なことです。ここバーチェスターには私たちに敵対する連中が強い力を持っています——強すぎるくらいです」

「そうです、そうですとも。トレフォイル博士が逝ってしまったら、その地位にいい人を連れてくることが重要です」

「閣下にとって協力を当てにできる人が身近にいることが重要です。もしグラントリー博士とか、ハイアンドリー博士とか、そういう高教会派の考えの人がその職に就くことになったら、私たちがどんな面倒を背負い込むか、それだけを考えてください」

「首相のP卿が高教会派の誰かに参事会長職を与えることはありません。そんなことはするはずがありませんよね？」

「ええ、確かにないと思います。ですが、可能性は残ります。大主教も強い関心を寄せていることでしょう。あえて閣下に助言させていただくなら、この人事について、何ですか、来週大主教猊下と話し合うように提案します。もし大主教から紹介と支持がえられるなら、閣下の希望こそ間違いなくP卿がもっとも信頼する助言になります」

「ううむ、それはわかりません。P卿はいつも私に優しく、とても親切にしてくれました。とはいえ、頼まれもしないのにこんな人事に口出しをするのは気が進みません。それに頼まれても、今の時点で誰を推薦したらいいかわかりません」

スロープ氏は、いくらスロープ氏でも、このときばかりはかなり動揺した。ささやかな要求——自分の名を出すこと——をつつましい言葉で口にする仕方がわからなかった。候補者として名乗り出れば、その無鉄砲さがまず主教に衝撃を与えずにおかないことがわかっていた。その衝撃を雄弁と機転でいかにうまく和らげるかが問題だった。「閣下がすぐ誰かを候補者として思い浮かべられるかどうか疑問です」と彼は言った。「ある考えを練りに練り、思い切って閣下に申し出るのもそのためです。もしトレフォイル博士がお亡くなりになったら、閣下の支援をえて、何ですか、私自身が参事会長職を手に入れてもおかしくないと思います」

「あなたが!」主教はとてもスロープ氏に好意的とは思えない言い方で叫んだ。

話の口火を切ったあと、スロープ氏は饒舌になった。「私はこの職をえることをずっと考えてきました。もし閣下がこの件を大主教に進言していただけるなら、成功は疑いなしです。おわかりでしょうが、私がその職をえる最初の動きをした人ということになり、それは重要なことです。それから私は公的新聞の援助も当てにできます。言わせてもらいますと、私の名は現在政府にいちばん影響力のある新聞に知られています。それも好意的にね。内閣にも友人がいます。ですが、それにもかかわらず私が当てにしているのはあなた、閣下からの支援なのです。あなたの手からなら、何ですか、快くその職を恩恵として受け取ることができます。この人事で何が重点的に考慮されるかわかりませんが、私がどんな資格を持っているか、閣下なら誰よりもよくご存知のはずです」

主教はものも言えないほど驚いて、しばらく座っていた。スロープ氏がバーチェスター聖堂参事会長！　誰かの入れ知恵がなければ、主教一人の知力でそのような人物像の転換を思いつけるはずがなかった。主教は初めなぜ、何のため、スロープ氏がバーチェスター聖堂参事会長になる必要があるか考えた。ところが、徐々に考えの向きを変えて、なぜ、何のため、スロープ氏がバーチェスター聖堂参事会長になってはならないか考え始めた。主教はもう付牧師の奉仕がなくてもちゃんとやっていけた。スロープ氏を利用しつつ、奥方に対して均衡を取ろうという考えはもうなくなった。そんな計画が無益であることもわかった。もし主教が奥方の寝室でなく、付牧師の寝室で寝ることができたら、何かもっとちゃんとしたことができたかもしれない。しかし、とてもそんなことは――。しかし、こんなふうにスロープ氏が話しているあいだに、主教はこの紳士がバーチェスター聖堂参事会長になってもおかしくないと思い始めた。スロープ氏の雄弁によってそう思うようになったというのではない。というのも、スロープ氏が言っている趣旨にはついていけなかったから。そうではなくて、主教自身の思考の結果この結論に至った。

「聖堂のあらゆる問題を極力閣下の見解に沿うように片づけることが、言うまでもなく私の切なる願いです」とスロープ氏は続けた。「私は閣下のことをよく存じております。（閣下も私のことをよくご理解いただいており、同じ気持ちであることを願っています。）ですから、私がその職に就くことによって、何ですか、閣下の身を著しく安泰にし、閣下の有益な影響力の範囲を拡大することができると思います。前にも申しましたように、同じ主教区内の高位聖職者の見解は一つであるのが望ましいのです。私と主教との意見が違って我慢を強いられるような主教区なら、この職に応ずるつもりはありません。今回私が指名されれば、何ですか、主教との喜ばしい意見の一致があるから応ずるのです」

スロープ氏は今話している言葉を主教が聞いていないとはわかっていたけれど、それでも話を続けた。プラウディ博士の動揺を落ち着かせ、根拠があって主教みずからがこの人事を納得したと思う時間を稼ぐ必要があると思った。それゆえ、彼ほどバーチェスター聖堂参事会長にふさわしい人はこの世にいないこと、政府や大衆は間違いなく彼、スロープ氏がバーチェスター聖堂参事会長になってほしいと思う点で一致することなどを話し続け、その根拠となるたくさんの理由をあげた。しかし、教会の方針という高い見地から見ると、この参事会長職が主教区の主教の手によって授けられるのが特に望ましいとも述べた。

「とはいえ、この人事についてどうすればいいか本当にわかりません」と主教は言った。

「閣下が大主教猊下におっしゃってくだされればいいんです。閣下がこういう指名を望ましいと考えており、何ですか、主教区の分裂に終止符を打つためにも、この人事を深く気にかけているとお話しくだされば、いつもの気力でこれを実行してくだされば、首相のP卿に伝えることを大主教に約束させるのは難しくないでしょう。もちろん、私がたんに大主教の力添えだけでこの職を求めているわけではないこと、必ずしもひいきにしてくれるように大主教にお願いしているわけではないこと――事実そうなのです――を大主教にお知らせください。私がこの職をえる手立てをほかの筋からも講じるように、大主教がこの人事をP卿に側面から支持してくださるように閣下が希望されていることも、大主教にお取り次ぎください」

主教は言われた通りにすることをスロープ氏に約束し、話は終わった。しかし、何の条件もつけずにそう約束したわけではなかった。「慈善院の件でかなり悩まされました」主教はその対談の半ばでそう言った。それは事実だった。「この前話を聞いた時からハーディングさんとは接触していないのですか?」

スロープ氏は接触していないと言い、パトロンを安心させた。

「そうですか。それなら――全体的に考えると、院長職はクイヴァーフルさんに与えたほうがいいと思います。半分はあの人に約束していましたし、あの人は大家族であるうえ、とても貧しい。何もかもひっくるめて、クイヴァーフルさんを院長に指名するのがいいと思います」

「ですが、閣下」スロープ氏は院長の問題で意見を通すため、もう一戦交える必要があると思った。参事会長職にかかわる彼の計画を頓挫させないため、最近手にしたプラウディ夫人に対する覇権も守らなければならなかった。「ですが、閣下、私は非常に危惧しています――」

「忘れないでください、スロープさん」と主教は言った。「私は気の毒なトレフォイル博士の後任の件であなたにどれほど希望を与えられるかわかりません。もちろんあなたが望むように大主教にはお話しするつもりです。とはいえ残念ながら――」

「まあ、まあ、閣下」スロープ氏は主教の言い分を完全に理解すると、今度は彼のほうが主教の言葉を遮って言った。「クイヴァーフルさんに関しては、何ですか、おそらく閣下が正しいのでしょう。ハーディングさんとは容易に決着をつけることができると思います。閣下のご指示通りに指名し、署名できるようにします」

「そうですね、スロープさん。それがいちばんいいと思う。あなたの計画を進めるため、微力ながら私にできることは確実にしようと思います」

そうして二人は別れた。

スロープ氏は今や多くの仕事を抱えていた。シニョーラのところへは毎日訪問しなければならなかった。普通の分別があれば、この訪問は割愛しただろうが、シニョーラにのぼせあがっていたから、普通の分別は効かなかった。それで彼はスタンホープ家へお茶を飲みに行くことに決めた。そのお茶に行ったら、そこへはもう二度と行くまいと決めた、というか決めたつもりでいた。ボールド夫人とのことも決着しなければならなかった。エレナーなら主教付牧師の田舎家であっても、聖堂参事会長屋敷であっても、同じように優美に飾ってくれるだろう。そのうえ思うに、エレナーの財産はあの無慈悲な教会委員会から押しつけられる、教会の修繕費用や参事会長俸給の削減を充分埋め合わせてくれるだろう。

ボールド夫人にかかわる彼の白昼夢ははてしなかった。スロープ氏は恋に手段を選ばずと考える多くの田舎者の例に漏れず、ボールド夫人付メイドを利用せずにはいられなかった。そのメイドからプラムステッドで起こったことはほとんど聞き出していた。その内容は必ずしも事実ではなかった。というのも「夫人付メイド」は正確な事実を見抜くことができず、それに類似したものしか把握できなかったから。その話によると、「奥様」はスロープ氏から手紙を受け取ったため、大執事やグラントリー夫人、ハーディング氏、アラビン氏らと仲違いした。「奥様」は手紙を手放そうとしなかったので、大執事から、スロープ氏と手紙をあきらめるか、プラムステッド牧師館の友人たちをあきらめるか、どちらか選べと迫られた。「奥様」は憤慨して「プラムステッド牧師館とのつき合いなんか少しも惜しくない」と宣言した。つまり「奥様」は何に代えてもスロープ氏をあきらめたくない、ということだった。

どこからこんな話が出てきたか考えてみると、それが思うほど事実から遠いというのでもなかった。使用人が集まる場所での会話がどんなものだったか、それはじつにはっきりと物語っていた。確かにエレナーが突然自宅に帰ってしまったことと考え合わせると、美しい未亡人が十中八九彼の求愛を受け入れてくれると、スロープ氏が信じてもいいと思ったのは当然のように見えた。

それで彼は様々な手続きをした。慈善院長職が最終的にクイヴァーフル氏に約束されたことが、エレナーに知られる前に求婚するのが望ましかった。彼女に宛てた手紙で、彼は院長にハーディング氏が指名されるとはっきり断言してしまったからだ。これをごまかすのはかなり難しかった。もし事実を知らせ、主教を非難する手紙をもう一通エレナーに書いたら、当然彼女が抱いている彼の評価をさげることになるだろう。そういうわけで院長が誰になるか自然にばれるにまかせて、彼は時を移さずエレナーに求婚しようと決めた。

一方、スロープ氏はサー・ニコラス・フィッツウィギンとタワーズ氏に支持を求めなければならなかった。それで、主教のもとを去るとすぐ二人の紳士に手紙をしたためた。スロープ氏は書簡の達人と見なされていたから、手紙をそのまま提示しておこう。

（親展）

一八五——年九月、バーチェスター、主教公邸

親愛なるサー・ニコラス

私たちのあいだの交際に免じて、今回の申し出を押しつけとは思わないでください。気の毒な老トレフォイル博士が卒中に襲われたことはまだ耳にしていないと存じます。これはバーチェスターのみなにとって深い悲しみの種です。博士は人としても、牧師としても、常にすばらしい人でした。ですが、博士は天寿をまっとうしており、その命はたとえ好条件のもとでも長く持ちそうもありません。あなたも博士のことはご存知でしょう。

回復の見込みはないようです。サー・オミクロン・パイが現在博士に付き添っていると思われます。とにかく医者たちは一日二日で博士の玉の緒は切れてしまうに違いないと断言しています。博士の魂は永遠の休息、永遠の幸福の待つ聖域へと飛び去って行くものと私は心から信じます。

主教は私に博士の後任についてお話になりました。主教はその職が私に授けられることを切望しています。

じつを言いますと、私の年齢でそのような昇進を求めることはとてもおこがましく、そんな勇気はありません。ですが、昇進できると信じるように主教閣下から激励されています。閣下は明日大主教のもとへ出かけていき――この件を切り出すつもりでいます。

今の政府に対するあなたの影響力がいかに顕著なものであるか、私はよく存じています。教会の栄誉ある職にかかわるあなたの発言なら当然耳を傾けてもらえることでしょう。今やこの昇進の件が私の頭のなかに入ってしまいましたから、私ももちろん実現を切望しています。もしあなたが口添えしてご支援くださるなら、もう一つあなたからご好意をいただくことになります。

以下のことを付言しておくべきでしょう。首相のP卿はいまだこの職が空席になっていること、空席になる確実性（気の毒なトレフォイル博士にはもう望みがありません）をご存じありません。もしP卿があなたの口から最初にその知らせを聞いたら、それについてあなたの意見を聞くのは当然と見られるでしょう。

もちろん私たちの大きな目的は、教会の問題でみなが意見を一つにすることです。バーチェスターではそれがもっとも望まれることです。私たちの主教がかなり心配しておられるのもこの点です。私の願いを聞き届けてくださる力があなたにおありなら、P卿にこの件をお話するのが得策だとあなたもお考えになるでしょう。

敬具

親愛なるサー・ニコラス

あなたの忠実なるしもべ

オバダイア・スロープ

タワーズ氏に宛てた手紙はこれとはまったく違った口調で書かれていた。スロープ氏は手紙を宛てた二人の人物の人柄と地位の違いを完璧に把握していた。サー・ニコラス・フィッツウィギンのような人物にはちょっとした空世辞が必要であること、くつろいだ日常的な調子がふさわしいことを知っていた。それゆえサー・ニコラスへの手紙は流れるような筆致で難なくしたためられた。ところが、強い印象を与えながら無礼にならない手紙、不当な干渉なしに主張を通す手紙をタワーズ氏のような人物に書くのは容易ではなかった。プラウディ博士やサー・ニコラス・フィッツウィギンにおもねるのは難しくなかったが、タワーズ氏にそれとわからないようにお世辞を言うのは非常に難しかった。しかし、やらなければならなかった。しかも、この手紙は少なくとも見かけ上、難なく流れるようにのびのびと書かれ、書き手側に何の不信も危惧もないことが相手にわかるようにしなければならなかった。そのためタワーズ氏宛の書簡は何十分もかけて熟慮され、複写され、練りに練られた。あまりにも時間をかけたので、夕刻着替えて、スタンホープ博士を訪れる時間をスロープ氏は削減しなければならなかった。

速達便の内容は次のようなものだった。

（親展）　　　　　　　　　　　　　一八五――年九月、バーチェスター

（タワーズ氏が気に入らないだろうと思って、スロープ氏は故意に「主教公邸」をほのめかす言葉を省いた。かつて立派な人物が住所をウィンザー城としたことから厳しい非難を浴びたことを覚えていた。）(5)

拝啓

気の毒な老トレフォイル聖堂参事会長が卒中に見舞われたことを聞いて、私たちみなが今朝は大きな衝撃

を受けました。発作は朝九時ごろのことでした。私は今職を確保するため手紙を書いています。彼はまだ存命です。ですが、生き長らえる希望や可能性は絶たれているようです。サー・オミクロン・パイが来られているか、もしくはもうまもなく来られるでしょう。ですが、サー・オミクロンでもできることと言えば、もはやなすすべがないという彼ほど著名でない同僚の診断を追認するしかない状況です。気の毒なトレフォイル博士に関する限り、墓のこちら側の寿命は尽きたのです。あなたが博士をご存知かどうか知りません。善良で、物静かで、慈悲深い方でした。そしてもちろん、七十を超えた聖職者が必然的にそうであるように、保守派に属する方です。

ですが、私はたんにこのような知らせを送るため、これを書いているわけではありません。間違いなくあなた方報道員の一人がもうすでにそれを見聞きし、報告していることでしょう。私はあなたがいつもするように、過去よりも未来を見据えてこれを書いています。

トレフォイル博士の後任の噂はすでにかなり広まっています。未来の聖堂参事会長として名をあげられた者のなかで、あなたの慎み深いしもべの名はあまり話題になっていません。端的に言うと、私は昇進を期待しています。ご存じかも知れませんが、プラウディ主教がこの主教区に来られてからというもの、私はここでずいぶん尽力してまいりました。多少は首尾よくやったと言えます。主教とは教会規律についてだけでなく、教義についても同じ意見を常に保ち、腹心の付牧師として非常に多くのことを手がけてまいりました。ですが、白状しますと、私は大きな野心を抱いており、主教付牧師にとどまっているつもりはありません。

今や聖堂参事会長職ほど精力を必要とする地位はありません。巨大な聖堂の体制は休眠状態に陥ろうとしています――いや、ほとんど死に体同然、墓の用意までできているのです！　ですが、もしその体制がもともと意図された通り人々を導くように、すべての教区牧師に手本を示すように統制されるなら、何と巨大な力を回復することでしょう！

　ここの主教は私の出世を望んでいらっしゃいます。実際主教は明日大主教を訪ね、この人事を強く迫ることにしています。また、影響力のある政府要人の支持を少なくとも当てにできると思っています。ですが、じつを言えば、『ジュピター』の支持がえられるなら、それはほかのどんな支持よりも喜ばしいのです。それによって私が出世できるなら喜びもひとしおです。もし『ジュピター』の支持があったのに不首尾に終わったとしても、それでも喜ばしいのです。

　事実、公的新聞の意向を無視したまま、政府が教会の高位聖職者を思い切って選任することができない時代になりました。尊敬すべき主教や高貴な聖堂参事会長の時代は終わったのです。いかに出自の卑しい牧師でも、その人の勤勉、才能、人格が一般大衆の好意的な意見に支えられるなら、出世を望むこともできるのです。

　私たちはみな『ジュピター』が教会人事を巡って出す勧告が現在このうえなく大きな重みを担っていると感じています――実際、その勧告が普通守られています。私たちは――私と同じ年、同じ立場の牧師のことを言っています――そうでなければならないと感じています。『ジュピター』ほど私心のない支援者はありませんし、人々の欲求を徹底的に理解しているものもありません。

　良心に照らして見ると、与えられそうもない支持を私が求めているのではないかと、あなたの新聞が疑う必要はありません。この手紙の目的は、私が指名の候補者であることをあなたに知らせることです。私の見解を支持できるか否かの判断は、あなたに委ねられています。もちろん、『ジュピター』が教会政策に関する私の見解を追認してくれるものと信じていなければ（そう信ずるに足る根拠が私にはあります）、このような問題で手紙を書きはしません。

三十六歳という年齢の私がそのような高位の職には若すぎると、主教は懸念しておられます。現在では年齢ということでためらいを感じる必要はないと思います。老齢の聖職者は大衆の支持を失っています。三十六歳くらいがいい仕事ができる男性の年齢でしょう。

敬具

オバダイア・スロープ

郷士T・タワーズ様

——コート

ミドルテンプル法学院

こんなふうに精一杯頭を働かせて書いたあと、スロープ氏は手紙を投函し、シニョーラの足元で午後の残り時間をすごした。

スロープ氏はこの猟官運動のなかで虚偽を働いたと非難されてしかるべきだろう。三人のパトロンそれぞれに訴える要請のなかで嘘をついた。これは確認しておかなければならない。彼は若さのせいで嘘をためらうことはなかったたし、自分が若すぎはしないとも思っていた。主教の支持をおもに当てにすることはできなかったし、かと言って新聞のそれを当てにすることもできなかった。彼は主教がこの件を大主教に強く申し出ることはないと思っていた。猟官運動においてスロープ氏がこの上なく不誠実だったことは認められなければならない。

しかしながら、スロープ氏がこういう状況に置かれた普通の人以上に不誠実だったかどうかは、このような問題に精通した人の判断に委ねよう。私たちイギリス紳士は嘘を嫌う。しかし、お互いの言葉を信じる公人がいったいどれだけいると言えるだろうか?

註

（1）「マタイによる福音書」第十一章二十一節。
（2）「出エジプト記」第三章第八節に「乳と蜜の流れる地」とある。
（3）フランスの守護聖人聖ドニは斬首された自分の首を抱えて六マイルを歩いたという。この伝説についてデファン夫人（Marquise du Deffand）（1697-1780）が述べた有名な言葉「距離は問題ではない。難しいのは最初の一歩だけだ」から。
（4）一八一一年以降貧民教育国民協会によって経営された困窮児童を対象とする初等学校。
（5）一八三九年文筆家、政治家T・B・マコーリー（1800-59）はウィンザー城から彼の選挙区民にメルバーン内閣への入閣を知らせる手紙を書いた。新聞や政治的敵対者はしばしばこれを非難した。

第三十三章（第二巻第十四章）女勝利者プラウディ夫人

バーチェスターの次の週は際立って平穏無事にすぎた。とはいえ、ある住人は市内の通りほど平穏な心の状態ではいられなかった。哀れな老聖堂参事会長はサー・オミクロン・パイが予言した通り生き長らえていた。フィルグレイヴ医師はこれにたいへん驚き、かつ少し気分を害した。主教は留守のままだった。主教はロンドンで一日二日すごしたあと、予定より長く大主教のところに滞在していた。スロープ氏は二通の手紙のどちらからも、まだ返事を受け取っていなかった。その理由はわかっていた。サー・ニコラスはスコットランド高地地方で鹿に忍び寄っていたか、女王に付き添っていた。疲れを知らないタワーズ氏は秋の休暇を取り、年に一度モン・ブランに登る隊に今加わっていた。彼は九月の終わりまで帰って来ないだろうとスロープ氏は聞いた。

・

ボールド夫人はスタンホープ家の人々と交際を深めるにつれ、ますます彼らが好きになっていた。尋ねられたら、シャーロット・スタンホープは特別な友人と答えたことだろう。そう信じていた。しかし、本当のところは姉のシャーロットと同じくらいにバーティが好きになっていた。とはいえ、飼い慣らされた大きな犬を恋人とは思わないように、彼のことを恋人とは思っていなかった。バーティは彼女ととても親しくなっていたから、短い話をしたり、ほかの男性とはまったく違う種類の妙句や名言を吐いたりした。彼がそういう話をするのはほぼいつも二人の姉の前でだった。絹のような長いひげを生やし、明るい青い眼をして、奇妙な服を着ていたから、ほかの男性とはひどく違った印象を与えた。エレナーはほかの男性には感じたことがない親しさを彼に感じ、受け入れたものの、その危険をまったく認識していなかった。彼女は一度彼をバーティと愛称で呼び、それに気づいて真っ赤になった。同じ日にシャーロットからそそのかされて、なれなれしく悪ふざけをしそうになると、立場を思い出してやっと思いとどまった。

こういう状態になったからと言って、エレナーにまったく罪はなかった。バーティ・スタンホープも有罪とは言えなかっただろう。しかし、姉のシャーロットはエレナーと弟の親しさを深めるため、巧妙な罠を仕掛けていた。彼女は勝負の仕方を心得ており、情け容赦なくそれをやってのけた。弟の性格を誰よりも熟知していたから、できれば弟に良心の呵責を与えることなく、若い未亡人と未亡人のお金と未亡人の子のお金を弟に移したかった。見せかけだけの友情と温かい心でもって、たとえ望んでもあとには引き返せないほどエレナーと弟を結びつけようとした。しかし、シャーロット・スタンホープはエレナーの性格のほうを本当は何も知らなかったうえ、このような性格の人がいることさえ理解していなかった。この若くてかわいい女性はバーティ・スタンホープのような男性と陽気に親しくしていても、頭のなかではその男性のことを何も考えておらず、心のなかでは何も感じていなかった。世間を前にそれを白状するように求められたら、恥ずかしがってそう告白したに違いないことをシャーロットは理解していなかった。新しい友人が軽率な結婚という罠なんかに引っかからない女性であり、不正の臭いに少しでも気づいたら、むしろ反発するタイプの心の持ち主だとは夢にも思っていなかった。

しかし、ミス・スタンホープは父の家と自分をボールド夫人にとって心地よくする才覚の持ち主だった。エレナーは最近牧師らの傲慢な苦い薬をさんざん飲まされていたので、スタンホープ家にある形式張らずにくつろげるところが特に心地よかった。彼女はチェスをしたり、散歩したり、紅茶を飲んだり、天文学を勉強したり、そのふりをしたりした。彼らが韻を踏んだ物語を書いたり、散文の悲劇を喜劇的な韻文にしたり、喜劇的な物語を悲劇的な詩らしきものに変えたりするのを手伝った。彼女はそんな才能が自分にあるとはこれまで思ってもいなかった。今自分がしているようなことをする可能性なんか考えたこともなかった。スタンホープ家の人々といると、新しい娯楽と仕事と、それ自体は間違っていないし、きわめて魅力的な新しい気晴らしを見出した。

　聡明で抜け目のない人がしばしば不道徳であり、有徳の人がしばしば愚鈍であるというのは残念なことではないか？　シャーロット・スタンホープはいつも聡明で、決して愚鈍ではなかったけれど、道徳的に正しいかといえばそれは疑わしかった。

　しかし、この間ずっとエレナーはアラビン氏のことも、スロープ氏のことも忘れていなかった。彼女はこの前は怒りにまかせてアラビン氏と別れた。彼の無礼な干渉にまだ腹を立てていた。それにもかかわらず彼にまた会いたいと思い、許したいとも思っていた。アラビン氏が言った言葉が今でも耳に響いていた。たとえそれが愛の宣言を意図したものではないとしても、彼が愛してくれていることを表しているのがわかった。もしそんな宣言をしてくれたら、彼女は不親切には受け取らなかったとも感じていた。今でもアラビン氏に腹を立てていた。とても腹を立てていた。とても腹を立てていたので、彼の言動を考えるとき、唇を噛み、地団駄を踏んだ。それにもかかわらず、彼は許されるのだと知らせたくてたまらなかった。彼に求めているのは罪を犯したことを認めてほしいだけだった。

　エレナーは今月末にウラソーンで彼に会うことになっていた。ミス・ソーンが地域のみなを芝生の上の朝食に招待していたからだ。大天幕や弓術大会、芝生での淑女のダンス、放牧地での若者と娘のダンスが予定[1]されていた。バイオリンや横笛の演奏、男子の徒競走、登り棒競技、水濠越え競技、馬の首輪のにらめっこ競技（この最後の娯楽は執事が加えたものでミス・ソーンのもともとの計画にはなかった）、エリザベス一世時代に存在した——とミス・ソーンが長い読書体験のなかで確認した——あらゆる競技が計画されていた。ミス・ソーンは現代に生まれたものはできればみな禁止したかった。一つだけ意に染まぬ部分があった。彼女は闘牛場のことを繰り返し俎上に載せたけれど、何も実現させることができなかった。残酷なことはとてもできなかったし、許されなかった。ご近所の若者の娯楽のため雄牛の拷問を奨励することは、言うまでもなくミス・ソーンには考えられなかった。それにもかかわらず闘牛という名に魅力的な響きがあった。しかし、雄牛のいない闘牛場は時代の退廃を思い起こさせるだけだろう。ミス・ソーンは闘牛場を造ることはあきらめざるをえなかった。しかし、槍まと突き競技については実現しようと決めると、横棒と軸受けと小麦粉の袋をしかるべく用意した。小規模な馬上槍試合のようなものができたらと望んでいた。しかし、弟にそれを言ったとき、弟が答えるには、そういう試みはなされた(2)ことがあって、馬上槍試合のような娯楽を受け入れるには、時代そのものがかつての栄光の時代よりもあまりにも劣っていることを証明しただけだという。ソーン氏はたとえ一揃いの鎖かたびらがあったとしても、ほとんど彼の個人的な快適さが増すことはないと思っていたから、残念がる姉にあまり共感を示さなかった。

ウラソーンのこの園遊会はアラビン氏が聖イーウォルド牧師館に着任したことを歓迎するものとして初め計画された。農業労働者やその妻子のための収穫祭が、のちにこれに結びついて現在の規模に大きくなった。もちろんプラムステッドの人々も招待されており、招待されたときエレナーは姉とともに行くつもりでいた。今彼女は計画を変更し、スタンホープ家の人々と行くことにしていた。プラウディ夫妻も招待されていた。スロープ氏は公邸の招待者のなかに含まれていなかったけれど、シニョーラがいつもの厚かましさを発揮して、彼を同伴する許可をミス・ソーンに請うた。

ミス・ソーンは断りようがなくてこれを許可したものの、アラビン氏が怒るのではないかと思うと、震える気持ちだった。彼女は二人の紳士のあいだにすさまじい敵意があると思い込んでいたから、アラビン氏が戻るとすぐ目に涙をためて謝った。ところが、アラビン氏からスロープ氏に会うのはこのうえもない楽しみだと慰められて、紹介役を務めるように約束させられた。

しかし、エレナーはスロープ氏のこの勝利を好ましいとは思わなかった。バーチェスターに帰ってからはこの男をできるだけ避けていた。狭量なプラムステッドの人々からこの不愉快な男に恋していると責められても、彼女は屈するつもりはなかった。それでも、そんなふうに非難されることがわかっていたから、スロープ氏に会わないようにして、徐々に関係を断つ必要があると考えていた。彼女はこちらに帰ってからスロープ氏にほとんど会っていなかった。訪問者があるときはいつも外出中と答えるように使用人に指示していた。スロープ氏を個人的に特定して避けることができなかったので、こうしてすべての友人に会うことを自粛した。シャーロット・スタンホープだけをその例外にしていたものの、次第に例外を数人に広げていった。スタンホープ家にスロープ氏は午前に、彼女は午後に訪問することにしていたが、一度彼と鉢合わせしたことがあった。その一度限りの場面では、シャーロットからいやな思いをしないようにあれこれ配慮してもらった。シャーロットってとても親切な人だとエレナーは思った。あの紳士を避けたい理由を何も話していないのに、わかってもらえるとは、とても頭が切れると彼女は思った。ところが、じつのところ、シャーロットは妹からスロープ氏がいずれ未亡人の求婚者として立ち現れることになると聞いていたから、バーティの未来の妻をその方面の危険から守る必要性に充分気づいていた。

それにもかかわらず、スタンホープ一家はスロープ氏をウラソーンへ連れて行くことを約束した。それでエレナーにはとても不快なかたちで馬車の取り決めがなされた。スタンホープ博士とエレナーとシャーロットとスロープ氏が先発の馬車で行き、バーティとマデリンが後発の同じ馬車を使うことになった。エレナーの顔にはっきりこの取り決めに対する不快感が表れたから、シャーロットは弟を売り込む計画に自信を深め、エレナーに何度も謝った。

「ねえ、あなたがいやなのはわかります」と彼女は言った。「けれど、私たちはこれ以外にどうすることもできません。バーティはあなたと一緒に行けたら、目でも、何でもくれてやるでしょう。けれどマデリンは弟がいなければ外に出られません。また、スロープさんとマデリンを二人きりで馬車に乗せることなんかできません。そんなことをしたら、二人とも永久に破滅してしまいます。そんなみだらなことをしたら、きっとウラソーンの門には入れてもらえないでしょう」

「もちろんそんなことはできません」とエレナーは言った。「でも、シニョーラと弟さんの馬車に私が一緒に乗るわけにはいかないのでしょうか?」

「駄目なのです!」とシャーロットは言った。「マデリンが乗ったら席は二人分しか残りません」じつを言うと、シニョーラは知らない人と一緒の馬車の旅を嫌った。

「ええと、それじゃあ」とエレナーは言った。「シャーロット、あなたはとても私に親切で、よくしてくれますから、きっと怒らないと思います。私、行くのをやめます」

「行くのをやめる! 何て馬鹿げたこと! あなたは行かなくちゃ」スタンホープ家の家族会議でまさしく園遊会の機会をとらえてバーティがエレナーにプロポーズすることが無条件で決まっていた。

「それとも貸し馬車を借りてもいいのです」とエレナーは言った。「私の場合、若い未婚の女性みたいに難しい問題に煩わされることはありませんから、一人ででも行けますわ」

「馬鹿な! そんなことは考えないで。結局一時間かそこらの辛抱よ。それにじつを言うと、あなたがいったい何をそんなに嫌っているのかわかりません。あなたとスロープさんはいい友人だと思っていました。何が気に入らないの？」

「あら！　特別何もありません」とエレナーは答えた。「ご家族の邪魔をしないほうがいいと思っただけです」

「パーティだって馬車で私たちと一緒なら、当然楽しくて快適でしょう。ひどい目にあうのは弟のほうよ。弟があなたよりももっとスロープさんを怖がっているのは確かです。けれど、マデリンは弟がいなければ外出できないし、かわいそうにその外出もめったにできません！　マデリンが突飛な行動で私たちを混乱させるからって、それで、あなた、マデリンを煙たがりはしないでしょう」

もちろんエレナーはマデリンに楽しんでもらいたいとの主張と願いを幾度も繰り返した。もちろんエレナーは譲歩し、スロープ氏と同じ馬車で行くことを受け入れなければならなかった。受け入れるか、受け入れたくない理由を説明するか、どちらかをしなければならなかった。そして、もっかのところ彼女はシャーロット・スタンホープにプラムステッドでの出来事を説明する気になれなかった。

とはいえ、彼女は同じ馬車で行くのを何としても避けたかった。これを避けるため万策を巡らした。病気を口実にしてまったく行かないことも考えられる。メアリー・ボールドは招待されていなかったが、一緒に行こうと説得して、義姉を連れていくため自前の馬車を用意する必要があると主張することも考えられる。スロープ氏と同じ馬車から出るところをアラビン氏から目撃されるくらいなら、事実彼女は何でもできただろう。ところが、その重要な朝が訪れたとき、一つの策も実現するところまでいっていなかった。結局、スロープ氏はスタンホープ博士の馬車に彼女の手を取って乗り込ませ、向かい側の席に座った。

主教はウラソーンの園遊会の前日に公邸に戻ってきて、あらゆる心配事の相棒から晴れやかな笑顔で迎えられた。主教は到着すると震える気持ちで恐る恐る更衣室へ歩いて行った。予定の期間よりも三日間長く滞在していたので、罰を恐れていた。ところが、このとき見せられた出迎えくらい優しく心のこもったものはなかった。娘たちは出てきて、心に安らぎをもたらす口づけをした。プラウディ夫人は「どんな悲しみにも涙一つ見せることなく(3)」夫を腕に強く抱きしめ、いとしい、すてきな、優れた、お気に入りの、かわいい主教と、もう少しで言葉に出して言うところだった。主教にとって、みなとても快い驚きだった。

プラウディ夫人はちょっと戦術を変えていた。これまでの路線が好ましくないと思う理由があったからではなく、安全運転が計算できるところまですでに状況を好転させていたからだ。奥方はスロープ氏に勝っていたから、どんな人にも勝つことができるなら、つまり夫が従い、ほかの人を支配できるなら、今夫に報酬を与えることくらい認めてやってもいいと思っていた。スロープ氏にもともと勝ち目はなかった。奥方は真夜中に怒りを発し、哀れな主教を卒倒させることができるだけでなく、望めば日中ちやほや甘やかし、夫の気持ちを和らげ、なだめることもできた。夫のため部屋を片づけてやったり、議会のどの主教よりも賢く見えるように外見を繕って外出させたり、おいしいディナーや暖かい炉火やくつろいだ生活を与えたりできる。夫が穏やかに従順にしていれば、これくらいはしてやってもいい。しかし、従順でなければ――！　ところが、じつを言うとあの恐ろしい夜、夫はあまりにも痛切な拷問にあったので、もはや反抗心などこれっぽっちも残していなかった。

夫の着替えが終わるとすぐ、奥方は夫の部屋に戻り、「大主教のお宅はいかがでした――」と言いながら、暖炉の前の片側に腰掛けた。主教は炉辺のもう一方の側の肘掛け椅子に座ると、両方のふくらはぎをさすった。部屋に火が入ったのは夏がすぎて初めてだったので嬉しかった。主教は暖かくて心地いいのが好きなのだ。ええ、とても愉快にすごしました。大主教ほど礼儀正しい人はいません。猊下夫人もまた魅力的でした、と主教は答えた。

　プラウディ夫人はそれを聞いて喜び、

　　我が子が親に愛されるように人から愛される(4)

のを見ることくらい嬉しいことはないと言った。

　奥方は正確にこの言葉を使ったわけではないが、似たようなことを言った。それから充分にこの小男をかわいがり、愛撫してから用件を切り出した。

「かわいそうな参事会長はまだ生きていらっしゃる」と奥方。

「そうそう、そう聞いている」と主教は言った。「明日朝食後すぐ参事会長邸へ行くつもりです」

「明日の朝はウラソーンの園遊会に行く予定でしょ、あなた。早く、まあ十二時までにはウラソーンへ行っていなければと思います」

「ああそうでしたね！」と主教は言った。「それでは明後日にきっと訪問します」

「いろいろ話はありますの――？」とプラウディ夫人が聞いた。

「何についてです？」と主教。

「参事会長職の後任についてでしょ」とプラウディ夫人。話すうちにいつもの火花が奥方の目に戻ってきたから、主教は先ほどよりも少しばかり居心地が悪くなった。

「参事会長職の後任。つまり参事会長が亡くなられたあとのことですね？――そんな話はほとんどありません、おまえ。ただちょっと触れられただけです。出た程度です」

「それであなたは何とおっしゃったの、主教？」

「ええと、こう思うと言ったのです、もし、つまり、参事会長がお亡くなりになったら、その、私はこう思うと言ったのです――」主教はまごつき、つかえつかえ話すとき、妻の目に厳しく見据えられているのがわかった。どうしてスロープ氏みたいな嫌いなやつのために自分がこんなひどい目にあわなければならないのか？　どうして付牧師の負け戦を戦うために自分が喜びと安楽と威厳――今大目に見てもらっている分の威厳――を捨てなければならないのか？　付牧師はたとえ勝ったとしても、結局妻と同じひどい暴君になるだけだろう。いったいどうしてそんなもののために戦わなければならないのか？　どうして争い、どうして不愉快にならなければならないのか？　その瞬間主教は思い切ってスロープ氏をかなぐり捨て、神がくれた賜物のほうを受け取る決心をした。

「私は聞いておりますけれど」とプラウディ夫人はとてもゆっくり話した。「スロープさんは参事会長になりたがっているんでしょ」

「ああ――確かになりたがっていると思いますね」と主教。

「それで大主教はそれについてどうおっしゃっているの？」とプラウディ夫人は尋ねた。

「あのな、おまえ、じつを言うと、スロープさんの意向を大主教に伝えることを約束していたのです。スロープさんが私に約束させたのです。あの人はとても尊大な人ですね――とはいえ、私にはもうどうでもいいことです」

「尊大でしょ！」とプラウディ夫人は言った。「これまでにこんな厚かましい要求は聞いたことがありません。スロープさんがバーチェスター聖堂参事会長なんて！　それであなたはその約束をどうしたの、主教？」

「あのな、おまえ、大主教に伝えました」

「あなたは」とプラウディ夫人は言った。「こんな非常識な猟官運動に名を貸して、馬鹿を曝したいと本気で言っているんじゃないでしょうね？　スロープさんがバーチェスター聖堂参事会長なんて、本当に！」奥方は頭を持ちあげ、両手を腰に当て、肘を張ると、自信満々の挑戦の姿勢を取ったから、主教はスロープ氏が決してバーチェスター聖堂参事会長になることはないと確信した。事実、プラウディ夫人はほとんど無敵だった。たとえ奥方がペトルーチオ[5]と結婚していたとしても、女性には特に似合わないとされる衣装をあの大調教師から着せられることはなかったと思われる。

「非常識な猟官運動ですよ、おまえ」

「そう思うならどうしてあの男の手助けをしたの？」

「あのな――おまえ、あの男の手助けはしていません、それほどには」

「しかし、いったいなぜそんなことを言ったの？　どうしてそんな馬鹿げたことにあなたの名をかかわらせてしまったの？　大主教に何と言ったの？」

「うん、ちょっと切り出しただけです。ただ言っただけですな――参事会長が亡くなったときはスロープさんが――その」

「スロープさんが？」

「どう言ったか忘れました――もし手にはいるなら後任を引き受ける、とか何とかそういうことです。それ以上のことは言っていません」

「言う必要なんかなかったのにそんなことを。それで大主教は何とおっしゃったの？」

「大主教は何も言いませんでした。お辞儀をして手をこすり合わせていただけです。そのとき誰かほかの人がやって来たものですから、新参事会長の話はうっちゃって、新教区共通学校委員会について議論を始めました。そのあとは話を蒸し返すのは賢明じゃないと思ったのです」

「蒸し返すなんて！　あなたがその話を切り出したこと自体がとても残念です。大主教はあなたのことをどう思われるかしら？」

「きっと、おまえ、大主教はそんなことは忘れていますよ」

「しかし、なぜあなたがそんなことを思いついたの、主教？　どうしてあんな男をバーチェスター聖堂参事会長にしようなんて思ったの？――バーチェスター聖堂参事会長なんて！　あの男は最近むしろ主教になることを望んでいるように思います――父が誰かもわからないような男のくせに。食べるパンもなければ、着る上着もない男なのよ。バーチェスター聖堂参事会長《ディーン》なんて！　ほんとに私のほうがあの男を監督補導《ディーン》してあげますわ」

プラウディ夫人は自分を政治的には純粋なホイッグ党員と思っていた。彼女の家族はみなホイッグ党に属していた。ところで、イギリス男性とイギリス女性のあらゆる階層のなかで（プラウディ夫人は胆力の強さのせいで前者に位置すると私は思うのだが）、純粋なホイッグ党員くらい低い身分の詐欺師が高い地位に就くことに敵意を抱く人はいない。

主教は無実を証明する必要があると思った。「あのな、おまえ」と彼は言った。「おまえとスロープさんが以前のように仲よくいっていないように見えたので」

「仲よくですって！」とプラウディ夫人。奥方は暖炉のまえの敷物で足を落ち着かない様子で動かし、話題がかなり危険領域に来ていることを表すように唇をすぼめた。

「あの男がおまえの気にさわる存在になっていることがわかったのです」――プラウディ夫人の足は敷物

の上でそわそわとすばやく動いた――「もしあの男が公邸からいなくなれば、おまえがもっと心地よくなると思ったのです」――プラウディ夫人はハイエナが大笑いする前にほほ笑むとしたら、そんなほほ笑みを浮かべた――「それで、もしあの男が参事会長職を手に入れたら、付牧師をやめられるから、そうなればおまえが喜ぶと思ったのです」

そこでハイエナは大笑いした。そうなれば喜ぶですって！　敵を年収千二百ポンドの参事会長にして喜ぶですって！　メーデイアは故国の慣習を説明するとき（ロブソンから引用すると）(6)、彼女の土地では捕虜になれば食われてしまうと、驚いている聞き手たちに言う。「あなた方は捕虜を許すのですか？」とメーデイアは聞く。「許しますよ」と穏やかなギリシア人は答える。「私たちは食べるのです！」とコルキスのメーデイアは力を込めて言う。プラウディ夫人はバーチェスターのメーデイアだった。スロープ氏を食べずに許すなんて考えられなかった。あの男を許すですって！　ただ取り除くだけですって！　聖堂参事会長にするですって！　彼女の同類が住む国では捕虜はそんなふうには扱われなかった！　スロープ氏にそんな慈悲は期待できない。奥方はまさしく彼の最後の骨までつつくつもりだった。

「あら、そうよ、あなた、もちろんあの男はあなたの付牧師をやめなきゃいけません」と奥方は言った。「いろいろなことをしでかしたあとでは、当然の報いでしょ。あんな男と一つ屋根の下で暮らすなんて、一瞬たりとも考えられません。そのうえ彼自身がこのような状況のなかできわめて不適切な行動を取りました。まるで自分が主教でもあるかのように振る舞い、聖職者のあいだに喧嘩と口論を引き起こし、あなたを、ねえ、窮地に陥れてきたでしょ。もちろんあの男は出ていかなければなりません。しかし、主教公邸を出るからと言って、参事会長邸へ入っていい理由にはなりません」

「まあ、そうですな！」と主教は言った。「とはいえ、体面を保つためには、あのな、おまえ――」

「体面なんて必要ありません。スロープさんにはありのままの姿――嘘つきで、不愉快で、卑しくて、陰謀を企てる男の姿――を見せてもらいたいの。私はあの男を監視しています。あの男は私が何を見ているか知りません。あの男はあの脚の不自由なイタリア女と恥ずべき不行跡を働いています。あの家族はバーチェスターの恥、スロープさんもバーチェスターの恥です。あの男は不注意な動きをしていると、頭に参事会長の帽子をかぶる代わりに、祭服さえ引きはがされることになりますわ。聖堂参事会長なんて！　横柄に振舞って気がおかしくなってしまったのね」

主教は自分についても付牧師についてもそれ以上弁解しないで、受け身で、従順であることを示し、再び奥方に気に入られた。夫婦はまもなくディナーの席に着き、久しく遠ざかっていた家族の楽しい夜をすごした。主教がコーヒーをすすり、新聞を読むとき、娘は父のため楽器を演奏し、歌った。プラウディ夫人は大主教のことで悪気のない質問をした。それから主教は幸せにベッドに就き、プラウディ夫人がグリゼルダ(7)でもあるかのように穏やかに眠った。主教は朝ひげをそり、ウラソーンの祭りに出かける用意をするあいだ、プラウディ夫人のような完全武装の戦士に攻撃を仕掛けることなんかもうやめようと決意した。

註

(1) 十九世紀までにほとんど廃れてしまった田舎の競技。馬の首輪から、歯をむき出し、醜い顔を作っていちばん多く笑いを取ったと判定された者が勝者になった。

(2) 一八三九年八月に第十三代エグリントン伯爵はエアシャーの城で友人の貴族のため中世の馬上模擬戦を再現した。その騎士は本物の鎧兜を、淑女は中世の衣装を身に着け、馬上槍試合と宴会と「愛と美の女王」が用意された。その再現には四万ポンドがかかったが、スコットランドのひどい天候のためほとんど台無しになった。

（3）『オセロ』第五幕第二場。
（4）ロバート・バーンズの「小作人の土曜日の夜」第八連。
（5）シェイクスピアの『じゃじゃ馬ならし』のなかでカタリーナに求婚して、これを飼いならすヴェローナの快男児。
（6）ロバート・ブラフのパロディ版『メーディア』（1856）で主役を務めたトマス・F・ロブソン（1822-64）の演技に冗談めかして言及している。
（7）中世文学、特にボッカッチョの『デカメロン』、チョーサーの「学僧の話」（*Clerk's Tale*）などでよく知られる忍従貞淑の妻。

第三十四章　（第二巻第十五章）　オックスフォード——ラザラスの学寮長と指導教員

アラビン氏はすでに述べたようにプラムステッド教会境内の木立の下を悲しい気持ちで散歩した。ディナーの時間までグラントリー家の誰の前にも姿を現さず、家族が見たところ、ずっと一人きりだったようだ。アラビン氏はいつもの癖でたくさんの自問自答を繰り返し、結局、自分を愚か者と見なさなければならないとの結論に達した。今さら求愛作戦を始めるには自分は年を取りすぎ、さびつきすぎていると、そんな時間がみすみす指のあいだから擦り抜けていくのを放置してきたと、今は自分で用意したベッドに横たわるしかないと思い定めた。それから、この女性を本当に愛しているか自問して、長くもがいたあげく偽りなく愛していると結論づけた。それから彼女の財産を愛していないかどうか問うて、それも愛していると答えた。しかし、この点では正直に答えていなかった。自分の行動に不純な動機を探してしまうのが彼の欠点だった。彼は乏しい収入とフェローの地位しかなかったとき、カレッジ組織の贅沢と金のかかる快適さに慣れきってしまっていたから、無一文の女性——たとえその女性に強く惹かれていたとしても——と結婚することには二の足を踏んだかもしれない。エレナーの財産がこの問題を解消してくれたのは間違いない。しかし、彼女の財産を共有し、利得をえるという考えとは無関係に、愛する気持ちが思わず忍び寄ってくることも確かだった。

炉辺の敷物の上に立って、その模様を数え、将来の見込みを考えたとき、ボールド夫人の収入が多いという思いが最初に確認した恋愛感情を薄めることにはならなかった。当然薄めていいはずなのになぜそうならないのか？　純粋な男性の場合なら、恋愛感情を薄めるのではなかろうか？　いずれにせよ、アラビン氏は意に反する結論に達した。彼の場合も薄めたけれど、彼が真に純粋な人間ではなかったから、恋愛感情に変化が生じなかったと結論づけた。

　エレナーは少しも彼のことが好きではなく、おそらく恋敵のほうが好きなのだと彼は結論づけることもしてみた。そのほうが都合よかったから。そして、彼女のことはもう考えないようにしようと決心した。しかし、やはり考えずにはいられなくて、大執事の敷地の低いところを流れる小川にほとんど身投げしてしまいそうになった。

　彼は時折シニョーラ・ネローニのことを考えて、必ずしもエレナー・ボールドに好意的にというわけではなく二人を比較してみた。シニョーラは話を聞き、お世辞を言い、彼の言うことを信じた。少なくともそう彼に言った。ボールド夫人も話を聞いてくれたものの、お世辞を言うことはなかった。いつも信じてくれるというわけではなかったし、今は激しく怒って彼から離れてしまった。比較すれば、シニョーラのほうが美しく、苦悩のせいで特別な魅力があった。それが彼を虜にした。

　しかし、彼は今エレナーを愛するようにはシニョーラ・ネローニを愛せなかった。小川に身投げする代わりに小石を投げ込むと、まるで夏の日に見かける寂しげな紳士のように、小川の縁に座り込んだ。

　教会境内からディナーを知らせる鐘の音が聞こえた。彼は冷静さを取り戻してもいいころだと思った。自分の目にも面汚しなことをしていると感じたし、無為に時間をすごして、引き受けた気高い聖務をないがしろにしているとも思った。[1]本来ならこの日の午後は、落胆し、溜息をつき、失恋した昔の田舎者のように、想像上の悲しみとヴェルテル的な悲痛に心を満たされ、プラムステッドなんかをうろついていてはいけなかった。聖イーウォルドの貧しい人々のところで時間をすごしていなければならなかった。彼は徹底的に自分を恥じたから、自分の目にさえ傷ついた本来の自己を早急に取り戻そうと決意した。

それでディナーの席に現れたとき、彼は前のように活気にあふれて、その夜大執事の食卓を盛りあげる会話の主役となった。ハーディング氏は胸中落ちつかず、悩んでいたので、実際以上にくつろいでいるふりをしたくなかった。彼はわずかしか喋らなかったが、それは娘に向けられた。彼は大執事とアラビン氏が結託して、エレナーを不快な目にあわせていると思っていたから、今この二人と関係を断ち、待ち受ける運命が何であれ、バーチェスターの貸間でそれに堪えたいと願っていた。慈善院のことは聞くだけでもいやな気分になった。失われた職を取り戻そうとしたため、大きな苦痛を引き起こしてしまった。彼に関する限り、クイヴァーフル氏が院長になるのは歓迎だった。

大執事はあまり快活になれなかった。かわいそうな参事会長の病気のことをもちろん最初に議論した。グラントリー博士は予想されるトレフォイル博士の死と、スロープ氏の名を結びつけることはなかった。彼は今のところスロープ氏のことは何も話したくなかったし、気分を滅入らせる推測を広めたくもなかった。とはいえ、宿敵がおそらくバーチェスター聖堂参事会長になると考えると憂鬱だった。もしそんなことにでもなったら、もしそんなひどい不幸が生じたら、バーチェスター市とそこにつながる自分の生活は終わることになる。なじみの場所や古くからの習慣をみなあきらめ、引退した禄付牧師としてプラムステッドで静かに暮らすしかない。プラウディ博士が主教公邸にいるだけで厳しい試練だった。そのうえスロープ氏が参事会長邸の主人にでもなったら、バーチェスター構内では息もできないと感じた。

そういうわけで結局のところ、アラビン氏が胸中の悲しみにもかかわらず、ディナーの席でいちばん陽気にしていた。ハーディング氏とグラントリー夫人はアラビン氏に憂鬱なところが見えないので、かすかに怒りを感じた。一方にとって、彼はエレナーを追放して勝ち誇っているように見え、もう一方にとって、彼はその日の悲しい状況——エレナーの強情、スロープ氏の成功、かわいそうな参事会長の卒中——に平然としすぎているように見えた。席に着いたみながうまく噛み合わなかった。

ハーディング氏は婦人たちとほぼ一緒に食堂を出た。そのあと大執事はアラビン氏に胸の内を打ち明けたが、いまだに慈善院についてくどくどと述べ立てた。「いったいやつは何が言いたいのかな？」と彼は言った。「ボールド夫人への手紙によると、ハーディングさんが主教を訪問すれば、万事がうまくいくと言っている。もちろんやつの意向に左右されることはないが、ハーディングさんが主教に会うという考えはよさそうに思う。ボールド夫人がいくら自分を物笑いの種にするとしても、我々がみすみす院長職を失うのは愚の骨頂ですからな」

ボールド夫人が自分を物笑いの種にしているとは思わないと、アラビン氏はほのめかした。みなが考えているほど、ボールド夫人がスロープ氏に好意を抱いていないのは確かだと、彼は言った。大執事はそれは本当かと聞き、相手を詰問したけれど、何も引き出せなかった。結局、大執事はスロープ氏と義兄弟になるのは不本意だが避けられないとの確信を深めた。アラビン氏はスロープ氏の手紙に関連して、あるいはそれを当てにして、慈善院の件で措置を取ってはならないと大執事に強く忠告した。「もし本当に主教がハーディングさんを院長に指名するつもりなら」とアラビン氏は主張した。「女性に向けた手紙便を借りるのではなく、正式に通達するように配慮したはずです。もしハーディングさんが主教公邸に出頭したりなんかしたら、スロープさんの思うつぼにはまってしまいます」それで二人は恐れ多いグイン博士が到着するまで、とにかく博士の許可なしには何もしないようにしようと取り決めた。

この二人の男がハーディング氏を操り人形でもあるかのように話し、彼を話し合いに加えようともせず、彼の将来の地位について牧師らしい小さな作戦と陰謀を練るのを見るのは滑稽だった。快適な屋敷と収入が懸かっており、ハーディング氏がそれを手に入れることは望ましいし、確かに正当だった。しかし、今はこの点が主要な問題ではなかった。主教を打ち負かし、できればスロープ氏を粉砕することのほうが問題だった。スロープ氏は対立候補を立てたか、立てたと思われていた。それゆえ、そのクイヴァーフル氏の指名が公表されたあと、ハーディング氏の権利を守ろうとする世間の憤激した叫びによってその指名が無効になったら、それがもっとも望まれることだった。とはいえ、そのような見込みはわずかしかないし、世間のほんの一部しか憤慨しないし、その一部も大きく騒ぎ立てるのに慣れていない人たちだろう。そのうえ、その栄誉ある地位はどういうわけかハーディング氏に提供されて、どういうわけか断られていた。

こういう展開のなかで、特に際立っていたのがスロープ氏の邪悪な、ずるい手法だった。大執事の感情を激しく逆なでしたのが、スロープ氏のずるさが成功した点だった。彼はスロープ氏から作戦負けすることをもっとも恐れた。今の時点ではスロープ氏が背面攻撃のため迂回し、忍び足で近づき、補給を絶ち、不意打ちをかけ、強固な町を奪い取り、最終的に通常の会戦で完全勝利を収めることはありうることだった。大執事は主教にでなくスロープ氏に話をするように求められたとき、背面に迂回されたと感じた。ハーディング氏が主教の申し出を断らざるをえないように仕向けられたとき、忍び足で近づかれたと感じた。クイヴァーフル氏が慈善院を手に入れたとき、補給を絶たれたと感じた。エレナーこそ強固な町にほかならなかったが、奪い取られる運命にあると感じた。スロープ氏がバーチェスター聖堂参事会長にでもなったら、世間は彼が最後の会戦の勝者と見なすだろうと感じた。

グイン博士はバーチェスターの舞台におろされて、これらの恐ろしい邪悪からの解放をもたらす機械仕掛けの神(2)だった。しかし、いったいどんなメロドラマ的大団円をもたらすのか、どのように悪とスロープ氏を懲らしめ、どのように善と大執事に報いるのか？　この復讐の神が痛風で舞台から遠ざかっているうちにも、悪が勝利を収めてしまうかもしれない。哀れな無垢はプラウディ博士の矢筒の矢によって大地に釘づけされ、死んで横たわり、グイン博士がかかっても蘇生できないかもしれない。

エレナーが出発して二、三日後、アラビン氏はオックスフォードに出向き、まもなく威厳のある学寮長と二人きりで小部屋に閉じ込められた。グイン博士はバーチェスターへの旅の効果についてむしろ悲観的であり、主教に干渉することにも乗り気ではなかった。学寮長は痛風を患っていたものの、ほぼ回復していたから、バーチェスターでの使命が納得できるものなら、もうすでにプラムステッドを訪れていただろうと、アラビン氏はすぐ見て取った。

実際には、グイン博士は友人の訪問を決心し、喜んでアラビン氏と一緒にバーチェスターへ行くことを約束した。学寮長はスロープ氏がバーチェスター聖堂参事会長になる可能性はないと思っていた。スロープ氏の人物についてあまりかんばしい噂が耳に届いていないと彼は言い、そんな人を指名することはありえないと強く述べた。話がここまできたところで学寮長の片腕、トム・ステイプルが補佐としてその席に呼ばれた。トム・ステイプルはラザラスの個別指導教員であり、オックスフォードでも重きをなす人物だった。トム・ステイプルは威厳を損なうある名で世にあまねく知られていたけれど、大学では高い威厳を保っていた。オックスフォードの個別指導教員は集合的に見ると、大学幹部と比較してほんの少ししか重きに差がないと自認しており、彼はその教員組織のいわば指導者だった。学寮長あるいは寮長あるいは学長が必ずしも指導教員とうまくやっていけるとは限らなかった。指導教員はわがままが通ればよかったからだ。しかし、これを書いている時代のラザラスでは、学寮長と指導教員は仲のいい友人であり、心強い盟友だった。

トム・ステイプルは四十五歳ほどの頑健な人であり、背は低く、顔は浅黒く、髪は強く硬い黒髪だった。

細かく縮れた黒い顎ひげ――そのうちのわずかしか頬ひげとなっていない――を蓄えていた。彼はいつも清潔な白い襟巻きをしていたが、今日若い牧師らを特徴づけるあの几帳面な結び方はしていなかった。もちろん常に感じのいい厳かな黒の三つ揃いを着用した。ステイプル氏は上品で、清潔な生活者であり、快楽に溺れることはなかった。それにもかかわらず、彼の鼻先には赤らんだ箇所が浮かび始めていた。友人たちの断言によると、これはこの指導教員がラザラス学寮に新入生として入学した同年に学寮のワイン貯蔵室に入った樽入りポートワインの影響にほかならなかった。ステイプル氏の声にも、言わばポートワインの香り、かすかな鼻声があった。

近ごろトム・ステイプルはあまり幸せではなかった。大学改革が長いあいだ彼のお化けとなり、恐怖の種となっていた。大学改革の問題はほかの人とは違い、彼の場合政治の問題ではなかった。政治の問題なら、政党のため、もしくは原理原則のため、必要なときに一定量の必要な熱意を持続すればよかった。彼の場合、大学改革は愛好家が好んでする戦いでも、相手を思いやる平凡な反対でもなかった。彼の場合、それは生か死かの問題だった。大学の現状は彼が生について抱く唯一の観念であり、そのどんな改革も彼にとっては死と同じ悪だった。大学制度の維持という大義が殉教を受け入れてくれるなら、彼は喜んでこの大義の殉教者になるつもりだった。

現代という時代には、不幸にも公的関心事で殉教は許されない。それゆえ熱意の欠如といった問題が起こる。もし年収一万ポンドの紳士が大学制度の維持のため、玄関先で死ぬことができるなら、おそらく栄誉ある老準男爵が六人くらいはそんなふうに玄関先で倒れていたことだろう。それなら、今日制度維持派は学者で賑わっていることだろう。何の危険もない戦いでは、誰が精力的に戦うことができようか？　トム・ステイプルは議会の委員会の前で進んで串刺しになってもよかった。そのような自己犠牲によって、もし毎週役

員会の構成員に彼の魂を吹き込むことができたなら。(3)

トム・ステイプルは昔大学御用達商人と学生のあいだで流行った信用貸し制度を、胸中是認する一人だった。今日のような堕落の時代に、こういう問題で日刊紙『ジュピター』と公的に論争するのは無駄だと知っていたし、そう納得もしていた。『ジュピター』は大学の支配に取りかかっていた。トム・ステイプルは『ジュピター』がとても強力な敵対者であることを理解していた。しかし、安心できる仲間内では、信用貸し制度は若者が経験するいい試練だと秘かに主張していた。

ステイプルによると、悪い学生、弱くて値打ちのない学生は危険なことに足を突っ込んで火傷する。しかし、いい学生、芯のある学生、芯があって母校の評判を考えられる学生は無傷で切り抜ける。若者が生徒のように監視され、保護され、抑制されるなら、たとえ安全としても、その若者のためにならない。若者をそういう状態に置くことは、試練の時をただ先延ばしにして、成人の時期を二十から二十四に先送りするだけだ。大学で厳しい束縛下におけば、若者はロンドンで弁護士の勉強をしているうちに脱走してしまう。ロンドンで厳しい束縛下におけば、のちに結婚したときに脱走してしまう。人はどこかで若気の過ちを犯さなければならない。トム・ステイプルは若者についてこんなふうに論じた。あまり一貫性はないけれど、長い経験からえられた実践的知識に裏づけられた意見だった。

今トム・ステイプルはグイン博士とアラビン氏の力添えとなり、知恵を提供した。

スロープ氏がバーチェスターの新聖堂参事会長になる可能性について、「まったくありえません」と彼は主張した。

「私もそう思う」と学寮長も言った。「地位がないうえ、耳にしたことが本当なら、人格もよろしくない」

「人格については」とステイプル氏が言った。「私は重視しません。参事会長にはおおらかな牧師が望ましい。ぐらつかない生き方とか、不信心を打ち砕く堅信とかは聖堂にとって悪いことではない。しかし、スロープ氏を薦めることはできません。ここのところ二人続けてケンブリッジ出身者が参事会長になっており、三人続けて同じ大学から出る例を見たことがありません。我々は不当な目にあっており、このままでは取り分を失ってしまいます。少なくとも三人のうち一人は取らなければなりません」

「今ではもうそんな規則はなくなっています」とアラビン氏。

「みんななくなってしまったと思います」とステイプル氏は言った。「葉巻は吸い尽くされ、我々は灰なのです」

「自分のことだけ話してください、ステイプルさん」と学寮長。

「私はみんなの代弁をします」指導教員は断固として言った。「この国はどこに行っても生命力を失っています。誰も自分とか、持ち物とかを自分で決めることができなくなっています。政府は我々みなを重箱の隅をほじくるように調べあげ、新聞は政府を調べあげています。それでも、スロープさんをバーチェスター聖堂参事会長にすることはできません」

「それで誰が慈善院長になるのですか?」とアラビン氏が聞いた。

「クイヴァーフルさんがすでに指名されていると聞きました」とトム・ステイプル。

「それはないと思う」と学寮長は言った。「それに私はプラウディ博士がそんな岩に衝突するような先見の明のない人ではないと思う。スロープさんはそれを止めるくらいの分別を具えているはずです」

「しかし、おそらくスロープさんは自分のパトロンが岩に乗りあげるのをむしろ見たいのかもしれません」と疑り深い指導教員は言った。

「そんなことをしてスロープさんにどんな得があるのでしょう?」とアラビン氏が聞いた。

「あんなやつは二人と見つけることができません」とステイプル氏は答えた。「プラウディ主教がやつの言うままになっているのは明らかです。やつはこのクイヴァーフルさんを慈善院に入れるため、あらゆる手段を尽くしているが、そんな指名が主教に損害を与えることも知っているのです。あんなやつを理解することは不可能だと言っていい」トム・ステイプルはそうつけ加えると、深く溜息をついた。「善良な人々の幸福と運命がやつの陰謀に懸かっていると思うと恐ろしい」

グイン博士も、ステイプル氏も、アラビン氏さえも、まったく知らなかった。今話しているこのスロープ氏が彼らの候補であるハーディング氏を慈善院に入れるため、今最大限の努力をしているところだということを。スロープ氏が主教公邸に居座るのではなく、そこから追放される方針が主教区の権力者によってすでに決定されているということを。

「こういう考えはどうでしょう」と指導教員は言った。「もしこのクイヴァーフルが強引に慈善院に押し込まれ、トレフォイル博士が死んでしまったら、政府はハーディングさんをバーチェスター聖堂参事会長にするかもしれません。ハーディングさんが辞職したあと物議を醸しましたから、政府は彼のために何か償いをしなければならないと感じるでしょう」

グイン博士はそのときこの提案になんの返答もしなかった。しかし、この提案に強い印象を受けなかったわけではなかった。もしハーディング氏が慈善院長になれないのなら、バーチェスター聖堂参事会長になるのはどうだろうか？

会談はこうして何の明確な結論もなしに終了し、グイン博士とアラビン氏は翌朝のプラムステッドの旅へ向けて準備を始めた。

註

（1）ゲーテの小説『若きヴェルテルの悩み』（1774）で既婚女性に恋して自殺した憂鬱な若者。

（2）機械仕掛けの神（*Deus ex machina*）とは古典劇の最後で困難を解決するため舞台におろされる神。ここから、ありそうもない、神の計らいによる、奇跡的な介入を意味した。

（3）第五章註二参照。

第三十五章 (第三巻第一章) ミス・ソーンの園遊会

ウラソーンの園遊会の日が来て、近隣の人々がみな集まった。少なくともミス・ソーンから招待された人々はみなそこにいた。前に述べたように、主教は前夜帰宅し、同じ夜、同じ汽車でグイン博士とアラビン氏がオックスフォードから到着した。大執事が一頭立て四輪箱馬車でラザラス学寮長を迎えに来たから、プラットフォームには教会の高位の方々の豪華な顔ぶれがあった。

スタンホープ家の一行は、結局すでに述べた不愉快な段取りで馬車に乗り込むことになった。エレナーは悪いことが起こりそうな予感と不安を抱きながら、博士の馬車に乗り、スロープ氏も得意満面それに乗り込んだ。

その朝スロープ氏はサー・ニコラス・フィッツウィギンから丁重な手紙を受け取っていた。サー・ニコラスにはあまり期待できなかった。というのも、政府高官がはっきりと昇進を約束するような馬鹿な真似はしないとわかっていたし、そう納得していた。サー・ニコラスは何も約束してくれなかったが、たくさん含みを持たせてから、スロープ氏が立派な聖堂参事会長になるだろうと断言し、成功を祈ってくれた。もちろんサー・ニコラスは、自分は閣僚ではないから、こういう人事について助言を求められることはなく、たとえ発言しても誰も耳を貸してくれない、とつけ加えていた。とはいえ、スロープ氏はこういう言い方を彼の役人らしい慎重さと受け取った。ウラソーンに出発しようとしたとき、勝利の予感を補強するかのように、彼はもう一通の手紙を受け取っていた。

スロープ氏はウラソーンの門前で大勢の見守るなか、ボールド夫人がスタンホープ博士の馬車をおりるとき、自分が夫人に手を貸すところを想像すると、嬉しくてたまらなかった。しかし、エレナーからはその同じ儀式が同程度に恐れられていた。スロープ氏はすでに未亡人エレナーの足元にその身と運命を投ずる決意を固めており、この朝こそ、そうするのにぴったりの朝と定めていた。シニョーラが最近あまり優しくなかったから。シニョーラはなるほど彼の訪問を受け入れてくれ、とにかく怒らずに話に耳を傾けてくれた。生ける女性のなかでもっとも美しい人と呼ばせてくれ、手に口づけさせてくれ、彼こそ賛美者であり、奴隷であり、崇拝者だと幾度も誓わせてくれた。しかし、一方でシニョーラは彼を拷問にかけ、ののしり、冷かし、嘲弄した。

ミス・ソーンは祭りの朝とても心が揺れるものの、得意の絶頂にあった。ソーン氏は園遊会を主催するわけではなかったが、彼も多くの仕事を引き受けていた。しかし、おそらくウラソーンの家中でもっとも多くの仕事を担い、不安を抱き、有能だったのは執事のプロマシィ氏だろう。この人はフランスの総裁政府の時代(1)、すなわちソーン氏の父の時代、王党派との連絡のため長靴のかかとに手紙を入れ、パリへ渡り、幸運なことに無事戻って来た。当時はとても若く、今はとても年を取っていたけれど、その手柄のおかげで政治的企画と秘かな分別の人、そういう能力が若いころの新鮮な輝きのまま今でも役立つ人として通っていた。プロマシィ氏は五十年以上もウラソーンの執事をしており、とても気楽な生活を送ってきた。見つかれば首を切られてしまうような手紙をかかとに隠して、無事運んだ男から、いったい誰がまともな仕事を要求できようか？　結果、プロマシィ氏は熱心に仕事をしたことがなく、最近ではほとんど仕事をしなかった。彼は材木の目利きで、材木として切る木に目印をつけた。造園を心得、彼の明白な許可なしに灌木を植えることも、花壇を造ることも許さなかった。これらのことで時々女主人と口論になるとしても、滅多に女主人の言う通りにはならなかった。

しかし、今回の園遊会のような場合、プロマシィ氏は際立った働きをした。彼はソーン家の栄誉を身に体現し、もてなしの義務を完全に理解したから、祭りの準備が始まると、常に運営管理を一手に握り、主人たちよりも高位に君臨した。

プロマシィ氏は老いていたけれど、正しく見ると、手中にある仕事を完璧に把握し、上手にこれをこなした。

当日の予定は以下の通り。田舎では上流階級は下の階級から明確に区別されたので、上流の人は朝食を食べ、そうでない人はディナー(2)を食べることになっていた。これら二つの宴会のため、二つの大天幕が、一つは上流階級用に深い隠れ垣の内側の庭園に、もう一つは下の階級用に隠れ垣の外側の放牧地に立てられた。二つの天幕はとても大きく、特に外部のものは途方もない規模だと人は言ったが、プロマシィ氏はまだどちらも充分ではないと思っていた。二つの大天幕を補完するため、食堂に予備の宴会が準備され、またウラソーンの領内の田舎者、つまり下の階級用に補助用テーブルが野外に広げられることになった。

このような催しの準備に手を貸したことがない人は、ミス・ソーンが企画して直面した多くの困難を理解することができない。もし彼女が隅々まで最上の鯨骨――最高級ヨークシャー鋼でびょう止めされている――でできていなかったら、それだけで崩れ落ちていたに違いない。もしプロマシィ氏が、かつてヨーロッパの運命を長靴に入れて運んだ男の、強い自信に裏打ちされていなかったら、仕事をほうり出していたに違いない。この執事から見捨てられたら、女主人は柱と天幕のあいだで死んでいただろう。

まず恐ろしい線引きが必要だった。いったい誰が隠れ垣の内側に入り、誰が外側に出るのか？　思慮のない人なら、どんな重大問題についても同じで、これに即座に回答を出すだろう。ああ、主教とその種の人は隠れ垣の内側に、農夫グリーンエーカーとその種の人は外側にさ。思慮の足りない友よ、確かにそれはそうだが、誰が「その種」の人を特定するのか？　社会のあらゆる難しさがこの特定のなかにある。主教は芝生の上の肘掛け椅子に座ってもらい、農夫グリーンエーカーは放牧地の長いテーブルの端に着いてもらう、それは簡単だ。しかし、ルッカロフト夫人、夫は借地人ではあるけれど赤い上着を着て狩猟をし、娘はバーチェスターの上流専門学校へ通い、農家をローズバンクと名づけて、客間にピアノを備えつけているこの夫人はどっちに入れたらいいのか？　ミス・ルッカロフト姉妹は、みずからそう名乗っているが、田舎者用の席に座らされたら不満だろう。ルッカロフト夫人は立派な服をベンチに窮屈にねじ込んで、クリームや子ガモについてグリーンエーカー夫人と親しげに話すことなんかできないだろう。だからと言って、ルッカロフト夫人はソーン家やグラントリー家とつき合ったためしはなかったし、そのふさわしい仲間とも言えなかった。もしルッカロフト夫人が上流階級の聖域に入ることが認められ、三人の娘たちと一緒に隠れ垣を飛び越えることが許されるなら、なぜほかの家の妻や娘にはそれが許されないのか？　グリーンエーカー夫人は今のところ外の放牧地で満足しているが、ルッカロフト夫人が芝生にいるのを見たら、当然不満を感じるだろう。こういうことで、哀れミス・ソーンは悩ましい時をすごしたのだ。

それにしても、ミス・ソーンは大天幕と客間でどのように客を分けたのだろうか？　伯爵夫人と、ジョンとジョージ令息、さらにアミーリア、ロウジーナ、マーガレッタ令嬢ご一行の参列が予定されていた。三組の準男爵と夫人たち、またご存知の通り、主教も参列されることになっていた。もし彼らを芝生に置いたら、誰も客間のほうへ行かなくなるだろう。もし彼らを客間に入れたら、誰も大天幕のほうへ寄りつかなくなるだろう。ミス・ソーンは老人たちを家のなかに入れ、芝生を恋人たちに開放しようと考えてみた。しかし、そんなことをしたら、すぐ非難を浴びて、スズメバチの巣に入るようなものだろう。プロマシィ氏は女主人よりも状況をよく把握していた。「おやおや、奥様」と彼は言った。「老夫人なんていませんよ。一人もね。あなたとクランタントラム夫人くらいのものでしょう」

　個人的にはミス・ソーンはこの線引きが気に入り、自分の良識の表れと自負していた。しかし、それでも今度の園遊会でクランタントラム夫人と二人で家のなかに閉じこめられたいとは思わなかった。それで、客を恣意的に区別するというやり方をまったく放棄し、できることなら主教を芝生に、伯爵夫人を家のなかに置き、準男爵らを散りばめて、魅力を分散しようと決めた。ルッカロフト家をどうするかは、プロマシィ氏でも決めることができなかった。この一家はどちらにするか自分で選ぶしかない。招待状のなかで、借地人はみな招待されていると一家には特別に伝えた。もし彼らがほかの借地人と交わるのが不満なら、ひょっとして園遊会に寄りつかないくらいの分別を見せたかもしれない。

　それから、プロマシィ氏はジョンやジョージ令息らがサテンのネッカチーフにフロック・コート、淡黄色の手袋、磨きあげた長靴という、朝夜両用の衣装で現れるに違いないとの懸念を述べた。そんな衣装なら、彼らは槍まと突き競技(3)に馬で参加するのを断るだろうし、ミス・ソーンが熱心に準備した運動競技にも参加しないと言い出すだろう。もしジョンとジョージ令息が槍競技で馬に乗らなかったら、誰も馬に乗る者はいなくなるとミス・ソーンは思った。

「でも」彼女は悲しみに満ちた、ほとんど心痛に打ちのめされた声で言った。「運動競技会があることはみなに特別伝えてあります」

「もちろん競技会はあります」とプロマシィ氏は言った。「男衆はみな若い女衆と月桂樹の歩道で恋の競技を楽しむのです。最近みながいちばん好きなのは、ああいう競技ですからな。もしあなたが馬上槍競技に若い男衆を集めたら、若い女衆はみな不機嫌になってしまいます」

「若い女性たちって、ひいお婆さんの時代のように、つつましくできないものかしら？」とミス・ソーン。

「近ごろの若い女衆は見るだけでは満足できないようです。男衆がすることは何でも女衆がする。もし馬に女性用の片鞍をつけて槍競技をやらせれば、女衆が立派にやれることは疑いありません」と執事。

ミス・ソーンは返事をしなかった。プロマシィ氏の皮肉から、現代女性を擁護できる証拠はないように見えた。ミス・ソーンはかつて興奮したとき「最近は紳士が女性らしくなり、淑女が男性らしくなった」とはっきり言ったことがあった。ミス・ソーンといえども、時代の悪質化傾向を改められるはずがなかった。しかし、事実はそういう状況だったから、なぜ自分が堕落した好みの持ち主らが望む娯楽に迎合しなければならないのか？　彼女はこういう問いかけを一度ならず繰り返し、溜息で回答するしかなかった。弟のウィルフレッドがいた。その双肩にはウラソーンの古い栄誉がみなのしかかっていた。しかし、その弟さえもプロマシィ氏が思慮深く述べたように、馬上槍競技に挑戦するかどうか疑わしかった。

そして、その朝が来た。ウラソーンの家中の者は早くから行動を始めた。料理番は日が昇るずっと前から台所で料理を作っており、男たちは夜明けと同時にテーブルを引っ張り出し、ベンチに赤いベーズの布地を金槌で張った。ミス・ソーンは夜の帳が開け、外が見渡せるようになるやいなや、何と熱心な様子で天気を確認したことか！　とにかくこの点では嘆く理由がなかった。気圧計はここ三日間上昇し、朝はあの鈍い、冷たい、安定した、灰色のもやで明け、秋の場合、通常快晴で、乾いた一日を予想させた。七時までに彼女は盛装すると、階下へおりた。ミス・ソーンは昨今のゆったりとした快適な着こなし方を知らなかった。弟の前に出るのにもコルセットをしないのは、ストッキングを履かないのと同じだと思っていた。そして、ミス・ソーンのコルセットは生半可なものではなかった。

しかし、階下におりたところで何もすることはなかった。ミス・ソーンはそわそわしながら芝生へ出ると、それから台所に戻った。かかとの高い木底靴を履くと、放牧地のほうへそわそわと向かい、馬上槍競技場が造られている小さな私設運動場に入った。柱、横木、自在軸受、まと、小麦粉の袋、みんな準備万端だった。大工の作業台に登り、まとに手で触れてみた。自在軸受には完璧に油が射してあり、横木は楽々と回った。ミス・ソーンは老プロマシィの言ったことを文字通りに受け取ったから、片鞍に座り、自分もまとに槍を突き出してみたいと思った。こんな心躍る喜びよりも、煮え切らない女学生と月桂樹の下をぶらつくほうがいいとは、今どきの若者はどんなやつなんだと思った。「そうよ」と彼女は胸中で叫ぶ。「馬を水場に連れて行くのは一人でもやれるけれど、千人かかっても無理やり水を馬に飲ませることはできない。しかたがないわ。若者に楽しむ元気がないのは私の責任じゃない」こう考えると、彼女は家のなかに戻った。

八時を少しすぎたくらいに、弟がおりて来た。弟の書斎で残り物による朝食をすませた。いつもの紅茶沸かしとは違うもので紅茶が入れられ、いつものロールパンとトーストは食べられなかった。卵もなかった。この教区の卵はみな、泡立ててカスタードになるか、焼いてパイになるか、ゆで卵にしてロブスター・サラダに入れられていた。新鮮なバターの割当も少なかった。ソーン氏は鶏の脚を好きな辛い味つけなしで食べなければならなかった。

「私は槍まとを見てきました、ウィルフレッド」と姉は言った。「立派にできていると思います」

「あ、ああ――そう」と弟は答えた。「馬上槍競技を見たのはずいぶん昔のような気がします」ソーン氏は姉の競技好きにはうんざりし始めており、この槍まとの柱を特別嫌っていた。

「朝食が終わったら、あれをちょっと試してくれたら」と姉は言った。「マーク・アントニーに鞍を置けばいい。柱はすぐ利用できます。知っていると思うけれど、マーク・アントニーがすばやく走れないと思うなら、小麦粉の袋はおろしてもいいのよ」ミス・ソーンはささやかな提案に不満そうに見える弟の表情を見て、つけ加えた。

マーク・アントニーは貴重な老いた猟馬であり、ソーン氏の平素の必要に立派に応えてくれていた。柵の近くでも落ち着いており、きわめて着実で、足を取られる地面でもよく歩き、道路でも安心できた。しかし、槍競技に使われたことなんかなかった。ソーン氏は小麦粉の袋があろうがなかろうが、この馬をそんな試練にあわせたくなかった。ぶつくさつぶやいてから、最後にマーク・アントニーは、残念だが尻込みするのではないかとはっきり言った。

「それならコッブ種の馬[4]で試してみてくれたら」と負けずにミス・ソーンが言った。

「あいつは今施薬中です」とウィルフレッド。

「子馬のベルゼブブがいる」と姉が言った。「あの子馬は今馬屋にいます。さっきピーターが訓練しているところを見ましたから」

「モニカ姉さん、あいつは乱暴すぎて、私にはほとんど手に負えないのです。あいつに乗ってあんながらくたにかかったら、あいつも、私も死んでしまいます」

がらくた！　彼女があれほど熱心に作りあげた槍まとを、田舎の勇敢な自作農の娯楽として準備した競技を、多くの祖先から愛されてきた栄誉ある競技を！　弟ががらくたと名指しするのを聞いて、ミス・ソーンは深く傷ついた。世界には姉弟二人しか残されていなかったから、ミス・ソーンは弟を怒らせるようなことは言わないことを生活の規範とした。伝統あるイギリスの習慣に対する弟の無関心に、姉はしばしば悩まされなければならなかったが、いつも沈黙して堪えた。家長は家のなかで決して非難されてはならないというのが、ミス・ソーンの信条の一つだったし、その信条に添って生きてきた。しかし、今大きな試練に直面していた。老いた頬に赤味が差し、いまだ輝きの衰えない瞳に炎が燃えた。それでもミス・ソーンは何も言わなかった。とにかくこの日はもうこれ以上、馬上槍競技について何も言うまいと決意した。

ミス・ソーンは黙ったまま悲しげに紅茶をすすり、無念の痛ましい思いとともに偉大な先祖イールフリードが、ノルマンの侵略者からみごとにウラソーンを守った栄光の日々のことを考えた。今ではミス・ソーンの胸の奥で燃えるあのかすかな無益な燦めき以外に、この家にそういう情熱は残っていなかった。しかし、ミス・ソーン自身がこのとき、フランスふうの名の伯爵夫人、虚栄心の強い、高慢な、門に入るだけでウラソーンに大きな恩を売ってやっていると思う、ノルマンの子孫をもてなすことに余念がなかったのではないか？　ジョン令息、ド・コーシー伯爵の子、はサクソンの自作農とともに槍競技で馬に乗ることもあるのではないか？　いったいどうして弟の客が断るようなことを弟に期待できようか？

ミス・ソーンは願いが実現できないのではないか、というかすかな不安を胸によぎらせた。おそらく同じ土地に住む運命にある民族は、お互いに譲り合い、お互いにその営みを認め合う必要があったのだ。おそらく五世紀以上の密接な交際のあと、ノルマン人がノルマン人のまま、サクソン人がサクソン人のままでいることはありえなかった。おそらく周囲の人々は、みなこのへんのところがよくわかっていた。ミス・ソーンは時折こんな思いにとらわれて、悲しんだ。とはいえ、愛する馬上槍競技がノルマンの騎士の娯楽を近代的に模倣したものであり、貴族の試合をサクソンの自作農の好みと習慣に合わせて作り直したものだ、ということに彼女は思い至っていなかった。こんなことを彼女に知らせるのは酷だろう。

姉の涙を見たとき、ソーン氏は侮蔑的な言い方を後悔した。姉の気まぐれがどんなものであっても、尊重しなければならないことを、弟もやはり拘束力のある法として認めていた。弟は姉ほどこの原則を遵守しているようには見えなかった。とはいえ、彼は姉に匹敵する善意の持ち主だったから、原則を忘れたことに気づくたびに心を痛めた。

「モニカ姉さん」と弟は言った。「本当にすまない。槍競技のことをけなすつもりはまったくなかったのです。あれをがらくたと言ったとき、私はただ私のように年取った男にとってはそうだと言うつもりでした。私が若くないことをあなたもいつも忘れるでしょう」

「あなたは老人なんかじゃありませんよ。それははっきりしています、ウィルフレッド」姉は心で謝罪を受け入れると、頬に涙を流し、ほほ笑んで答えた。

「もし私が二十五か三十でしたら」と弟は言った。「一日じゅう馬に乗って、槍競技をするのが何よりも好きになっていたと思います」

「でも、狩りや猟をやめるにはまだ若すぎます」と姉は言った。「溝や生け垣を跳び越えられるのなら、きっと槍まとはくぐり抜けられると思います」

「しかし、姉さん、いつも生け垣を跳び越えているわけじゃないのです。跳び越えるとき、小麦粉の袋が後ろから襲ってくることはないのです。伯爵夫人を朝食に案内するとき、頭の後ろを粉まみれにしていたら、どんなふうに見えるか考えてみてください」

ミス・ソーンはこれ以上何も言わなかった。弟が伯爵夫人のことを引き合いに出すのは好きではなかった。ド・コーシー卿夫人に対する配慮のため、ウラソーンの競技会が妨害されるなんて、考えるだけでも我慢できなかった。しかし、これ以上弟に槍試合を押しつけても意味がないと悟った。譲歩すると、ソーン氏を槍競技からはずし、若い騎士のほうに全幅の信頼を置くことにした。その騎士とは、ミス・ソーンの大のお気に入りで、彼女が何度もはっきり言ったように、現代の若者の模範、イギリス自作農ヨーマンのすばらしい見本だった。

それは農夫グリーンエーカーの長男で、じつを言うと、この若者は幼いころからミス・ソーンの足元を見て育ってきた。少年時代、彼は多くの違反行為を犯しながら、いつもミス・ソーンからりんごや小遣いや許しをえてきた。今青年期にも同じように価値ある特権と免責を手に入れていた。九月には一、二日の猟を許可された。郷士ソーンの馬に訓練を施し、果樹園から挿し木を、庭園から花の根を手に入れ、小川の釣りも彼だけには許された。若者はその父の馬で登場し、馬上槍競技の手本を見せることになっていた。若いグリーンエーカーがすることは、何でもほかの連中から真似された。もしハリー・グリーンエーカーが手本を見せれば、ルッカロフト家の娘が気取って近寄らなくても、ウラソーンのほかの若い衆はきっと槍競技に挑戦するだろう。ミス・ソーンは貴族のジョンやジョージ令息なんかいなくていい、先祖が以前そうしたように、ウラソーンで生まれ育った筋肉と腱に信頼を置こうと決心した。

　九時ごろ下々の者が放牧地と運動場に集まり始めた。プロマシィ氏と庭師頭と馬丁頭がこれらの監督に当たった。庭師頭と馬丁頭は、プロマシィ氏の代理として宣誓のうえ職務に就くと、秩序を守り、競技への参加を促す役を補佐することになった。あまりたくさんご馳走はないだろうと考えた近所の多くの若者たちが早くから集まり、門が開く前から屋敷と教会のあいだの道に群がった。

　それから、大規模な別の問題が発生した。プロマシィ氏がじつは予測し、多少は備えていた問題だった。ミス・ソーンのもてなしを受けたいと思った者のなかには、招待状といった予備的儀式に当然払うべき敬意を払おうとしない者がいた。そういう連中は、たまたま招待客リストから見落とされたに違いないと考え、上流の者ならかんかんに怒っただろうけれど、侮辱に堪えたことを悪気なく示して、怒ることもなく晴れ着で門の前に現れた。

　しかし、プロマシィ氏は誰が歓迎され、誰が歓迎されない客か熟知していた。招待されていない者でも、何人かは入れた。「厳しくなりすぎないようにね、プロマシィ」と女主人は言っていた。「特に子供にはね。もしご近所に住んでいるようなら、入れてやりなさい」

プロマシィ氏はこの心得に従って、入りたがっている多くのわんぱく坊主や、田舎の若者を連れた着飾った数人の娘——土地のものではない娘——を入れた。しかし、市内の居住者に対しては容赦しなかった。バーチェスターの多くの奉公人がその日門前に姿を現して、ウラソーンのため鞍や長靴を作っているとか、馬に服用薬を調合しているとか、台所に並ぶ肉を切っているとか、そういうふうに一週間働いてきたと、哀れみを誘う訴えをした。しかし、プロマシィ氏はどの主張も通さなかった。市から来た年季奉公人は無視した。領内の借地人と労働者を入場させる必要があったから。ミス・ソーンはバーチェスターじゅうの人々を受け入れることはできなかった。

とはいえ、半日もしないうちにこれらの努力がみな無駄とわかった。入りたい人はみな運動場に入ることができ、管理役の注意はご馳走が並ぶ食卓のほうへ移った。ここでは本来席を持たない多くの人が食卓に着かせろと主張していた。席と食事がそんな騒ぎに値するのかというほどの騒ぎの末、やっと管理役はその連中から逃れられる始末だった。

註

（1）フランスの総裁政府時代（1795-1799）は、革命初期とのちのナポレオン時代とのあいだの政治的空白期。
（2）景観を損なわないように、とぎれなく見通せるように、溝になかに作られた柵。
（3）馬上槍まと突き（quintain）は中世の武技。片側に砂袋、片側に盾まとのついた回転式まとを突く。
（4）短脚で強健な種の馬。

第三十六章（第三巻第二章）ウラソーンの恋の戯れ——第一幕

大勢の人を楽しませるという、文化生活につきものの苦労のことを、人はその実態をあまり真剣に考えないで一般に言うけれど、じつはたいへんな苦労なので、なぜそんなことを好んでしようとするのか不思議なくらいだ。その苦労に対する見返りに、何を求めているか確定するのも難しい。もし人が骨の折れるパーティーを催し、愚かにも成功させたいと望みながら、ひどい苦しみと騒ぎに堪えるなら、加えてもしその人が他人のパーティーで心底楽しむことができるなら、この見返りの問題は理解される。男も女も他人が彼らのために背負い込んでくれるあのみじめな苦労を、他人のためにも背負い込もうというのなら、公正感がある。ところがどっこい、彼らはみなパーティーへ出かけるのが、客を迎えるのと同じくらいに退屈だと言う。パーティーへ出かける姿を見る限り、彼らの言うことを信じざるをえない。

人を楽しませる！　いったい誰にその確信があるのか？　いったい誰に大勢の人を楽しませる力を誇る自信があるのか？　道化師なら時としてそれがあるかもしれない。チュチュをつけ、詰め物をしたピンク色の脚のダンサーもそうだ。場合によっては歌手もそうかもしれない。ところが、こういう人らを除けば、人を楽しませる技術で成功したためしはあまりない。若い男女なら類が類を呼び、春の鳥のように自然につがいとなり、単純なかたちで相手を楽しませる。しかし、ほかのほとんどの人が楽しませてみようと試みることすらない。

女性は家を客に開放するとき、楽しませる資格がないことをつつましく告白し、拠りどころにするものと言ったら、ろうそくと室内装飾品くらいのものだ。紳士は白いベストでも着ればもてなせると思うようだ。より感覚的な喜びを与えるため、シャンパンやまだ流行っているとされるテーブルのご馳走がこれらに加わる。この点でも世界は悪質化傾向にある。おいしいスープが流行からはずされ、たくさんタブーになってしまった。気心の知れた友人、つまり三流の法廷弁護士、医者、政府の事務官、その他のうちへ行くと（必ずしもみながみな、仕着せを着た使用人のいる理想郷のようなところで、大公のように暮らすことはできないから）、食事の締めとして決まり切ったように、羊肉の切り身に冷たいジャガイモが一個添えられる。残念なことだ！「ジョーンズ、すりつぶしたカブはいかがです？――少しキャベツを取っていただけませんか？」などと言えた幸せな日々が懐かしい。それからジョーンズ夫人やミス・スミスとともにワインを楽しむ。ジョーンズ家とスミス家の全員がいて！　なるほど最近の習慣のほうが確かに経済的にはなっている。

しかし、ミス・ソーンは臆することなく、この踏み固められた現代のやり方に別れを告げようとした。そして客を楽しませる積極的な努力をした。ああ！　残念。これが控えめな成功しか収められなかった。ほかの連中は自分のやり方に固執し、女主人と同じ方向へ進もうとしなかった。彼女は笛を吹いたけれど、彼らは踊らなかった。彼女は干しブドウ、小麦粉、卵、砂糖漬けでできたつつましい手作りのケーキを客に振舞った。ところが、客はバーチェスターのケーキ職人の店から取り寄せた、ごみのようなウェハース――粉乳とゼリー状キャンディーと混ぜものの砂糖で作られたもの――のほうを食べた。かわいそうなミス・ソーン！　すぎ去った幸せな過去の栄光を取り戻そうと、むなしく奮闘したあなたの魂が、最初のそういう誠実な魂というわけではなかったが！　昼の十二時のデジュネに招待されたら、三時に訪問しなければならないと、当時の流行に従ってド・コーシー卿夫人が思い込んでいたとしたら、あなたがどんなに力強い弁舌を振るっても、時間を守る利点を卿夫人に教えることはできない。

ミス・ソーンは昼の十二時に来るように客を呼び、本気なのだと特に念を押せば、午後二時には大天幕のなかで客が気持ちよく腰掛けているのを見られると、たわいもなく考えていた。愚かな女性――というよりは無知な女性、年を取っていくうちに社会の風習がどれほど変化を遂げたか理解できない女性なのだ。十二時になっても彼女は一人きりだった。多くのスーツのなかから最新の壮麗なドレスを着て、丈夫な靴を履き、実用的なボンネットをかぶり、暖かい豪華なショールを肩から掛けていた。こんないでたちで大天幕のほうを見やり、隠れ垣へ行き、若者たちが楽しんでいるのにとにかく満足し、溝越しにグリーンエーカー夫人に話しかけ、槍まとにちらりと目をやった。若い農民が三、四人槍まとをぐるぐる回し、競技の発明者が考えてもいなかったやり方で小麦粉袋をつついていた。馬にまたがる競技者はいなかった。ミス・ソーンは腕時計を見た。十二時を十五分すぎていた。ハリー・グリーンエーカーは十二時半すぎに競技を始める予定だった。

ミス・ソーンは伯爵夫人が到着しても、歓迎する人がいないのではないかと不安になり、普段よりも足早に応接間に引き返した。急ぐ必要なんかなかった。誰も来ていなかったから。十二時半に台所を覗き込み、一時十五分に弟と合流した。ちょうどそのとき最初の上流階級の方の到着があった。クランタントラム夫人の名が告げられた。

名は告げられる必要がなかった。というのも、この夫人が中庭を歩くとき、バーチェスターから乗せてきた気の毒な御者を叱りつける夫人の声が聞こえてきたから。そのとき、ミス・ソーンはほかのお客がクランタントラム夫人よりももっと上流の方々で、到着が遅かったから、この夫人の激しい怒りを聞かずにすんだことを感謝せずにいられなかった。

「あら、ソーンさん、ねえちょっと！」クランタントラム夫人は応接間に入るやいなや言った。「わたしのロクロール(1)を見てくださいな！　すっかり駄目になってしまって。今日はあなたが華やかな衣装を望んでいらっしゃると思ったから、これを着るしかないと思っていたのに。不安はあったのですけどね。ああ、何てこと！　一ヤード二十五シリングもするのよ」

クランタントラム夫人は駅馬車からおりようとしたとき、バーチェスターの駅馬が不幸にも異常な動きをしたため、車輪の下に轢かれそうになったのだ。

クランタントラム夫人は過去の時代の人であり、取り柄と言ってほとんどなかったが、ミス・ソーンは夫人がそこそこに好きだった。それでロクロールを洗濯に回すと、箪笥からいちばんいいショールを出して夫人に貸した。

次に到着したのはアラビン氏だった。アラビン氏はすぐクランタントラム夫人から不幸な出来事と決意、御者にも助手にも代金を払わないという決意を聞かされた。夫人が話したとき、出来事について自分が考えていることを知らせるよりも、アラビン氏に帰りの馬車に乗せてもらいたい気持ちを表していた。そのとき、外の女性用手荷物預かり所があるロビーのようなところから、さらさらという衣ずれの音が一杯聞こえてきた。ドアを大きく押し開き、従僕が自信のなさそうな声で告げた。ルッカロフト夫人とルッカロフト姉妹、オーガスタス・ルッカロフト氏。

かわいそうな男！――というのはこの従僕のことだ。この従僕はルッカロフト夫人がこの場に来てはいけないこと、ここでは望まれても、歓迎されてもいないことを誰よりもよく知っていた。しかし、従僕はその太った夫人――短袖で、襟ぐりの広く開いた、一ヤード八シリングするサテンのドレスを着ている――に大天幕のほうだと言う勇気がなかった。白いダンスシューズと長手袋をつけた若い娘たちに放牧地のほうへ席が用意されていると言えなかった。こうしてルッカロフト夫人は目的を達し、警備を突破し、本丸に進んだ。夫人は入り口で、不快な妨害をくぐり抜けなければならないことを予想していた。しかし今、郷士やミス・ソーン、伯爵夫人や主教や州のお偉方と芝生で親しく交際したと、文句なしに誇る権利を手中にすることができた。しかも、グリーンエーカー夫人らが私設運動場で農民と散歩していたあいだにだ。ルッカロフト夫人は大きな得点を稼いだ。これから先宛名書きのとき、バーチェスターの商人が疑念なしに夫を郷士T・ルッカロフトと書くことは確実だった。(2)

ルッカロフト夫人は度胸で難儀を乗り越え、意気揚々とウラソーンの応接間に入った。とはいえ、娘たちは周囲の応対に恥ずかしい思いをしていた。ミス・ソーンは客を侮辱する気なんかさらさらなかったが、そういう厚かましさを見逃すような気質も持ち合わせていなかった。

「まあルッカロフト夫人、あなたですか」と彼女は言った。「こちらは娘さんと息子さんね？　お会いできて嬉しいです。それにしても襟ぐりの広いドレスですわね。これから外へ出ようと思っていますのよ。何かお貸ししましょうか？」

「あら、とんでもない！　どうも、どうも、ミス・ソーン」とルッカロフト夫人が言った。「娘たちと私は外出するとき、襟ぐりの広いドレスを着慣れていますから」

「まあ、そうですの？」ミス・ソーンは身震いしながら言った。そんな身震いなんかルッカロフト夫人には効かなかった。

「ルッカロフトはどこかな」屋敷の主人が借地人の妻を迎えるため、近づいてきて言った。この家族がどんな不作法をしでかしたとしても、地代をきっちり払ってくれる点は考えざるをえなかった。郷士はこの客に冷たくする気なんかなかった。

「主人はひどい頭痛なんです、ソーンさん！」とルッカロフト夫人は言った。「ほんとに動くこともできないんです。動けりゃ、こんな日に欠席しちゃいけないのはわかっています」

「まあ、あなた」とミス・ソーンが言った。「ご主人がそんなにお悪いのなら、ご主人のそばにいらっしゃりたかったでしょうに」

「いいえ、ぜんぜん！」とルッカロフト夫人は言った。「それはありません、ミス・ソーン。そういうときの主人は胆汁症で、気難しいばかりなのよ。そんなときは誰もまわりに近づけようとしないのです」

じつのところ、ルッカロフト氏は妻よりも常識があり、図々しさがなかったから、ミス・ソーンの応接間へ押しかけていく気になれなかった。妻が貴族と一緒にいるのに、夫は庶民のあいだにいられなかったから、ローズバンクにとどまっているほうがいいと判断していた。

ルッカロフト夫人はすぐソファーに座り込むと、ルッカロフト姉妹は二つの椅子に腰掛け、オーガスタス氏はドアのそばに立った。この家族はそこにそのままとどまり、時間が来ると食堂のテーブルの末席に四人一緒に席を占めた。

それからグラントリーの面々が到着した。大執事とグラントリー夫人、二人の娘、グイン博士とハーディング氏だった。スタンホープ博士の馬車が、運の悪いことにグラントリー一行がいるところに到着した。車窓から外を見たとき、大執事が馬車をおりる女性たちに手を貸していたから、エレナーは見つかるのを恐れて、席へ深く座り直した。この馬車で何とも不愉快な旅を味わってきた。スロープ氏の丁重さといったら、いつも以上に油が効いて調子よく、不快だった。スロープ氏が何か特別気にかかるようなことを言ったわけではなかったが、彼女はひょっとしてこの男が言い寄ってくるのではないかと初めて疑った。この男が好きなのだと世間に疑わせるような振る舞い方を自分がしてきたというのは、では本当だったのか？　大執事とアラビン氏が正しくて、自分のほうが間違っていたというのは、ではありうることだったのか？　シャーロット・スタンホープも馬車のなかでスロープ氏を観察した結果、もし弟がこの未亡人を手に入れるつもりなら、これ以上時間を無駄にできないと結論づけていた。バーティがウラソーンに先回りできるように、工夫すべきだったとシャーロットは後悔した。

グラントリー博士はスロープ氏と義妹が一緒にいるところを見なかったが、アラビン氏は見た。アラビン氏はソーン氏と一緒にグラントリー夫人を出迎えるため、玄関に出てきたあと、みながうちに入るまで中庭に残っていた。エリナーはできるだけ長く馬車にとどまっていたものの、ドアからいちばん近いところに座っていた。馬車からおりたスロープ氏から手を差し伸べられると、彼女はその手を取るほか仕方がなかった。アラビン氏はグラントリー夫人がうちのなかの誰かと握手しているあいだ、開いたドアのところに立っていたとき、スロープ氏とすぐわかる牧師が馬車からおりるのを見た。それから、この牧師がボールド夫人に手を差し伸べているのを見た。アラビン氏は胸くそが悪くなり、グラントリー夫人のあとについてうちに入った。

しかし、エリナーはそれ以上の不面目を避けることができた。スタンホープ博士が中庭を歩くあいだ腕を貸してくれたから。スロープ氏は喜んでシャーロットのほうへ注意を向けていた。

みなが家のなかに入り、家から芝生へ出るとすぐ、身分の高い人が我が物顔に振る舞うときにだけに許される、大きな馬車の音と騒ぎとともにプラウディ一行が乗りつけてきた。日ごろ見慣れぬ人たちが、玄関に現れたのがすぐわかった。使用人が別の使用人にあれは主教だと囁くと、その言葉がすぐその場にいた寄食者、よそ者の馬番、御者らに広がった。主教と「奥方」が中庭を横切るのを一目見ようと、たくさんの随行員ができあがった。主教は聖イーウォルド教区で教会がこれほど尊敬を集めているのを見て、上機嫌だった。

客がどんどん入って来て、芝生も混み始めた。部屋も満員になりそうだった。声がざわざわと響き、絹と絹がこすれてさらさら鳴り、モスリンとモスリンが触れ合ってしわになった。ミス・ソーンは先ほどよりも楽しくなり、競技のことを思い出した。芝生のいちばん奥に、まと、弓、矢が用意されていた。ここはいくつかの庭園がかなり広範囲に放牧地を浸食しており、弓術愛好家のため充分な場所があった。ミス・ソーンは弓を曲げることができる女神ディアーナ[3]の娘たちを集めると、まとまで先導して歩いた。グラントリー家の娘やプラウディ家の娘、チャドウィク家の娘、たくましい尚書役の二人の娘、それにミス・ノウルがいた。娘たちともにチャドウィク家のフレデリックとオーガスタス、ノウル・パークの若いノウル、エルム家のフランク・フォスター、ハイストリートのさっそうとした事務弁護士ヴェラム・ディーズ氏、さらにグリーン師、ブラウン師、ホワイト師がついてきた。最後の三人はプラウディ家の三人娘のお尻にお義理で付き添っていた。

「馬で槍競技をしたご経験はおありですか、フォスターさん？」ミス・ソーンが一行と芝生を横切りながら尋ねた。

「槍競技ですか？」乗馬の名手を自認する若いフォスター氏が聞き返した。「障害のゲートか何かですか、ミス・ソーン？」

ミス・ソーンは高貴なる競技を説明しなければならなかった。フランク・フォスターは馬上槍競技の経験がないことを認めざるをえなかった。

「もしよろしければ、ご覧になりませんか？」とミス・ソーンは言った。「ここにはあなたがおられなくても、たくさん人がおられますから」

「ええ、かまいませんよ」とフランクは答えた。「ご婦人たちも見にいらっしゃるんでしょう」

「ええ、そう」とミス・ソーンは言った。「槍競技がお好きな方々がね。フォスターさん、もしあなたが馬に乗られるなら、きっとみなさんがその勇姿をご覧になりに来るでしょう」

彼は昨日ロンドンから取り寄せたばかりの、申し分なく上等な、ぴちぴちのズボンを見おろした。彼が思うところ、まさしくピクニックか園遊会用にぴったりの品だった。これをはいて馬に乗るのは気が引けた。後ろから小麦粉袋で襲われるという――ミス・ソーンが生き生きと描写してみせた――状況を考えると、槍競技に参加したくないという気持ちでは、フランクはソーン氏に負けなかった。

「あの、乗馬についてはよくわからないのです、ミス・ソーン」と彼は言った。「残念ながら準備もまったくできていません」

ミス・ソーンは溜息をつくと、それ以上は何も言わなかった。弓術愛好家たちを弓と矢のところに残し、いったんは家へ向かった。しかし、小さな運動場の入り口に差しかかったとき、男らしい遊びに加わるように上流のお客を誘うことはできなかったが、競技の現場にいてやることで、あの自作農たちを励ましてやれると思い直した。それでもう一度槍競技の柱へ向かった。

ここでたいへん嬉しいことに女主人は、ハリー・グリーンエーカーが手に長柄を持ち、馬にまたがったところを目に留めた。多くの仲間が彼のまと突きを応援しようとまわりに立っていた。女主人は少し離れたところに位置すると、よくぞ挑戦してくれると満足の意を表し、うなずいて見せた。

「奥様、さあ、始めましょうか?」とハリーは言い、長柄をぎこちなく指で扱った。馬はそのような武器を持った騎手に慣れていなかったから、下で落ち着きなく動いた。

「さあ、さあ」とミス・ソーン。彼女は偶然農場からここに運ばれていた桶を逆さにすると、その上に美の女王のように勝ち誇って立った。

「じゃあ、行きますよ」ハリーはくるりと馬を回し、急速ギャロップに必要な弾みをつけた。槍まとの柱がすぐ前に立っており、槍で突く四角い板がもろに目前にあった。まとの中央を突くことができ、しかも馬の速さを保てれば、小麦粉袋が届かないところまで走り抜けられる計算だった。小麦粉袋は柱の横木のもう一方の端にぶらさげられていたが、板が突かれたときに回転する仕組みになっていた。もし騎手が馬の速さを保てなければ、小麦粉袋の一撃を後頭部に食らい、ぶざまな結果を頭に残すから、見物人を大いに楽しませる、というのも計算に入っていた。

ハリー・グリーンエーカーは女主人のため、小麦粉まみれになることなんか何ともなかった。それゆえ堂々と馬に拍車をかけ、槍を力の限り水平に保とうとした。ところが、その力が足りないうえ、装備もおそらく不充分だったのだろう。結果、走り始めた矢先、ハリーは意図せずして長柄で馬の側頭部を叩いてしまった。馬は進路をはずれ、跳びのき、まとから大きくはずれて駆けた。ハリーは馬の扱いに慣れていたものの、十二フィートもの長柄を持って馬に乗ることはなかった。右手を馬勒におろしてしまったから、長柄の先端が地面に触れ、長柄が馬の脚のあいだに挟まってしまった。騎手も馬も長柄もろともに倒れた。若きグリーンエーカーは馬の頭から六フィートも先に投げ出され、哀れミス・ソーンは気絶して桶からころげ落ちそうになった。

「まあ、たいへん、死んでしまったわ」ハリーが倒れたとき、近くにいた女性が叫び声をあげた。

「この人に神のよきお計らいがありますように！　かわいそうなこの人のお母さん！　かわいそうなお母さん！」と別の女性。

「ああ、世のなかの危険な遊びはみないけない」と一人の老婆。

「きっと首の骨を折ったに違いないね、あんなふうにこけたら」と四人目。

ミス・ソーンのかわいそうなこと。彼女は気絶していなかったから、これをみな聞いた。死にそうなほど気分が悪かったが、人ごみのなかを精一杯掻き分けて進んだ。ああ、ハリーのお母さん。かわいそうなお母さん！　許そうにも自分が許せなかった！　このとき、想像を絶する苦悶が胸中にあった。何とか立ちあがった馬のまわりに、前に三、四人の男がいたので、彼女は気の毒な若者が倒れているところまで近づけなかった。とはいえ、やっとのことで若い農夫の近くにたどりついた。

「馬は傷を負ったのかな？　教えてください、馬は膝を怪我していないかい？」ハリーはそう言いながら、ゆっくり立ちあがると、右手で左肩をはたき、馬の脚のことだけを考えていた。ミス・ソーンは若者が首の骨も、どの骨も折っていないし、重い怪我も負っていないことをすぐ知った。しかし、これ以後彼女は人を馬上槍競技にけしかけることはやめた。

エリナーはできるだけ早く失礼にならないようにスタンホープ博士から離れ、父を捜すと、父がアラビン氏と一緒に芝生にいるところを見つけた。二人が一緒にいるのは都合がよかった。自分について広まっている噂のことで父の誤解をとにかく解きたかった。アラビン氏にもそれができたら嬉しかった。彼女は父の背後から近づくと、腕を父の腕に通し、それから聖イーウォルドの俸給牧師にも手を差し伸べた。

「どうやってここへ来たのですか？」ハーディング氏が挨拶を終えたあと娘に尋ねた。

「スタンホープさんに送っていただきました」と娘は答えた。「馬車は二度手間になってしまいました。今はシニョーラを迎えに戻っています」エレナーはそう言いながら、アラビン氏の視線をとらえたとき、彼が深刻な表情でじっと彼女を見つめているのがわかった。その視線に非難が含まれているのもすぐわかった。彼が目にものが言えたら、明らかにこう言っていた。「そう、あなたはスタンホープ家の人たちとここへ来ました。が、スロープさんと一緒に来るため、そうしたのです」

「私たちの馬車は」エレナーが父に話しかけた。「博士とシャーロット・スタンホープと私とスロープさんでした」最後の名を口にしたとき、触れている父の腕がかすかに震えるのがわかった。同時にアラビン氏は父娘から顔を背けると、手を後ろ手に組み、ゆっくりと小道を歩き去った。

「父さん」とエレナーは言った。「スロープさんと同じ馬車で来ないようにすることができなかったのです。不可能でした。あの方が同じ馬車だなんて夢にも思わなくて、かなり前にスタンホープさんと一緒に来る約束をしていたのです。そのあとでは、もしあの馬車に乗らなかったら、かえって説明が必要になったり、噂になってしまったりしたでしょう。父さんはうちにいませんでしたし、避けられませんでした」エレナーは早口でまくし立てたから、弁解を終えるころに息を切らしていた。

「おまえがあの馬車を避けたかった理由がわかりません」と父が答えた。

「いえ、父さんにはわかっています。わかっているはずです。プラムステッドで言われていることはみなご存知でしょう。きっとご存知ですわ。大執事の発言も知っているはずよ。大執事って何て不公平な人なのかしら。アラビンさんも。あの方はひどい方。ひどく忌まわしい方なの――でも」

「忌まわしい方って誰のことなんだい、おまえ？　アラビンさんのことかい？」

「いえ、スロープさんのことよ。スロープさんのことって、わかるでしょう。あの方はこれまでに出会ったなかでいちばん忌まわしい方ですわ。あの方と同じ馬車でここに来たことは、生涯でいちばん不幸な出来事でした。でも、避けられませんでした」

ハーディング氏は娘の言葉を聞き、心に重くのしかかっていた重荷をおろした。そう、大執事はもち前の知恵にもかかわらず、グラントリー夫人はその如才なさにもかかわらず、アラビン氏はその優れた能力にもかかわらず、結局思い違いをしていたのだ。我が子、とても誇りに思う娘、エリナーはスロープ氏の妻になる気なんかまったくなかったのだ。相手がスロープ氏だと確証がえられたら、父としてそれに結婚許可を与えてしまうところだった。しかし、エリナーの恋人とされたこの男が、一族みなから嫌われているだけでなく、彼女自身からも同じように嫌われていることが今わかった。とはいえ、ハーディング氏は自分が犯した大間違いを隠しおおせるほど、世慣れた人ではなかった。父は娘に疑惑を抱いていなかったようなふりをすることができなかった。大執事の邪推に一口乗っていなかったようなふりをすることができなかった。父は心底驚き、とても喜んだから、率直に気持ちを表現せずにはいられなかった。

「おまえ」と父は言った。「とても嬉しい。とても感激している。娘であるおまえが、心の重荷をおろしてくれた」

「でも、父さん、父さんはまさか信じてはいなかったでしょう――」

「どう考えていいかわからなかったんですよ、おまえ。大執事が言うにはおまえとスロープさんは――」

「大執事が！」エリナーは声をあげ、顔に激しい感情を現した。「大執事のような人は義妹を中傷したり、父娘のあいだに溝を作ったりするよりも、もっとほかに何かすることがあるでしょう！」

「大執事はね、そんなことをするつもりはなかったんです、エリナー」

「じゃあ、大執事は何をするつもりでしたの？　どうして私に干渉し、父さんの心を嘘で一杯にしたの？」

「今はもう気にしないでおくれ、おまえ。忘れておくれ。おまえの気持ちをこれからみんなもっとよく理解するようになるだろうから」

「まあ父さん、父さんがそんなことを考えていたなんて！　私を疑っていたなんて！」

「おまえを疑うというのはどういう意味なんだい、エリナー。たとえおまえがスロープ氏と結婚したとしても、何も恥ずべきことはありません。何も間違ったことはないね。父としてそれに干渉したりしたら、かえって弁解の余地なんかなくなります」もしエレナーがもっと強い態度で話の腰を折らなかったら、ハーディング氏はスロープ氏がよくできた男で、若い未亡人の二番目の夫としてふさわしい男だという弁解を続けていただろう。

「そんな結婚を信じるなんて恥ずべきことです」と娘は言った。「間違っているし、言語道断よ。もし私がそんなひどい結婚をしたら、誰も私に話しかけてくれないでしょう。いやっ――」エレナーは友人たちが進んで彼女のために灯そうとした結婚の松明のことを思い浮かべると、身震いした。「グラントリー博士がそんな結婚を考えたとしても不思議はありません。スーザンもそうです。でも、父さん、父さんが考えたとすると不思議です。いったいどうして、どうして、父さんにそんな結婚が信じられたのかしら?」かわいそうなエリナーは父の背信を思ったとき、涙を抑えることができず、思わずハンカチで顔を覆った。

そこは、深い悲しみにふけるには不適当な場所だった。低木のあいだを抜けて歩く人々が、父娘のまわりにいた。気の毒なハーディング氏はできるだけうまく弁解しようと口ごもって話した。エリナーは努めて涙を抑え、ハンカチをポケットに戻した。父を許すのは難しいことではなかった。今この結婚をはっきりと否定したことで、父の心に甦らせた陽気な気分に、むしろ彼女も加わりたいと思った。父のほうは、スロープ氏を義理の息子として迎え入れなくてもよいと思うと、重荷がおりていた。父娘の思いがこれまでと同じように今も一致しているとわかって、どんなに安心したことか。この忌ま忌ましいスロープ氏のせいでこの六週間ずっと不幸だった!　父は院長職を失ったことにはまったく無頓着で、むしろ娘を取り戻したことのほうを感謝した。それで、父に対する怒りは強かったものの、エレナーが長く父にそれを感じることはなかった。

「父さん」娘が父の腕に寄り添って言った。「二度と私を疑ったりしないでね。疑ったりしないと約束して。

何をするにしてもいちばん先に父さんに知らせますから。きっと父さんに相談しますから」

ハーディング氏は約束し、自分の罪を認め、再び約束した。そういうふうに父が改心の約束をし、娘が許しを与えているあいだに、二人は揃って応接間の窓のところに戻っていた。

さて、「何をするにしても」まず父に知らせると断言したとき、エリナーは何を言おうとしたのだろうか？　何を考えていたのだろうか？

こうして、この日ウラソーンでエリナーが演じたメロドラマの第一幕は幕をおろした。

註

（1）フードつきの膝丈の外套。

（2）トロロープの時代宛名として郷士（Esquire）を使うのは、その人が紳士として認められた証拠だった。郷士は騎士に次ぐ紳士の身分。

（3）月の女神で、処女性と狩猟の女神。

第三十七章 （第三巻第三章）
シニョーラ・ネローニとド・コーシー伯爵夫人とプラウディ夫人がウラソーンで出会う

今新たな客が到着した。エリナーが応接間に入ったとき、ちょうどシニョーラがそこに運び込まれているところだった。シニョーラは馬車から食堂に運ばれ、そこでソファーに移され、シャーロットやバーティやアラビン氏や仕着せを着た二人の使用人の力を借りて、次の部屋に移されていた。シニョーラは華やかさの絶頂にあり、内面の苦悩と外面の優雅さをあふれるほど漂わせたから、かわいそうなほど幸せそうに見えた。とても哀れで、美しく、魅力的だったので、誰もがここにシニョーラがいることを喜ばずにはいられなかった。

ミス・ソーンは心底シニョーラを歓迎した。実際シニョーラは有名人のようなものだった。ミス・ソーンの血管には、レオ・ハンター夫人(1)の血は流れていなかったけれど、家に有名人を迎えるのは好きだった。シニョーラは魅力的な人で、最初に食堂におろされたとき、ミス・ソーンの耳に二言、三言女性らしい甘い言葉を囁いた。それがミス・ソーンの心を深くとらえた。

「ああ、ミス・ソーン、ミス・ソーンはどちらに？」シニョーラは芝生の上の景色が見渡せる、窓の前に従者からおろされるやいなや言った。「私みたいなものの訪問を許してくださるなんて、何てお礼を言えばいいのかしら？　私に与えてくださる喜びがわかっていただけたら、きっと私がおかけするご迷惑を許してくださるでしょう」シニョーラはそう言いながら、ミス・ソーンの小さな手を握った。

「ここでお会いできてとても嬉しいです」とミス・ソーンが言った。「迷惑だなんてとんでもない。私どもに会いに来てくださったことをあなたのご好意と思っております。そうでしょう、ウィルフレッド？」

「ええ、大きなご好意です」ソーン氏は丁寧なお辞儀をしてそう言ったものの、姉ほど心底歓迎する様子は見せなかった。ソーン氏はおそらく姉とは違い、この客の前歴を噂に聞いていたからだが、まだその魅惑的な魔力の洗礼を受けていなかった。

ネロ帝の最後の血を受け継ぐ子の母が、大勢の人から見つめられながら、こんな華やかな姿を見せ、ソファーのまわりに名士らをはべらせていたとき、その華やかな輝きがド・コーシー伯爵夫人の到着によって色あせてしまった。ミス・ソーンは三時間も伯爵夫人を待っていたから、ついに到着したとき、誰の目にも明らかなほど喜びを表した。彼女とその弟は当然爵位ある夫人を出迎えるため、その場を離れた。その二人と一緒に残念、シニョーラの賛美者も多くが去ってしまった。

「ああ、ソーンさん」伯爵夫人が毛皮の外套を脱ぎ、薄織のショールを羽織りながら言った。「何てひどい道なのでしょう。とても不愉快でした」

ソーン氏はたまたまこの地域の道路管理役だったから、その非難にかちんときて、道路の言い訳を始めた。

「でも、本当にひどい道でしたわ」伯爵夫人が彼のことをまったく無視して言った。「最悪でした。そうでしょ、マーガレッタ？　あらミス・ソーン、私たちちょうど十一時にコーシー城を出ましたのよ。十一時をちょっとすぎたくらいだったかしら、そうでしょ、ジョン？　それでも道が――」

「一時すぎだったと思いますよ、ほんとは」ジョン令息はそう言うと、人だかりから背を向け、片眼鏡でシニョーラを見た。シニョーラも令息に視線を返し、ことわざに言う視線以上のものも返した。それで、この若い貴族はあわてて目をそらし、片眼鏡を落とした。

「なあ、ソーン」と令息は囁いた。「ソファーに座っているのはいったい誰ですか？」

「スタンホープ博士の娘さんですよ」とソーン氏は囁き返した。「シニョーラ・ネローニと名乗っています」

「ひゅううう！」とジョン令息は口笛を吹いた。「あれは悪魔だな！　あの女についてはたくさん噂を聞いている。あの女に紹介してくれなくてはいけないな、ソーン。そうだろう？」

ソーン氏は体面を重んずる人であり、ジョン・ド・コーシー令息が噂にたくさん聞いたことがあるような客をうちに受け入れたのはたまらなくいやだった。しかし、姉が招待したことだから、彼にはどうすることもできなかった。あれほど歓迎したがっていた女性客の経歴を、今晩ベッドに入る前に姉に知らせてやろうと心に決めた。姉の年齢では無邪気というのはとても魅力的だが、その無邪気が危険かもしれない。

「ジョンが何と言おうと」伯爵夫人がミス・ソーンに弁解を続けた。「確かに十二時前には城門を出ていました、そうでしょ、マーガレッタ？」

「誓って、私は知りません」とマーガレッタ令嬢が言った。「私は夢うつつでしたの。真夜中ごろに起こされて、夜明け前に着替えました」

賢い人は過ちを犯したとしても、相手のほうの粗捜しをして、必ず自己正当化する。ド・コーシー卿夫人は賢い女性だったから、ミス・ソーンを三時まで待たせた無礼を正当化するため、怒ったふりをして、ソーン氏の道路の悪口を言った。その娘も負けず劣らず賢かったから、ミス・ソーンの園遊会の開始時間を咎めた。処世術に長けた人が通常用いる技のなかでも、こういう技巧がいちばん貴重なもので、これに対抗することは不可能だ。いったい誰がこういう技に整然と対抗し、もともとの非難と戦って決着を着け、それから反撃に転じて持説を主張することができようか？　人生はそんな仕事をするほど長くない。正しい人はすぐ正直がいちばんと悟るから、こういう賢い技に対して丸腰だ。彼の強さが弱さでもある。悪い人は逆にこういう武器を研ぎ澄まさなければならないことを知っている。彼の弱さが強さでもある。一方は戦いの用意をしたことがなく、もう一方はいつも戦いの準備万端だ。それゆえ、この世では悪貨がほとんどいつも良貨を駆逐し、馬鹿にする。

人は馬鹿か、天使かのどちらかであり、不惑をすぎてやっと隣人並みになろうとする。マーガレッタ令嬢のような多くの人が、ごく早い年齢から処世術を学ぶ。とはいえ、もちろんこれはどのような教育を受けるかによる。

哀れなミス・ソーンは賢い人から手玉に取られてしまった。相手から無礼な扱いを受けていることがよくわかっていたのに、ド・コーシー卿夫人に謝罪してしまった。卿夫人はこの謝罪を愛想よく受け入れ、娘たちとともに喜んで芝生へ案内された。

応接間では、伯爵夫人が通れるように二つのフランス窓が大きく開け放たれていた。ところが、卿夫人は第三の窓辺で、一人の女性がソファーに座り、言わば取り巻き連中に囲まれているのを見た。そこで、卿夫人はその女性を調べて見ようと思い立った。ド・コーシー家の者は遺伝的に近眼であり、少なくとも三十世紀これが受け継がれてきた。ド・コーシー卿夫人は嫁入りしたとき、一族の習慣を採用したから、息子が先ほどそうしたようにシニョーラ・ネローニを調べるため片眼鏡を当てると、ソファーを取り巻く紳士たちを押しわけ、知人とわかった人たちに軽い会釈の栄誉を与えた。

その窓へ行くにはソファーのすぐ前を通らなくてはならなかった。そうしたとき、卿夫人はソファーの女性に厳しい視線を投げかけた。ソファーの女性からも、卿夫人に鋭い視線が返された。伯爵夫人になったときから、王族と公爵と侯爵以外は残らず自分の前で目を伏せるのに慣れていたから、卿夫人は歩くのをやめ、眉を吊りあげ、もっと厳しい目で相手を見つめたが、伯爵夫人なんか屁とも思わない人物を相手にしなければならなかった。この世にマデリン・ネローニをまごつかせられる人なんかいなかった。シニョーラは大きな、輝く、明るい目をもっと見開き、まるで目だけになってしまった。懸命にそうしているといった様子もなく、まるで楽しむかのように卿夫人の顔をじっと見つめた。シニョーラには、厚顔な態度を援助する片眼鏡も何も必要としなかった。かすかな嘲りの笑みが口元に浮かび、鼻孔がわずかに広がり、もう相手に対する勝利を確実に予想するようだった。予想は正しかった。三十世紀と、ド・コーシー城と、ド・コーシー卿がイギリス皇太子のポニーの馬頭であるという事実にもかかわらず、ド・コーシー卿夫人はシニョーラの前で勝ち目がなかった。初め片眼鏡の金の飾り輪が伯爵夫人の手のなかで揺れ、手が揺れ、飾り輪が落ち、頭が宙にのけぞり、足がよろよろした。伯爵夫人は芝生へ出ていった。しかし、そんなに速く進めなかったから、シニョーラがこう尋ねているのが聞こえた。

「いったいあの方は誰なのです、スロープさん？」

「ド・コーシー卿夫人です」

「あら、あら、そうじゃないかと思いました。は、は、は。けれどね、お芝居のようにおもしろいわ」

これはものを見る確かな目と、見たものを論評できる知力を有する人にとって、お芝居のようにおもしろい場面だったろう。

しかし、ド・コーシー卿夫人はすぐ芝生の上で気心の合う人を発見した。プラウディ夫人に出会ったのだ。プラウディ夫人は主教の妻というだけでなく、伯爵のいとこでもあったから、ド・コーシー卿夫人はこの人をこの集まりで見いだせるいちばんふさわしい仲間と考えた。二人はお互いに出会えたことを嬉しく思った。

プラウディ夫人は伯爵夫人に敬意を払った。この伯爵夫人が同じ州の、少し足を延ばせばバーチェスターから社交訪問できる距離に住んでいたから、奥方は伯爵夫人に取り入る機会がえられて嬉しかった。

「ド・コーシー卿夫人、とても嬉しいです」奥方ができる限り険しくない表情を作って言った。「ここでお会いできるなんて思いもしませんでした。とても遠いところですし、それにこんな人ごみでしょ」

「道も悪いですしね、プラウディ夫人！　みなさんどうしたらあの道で動き回れるのか本当に知りたいです？　通れませんわよ」

「ええ、わかりませんが、通れないのでしょう。ソーンさんのうちの者も通れませんね」とプラウディ夫人は言った。「しかし、ミス・ソーンってとてもいい人じゃありません？」

「ええ、愉快な人ですけれど、とても変わった人なのです。二十年来のつき合いで、ミス・ソーンは私のお気に入りですの。すごく変わっているのよ。あの人っていつもエスキモーやインディアンを連想させてしまいます。あの人のドレス、とても楽しいじゃありません？」

「楽しいわ」とプラウディ夫人は言った。「自分で色を塗るのかしら？　あんな色って見たことがおあり？」

「ええ、そうなのです」とド・コーシー卿夫人が言った。「つまり、自分で色を塗るっていうのは確かですわ。ところでプラウディさん、窓のそばのソファーにいる方は誰ですの？　ちょっとこちらへいらっしゃれば、見えるでしょう、あそこに――」伯爵夫人は奥方を導くと、奥方には見覚えのあるシニョーラの顔と姿がはっきり見える場所に移った。

しかし、その様子はシニョーラからもよく見えた。「ほら、ほら」シニョーラがまだ間近に立っているスロープ氏に言った。「この地の宗教界と俗界のお偉方二人が、同盟を結んで、こんな私に敵対するのをご覧なさい。スロープさん、賭け事は駄目だというあなたの次回の説教には背きますけれど、私は腕輪を賭けますわ。あの女たちは私をばらばらに引き裂きたいと思って、あそこで位置についているのだと。けれどね、戦いの場に駆けつけることはできないとしても、私は敵が近づいて来たら、身の守り方は知っています」

しかし、敵のほうがうわてだった。二人はシニョーラ・ネローニと接触しても何もえられないが、離れた芝生の上でなら、好きなだけシニョーラの悪口を言うことができた。

「あれがあのいやなイタリア女ですよ、ド・コーシー卿夫人、噂は聞いたことがおありでしょ?」

「どんなイタリア女ですの?」伯爵夫人はこれから聞ける話に興味津々だった。「この地方にイタリア女が入っているなんて、噂にも聞いたことがありません。あの女、イタリア人にも見えません」

「いいえ、噂はお聞きになったことがあるはずです」とプラウディ夫人が言った。「ええ、あの女は確かにイタリア人じゃありません。スタンホープ博士の娘です――名誉参事会員のスタンホープさんの。あの女は自分のことをシニョーラ・ネローニと呼んでいます」

「まあ、あ!」と伯爵夫人が叫んだ。

「噂はお耳にしたことがおありでしょ」とプラウディ夫人が続けて言った。「夫については何もわかりません。ネローニという男はまだ生きていると言われています。外国でそんな男と結婚したんでしょうが、それが誰で、どんな男なのかまったくわかりません」

「まあ、あ、あ!」伯爵夫人は唇から追加の「あ」の音を漏らすたびに、理解を深めて頭を振った。「今全部わかりました。夫のジョージがあの女のことを話すのを聞いたことがあります。ジョージはあの女のことをよく知っています。ローマで聞いたらしいのです」

「とにかくあの女、いやな女なんですの」とプラウディ夫人。

「まだあの女のことを知らなかったとき、あの女は一度主教公邸に乗り込んできたんです。あの女がどれほど見苦しい、下品な振る舞いをしたか言葉にできませんわ」

「まあ、そうでしたの？」と伯爵夫人は喜んで言った。

「癪に障りますわ」と高位聖職者の妻。

「でも、なぜあの女はソファーに横になっているのです？」とド・コーシー卿夫人が尋ねた。

「片脚しかないんです」とプラウディ夫人。

「片脚しかない！」ド・コーシー卿夫人には、シニョーラがそんな障害を抱えていることがかなり不満だった。「生まれつきそうですの？」

「いえ、いえ」とプラウディ夫人は言った――卿夫人はその断言でいくらか安心した――。「もとはちゃんと二本あったんです。しかし、夫のシニョール・ネローニが、私の信じるところ、あの女を叩きのめしたから、一本切断しなきゃならなくなったんです。とにかく一本はまったく使えなくなってしまったの」

「不運な人ね！」伯爵夫人は結婚の試練をいくらか知っていた。

「そうね」とプラウディ夫人は言った。「過去に不行跡があったとしても、もしあの女が行儀というものを知っていたら、哀れんでもらえたでしょ。しかし、行儀がわかる人なんかじゃありません。私が見たなかでいちばん横柄な女ですわ」

「本当に横柄ね」とド・コーシー卿夫人。

「それに女性の応接間に入ってもらうには、困ってしまうほど男癖が悪いんです」

「まあ！」伯爵夫人は再び興奮し、幸福感に満たされ、無慈悲になった。

「あの女のそばに立っている男性――赤毛の牧師――が見えますか？」

「ええ、ええ」

「あの女はあの男を完全に破滅させたんです。主教が、というよりも私が――むしろ責めを負わなければなりません――あの男をロンドンからバーチェスターに連れて来たんですから。あの男はまあまあ説教がうまくて、活発な若者で、それで私が主教に紹介したんです。あの男は、ド・コーシー卿夫人、あの女によって甘い言葉で籠絡され、恥曝しなことをしましたから、公邸から出ていってもらわなくてはなりません。あの男は牧師の正服すら失ってしまうんではないかと思います」

「まあ、何て馬鹿な男でしょう！」

「あなたはあの女の陰険な悪事をご存知ないんです」プラウディ夫人は裂けたひだ飾りの一件を思い出していた。

「けれど、あの女には片脚しかないのでしょう！」

「あの女は十本もあるような悪さをするんです。ド・コーシー卿夫人、あの女の目を見てください。上品な女性の顔にあんな目を見たことがおありになって？」

「ありませんわ、プラウディ夫人」

「あの女のあの厚かましさとあの声！　あの女の父親がかわいそうです、本当にいい方なんですが」

「スタンホープ博士でしょう？」

「そう、スタンホープ博士。名誉参事会員の一人で、――物静かないい方です。しかし、娘に好き勝手に振る舞わせるなんて驚きです」

「父親には打つ手がないのでしょう？」

「しかし、牧師ですよ、ド・コーシー卿夫人！　家のなかで行儀よくさせられないのなら、公衆の面前にあの女が姿を現さないようにすべきでしょ。しかし、かわいそうな父親。子供のせいで絶望的な人生を送ると思います。あそこの猿みたいな顔の男――長い顎ひげにだぼだぼのズボン――は、あの女の弟なんです。弟のほうもあの女と同じくらいに悪質なんですよ。二人とも不信心者なの」

「不信心者ですって！」とド・コーシー卿夫人が言った。「父は名誉参事会員だというのに！」

「ええ、しかも新しい参事会長になるかもしれないというのに」とプラウディ夫人。

「ああ、かわいそうなトレフォイル博士！」伯爵夫人は一度だけ参事会長に会ったことがあった。「その話を聞くと心が痛みますわ、プラウディさん。それではスタンホープ博士が参事会長におなりなのね！　優れた家柄の方です。娘さんのことがあるとしても、博士のご成功をお祈りいたしますわ。プラウディさん、父が参事会長になったら、おそらく子供はしつけの悪さに気づく機会が増えるでしょう」

プラウディ夫人はこれについて何も言わなかった。奥方はシニョーラ・ネローニに対してあまりにも深い嫌悪を抱いていたから、本人がしつけの悪さに気づくことすら期待しなかった。プラウディ夫人はシニョーラを破滅者――キリスト教の慈悲の範囲からの逸脱者――と見なしたから、最後に罪を逃れるように彼女のために祈る手間なんかかけず、思う存分憎む贅沢を味わうことができた。

ソーン氏が伯爵夫人を大天幕へ案内するため現れたから、似たもの同士の会話は遮られた。彼は十分前には卿夫人を案内していなければならなかったのに、応接間でシニョーラの相手をしていたため、遅れてしまった。ソーン氏はシニョーラからうまく引き留められ、ソファーの近くに招き寄せられると、美しい腕のすぐそばの椅子に座らされた。魚は餌を食い、針に掛かり、釣られ、陸にあげられてしまった。十分間彼はシニョーラから身の上話をそれ専用の口調で聞かされた。ジョージ令息がほのめかしたあの不思議な物語をシニョーラ自身の口から全部聞かされたのだ。ソーン氏は目の前に横たわる女性が、犯した罪以上に罰せられていると知った。シニョーラは自分がひ弱で、人を信じやすく、世間の意見に無関心だったと、それゆえ人からひどい扱いを受け、だまされ、悪口を言われると告白した。損なわれた片脚のこと、真っ盛りに破壊された青春のこと、魅力を奪われた美しさのこと、立ち枯れてしまった命のこと、しぼんでしまった希望のことを話した。ソーン氏に話すとき、涙が一筋彼女の頬を伝った。シニョーラはこれらのことを話し、同情を求めた。

人のいい温厚なアングロ・サクソンの郷士ソーンが、彼女に同情せずにいられようか？　ソーン氏ははっきり彼女に同情すると言い、ネロの末裔に会いに行くと言い、恐ろしいローマ時代の話をもっと聞き、コモ湖畔であっという間にすぎた明るく、無邪気な、危険な日々の話を聞き、シニョーラの悲しみの相談相手になると約束した。

この危険な女性について、姉にしようとした警告がソーン氏の頭からすっかり抜け落ちてしまっていたのは言うまでもない。彼はシニョーラを誤解していた。これほど誤解したことはなかった。ジョージ令息については、いつも粗野で、残忍な若者と思っていたが、今やその確信が深まった。マデリン・ネローニのような女性の評判が危険に曝され、傷つけられるのはジョージ令息のような男のせいだった。自宅にシニョーラを訪ねよう。ソーン氏は自信満々それが健全な判断だと思った。シニョーラが傷ついた、気立てのいい、温かい心の持ち主だとわかったら、わかると信じていたが、姉のモニカに言って彼女をウラソーンに招待させよう。

ソーン氏はシニョーラの合図で立ちあがると、ソファーを離れるとき、自分が必要なものをお世話しますと言った。「いいえ、いいえ、駄目よ、あなた」とシニョーラは言った。「あなたのお世話にはきっぱり拒否権を行使します。あなたのおうちで、あなたのまわりにこれだけも人が集まっているなかではいやです！　女性たちみなに私を憎ませ、男性たちみなに私をじろじろ見させたいの？　今日はもう私のそばに来ないようにはっきり命じます。私のうちへ来てちょうだい。私のうちでしか話せないわ。私のうちでしか生き生きとできないし、楽しめません。こんなふうに外出する日はまれですもの。私のうちへ来てちょうだい、ソーンさん。そこなら私のそばを離れろとは言いませんから」

　二十五歳の若者が中年の男性——たとえば自分の倍の年齢の男性を、女性美に関する無理解者、つまりただの無生物、木石のように見なすのは普通と思う。しかし、これほど大きな間違いはない。女性は普通そんな若者よりもよくわかっている。しかし、若い男性は中年の男性がどういう性質の存在かまったく知らないと言っていい。この世のいかなる経験も、歴史の本も、人生の観察も、真実を教える役には立っていない。五十男はたいてい太りすぎて息を切らすから、マズルカを踊れない。リウマチを恐れるから、河岸で恋人の足元に一時間も座っていられない。ところが、真実の愛——一目惚れ、献身的な愛、眠りを奪う愛、「鷹の目だってまぶしくてくらんで」しまう愛、「びくびくする泥棒の足を止めるかすかな音も聞こえる」[2]愛、ヘスペリディーズの楽園でハーキュリーズに木に登る勇気を吹き込む愛[3]——にとって、最適な年齢は四十五から七十歳だと信じる。四十五以下の男はただ女性といちゃつくだけだ。

　現在五十歳のソーン氏はシニョーラ・マデリン・ヴェシー・ネローニ旧姓スタンホープに一目惚れし、蛇ににらまれた蛙だった。

　それでも彼は充分自分を取り戻すと、礼儀正しくド・コーシー伯爵夫人に腕を差し出した。伯爵夫人は優雅に彼の案内に身を委ね、大天幕へ向かった。ミス・ソーンの命令はそれほど絶大だった。彼女は老ノウル令夫人を食堂の上座へ案内するように、主教を説得したほどだ。ある準男爵はミス・ソーンによってプラウディ夫人の探索に出され、芝生の上で不機嫌にしている奥方を見つけた。不機嫌だったのは、ソーン氏と伯爵夫人がふいに立ち去ってしまったからだ。奥方はお供の付牧師でも、はぐれた副牧師でも、捕まえられたらと探したが、見つけられなかった。彼らは芝生の奥で若いご婦人方にほらを吹いていたか、優雅な弓術愛好家仲間のため、大天幕のなかに居心地のいい場所を取ってやっていたかだ。前はこんな場合、プラウディ夫人はスロープ氏を当てにした。しかし今は当てにすることができなかった。奥方はしみじみと孤立を感じ、頭を横に一振りした。スロープ氏のバーチェスターの滞在を一週間縮めるにも等しい所作だった。とはいえ、奥方はサー・ハーカウェイ・ゴースによって今の沈んだ気持ちを救われた。それでも、救われたからと言って、奥方が罪深い付牧師の運命に手心を加えることはなかった。

それから本格的に人々の飲食が始まった。グラントリー博士は恐ろしいことにクランタントラム夫人と組になることがわかった。クランタントラム夫人は大執事を大いに尊敬していたものの、大執事からはそのお返しがなかった。夫人は大執事に近づいて来て、「ねえ大執事、古い友人に腕を貸すのを渋りはしないでしょう」と囁くと、ロクロールの話を始めた。大執事は十五分年を取る前にこの女をどこかへ追い払おうと決意した。とはいえ、最近大執事は決意通りにうまくやりこなせなかった。今回、クランタントラム夫人は晩餐が終わるまで大執事にくっついていた。

グイン博士は準男爵の妻と組になり、グラントリー夫人は準男爵と組になった。シャーロット・スタンホープはバーティにチャンスを与えるため、ハーディング氏のそばを離れないようにした。それでバーティは首尾よく食堂でボールド夫人の隣に座ることができた。しかし、真実を言うと、バーティはまじめな恋をする段になって、その気をなくしてしまっていた。

エレナーはスロープ氏が接近のチャンスをねらって、あたりをうろついているのに気づいていたから、喜んでバーティに腕を貸してもらうことにした。スロープという恐ろしいカリュブディスの渦を避けようとしたとき、彼女は一方で目に見えぬスキュラに捕まる危険に曝されていた。(4)バーティ・スタンホープというスキュラだ。彼女はバーティにこのうえなく優しくすると、差し出された腕に飛びついた。シャーロットは遠くからそれを見て、勝利感を味わった。バーティは姉の気持ちを感じて、勇気づけられた。スロープ氏はそれを見て、羨望のため苦い顔をした。エリナーはバーティと食堂のテーブルに座った。彼女がバーティの右側の席に着いたとき、スロープ氏は彼女の右側の椅子をすでにつかんでいた。

食堂でそういうことが起こっていたとき、アラビン氏は一人ソファーのところでシニョーラに魅了されていた。エリナーは開け放たれたドア越しに、自分の席からアラビン氏がしていることを見ることができた。

註

(1)ディケンズの『ピクウィック・クラブ』第十五章に登場する作中人物。レオ・ハンター夫人は人気者や有名人を探し出してきては、クラブ会員を楽しませた。
(2)「鷹の目」「泥棒」「ハーキュリーズ」はシェイクスピアの『恋の骨折り損』第四幕第三場からの引用。
(3)ハーキュリーズはヘスペリディーズの楽園で金のリンゴの木を守る竜を退治し、木から実を奪った。
(4)メッシナ海峡の難所、大渦巻きと海の怪物のこと。『オデュッセイアー』ではオデュッセウスが海の怪物寄りに航行し、犠牲を出しながらもこのあいだを抜けた。

第三十八章（第三巻第四章）主教が朝食を食べ、参事会長が亡くなる

バーチェスター主教は、ウラソーンの食堂の豪華な食べ物が並ぶテーブルで食事の祈りを捧げた。主教がそうしていたころ、屋敷の病室で横たわっていたバーチェスター参事会長は、ついに最期の息を引き取った。バーチェスター主教がシャンペンの最初のグラスを掲げたとき、バーチェスター参事会長職の任命権は、時の首相に移っていた。バーチェスター主教がそのテーブルを離れる前、首相はハンプシャーの田舎屋敷でその死を知らされ、栄誉ある職をほしがっている尊敬すべき五人の名をすでに心のなかでめくっていた。スロープ氏の名が、その五人のなかには入っていなかったと言えば、今は充分だろう。

「顎ひげが揃って揺れれば広間は楽しい[1]」牧師の顎ひげは、その日ウラソーンの広間で楽しく揺れた。最後のコルクが抜かれ、最後のスピーチがなされ、最後の木の実が割られ、初めて知らせが届いて、参事会長が亡くなったことが囁かれた。牧師の顎ひげがもたらす場の陽気な雰囲気にとって、知らせが遅れたのはよかった。もっと早く知らせが届いていたら、礼儀上からも顎ひげを揺することは禁じられただろう。

しかし、一人だけその日胸中にやるせない思いを抱く男性がいた。アラビン氏の顎ひげは、もっと揺れてもよかった。彼はエレナーについて精一杯希望をふくらませ、精一杯自分に都合よく夢を思い描いてここに来た。スロープ氏について言ったエレナーの言葉を思い出せる限り反芻し、恋敵にとって不利な証拠をそこから引き出そうとした。未亡人の本心について、必ずしもその日確証をえようと思っていたわけではなかっ

たが、できれば再度親交を深めたいと心に決めていた。現在の彼の心理状態では、そういう親交の深まりが愛の告白に終わったとしてもおかしくなかった。

前夜、彼は新しい牧師館で孤独のうちにすごした。そういうふうにすごした最初の夜だった。退屈で、陰気な夜だった。聖イーウォルドには、女司祭が必要だと言ったグラントリー夫人は正しかった。一人で座り、前にグラスを置いたり、次にティーポットを置いたりして、エレナー・ボールドのことを考えた。そういう瞑想ではありがちなことだったが、ただエレナーを責めた。スロープ氏を好きになったと言って責め、自分を好きになってくれないと言って責め、自分に思いやりを見せたと言って責め、思いやりが足りないと言って責め、頑固で、無鉄砲で、情熱的だと言って責めた。ところが、彼女について考えれば考えるほど、愛情の対象をいっそう高みに昇らせるだけだった。スロープ氏の弁護が彼女の愛情からではなく、信条に基づくものだとわかりさえすれば、それだけでよかった。そのような信条はそれ自体愛らしい、女性的な、賞賛されるべきものだろう。それくらいの好意ならスロープ氏に見せてもいいと感じた。しかし、もしそうでなかったら——。それからアラビン氏は不必要に暖炉の火を掻き立てると、ティーの一式を持ってきた新しいメイドに不機嫌に話しかけ、眠ろうと決意して椅子に深く腰掛けた。簡単な質問にエレナーはなぜあんなに強情だったのか？　自分がどんなふうに見ているか彼女が知らないはずはなかった。なぜあの簡単な質問に答えて、みじめな思いに終止符を打ってくれなかったのか？　それから、アラビン氏は肘掛け椅子で寝る代わりに、何かものに憑かれたように部屋を歩き回った。

翌朝、彼はミス・ソーンの指図に従いつつ、まだいくぶん混乱した精神状態にあった。最初クランタントラム夫人と会話をしなければならなかった。ロクロールの件で、夫人に同情を寄せる余裕なんかないことははっきりしていた。ミス・ソーンからは、ボールド夫人がグラントリーの一行と来たのかと聞かれた。今は険悪なボールドとグラントリーの二つの名を聞くと、ほとんど椅子から跳びあがりそうになった。

彼は希望と疑念の入り交じる、混乱した不確かな精神状態にあった。そんなとき、スロープ氏が洗練された笑みを浮かべ、手を取って、エレナーを馬車からおろすのを見た。見たこと以外のことは何も考えなかった。馬車が彼女のものか、スロープ氏のものか、二人とも同道の意志がなかったのに同道を余儀なくされた別人のものか、考えて見ることもなかった。混乱した精神状態でこの光景に出くわしたから、気が動転し、決意を翻してしまった。その光景だけで明々白々だった。彼女が頭に白いベールを着け、教会のドアの前でスロープ氏から手を取られ、馬車に乗せられるところを目撃したとしても、これほど明白ではなかっただろう。彼は屋敷に入ると、すでに述べたように、たまたまハーディング氏と一緒に歩くことになった。しばらくすると、エレナーが近づいてきたから、連れから離れ、一人で歩くか、別の人を捜すかしなければならなかった。このような状態でいたとき、大執事と出会った。

「スロープ氏とボールド夫人が」とグラントリー博士は言った。「一緒にここに来たというのは本当だろうか？　スーザンは馬車をおりるとき、別の馬車に二人の顔があるのを確かに見たと言うんです」

アラビン氏はグラントリー夫人の視力が正しいことを証言するほかなかった。

「エレナーの行動は本当に恥ずべきことです」と大執事は言った。「あるいは恥知らずと言ったほうがいい。あの子は私の客としてここに招待された。どうしても面汚しがしたいというのなら、身近な友人たちの前では、それを控えるくらいの分別を見せてほしい。しかし、あの男はどうやって招待されたんだろう。あの子はあんな男を連れて来るほど鉄面皮だったろうか」

アラビン氏はこれに対して何も答えることができなかった。答える気にもならなかった。心のなかではエレナーの悪口を言っても、ほかの人に向かって言う気にはならなかった。ほかの人が彼女の悪口を言うのも聞きたくなかった。とはいえ、グラントリー博士はたいへん怒っており、義妹だからと言って容赦することはなかった。アラビン氏はできるだけ早く大執事のそばを離れると、家のなかに戻った。

彼がそこにいると、まもなくシニョーラが運び込まれた。しばらく彼女の誘惑の届かないところに身を置いて、一定の距離を取り、彼女のまわりをただうろついていた。しかし、ソーン氏がシニョーラのそばを離れるや、彼はバシリスクに身を任せて、その餌食になる気になった。

シニョーラはアラビン氏がボールド夫人の賛美者であるとの、ある種の直観的知識をすでに持っていた。しかし、その知識をどうやって獲得したか言うのは難しい。人は犬の力を借りて狐狩りをする。犬には天与の強い嗅覚でそれができるとわかっている。しかし、犬はその嗅覚がどうしてそんなに鋭く働くのか知らない。ほかの女性が男性からどう思われているか、あるいは男性がほかの女性からどう思われているか、そういうことをいわば本能的に知り、感じる女性の器官も、犬の嗅覚と同じように強く働くけれど、同じようにどうしてかわからない。一瞥、一言、一動作でもう充分なのだ。シニョーラはそういう女性の鋭い直観を働かせ、アラビン氏がエレナー・ボールドを愛していることを知った。それゆえ、シニョーラ独自の女性的な天分をもっと働かせ、アラビン氏を網のなかに絡め取ってしまうのも自然な成り行きだった。

シニョーラはウラソーンを訪れる前、この仕事の半分を終えていた。それを完全なものにする機会は、今回の訪問を置いてほかにあるだろうか？　信心深げな牧師を絶望的で、破滅的な狂躁へ駆り立てるのは、とてもおもしろく、あらがえないほどだったが、シニョーラはもうスロープ氏に飽きていた。ソーン氏はあまりにも簡単に籠絡できたから、追いかけて捕まえる喜びに欠けていた。彼の資産家としての地位が、この関係を価値あるものにするかもしれないとしても、恋人としては二流だった。シニョーラは狩猟家がキジを見るようにソーン氏を見た。キジは簡単に撃てるから、もし食料貯蔵室に入れたとき、見栄えがするということさえなかったら、撃つ価値はない。シニョーラはソーン氏を撃ってあまり時間を無駄にするつもりはなかったけれど、家族のため、仕留めて袋に入れる価値はあると思っていた。

しかし、アラビン氏は別種の獲物だった。シニョーラはアラビン氏が尋常な知識人とは違うことを見抜く知性を持ち合わせていた。牧師として、スロープ氏よりもはるかに優れた人物であり、紳士として、ソーン氏よりもはるかに教養があることを知っていた。シニョーラはスロープ氏にしたように、アラビン氏をみじめな狂躁に駆り立てられるとはとても思えなかった。ソーン氏にしたように、十分で籠絡できるとはとても思えなかった。

シニョーラはアラビン氏についてそんなふうに思っていた。とはいえ、アラビン氏がシニョーラについて明確な気持ちを持っていたとは言えない。この人が美しいことはわかっているし、この人から誘惑されたいとも感じていた。彼は今みじめな状況にあり、魅了されたかったから、シニョーラのソファーの枕元に引き寄せられた。それをシニョーラは見抜いていた。彼女はそういう特殊な天分を具えていたと言っていい。相手が魅了されたいと思っているのを見抜くのが天分であり、魅了してやるのが専門だった。アラビン氏は東洋の怠け者が阿片を飲み、ロンドンの敗残者がジンを飲むのと同じ欲求、同じ動機から、シニョーラ・ネローニの魅惑を飲み干そうとした。

「なぜ弓と矢でお遊びにならないの？　アラビンさん」応接間にほぼ二人だけになったとき、シニョーラが聞いた。「なぜ緑陰のあずまやで若い女性とお話したり、才能を何かに活用したりなさらないの？　あなたのような独身者がここで何をしなければならないか、おわかりになりません？　冷たい鶏肉とシャンパンを取ってくる気にはなりませんの？　私があなたなら、恥ずかしくてそんなふうに怠けてはいられませんわ」

アラビン氏は答えらしきものをつぶやいた。魅了されたいとは思ったが、相手に冗談を返す気にはなれなかった。

「ねえ、何をお悩みですの？　アラビンさん」とシニョーラは聞いた。「ご自分の教区にいて、ミス・ソーンによると、パーティーははっきりとあなたのために開かれているというのに、一人だけ退屈していらっしゃる。あなたのお友だちのスロープさんは、数分前まで一緒にいましたが、お元気で、活き活きとしていました。あの方に対抗してがんばらないとね」

マデリン・ネローニのような鋭い観察者にとって、発した自分の言葉が相手の急所を突き、心の中枢を貫いたかどうか見るのは難しくなかった。アラビン氏はこの攻撃で見るからにひるんでしまい、スロープ氏への嫉妬をすぐ見抜かれてしまった。

「けれどね、あなたとスロープさんはまさしく正反対の人であるように思いますわ」と彼女は言った。「同じ職業に就いている点を除くとですが、その職業でもそれぞれの持ち場に完全に執着するから、正反対なのです。彼は人と群れをなし、あなたは孤独にふける。彼は行動的で、あなたは受け身。彼は働き、あなたは考える。彼は女性好きで、あなたは嫌い。彼は地位と権力が好きで、あなたもそうですけど、正反対の理由からです。彼は賞賛を求め、あなたは愚かにもそれを嫌う。彼は役に立つおもしろ味のない妻と、充分な収入と、信心家の評判という報酬をえる。あなたも報酬をえる」

「ええ、それは何でしょうか？」アラビン氏はおだてられるとわかっていたものの、黙ってそれを聞くことにした。「私の報酬とは何でしょう？」

「あなたがあまりにも禁欲的だから愛することを認めようとしない女性の心と、あなたがあまりにも誇り高いから高く評価することを認めようとしない少数の友人の尊敬です」

「豊かな報酬ですね」と彼は言った。「が、そんなふうに言われると、ほとんど価値がないように思えます」

「ええ、あなたにはスロープさんに恵まれるような成功は期待できないでしょう。スロープさんは成功するように生まれてきた人です。目標を設定し、熱意を持ってそれに向かい、何があっても追求をやめない。疑念もなければ、恐れも、ためらいもありません。一家を興し、主教になるのが望みなのです。妻が先で、やがては主教の前垂れも、というわけですわ。いずれこれを残らずご覧になることでしょう。それから――」

「ええ、それから何？」

「それから、あなたはスロープさんと同じようにしていればよかったと後悔し始めるのだわ」

アラビン氏は芝生を穏やかに眺めると、ソファーの上端に肩を載せ、片手で顎をこすった。深く考えるときの彼の癖だった。シニョーラの言葉で、彼は考え込んでしまった。予言はみな本当ではないか？　スロープ氏ではなくても別の人――おそらくアラビン氏ほど天分に恵まれていないのに、彼がぐずぐずしているあいだに追い抜いて出世する――そういう人を今後振り返って見て、自分もその人と同じようにしていればよかったと後悔するのではないか？

「それが才能ある思索的な人の運命ではないかしら？」とシニョーラが言った。「思索的な人は、今あなたがしているように夢心地に座り、繊細な刃で想像上の絹の糸を切っているけれど、そんな天分に恵まれない人は、世の苦闘のなかで毎日ゴルディオスの結び目(2)を断ち切り、富と名声をえている。研がれすぎた鋼、鋭すぎる刃は、この世の仕事には役立ちませんわ、アラビンさん」

こんなふうに心の秘密を読み、魂の歓迎できぬ予感を言語化するこの女性は誰だろう？　シニョーラが語り終えたとき、彼はまじまじと彼女の顔を覗き込んで尋ねた。「私は鋭すぎ、繊細すぎて、日々の仕事には役立たない、そういうつまらぬ刃の一つですか?」

「なぜあなたはこの世のスロープらに大きな差をつけさせるの?」と彼女は言った。「あなたの血管の血は、スロープさんのと同じように温かく、心拍も彼のと同じように速く打っているのではないの? 神はあなたを男にし、男の仕事をこの世ではたし、そう、そして男の報酬をえるように計ったのではないの?」

アラビン氏は座って考え込むと、顔をこすり、この言葉が自分に向かって語られた理由を知りたいと思った。彼の答えがなかったので、シニョーラは続けた。

「人が犯すいちばん大きな過ちは、この世の虚栄の品々は手に入れる価値がないと思うことですわ。これって、あなた方がお説教なさる宗教とはまったく違う誤った考え方に立っていますわね! もし富が悪いもので、所有する価値がないものなら、なぜ神は主教らに五千ポンド、一万ポンドと次々に所有させるのでしょう? もし使っていけないものなら、美しいもの、贅沢なもの、心地よい娯楽はなぜ私たちに与えられているのでしょう? それらの品々は誰かに与えられているに違いありません。そして、平信徒に与えられていいものが、聖職者に悪いものであるはずがありませんわ。あなたは虚栄の品々を軽蔑しようとなさるけど、なさるだけで、うまくいきはしないのだわ」

「うまくいかない?」アラビン氏は考え込んでいたから、自分が何を言っているかわからなかった。

「あなたに聞いているのです。うまくいきますか?」

アラビン氏は悲しそうにこの女性を見た。回答を拒むことができない相手、嘘で答えることができない相手、つまり自分の内なる精神から尋問を受けているかのように感じた。

「さあ、アラビンさん、白状してちょうだい。うまくいきまして? お金はそんなに軽蔑すべきものですの? 世俗の権力はそんなに価値のないものですの? 女性美は賢者が軽視するつまらないものですの?」

「女性美！」彼はこの世の女性美がそこに凝集するかのようにシニョーラを見つめた。「なぜ私が女性美を無視しているとおっしゃるのですか？」

「アラビンさん、そんなふうに私を見つめてくれるなら、あなたについての見方を変えなくちゃいけませんもし無視できない美しさに恵まれていることに、私が気づいているとするなら、そうしなくちゃならないでしょう」

紳士は真っ赤になったけれど、女性のほうは顔色を変えなかった。特別な関心をうかがわせる程度に少し増した赤味が、彼女の顔に活気を与えていた。シニョーラは自分の崇拝者からは賛辞を期待していたが、彼からは賛辞を受け取らなかったことにむしろ感謝していた。スロープ氏やソーン氏、ブラウン・ジョーンズ氏、ロビンソン氏からは残らず賛辞を捧げられた。アラビン氏からはむしろ最終的に自分のほうが傷つけられることを期待していた。

「けれどね、あなたの視線は」とシニョーラは言った。「賞賛の視線ではなく、驚きの視線ですわ。あなたについてこんな問いかけをする私の大胆さに驚いているのだわ」

「ええ、かなり驚いています」とアラビン氏。

「それでもあなたから答えが聞きたいのです、アラビンさん。男性が女性美に注意を払わないとすれば、女性はなぜ美しく創られているのですの？」

「が、男性は女性美に注意を向けていますよ」と彼は答えた。

「なぜあなたは注意を向けないのですの？」

「論点をはぐらかしていますよ、マダム・ネローニ」

「はぐらかしてはいませんアラビンさん。あなたが答えてくれないだけで、私は聞きたいのです。あなたはおよそ女性を伴侶とするに値しない存在と思っていませんか？　ええと、あそこでボールド未亡人が今も椅子からあなたを見ています。あの人から同じことを聞かれたら、人生の伴侶として何と答えますの？」

アラビン氏は体を起こし、ソファーに身を乗り出すと、応接間のドア越しにエレナーがバーティ・スタンホープとスロープ氏のあいだに座っているのを見た。エレナーはすぐ彼の視線をとらえると、目をそらせた。彼女は今居心地の悪い状況に置かれていた。スロープ氏が彼女の注意を引こうと懸命に努力していた。エレナーはスタンホープ氏に話しかけつつ、スロープ氏を牽制しようとするけれど、彼女の注意そのものはアラビン氏とマダム・ネローニのほうへ向いていた。バーティ・スタンホープは彼女の好意に乗じようとしたが、今は相手を楽しませることよりも、やがて彼女の足元に身を投げて、どう求婚しようかと考えていた。

「ほら」とシニョーラは言った。「あの人が美しい首を伸ばしてあなたを見ている。あなたはあの人の心を掻き乱したわ。そう、あなたについて考え違いをしていたことをはっきりと認めます。きっとあなたはボールド夫人が魅力的な女性と思っているのです。あなたの顔にそう書いてあります。エレナーの顔には、私に嫉妬する表情が読めますわ。ほら、アラビンさん、心の内を私に打ち明けなさい。私が言う通りなら、あなた方お二人が結ばれるように力の限りを尽くします」

シニョーラが誠実な申し出として、こう言ったのではないことはおわかりになると思う。彼女がこういう問題で誠実であったためしはなかったから。他人に誠実さを期待したこともないし、他人から誠実と思われるように期待したこともなかった。シニョーラにとって、こういう問題はおもちゃであり、玉突き台であり、猟犬と猟師であり、ワルツとポルカであり、ピクニックと夏の遠足のようなものだった。ほかに楽しみがなかったから。それで、様々な恋愛沙汰を遊び半分にした。今はアラビン氏を相手に遊んでいた。彼の答えに誠実とか、真実とかなんか期待していなかった。

「あなたが尽力してくださっても無駄です」と彼は言った。「というのも、ボールド夫人はすでに別の人と婚約していると思うから」

「それなら、彼女を非難したい気持ちがあることはお認めになるわね」

「不当に尋問を加えていますね」と彼は答えた。「なぜそれに答えなくてはならないかわかりません。ボールド夫人はたいへん美しい女性であり、美しいと同じくらいに知的な人です。彼女を知れば、賞賛せずにはいられません」

「では、あの未亡人をたいへん美しい女性と思っておられるの？」

「当然そうです」

「迎え入れたら、聖イーウォルド牧師館を優雅にしてくれる女性なのでしょう」

「どんな男の家も優雅にしてくれる女性です」

「それを私に言うなんて、ほんとに厚かましいわね」とシニョーラは言った。「ご承知のように、まがりなりにも美人で通っているこの私に、今このときあなたに関心を抱いているこの私に、あなたが知るいちばん美しい女性がボールド夫人だと言うなんて、本当に厚かましい」

「私はそうは言っていません」とアラビン氏。「あなたのほうが美しいと――」

「あらあら、それはすばらしい。思いやりのある方だと思っていました」

「あなたのほうがもっと美しく、おそらくもっと賢いのでしょう」

「ありがとう、ありがとう、アラビンさん。あなたとはお友だちになれると思いましたわ」

「しかし――」

「もう結構です。もう一言も聞きたくありません。あなたが夜中まで喋っていたら、おっしゃった状況をよくする時間はなくなります」

「が、マダム・ネローニ、ボールド夫人は――」

「ボールド夫人のことはもう聞きたくありません。ストリキニーネの副作用で、恐ろしい考えが頭に浮かんできます。けれどね、彼女の順番が私の次ならそれでいいのです」

「彼女の順番は――」

「彼女とか、彼女の順番とか、もう聞きたくありません。もう結構です。充分ですわ。けれどね、アラビンさん、空腹で死にそうです。私、美しくて、賢いのですが、食べ物のところへ歩いて行けないのです。ところが、あなたはいつまでも食べ物を持ってきてくれません」

とにかくこれは本当だったから、アラビン氏はすぐ行動しなければならなかった。それで食堂に行って、シニョーラに食べ物を与えた。

「あなたのお食事は?」と彼女が聞いた。

「ええ、おなかは減っていません。この時間には食べ物を口にしません」

「まあまあ、アラビンさん、恋愛と食欲は別でしょう。恋愛が私の食欲を減退させたことはありません。シャンペンを私のグラスに半分ついだら、テーブルに着いてください。これ以上私のところでお喋りを続けたら、ボールド夫人は私に悪意を抱いてしまいます」

アラビン氏は言われた通りにした。お皿とグラスを彼女から受け取ると、食堂に入り、たくさん並んだテーブルからサンドイッチを取って、片隅でむしゃむしゃと食べ始めた。

彼がそうしていると、ミス・ソーンは一瞬たりとも座らずに動き回っていたから、その部屋に入って来るや、アラビン氏が立っているのを見て、たいへん困惑した。

「あらまあ、アラビンさん」と女主人は言った。「まだ席に着いておられないの？　困りましたわ。主賓のあなたが」

アラビン氏はたった今食堂に入ってきたばかりだと言って、彼女を安心させた。

「それだからこそ早く席に着いていただかないと。いらっしゃい、場所を見つけてあげます。ありがとう、あなた」ミス・ソーンはボールド夫人が椅子から立ちあがろうとするのを見て言った。「でも、あなたに席を譲っていただくわけにはいきません。そんなことをしたら、女性陣が残らずあなたの例に倣わなければと思うでしょう。でも、もしよろしかったらスタンホープさん、あなたが譲ってくださったら――ほんの少しだけ、スタンホープさん――別の椅子をお持ちしますから、それまで少し」

そこでバーティは立ちあがり、恋敵のために席を譲らなければならなかった。バーティはいつもの態度で――上機嫌に、快活に――譲った。それで、アラビン氏は提供された席を断ることができなかった。

「主教の職はほかの者に取らせよ」[3]バーティの引用は確かにその場にも、話された相手にも、あまり適切とは言えなかった。「食べ終わりました。満腹です。アラビンさん、どうかぼくの椅子に座ってください。これが本当に主教の椅子だったらと、あなたのために思います」

アラビン氏が座った。そうすると、ボールド夫人は隣のバーティに倣うように立ちあがった。

「どうか、どうか、お立ちにならないで」ミス・ソーンはほとんどエレナーを椅子に押し戻さんばかりだった。「スタンホープさんはよそへ行きはしません。真の騎士らしく後ろに立っていてくれます。今、気がつきました。アラビンさん、スロープさんに紹介させてください。スロープさん、アラビンさんです」二人の紳士はともに結婚を願っている女性を挟んで、互いにぎこちなくお辞儀をした。彼女と結婚したいと思っているもう一人の紳士は、後ろに立ってそんな二人を眺めていた。

二人はこれまで一度も会ったことがなかった。たとえ二人のあいだに腹蔵のない会話が可能だったとしても、今はそんな会話の機会にはなりえない状況だった。事実、一座を構成する四人はまるで舌を縛られているかのようにみえた。スロープ氏はすぐにも訪れるチャンスに油断なく備え、進行中のことには無関心だった。エレナーが動いてくれれば、あとを追うことができるのにと思っていた。バーティは必ずしもスロープ氏と同じ気持ちではなかった。彼の場合、間近に悲運が待ち受けていたから、暗い将来に急いで近づく必要はなかった。できればエレナー・ボールドと結婚したいと思い、今日はそれに向けて最初の予備的な一歩を踏み出そうと決めていた。とはいえ、彼には充分時間があった。テーブルクロス越しに結婚の申し込みをするつもりはなかった。お人好しにもアラビン氏に席を譲ったあと、今の状況が続く限り、アラビン氏には将来のスタンホープ夫人と喜んで話をさせておこうと思った。

アラビン氏はスロープ氏にお辞儀をしたあと、それからは一言も話さずに食事を始めた。考えることが一杯あって、食べてはいたが、心ここにあらずの状態だった。

しかし、エレナーがいちばん憐れむべき状態にあった。バーティ・スタンホープがそのとき頼れると思うただ一人の友だったのに、その友からは見捨てられたように感じた。アラビン氏からは、話しかけられる気配がなかった。彼女はスロープ氏の発言に数語答えはしたものの、その場にいたたまれなくなり、ミス・ソーンの制止にもかかわらず椅子から立ちあがって、急いで食堂を出て行った。スロープ氏は彼女を追い、若いスタンホープはチャンスを失った。

マダム・ネローニは一人取り残されたあと、奇妙な男性との奇妙な会見のことを顧みずにはいられなかった。相手から真実と受け取られるようなことは、彼女はいっさい話さなかった。しかし、アラビン氏からの答えは真剣で、誠実だった。真実が彼から語られたから、シニョーラはそれに気づいて、巧みに秘密を聞き出してしまった。アラビン氏は男の特権である嘘をつくこともなく、無邪気に心のうちをシニョーラに曝け出した。彼はエレナー・ボールドを愛していた。しかし、彼の目に映るエレナーは実像ほど美しくなかったようだ。彼は喜んでエレナーを妻にしたいと思っていたが、天分の点で自分よりも劣る人だと思っていた。問いただされたとき、この男性は心を偽ることができなかった。たとえ真実が不快だったとしても、彼は不本意ながら正直に答えざるをえなかった。

この人々の教師、このオックスフォードの賢者、修了と聖職叙任で二重に蒸留されたこの大学の精髄、この宗教論文の著者、この教会の説教者は、シニョーラのたなごころのなかで小さな子のようだった。シニョーラは引っ張ったり、裏返しにしたりして、若い娘の心を読むように彼の心を読んだ。たやすく胸のうちを明かした彼を軽蔑せずにはいられなかったけれど、むしろそれだから彼を愛した。これは男性の性格に見る新しい特徴で、新機軸だった。シニョーラはスロープやソーンのような男たちを馬鹿にしたように、彼を馬鹿にすることはできないと感じた。アラビン氏を相手に間違った非難を浴びたくないし、無意味な話を聞かせたくもないと思った。

アラビン氏がボールド夫人を心から愛していることは明らかだった。シニョーラはいつにない善意から、アラビン氏の力になれないか考え始めた。もちろんバーティに第一のチャンスが与えられなければならなかった。弟にはできればボールド未亡人と結婚してほしい、これが家族のあいだの了解であり、取り決めだった。マデリンは弟の切羽詰まった状況と、姉としての義務を充分承知していたから、実現が可能である限り、その取り決めの邪魔立てはできなかった。とはいえ、その実現には強い疑念があった。ボールド夫人が弟のような立場の男性を受け入れることはないと思えたからだ。シャーロットにはしばしばそれを伝えておいた。スロープ氏のほうがまだ成功のチャンスがありそうに思えた。スロープ氏から妻を奪うことが、むしろ彼女の愛の奉仕となるかもしれなかった。
それでシニョーラはもしバーティがうまくいかなかったら、人生一度の善行をして、アラビン氏に問題の女性を譲ろうと決意した。

註
（1）トマス・タッサー（1524?-80）著『農業の百の長所』（1557）からの引用。
（2）ゴルディオス王が結んだ結び目で、アジアを支配する者だけがこれを解くと言われた。アレクサンダー大王が剣でこれを断ち切った。
（3）「使徒行伝」第一章二十節。

第三十九章　（第三巻第五章）　ルッカロフト家とグリーンエーカー家

ミス・ソーンは開放的な放牧地にいる下層の人々には、全体としてまずまずの娯楽と食事を提供した。みなの幸せを損なう二つの事件が起こったけれど、いずれも一時的な、表面的な不測の事態であり、致命的なものとはならなかった。一つは若いハリー・グリーンエーカーの落下で、もう一つはルッカロフト夫人とその子供の上昇だった。

槍競技については、たとえ若いグリーンエーカーがもっとうまくやっていたとしても、騎乗の大人には受け入れられず、むしろ徒歩の子供の人気競技になっていた。横木は回されすぎて軸からはずれそうになった。小麦粉の袋は、うまくたぶらかして近づいてきた人の頭や背中を白くする人気の小道具となった。

もちろん集まった人たちみなにハリーの死が伝わった。落馬しても無傷とわかったとき、ハリーと母のあいだに感動的な場面があった。このとき大量のビールが消費された。若い息子が同様の危険に曝されそうな母親みなが槍まとを呪い、厄介物扱いにし、堕地獄の破門にふした。しかし、ルッカロフト夫人の件はもっと重大な問題だった。

「はっきり言うけど、いい――面と向かってね――、あの女は奥様の応接間にしっかり入り込んでいたんよ。あの女と、ガッシーと、二人のよろよろの娘が、目一杯派手に着飾ってね」とても自信家の、とても怒った、とても太った農夫の妻がそう言った。この女はベンチの端っこに座り、綿の大きな傘の取っ手に寄りかかっていた。

「けど、あんたはあの女を見ておらんよね、ガファーンの奥さん?」とグリーンエーカー夫人が言った。夫人は先ほど息子を襲った危険に気が動転していたうえ、この知らせを聞いて胸をつぶしてしまった。グリーンエーカー氏はルッカロフト氏と同程度の土地を借り、地代を几帳面に払い、教区委員会ではどこから見ても納得できる意見を言うと思われていた。グリーンエーカー夫人はルッカロフト夫人の出世をニガヨモギ、つまり苦悩の種としていた。バーリースタッブ農場をローズバンクと改称するとか、ルッカロフト氏の手紙に時々郷士と嘘の肩書きを加えるとか、そういった隣人の見栄っ張りなところがグリーンエーカー夫人は大嫌いだった。夫人は自分のうちをバイオレット・ビラと改称したり、夫に新奇な称号を与えて歩かせたりしたいとは思わなかった。とはいえ、ルッカロフト夫人がそういう虚栄に走って成功しているのがひどく癪にさわった。グリーンエーカー夫人はわずかしかない力の限りルッカロフト夫人を嘲り、馬鹿にした。教会を出るとき、ルッカロフト夫人をわざと押して、同じ身分の気安さで言い訳を言った。「あら、奥さん、すいません。でもあなた、最近とてもお太りになったのね」グリーンエーカー夫人は表面誠実を装いながら、ルッカロフト氏に「亭主を尻に敷くかかあ」の消息を聞いてみた。夫人は上昇志向の隣人に対してこれまで全体として引けを取ることなく対抗してきた。しかし、夫人は今や自分が低い階級に取り残され、はっきり相手から差をつけられたことを知った。ルッカロフト夫人はウラソーンの応接間に招待された。それもただたんに屋敷をローズバンクと呼び、ピアノや絹のドレスを買うように――息子らのため牧畜場に金を蓄えるようにではなく――夫を説得したからなのだ。

グリーンエーカー夫人はミス・ソーンを尊敬し、夫の地主である郷士ソーンを高く評価していたが、今回のことを自分と自分の家族に対する不当な扱いと見なさざるをえなかった。これまでルッカロフト家はグリーンエーカー家と同じ階級に属すると見られていた。ルッカロフト家の気取りはみな自前の気取り、華美な服装もみな自前の金で手に入れたもので、世間様から容認されたものではなかった。彼らは近隣の権力者、[1]栄誉の源泉である地方貴族から、これまでいかなる階級の印も与えられたことがなかった。彼らのクリノリンのペチコートや、夜更かしや、気取った歩き方はグリーンエーカー夫人の格好の攻撃材料だった。この冷やかし攻撃がグリーンエーカー夫人の嫉妬の安全弁だった。ところが、今後状況は一変するだろう。今やルッカロフト家は、彼らの上昇志向が土地のジェントリー階級から認知されたと鼻にかけるようになるだろう。彼らの特別扱いの要求が認められたことを、ある程度真実性をもって主張するだろう。彼らは主教や準男爵と対等の客となり、応接間のカーペットの上でミス・ソーンから挨拶を受け、生粋の伯爵夫人と同じテーブルに着こうとしていた。バブ・ルッカロフトは――若いグリーンエーカーが子供時代に彼女を気安くそう呼んでいたけれど――ジョージ令息の隣に座るかもしれない。哀れなガッシーはマーガレッタ・ド・コーシー令嬢にカスタードを手渡すことが許されるかもしれない。

ルッカロフト家がそういう栄誉の果実、家族としてうらやましがられるような幸運に恵まれたからと言って、悋気に値するほど恵まれていたわけではなかった。ド・コーシー家の人々がルッカロフト家の人々に向けた注視は非常に限定的であり、主教との交際からえられた喜びは、彼らの退屈な日々の単調さを償うほどのものではなかった。グリーンエーカー夫人は彼らが堪え忍ばなければならなかった部分についてまったく考慮していなかった。夫人は彼らが楽しんだに違いないと思うことしか、今回の華々しい扱いの結果として、これからローズバンクの家族が見せるひどく気取った生活基調のことしか考えていなかった。

「けど、ほんとに見たんかね、奥さん。ご自分の目で見たんかね?」哀れなグリーンエーカー夫人はまだ疑いの余地があることを期待しながら聞いた。

「あたし自身がそこにいたことにしなかったら、見たって言えなかったからね」とガファーン夫人が言った。「今朝ばかりはあの人たちの誰にも会っていない。けど、会ったも同然。うちのジョンはご存知。あの子は奥様付のメイド、ベッツィ・ラスクとつき合っているんよ。ベッツィは台所にいる普通の娘じゃない。ベッツィは、いい、うちのジョンのところに来て、あの娘はあたしにいつもとても親切にしてくれる、あのベッツィ・ラスクはね、ジョンと散歩へ出かける前に屋敷内の出来事をこと細かく教えてくれた」

「教えてくれた?」とグリーンエーカー夫人。

「そうなんよ」とガファーン夫人。

「ベッツィはあの人たちが応接間に入り込んでいたと言ったんよね?」

「あの人たちが入ってくるのを見たと、あの人たちがどの家族よりも立派に着飾って、胸元や首を生まれたての赤ん坊みたいに露出していたと言ったんよ」

「あばずれ女!」グリーンエーカー夫人は敵がひけらかすどんな貴族的な見栄よりも、露わな胸元のことが頭に来て叫んだ。

「ほんとにそう」ガファーン夫人は続けて言った。「好きなだけ裸を曝け出せばいい。立派な人はみなあんたやあたしのようにちゃんと身繕いしている。そうでしょ、グリーンエーカー夫人」

「ひどい厚かましさね」とグリーンエーカー夫人。人間的な優しさのミルクは、夫人のしっかりと覆われた胸元からは、ルッカロフト家に対する限り出が悪かった。

「あたしもそう言った」とガファーン夫人は言った。「夫のトマス・ガファーンも話を聞いて、厚かましいって言ってた。『モリー』って夫があたしに言った。『おまえがやつらのように朝裸で出かけるようになったら、おりゃあおまえが家に入ることを許さん』ってね。それであたしが言った。『トマス、あたしゃ、そんなこたあしません』ってね。『じゃが』って夫が言った。『忌ま忌ましいのう、ぼろ切れ一つ身に着けんとは、あの女はいったいリューマチをどうやって直したんじゃろ』」ガファーン夫人はリューマチに苦しむルッカロフト夫人の姿を想像しながら、大声で笑った。

「けど、そんなふうにあの女を、血管に血が流れるまともな人のように扱うのはどうかな」とグリーンエーカー夫人。

「ええ、けど、ベッツィが言ったのはそれだけじゃない。あの人たちは奥様の応接間に入ると、雄の七面鳥みたいに得意満面、『誰があたしらに文句が言えるのよ？』とでも言わんばかり。グレゴリーはあの人たちにこっちの放牧地に来るように言おうとしていたのに、あの人たちの豪勢な身なりを見て気が引けたみたい。それであの人たちは家のなかに入った。けど、奥様はあの人たちを見てひどく不機嫌になったみたい」

「あらそう」グリーンエーカー夫人はずいぶん気が晴れた。「じゃあ、あの人たちはあたしらと違う招待じゃなかったわけね？」

「グレゴリーによると、奥様は不機嫌のあまり、あの人たちが応接間にいるのを見ていられなかった。そうベッツィは言った。グレゴリーが信じているのは、あの人たちはあたしらと同じようにこっちに来る予定だったということ」

この言葉には大きな慰めがあった。グリーンエーカー夫人がこれで納得したというのではなかった。夫人によると、正義はルッカロフト夫人の側にないだけでなく、むしろ彼女の懲罰を求めていると感じた。聖書のなかの宴会で何が起こったか、グリーンエーカー夫人はしばしばその説明を家族に読んで聞かせていた。なぜ女主人のミス・ソーンは侵入者に勇気を持って立ち向かい、「友よ、あなたは似つかわしくない上座に来てしまった。末座のほうへ行きなさい。そうすればお仲間が見つかるでしょう(2)」と言わなかったのか？　ルッカロフト家をよそよそしい態度で扱おう。そうすれば彼らは地位と野心と名誉について今後ますます自慢したい気持ちになるだろう。

「けど、あの人、豪華な身なりをしてるっていうのに、あれほど根性がさもしいのは不思議ね」グリーンエーカー夫人はこの話題を切りあげることができなかった。「ねえ、聞いた？」と夫人はちょうどそこに現れた夫に話を繰り返した。「ルッカロフト夫人とバブとガッシーが、奥様の応接間で五ペンス玉みたいに立派な格好で座っていたけど、あんたやあたし同様そこには招待されていなかったって。そんな話、聞いたことがある？」

「だが、どうしてそこに座っていちゃいけないんだい？」と農夫のグリーンエーカー。

「まるであの人たち、自分らが地主の家族か何かのようにお高くとまってね！」とガファーン夫人。

「だが、あの人たちがいいと思い、奥様がいいと思えば、おりゃあそれでいい」と農夫は言った。「おりゃあくつろげるから、今いるこの場所のほうがいい。それに家内の服に支払いをする必要もない。みな好きがいちばんだろ、ガファーンさん。もしお隣のルッカロフトさん自身がうまくやっていると思うんなら、それでいいじゃないか」

グリーンエーカー夫人は夫のそばに座り、重い気持ちで宴を始めた。いくぶんかは平静を取り戻したが、それでも頭を横に振って、この件で夫の意見に納得していないことを示した。

「あのね、いいかね、あんたたち」と農夫は続けた。「ルッカロフト夫人が立派なソファーに座っているからって、奥様が出してくださったディナーを楽しむことができないようなら、みんなうちへ帰ったほうがいい。そんなことを気に病むようなら、本当の悲しみに出会ったとき、いったいどうしたらいいんだろ。子供がもんどり打って倒れたとき、首の骨でも折っていたら、おまえ今ごろどうしているんだろ」

グリーンエーカー夫人は高慢の鼻を折られたから、この問題ではこれ以上何も言わなかった。グリーンエーカー氏のような分別くさい男には、好きなだけ説教をさせておけ。確かにルッカロフト家の者は広く世間に多くの嫉妬を生じさせた。

プロウマシィ氏が頑丈なステッキに寄りかかり、酒宴の差配をしたり、巡査長として振る舞ったりするのを見るのは心地よかった。「ほら、若いあんちゃん、金切り声なんかなしでやってくれなきゃ、十二エーカーの野原の向こうにディナーも一緒に持って行ってもらうよ。ほら、娘さんたち、なぜそんなところにぼうっと突っ立ってるんだい？　出てきてあんちゃんたちに姿を見せてやりなさい。恥ずかしがることなんかないな。おいおい、あんたは誰だ？　どうやってここに入り込んだんだ？」

この最後の不快な問いかけは二十四歳くらいの若者へ向けられた。プロウマシィ氏の目にこの若者は田舎育ち、田舎住まいのように見えなかった。

「よろしければお見逃しを、だんなさん、御者のバレル親方が教会のくぐり門で入れてくれました。ご一家のためいつも仕事をしていますから」

「それじゃ、御者のバレル親方があんたをまた外へ追い出してくれるじゃろう」プロウマシィ氏は授けられた治安判事ふうの偉そうな態度を和らげなかった。「名は何という？　仕事は何じゃ？　誰のところで仕事をしておるんか？」

「私はスタッブズと申します、だんなさん。ボブ・スタッブズです。そして――そして」

「仕事は何じゃね？　スタッブズ」

「漆喰職人です、だんなさん」

「わしがあんたとバレルを漆喰まみれにしてやるよ。入ってきたようにすぐこの野原から出て行ってくれ。

このうちじゃあ漆喰職人はいらん。必要なときにはこちらから呼ぶから。ほら、しゃれ者、さあ歩きなさい」

漆喰職人のスタッブズはこの恐ろしい指示を聞いて意気消沈してしまった。スタッブズは活発な男で、ウラソーンの極楽に入り込んだあと、森の妖精を一人うまく引っかけることに成功していた。職人にはごく当たり前の甘い無意味な言葉を囁いていたとき、プロウマシィ大人に出会ってしまった。アスフォデルの野に今まさに神酒と神食が供されようとしていたやさき、森の精ドリュアスからこんなふうに引き裂かれ、バーチェスターの伏魔殿へ遠吠えしながら追い返されるのはむごかった。彼は定番の懇願を残さず試してみた。しかし、町では有効な懇願も田舎の権勢家には無力だった。プロウマシィ氏は追放令を出しただけでなく、ステッキをあげると、門への道——あの不実な番犬ケルベロス、バレル、がその門の出入りを監督する——を指し示し、追放令が実行されるのを見届けようと、みずから歩みを進めた。

しかし、慈悲の女神、雲の上に座るもっとも愛らしい女神、過ちを犯しやすい弱い人間にいちばん貴重な女神がグリーンエーカー氏という姿でその野に現れた。仲裁役の女神として彼ほど歓迎される人はいなかった。

「おいおい」とグリーンエーカー氏は言った。「今日みたいな日につまらぬことにこだわるなよ。その若者はよく知ってる。おれが頼むから、ここにいさせてくれ。奥様はこいつが飲み食いするのを惜しみはしない」

さてプロウマシィ氏とグリーンエーカー氏は無二の親友だった。プロウマシィ氏はウラソーン・コートにあるいちばん心地よい部屋を自由に使っていた。しかし、彼は独身者で、そこに一人住まいしていたが、執事といえども室内で喫煙するのは禁じられていた。それで、いちばん幸せな彼の時間はグリーンエーカー夫人の美しい、清潔な台所の暖かい隅っこで、大きな肘掛け椅子に座っているときだった。本心を曝け出し、心地よいお喋りに興じることができるのはそこだった。尊敬され、くつろいでいられるのはそこだった。目上の人の威厳を損ねることもなく、目下の人からなれなれしくされることもなく、虚礼の重荷をおろせるのはそこだった。長いパイプが使用を許されるだけでなく、勧められて炉棚の上に置いておけるのはそこだった。そういうことがあったから、プロウマシィ氏はグリーンエーカー氏に好意を示さずにはいられなかった。それでも、甘い顔を見せるのはもう少し厳しい態度を見せてからにしようと決めた。

「飲み食いするって、グリーンエーカー！　いや。飲み食いが問題じゃない。招待されてもいないところに入り込んでくる、そういう掟破りが問題なんだ。しかも、この年齢のやつのね。生まれてこのかたウラソーンの仕事なんか、一日だってやったことがないやつだ。漆喰職人だって！　私がこいつを漆喰まみれにしてやる！」

「じゃが、プロウマシィさん、こいつはおれんちの仕事を長くしてくれてる。バーチェスターのどの職人よりもタイル張りの名人ですよ」と、相手は少し嘘も交えて言った。思いやりというのはきっと少し嘘を含むものなのだ。「さあ、さあ、今日はこいつを放してやって、明日喧嘩をして決着をつけてくれ。彼女の前で恥をかかせるのはやめてくれないか?」

「そりゃあわしの意にも反することだな」とプロウマシィ氏は言った。「おい、スタッブズ、気をつけて行儀よくしてくれ。もし騒ぎの噂を聞いたら、誰がやっているかわかるぞ。バーチェスターの職人をどう扱ったらいいか心得ているからな。おまえがどんな人間かもわかっている」

それで、スタッブズは喜んで歩き去った。もじゃもじゃの前髪を引っ張ると、執事の寛大な措置に敬意を表し、さらに二度引っ張って、農夫に敬意を表した。職人は歩きながら感謝し、もし農夫のグリーンエーカーからやってくれと言われたら、一日仕事をただでもやるぞと誓った。しかし、この誓いをはたすように求められることはなさそうだった。

しかし、プロウマシィ氏はあまり機嫌がよくなかった。物わかりの悪い執事として振る舞っていたのではないか、知らぬ間に罪深い富の神マンモン(3)の味方になってしまっていたのではないか、と反省した。この反省があったからと言って、彼が長い食卓の末座で義務をはたす仕方に影響はなかった。漆喰職人スタッブズの好意を受けたからと言って、グリーンエーカー氏が食卓の上座で義務をはたす仕方にも影響はなかった。プロウマシィ氏が食前のお祈りをするため立ちあがり、ソーン奥様が気前よく用意したご馳走に感謝を捧げたとき、客たちは何かもめごとがあったとは思いもしなかった。

この間芝生の上の大天幕では、上流の人々が泳ぐようにパーティーを進めていた。無制限のシャンパンが上流の人々を泳がせられるとするならの話だ。サー・ハーカウェイ・ゴースはミス・ソーンの健康を祝して乾杯の音頭を取るとき、女主人を体調万全の、いつでも走れる、どんなに走らせても疲れない純血種の競走馬にたとえた。ソーン氏は謝礼として、姉が求められたときにはいつでも走れる状態でいてほしいと述べ、そのあとド・コーシー家の人々の健康と繁栄を祝した。姉は粗末な食卓にド・コーシー家の人々をたくさん迎えられて、大いに栄誉に感じている。伯爵が重要な仕事のため、園遊会を欠席せざるをえなくなったことはみなに知られているが、伯爵が君主への義務のせいで家の炉辺から引き離されているのだから、彼、ソーン氏がウラソーンに伯爵を迎えられなかったからと言って、残念がっても仕方がない、うんぬん。とはいえ、彼は伯爵には出席してほしかったとの願望、意見をあえて表明せずにはいられなかった。同じような立場に置かれたジェントリー階級の人によく見られるように、ソーン氏はこのことでいくぶん当惑気味だった。しかし、最後に伯爵夫人と、ド・コーシー城の家族とともに、伯爵の健康を祝して乾杯し、大いに満足の意を表して着席した。

次にジョージ令息が感謝の答礼をした。いくぶん不規則な令息の雄弁を局面ごとにたどるのはやめておこう。すぐ近くにいた人たちは、初め令息をちゃんと立たせるのが難しいと思った。しかし、令息を再度着席させるほうがもっと難しいとわかった。これからは一、二の取り決めがなされる必要がある。お祝い事ではあらゆるスピーチを禁止し、排除するか、そういう特権を行使したい人には、まず公務員の調査委員会の前で試験を受けさせるかだ。実情をいうと、世のジョージ令息らはイギリスの教育推進に貢献しようとする私たちの努力に水を差すだけだ。

食堂では主教がもっときちんとした作法にのっとって、その日の栄誉を執り仕切った。主教は議会の議席にふさわしい作法でミス・ソーンの健康を祝し、乾杯した。食堂のパーティーは大天幕のそれに較べると少し退屈で、話ははずんでいなかった。しかし、愉快さで劣っている点は礼儀作法で充分償われていた。

宴会はこういうふうに様々なテーブルで、大きな喝采とみなの喜びのうちにすぎていった。

註

（1）馬毛・綿などで織った芯地。

（2）「ルカによる福音書」第十四章第八節〜十節。

（3）「マタイによる福音書」第六章第二十四節に「あなたがたは、神と富とに兼ね仕えることはできない」とある。

第四十章　（第三巻第六章）　ウラソーンの恋の戯れ——第二幕

「彼らを酔わせた酒が、私を大胆にした」[1]スロープ氏はエレナーを追って食堂を出たとき、酒を引っかけて自分を鼓舞した。ワインがたくさん飲まれていたが、実際に食堂に酔っぱらいがいたわけではなかった。スロープ氏はこれからはたさねばならぬ仕事に精神を奮い立たせるため、自分の分を飲むことをためらわなかった。こういう場面で、バッコスの助けを借りるのが有効と考えた人は彼が最初ではない。

エレナーはフランス窓を抜け、芝生の上にいたが、あとをつけられているのに気づいていた。ちょうどそのとき、客はほとんどテーブルに着いていた。ちらほらと一組あるいは二組のカップルがいたくらいだ。その連中はワイングラスのチリンと鳴る音よりも、ジョージ令息やバーチェスター主教の美辞麗句よりも、二人だけの甘い会話を楽しみたかったのだ。しかし、庭園にはスロープ氏の期待通り人がほとんどいなかった。

鹿がもう逃げられないとわかったとき、振り返って吠え、猟犬を攻撃するように、エレナーも尾行されていることに気づくと、スロープ氏にそうした。

「どうかお願いですから、食堂にとどまっていてください」彼女は装える限りのよそよそしさでそう言った。「私は友人を捜すために出てきたのです。スロープさん、どうか食堂へ戻ってください」

しかし、スロープ氏はこれくらいの懇願では引きさがらなかった。彼はボールド夫人に誠意が見られないのを一日じゅう観察し、これにかなり苦しんでいた。とはいえ、彼の熱い思いが無益に終わったと信じるところまでまだ至っていなかった。彼女が怒っているのはわかっていた。長いあいだ彼女の気持ちをもてあそんできたから、怒っているのではないか？――二人の名が同じになることを世間に公表する機会を与えないまま、ずるずると二人の名を結びつけて広めてしまったことが、思うところ、彼女の怒りの原因ではないのか？　かわいそうな未亡人！　彼は今キリスト教徒的な悔恨の呵責を胸のうちに感じていた。ずるずると引き延ばしてきたのが、彼女を不当に扱うことになってしまった。このとき、スロープ氏はソーン氏のシャンパンを飲みすぎていたから、自分が思い違いをしているとは考えてもみなかった。マクベス夫人の自負――酔ってなんかいないし、何でもできる勇気がある――を胸中で繰り返したとき、自分がちゃんとしていると思っていた。こういう状態で彼がプラウディ夫人に立ち向かったことがないのは残念だ。

「あなたのそばにいることを許してください」と彼は言った。「あなたを一人で行かせるなんて私には考えられません」

「いいえ、行かせてください、スロープさん」エレナーはとてもよそよそしく言った。「どうしても一人になりたいのです」

重大な秘密を打ち明ける時がやってきた。スロープ氏は今だ、今を逃すともう機会はないと思うと、すぐ実行に移すことに決めた。彼が美女を勝ちえようとしたのはこれが初めてではなかった。ひざまずいて、目にたくさんの思いをたたえ、甘い言葉を囁いたことがあった。じつを言うと、彼はこういうことにかなり熟達していたから、しっかり覚えた、感情のこもった大げさな言葉――かつてオリヴィア・プラウディを心から喜ばせたことがあった――をボールド夫人の異なる好みに合わせさえすればよかった。

「あなたを一人にするなんて私に言わないでください、ボールド夫人」彼は熱のこもった表情で言った。スロープ氏ふうの紳士がよく用いる、熱がこもっているとともに信心ぶった表情、おそらく情愛たっぷりの敬虔な表情とでも呼べるものだ。「私の心を満たしている、何ですか、数語をあなたにお伝えするまでは、あなたを一人にすることはできません。私はそれを告白するためにわざわざここに来たんです」

エレナーは置かれた状況を理解した。今まさに直面しようとしているものが何であるかすぐ呑み込むと、とてもみじめな気分になった。もちろんスロープ氏を拒絶すれば、それで終わりと言えたかもしれない。しかし、エレナーに関する限り、話はそれで終わらなかった。スロープ氏が彼女に求婚するというまさにその事実が、大執事にとっての勝利であり、アラビン氏の行動の正当性を大いに立証するものだったからだ。未亡人は自分が過ちを犯したという考えをどうしても受け入れることができなかった。彼女はスロープ氏をかばったあげく、この男を知人とすることには何も問題がないと明言した。この男が彼女を知人以上の存在として見るようになったとの指摘を嘲笑したあげく、彼女のためを思ってした大執事の忠告に憤慨した。そして今まさに彼女にとって非常に不愉快なかたちで、大執事が正しく、彼女のほうが間違っていたことが証明されようとしていた。

「あなたが何を言わなくちゃならないのかわかりません、スロープさん。ついさっき一緒にテーブルに着いていたとき、あなたは何もおっしゃらなかったじゃありませんか」彼女は唇をきっと閉ざすと、眼球を固定し、凍りつくような視線を男へ向けた。

しかし、シャンパンをたらふく飲んだ紳士を凍りつかせるのは難しいうえ、酔っていなくてもスロープ氏を凍りつかせるのは難しかった。

「男性には人前でうまく話せないことがあるんです、ボールド夫人。いや、おそらくどんなときにもうまく話せないことがね。どんなに話したいと強く願っても、何ですか、口に出すのがほとんど不可能と感じるようなことがです。今あなたにお話したいと思っているのは、そんなことなんです」それから彼は再び愛情たっぷりの敬虔な表情を作ると、これまで以上にこの表情を強調した。

　エレナーは食堂の窓の前に立ちつくしたまま、ミス・ソーンの客の面前でこの男から求婚されるというような事態を極力避けなければならないと思った。それで、自分を守るため歩き続けたから、スロープ氏は彼女と一緒に歩くという当初の目的を遂げることができた。彼は今エレナーに腕を差し出した。

「ありがとう、スロープさん。感謝します。でも、あなたと一緒にいられるのはほんの短いあいだだけで、本当は一人で歩きたいのです」

「そんなに短い時間しか許されないんですか?」と彼は言った。「そんなに短い――」

「はい」彼の言葉を遮ってエレナーは言った。「どうぞできるだけ短くお願いします」

「私は期待していました、ボールド夫人――希望して――」

「私に関しては、スロープさん、どうか何も期待なさらないでください。どんな希望のことをお話しているのかわかりませんし、わかる必要もありません。私たちのかかわりはごく希薄ですし、これからもそれは変わらないでしょう。どうかそれで納得なさってください。いずれにしても私たちが口論する必要なんかありません」

　ボールド夫人は確かにスロープ氏をやや高飛車に扱い、相手にもそう感じさせた。夫人は求婚する前から求婚者を拒絶し、同時にそこまでなれなれしくするにはあまりにも浅い関係しかないことを伝えた。夫人は

　　「いや」という鋭く(2)、辛らつな言葉から
　　針を引き抜こう

ともしなかった。

スロープ氏は情愛に満ちた敬虔な表情を保つと、ボールド夫人が浴びせた言葉にひるむことなく、依然として希望を捨てないようにしようと決意していた。とはいえ、いくらか怒りも感じた。未亡人があまりにも高圧的に振る舞い、あまりにも尊大な口調で自分のことを話しているように思えたからだ。彼女にこれから栄誉が授けられようとしていることがよくわかっていなかったのだ。スロープ氏はできるだけ長く愛情たっぷりに振る舞うつもりでいたが、もしこれが失敗したら、自分もしばらく傲慢な態度を取るのも悪くないと思い始めた。スロープ氏は疑いもなくとても優しくなることができたが、一方で非常に残忍になることもできた。そんな能力を自覚していた。

「その言葉は残酷なうえ」と彼は言った。「キリスト教徒にふさわしくありません。私たちは、何ですか、極悪人にも希望を認めています。そんな厳しい宣告をくだすなんて、私が何をしたと言うのでしょう?」そして彼は間を置いた。そのあいだも未亡人は何も語らず、一定の歩幅で歩き続けた。

「美しい人」ついに彼は始めた。「美しい人、私があなたを賛美していることに気づかないふりをなさってはいけません。そうです、エレナー。私はあなたを愛しています。男性が女性に抱けるもっとも真実の愛情であなたを愛しています。天国の希望に次ぐ希望は、あなたを手に入れる希望です」(ここでスロープ氏は一つの記憶違いを犯した。記憶がちゃんとしていれば、参事会長職を天国の次の希望として省くことなんかなかっただろう。)「あなたの傍らで天国への道を歩むのは、何とすてきなことでしょう。あなたは私の案内役。お互いの案内役。さあ、エレナー、愛しのエレナー、そのすてきな道を二人で一緒に歩きませんか?」

エレナーはどんな道もスロープ氏と一緒に歩く気になれなかった。今いるミス・ソーンの屋敷のその小道だけが例外だった。とはいえ、スロープ氏が期待や希望を話すのを彼女は食い止めることができなかった。

それで、最後まで聞いてから返事をしようと決めた。

「ああ！　エレナー」と彼は続けた。いったん洗礼名を思い切って口に出すことができたら、今度はそれを何度口に出しても出しすぎることはないと思っていたようだ。「ああ！　エレナー、主のお慈悲で心地よくなったこの有限の谷間を、お助けをえて、二人で手に手を取って旅するのは、すてきなことではありませんか？　そのあとは、何ですか、主の玉座のもとで一緒に暮らすのです」そう言うと、恋人はこれまで以上に情愛のこもった敬虔な表情をたたえ、両の目からそれを放った。「ああ！　エレナー――」

「私の名は、スロープさん、ボールド夫人です」エレナーは求愛の言葉を最後まで聞こうと決めていたのに、あまりにも不敬な彼の呼びかけに激しい嫌悪を感じ、これ以上堪えられなくなった。

「かわいい天使よ、そんなに冷たくしないでください」彼はそう言いながら、シャンパンの爆発とともに腕を未亡人の腰に回そうとした。エレナーがこの時まで何とか距離を保つことに成功していたから、彼はこの動作をかなり巧妙に行ったのだ。二人は低木に囲まれた小道に入っていた。今二人きりなので、スロープ氏はこれまで大いに語ってきた愛情を外的な行動で示したほうがいいと考えずにはいられなかった。オリヴィア・プラウディが相手なら、同じ方法で成功していただろう。ともあれ、エレナー・ボールドには成功しなかった。

彼女はまむしから飛びのくようにぱっと飛びのいたが、遠くには離れなかった、いや、正確には腕一本の距離だった。それから電光石火小さな手をあげると、一心を込めて彼の耳を殴った。音は小さな雷鳴のごとく木々のあいだに響き渡った。

今心配しているのは、このページを読んでいる育ちのよい読者が、結局この女主人公は同情に値しないと感じ、嫌悪感とともに本を閉じてしまうことだ。おてんば娘だ、とある人は言う。少なくとも淑女ではない、と別の人は叫ぶ。ずっと怪しいと思っていた、と三人目が断言する。既婚夫人としての気品、あるいは置かれた立場に伴う特別な礼儀というものを知らないと。あるときは若いスタンホープと遊び回り、それからアラビン氏に色目を使い、ほどなくして三番目の恋人に激しい平手打ちを食らわす。しかも、これがみな未亡人になってまだ二年もたたないうちに起こったことだ。

彼女を完全に擁護するのは難しい。しかし、彼女がおてんば娘でも、遊び回っているわけでも、すぐに人を殴るタイプでもないことは断言できる。確かに彼女はスロープ氏の顔を殴らなければよかったとせつ(3)に願うところだ。殴ったことで彼女の品位を落とし、体面を傷つけてしまった。もし彼女がベルグレービアで教育を受けていたら、あの甘い父ではなく、厳格な教育者によって育てられていたら、夫の束縛のもとで長く生活していたら、おそらくこんな重大な過失を犯すことはなかっただろう。しかし、実際はそうではなかったから、相手の挑発的な言動に堪えられず、侮辱に対する強い怒りの衝動に駆られてしまった。自立心というのは若い女性が具えるには危険な心情だが、彼女は置かれた立場のせいで特別それに頼るようになっていた。そのうえ、スロープ氏がワインで顔を普段よりも濃い赤にし、間の抜けた作り笑いを浮かべ、しわを寄せ、例の情愛に満ちた敬虔なしかめ面を作ったから、特別そんな懲罰を加えたい気になったようだ。彼女はこれ以外の方法でこの男を叱責することはできないと見たのだ。スロープ氏にとって、小さな手が与えた強打は男性が与えたのと同じ侮辱であり、直接自尊心を傷つけた。彼は威厳を傷つけられたと感じ、怒りのあまり殴り返してしまうところだった。痛みも相当あったが、牧師としての立場をないがしろにされたとの思いがあった。

ある男性はたとえ女性からでも自尊心を傷つけられることには我慢がならないと思う。男性の体は聖なる神殿であり、それに対する悪ふざけは神聖を汚すこと、乱暴に触れることはまったくの冒涜だと考える。そんな男性がいる。スロープ氏はそんな男性だった。それゆえ、エレナーが与えた顔面への平手打ちは、彼に関する限り、施せる最適の叱責だった。

それでも、エレナーはこの男に手をあげるべきではなかった。とても柔らかく、かわいく、触り心地がよく、見た目にも上品で、優雅に動く女性の手は、男性の顔を殴るためのものではない。平手打ちをした瞬間、エレナーはあらゆる礼儀作法に背いてしまったと感じ、その一撃を取り消すためならどんなことでもしたいと思った。最初の悲しい苦痛のなかで男の許しを請いたいとも思った。しかし、次には走って逃げ出したいとの衝動に駆られ、これに従った。

「あなたとはもう二度と、二度と口を利きません」動きと激しい感情が生み出した心の動揺と息切れのため、彼女はあえぎながらそう言うと、家へ戻る小道をすばやく走った。

しかし、スロープ氏の神聖な怒りのほうはどう表現したらいいのか？　主教付牧師の神聖な胸に込みあげる怒りを描写するには、どう悲劇の詩神に呼びかけたらいいのか？　しかし、このような表現の試みは近代小説のかかとの低いバスキン[4]には似つかわしくないように見える。ある画家は愛する娘イーピゲネイアの早世にあった父の深い悲しみ[5]を描くように依頼されたとき、アガメムノーンの顔に覆いを掛けたという。ネプチューンは刃向かう風に罰を与える決意を固めた[6]とき、空虚な脅し文句を口にすることを控えたという。スロープ氏がどれほど強い感情のうねりとともに、恥をかかせた女性に復讐を誓ったか、とても語ることはできない。彼の魂の深い苦悩は言語を絶するものだった。

スロープ氏は庭園の小道に一人でいたから、何とかここから園遊会へ戻らなければならなかった。しかし、ここからすぐ出たいと思わなかった。エレナーの指の当たった頬がひりひりしていたので、顔を見る人はその跡から何があったかわかると思った。しばらく立ち尽くしていたあいだに、顔は怒りでますます赤くなった。スロープ氏は身動き一つせず、決心がつかないまま、目をぎらぎら輝かせ、黄泉の国ハーデースの苦痛と罰を想起し、どうすればいつもの強烈な雄弁術で敵を冥界の神々に供することができるか考えた。彼女を教え諭したいとも願った。悪事を働く男女に対するいつもの彼の仕返しがこれだった。すぐにでも日曜日の説教壇にあがり、心ゆくまで彼女への非難を爆発させることができたら、心はだいぶ和らぐことだろう。

しかし、ソーン氏の月桂冠とも言える誉れの宴会で、今ウラソーンで繰り広げられているこんな虚栄の市で、いったいどうしたら説教なんかできようか？　そのうえ、まわりの世界の邪悪さに対して彼は高潔な嫌悪を感じ始めていた。こんな世俗的な誘惑に手を染めてしまったから、もっともなしっぺ返しを受けたのだ。社交の賑やかさや、宴会の浮かれ騒ぎ、若者の笑い声、老人の飲み食いは、しばらく彼の目には許し難いものとなった。不信心者らの天幕にこんなふうに長居したせいで、結局どんな目にあわされたのか？　バールの神の祭壇を囲む偶像崇拝者らとつき合ったせいで、苦しい懲罰に見舞われてしまった。それからシニョーラ・ネローニのことを思うと、胸中は悲しみに満たされた。自分が不道徳で、罪深い男だということにうすうす――本当にうすうすだが――気づき始めていた。しかし、それが正しい方向へ彼を導くことはなかった。心の内に神の慈悲を認めることができなかったからだ。堕落が迫っていると感じたものの、むしろそれを振り払い、あぶみに足を掛け、高い地位と偉大な権力へ駆けあがりたいと切望した。権威ある説教壇に登り、世間へ向かって声高にボールド夫人を非難する説教をしたいと思った。

スロープ氏はおよそ十分間砂利の上に立ち尽くしていた。みじめな姿が詮索好きな視線に曝されなかったのは、まだ運命が彼に味方していた。それから全身を身震いが通り抜けていった。心を落ち着かせると、エレナーが逃げていった方向へ戻るのではなく、小道を道なりにゆっくりと前進して、芝生に戻った。大天幕に着くと、主教がラザラス学寮長と立ち話をしているところだった。主教は挨拶のあと外に散歩に出て、ここに来ていた。

「非常に愉快ですね、愉快です、主教」スロープ氏はとても愛想のいい笑顔を浮かべると、大天幕を指差して言った。「愉快です。何ですか、心から楽しんでいる大勢の人を見るのは楽しいものです」

スロープ氏は主教に圧力をかけてグイン博士に紹介してもらおうと思った。パウロは「すべての人に対してはすべて[7]」の人のようになり、その心をえようと努力することを誓い、実践した。スロープ氏も偉大な先例に倣いたいと思った。チャンスを逃さないというのが彼の主義だった。ところが、主教は今牧師仲間のあいだでスロープ氏の知己の輪を広げたいとは思わなかった。付牧師のことを取り立てて話題にするには、主教にも理由が必要だった。今の場合主教はかなりよそよそしい態度を取った。

「そうです、その通り」主教はスロープ氏のほうを振り向くことも、ちらと見ることもせずにそう言った。「それで、グイン博士、毎週役員会[8]は現在と同じように広く全体的に権力を行使することができるのがおわかりになると思います。私個人としてはね、グイン博士——」

「グイン博士」スロープ氏は帽子をあげて声をかけた。バーチェスター主教みたいな取るに足らぬ間抜けに出し抜かれるようなことがあってはならぬと意を決していた。

ラザラス学寮長も帽子をあげると、スロープ氏に向かって非常に礼儀正しくお辞儀をした。女王統治下にはラザラス学寮長くらい礼儀正しい紳士はいない。

「閣下」とスロープ氏は言った。「私をグイン博士に紹介していただけないでしょうか。こんな機会を逃してしまうのはもったいないんです」

主教は紹介するほかなかった。「私の付牧師です、グイン博士」と主教は言った。「私の現在の付牧師のスロープさんです」主教はスロープ氏にとって不満このうえない紹介の仕方をした。「現在の」という言葉は、スロープ氏が今の栄光を長く享受できないことを暗示するように見えた。しかし、スロープ氏はこれをまったく意に介さなかった。この当てつけに気づいたけれど、無視することにした。主教から付牧師職を解雇される前に進んで辞任することもありえたからだ。未来のバーチェスター参事会長が主教や主教夫人に気をつかう必要なんかあるだろうか？　スロープ氏はスタンホープ博士の馬車に乗り込んだとき、『ジュピター』のトム・タワーズから、非常に重要な手紙を受け取っていなかったか？　今この瞬間、その手紙は彼のポケットのなかに入っていなかったか？

それで彼は主教を無視すると、ラザラス学寮長と会話を始めた。ところが突然そこに邪魔が入った。しかし、スロープ氏にとって、それはまったく歓迎できない邪魔というわけではなかった。主教の使用人が沈痛な顔つきをして主人の肩で耳打ちした。

「何事だ、ジョン？」と主教が聞いた。

「閣下、参事会長がお亡くなりになりました」

スロープ氏はラザラス学寮長とこれ以上話を続ける気がなくなり、すぐバーチェスターへ戻った。

エレナーは先ほど述べたようにスロープ氏と二度と口を利くつもりはないと断言したあと、急いで家のほうへ向かった。しかし、平手打ちのことを考えると、激しく後悔し、あふれる涙を止めることができなかった。彼女が演じたその日のメロドラマの第二幕はこんな具合だった。

註

（1）『マクベス』第二幕第二場。

（2）ヘンリー・テーラーの『フィリップ・ヴァン・アルテヴェルデ』（1834）第一部第一幕第二場。
（3）ロンドンのハイドパークの西地区。
（4）バスキンは古代ギリシア悲劇役者が履いたかかとの高い編みあげ半長靴。
（5）女神アルテミスの怒りに触れて、無風のためアガメムノーンの艦隊がトロイアへ出帆することができなかったとき、彼の娘イーピゲネイアはギリシア軍のため犠牲となった。
（6）『アイネーイス』第一巻でユーノーがいたずら心から風を解き放ったときのことを指す。
（7）「コリント人への第一の手紙」第九章第二十二節に「すべての人に対しては、すべての人のようになった。なんとかして幾人かを救うためである」とある。
（8）第一巻第五章註二参照。

第四十一章（第三巻第七章）
ボールド夫人が友人のミス・スタンホープに悲しみを打ち明ける

ボールド夫人は小道の端まで来て芝生に突き当たったとき、どうしたらいいか考え始めた。そこにとどまってスロープ氏に追いつかれるか、それとも目に涙を貯め、顔に受難の表情を浮かべて大勢のなかへ飛び込むか？　スロープ氏からさらに迫害を受けるかもしれないとの恐怖がなかったら、エレナーはそこに立ち尽くしていたかもしれない。しかし、お化けの恐怖というのは誇張して想像される。恐怖に駆られた精神状態のなかで、スロープ氏が次にどんな残虐な罪を犯すかわからなかった。一週間前なら、ミス・ソーンのパーティーでスロープ氏から腰に手を回されることがあると誰かから知らされても、エレナーは信じなかっただろう。次の日曜日にスロープ氏が深紅の上着に乗馬靴――狐狩りの出で立ち――で、ハイストリートを闊歩すると知らされても、今回のことよりもありそうなことのように思っただろう。

しかし、スロープ氏は思いもつかない非道を犯してしまった。今エレナーはこの男について何も信じられなかった。まず男がほろ酔い気分だったのははっきりしている。次にこの男の宗教がまったく偽善だと証明されたと見なければならない。そのうえ、この男は恥知らずだった。それで、エレナーは足音に耳を澄まし、男が茂みのなかから突然這い出してくるのではないかと恐れながら立っていた。

エレナーがこんなふうに立ちすくんでいると、少し離れた芝生をシャーロット・スタンホープが急いで横切ってくるのが見えた。エレナーはハンカチを顔に当てると、涙を隠し、芝生を走り、友のところへ駆けつけた。

「ねえ、シャーロット！」エレナーはとても普通に話せないほど息を切らしていた。「あなたが見つかってよかった」

「見つけてくれてよかった！」シャーロットは笑いながら言った。「おもしろい冗談よ。だって、私とバーティはずっとあなたを捜していたのですもの。弟ったらあなたがスロープさんとどこかへ行ってしまったと言って、今にも首吊り自殺をするところでした」

「まあ、シャーロットったら。いやね」とボールド夫人。

「けれど、あなた、いったいどうしたっていうの？」とミス・スタンホープが聞いた。相手の手が彼女の腕で震え、まだ半分涙が息を詰まらせているのを見たからだ。「まあ！　何か悲しいことがあったのね。何なの？　私にできることがある？」

エレナーはこれに答えられず、発作的に喉を鳴らした。気が動転した状態で考えさえまとめることができなかった。

「ちょっとこっちへいらっしゃい、ボールド夫人。さあ、こっちよ。人に見られるでしょう。そんなに苦しむなんて何があったの？　私に何かできるかしら？　バーティに何かできることがあるの？」

「いえ、いえ、いえ、いえ」とエレナーは言った。「何もありません。ただあの恐ろしい人が――」

「恐ろしい人ですって？」とシャーロットが聞いた。

男も女も人生に何度かどうしても打ち明け話をするように迫られる場面がある。打ち明けずにいるほうがかえって不快な決意を必要とするうえ、不快な疑惑を避けられない場合がある。男も女も決して打ち明け話をしない人がいる。一時の成り行きで自分の秘密を明かすようなことをしない人だ。とはいえ、そういう人はたいてい退屈で、閉鎖的で、冷ややかな心の持ち主でしかない。まるで「冷たい、暗い坑道に住む陰気なノーム[1]」のような人だ。エレナーにはノームのようなところはなかった。それゆえ、彼女はシャーロット・スタンホープに洗いざらいスロープ氏のことを打ち明ける決心をした。

「あの恐ろしい人。あのスロープさんよ」とエレナーは言った。「あの人が私を追いかけて食堂から出るのを見ませんでしたか？」

「もちろん見ました。ごめんなさい。止められなかったの。あなたが困ることになるのはわかっていました。けれど、あなたとバーティがおかしな具合になってしまったから」

「バーティのせいでも、私のせいでもありません。あの人と同じ馬車で来るのを私がどれだけいやがっていたかご存知でしょう」

「それが今度のことにつながったとしたら、本当にごめんなさい」

「何が原因でこうなってしまったのかわかりません」エレナーはまた泣き出しそうになりながら言った。「でも、私のせいではありません」

「けれど、あなた、あの人は何をしたの？」

「忌まわしい、恐ろしい、偽善者です。残さず主教にお話したら、たっぷりあの人を懲らしめてくださるでしょう」

「もしあの人に仕返しをしたいなら、いいこと、プラウディ夫人に話したほうがいいのよ。けれど、あの人はほんとに何をしたの、ボールド夫人？」

「うう！」とエレナーはうめいた。

「まあ、あの人がいい人ではないというのは認めます」とシャーロット・スタンホープ。

「いい人！」とエレナーは言った。「誰よりもいやみな、しつこい、忌まわしい人です。なぜ私にちょっかいを出してくるのかしら？——その気にさせるような言葉なんかかけたこともない私に——ずっとあの人が大嫌いだった私に。ほかの人からあの人が悪しざまに言われたとき、肩を持ってあげたのに」

「そこが問題の点なのよ、いいこと。あの人はその噂を聞いたのよ。それであなたが当然あの人に恋していると思い込んだのよ」

　これがエレナーの苦悩の種だった。事実、ここ一か月友人たちがみな言っていたのはそのことだった。今度の体験はそれが真実であることを証明した。エレナーは二度とどんな人もかばい立てするようなことはすまいと固く決心した。世界は邪悪や悪意を抱え、お気に召すままよたよたと進んでいく。彼女は二度とねじれたものを真っ直ぐにしようとは思わなかった。

「けれど、あの人はいったい何をしたの？」シャーロットはこの話題に興味津々で尋ねた。

「あの人は——あの人は——あの人は——」

「けれど——ねえ、そんな恐ろしいことは考えられません。あの人、酔ってなんかいなかったのよ」

「いいえ、酔っていました」とエレナーが言った。「酔っていたのは間違いありません」

「まあ、酔っているとは気づきませんでした。けれど、何をしたの？」

「いいえ、私からはとても言えません。あの人はあなたが聞いたこともないようなおぞましいことを言いました。宗教とか、天国とか、愛とかについて話して。ねえあなた——あの人は本当にいやらしい人なのです」

「あの人が言いそうなことはだいたい想像がつきます。ええ——それで？——」

「それから――あの人は私に抱きついてきたの」

「あなたに抱きついた?」

「ええ――あの人はうまく私に近づいて来て、抱きついたの、私の――」

「あなたの腰に?」

「ええ」エレナーは身震いした。

「それから」

「私、すぐあの人から飛びのいて、顔に平手打ちをした。それから道を走って、あなたを見つけたの」

「は、は、は!」シャーロット・スタンホープは悲劇のフィナーレに心から喝采を送った。スロープ氏が横面を張られたのは考えるだけでも楽しかった。それゆえ、二人の成り行きの結果、エレナーが不幸な気持ちでいるのがよく理解できなかった。シャーロットの目から見ると、未亡人に関する限り、充分幸せな結末が訪れたように見えた。未亡人は友人たちのあいだで、ある意味勝者の肩書きをえたのだ。一方スロープ氏のほうは、こんな事件のあと当然生じる中傷や嘲りに曝されることになる。未亡人に会うたびに耳がきりきりと痛まないかと、友人たちから聞かれるだろう。美しいものは触るのではなく、眺めるものなのだと忠告されるかもしれない。

シャーロット・スタンホープは事件をこんなふうに見た。とはいえ、現段階でこの見方をボールド夫人にはっきり説明しなかった。今はエレナーの心にもっと近づく必要があった。それゆえ、たっぷり笑ったあと、進んでエレナーに同情を向けた。バーティなら何かできないかしら? バーティならどうしたらいいかしら? バーティがあの人に一言言って、これからもっと礼儀正しく行動するように警告するっていうのはどうかしら? ボールド夫人がどんな侮辱を受けたか聞いたら、バーティは誰よりも怒るでしょう、とシャーロットは断言した。

「でも、弟さんには言わないでくださる？」ボールド夫人は怯えた表情で言った。

「あなたがいやなら言いません」とシャーロットは言った。「けれど、いろいろ考えると、あの人には警告を与えるように強く勧めます。あなたにお兄さんでもいたら、バーティの出番はないのですけれど。けれど、あなたのそばに守ってくれる人がいることを、スロープさんにわからせることはとてもいいことだと思います」

「私には父さんがいます」

「ええ、けれど牧師同士で言い争いをするのは、とてもみっともないでしょう。それに今あなたのお父さんが置かれている状況を考えると、スロープさんと気まずいことが起こるのも不都合です。バーティなら、味方してもらってもおかしくないくらいあなたと親密なのですから」

シャーロット・スタンホープは弟がこの日すぐにも未来の妻を決めてしまうように願っていた。弟は父との関係も債権者との関係も切羽詰まったところにきていたから、有利な結婚をするか、バーチェスターを逃げ出すか、どちらかしかなかった。結婚するか、カラーラ(2)の汚い仲間と汚い宿と貧しい生活に戻るか、しかなかった。充分な収入を用意できなければ、カラーラに戻るか、それとも――。父の名誉参事会員は監獄行きの話をあまりすることはなかったが、たとえしたとしても、入獄の現実を息子が明確に理解することはなかっただろう。

こんな状況だったから、一刻の猶予もなかった。それゆえ、食堂を出たボールド夫人を追いかけようともしない弟の無関心に、シャーロットは抑えきれない怒りを感じた。スロープ氏が競争で弟に大差をつけているのも嘆かわしいと思った。シャーロットはこれまで巧みな操作で姉の役割をはたしたと感じていた。弟の手間や面倒を肩代わりしてやり、エレナーと二人だけになるように仲介してきた。そして、エレナーはバーティが好きなのは明らかだった。今や弟が競争相手としてスロープ氏を恐れる必要がなくなったのもはっきりしてきた。

ボールド夫人に同じ日に二つ目の結婚の申し込みをするのは確かに間が悪かった。もし一週間の余裕でもあれば、それくらいは申し込みを延期したほうがよかった。ところが、状況はしばしば有無を言わさないところがあって、望み通りにはならない。今回の場合がそうだった。そうだったとしても、スロープ氏のこの事件をこちらに有利に使えないだろうか？　バーティとボールド夫人をいっそう親密な関係に導き、お互いの腕のなかに身を投じさせ、結婚せずにはいられなくする、いい弾みにこの事件を利用できないだろうか？　ミス・スタンホープがすぐ堂々の勝負を決意したのはこういう理由からだった。

シャーロットはとても上手にことを運んだ。まず、スロープ氏がスタンホープ家の馬車でバーチェスターへ帰れないように手配した。たまたまスロープ氏はすでに姿を消してしまっていたが、当然誰にもそれを知られていなかった。シニョーラには、姉や従者と一緒に先発の馬車で帰ってくれるように頼まなければならない。バーティには、スロープ氏に代わってとんぼ返りしてきた馬車のなかでエレナーを相手に頑張ってもらわなければならない。弟には内緒で事件の経緯を教えておいて、先発の馬車が出たあとは、弟がエレナーを特別な庇護のもとに置き、スロープ氏のこれ以上の攻撃から守らなければならない。馬車の準備のあいだにバーティにスロープ氏を捜し出させ、バーチェスターへ帰る別の乗り物を彼に用意するように説得させなければならない。当面はエレナーと一緒に歩きながら、バーティを捜し出す必要があった。バーティは要するに現在のジレンマを逃れる有翼の神馬ペーガソスとならなければならない。

未亡人はシャーロットから温かい友情と心からの親切心を見せられたから、とても慰められた。友人の配慮に身を任せたものの、心底からこれを受け入れていたわけではない。とはいえ、一匹の竜を殺したあと、もう一匹の竜が行く手へ飛び出そうとしていようなんて、彼女は夢にも思っていなかった。友人が推薦する保護者が新たな求婚者に変貌するというような事態は、想定してもいなかった。しかし、若いスタンホープの手に身を委ねるという考えは、あまり好きになれなかった。もし保護者が必要なら、父に助けを求めるべきだろう。バーチェスターへ帰る馬車は父に提供を求めるべきだと感じた。クランタントラム夫人が隣に座らせてくれることはわかっていた。しかし、シャーロット・スタンホープが示す姉のような親切や、熱心な好意や、居心地のよい同情にははっきり「否」ということができなかった。エレナーはシャーロットのあらゆる提案に譲歩してしまった。

二人は保護者を探して食堂に、次に応接間に入った。二人はアラビン氏がまだシニョーラのソファーのそばにいるのを、シニョーラを患者とすると、内科医が患者の枕元に座るように付き添っているのを、見つけた。その応接間にほかに人はいなかった。客の何人かは大天幕におり、何人かはまだ食堂におり、何人かは弓矢を楽しんでいた。しかし、ほとんどの客はミス・ソーンとともに私設運動場を歩きつつ、競技の進行を観戦していた。

アラビン氏とシニョーラのあいだに起こったこと、また起こりつつあることを詳細に伝える必要はないように思える。シニョーラはほかの男性に接するようにアラビン氏に接した。彼女は男性を笑いものにするのが使命だと思っていたから、アラビン氏に対してもその使命をはたした。まず彼にボールド夫人に対する恋心をあらかた白状させ、次にシニョーラ自身に対する熱い思いを表明させようとした。アラビン氏はかわいそうに自分が何をしているのか、何を言っているのか、天国にいるのか、地獄にいるのか、ほとんどわからなくなってしまった。彼はシニョーラが具えるあの特殊な女性の魅力にまったく免疫がなく、初めてその魔力に曝されると、一時譫妄状態に陥ってしまった。彼は心情というよりも知性を奪われ、精神をぐらつかされ、酔った男の千鳥足のように観念を揺す振られた。シニョーラから囁かれた言葉は実際には無意味なものだった。とはいえ、まばゆい視線と美しい唇から発せられるその言葉は、理解できないものの、何か神秘的な意味があるように思われた。

アラビン氏はこのようにセイレーンに魅了されたとき、スロープ氏とはまったく違う振る舞い方をした。この二人の男性が正反対で、一方は行動の人、他方は思考の人だとシニョーラが言ったのは本当だった。スロープ氏はシニョーラから抗しがたい魅惑の息を五感に吹きかけられたとき、何か成果をえようとしたり、力強い勝利を確実にしようとしたりした。まずシニョーラの手を取り、そこに口づけし、愛の誓いを立て、見返りの誓いを求めた。永遠の献身を誓い、ひざまずき、もしマデリンがイーデー山[3]にいたら、マデリンが勝利を収めていたから、ユーノーがビーナスの子孫を憎む[4]ことにはならなかったと言った。しかし、アラビン氏はそんな誓いなんか口にしなかった。ズボンのポケットに手を突っ込んだまま、ド・コーシー伯爵夫人への口づけなんか思いもよらないのと同じように、マダム・ネローニに口づけすることなんか考えなかった。

アラビン氏はボールド夫人が部屋に入ってくるのを見たとたん、顔を赤らめ、椅子から飛びあがった。それから座り、また立ちあがった。シニョーラは彼の赤面を見て、哀れな犠牲者にほほ笑みかけた。しかし、エレナーのほうはとても混乱していたから、何も見ることができなかった。

「ねえ、マデリン」とシャーロットは言った。「特にあなたに言っておきたいことがあるの。馬車の手配をしなきゃなりません。いいこと」シャーロットは身をかがめると、妹に小声で話しかけた。アラビン氏はすぐ身を引いて、少し距離を置いた。シャーロットが馬車の新しい手配をわかりやすく説明するのに手間取ったから、それが終わるまで彼はボールド夫人と話をするほかなかった。

「とても楽しい園遊会でしたね」アラビン氏は太陽がかんかん照りだとか、雨が激しくふっているだとか、そういうときに使う口調で言った。

「ええ、とても」エレナーは答えたものの、人生でこれほど不愉快な日はなかった。

「ハーディングさんも楽しんでおられるといいのですが」

「ええ、本当にそうです」エレナーはそう言ったが、ここに到着してからまったく父には会っていなかった。

「ハーディングさんは今夜バーチェスターへお戻りになるのでしょうね」

「ええ、そう思います。つまり、父はプラムステッドに泊まっていますから」

「ああ、プラムステッドにお泊まりですか」とアラビン氏。

「父は今朝そちらから参りました。それで、そこへ戻るのではないかと思います。でも、はっきりとはわかりません」

「グラントリー夫人もお元気ならいいですね」

「姉は元気です。ここに来ていますのよ。もう帰っていなければね」

「ああ、そうです、間違いありません。グラントリー夫人とお話しました。確かにずいぶんお元気そうでした」それからかなり長い間があった。バーティを残して先にマデリンをうちへ返さなければならない理由を納得させるのに、シャーロットは手間取っていた。

「あなたはプラムステッドへお戻りになるのですか？　ボールド夫人」アラビン氏はただ会話を続けるために尋ねた。しかし、入り込んではいけない危険な領域に踏み込んでしまったことにすぐ気づいた。

「いいえ」ボールド夫人はとても落ち着いて言った。「私はバーチェスターの自宅へ帰ります」

「あ、ああ、そうですね。あなたが自宅に戻っておられることを忘れていました」アラビン氏はこれ以上何も言うことができないとわかったから、黙って突っ立ったままシャーロットが計画を話し終えるのを待った。ボールド夫人も同じように黙って立ったまま、指輪の配列を直すのに夢中になっているふりをした。

しかし、この二人はお互い恋に落ちていた。一方は中年の聖職者で、もう一方は煮え切らない月並みな時期をすごした女性だったが、うぶなデイモンとフィリス(5)のようにお互いに気持ちを打ち明けることができなかった。デイモンとフィリスの年を合わせてもアラビン氏の年齢には届かなかったというのに。

マデリン・ネローニが姉の提案に同意したので、シャーロットとボールド夫人は再びバーティ・スタンホープの捜索に取りかかった。

註
(1) 地中の宝を守る地の精で、醜い老人の姿をした小人。
(2) イタリアのトスカナ州北西部の町。
(3) クレタ島の最高峰で、トロイアのパリスが金のリンゴによる美の審判をした。
(4) ビーナスの子孫とはアイネイアースのこと。彼はビーナスとアンキーセースの子であるため、ウェルギリウスの『アイネーイス』ではユーノーの敵意の対象となる。
(5) 田園詩で慣習的に用いられる若い恋人たち。

第四十二章（第三巻第八章）ウラソーンの恋の戯れ――第三幕

ミス・ソーンの招待客は帰り支度を始めた。残った者の興も醒め始めた。辺りはもう暗くなっており、朝の服装の女性たちはろうそくの灯に照らされるなら、身なりを整え直さなければならないと考えた。若い紳士のなかには酔って大声を出す者が出始めたから、良識ある母親たちはお開きにしようと賢明にも決意した。ぶどう酒を控えて飲んでいたさらに分別ある男性たちは、もうここでは何もすることがないと感じた。

朝のパーティーというのはたいてい失敗する。上品にパーティーから抜け出す方法がわからないからだ。島や山や森のピクニックなら、きっと問題なくうまくいく。心のなかで客に帰ってほしいと思っているのに、礼儀上山にとどまるよう命じる主催者なんかいないから。しかし、個人の屋敷や個人の庭園で開かれる朝のパーティーは退屈きわまりない。客は不自然な時間帯に飲食を強いられる。有益な一日を無駄にし、無駄になった夕暮れ時を無為のうちにすごさなければならない。帰宅しても疲れ切っており、何もすることがなく、寝るにはまだ一時間も早すぎる。退屈しのぎが何もない。このお上品の時代にはトランプの勝負は禁じられているから、ホイストの三回勝負なんかとてもできそうもない。

客はそろそろ引きあげ時と感じ始めた。若者たちのある者は夕べにダンスができるかもしれないと期待していたから、その望みが消えるまで帰りたがらなかった。ほかの客のなかには、いつまでも長居していると思われることを恐れ、早めに馬車を呼ぶと、帰宅の準備おさおさ怠りなく、従者と馬のことで気をもむ者もいた。伯爵夫人と立派な子供が真っ先に席を立った。ジョージ令息に関する限り、そうしなければならない時が来ていた。伯爵夫人はたいそうやきもきした。もし不幸にも闇夜にあのひどい道を通らなければならなくなったら、きっと死ぬ思いをすると考えたから。ランプはあると保証されていたが、激しく揺れる東バーセットシャーの道路に堪えられるランプはないだろう。ド・コーシーの領地は州の西部に位置していた。

伯爵夫人が去ってしまうと、プラウディ夫人もとどまっていられなくなった。そこでグレイ師、グリーン師に主教を探させた。主教は大天幕の一角で大学の「毎週役員会」に関する弁舌を楽しんでいた。しかし、オックスフォードにおけるグイン博士の威信に傷がつくことはないという、博士への約束をみなまで言い終えないうちに、主教は奥方の命令に従わざるをえなかった。主教の馬は公邸の馬屋へ鼻先を向けた。それからグラントリー一家が帰路に着いた。一家が帰る少し前、ハーディング氏は娘の耳に一言、スロープ氏に関するあの馬鹿げた噂について当然グラントリー家の誤解を解くつもりだと、どうにか囁くことができた。

「いえ、いえ、いえ、駄目よ」とエレナーは言った。「どうかそれはやめて――どうか次に会うまで待ってください。明日か、明後日には、父さんもうちへ帰るでしょう。そのとき残らず説明しますから」

「明日には帰るね」と父。

「とっても嬉しいわ」とエレナーは言った。「帰られたら一緒に食事をしましょう。そうしたら気が休まります」

ハーディング氏は約束した。そのとき何が説明されるのか、なぜグラントリー博士の誤解を解いてはいけないのか、よくわからなかったが、それでも約束した。父は娘に償いをしなければならないと思っていたから、娘の言う通りにすることで最善の償いができると思った。

シャーロットとエレナーがパーティを捜し回っているあいだに、客の影がだんだんまばらになっていった。

たまたまバーティの声が耳に入らなかったら、この捜索は長引いていたかもしれない。バーティは隠れ垣のなかで傾斜面に背を向け、どっかと座り込んで、葉巻をふかしながら、州のいちばん遠いところからやってきた初対面の若い男と話し込んでいた。その若い男もバーティの生徒分よろしく葉巻をふかしつつ、中近東の娯楽の話に律儀に耳を傾けていた。

「バーティ、あなたをあちこち探していたのよ」とシャーロットは言った。「すぐ来てちょうだい」

バーティは隠れ垣から上を見あげ、二人の女性を見た。従うほかなかったから、立ちあがると葉巻を捨てた。彼は知り合ったときからエレナー・ボールドが好きになっていた。もし何でも思い通りにできたとしたら、エレナーが無一文で、しかも二人の結婚がまったく不可能だったら、彼は十中八九エレナーと激しい恋に落ちていただろう。しかし、今彼はカラーラの大理石工房とか、画架やパレットとか、ロンドンの弁護士事務所とかを見るようにしか、エレナーを見られなかった。事実、今はあらゆるものを生計の手段としてしか見ることができなくなっていた。エレナー・ボールドは美しい女性としてではなく、結婚という名の新しい職業、たいして働かなくても収入が保障される職業、として彼の前に現れていた。それでも彼はその職業に就くようにいわば強迫的にせき立てられていた。姉はまるで胸像や肖像の話をするようにエレナーの話をした。バーティはお金が嫌いというのではなく、お金を稼ぐという考えそのものが嫌いだった。彼は今葉巻の楽しみを奪われ、身を夫としてボールド夫人に差し出し、お金を稼がなければならなかった。仕事は簡単すぎるほど簡単だった。というのも、未亡人を捜し出す代わりに未亡人のほうが彼を捜し出してくれたのだから。

彼は聞き手の若者に理屈の通らない即興の言い訳をすると、隠れ垣の壁をよじ登り、芝生の上に出て、二人の女性に加わった。

「ボールド夫人に腕をお貸しして」とシャーロットは言った。「勇敢な騎士として、はたさなければならない任務にあなたをすぐ就けます。敵は牧師ですから、残念ながらあまり危険はありません」

バーティはエレナーにさっと腕を差し出すと、二人の女性に挟まれて歩いた。彼は海外生活が長かったから、同時に二人の女性に腕を差し出すイギリス男性の習慣になじめなかった。ついでながら、外国人はこの習慣を重婚の意図を表すものか、初期モルモン教徒[1]の所業かのように見ている。

シャーロットはスロープ氏の不行跡を弟に手短に話した。エレナーはそれを聞いたとき、耳が痛かった。無理もない。スロープ氏の不行跡について話す必要があったとしても、なぜスタンホープ氏のような人に、しかも本人の聞いている前で話さなければならなかったのか？　エレナーは悪いことをしたと後悔し、みじめな気持ちになり、気落ちしていた。しかし、この場から逃れるすべも、自己の正当性を主張するすべも見出せなかった。シャーロットはできる限りエレナーに気をつかいながらも、まるでスロープ氏がワインを一杯分飲みすぎてしまったかのように話し、もちろんこれ以上は何も起こらないが、スロープ氏を同じ馬車で帰さないように手配しなければならないと言った。

「そのことならボールドさんが心配する必要はありません」とバーティは言った。「なぜってスロープさんは一時間前に帰ってしまったからです。仕事があってバーチェスターへすぐ発たなければならないと言っていました」

「あの人はとにかく自分の過ちがわからないほど酔っていたわけではなかったのね」とシャーロットは言った。「あなた、一難は去りました。では、真の騎士をあなたに残していきます。マデリンをできるだけすみやかに送り帰さなくてはいけません。馬車は来ていますか、バーティ？」

「一時間前に来ていますよ」

「それはよかった。さようなら、あなた。もちろん帰る途中お茶に寄ってくださるわね。この人をきっと連れてくるのよ、バーティ。必要なら、力ずくでもよ」シャーロットはそう言うと、芝生を走って去り、弟と未亡人を二人だけにした。

ミス・スタンホープが去ったあと、エレナーは考えた。スロープ氏がいなくなったのなら、スタンホープ氏はマデリンのそばから離れなくてもいいのではないか。マデリンには弟の助けが必要だろう。もともとの手はずは、バーティがあとに残り、馬車のスロープ氏の場所を先に占め、警察官として振る舞い、あの不快な紳士を排除するということだった。しかし、スロープ氏が姿を消してしまったからには、バーティがマデリンと一緒の馬車で帰っていけない理由はなかった。少なくともエレナーには理屈がわからなかったから、そう言った。

「だけど、シャーロットのしたいようにさせましょう」とバーティは言った。「姉がその手はずを整えたんですから。もしまた変えたら、ますます混乱してしまいます。シャーロットはうちでは何もかも取り仕切っているんです。ぼくらを独裁者のように支配してね」

「でも、シニョーラは大丈夫なのですか?」とエレナーが聞いた。

「ああ、シニョーラはぼくがいなくても大丈夫。この先、ぼくがいなくても生活していかなければなりません」バーティはそうつけ加えたとき、バーチェスターの祝婚歌のほうよりも、カラーラの工房のほうを重く意識していた。

「あら、私たちにお別れを言うつもりですか?」とエレナーは尋ねた。

バーティ・スタンホープは節操のない男と言われていた。確かにその通りだった。彼には悪事を避けるように進んで努力する気なんかなかった。悪事が醜く見えないし、善行が美しく見えなかった。善行に向かわせる感情的な裏づけが欠けていたからだ。しかし、おそらく同じように、悪行に向かわせる感情的な裏づけも欠けていた。彼は支払い能力があるかどうかまったく考えないで、商人から無謀な借金をした。とはいえ、他人の財産を横領するため、積極的に詐欺の計画を立てるようなことはしなかった。もし人がバーティを信用するとしたら、それはその人の責任だった。バーティ・スタンホープはその先のことには関知しなかった。お金を借りるとき、同じことが起きた。彼はまず相手に「親父」のことを持ち出し、「親父」のたいそうな収入のことを話した。それから貸しつけに対して六十パーセントの利子をつけることに同意した。こういうことを良心の呵責なしにやってのけたが、悪事をもくろむつもりなんかなかった。

今度の結婚話で、バーティはボールド夫人と財産の両方を所有することを義務と見なした。初めはそうだった。エレナーのことはまともに考えていなかった。彼のような人間が金のために結婚するのはよくあることだった。まわりの人がしていることを彼がしていけない道理はなかった。それでその話に乗った。ところが、今では違う視点から問題をとらえ始めていた。猫が鼠を捕まえるときのように、彼はこの女を捕まえようと身構えた。父のすねをかじるのではなくエレナーに頼って暮らすため、この女を捕らえ、呑み込み、女とその息子、家、土地を奪い取ろうとした。しかし、そこにバーティの性格とはまるっきり矛盾する冷淡で用心深い、利己的な狡猾さがあった。手段の抜け目なさは彼の感受性には不正と映るくらいに受け入れられないものだった。

これで万一成功したら、どんな見返りがえられるのだろうか？　未亡人の財産の半分で債権者たちを満足させたあと、残り半分でつつましい所帯を持ち、バーチェスターに落ち着くことになる。亡きボールド氏の忘れ形見の揺り籠を揺らすのが彼の仕事となるだろう。大執事が最後に和解して受け入れてくれれば、プラムステッド牧師館の控えめなパーティーがいちばん興奮を与えてくれる刺激になるだろう。

バーティ・スタンホープのような人をわくわくさせる展望が、ここにはほとんどなかった。カラーラの工房にしろ、運命が用意したこの世のどんな職業にしろ、これよりまだましではなかろうか？　相手の女性そのものは疑いもなく望ましい存在だった。それにしても、どんなに望ましい女性でも、鎮静剤でしかないとすると、結局胸をむかつかせるものになってしまう。とはいえ、彼はシャーロットに誓っていた。誰と喧嘩をしてもいいけれど、この姉とだけは喧嘩できなかった。この姉を失ったら、今後父の家から金を引き出す希望はまったく失われてしまう。母のほうは明らかに息子の禍福にも、貧富にも無関心だった。父はふがいない息子を見るにつけ、日々眉を曇らせていた。マデリンはと言えば――彼が家族のなかでいちばん好きな、かわいそうなマデリンは――自分のことをやりくりするので精一杯だった。いや、どんなことが起ころうと、彼はシャーロットと行動をともにし、どんなに厳しい命令であろうと、姉の言うことに従わなければならない。少なくとも外見上は従っているように見せなければならない。姉に対して面目を保ちつつ、しかも未亡人を裏切の破滅の淵に落とさないで、この問題を切り抜けるうまい嘘はないものか？　エレナーを彼の共謀者に仕立ててあげては、どうだろうか？　バーティ・スタンホープが求婚に取りかかろうとしていたとき、胸中こんな思いを抱えていた。

「でも、バーチェスターを出ていくつもりはないのでしょう？」とエレナーが尋ねた。

「わかりません」とバーティは答えた。「自分でもどうすればいいかわからないんです。だけど、とにかく何かしなければいけないのは確かです」

「お仕事のことをおっしゃっているの？」と彼女。

「ええ、そう、仕事のことです。あれを仕事と呼べるならですが」

「立派な仕事ではありませんか？」とエレナーは言った。「私が男性なら、絵を除けば彫刻ほど好きな仕事はないでしょう。あなたには彫刻と同じくらいに絵の才能がおありだと思います」

「そうですね、ほとんど同じくらいにね」バーティは自虐的に、皮肉っぽく言ったが、絵でも彫刻でも一ペニーも稼ぐことはできないとわかっていた。

「ずっと不思議に思っていたのですが、スタンホープさん。どうしてあなたはもっと努力なさらないのかしら」エレナーは一緒に歩いている男性に好意的な友情を見せて言った。「でも、私がそんなことを言うのはとても無礼だとは思いますけれど」

「無礼だなんて！」とバーティは言った。「そうじゃなくて、とてもご親切です。こんな怠惰な、ならず者に気をつかってくださるなんて、とてもご親切です」

「あなたは怠け者かも知れませんが、ならず者なんかではありません。それに私はあなたに関心を抱いています、とっても強い関心です」エレナーはバーティが改心したくなるような声でつけ加えた。「あなたが怠け者なのも、差し当たり今だけのことに違いありません。ここバーチェスターに腰を落ち着けて、お仕事に取りかかってはいかがですか？」

「主教や参事会長や参事会員の胸像を造るんですか？　その仕事で大きな成功を収められたら、ひょっとして名誉参事会員未亡人の手の込んだ墓碑を造る依頼を受けるかも知れませんね。ギリシア風の鼻をし、頭にリボンを飾り、複雑なレースのベールをかぶった死んだ女性の像です。もちろん女性は大理石のソファーに横たわり、そのソファーの脚のあいだから死神が這い出して、犠牲者を小さな長柄のフォークでつついているんです」

エレナーは声を立てて笑った。とはいえ、生き残ったほうの名誉参事会員が代金を払えば、芸術家は職業の目的をかなり達成することができると思った。

「参事会長や参事会員や名誉参事会員の未亡人のことはわかりません」とエレナーは言った。「でも、来ようとするお客を拒んではいけません。そんな装飾を必要とする大聖堂が存在するということは、あなたにとって好都合でしょう」

「真の芸術家なら、聖堂の装飾造りなんかに身を落としたりしません」とバーティは言った。収入のかんばしくない芸術家がみなそうであるように、彼も芸術に対しては崇高な期待を抱いていた。「彫刻が建物を優美にするのではなく、建物が彫刻を優美にするほど立派でなければなりません」

「ええ、芸術品が建物に値するものならそうでしょう。ねえスタンホープさん、何かとてもすばらしいものを造ってくださらない。そうしたら私たちバーチェスターの女性軍がそれにふさわしい建物を造ります。さて、題材は何になさいます？」

「あなたをポニーの鞍に乗っけますよ、ボールドさん。ダネカー[2]がアリアドネーをライオンに乗せたようにね。ただし、あなたがモデルになることを約束してくれなくちゃ駄目だ」

「私のポニーは野性味に欠けます。それに大理石になったら、私のつば広の麦わら帽は名誉参事会員の奥様のベールほど見栄えがよくありません」

「もしあなたがモデルになってくださらないなら、ボールドさん、ぼくはバーチェスターではどんなものも題材にするつもりはありません」

「ということは、ほかの土地で運試しをすることにしたのですか？」

「ぼくは決めました」バーティは大きな決意を固めるように、ゆっくりと意味ありげに言った。「この問題をみなあなたの言う通りにしようと決めました」

「みな私の？」エレナーは驚いて言った。相手の改まった態度があまり好ましいものには見えなかった。

「みなあなたの」バーティはエレナーの腕をおろすと、小道でその正面に立った。歩いているうちに、二人はエレナーがかっとしてスロープ氏の顔を平手打ちした、ちょうどその場所に来ていた。彼女にとって、この場所は心の平安を乱す特に縁起の悪い場所ということなのだろうか？　ここでまた一人、彼女は愛情あふれる求婚者を相手にしなければならないのだろうか？

「スタンホープさん、もし私の言う通りになさるなら、あなたは辛抱が必要な、安定した仕事に就かなくてはなりません。あなたにいちばんふさわしい場所については、あなたのお父様がお決めになります」

「実現できたら、それほど賢明な計画はありません。だけど今、もしよろしければ、なぜ、どうあなたの言う通りにするつもりかお話ししましょう。よろしいですか？」

「あなたが何をおっしゃりたいか、わかりませんわ」

「ええ――わからないでしょうね。わかれと言っても無理な話です。だけど、ボールドさん、ぼくらは親友ですよね？」

「ええ、そうだと思います」エレナーは答えながら、いつもと違う彼の真剣な態度に気づいていた。

「たった今もぼくに関心を寄せていると言ってくれて、ありがとう。うぬぼれて、あなたの言うことを信じてしまいそうです」

「うぬぼれなんかではありません。シャーロットの弟さんとして――私のお友だちとして、私はあなたに関心があります」

「ああ、ぼくはそこまであなたから親切にしてもらえる人間じゃありません」とバーティは言った。「だけど、本当にとても感謝しています」それから、彼は用意していた話題をどう切り出したらいいかわからずに、しばらく間を置いた。

バーティが逡巡したのも無理はなかった。財産を奪うため用意した計画をこれから本人に暴露するつもりだった。愛情のないまま結婚するつもりでいたこと、あるいは結婚の意志のないまま愛情のあるふりをしていたことを告白しなければならなかった。また、彼自身を許してくれるだけでなく、姉も許してくれるように前もって本人に頼んでおかなければならなかった。ボールド夫人には正式に求婚がなされ、正式に拒絶されたことを、将来シャーロットに対して本人のほうから申し立ててもらわなければならなかった。

バーティ・スタンホープが発言能力に自信を欠くことはなかったとしても、今その能力に重すぎる負荷がかけられているように感じた。どこから話し始めたらいいか、どこで話し終わったらいいかまるでわからなかった。

こうしているあいだも、エレナーはゆっくりバーティのそばを歩いていた。これまでのように腕を借りることもなく、バーティが言おうとすることを一心に聞いていた。

「ぼくはあなたの言う通りにしたいんです」と彼は言った。「この件でぼくを正すことができるのはあなたしかいません。本当です」

「まあ、そんなの馬鹿げた考えです」とエレナー。

「いいからぼくの話を聞いてください、ボールドさん。できたら、どうかぼくに腹を立てないでください」

「腹を立てる！」と彼女。

「ええ、ぼくに腹を立てる当然の理由があるんです。姉のシャーロットがどんなにあなたを慕っていたかご存知でしょう」

エレナーはそれを認めた。

「姉は本当にあなたを慕っています。知り合って間もない人をこんなにだいじにする姉を見たことがありません。姉がぼくをかわいがっているのはご存知ですね？」

エレナーはもう答えなかった。ミス・スタンホープが仕掛けたこの二重目的の愛からおおよそ導かれる結果を彼の言葉から推察したとき、頬が紅潮するのを感じた。

「弟はぼく一人しかいません、ボールドさん。だから姉がぼくをかわいがるのは無理もありません。だけど、あなたはまだシャーロットのことをご存知ない——我が家の安寧がどれだけ姉の双肩にかかっているかご存知ないんです。やりくりしてくれる姉がいなければ、ぼくはどうやって日々生活していけばいいのかわかりません。姉のそういう姿を見るチャンスはあなたにはまだなかったはずです」

エレナーはじつはシャーロットのそういう姿をたくさん見てきた。しかし、今それは言わないで相手に話を続けさせた。

「そんなわけだから、シャーロットがぼくらのために最善を尽くそうとしても驚くには当たりません」

エレナーはそうでしょうねと言った。

「ボールドさん、姉はとても難しい駆け引きをしなければならなかった——とても難しい駆け引きをね。かわいそうなマデリンの不幸な結婚と不慮の事故とか、母の体調不良とか、父のイギリス不在とか、最悪の極めつけであるぼくの移り気な、怠惰な心とか、これらはとても姉の手に負えるものではなかったんです。姉の関心事のなかでもいちばん重要なのが、地道な生活に落ち着くぼくの姿を見届けることだったのもわかるでしょう」

エレナーはここでもそうでしょうねという身振りをした。礼儀にかなった結婚の申し込みがこれからなされるものと思っていた。それゆえ、これから求婚しようという紳士がこれほど奇妙な前置きをしたためしはないだろうと思った。スロープ氏は過剰な熱情でエレナーを悩ませた。スタンホープ氏からはそんな恐れがないのは明らかだった。彼は打算的な動機によってしか動かなかった。姉から言われたから求婚しようとしているだけでなく、求婚を始める前にあらゆることを説明する用心までしていた。ボールド夫人に突きつけられた新しい試練はこんなものだった。

ここまで話したところで、バーティは持っていた小さな杖で砂利をつつき始めた。つつきながら、ゆっくり、とてもゆっくり歩き続けた。連れの女性はそばをゆっくり一緒に歩くとき、なかなか話を切り出すことができない相手に救いの手を差し出すことはなかった。

「姉がどれだけあなたが好きかご存知なら、ボールドさん、姉がどんな計画を考えついたかご想像できませんか？」

「さきほど私が申しあげた計画よりも、スタンホープさん、いい計画なんて想像できません」

「そうですね」バーティはいくぶん気のない調子で言った。「あなたの計画がいちばんいいと思います。だけど、シャーロットはそれと結合するもう一つの計画を考えついたんです。姉はぼくにあなたと結婚してほしいんです」

千もの記憶がエレナーの心のなかで一瞬ぱっと閃いた──シャーロットが弟のことをどれほど引き合いに出して褒め称えたか、二人が会えるようにどれほど絶えず画策したか、いろいろなかたちで親しさを表に出すようにどれほど励ましたか、エレナーを家族の一員として扱おうとどれほど異様な関心を示したか。すべてが家族の一員に充分な財産を手に入れるためだったのだ！

若い心に初めて刻印されるこんな認識はとても苦々しいものだ。老人たちにとって、苦労なしにこの世のよきものを手に入れる慎重な策略、「おまえのもの」を「私のもの」に変える賢い計画、そんな策略や計画なんか、慣れきった生活パターンにすぎない。多くの人がこんなふうにして生きているから、裕福な人がそうでない人を警戒するのは当然のことだ。それで、裕福な人が嫌悪するのはそんな計略そのものではなく、その成功のほうなのだ。しかし、エレナーは自分の財産を危険の根源と見るところまで、まだ考えを進めたことがなかった。自分を貪欲な紳士の狩りの対象となる美しい獲物と見たこともまだなかった。彼女はスタンホープ家とのつき合いを楽しんできた。シャーロットの思いやりがとてもうれしく、新しい友人たちと一緒にいるのが幸せだった。今その好意の理由がわかって、心は人生の新たな局面へ向かって開かれた。

「ミス・スタンホープは私のために」エレナーは気位高く言った。「ずいぶん心を配ってくださいました。でも、そういう面倒は不要だったかもしれません。私はそれほど野心家ではありませんから」

「どうか姉に腹を立てないでください、ボールドさん」とバーティは言った。「ぼくにもね」

「もちろんあなたに腹を立てたりなんかしませんわ、スタンホープさん」エレナーはかなり皮肉っぽく言った。「あなたにはね」

「ええ——どうか姉に対しても」彼は哀願するように言った。

「それならお尋ねしてもいいかしら、スタンホープさん、なぜ私にこの妙なお話をなさったの？　というのも、あなたの言い方から判断すると——その——あなたとお姉さんは必ずしもこの件に関して同じ考えではないように見えますから」

「はい、同じ考えじゃありません」

「もしそうなら」ボールド夫人は不必要な侮辱を受けたと思いながら、本気で腹を立てて言った。「もしそうなら、すべてを暴露してしまうことで、あなたはどんな得をするのです？」

「一度思ったことがあります、ボールドさん——あなたは——あなたは——」

未亡人は今またすっかり無表情な顔をして、相手の話に救いの手を差し伸べようとしなかった。

「一度思ったことがあります、あなたは――あなたはもしかしたら友人以上の存在としてぼくを見るように、姉から言われていたんではないかと」

「まさか！」とボールド夫人は叫んだ。「まさか。もしそんな考えを抱かせるようなことを私がしてしまっていたら、それは私が悪いのです――本当に私が悪いのです」

「あなたはそんなことをしていません」バーティは自分の発言をできるだけ相手に心地よいものにしたいとの善意を表していた。「あなたはそんなことをしていません。あなたを手に入れる見込みがないことは、しばらくするとわかりました。だけど、姉には大きな期待があったんです。ぼくはあなたを誤解なんかしていません、ボールドさん、だけど姉はしているかもしれません」

「それでは、なぜ残さず暴露してしまったのですか？」

「姉を怒らせてはいけないからです」

「暴露したら、かえってお姉さんを怒らせることになりませんの？　まったく、スタンホープさん、あなたの家族のやり方が理解できません。ああ、うちに帰りたい！」彼女はこの願望を口にしたとき、もう自分を抑えることができず、どっと涙をあふれさせた。

哀れなバーティはひどく心を動かされた。「うちへ帰る馬車はあなた一人で使ってください」と彼は言った。「せめて父とあなたとで使えばいい。ぼくは歩いて帰れるし、ぼくがどうしようとたいしたことじゃありません」バーティはエレナーの悲しみが、バーチェスターへ帰るとき、第二の求婚者と同じ馬車で帰らなければならないことに起因していることをはっきり理解していた。

エレナーはこれを聞いていくらか落ち着いた。「スタンホープさん」と彼女は聞いた。「なぜ私にこんなみじめな思いをさせたのです？　私にすべてを暴露していったいどんな得があるのです？」

バーティは言いたいことのなかでいちばん難しい部分をまだ説明していなかった。姉と決着をつけるため考え出したちょっとした嘘にエレナーを荷担させようという話だった。これはどうしても話しておく必要があったので、話し始めた。

話の全体をたどる必要はないだろう。彼はもはや正式に求婚するつもりがなかったから、かなり難儀しながら、秘密を明らかにした理由をついにエレナーに理解させた。そして、ちょっとした家庭喜劇のなかでエレナーが演じることになる役割を納得させた。

しかし、納得したとき、エレナーはバーティにこれまでにない怒りを感じた。バーティだけでなく、シャーロットに対しても怒りを感じた。エレナーの名は姉弟のあいだでそれぞれの解釈で、それぞれ誤ってぞんざいに扱われたのだ。シャーロットは父との駆け引きでエレナーを利用し、バーティは姉との駆け引きでエレナーを利用した。親友のシャーロットは快い思いやりと愛情を示しながら、スタンホープ家の利益のためエレナーを犠牲にしようとした。バーティはたった今明言したように全身借金まみれのくせに、自分が大きな犠牲になってまで借金を払う気はないと告白して言葉を終えた。それから、この消極的な求婚者は家族の命令に従って、こんなふうに自分が身を捨てる最大限の努力をしたことを家族に信じてもらうため、エレナーの協力を求めたのだ。

バーティが話し終えたとき、エレナーは顔をあげて相手を見つめると、涙を浮かべながら、威厳を込めて言った——

「これを言うのは残念ですが、スタンホープさん。こんなことがあったからには、私とあなたの家族は交際を絶つほうがいいと思います」

「ええ、おそらくそれがいいでしょうね」バーティは無邪気に言った。「そうするのが、とにかくしばらくはいいでしょう。そうしたら、シャーロットはぼくのしたことであなたが気分を害したと考えるでしょう」

「では、もしよろしければ私はうちへ帰らせていただきます」とエレナーは言った。「こんなことになってしまったから、スタンホープさん、私は一人で帰ります」彼女はつけ加えた。「一人で帰りたいのです」

「だけど、あなたに馬車を見つけなければいけません、ボールドさん。父にあなたと二人だけで乗って帰るように言い、一緒に帰れない言い訳をしなければいけません。構内で二度とぼくの家族に会いたくないでしょうから、使用人にあなたをあなたの家でおろすように命じなければいけません」

　この発言は取り決めとしてなるほどと思わせるところがあったから、エレナーの当面の戸惑いを薄め、怒りを和らげる効果があった。それで、彼女は今人っ子一人いなくなった芝生を我慢しながらバーティと歩き、応接間の窓まで戻ってきた。みなの評価するところ、同じ状況に置かれたとき、ほかの人とどこか違った立ち位置をバーティ・スタンホープは取るふうがあった。エレナーは怒っており、怒りの理由も大きかったが、ほかの人の場合の半分もバーティに腹を立てていなかった。彼は素朴で、善良で、気取りがなく、気軽に話せたから、応接間の窓にたどり着くころにはもうあらかた許していた。

　二人がそこにたどり着いたとき、スタンホープ博士はソーン姉弟と三人で座っていた。何らかの理由で退去に手間取った数人がまだ残っていたが、次第にその数も少なくなっていた。

　バーティはエレナーをスタンホープ博士に委ねるとすぐ、馬車を捜しに玄関へ向かった。そこで馬車が来るまで、辛抱強く玄関の壁に寄りかかり、待つあいだ心地よく葉巻をくゆらせた。応接間に戻ってきたとき、スタンホープ博士とエレナーは主人姉弟といた。

「やっとのことで、ミス・ソーン」バーティは快活に言った。「接待の重荷からあなたを救えます。ボールド夫人と父はあなたがくれた楽しい夏の宴の最後の薔薇です。ボールドさんとのおつき合いはいつも望ましいものですが、少なくとも今は最後の花が木から摘まれるのを見るのは嬉しいに違いありません」

ミス・ソーンはボールド夫人とスタンホープ博士がもっと一緒にいてくれたら嬉しいとはっきり言った。もしあくび――そのあくびを抑えられなかった――に妨げられなかったら、ソーン氏も同じことを言っただろう。

「父さん、ボールド夫人に腕を貸してくださいませんか?」バーティがそう言い、お別れが交わされた。名誉参事会員がボールド夫人を導いて退出すると、息子があとに続いた。

「ぼくはあとからすぐ帰ります」二人が馬車に乗り込んだとき、バーティが言った。

「同じ馬車で帰らないのかい?」と父が聞いた。

「ええ、はい。ぼくは途中会わなきゃならない人がいるから、歩きます。ジョン、いいかい、ボールドさんのうちへまず向かうんだよ」

エレナーが窓から見ていると、バーティは心の平安を損なうようなことはその日何も起こらなかったかのように、手に帽子を持ち、いつもの陽気なほほ笑みを浮かべて彼女にうなずいた。エレナーが再び彼に会うのはそれから長い年月をへたあとだった。帰り道、エレナーはスタンホープ博士からほとんど話しかけられることはなかった。馬車が構内へ向かう前にジョンから無事彼女のうちの玄関でおろされた。

こうして私たちの女主人公はその日のメロドラマの最終幕を演じ終わった。

註

(1) アメリカのこの宗派「末日聖徒イエスキリスト教会」は十九世紀重婚の習慣で有名だったが、一八九〇年にその習慣を破棄した。

（2）ドイツの彫刻家ヨハン・ハインリッヒ・ダネカー（1758-1841）。ただし、彼の作ではアリアドネーはヒョウに乗っている。

第四十三章　（第三巻第九章）クイヴァーフル夫妻が幸せになり、スロープ氏が新聞で励まされる

プラウディ夫人は用心深い人だったから、ウラソーンの園遊会へ出かける前に、プディングデイル俸給牧師館の住人宛てに二通の手紙を用意した。奥方と閣下の二通の手紙で、それらはこの牧師館の炉辺に幸せをもたらした。

馬屋番すなわちあの身分の低い主教区の住人は、馬車が出てほかの仕事ができるようになると、二通の手紙を携え、主教のポニーで出発した。私たちはこれまでたくさん手紙を見てきたから、これらにはざっと目を通すだけにしたい。主教の手紙は、ただクイヴァーフル氏に翌朝十一時に閣下と面会するように求めるものだった。奥方の手紙は、やはりクイヴァーフル夫人に同様の面会を奥方とするように求めるものだったが、幾分長く、大げさな言葉づかいで書かれていた。

プラウディ夫人にとって、この慈善院という大問題の決着は良心の問題となっていた。奥方はクイヴァーフル氏に院長職を与える決意をした。これ以上、疑念も、遅延も、拒否も、辞職も、奥方の命令に反するスロープ氏の利害がらみの秘密交渉も、あってはならないと考えた。

いろいろなことが起こるその日の朝食直後、「主教」と奥方は言った。「もう指名の文書に署名されましたか？」

「いや、まだです、おまえ。まだ署名されたとは言えません」

「それなら署名なさい」と奥方。

主教は署名し、それからウラソーンで愉快な一日をすごした。帰宅後、奥方の居間で熱いニーガス酒(1)を味わいつつ、今熱中している『リトル・ドリット』(2)最終分冊を大満足のうちに読んだ。ああ、夫らよ、ああ、私の友なる既婚者らよ、従順な妻からは何とすばらしい快適さが与えられることか！

主教の速達は動揺と興奮、大きな期待と新たな希望をプディングデイルにもたらした。使者のポニーが俸給牧師館の台所ドアに早足にやって来たとき、クイヴァーフル夫人は注意深い耳でその足音を聞きつけ、急いで速達を夫のもとへ届けた。夫人はそのとき親鳥の正午の食欲は当然のこと、十四羽の幼鳥のそれを満たすため、アイルランドふうシチューを作っているところだった。夫人はシチューで汚れないように手紙を使者の手から広いエプロンの折り目に受け取ると、それをそのまま夫の机へ運んだ。夫婦は戦利品を分け合い、お互いに相手宛の手紙を開いた。「クイヴァーフル」妻は厳かな声で言った。「明日十一時あなたに公邸へ出頭するように書いてある」

「ああ、おまえにも」夫はその通知の重要性を知ってほとんど息を呑んだ。それから夫婦は手紙を交換した。

「もし確実でなきゃ」と妻は言った。「奥方がまた私に手紙をくれることはないはずよ」

「ああ！　おまえ、信用しすぎてはいけない」と夫が言った。「間違っている場合のことを考えなきゃ」

「もし確実でなきゃ、Q、奥方が私に手紙をくれることはないはずよ」と妻はもう一度言った。「奥方はパイ皮のように固く、しっかりしていて、誇り高いけれど、根は善良な人だと思う」クイヴァーフル夫人はプラウディ夫人をこう評価し、このあとも再三この意見に固執した。人は収入を倍にしてもらうと、このささいな儀式の発端となった人について普通根が善良な人と思うものだ。

「ああ、レティー！」クイヴァーフル氏は擦り切れた席から立ちあがった。

「ああ、Q！」とクイヴァーフル夫人。それから夫婦は台所用エプロンも、油で汚れた指も、べたべたするアイルランド風シチューも、気にすることなく、相手を腕のなかに温かく抱きしめた。

「甘い言葉で院長職を奪うやつが、どうか二度とあなたに現れませんように」と妻。

「もう二度と口出しはさせない」夫はすさまじい決意の表情でそう言いながら、まるでスロープ氏の頭をこぶしの下に押さえつけ、そのままにしておくように、堅くこぶしを机に押しつけた。

「あとどのくらいで院長になれるかしら」と妻。

「はたして院長になれるのだろうか」夫はまだ疑いを抱いていた。

「そうね、あまり期待していろいろ言わないほうがいい」と妻は言った。「もう二度もコップが唇からそれて、よそへ行ってしまった。もう一度そうなったら、コップは落ちて砕けてしまうかもしれない。けれど、そんなことがあるとは思えません。主教は明日あなたを院長に指名してくれます。すぐわかりますわ」

「神が主教にそうさせてくれますように」クイヴァーフル夫人が厳かに言った。この男が背に負う重荷を考えると、誰がこの祈りを不当と言えるだろうか？　クイヴァーフル氏が奥方の前で強く主張したように、十四人の子——十四人の生きた子——がいる。昇進というものが人から発する限り、公務員採用試験(3)や、優等賞や、楽観的傾向などに基づいて昇進が考慮されるとしても、東西南北どこであろうと、子供を理由にするこういう昇進の主張は有効ではなかろうか？　有効であることが痛切に望まれる。私たちは神になることができるまでは、変化を焦って何か下等なものに堕ちてしまわぬよう、人間的であることで満足しなければならない。

それから夫婦は愛情に満たされて、一緒に座ると、しばしば話し合ったことがある夫婦の抱える困難と、めったに話すことができなかった希望のことを話した。

「公邸から帰ったら、その男のところへ行ったほうがいいわ、Q」クイヴァーフル夫人はそう言うと、朝郵便配達が牧師館に置いていった、バーチェスターの怒った反物屋の請求書を指差した。その男は強欲者、飢えた不当な拝金主義者だった！　クイヴァーフル一家が慈善院に入るという噂が最初に流れたとき、この反物屋はたっぷりへつらったあげく、貧しい牧師が何も持たないのにつけ込んで商品を押しつけた。反物屋は慈善院の資金から支払いが受けられると思ったのだ。十四人の子とそれに服を着せる充分な資金がある人はいい顧客になると喜んだ。二番目の噂が耳に入ったとき、そいつは腹を立てて金を請求した。

「十四人の子」のなかでも大きい子らは希望を抱き、輝かしい未来を語り合った。背の高い大人の娘らは予想されるバーチェスターのパーティーのこと、ドレス用のお小遣いのこと、ピアノのこと――俸給牧師館にあったピアノは歳月と子供らの嵐に曝されて、もはやその名に値しなかった――、きれいな庭やきれいな屋敷のことを囁いた。そういうことを話さずにいられなかった。

年下の子らは囁くだけでは満足できず、私たちの前院長がこよなく愛した楡の木の下の新しい遊び場のこと、自由にできる自分の庭のこと、念願の市で手に入るビー玉のこと、バーチェスターの学校の噂のことを大声で話した。

用心深い母が父の心からは追い払おうとした疑念を、子供らに徐々に浸透させようとしても無駄だった。「コップが唇からそれることはよくある」と、娘らにいくら繰り返しても無駄だった。一生プディングデイルで暮らすのだと、子供らにいくら信じ込ませようとしても無駄だった。希望は高く舞いあがり、抑えられそうもなかった。近所の農夫らが知らせを聞いてお祝いにやって来た。希望の火を掻き立てたのはクイヴァーフル夫人自身であり、もう一度新しい期待が生まれてきたとき、徹底的に希望の火を掻き立てたから、再びその火を消すことは自分でできなかった。

哀れなご夫人！　正直で立派なご夫人！　汝は召された場所で(4)満足していなくとも、心底から義務をはたしている。希望の火を燃やし続けるがいい。このようなとき、炎は焦がすことがなく、汝と汝のものを温める。汝の夫、心のQは、これから何年もハイラム慈善院の収容者らに君臨するよう定められている。

もしプディングデイルのその日の出来事を残らず聞いたら、ハーディング氏がバーチェスターじゅうでいちばんクイヴァーフル一家の希望を損ねたくないと思ったことだろう。そんな若いカラスの大群に対抗してハーディング氏にどんな欠乏があると主張できようか？　十四羽のカラスの生活がある！　とにかくそれだけでハーディング氏にとって、クイヴァーフル氏が指名されるに充分な論拠と言ってよかった。

翌朝Qと妻は期待の強さを証明する時間厳守で面会の約束を守った。夫婦は親しい農夫から一頭立て軽装馬車を借りて出かけ、途中多くのことを議論した。夫婦は一時までには戻ってくると家族に言った。倹約家の母は最年長の娘に、前日用意した多量のシチューをいつもの食事時間までに温めておくように命じた。台所の時計の針が二時、三時、四時と回って、やっと農夫の軽装馬車が俸給牧師館の門にがらがらと聞こえてきた。戻ってきた父母は何と高鳴る胸で出迎えられたことだろう。

「ねえ、みんな、私たちがもう戻って来ないのかと思ったでしょう」母はそう言いながら、固くなった片足をゆっくりとおろし、軽装馬車の踏み段に置いた。「まあ何てすばらしい一日だったこと！」と母は言い、大きな息子の肩にずっしりと寄りかかると、もう一歩踏み出して地面におりた。

声の調子を聞くだけですべてがうまくいったことがわかった。アイルランドふうシチューはもう焦げて炭になったかもしれない。

それから、たくさんの口づけや抱擁や泣き声や笑い声が交わされた。クイヴァーフル氏はじっと座っていられなくて、部屋から部屋へ歩き回り、それから庭へ出ると、さらに並木道を通り、道へ出て、再び妻のところに帰ってきた。しかし、妻にはそんなふうに無駄にすごす時間はなかった。

「おまえたち、すぐ仕事に取りかからなければいけません、しかも本気でね。プラウディ夫人は十月十五日に慈善院に入ることを望んでいるの」

たとえプラウディ夫人が翌朝入るように願ったとしても、娘らは口答えなんかしなかっただろう。

「支払いはいつから始まるの？」と長男が聞いた。

「今日からよ、おまえ」と満足の母。

「ああ、それはいい」と長男。

「プラウディ夫人は私たちに院長屋敷へ行ってみるように強く勧めてくれたの」と母は続けた。「院長屋敷にいるとき、部屋と窓の寸法を測っておけば、二度手間にならずにすむと思ったから、ボビンズさんからひもの玉を借りたのよ。ボビンズさんは今とても親切なの」

「私ならあんなやつに感謝なんかしない」と年下のレティー。

「でも、世のなかそんなものなのよ、おまえ。みな同じように振る舞うの。ごろごろ喉を鳴らすからと言って、雄の七面鳥に腹を立ててもしようがない。それがその鳥の本性なのよ」夫人は実体験からえた結論をはっきり子供に説明しながら、ポケットから慈善院の様々な部屋の長さと幅を示すひもの固まりを取り出した。

それでは夫人を幸せな苦労に従事させておくことにしよう。

クイヴァーフル夫妻が主教公邸を出ていき、プラウディ夫人がまだ夫に指名問題を延々と論じていたとき、もう一人の訪問者グイン博士の名が告げられた。ラザラス学寮長は主教に——プラウディ夫人にではなく——面会を求めていたから、執務室に通されたとき、そこに奥方がいるのがわかって、喜ぶというよりもむしろ驚いた。

　とはいえ、私たちは話を少し前に戻さなければならない。ほんの少し前にしておこう。というのも、この最終巻の残りわずかな部分で作中人物みなを取りまとめる必要を考えると、難しさが見えてくるからだ。ああ、ロングマン氏(5)が本書に第四巻を加えることを許してくれたらなあ！　第七番目の天国がそれよりも下の階の至福をしのぐように、第四巻が他の三巻をしのぐのははっきりしているのに。

　グイン博士はその日の夕方ウラソーンから馬車で帰る途中、かなり苦心しながら、博士の好みよりもはるかに非好戦的な戦術を友人の大執事に受け入れさせようとした。「我々が不機嫌な顔つきをするのはまずい。しかも、この件に何の権限も持っていないのだから、持っているように振る舞うやり方はまずい」そうラザラス学寮長は主張した。「もし主教が別の人を慈善院長に指名しようと決めたら」と学寮長は続けた。「いくら脅迫してもそれは止められない。それに大執事が主教を軽々に脅迫すべきではない。もし主教がよそ者を慈善院長に押し立ててきたら、我々は主教をみなの憤慨に曝しておくだけでいい。このようなやり方なら、おそらくあなたの義理のお父さんを傷つけることはありません。もしあなたが許してくれるなら、私が主教に会いましょう、一人で」大執事はこの言葉を聞いて明らかにひるんだ。「そうです、一人で。それなら私は落ち着いてやれる。いずれにせよ、主教がこの問題をどうしたいかわかります」

　大執事はぷっと大きくあえぎ、馬車の窓をあげたり、おろしたりしてから、自宅の門まで問題を議論したが、最終的に譲歩した。みなが大執事のやり方に反対した。妻も、ハーディング氏も、グイン博士も。

「どうか夫を苦境から救い出してください、グイン博士」グラントリー夫人は客にそう頼んでいた。「奥様、

うな経緯からだった。博士はグラントリー夫人から謝意を述べられていた。グイン博士が主教を訪問したのは、このよ
最善を尽くします」と礼儀正しい学寮長はそのとき返事をした。

これで私たちは主教の執務室に戻れるだろう。

グイン博士はもちろんこれから直面する困難を予見していなかった。博士はイギリスじゅうの牧師と同様、プラウディ夫人が衣裳部屋や、食糧貯蔵庫や、洗濯場だけにとどまっていないという噂を聞いていた。それでも午後一時に主教のもとを訪れたとき、主教が奥方と一緒に執務室にいようとは思いもしなかった。もしいたとしても、奥方が客への挨拶のあとも執務室にとどまっているとは思わなかった。しかし、どう見てもプラウディ夫人は退席しようとしないようだった。

主教は前日グイン博士が大いに気に入り、もちろんグイン博士からも気に入られたと感じていた。主教は博士の訪問をもっぱら表敬目的と見なしたから、ラザラス学寮長がこの地方に現れてこんなに早く、しかもプラムステッドから公邸訪問だけのため馬車でやって来たのは、たいへん親切で、礼儀正しいことだと思った。彼ら二人の立場が政治的にも、教義的にも、異なっているという事実がその表敬をよりすばらしいものにしていた。主教はそれゆえ満面の笑みを浮かべた。肩書きのある人を好むプラウディ夫人もまたラザラス学寮長を歓迎する気になっていた。

「ウラソーンはすばらしい園遊会でしたね、学寮長？」と奥方は言った。「グラントリー夫人がご帰宅になったとき、お疲れになっていなければいいのですが」

ご一家の方々はみな少し疲れていたが、今朝はいつもと変わりませんとグイン博士は言った。

「すばらしい方ですね、ミス・ソーンは」と主教。

「模範的なキリスト教徒と聞いています」とプラウディ夫人。

グイン博士はそれを聞いてとても嬉しいと言った。

「ミス・ソーンの安息日学校をまだ見たことがありません」と奥方は続けた。「しかし、じき見せてくれるように頼むつもりです」

グイン博士はこの当てこすりにただお辞儀をするだけだった。博士はグラントリー博士とハーディング氏から、プラウディ夫人と日曜学校に関する噂を聞いていた。

「ついでながら学寮長」と奥方は続けた。「グラントリー夫人は夫人の安息日学校の視察に、私が出かけるのを許してくれるかしら。たいそうみごとに管理されていると聞いています」

グイン博士は本当に何も答えられなかった。プラウディ夫人がいつ訪問しても、グラントリー夫人が喜んで会うことは疑わなかった。もちろんそれはグラントリー夫人がたまたま在宅ならの話だ。

奥方は眉を少し曇らせた。提案が善意に受け取られなかったことがわかったからだ。悔いることのないこのまむしの子(6)は不正を追求する点で依怙地で、強情で、凝り固まっていた。「わかっています」と奥方は言った。「大執事はこういう制度に顔を背けているのです」

グイン博士もこれに少し笑った。ほんの少しのほほ笑み。もしそれさえ抑えようとしたら、大笑いになったかもしれない。

プラウディ夫人は再び眉をしかめた。「『幼な子らをそのままにしておきなさい。私のところへ来るのを止めてはならない』(7)」と奥方は言った。「この言葉を忘れてはなりませんでしょ、グイン博士?『これらの小さい者の一人を軽蔑しないように注意していなさい』(8)この言葉を忘れてはなりませんでしょ、グイン博士?」奥方はこれらの問いを発するたびに人さし指をあげて相手を威嚇した。

「もちろんですとも、奥様、もちろんです」と学寮長は言った。「大執事は当然日曜日だけでなく、平日もそれを念頭に置いていますよ」

「平日は子供らをだいじにすることなんてできませんでしょ」とプラウディ夫人は言った。「外の野原で遊んでいるんですから。平日は親に責任があるんです。しかし、日曜日は聖職者に委ねられなくてはなりません」奥方は再び指を立てた。

学寮長はプラウディ夫人の名があがるたびに大執事が表す強い嫌悪を理解し、共有し始めた。こんな女性と自分はどんな関係があるというのか？　帽子を取って出ていくのが自分のいつものやり方ではないのか？しかし、今学寮長は訪問の目的をくじかれたくなかった。

「閣下」と彼は言った。「ほんの少し時間を割いてくださるなら、仕事のことでちょっと質問したいことがあるのです。お邪魔になることを謝らなければなりませんが、本当に五分もお引き留めするつもりはありません」

「よろしいですとも、学寮長、かまいませんよ」と主教は言った。「いくらでも時間は差しあげます。どうか謝るなんて言わないでください。その必要はありません」

「今やらなきゃならない仕事が、あなた、たくさんあるんでしょ、主教。今どれだけ忙しいか忘れないで」とプラウディ夫人。今奥方の感情はひどく高ぶっていた。訪問客に腹を立てていたからだ。

「一分も閣下の仕事を遅らせはしません」ラザラス学寮長はそう言うと、椅子から立ちあがり、プラウディ夫人が出ていくか、主教が別の部屋へ案内してくれるか待ち受けた。

しかし、どちらも起こりそうもないから、グイン博士は部屋の真ん中にひととき黙って立ち尽くしていた。

「おそらくハイラム慈善院のことなのでしょ？」プラウディ夫人が言い出した。

グイン博士は驚き、途方に暮れ、思わず主教との用件がハイラム慈善院に関することだと告白した。

「閣下はクイヴァーフルさんに今朝最終的に指名を与えました」と奥方。

グイン博士はちょっと主教に打診してみて、奥方の言葉を正式に確認してから、いとまごいをした。「あんな主教が現れたのも、みな選挙法改正法のせいだ」(9)グイン博士は主教の並木道を歩きながら独り言を言った。「とにかくギリシア劇の主教(10)でも、あれほどひどくはない」

スロープ氏がウラソーンへ向けて出発したとき、友人のタワーズ氏から速達を受け取っていたことはすでに述べた。スロープ氏はこれを読んで上機嫌になったものの、その後の出来事によって思いもよらず冷や水を浴びせられてしまった。速達は次のように書かれていた。短さを補って余りある内容だった。

拝啓

あなたの成功をお祈りします。支援になるかわかりませんが、私にできることをお手伝いします。

いつもあなたのものである

T・T

一八五――年九月三十日

サー・ニコラス・フィッツウィギンの空世辞よりも、主教の――たとえ非常に誠実な――約束よりも、大主教の――もらえた場合の――褒め言葉よりも重いものがここにあった。トム・タワーズはスロープ氏のため、できる限りのことをしてくれるだろう。

スロープ氏は若いころから大衆新聞を固く信奉してきた。学位をえてから自分でも新聞に手を染め、それを将来のイギリスの世俗問題にかかわる偉大な世話役兼配給役と見なした。彼はあの年齢、青春時代の金色の夢が消滅する――私たちみなに遅かれ早かれ訪れる――あの年齢にまだ達していなかった。国の有力者の手から権力を奪い、それを自分の手の届く管理下に置く、というようなことを夢見るのは楽しかった。読者市民に毎日まき散らされる六万部の大判印刷物は、ウィンザーの玉座よりも、ダウニング街の内閣よりも、さらにはウエストミンスターの議会よりも、立派な大権の在所とこの男の目には映った。この問題についてスロープ氏との議論は成立しない。この信念はあまりにも深く彼の身に染まっているので、これを誹謗するような無礼には堪えられないからだ。

トム・タワーズは余計なことをしなかったとしても、約束したことを守った。翌朝『ジュピター』はかまびすしい六万のラッパの音とともに意見をまくし立てると、参事会長の空席にふさわしい人はスロープ氏だと世間に宣言した。朝のロンドン発の列車が市に到着してから三十分もたたないうちに、スロープ氏はバーチェスターの新聞閲覧室で次のような文章を読んで喜んだ。

読者の注意をバーチェスターという静かな市に喚起してからちょうど五年になる。我々はあの日から今日まで、あの幸せな聖職者世界の問題に干渉することはなかった。あれから老主教が亡くなり、若い主教が就任したが、この興味深い交代について通常の記録以上の報道をしていない。今主教区の問題に深入りして、どうこう言うつもりはない。ここまで読んで参事会員のある者は良心の呵責を感じることがあるとしても、それは穏やかになだめてほしい。とりわけ新主教には安らかな気分でいてほしい。我々は今武装して戦争をしようというではない。手にオリーブの枝を掲げ、尊敬すべき古い聖堂の塔に近づこうとしているのだ。

覚えておられる方もあろうが、今述べた五年前、ハイラム慈善院というバーチェスターの慈善事業について発言する機会があった。我々はその事業がずさんに管理されていると考え、院長職にある尊敬すべき牧師紳士があまりに簡単な職務に対してあまりに高額な報酬をえていると考えた。この紳士は——皮肉を交えることなく誠実に言うのだが——一度も問題をこのような視点からとらえたことがなかった。自画自賛するつもりはないけれど、我々の発言の結果、慈善院長は問題を精査し、我々と同じ意見に到達し、みごとに職を辞した。当時の主教は、慈善院の基盤がしっかり固まるまで院長職を埋めることを同じくみごとに拒否した。議会が問題を取りあげた。ハイラム慈善院が新たな後援のもとでまもなく再開されることを、今満足して読者に伝えることができる。これまで院は十二人の男性老人を養う用意しかなかった。これが女性にも拡大され、もしバーチェスターに十二人の老女が見つかれば、施設に収容されることになる。寮母が置かれ、最貧の子供のため学校が併設され、執事が置かれることになる。院長はやはりまだ必要とされ、これまでの給与よりも減額された事業の程度に見合う給与を受け取ることになる。俸給は四百五十ポンドと推定される。付言すれば、前院長が住んでいたすばらしい屋敷はそのまま施設の付属となる。

バーチェスター慈善院はおそらく世界的規模の名声を博するほどのものではないとしても、慈善院の堕落に注意を向けたわけだから、その再生にも言及するのが正しい態度だと思う。院が存続し、繁栄するよう祈る。院内に導入された有益な改革が、期待通りに実現されるかどうか疑わしい。付属学校という重要な課題が、新院長の分別に委ねられる部分となりそうだ。この学校が施設の最重要部分だと言っても過言ではない。新院長は我々の自由な発言に気を悪くすることはないと思うが、学校長としての適性という観点から選ばれてもよかったはずだ。しかし、今はもらい物の粗捜しをしないことにしよう。院が存続し、繁栄するよう祈る！　五年前にとてもみごとに退いた紳士に、当然のことながら院長職が申し出られた。ところが、その紳士は提案を辞退したと伝えられている。院に新たに入る老女が管理能力を超えると判断したためか、給与の減額が復帰の意欲をそいだためか、紳士がこの間にほかの聖務に就いたためか、よくわからない。しかし、いる。

この紳士は申し出を辞退し、プディングデイルの俸給牧師クイヴァーフル氏がその職を受けたと伝えられて

ハイラムの再生の件はこれくらいにしたい。とはいえ、バーチェスターの話題ついでに、あの古い市の教会組織に関するもう一つの問題について、尊敬を込め、謙虚に、思い切って我々の意見を述べようと思う。聖堂参事会長のトレフォイル博士が昨日亡くなられた。博士の死を伝える短い記事が、年齢や様々な要職の経歴とともに、この新聞の別の欄に見出せよう。我々が知る博士の唯一の欠点は高齢という点であり、みなが有罪になることを願う罪だから、それにあまり拘泥することは控えたい。博士の安らかな眠りを祈る！　亡くなられた参事会長の高齢が非難のまととなるはずはないとしても、これから就任する新参事会長については高齢という罪に目をつぶることは許されない。六十代の人の指名は過去のことだと切に希望する。参事会長が必要だというのなら、その人は何かの目的にかなう人でなければならない。六十代の人よりも四十代の人のほうが、当然その目的を立派にはたすことができる。もし参事会長に給与を払うとしたら、一定の仕事に対して支払うことになる。どんな仕事であれ、働き盛りの者こそそれをいちばん立派にはたすことができる。ご存知の通り、トレフォイル博士は亡くなられたとき、八十歳だった。我々は今のところ高齢で退職した牧師のため、年金支給の企画など持ち合わせていない。それゆえ、その年齢の現職参事会長を厄介払いするつもりはない。しかし、高齢の人はできるだけ少ないほうが望ましいと思う。もし七十歳の人が指名されたら、たとえその人が現在はそうでないとしても、一、二年もすれば役に立たなくなると、総理のP卿に指摘したい。あらゆる人が閣下のように常緑樹ではないことを思い出させても、閣下は許してくださるだろう。

この栄誉ある地位にふさわしい人として、スロープ氏の名があがっていると聞く。スロープ氏は現在主教付牧師だ。彼ほど立派な人を選ぶことはできないはずだ。才能があり、若く、行動的で、聖堂の実務に精通

している。それはかりか我々が信じるところでは、彼は真に敬虔な聖職者だ。バーチェスター市では、彼の仕事が高く評価されていると聞く。雄弁な説教者であり、かつ円熟した学者だ。このような抜擢がなされれば、教会の現在の任命権執行について大衆の信頼を深めるものとなるだろうし、既成教会が今後よれよれの享楽的な聖職者に安楽椅子を与えるつもりがないことを、人々に信じさせることにもなる。

スロープ氏はバーチェスターの新聞閲覧室書見台でこの記事を味わい、充分満足した。ここに書かれている慈善院に関する部分は、比較的もうどうでもいい問題だと思った。大胆にも彼の体面を傷つけたあの女丈夫の父を院長に復帰させることには成功しなかったけれど、逆にそれが嬉しくて、今のところ満足していた。とはいえ、プラウディ夫人が指名した人物の採用という点に、今のところ不満が残った。しかし、彼の心はボールド夫人やプラウディ夫人のことを超えて、高く舞いあがった。スロープ氏は『ジュピター』の戦術に充分精通していたから、記事の核心が最後の段落にあることをわきまえていた。彼にこそ、栄誉ある強調が置かれており、実際望んでもえられないような栄誉が与えられていた。友人のタワーズ氏に深い感謝の念を抱かずにおれなかった。参事会長邸の食堂のぎっしりと食べ物を並べたテーブルで、格式をもってこの友人をもてなす日を心から楽しみにした。

秋にトレフォイル博士が亡くなったのは、スロープ氏にとって好都合だった。『ジュピター』の記者、私たちの朝食の仕出し屋は充分な食べ物を見つけるのに、この一か月四苦八苦していた。このころ、アメリカの新大統領の話題はなかった。グルジアでも、ほかの地域でも、すばらしい列車事故の悲劇は起きなかった。破綻した銀行も少なかった。亡くなった参事会長と新しい人材の登用という話題は、天の賜物だった。もしトレフォイル博士が六月に亡くなっていたら、タワーズ氏はおそらくスロープ氏の敬虔な人となりをよく知ることはなかっただろう。

ここで私たちはスロープ氏をしばらく勝利の喜びに浸らせておこう。ただし、完全な勝利感に至っていなかったことは説明しておかなければならない。未亡人の拒絶、というよりもその拒絶方法に、ひどく苦々しい思いを感じていたからだ。その後何日も、頬を張られたことを考えるたびに、はっきりとそこに痛みを感じた。バーチェスターの通りを歩くときも、独り言でこの女の悪口を言わずにはいられなかった。祈りを捧げるときも、この女を許す気になれなかった。許そうと努力しても、しり込みした。受けた痛みのことをよくよく考えると、許そうと思う気持ちとは裏腹に復讐心のほうへ向かってしまった。それで、口から漏れる祈りも無意味に終わった。

それからシニョーラのこともあった。シニョーラを憎むことができたら、彼は何でもくれてやるつもりだった。事実は、シニョーラが横たわるソファーさえも彼は崇拝していた。

希望は高く舞いあがったけれど、こういう具合だから、スロープ氏の心が完全に薔薇色というわけにはいかなかった。

註

（1）ぶどう酒に湯、砂糖、レモン、ナツメグなどを加えた酒

（2）ディケンズの『リトル・ドリット』は一八五五年十二月から一八五七年六月まで毎月分冊刊行された。

（3）ノースコートとトレヴェリアンによる一八五四年の報告書が、公務員採用のために推奨した競争的な試験制度をトロロープは嫌っていた。例えば彼の『自伝』第三章。

（4）「テモテへの第一の手紙」第六章十二節。

（5）『バーチェスターの塔』の出版者。

（6）「マタイによる福音書」第三章第七節に「ヨハネは、パリサイ人やサドカイ人が大ぜいバプテスマを受けようとしてきたのを見て、彼らに言った。『まむしの子らよ、迫ってきている神の怒りから、おまえたちはのがれられると、だれが教えたのか』」とある。

（7）「マタイによる福音書」第十九章第十四節。

（8）「ルカによる福音書」第十七章第二～三節に「これらの小さい者のひとりを罪に誘惑するよりは、むしろ、ひきうすを首にかけられて海に投げ入れられたほうが、ましである。あなたがたは、自分で注意していなさい」とある。

（9）選挙権の拡大や議席数の変更を図ったホイッグ党首相チャールズ・グレイ卿による一八三二年の選挙法改正法を指す。

（10）ギリシア劇の編集者で主教にまで昇りつめた人がいた。トロロープの『イギリス国教会の聖職者』（1866）第二章。

第四十四章（第三巻第十章）　自宅のボールド夫人

ミス・ソーンの園遊会の夜、ウラソーンから帰り着いたとき、あわれなボールド夫人はとても落ち込み、とても疲れていた。精神的疲労ほど体を疲れさせるものはない。まさしくエレナーは精神的に疲れていた。スタンホープ博士は礼儀正しく、しかしあまり熱意のこもらぬ言葉でうちでお茶を、とエレナーを誘ったけれど、断られ方から見て誘うのは一度で充分だと思った。この立派な博士は有望な息子に亡きボールド氏の家督を移そうという陰謀に必ずしも荷担していたわけではないにしても、何が起こっているかは充分承知していた。バーティが馬車で一緒に帰れないと言い出したとき、博士はこのもくろみが破綻したことを知った。

エレナーは名誉参事会員が自宅の玄関で馬車からおりるとき、シャーロットが家から飛び出してくることをとても心配していた。しかし、先に彼女の家のほうへ馬車を回すようにバーティが手配してくれたから、そういう場面に立ち会わずにすんだ。スタンホープ博士はそのへんもわかっていたが、一言も言わずに見逃してくれた。

自宅に着いたら、メアリー・ボールドが客間で赤ん坊を膝に乗せていた。エレナーは飛んで行くと、ひざまずいて、その子が怖がるほど口づけした。

「ああ、メアリー、あなたは出かけなくてよかった。いやな園遊会でしたわ」

この二人はメアリーが園遊会へ出かけるかどうかでずいぶん議論していた。ボールド夫人が招待されたのは、グラントリー家の客としてだった。招待したミス・ソーンはおもに慈善院やプラムステッド牧師館でエレナーに会っていたから、メアリーの招待をまったく失念していた。義妹はメアリーをかばって、園遊会へ一緒に行こうと誘い、ミス・ソーンに手紙を書くか、訪問して頼むかしようと申し出た。ところが、ミス・ボールドはそれを断った。事実、ボールド氏はソーン家のタイプの人々とあまり懇意でなかったうえ、彼の姉も特別頼まれでもしない限り、彼らとつき合おうとしなかった。

「それなら」とメアリーは快活に言った。「行かなくても後悔しなくてよかったのね」

「後悔することなんてまったくなくてよ、でも、メアリー！　私には、とてもたくさんあるの。とても」

それからエレナーは我が子に口づけし始め、眠っていた子を愛撫して起こしてしまった。顔をあげたとき、メアリーはその頰に涙が流れているのを見た。

「まあ、エレナー、どうしたの？　いったい何があったの、エレナー――だいじなエレナー――どうしたの？」メアリーは赤ん坊を腕に抱えたまま立ちあがった。

「その子をこちらにちょうだい、こちらに」と若い母は言った。「メアリー、渡してちょうだい」そう言うと、ひったくるように義姉の腕からその子を奪った。その子は安らぎを邪魔されて何かもごもごつぶやいたけれど、それでも母の胸のなかに心地よくぴったりと体を預けた。

「ねえ、メアリー、私の外套を脱がせてちょうだい。私のかわいい子、かわいい、かわいい宝石。この子は私に嘘を言いません。ほかの人はみんな私に嘘をつく。ほかの人はみんな私に冷たい。母さんは自分の、自分の、自分の子以外誰も、誰も、誰も好きじゃない」エレナーは赤ん坊にもう一度口づけすると、強く抱きしめ、泣き、その子の顔に涙を落とした。

「誰が冷たかったの、エレナー？」とメアリーが聞いた。「私じゃなければいいけど」

この点に今、エレナーの精神的混乱の原因があった。エレナーは愛する義姉を冷たいと咎めることができないばかりでなく、もっと苦しいことを自分に課さなければならなかった。義姉から警告されていた無分別の罪で自分を罰さなければならなかったからだ。ミス・ボールドはエレナーにスロープ氏との交際をやめるように注意し、いつも優しい言葉を使いながらも、スタンホープ家とのつき合いも思いとどまるように強く勧めていた。ミス・ボールドは夫と別居したシニョーラのような既婚女性は好ましい交際相手ではないと言い、シャーロット・スタンホープは教会へも行ったことがないと指摘した。そのとき、エレナーはただ義姉を笑うだけで相手にしなかった。しかしながら、今エレナーは口をつぐんでいるか――とても不可能だ――、もしくは自分がまったく間違っていたと告白するか――これもまた同様不可能だ――しなければならなかった。それで、彼女はいっそう涙を流すと、この最悪の事態を先延ばしにし、小さなジョニーを愛撫に応えるまで目覚めさせて、みずからを慰めた。

「この子はかわいい子――お利口さんよ。母さんはこの子がいなくなったら、どうしたらいいでしょう？慰めてくれる私のジョニー・ボールドがいなくなったら、母さんは倒れて死んでしまう」エレナーは繰り返し何度も同じようなことを言い、しばらくメアリーの問いに答えなかった。

この世の虚偽に対するこんな慰めはとてもありふれたものだ。母は子から、男は犬から慰めをえる。なかにはステッキから慰めをえる者もおり、それも理にかなっている。欺く技術を持たないものからはだまされることがないから、喜びがえられるということではないのか？もし誠実な男性、もしくは誠実な女性というものが見つかるなら、慰めはたくさんえられるだろう。

しかし、エレナーは我が子の愛撫によって慰められた。こんな慰めを渋って与えようとしない人に悲運が見舞われますように。とはいえ、最悪の事態は先延ばしにすることができた。いずれメアリーにはいやな話をしなければならない。父にもそうしなければならない。いやな話をしなければ、知人の輪と正面から向かい合うことはできないだろう。知人のなかに今、確実に頼れる慰め手がいなかった。スロープ氏が憎くてならなかった。この憎しみは当然だったから、むしろ楽しかった。スタンホープ家の人も嫌いで、軽蔑した。しかし、こちらのほうは大きな悩みの種だった。スタンホープ家に溶け込むため、彼女はいわば古い友人たちを捨ててしまった。それなのに、この一家からどう利用されたのか？　誤解した父と和解することもままならなかった。メアリー・ボールドは助言者メントール(1)に変貌した。メアリーが間違ったことを言っているとわかったら、許すこともできただろう。ところが、助言者が正しいことを言うとき、そうはならなかった。大執事はどうしても好きになれなかった。これまで以上に今大執事が嫌いだった。大執事の前に立つと、過ちを自覚し、卑屈にならずにいられなかった。姉のことも、大執事と一心同体で、いやだった。できればアラビン氏も嫌いになりたかった。彼女をだいじにしてくれるふりをしながら、彼は目の前であのイタリア女にへばりついて、この女以外にこの世に美人なんかいないかのように、ほかの女には一顧の価値もないかのように振る舞った。そのうえアラビン氏は彼女のスロープ氏との一件をいずれ知ることになるだろう！　アラビン氏なんか嫌いだと自分に言い聞かせたものの、彼女はそれが嘘だとわかっていた。もう我が子以外に慰め手がいなかったから、最大限我が子に頼った。メアリーは何が義妹にこれほど激しい打撃を与えたか推測できなかったが、一日でその悲しみが制御し難い大きいものとわかったから、赤ん坊が揺り籠に寝かされるまで辛抱強く待った。

「お茶にしましょう、エレナー」とメアリー。

「でも、そんな気分じゃ」とエレナー。しかし、彼女は空腹だったに違いない。ウラソーンでは何も食べていなかった。

メアリーは静かにお茶を入れ、パンにバターを塗り、外套を片づけ、まわりを居心地よく整えた。

「ぐっすり眠っている」とメアリーは言った。「あなたは疲れているから、私がこの子をベッドへ運ぶわ」

しかし、エレナーは義姉が赤ん坊に触れるのを許さなかった。物欲しそうに赤ん坊の目をのぞき込み、深い眠りに落ちたのを見ると、ソファーに寝床を作った。その夜はずっと赤ん坊を視野のなかにとどめ、誰にもその邪魔をさせまいと決意していた。

「いい、ネリー」とメアリーは言った。「私に当たらないでくださらない、私は少なくともあなたを怒らせるようなことはしていませんから」

「当たってなんかいません」とエレナーは答えた。

「じゃあ、怒っている？　でも私に怒るはずはないわね」

「ええ、怒ってなんかいません、少なくともあなたには」

「怒っていないのなら、入れたお茶を飲んでね。きっと必要よ」

エレナーは説得を受け入れ、お茶を飲んだ。飲んで、食べて、内なる女が力を回復すると、まわりの世界に対して少しだけ寛大な気持ちになれた。やっと話を始める糸口を見つけると、寝室へ向かうまでに拒絶した二人の男性のことをみな打ち明けていた。しかし、アラビン氏については一言も話さなかった。

「私が悪かったことはわかっています」エレナーはスロープ氏への打擲について言った。「でも、あの人が何をするかわからなかったから、自分を守らなければならなかったの」

「叩いてちょうどよかったわ」とメアリー。

「ちょうどよかった！」スロープ氏に対するエレナーの感情は血に飢えていた。「短刀で刺したら、ちょうどよかったのよ。でも、プラムステッドの人たちはこのことを何て言うかしら？」

「私ならあの人たちに何も話さない」とメアリー。エレナーも何も話さないでおこうと思い始めた。

メアリー・ボールドのような優しい慰め役は、ほかにはとても見つからなかっただろう。エレナーがスタンホープ家の策略について話しても、メアリーはそれ見たことかという態度を取らなかった。エレナーが友人だったシャーロットを卑劣な腹黒い女と呼んでも、メアリーはすでに述べた自分の意見に触れることはなかった。エレナーがスロープ氏に悪口を積みあげたとき、メアリーはそれを残さず復唱しても、それくらいは言っておいたとほのめかすこともしなかった。「そう言っておいたじゃない！」というのは、ヨブを慰めた人の恨み言だ。しかし、メアリーは友人が悲嘆に暮れて、陶片でこするように自分を傷つけるのを見たとき、説諭したり、勝ち誇ったりすることを慎んだ。エレナーは忍耐が必要であることを理解すると、ようやく心を穏やかにした。

翌日、エレナーは外出を避けた。バーチェスターはスタンホープやスロープのような人たち、またおそらくアラビンやグラントリーのような人たちで蝟集しているように見えた。友人でも不安なしに会える人はほとんどいなかった。

その日の午後、エレナーは聖堂参事会長の死を知り、またクイヴァーフル氏が最終的に慈善院長に指名されたことを知った。

夕方、父がやって来たので、父に話せると思う分だけ余儀なく話を繰り返した。父はスロープ氏の厚かましい行為を耳にしても、さして驚かなかった。しかし、娘の気持ちを楽にする必要があると感じて、驚いたふりをした。父は人をだますのがうまくなかったから、娘はそれを見抜いた。

「よくわかります」と娘は言った。「スロープさんが私をこんなふうに扱うのは、当然の成り行きとお考えなのね」スロープ氏の抱擁のことも、それに対する反撃のことも、父には話さなかった。

「私のエレナーが男性から賛美されたからと言って、ちっとも不思議には思いません」と父。

「こちらが何の好意も見せていないのに」と娘は言った。「男性があれほど厚かましくなれるなんて不思議です」

ハーディング氏はこれにも何も答えなかった。娘の言いぐさを大執事なら、シュヒ人ビルダデ[2]のような非情な相手のときにのみ、言って相手が顔色を変えない発言の典型と思ったことだろう。

「でもね、大執事には知らせるんでしょう？」とハーディング氏が尋ねた。

「何を知らせるの？」エレナーが鋭く言った。

「スーザンには？」と父は続けた。「スーザンには言ったほうがいいね。彼らが考えていたのは誤解だったと、この男が言い寄ってくるのをあなたは嬉しがってなんかいなかったと、わかってもらったほうがいい」

「あの人たち、いずれ気づきます」と娘は言った。「あの人たちの誰に向かっても二度とスロープさんの名を出したくないのです」

「私が話してもいいかね？」

「父さんがご自分の気持ちを楽にしようと思ってすることに邪魔立てする権利はありません。でも、お願いですからそれもやめてください。グラントリー博士は私のことをよく思っていなかったし、これからもそうでしょう。あの方によく思ってほしいと願っているのかどうか、今はわかりません」

それから二人は慈善院の話題に移った。「でも、あの話は本当なの、父さん？」

「何のことかね、おまえ？」と父は言った。「参事会長の件かい？　ああ、残念だが本当らしい。間違いない話のようです」

「かわいそうなミス・トレフォイル。あの方がお気の毒ですわ。でも、その話じゃないのです」とエレナー。「慈善院の話は本当なのですか、父さん?」

「うん、クイヴァーフルさんが院長になるのは確かです」

「何て残念なことでしょう」

「いいえ、おまえ、残念なことなんてありません、まったくね。院長職があの人にぴったりの職であればいいと思う」

「でもね、父さん、やはり残念なことですわ。懐かしい屋敷へ戻りたいという長年の期待、希望があったのに、こんなふうに屋敷が赤の他人の手に渡ってしまうなんて!」

「いいかい、おまえ、主教には与えたい人にあの職を与える権利があるから」

「私はそうは思いません、父さん。主教にはそんな権利はありません。父さんを新しい役職の候補者のように扱うのは間違いです。主教に少しでも正義感というものがあれば――」

「主教は条件つきながらあの職を私に勧めてくれました。私が条件を受け入れられずに断ったんですから、そのあとで、文句は言えません」

「条件! 主教に条件を出す権利なんてありません」

「それについてはわかりませんが、主教にはそんな力があるようです。でもね、ネリー、本当のことを言うと、私は今度の措置で充分満足している。この一件が険悪な議論のまとになったとき、そこから完全に解放されたいと自分で願ったんです」

「でも、懐かしい屋敷へ戻りたかったのでしょう、父さん。戻りたいと私に言っていたわ」

「そう、言いました。一時は戻りたいと願ったけれど、そんな願いを抱くなんて馬鹿だった。だんだん年を取ってくると、この世で願うのはおもに平安と休息です。もし慈善院へ戻ったら、主教や主教付牧師や大執事を相手に終わりのない論争に巻き込まれる。今はもうそんなことに堪えられないし、そんな困難に立ち向かうこともできない。それで、聖カスバートの小さな教会を任されている現状に不満なんかありません。飢えることはありませんから」父は笑いながらつけ加えた。「おまえがいてくれる限りね」

「父さん、うちへ来て一緒に住んでくれませんか?」娘は父の両手を取ると、真剣に訴えた。「もしそうしてくれるなら、そう約束してくれるなら、父さんが正しいことをしていると認めますわ」

「とにかく今日は一緒に食事をしますから」

「いいえ、うちで一緒に暮らしてください。ハイストリートのあの不快な、息苦しい、小さな部屋をあきらめてください」

「あれはなかなか居心地のいい部屋なんですよ、おまえ。本当に失礼な」

「ねえ、父さん。冗談はやめてください。居心地のいい部屋であるはずがありません。父さんは年を取ってきていると言ったばかりです、私はそうは思わないけれど」

「年は取っていないかい、おまえ?」

「ええ、父さん、年なんか取っていません。そんなこと言わないで。でも、見苦しくない部屋に住みたいと感じてもおかしくない年齢ですわ。メアリーと私がここでどれほど寂しい思いをしているかご存知でしょう。正面の大きな寝室は誰も使っていません。こんなにここに来るように望まれているのに、父さんが一人でハイストリートにいるなんて、思いやりがありませんわ」

「ありがとう、ネリー、ありがとう。でもね、おまえ――」

「父さんが私たちの寂しさを考えて、ここに一緒に住んでくれていたらと悔やまれます。もしそうしてくれていたら、スロープさんとのこのひどい出来事はなかったはずです」

しかし、ハーディング氏はハイストリートの小さな仮所帯をあきらめるようにとの説得を受け入れようとはしなかった。父は娘の家を訪問したり、食事したり、泊まったりすることは残らず約束したが、一緒に暮らすとは言わなかった。なるほどエレナーはスロープ氏を拒絶し、スタンホープ氏を拒絶しようとしていたけれど、もっと好ましい別の求婚者がおそらくやがて現れて、それとともに正面の大きな寝室が今よりも頻繁に使われることになるだろう。これを取り立てて言うのは、父としての特別な感情にそぐわなかった。しかし、確かに胸中そんな考えをよぎらせたから、ハイストリートの不快な、息苦しい、小さな部屋に依然住み続けようと決めた理由のなかでも、それが大きな理由と思っていた。

その夜は静かに、快適にすぎた。エレナーはほかの誰よりも父と一緒にいる時がいつも幸せだった。父はおそらく赤ん坊を崇拝するタイプの人ではなかったが、常に自分を捨てる用意があったから、娘とメアリー・ボールドの仲間に加わり、かわいい赤ん坊を賛美する三重奏の優秀な三番手になった。

その夜三人が楽譜のまわりに集まり、赤ん坊が再びソファーのベッドに寝かされていたとき、使用人が美しいピンクの封筒のとても小さな手紙を運んできた。小さなお盆に載せられた封筒はその部屋をいい香りで満たした。メアリー・ボールドとボールド夫人はピアノに向かい、ハーディング氏はチェロを脚のあいだに挟んで、二人のすぐそばに座っていた。そのため、手紙の気品が手に取るようにわかった。

「奥様、スタンホープ博士の御者がご返事を待っていると申しております」

エレナーは顔を真っ赤にして、手紙を手に取った。筆跡は見たことがなかった。見慣れたシャーロットの手紙とは、まったく違う体裁と種類のものだった。シャーロットはたいてい大きな便箋を用い、文字をひねったような書体にして、ときには三角帽ほどの大きさにした。彼女の宛名書きはまとまりのない男っぽい筆跡で、まるで特別な自署のようにしばしば染みや汚れをつけていた。しかし、この手紙の宛名書きには女性らしい美しい筆跡があり、ゴムの着いた封緘紙には金箔の宝冠がついていた。エレナーはこれまでこんな手紙を見たことがなかったが、シニョーラからのものと推測した。こんな書簡はシニョーラが住むことになった家から多数送られるとしても、女性宛てに送られることはほとんどなかった。御者はシニョーラのメイドから手紙をボールド夫人へ持って行くように言われたとき、間違いではないかと正直に意見を述べた。するとメイドは御者の横面を殴った。もしスロープ氏が、御者がいかにおとなしく叱責されたか見たら、哲学的にも宗教的にも役に立つ教訓を学んだかもしれない。

手紙は以下のような内容だった。もうこれ以上手紙を詳細に紙上に転載しないと、誠実に読者にお約束したい。

親愛なるボールド夫人

大きなお願いなのですが、明日私を訪ねてきてくださいませんでしょうか？　ご都合のよい時間で結構ですが、可能なら、できるだけ早い時間にお願いします。私にあなたを訪問することができたら、こんななれなれしいお願いをしてはならないことはわきまえております。

先日起こったことはうすうす存じております。もし私のところへ来られても、いやな目にあわせはしないとお約束します。弟は今日発ってロンドンへ向かい、そこからイタリアへ行きます。

私があなたのことでこんなふうにしゃしゃり出るのはおかしいと、おそらくお思いでしょうが、あなたに言わなければならない重要なことがあるのです。ですから、たとえ私の願いを聞き届けてくださらなくても、私の失礼をお許しください。

そして、私を信じてください
誠実にあなたのものである
M・ヴェシー・ネローニ

木曜夜

三人は十分か十五分間座ってこの手紙の件を相談し、エレナーが明日十二時にシニョーラに会うとの返事を書くことに決めた。

註

（1）メントールはオデュッセウスの親友であり、テーレマコスの助言者。
（2）ヨブの非情な慰め手の一人。ヨブの苦悩に対してこの人は傷口に塩をすり込むような対応を見せた。「ヨブ記」第八章、第十八章、第二十五章。

第四十五章（第三巻第十一章）　自宅のスタンホープ家の人々

私たちはスタンホープ家へ戻り、ウラソーンから帰ったあと一家の人々がどう振る舞ったか見てみよう。妹と一緒に先発便で帰路に着いたシャーロットは、同じ馬車が二度目に門の前に帰って来るのをどきどきしながら待った。しかし、走りおりたり、窓のそばに立ったりすることも、何かすばらしいことが起こるのを待っているような素振りをしたりすることもなかった。とはいえ、シャーロットはとうとう馬車の車輪の音を聞くと、立ちあがり、耳をそばだて、歩道のエレナーの足音や、迎え入れるバーティの陽気な声が届くのを待った。どちらかでも聞けたら、すべてうまくいっていると感じられただろう。しかし、そのどちらも聞こえて来なかった。聞こえたのは、父が重そうに馬車からおりて、玄関をゆっくりと歩き、一階の私室に入っていく足音だけだった。「ミス・スタンホープに私のところに来るように伝えてくれ」と父は使用人に告げた。

「何かまずいことがあるようね」奥の応接間のソファーに横になっていたマデリンが言った。

「バーティはもう駄目ね」シャーロットはそう答えると、伝言を持ってきた使用人に「わかった、わかった」と言った。「父さんにすぐ行きますと伝えてちょうだい」

「バーティの求婚は迷い道だわ」とマデリンは言った。「こうなると思っていた」

「自業自得ね。女のほうはその気だったのよ、間違いないわ」シャーロットは女性がほかの女性について話すとき、よく見せるあの不機嫌を露骨に表して言った。

「それであの人に何て説明するの?」シニョーラは「あの人」という言葉で父を表した。

「ありのまま説明するだけ。もしこの結婚がうまくいったら、パパはいちばん厳しい債権者をかわすため、バーティに代わって二百ポンド払う覚悟ができていたの。今はバーティがそのお金を自分で手に入れて、運試しに出るしか道はないのよ」

「弟は今どこにいるの?」

「知らない! ソーンさんの隠れ垣の底で煙草を吸っているか、チャドウィックさんの娘の誰かといちゃついているかでしょう。弟を変えてくれるものなんてありゃあしないのね。けれど私がおりていかなかったら、パパはひどく怒るでしょうね」

「そうね、変えてくれるものなんてなさそうね。けれどね、すぐ帰ってきて、シャーロット、お茶がほしいから」

それから、シャーロットは父のところへおりていった。老人の眉にはとても不吉な暗雲が立ちこめていた。娘が覚えている限りそこに見たもっとも不吉な雲だった。老人は部屋の真ん中で暖炉の前に居心地悪そうに肘掛け椅子に座ったまま、娘が来て、話を聞いてくれるのを待っていた。

「弟はどうしたのだ?」ドアが閉まるなり、彼が尋ねた。

「私のほうが聞きたいくらいよ」とシャーロットは言った。「パパとバーティをウラソーンに残して、私は帰ったのよ。ボールド夫人! ボールド夫人をどうなさったの?」

「ボールド夫人! 馬鹿馬鹿しい。当然のことだが、夫人はうちへ帰った。あんな薄情な道楽者の生け贄にならなくて心から嬉しいよ」

「まあ、パパ！」

「薄情な道楽者め！　あいつが今どこにいるか、これからどうするつもりか教えてくれ。おまえたちの馬鹿につき合ってきたが。まさか結婚とはね！　お金とか、信用とか、尊敬とかに恵まれたまともな人間が、あんなやつと結婚するものか？」

「私を叱っても無駄よ、パパ。弟とあなたのため、私は最善を尽くしました」

「それにマデリンも同じくらいに悪い」本当に怒りに満ちた名誉参事会員は言った。

「あら、私たちみなが悪いのね」とシャーロットは答えた。

老人はライオンのそれのような大きな溜息をついた。もし子供が残らず悪いとしたら、誰がいったいそういう子供にしたのか？　もし子供が無節操で、自己本位で、たちの悪い人間だったら、誰がそんな有害な結果となる教育をしたと非難されなければならないのか？

「おまえたちが私を破滅させたのはわかっている」と父。

「あら、パパ、何て馬鹿げたことをおっしゃるの。あなたは今自分の収入内でちゃんと生活しています。新しい借金があるとしても、私は把握していません。新しい借金はないものと思います。というのも、私たちはここでかなり退屈した生活を送っているからです」

「マデリンのあの借金は払ったのか？」

「いえ、あれはまだですわ。誰が払うのかしら？」

「あいつの夫が払ったらいい」

「夫ですって！　あなたがそう言っていると、妹に言ってほしいの？　あなたは妹にこの家から出て行ってほしいの？」

「あいつには振る舞い方をわきまえてもらいたい」

「あら、妹がいったい何をしたっていうの？　気の毒なマデリン。妹は私たちがこの不快な市にやって来てから、外出するのは今日でたった二度目なのよ」

彼はそれからしばらく黙って座ったまま、決意をどのように表明したらいいか考えた。「ねえ、パパ」とシャーロットは言った。「ここにまだいなきゃいけない？　それとも上へ行って、ママにお茶を差しあげてもいいかしら？」

「おまえは弟から信頼されている。あいつがこれから何をするつもりか教えてくれ」

「私が知る限り、何も計画はないのよ」

「何もない――何もない！　食って、飲んで、あいつが手をつける私の金を一シリング残らず使い尽くすほかに何もない。決めたぞ、シャーロット。あいつには二度とこのうちで飲み食いはさせない」

「よろしいわ。そうしたら弟はイタリアへ帰るしかないでしょう」

「あいつが好きなところへ行けばいい」

「簡単に言うけど、パパ。どういうことなの？　弟を追い出すことなんてできませんよ――」

「こういうことだ」博士はいつもより大声で、目に怒りを煌めかせながら言った。「神が天でしろしめすのと同じくらい確かなことだが、私はもうこれ以上、あいつが働かない限り、養うつもりはない」

「まあ、天でしろしめすなんて！」とシャーロットは言った。「そんなことを言っても無駄よ。あなたはこの地上で弟をちゃんと治めなければならない。問題は、あなたがそれをどうやってやれるかなのよ。弟を一文なしで家から追い出したあげく、通りで物乞いさせるようなことはできない相談よ」

「あいつは好きなところへ行って乞食をすればいい」

「弟はカラーラへ帰らなくちゃなりません。あそこは弟がいちばん安く住めるところだし、あそこの人は誰も二、三百パオロ(1)以上のお金を弟に貸したりしません。けれど、帰りの交通費くらいは弟に持たせなきゃなりません」

「同じくらい確かなことだが――」

「ねえ、パパ、そんな断言なんかよしてください。交通費くらい必要なのはわかるでしょう。もし結婚の計画がうまくいったら、弟に二百ポンド払う用意だってあったじゃない。その半分で弟はカラーラへ行けるのよ」

「何！　あいつに百ポンド渡せというのか！」

「まだ事情はわかりませんよ、パパ」彼女は議論の鉾先を変えようと思って言った。「よくは知らないけれど、今このとき弟はボールド夫人と婚約しているかもしれなくてよ」

「そりゃないな」と父。ボールド夫人が馬車に乗り込んだとき、息子が夫人に手を差し伸べることもなく、離れて立っているのを見ていたからだ。

「それでしたら、弟はカラーラへ行かなきゃなりません」とシャーロット。

ちょうどそのときシャーロットは玄関に鍵の音を聞き、敏感な耳で弟が廊下を歩くかすかな足音をとらえた。差し当たりバーティが父に近づかないほうがいいと思ったから、何も言わなかった。しかし、スタンホープ博士も鍵の音を聞いていた。

「誰かな?」と父が尋ねた。シャーロットが返事をしなかったので、もう一度尋ねた。「今入って来たのは誰かな?　ドアを開けなさい。誰だ?」

「バーティだと思います」

「ここへ来るように言え」と父。しかし、ドアの近くにいて、父の呼ぶ声を聞いたバーティはそれ以上命令される必要もなく、とことん無頓着な、快活な態度で部屋に入ってきた。スタンホープ博士は息子の浪費癖よりも、この一風変わった無頓着が癪にさわった。

「それで?」と、博士は尋ねた。

「それで父さんは、美しい付き添いと一緒にどうやってうちへ帰ってきたんですか?」とバーティは言った。「彼女は上の階にいないようだけれど、シャーロット?」

「バーティ」とシャーロットは言った。「パパは冗談を言われる気分じゃないのよ。あなたに心底怒っているの」

「怒っている!」バーティはこれまで一瞬たりとも親に心配をかけたことがないかのように眉をあげた。

「よかったら、おまえ、座ってくれないか」スタンホープ博士は非常に厳しく、しかし今はあまり声をあげずに言った。「それにシャーロット、おまえにも座ってもらおう。母さんもしばらくはお茶を待てるだろう」

シャーロットはドアにいちばん近い椅子に座った。ええ、私はここにいます。命じられたことをしていないとは言わせません。けれど、あなたに屈服するくらいだったら、鞭で打たれたほうがましよ、とでも言わんばかりの、いくぶんひねくれた態度だった。父には屈服すまいと決意していた。彼女はバーティに対しても腹を立てていたが、それでも弟を父から守る用意があった。バーティも座った。椅子を大型の書き物机に引き寄せ、片肘を載せ、心地よさそうに頬杖をつくと、もう一方の手で紙に小さな絵を描き始めた。この場面が終わるまでに、彼はミス・ソーン、プラウディ夫人、ド・コーシー卿夫人のみごとな似顔絵を完成させ、ルッカロフト家の家族集合図も描き始めていた。

「もしかまわなければ、おまえ」と父は言った。「これからどうしようと考えているか？――どんな生き方を想定しているか教えてくれないか？」

「あなたがおっしゃることなら何でもしますよ、父さん」とバーティは答えた。

「いいや、もうこれ以上私は何も指図しない。私がどうこう言う時は終わった。一つだけ命じたいことがあるが、それは私の家を出ろということだ」

「今夜ですか？」とバーティ。この問いの素朴な口調のせいで、博士は充分に威厳のある答えが返せなかった。

「パパは今夜とは言っていないのよ」とシャーロット。「少なくとも私はそう思う」

「おそらく明日でしょう」とバーティが提案した。

「そうだ、おまえ、明日だ」と博士が言った。「明日ここを出ていくのだ」

「いいですよ、父さん。午後四時三十分の汽車で間に合いますか？」バーティはミス・ソーンの高いかかとのブーツに最後の筆を入れながら尋ねた。

「明日私の家を出るのなら、おまえの好きな方法で、好きな時に、好きなところへ行っていい。おまえは私の面目をつぶした。おまえと私、そしておまえの姉の面目をつぶした」

「少なくとも母の面目をつぶさなかっただけでも幸いです」とバーティ。

シャーロットは笑いをこらえるのが難しかったが、父は眉をこれまでにないほど暗く曇らせた。プラウディ夫人の鼻と口の輪郭を描くとき、バーティはこれまでにない傑作を制作していた。

「おまえは薄情な道楽者。薄情で、恩知らずで、役立たずの道楽者だ。おまえとは絶交だ。おまえが私の息子であることは、逃れられない事実だが、私のなかで息子としてわずかな位置さえもう占めることはない。

私がおまえのなかで父としての位置を占めることもない」

「ねえ、パパ、パパ！　そんなことを言ってはいけません。言わせはしません」とシャーロット。

「私は本気だし、言っている通りだ」父はそう言うと、椅子から立ちあがった。「さっさと部屋から出て行ってくれ」

「やめて、やめて」とシャーロットは言った。「どうして口を利かないの、バーティ？　顔をあげて話したら？　パパはあなたのその態度に腹を立てているのよ」

「こいつはあらゆる礼儀、あらゆる作法に無関心なのだ」それから博士はどなった。「部屋から出ていけ、おまえ！　私が言うことが聞こえないのか？」

「パパ、パパ、こんなふうに弟と別れさせはしません。あなたがあとで後悔するのはわかっています」彼女は立ちあがると、父の耳に囁くようにつけ加えた。「弟だけが非難されなければならないの？　考えて。私たちでベッドを作ったのですから、つまらないものでもそれに寝るしかないのよ。内輪もめしても無駄です」姉の囁きが終わるころ、バーティは伯爵夫人の腰当てのふくらみを仕上げていた。それはあまりにもうまく描かれていたので、今にも紙面で本物のように左右に揺れんばかりだった。

「今父さんは怒っている」バーティは一瞬スケッチから顔をあげて言った。「なぜなら、ぼくがボールド夫人と結婚しようとしないから。このことをどう言ったらいいんだろう？　確かにぼくは彼女と結婚するつもりはないいね。そもそも――」

「それは違うな、おまえ、しかし、おまえと議論するつもりはない」とスタンホープ博士。

「さきほど父さんは、ぼくが口を利こうとしなかったから、怒っていた」バーティは若いルッカロフトを描きながら言った。

「描くのはやめなさい」シャーロットは弟のところに行くと、手元から紙を奪った。しかし、姉はその風刺画を保管したあと、のちにソーン家、プラウディ家、ド・コーシー家の友人たちに見せた。バーティは暇つぶしを奪われて、椅子に深く座り直し、次の指示を待った。

「私もバーティが直ちに、おそらく明日、ここを出るのがいちばんいいと思う」とシャーロットは言った。「けれど、パパ、お願いですから、一緒にこれからの計画を練りましょう」

「もしこいつが明日ここを出ていくなら、十ポンドやろう。カラーラにずっと住む限り、そこの銀行に毎月五ポンドを支給しよう」

「そうねえ！　そんなに長くもたないな」とバーティは言った。「三か月もしないうちにぼくは餓死してしまう」

「弟は仕事用の大理石を手に入れなきゃなりません」とシャーロット。

「仕事場には三か月分くらいの大理石はあります」とバーティは言った。「そんな限られた時間内で大きな仕事をやろうとしても無駄でしょう。自分の墓石を作る以外にはね」

しかし、言葉づかいは最終的に始めのころよりもいくぶん穏やかになった。博士は勧められて息子と握手すると、おやすみと言う気になった。スタンホープ博士はお茶を飲みに階上には行かなかったが、娘に言って自分の書斎にお茶を持って来させた。

しかし、バーティは二階にあがって心地よい夜をすごした。ルッカロフト家の家族集合図を描き終え――襟ぐりの深いドレスの描き方は最高に洗練されたものとは言えなかったものの――二人の姉を大いに喜ばせた。事態がどう進んでいくかわかってくると、弟は未亡人を性急に、強引に口説かなかったことを次第に打ち明けた。

「実際は一度も求婚しなかったのでしょう?」とシャーロット。

「ああ、あの人は望めばぼくが手に入ることはわかっていたんだ」と弟。

「そして、あの人は望まなかったわけね」とシニョーラ。

「本当に恥ずかしいやり方で私を見捨てたのね」とシャーロットは言った。「私の小さな計画を残さずあの人に教えてしまったのでしょう?」

「ああ、なぜかばれてしまった。少なくとも計画の大部分がね」

「この縁組みも終わりね」とシャーロットは言った。「けれど、もうそれもあまり重要じゃない。みんなすぐコモ湖畔へ帰ることになると思うの」

「帰れたらいいのに」とシニョーラが言った。「牧師の黒い上着を見るのは、もううんざりだわ。もしあのスロープさんがこれ以上ここに現れたら、それで私、死んじゃうわ」

「あなたこそあの人を破滅させた張本人でしょう」とシャーロット。

「黒い上着の二番目の恋人は、私、めったにない無欲な気持ちから、のしをつけて別の女性へ差しあげるつもりよ」

翌日、バーティは約束通り荷物をまとめると、ポケットに二十ポンド入れ、午後四時三十分発の汽車でカラーラの大理石採石場へ向けて立ち去った。これで私たちの舞台から彼は姿を消した。

バーティが去った翌日十二時、ボールド夫人も約束通り胸をどきどきさせながら、自信のない手でスタンホープ博士のうちのドアを叩いた。彼女はすぐ奥の応接間に通された。そこの折りたたみ式ドアが閉まっていたため、シニョーラを訪問しているあいだ、エレナーは必ずしも正面の部屋の人たちと接触しなくてよかった。階段をあがるとき、家族の誰にも会わなかったから、これまでのところ恐れていた煩わしい思いをせずにすんだ。

「いろいろありましたのに、ご親切にお願いを聞いてくださって、ありがとう、ボールドさん」ソファーのシニョーラは甘い笑みを浮かべて言った。

「お伺いしないではいられない口調のお手紙でした」

「そうです、そうです。どうしても会いに来ていただきたかったわ」

「ええ、シニョーラ。それでここにおります」

「何て私に冷たいのでしょう。けれどね、堪えなくてはなりません。私たちが不快な一家だと思うのには理由があるのでしょう。わかります。かわいそうなバーティ。もしすべてを理解してもらえたら、弟に腹を立てたりしませんわ」

「弟さんに腹を立てたりなんかしていません――少しもね。でも、弟さんのことを話すため、わざわざ私を呼んだとも思えません」

「もしあなたがシャーロットのことで怒っているのなら、もっと救いがないわ。というのも、バーチェスタージゅうを捜してもシャーロットほど親切な友はいませんから。けれどね、シャーロットのことを話すためあなたを呼んだのでもないの。――ボールドさん、どうかもう少し近くに椅子を寄せてくださらない。そうしたら、あなたがよく見えるから。そんなに離れたところにいるなんて、とても不自然です」

エレナーは言われた通り椅子をソファーへ近づけた。

「ボールドさん、おそらくあなたが不作法と感じるようなことをこれからお話しします。けれどね、そうすることが正しいと私にはわかるの」

これに対してボールド夫人は何も言わなかったが、椅子のなかで震えそうになった。夫人が知っているシニョーラは特別変わった人ではなかったものの、シニョーラが不作法と感じるものは、ボールド夫人には極度に下品なものに見えた。

「アラビンさんはご存知ね？」

ボールド夫人は顔を赤らめないためなら世界を差し出してもよかった。しかし、血液までは思う通りにならなかった。夫人は額まで真っ赤になった。シニョーラは夫人を観察できるように特殊な明かりのなかに座らせたから、真っ赤になるのがわかった。

「ええ、――あの方とは知り合いです。ほんの少しですが。グラントリー博士の親しい友人で、グラントリー博士は私の義兄なのです」

「まあ、アラビンさんを知ったら、きっとあの方が好きになるはずよ。私もあの方を知って、とても好きになりました。あの方を知っている人はみんなあの方が好きになるわ」

ボールド夫人はこれには何も答えられないと感じた。なぜか、どうしてかわからないのに、血液が体のなかを駆け回った。まるで自分が椅子のなかで揺れているように感じ、顔が赤くなっているだけでなく、熱で窒息しそうになっているのがわかった。しかし、じっと座ったまま何も言わなかった。

「何て私によそよそしいの、ボールドさん」とシニョーラは言った。「そのあいだに私はあなたのため、一人の女性が別の女性にできる最大の奉仕をしようとしているのに」

未亡人の胸中にシニョーラの友情はおそらく本物であり、とにかくそれで自分が傷つけられることはない、との思いがあった。それから、アラビンさんはとても大切な人だから、この人を失うことはとてもできないとの思い、そんなかすかな思いも胸中にあった。。彼女はシニョーラをひどく軽蔑していた。しかし、勝利のためには恥を忍ぶ必要があるのではないか？　忍ぶとしてもほんのわずかの恥ではないか！

「よそよそしくしたくはないのです」と未亡人は言った。「あなたの質問がとても突飛なものですから」

「そうね、それじゃあもう一つ突飛な質問をさせていただくわ」マデリン・ネローニは肘をつき、体を起こすと、顔をまともに相手の顔へ向けて言った。「あなたはあの方を愛していますか？　全身全霊で、心で感じるすべてをかけて愛していますか？　というのも、あの方があなたを愛し、敬愛し、崇拝し、あなたのこと以外は何も考えられず、次の日曜日の説教のため原稿を書いている今も、あなたのことを考えていることが私にはわかるからなの。こんな方からこんなふうに愛されるためなら、私なら何を差し出してもいい。つまり、もし万一私がこの男性のふさわしい愛の対象になれるとするならです」

ボールド夫人は椅子から身を起こすと、こんなふうに熱のこもった話し方で話しかけてくる女性の前に無言で立った。シニョーラがこんなふうに自分のことに触れたとき、未亡人は心を和らげ、愛撫するかのようにテーブルの上の相手の手に自分の手を置いた。シニョーラはそれを握り返して、話し続けた。

「私が言うことは真実よ。あなたの幸せのためにこれを使ったら、おそらくいちばんいいものになる。けれどね、私のことをばらしてはいけません。あの方は何も知りませんから。私があの方の胸中を見抜いていることを知りません。こういうことについて、あの方は子供のように純真なの。私に何千ものやり方で秘密を漏らしてくれました。隠すことができないのよ。けれどね、あの方は自分から漏らしたなんて夢にも思っていない。あなたはもう知ってしまったのですから、この秘密をうまく使うようにご忠告しますわ」

エレナーはごくかすかな力で相手の手を握り返した。

「それから覚えておいて」とシニョーラは続けた。「あの方は世のほかの男性とは違います。誓いと約束とかわいい贈り物を携え、あなたの前に現れ、ひざまずいて靴紐に口づけすることを期待しちゃ駄目ね。そんなものを求めるなら、ほかに男性はたくさんいる。けれどね、あの方はそういう連中とは違うの」エレナーの胸は溜息で破裂しそうだったが、マデリンは気にも留めずに続けた。「あの方の場合、しかりをしかりとし、否を否[2]とする必要があるのだわ。一度拒絶したら、あの方の心を砕いてしまうから、二度とそれを手に入れることはできません。このことを覚えておいて。さて、ボールド夫人、もうこれ以上あなたをお引き留めはいたしません。そわそわしていますもの。私の言ったことをあなたがどんなふうに利用するか、少しだけ予想できる。もしあなたがあの方の家の幸せな主婦になるとしても、私たちはもう遠く離れたところにいます。けれどね、私たち一家の罪を許すと一言手紙に書いてくれるように、あなたに期待しますわ」

エレナーはそうしますと半ば囁くと、ほかには何も言わないまま部屋を抜け出し、階段をおり、誰にも会わず、声も聞かず、自分で玄関のドアを開けて、気づくと構内に出ていた。

歩いて帰宅するときのエレナーの気持ちを分析しようとすれば、難しいことになるだろう。彼女はシニョーラから言われたことでほとんど茫然自失していた。これまで好きになったことがなく、とても好きになれそうもない女性によって――どちらかというと比較的部外者によって――、彼女の心が詮索され、謎解きされたことで気分を害していた。彼女が愛していると認めた男性が、彼女には愛情を隠しているのに、他人にはそれを表していることが悔しかった。自尊心を傷つける、苛立たせるものがたくさんあった。しかし、それにもかかわらず、この状況にはどこか喜びの基盤があって、それが不思議に彼女の心を浮き立たせた。マデリン・ネローニが言ったことを信じないようにしようと試みたが、不可能だと気づいた。それは本当だったし、本当に違いなかった。疑えなかったし、疑うつもりもなかったし、疑わなかった。

ある時点で、彼女は与えられた助言に従おうと決意した。もしほのめかされたような問いをアラビン氏がしようという気になったら、彼女はしかりをしかりと回答しようと思った。もし彼の肩に頭を載せ、みじめな思いを率直に打ち明けることができたら、悲しみに終止符が打てるのではないだろうか？

註

（1）イタリアの廃止されたコインで、トロロープの時代五ペンス英貨の価値があった。
（2）「ヤコブの手紙」第五章第十二節。

第四十六章 （第三巻第十二章） スロープ氏がシニョーラと別れの面会をする

その翌日、シニョーラは得意満面だった。とても華やかな家庭着を身に着け、ソファーのまわりで拝謁の儀を開いた。美しい、晴れやかな十月の午後のことだった。近隣の紳士方はみなバーチェスターに勢揃いしており、スタンホープ家に入る許可をえた者は揃ってシニョーラの奥の応接間にいた。シャーロットとスタンホープ夫人は正面の部屋にいた。魅力の中心にしばらくたどり着けない伊達男たちのなかには、せっかくの香水をその母娘に無益に漂わす羽目になった者もいた。

いちばん始めにやって来て最後まで居残っていたのはアラビン氏だった。ウラソーンで会って以来、彼がマダム・ネローニを訪問するのはこれで二度目だった。彼は自分がなぜここを訪ねたか、何を話しに来たか、わからなかった。しかし、じつのところ悩みの原点が新しい感情だったから、それを分析してみることができなかった。ボールド夫人が好きなのに、マダム・ネローニにこうやってつきまとっているというのは、不思議に見えるかもしれない。しかし、それにもかかわらずそれが事実だった。彼は自分の行動の理由を理解できなかったが、マダム・ネローニはよく理解していた。

シニョーラは彼に優しく、親切にし、そばにいてくれるように促した。それでアラビン氏は居座り続けた。最初に挨拶したとき、シニョーラは彼の手を握った。そばにいるように仕向けてから、他愛もないことを囁いた。そのときのシニョーラの目と言ったら、まばゆいばかりに輝いて、歓喜の表情を浮かべたと思うと、憂鬱になり、どちらにしても抗しがたい魅力を具えていた！　経験の三重鋼で心を防御していない、温かい感情と熱い血に恵まれた人が、いったいどうしてこの目に逆らえようか！　シニョーラは確かに彼に致命的な傷を負わせようとはしなかった。彼女は宝石の小箱をほかの女性に手渡す前に、少しその香りを吸い込みたかっただけだ。ボールド夫人がそれを大目に見てくれるかどうかは別問題だった。

そこへスロープ氏がやってきた。この男が聖堂参事会長の候補というのは周知の事実であり、本命と見なされていた。それゆえスロープ氏はかなり大きい顔で歩いた。参事会長にふさわしい大きい態度を取り、ほかの牧師らにほとんど話しかけず、主教をできるだけ避けた。痩せた小柄の名誉参事会員や、たくましい尚書役や、準参事会員と聖歌助手みなや、それから聖歌隊員も、『ジュピター』の記事を読んだり、聞いたりしたあと、縮こまって震え、憂鬱な顔で歩き回った。今や聖堂の説教壇から不純な精神を退けておくことが不可能な時代になろうとしていた。説教壇はスロープ氏に奪われそうだった。音楽監督も聖歌助手も聖歌隊員も琴を柳に掛けること[1]だろう。イカボデ！　イカボデ！　聖堂の栄光は彼らの手から去りつつあった。

スロープ氏は習得し始めたばかりの大きい態度を取っていたものの、それでもシニョーラには会いに来た。実際、彼はシニョーラから離れていることができなかった。何度も口づけしたあの柔らかな手、一度唇を押しつけた極上の眉を空想し、さらにその先の楽しみを夢見ていた。

ソーン氏もその場にいた。ソーン氏はシニョーラを訪ねる最初の訪問だったから、しかるべき準備を怠っていなかった。彼は身に着けるものに凝る紳士で、控えめながらも自分の外見を最大限に活かすように心がけていた。頬ひげに白髪が見えたら、月に一度は取り除いた。頭の白髪については、私たちが染髪剤とは呼ばない、洗うだけでいい混合剤で目立たなくした。彼の仕立屋はセント・ジェームズ通りにあり、靴屋はその通りとピカデリーの交差点にあった。小間物、特に手袋には格別うるさかった。シャツの体裁はウラソーンの洗濯屋で軽々に扱えるものではなかった。今回の訪問に当たって、普段よりもこういうことに手間をかけすぎたため、姉を少々困惑させた。姉はシニョーラから長めのウラソーン訪問を申し込まれていたのに、これまで誠実に対応して来なかったから。

ほかの男性たちもそこにいた。彼らはもともとあまりする仕事がなく、シニョーラの魅力に誘われてそのわずかばかりの仕事も無視することにした市の周辺の若者たちだった。しかし、そういう連中はみなソーン氏に頭があがらなかった。地方都市でよく見られるように、ジェントリー階級の者にはいくぶん大旦那ふうのところがあったからだ。

「まあ、ソーンさん、お優しいわね！」とシニョーラは言った。「来るとお約束してくださったけれど、本当に来てくださるとは思ってもいませんでした。あなた方地主紳士って、お約束を守らないものと思っていましたわ」

「まあ、時々は守りますよ」ソーン氏は少しおどおどして、かなり前世紀ふうの挨拶をした。

「あなたがだますのはただ選挙み――選挙み――だけ。ほら、何て言うかしら、あなたを国会議員にしたとき、椅子に座らせて運んだり、卵やリンゴを投げつけたりする人たちのこと？」

「時々お互い同士もだまし合いますよ、シニョーラ」スロープ氏はそう言いながら、参事会長ぶった作り笑いを浮かべた。「地主紳士同士、時々だまし合いをするんですよね、ソーンさん？」

ソーン氏は一瞬参事会長の皮をはぐような表情で相手をにらんだ。しかし、スロープ氏は恵まれた将来のことを思い、すばやく参事会長面を取り戻した。もうじき本当に手に入る威厳を持ち直し、ソーン氏を馬鹿にして笑った。

「とにかく私は女性をだましたことはありません」とソーン氏は言った。「特に今のように思いを遂げるうえで、誠実であることが強く求められる場合にはね」

ソーン氏はサー・チャールズ・グランディソン[2]から学んだ、時代遅れのしかめ面とお世辞をしばらくこんなふうに続けた。シニョーラはしかめ面とお辞儀のたびに少しほほ笑み、少しお辞儀をした。ソーン氏はソファーの足元に立ち続けていた。というのも、参事会長になろうという男がテーブルの近くの栄誉ある席に陣取っていたからだ。アラビン氏はそのあいだ暖炉の火を背にしながら、上着の裾を両腕で押さえて立ち、目力を込めてシニョーラを凝視していた。それは無駄ではなかった。時々彼女から天の流れ星のように輝く視線が投げ返されてきたから。

「ねえ、ソーンさん、私のかわいい娘を紹介するとお約束しましたね。少しお時間をいただいてもよろしいかしら――これから娘にお会いになりませんか?」

ソーン氏はお嬢さんに会えるのは人生最大の喜びだとシニョーラに請け合った。「スロープさん、ベルを鳴らしていただいてもよろしいかしら?」と彼女は言った。スロープ氏が立ちあがると、彼女はソーン氏に目で合図して、椅子を指差した。しかし、ソーン氏は鈍くて、その意図を理解することができなかった。常に成功を望むシニョーラが即座に席を空けるように言わなかったら、スロープ氏は再びその席に着いていただろう。

「あら、スロープさん、ほんの少しのあいだここにソーンさんを座らせてくださるよう、あなたにお願いしたいのです。許してくださるかしら。今週はまだあなたになれなれしくすることができます。来週は、そうね、あなたは参事会長邸に入っておられるでしょうから、みんなそんなことを恐れ多いと思うことでしょう」

スロープ氏は無頓着を装って席を立つと、隣の部屋に入り、スタンホープ夫人のウーステッドの手織り仕事に大いに興味を示した。

そこへ一人の子が連れて来られた。八歳くらいの小さな少女で、母によく似ていたが、大きな目が黒くて、髪が漆黒であるところが違っていた。肌の色もかなり浅黒く、外国人の血が混じることを表していた。少女は子供が着るには異国風の贅沢な服を身に着けていた。むき出しの細い腕には大きなブレスレット、頭のまわりには金モールで飾った深紅のヘアバンド、ハイヒールの緋色の靴という出で立ちだった。ドレスは全面ひだ飾りでできており、ねらい通り小さな腰のところで完全に水平に突き出ていた。そのドレスは膝を隠していなかったから、すべてレースでできただぼっとした下履きがせめてもの償いだった。下はピンクの絹ストッキングをはいていた。訪問客がありそうな時間にネロの末裔がいつも着せられる服装はこんなものだった。

「ジュリア、いい子ね」と母が言った。ジュリアは一家の女性たちのお気に入りの名だった。「ジュリア、いい子ね、こっちにおいで。かわいそうなママが参列したすてきな園遊会のお話をしたでしょう。こちらがそのソーンさんよ。口づけをして差しあげなさい、おまえ？」

ジュリアは母の訪問者にいつもするように、顔をあげて口づけを受けようとした。そのとき、ソーン氏は少女と華美な盛装を——かなりこわごわと——そっくり腕のなかに抱えた。レースと糊が彼のベストとズボンに当たってしわになり、脂っぽい黒い巻き髪が彼の頬にかかり、ブレスレットの留め金が彼の耳を引っ掻いた。この壮麗な少女をどう抱いたらいいか、抱いてどうしたらいいか、まったくわからなかった。とはいえ、彼はいつものやり方でかわいがることにした。過去に小さな甥や姪をかわいがるように促される機会があったからだ。

「ギーコ、ギーコ、ギーコ、ギーコ」彼はそう言いながら、少女を片方の膝に乗せ、研ぎ師が脚で回転砥石を回すようにせっせとその脚を上下させた。

「ママ、ママ」とジュリアが言った。「ギーコ、ギーコはされたくない。放して、行儀の悪いおじいさんね、放して」

かわいそうなソーン氏はその子を静かに床におろすと、椅子を引き戻した。スロープ氏は魅惑の北極星のもとに戻っていたから、大声で笑った。アラビン氏は辟易して目を閉じた。シニョーラは娘の言ったことが聞こえないふりをした。

「シャーロットお伯母さんのところへ行きなさい、いい子ね」と母は言った。「それからあなたの外出の時間になっていないか、伯母さんに聞いてごらん」

しかし、小さなミス・ジュリアはソーン氏の親切には閉口したものの、紳士方に遊んでもらうことに慣れていたので、こんなにすぐ伯母のところへ行けといわれて不満だった。

「ジュリア、行ってと言われたら行ってちょうだい。いい子ね」しかし、ジュリアは部屋のなかですねていた。「シャーロット、こっちに来て、この子を連れて行ってちょうだい」とシニョーラは言った。「この子は外出しなくちゃならないの。日が短くなっているから」こうして、ずいぶん議論されたソーン氏とネロの末裔の面会は終わった。

ソーン氏は少女の不機嫌からすぐ立ち直った。むしろスロープ氏から笑われたほうが身にこたえた。子供から老人と呼ばれるのには堪えられたが、主教付牧師から――そいつがもうじき参事会長になるとしても――笑われるのはいやだった。彼は何も言わなかったが、怒っているのがはっきり表情に表れていた。

シニョーラはソーン氏の仇討ちの用意を整えた。「スロープさん」と彼女は言った。「お噂ではあらゆる方面で羽振りよくしておられるご様子ね」

「いったいどうしてそんな噂が?」彼はほほ笑んでそう聞いたけれど、もう参事会長になったかのように話されるのは――もちろんそれを強く否定したが――いやではなかった。

「恋と戦いの両方で勝ち組になっておられるのね」スロープ氏はこのときほど満足の表情を浮かべたことはなかった。

「アラビンさん」とシニョーラは続けた。「スロープさんって、とても運のいい方だとはお思いにならない?」

「本当の値打ちから見ると、もっと運がよくてもいい人だと思います」とアラビン氏。

「考えても見てください、ソーンさん、この方は私たちの新参事会長になられるのよ。もちろんみんなそれを知っています」

「しかし、実際のところ、シニョーラ」とソーン氏は言った。「私たちには何もわからないのです。間違いなく私自身はまだ――」

「この人こそ新参事会長――そのことにまったく疑いの余地はないのよ、ソーンさん」

「ふん!」とソーン氏。

「私の父やグラントリー大執事のような老人らの頭を飛び越えて――」とシニョーラ。

「いえ――そんな!」とスロープ氏。

「大執事だったら、そんな話があっても受けつけなかったはずです」とアラビン氏。これに対してスロープ氏はいやらしいほほ笑みを浮かべた。表情にものが言えたとすれば、スロープ氏のそれは手に入らぬ葡萄はすっぱいのだとはっきり言ったことだろう。

「私たちみんなの頭を飛び越えて」とシニョーラは続けた。「というのは、もちろん私、自分を参事会の一人と見なしているからなのです」

「もし私が参事会長なら」とスロープ氏が言った。「つまり、万一それになれたとしたらですが、何ですか、あなたのような女性参事会員を誇りに思います」

「まあ、スロープさん、やめてください。まだ話はすんでいません。あなたが誇りに思う女性参事会員はもう一人いるのです。スロープさんは会長邸をえるだけでなく、そのなかに入る奥様も手に入れるからです」

スロープ氏はまた当惑の表情をした。

「一財産お持ちの奥さんよ。いいことは何度もあるって言うでしょう、ソーンさん？」

「そうです、いいことは重なりますね」ソーン氏はスロープ氏にかかわることを話すのがいやでたまらなかった。

「いつになりそうかしら、スロープさん？」

「何がいつって言うんですか？」とスロープ氏。

「まあ！　参事会長の件がいつになるかってことに決まっているじゃありませんか。一週間で決まるかしら。新しい帽子はもう間違いなく注文されているはずですわ。けれどね、ご結婚はいつになるのかしら？」

「私の結婚？　それともアラビンさんの？」スロープ氏は無理におどけて見せた。

「そうね、さっきはあなたのご結婚のことを言っていたけれど、もしかしたら、今はアラビンさんのご結婚のほうが先かもしれません。けれどね、アラビンさんのことは何も存じあげません。この方ってとても口数が少なくて秘密屋なのですもの。あなたの場合はすべてが透き通って、ガラス張りですから。ついでに言っておきたいわ、アラビンさん、私はガラス張りのほうが好きです。恋の対抗馬になる男性はスロープさんが本命なのが見え見えですから。さあ、スロープさん、あの未亡人はいつ参事会長夫人にしてもらえるのですか？」

アラビン氏はこの揶揄を特に苦痛に感じた。しかし、この場から身を引き離して、立ち去ることができなかった。ボールド夫人はスロープ氏の妻になるのだと、彼は恐怖が生み出すたぐいの思い込みで確信した。スロープ氏が園遊会で試みたささやかな冒険については何も知らなかった。知らなかったから、スロープ氏が全然違った種類の冒険をしたと想像していた。未亡人の足元に身を投げ出し、受け入れられ、陽気な景気のいい求婚者として町へ帰ったと想像していた。シニョーラの冗談は、スロープ氏にとって厳しいものだったが、アラビン氏にとってでも厳しいものだった。彼はずっと暖炉に寄りかかったまま、ズボンのポケットのなかでごそごそ手ずさみをしていた。

「さあ、さあ、スロープさん、そんなに恥ずかしがらないで」とシニョーラはなおも続けた。「私たちはみんなあなたが先日ウラソーンであの人に求婚したことを知っています。あの人が何と言ってあなたを受け入れたか教えてくださらない。ただ『はい』と言っただけなの、それとも『いえ、いえ』の二重否定で肯定したの？　黙ったまますぐ受け入れたの？　それとも未亡人にふさわしい気概を見せてはっきり『あなたがその気なら、誓ってすぐスロープ夫人になります』と言ったの？」

スロープ氏はこれほど平常心を乱されたことはなかった。ソーン氏は近くに座り、内心ほくそ笑んでいた。年来の仇敵アラビン氏もそこに立って、刮目していた。二部屋を挟むドアのまわりには、ミス・スタンホープやグレイ師やグリーン師らを含む数人が群がり、彼の失敗を期待しつつ、みな聞き耳を立てていた。シニョーラに冗談を投げ返せるかどうか、今ひとえに彼の機転にかかっていた。投げ返せるものなら何とか投げ返さなければならないと思った。しかし、言葉が出て来なかった。「こういう良心というやつがいつも人を臆病にしてしまう」(3)彼は頬にエレナーの平手打ちの鋭い指先を感じた。わからないけれど、誰かがあの打擲を見ていたのかもしれない。彼を嘲ってこんなふうに楽しんでいるこの厄介な女に、誰かがその話をしたのかもしれない。それゆえ、彼はざくろ石のように真っ赤になり、魚のように黙りこくったまま、その場に立ち尽くし、みなの哀れみのまとになり、ちょうど歯が見えるくらいににたにた笑っていた。

しかし、シニョーラに哀れみなんかなかった。慈悲の何たるかの理解に欠けていた。スロープ氏をやり込めるのがもっかの目的であり、今相手を思うままにできるから、徹底的にそうする決意だった。

「いかが、スロープさん、答えられないの？　あの人が大物ねらいで、あなたを拒絶するような馬鹿だということもありえます。主教をねらっているのではないことは確かですけどね、どうなることか見てみましょう、スロープさん。未亡人はみなが知るように用心深いのよ。あなたは新しい帽子を頭に載せるまで、つまり参事会長邸の鍵が手に入るまで、あの人にちょっかいなんか出さないほうがよかったのだわ」

「シニョーラ」彼はついに口を開いて、威厳を込めた非難の調子で話そうとした。「厳粛な問題をあなたは、非常に何ですか、不適切な仕方で話しておられます」

「厳粛な問題――何が厳粛な問題ですの？　参事会長の帽子って、そんなに厳粛なものではありませんし」

「あなたから言われるようなそんな野心を私は持ち合わせておりません」

「ええ、きっとそうでしょうね、スロープさん。けれどね、まず一言言っておきます。首相の手紙をポケットに入れたら、もう一度あの人のところへ行くのね。あなたのショベル帽と私のショールを賭けてもいいけれど、そのときあの人はあなたを拒絶したりなんかしませんから」

「シニョーラ、あの人のことをとても容認できない仕方で話しておられます」

「もう一つご忠告を、スロープさん。もう一つだけあなたに言っておきたいの」そう言うと、彼女は歌い始めた。「――

陽気で賢いのはいいことね、スロープさん。
正直で誠実なのはいいことね。
古い恋にお別れするのはいいことね、スロープさん。
新しい恋を始める前にはね。

は、は、は」

それからシニョーラはソファーに深く座り直して、陽気に笑った。歌を聞いた人たちが、スロープ氏の初恋のささやかな物語をどう想像しようと気にしなかった。その人たちのある者が、歌のなかの古い恋の相手が彼女なのだと想像しても気にしなかった。シニョーラはスロープ氏にうんざりしており、厄介払いをしたいと思った。腹を立てる理由があって、復讐を望んだのだ。

スロープ氏はその部屋をどうやって抜け出したか思い出せなかった。おそらく誰かの助けを借りて、帽子を取り、最終的にそとに逃れることができたらしい。彼はついにシニョーラへの恋を克服した。次に彼の夢に現れたシニョーラは、空色の翼を具えた天使ではなかった。その姿は彼の心のなかでむしろ火と硫黄に結びつけられ、まだ霊的なものと信じられたものの、完全に天空から追放され、地獄の鬼どものなかに場所を見出していた。バーチェスターでかかわった二人の女性を両天秤に掛けたとき――彼はしばしばそういう計量の仕方をしたが――、魂の憎しみの皿の際立った場所に必ずシニョーラを置いた。

註

（1）「詩篇」第百三十七篇第一～二節に「我らはバビロンの川のほとりに座り、シオンを思い出して涙を流した。我らはそのなかの柳に我らの琴をかけた」とある。「サムエル記上」第四章第二十一節に「ただ彼女は『栄光はイスラエルを去った』と言って、その子をイカボデと名づけた」とある。

（2）サミュエル・リチャードソンの同名小説（一七五四年）に登場する主人公で、古きよき礼儀正しさと思いやりを備えた模範的人物。

（3）『ハムレット』第三幕第一場。

第四十七章（第三巻第十三章）聖堂参事会長が選出される

次のまる一週間、バーチェスターの人々は誰が次の参事会長になるかわからなかった。日曜日の朝はスロープ氏が断然本命だった。しかし、彼が聖堂に姿を現さなかったため、賭け率で一、二ポイント落ちた。月曜日に彼は使用人の聞いている前で主教から叱責を受け、値がつけられないところまで賭け率を落としてしまった。しかし、火曜日に親展と記された一通の封筒を受け取ったことから、この手紙で人気を挽回することができた。水曜日に彼が病気だという噂が立って、体調を崩した様子だった。しかし、木曜日の朝、彼は非常に元気よさそうに鉄道駅へ向かった。ロンドン行きの一等切符を買ったことが確認されたとき、彼が本命であることにもう疑いの余地はなかった。

バーチェスターで新参事会長の件がこういう発酵状態にあるさなか、プラムステッドにはあまり精神的な安らぎがなかった。我らの友、大執事には内なる深い悲しみの材料がたくさんあった。彼はグイン博士が主教公邸でおこなった交渉結果が気に入らず、自分が行っていたら、もっとうまく交渉していたと妻に言った。妻があなたでも無理だったと言っても、夫の気持ちを軽くしてやることはできなかった。

しかしながら、クウィヴァーフル氏が慈善院長に就任するのは既成事実になっており、ハーディング氏がその指名を黙認するのも事実だった。どうあがいてもハーディング氏に主教に対して公然と異議申し立てをさせることはできなかった。ラザラス学寮長もそんなことはしないほうがいいと言った。

「学寮長がどうしてそんなふうに考えたかわからない」大執事は何度も言った。「前は毅然として教団のために立ちあがっていたというのに」

「ねえ、大執事」グラントリー夫人が答えた。「いつも人と喧嘩ばかりして何になるの。学寮長の判断は確かに正しいと思います」しかし、その学寮長は大執事夫妻が知らぬ間にすでに独自の措置を講じていた。

そのころグラントリー博士にとって、スロープ氏の羽振りのよさは有毒ナスのようなものだった。ボールド夫人の無節操もまた同じ毒だった。もしスロープ氏がバーチェスター聖堂参事会長になり、妻の妹と結婚したら、グラントリー大執事を取り巻く世界はどう変わってしまうのか！　大執事はくどくどとその話を繰り返したので、ほとんど病気になってしまった。グラントリー夫人はいっそ妹の結婚も何もかもさっさと終わってくれたらいいと思った。そうすればこんな話をこれ以上聞かされなくてもすむだろう。

大執事を滅入らせるもう一つの悩みの種があり、それがほかの二つと同じくらいに彼を深く傷つけた。彼が聖イーウォルド教区に据えたあの牧師の模範、大いに自慢したあの学寮の同窓生、槍の穂先でスロープ氏を一敗地にまみれさせるはずだったあの教会の騎士、かくあるべしと思われたあの立派な教会の堡塁、オックスフォードの気概のあの栄誉ある代表は――少なくとも妻はそれを六度語ったが――いやらしい行為をしていたのだ！

先週プラムステッドにアラビン氏は姿を現さなかったのに、残念なことに彼の噂がたくさん届いてきた。ウラソーンの園遊会の夜、グラントリー夫人は大執事と二人きりになるとすぐ、園遊会のアラビン氏の振る舞いについて強く意見を述べ、まともな教区牧師らしからぬ表情、行動、話しぶりだったと断言した。初め大執事は笑って取り合わず、心配することはない、アラビン氏は信頼に足る人だとわかると保証した。しかし、徐々に妻の目が自分の目よりも鋭かったことに気づいてきた。ほかのいろいろな人がシニョーラとアラビン氏の名を並べてあげた。構内に住む痩せた小柄の名誉参事会員は、アラビン氏がスタンホープ博士の家をどれくらいの頻度で訪問したか、訪問のたびにどれくらい長く滞在したか、正確に報告した。大執事が聖堂の図書室でアラビン氏の所在を尋ねたところ、おせっかいな小男の聖歌助手がスタンホープ家で彼が見つかるかどうか見てきましょうと申し出た。噂嬢はトランペットで最初の音を出そうと思ったら、すぐ大きな音を出せるものだ。アラビン氏がイタリア女に屈服したことは明らかであり、燃え木が焦げないように何か打つ手を考えなければ、大執事の信用が揺らいでしまうのも明々白々だった。加うるに、大執事を正しく見ると、彼はアラビン氏に愛着を抱いていたから、期待を裏切られて深く嘆き悲しんでいた。

スロープ氏がロンドンへ発った次の日の夕食前、グラントリー夫妻は居間に座り、悲しい話題を話し合った。このとき、夫人は率直に考えを口にして、教区牧師についての持論をこの際はっきり言っておいたほうがいいと考えた。

「私の言うことを聞いてくれていたら、大執事、あなたは独身者を聖イーウォルド教区に入れたりはしなかったわ」

「しかし、おまえ、独身牧師はみなよからぬ行為をするなんて言うつもりじゃないかい」

「牧師がほかの男とたいして変わらないことはわかっています」とグラントリー夫人が言った。「あなたの監視下に置いて、よからぬことを繰り返したら、追い出せる副牧師にしておいたらよかったのです」

「しかし、アラビンさんはフェローでしたから、妻が持てなかったんですよ」

「私だったら誰か既婚者を連れてきました」

「しかし、おまえ、フェローは聖職禄に就けないじゃないか?」

「いいえ、婚約すれば、きっと禄に就けます。私だったら結婚も、婚約もしていない若い男に禄はあげません。けれども、アラビンさんにあげてしまった。全部あなたの責任ね」

「今オックスフォードじゅうを捜しても、アラビンよりも道徳と品行の点で尊敬される牧師はいませんよ」

「ああ、オックスフォードね！」夫人は嘲りを込めて言った。「オックスフォードで人が何をするか、誰も聞いたことはありません。オックスフォードでうまくやれる人が教区では不名誉なことをする。本当のところアラビンさんってそんな人のように思えるの」

大執事は低い声でうめいたが、これ以上返す言葉がなかった。

「大執事、あの人にお説教をしなければなりません。教区牧師があの女といちゃついて時間の大半をすごしていると知ったら、ソーンさんらが何て言い出すか、それだけを考えてくださいね」

大執事は再びうめいた。彼は勇敢な男であり、必要なら、主教区の年下の牧師を叱責する方法を充分心得ていた。しかし、アラビン氏にはどこか容易にたしなめられない部分があると感じていた。

「あの人に自分で妻を見つけるように言うといいわ。それがどういう意味かあの人にもわかるでしょう」とグラントリー夫人。

大執事はうめき声をあげることしかできなかった。一方にスロープ氏のことがあった。こいつは参事会長になり、妻をめとり、立派な地位と富、すばらしい邸宅と家族用馬車を手に入れようとしていた。やつはじきバーチェスターの牧師社会で心地よいエリートの一員になることだろう。他方、大執事の被後見人、信頼する真の教会の真の若枝は貧しい俸給牧師のままだった。これも道徳的な振る舞いに無頓着な性格だったせいなのか？　アラビン氏に結婚を勧めるのはいいが、結婚したらどうやって妻を養っていくのだろう？

プラムステッドの応接間で問題がこんなふうに収束しつつあったとき、砂利の車廻しを走る二頭の馬と速いガラガラという馬車の音によって、グラントリー夫妻の快い会話は妨げられた。その音は田舎家の玄関先で上品に礼儀正しく私用の馬車を止める訪問客のものではなかった。急いでこの家に入ろうとしており、しかもすぐ帰りそうにない人――あるいは人々――の到来の印だった。一週間泊まるように招待されながら、ディナーを知らせる最初の鐘が鳴ったあと、遅刻して着いたことを意識する訪問客なら、おそらくこんなふうにやって来たことだろう。大伯父の訃報を携える弁護士がやって来ても、あるいは二科目最優等の栄誉を受けたばかりの息子が大学から帰ってきても、こんなふうだったかもしれない。この田舎家に勝手に入り込んでも大丈夫と思わない人には、とてもこんなふうに乗りつけることはできなかった。

「誰かしら」グラントリー夫人は夫の顔を見ながら言った。

「いったい誰かな?」大執事は妻に言い、静かに身を起こすと、立って応接間のドアを片手で開けた。「おや、おまえの父さんですよ!」

まさしくそれはハーディング氏で、ハーディング氏一人だけがそこにいた。バーチェスターから一人で二頭立て四輪駅馬車に乗り、明らかにニュースを携えて、日が暮れるころにたどり着いたところだった。普段はいちばん静かに訪ねてくる人で、通知を寄こさずに来ることはめったにない人だった。いつも乗ってくる地味な古い緑色の一頭立て貸馬車は玄関のドアにゆっくり進むから、ほとんど音なんか立てなかった。

「おやおや、院長、あなたですか?」大執事は驚いたから、この二、三年間に起こった経緯を忘れてそう呼びかけた。「どうぞ入ってください。いやなことでなければいいんですが」

「来てくださってとても嬉しいわ、父さん」と娘が言った。「すぐお部屋の準備をしてきます」

「もう院長ではありませんよ、大執事」とハーディング氏は言った。「クイヴァーフルさんが院長です」

「ええ、わかっています。わかっていますとも」大執事は不機嫌に言った。「一瞬忘れてしまったんです。何か問題でもあるんですか?」

「スーザン、ちょっと待っておくれ」ハーディング氏は言った。「話したいことがあるんです」

「ディナーの鐘があと五分もすると鳴りますわ」と娘。

「そうですか?」とハーディング氏は言った。「それじゃあ待ったほうがいいね」父は持って来たニュースをすぐにも伝えたかったけれど、多くの議論なしにはすまないだろうと思った。二頭立てを使ってできるだけ早くプラムステッドに急いだものの、今到着してみると、ディナーという猶予を進んで受け入れる気になった。

「話さなきゃならない重要なことがあるなら」と大執事が言った。「どうかすぐ教えてください。エレナーが駆け落ちでもしたんですか?」

「いいえ、そんなことはありません」ハーディング氏は非常に不快な表情になった。

「スロープが参事会長になったんですか?」

「いいえ、なっていません。でもね――」

「でも、何なのですか?」大執事はもどかしがった。

「それが――」

「それが、何です?」と大執事。

「それが、私に聖堂参事会長になれとね、言ってきたのです」ハーディング氏はこれを言うことさえはばかるほど謙虚な人だった。

「何ということ!」大執事はへなへなと背を安楽椅子に沈ませた。

「まあ、大好きな父さん」グラントリー夫人は父の首に腕を回した。

「それですぐこちらに来て、あなた方と相談したほうがいいと思ってね」とハーディング氏。

「相談！」と大執事は叫んだ。「しかし、ねえハーディングさん、心から――心からお祝いを言います。本当に祝福しますよ。人生これまでにこんな嬉しいニュースは聞いたことがありません」彼は義父の両手をつかむと、振り取ってしまいそうなくらい激しく握手した。それから『ジュピター』を頭上で振り回し、部屋を歩き回って喜びを表した。

「でもね――」ハーディング氏が口を開いた。

「その『でもね』はいりません」と大執事。「こんなに嬉しいことはありません。ただ、これはきっと正しい措置でしたよ。誓って死ぬまでもうP卿にそむくようなことは言いません」

「きっとグイン博士の仕業なのでしょう」とグラントリー夫人。夫人はラザラス学寮長が法を守る妻帯者で、子供を大勢作っていたから大好きだった。

「そうだな」と大執事。

「ああ、父さん、本当に嬉しいわ」グラントリー夫人は身を起こすと、父に口づけした。

「でもね、おまえ」ハーディング氏は話のきっかけを作ろうとしたが、無駄だった。誰も話を聞いてくれなかった。

「さて、参事会長」大執事が意気揚々として言った。「慈善院の楡の木の代用としては、参事会長宅の庭園は慰めになりますな。それに哀れなクイヴァーフル！　もうあの人の幸運をねたみはしません」

「ええ、本当に」とグラントリー夫人は言った。「かわいそうな奥さん、十四人も子供がいて。院長邸に入れてとてもよかったわ」

「そうですね」とハーディング氏。

「この知らせを聞いたとき、スロープがどんな表情をするか見られたら」と大執事が言った。「二十ポンド出してもいい」大執事はスロープ氏の惨敗を考えるだけでも上機嫌だった。

やっとハーディング氏は二階に行って手を洗うことができた。しかし、事実はプラムステッドに来て言おうと思っていたことをまだほとんど言っていなかった。ディナーが終わって使用人がいなくなるまで、これ以上は何も言えそうになかった。グラントリー博士は尋常な喜びようではなかったから、使用人がいるところでも義父を参事会長と呼ぶのを控えることができなかった。それゆえ、ハーディング氏が娘の未来の夫の代わりに新参事会長になることについて、階下の使用人のあいだですぐ議論が起こり、意見は様々だった。料理人と執事は高齢だったから、これが当然の成り行きだと考えた。しかし、従僕と奥様付メイドはもっと若かったから、スロープ氏が出世の機会を失うのはとても残念だと考えた。

「あの男は結局さもしいやつだった」と従僕が言った。「残念って思うのは、あの男のためじゃない。おりゃいつだって奥さんの妹さんがすばらしい人だと思ってた。あの人は参事会長の奥さんにふさわしいお方だ」

階下の意見はこういう調子だったが、上の階では非常に異なる一つの意見があった。食事が片づけられ、テーブルにワインが載るやいなや、ハーディング氏は話を切り出す機会を自分で作った。しかし、胸中には混乱を抱えた発言だった。

「P卿にはたいへんお世話になりました。ご親切な方です。ええ、深く、本当に深く感謝します。今回の申し出は、白状しますが、嬉しかった——」

「そうでしょうな」と大執事。

「それでもね、残念ながら、この申し出は受けるわけにはいかないんです」

デカンターが大執事の手からテーブルの上に落ちそうになった。夫の驚きがとても大きかったので、夫人は椅子から飛びあがった。参事会長職を辞退する！　もしこれが本当なら、義父の気が違ったことは疑問の余地がないだろう。今問題になっているのは、年二百ポンドにもならない下位職の牧師が年千二百ポンドの上位職、この聖職でえられるもっとも望まれる役職の一つを受諾するかどうかの問題だった！

「何ですと！」大執事は感情が高ぶりすぎて卒中を起こしたかのように、あえぎながら、客を見つめた。「どういうことです！」

「新しい職務に私はふさわしくないと思うから」とハーディング氏は主張した。

「新しい職務！　どんな職務です？」大執事は思わず皮肉を込めて言った。

「ああ、父さん」とグラントリー夫人は言った。「参事会長の職ほど簡単なものはありません。父さんはトレフォイル博士よりも元気ですから」

「現在の半分も仕事はないでしょうな」とグラントリー博士。

「先日『ジュピター』に出ていた、仕事ができる若い人の記事を読みましたか？」

「ああ。新聞はスロープさんをあの職に就けようとやっきになっていたようです。あなたもスロープさんに参事会長になってほしいんですか？」

ハーディング氏はこの揶揄に痛みを感じたけれど、何も答えなかった。プラムステッドにわざわざやってきたのは、スロープ氏について義理の息子とこれ以上言い争いをするためではなかった。それで聞かぬふりをしてやりすごした。

「私の気持ちをあなたに理解してもらうことはできないと思います」とハーディング氏は言った。「私たちは違うタイプの人間ですから。あなたのような気力、精力、闘争力が私にもあったらと思う。でもね、そんなものは私にはないんです。一日一日がすぎていくたびに、平安と休息を求める思いが深まってくるんです」

「参事会長邸よりほかに、平安と休息がえられるところがいったいどこにあるというんですか?」と大執事。

「その職に就くには私は歳を取りすぎていると言われている」

「何と！　誰が?　どんなやつが言っているんですか?　そんなやつらを気にする必要はありません」

「でもね、私自身も新しい職に就くには歳を取りすぎていると思うんです」

「ねえ父さん」とグラントリー夫人が言った。「父さんよりも十も年上の人たちが毎日新しい職に就いていますわ」

「おまえ」と父が言った。「私の気持ちをおまえにわからせることはできないし、わからせることに意味があるとも思えません。本当のことを言うと、私には時勢に逆らうだけの気概がないんです。いろいろな方面から要請されているのは若い人なんです。そういう要請に対抗して、自分を押し出すだけの神経を私は持ち合わせていません。もし『ジュピター』が指名を聞きつけて、私の無能ぶりを次々と記事にして書き立てたら、私は気が狂ってしまうこと、請け合いです。それくらいは我慢しなければと、おまえは言うでしょうね。おまえ、私もそうだろうと思います。でもね、私は気が弱いから我慢できないんです。じつを言うと、私は子供と同じで参事会長の職務をまったく知らないんです」

「ふん！」と大執事が叫んだ。

「私に腹を立てないでください、大執事。この件で言い争いはやめましょう、スーザン。あなた方の期待に背かなければならない私の切迫した思いを理解してもらえたら、腹を立てる必要なんかないことがわかるでしょう」

グラントリー博士はこれによって大きな痛手を受けた。ハーディング氏が参事会長邸に入ることくらい都合のいいことはないと思っていたからだ。最近貧しくしているからと言ってハーディング氏を見くだすというようなことはなかったが、博士はできれば身内が安楽な地位に就いていてくれたほうが嬉しかった。ハーディング氏には聖カスバートの俸給牧師兼音楽監督でいるよりも、バーチェスター聖堂参事会長になってもらったほうがいいと感じていた。そのうえ、バーチェスターの上品な人々のあの大敵、彼らのところに落ちてきたあの低教会派の成りあがり牧師が大失敗を演じるのを見るのは、それだけでも価値あることだった。ハーディング氏が迷い込んでしまった愚かな奇想と不健全な幻想によって、願ってもない幸運が損なわれてしまうのは、恐ろしくて考えられなかった。唇まで盃を運んでおきながら、中身を飲むことができないのは、グラントリー博士には堪えられないことだった。

しかし、それは我慢しなければいけないことのように思えた。博士は脅迫したが、無駄だった。説得したが、無駄だった。ハーディング氏は差し出された栄誉ある地位を完全に拒否するような言い方はしなかったが、決して受諾するとは言わなかった。幾度強く迫られても、新しい職務に自分はふさわしくないと幾度も主張した。新しい職務なんか何もないんだと、大執事が露骨に言わずに遠回しにほのめかしても無駄だった。難しい局面に遭遇したときは、彼、大執事が気の弱い参事会長に喜んで導きの手を差し伸べるからと、臭わしても無駄だった。ハーディング氏は新しい職務が存在するという思い込みのうえに、その職務をはたす用意がない者は、誰も役職を引き受けてはならないという馬鹿な考えにとらわれているように見えた。

その会議では、ハーディング氏が首相の個人秘書から手紙を受け取ったとの受領の返事をすぐ書いて、そのなかで心を決めるため二日間の猶予を請い、その二日間で問題をじっくり考えることにしようという了解がなされた。

翌朝、大執事はハーディング氏をバーチェスターへ送って行くことにした。

第四十八章 （第三巻第十四章） ミス・ソーンが縁結びの腕を振るう

ハーディング氏は大執事とともに順調にプラムステッドからバーチェスターに帰ったが、もっと驚かせる知らせに出会うことになった。彼はその馬車の旅のあいだじゅう大執事の説得工作の重圧に曝されたが、それに何も答えられなかった。彼を参事会長にしようとしている家父長的政府の意向に添うのが当然の義務だというのが大執事の説得の趣旨だった。それで、ハイストリートの薬局の玄関に着いたとき、彼はいったいこの件でどう行動したらいいかわからなくなってしまった。途方に暮れていたのに、さらに困惑させる事態が待ち受けていた。どうか今すぐ駆けつけてほしいという娘の手紙がそこにあったからだ。しかし、物語を少し前に遡って見なければならない。

ミス・ソーンはアラビン氏のあの噂――グラントリー夫人の平安をかき乱したあの噂――を遅れることなく耳にした。彼女もまた、自分の教区の牧師が奇妙な女神を崇拝しているとの非難を聞いて眉をひそめた。彼女もまた、禄付牧師や俸給牧師がみな妻帯者でなければならないと考えるたぐいの人だったので、アラビン氏にふさわしい結婚相手はいないかと、持ち前の気のいい乗りで知恵を絞り始めた。グラントリー夫人はこの難題に関して大執事の説諭にまさる良薬はないと考えた。しかし、ミス・ソーンはこれには若くて、独身で、充分な持参金のある女性こそ効き目があると考えた。彼女は頭のなかで未婚の友人たちのカタログを広げると、夫を求めており、かつ田舎の牧師館の女主人という地位に昇格するに足る女性を考えた結果、ボールド夫人以外に適格者を見つけることができなかった。そういうわけで彼女は時を移さずバーチェスターへ赴くと、ボールド夫人を招待し、子守と赤ん坊を連れてウラソーンへ来るよう、長く滞在するように説得した。その日はスロープ氏が惨敗を喫した日、彼女の弟がネロの末裔との奇妙な面会をはたした日だった。

ミス・ソーンは一、二か月の滞在という提案をしたものの、あとでさらに説得して一冬すごすまでそれを延長させるつもりでいた。アラビン氏が未来の花嫁と親しくなるチャンスを与えるためだった。「アラビンさんも招待しましょう」ミス・ソーンは胸中つぶやいた。「そうすれば春になる前に気心がわかってくる。うまく行けば一年か、一年半もすれば、ボールド夫人は聖イーウォルドに住んでいるでしょうね」それから、この心優しい女性は縁結びの才能を自賛したが、それほど見当違いな自慢でもなかった。

エレナーは少し驚いたものの、一、二週間のウラソーンへの滞在を約束してこれに答えた。父がプラムステッドへ馬車で出かけた前日、彼女はウラソーンに到着していた。

到着した夜、ミス・ソーンは未来の夫をすぐ連れてきてエレナーを戸惑わせるようなことはしなかった。まず時間を与えてくつろいでもらおうと思った。しかし、翌朝にはアラビン氏が到着していた。「さあてとミス・ソーンは思った。「これから二人を一緒にする工夫が必要ね」ところが、その日のディナーのあとだった。エレナーは威厳を保とうとしてろくに保てず、涙を抑えようとして抑えられず、動揺を克服しようとして克服できず、喜びを隠そうとして隠しきれないまま、ミス・ソーンにアラビン氏と婚約したと言い、これを伝えるため一刻も早くバーチェスターへ戻らなければならないと告げた。

ミス・ソーンは計画の成功を喜んだと、簡単に言うだけではそのときの彼女の気持ちを一端でも表現したことにならない。二十マイルとか三十マイルとかの旅、気の遠くなるような長い徒歩の道のり、想像するのも恐ろしい労苦が前途に待ち構えていると思ったら、出発するとすぐ目ざとく近道を見つけて、五分もしないうちに疲れもなく目的地に到達した、そんな夢を読者は見たことがあるかもしれない。ミス・ソーンは寝てはいなかったけれど、どこかこの夢に通底する気持ちを味わった。読者のなかには子供の世話をしなければならないとき、時にはやむをえず冬の終わりか、夏の始まりにはすばらしいプレゼントが待ち構えていると約束した人がいるかもしれない。しかし、せっかちな子供はそれが待てなくて、ベッドに入る前にすぐそれをくれとうるさくせがむ。ミス・ソーンはこの二人がまるでこんな子供と同じくらいに無分別だという印象を抱いた。彼女は導火線の長さを計算違いして仕掛けた未熟な砲兵隊員のようだった。火薬は予想外に早く爆発し、哀れなミス・ソーンは自分で敷いた爆破火具（1）の衝撃で吹き飛ばされたように感じた。

ミス・ソーンといえども昔は恋人を作ったことがあった。しかし、そういう殿方たちは古風で慎重な気質の紳士だった。彼女は今も清純な独身女性だったが、必ずしも常に気難しくしていたわけではない。それでも最初の攻撃でこんなふうに簡単に陥落したことなんかなかった。彼女は学問に励む中年の牧師と、再婚を受け入れるかもしれぬ分別ある婦人を引き合わせるつもりだった。そうしたら、ほくちに火を投げ込む結果になってしまった。まあ、なるようにしてなったとも言えたが、計画の早すぎる成功におそらく彼女は少々面食らい、求婚を快諾したボールド夫人の用意のよさにおそらく少し苛立った。

しかし、彼女は誰にもこの話をしないで、これが旧世代とは違う新世代のやり方なのだと思うことにした。母や祖母の世代なら、もう少し慎重に行動していただろうが、今と昔では物事が違ったふうにされるのは仕方がないとあらゆる方面で言われていた。よくわからないが、ミス・ソーンが知らずに十二か月必要と思ったことも、最近の世のなかでは数時間もあれば充分なのだろう。

しかし、この求婚の件にざっと目を通すだけといった軽率なことをしてはならない。エレナーがウラソーンで二人の恋人をいかにあしらったか、おそらく退屈するくらい正確に述べたが、彼女がここでアラビン氏といかに向き合ったか、同じように正確に、できれば退屈しないように叙述する必要がある。

ミス・ソーンの招待を受け入れたとき、ウラソーンが聖イーウォルド教区にあるということがエレナーの頭にあったのは否定できない事実だった。彼女はシニョーラと面会して以来、アラビン氏のこととシニョーラから言われたこと以外に何も考えられなかった。シニョーラから言われたことは真実ではないと思おうとしたが、どうしてもそれができなかった。どう考えてみても自分がアラビン氏から愛されていることを事実として受け入れざるをえなかった。さらに自問を進めていくと、自分もまた彼のことが好きだと白状せざるをえなかった。彼の希望と悲しみの伴侶となるのが自分の運命だとするなら、ミス・ソーンほど友情を求める相手としてふさわしい相手があるだろうか？　この招待はまるでその運命の実現へ向けて神が定めた一歩のように思えた。アラビン氏が翌日ウラソーンに来ることになっていると聞いたとき、まるで世界じゅうが共謀して彼女のためによかれと動いているように思えた。そうだ、自分がそれに値しないと言えようか？　スロープ氏との関係が疑われたとき、世界じゅうが共謀して彼女のために悪しかれと動いていたのではなかったか？

しかし、エレナーは気楽にくつろいでいることができなかった。ディナーを終えた夕暮れ時、ミス・ソーンはアラビン氏がいかに優秀な資質を持っているかとうとうと語り聞かせ、彼に関するどんな意地悪な噂もみな本当ではないとほのめかした。しかし、ボールド夫人は何とも答えることができなかった。ミス・ソーンは少々らちを超え、聖イーウォルド俸給牧師館ほど美しい牧師館は知らないとまで断言した。このとき、ボールド夫人は弓形の張り出し窓や女司祭のことを想起したけれど、やはり何も言わなかった。しかし、自分がアラビン氏に恋していることをみなが知っていると確信すると、耳がじんじん鳴った。そういうことなら、ただ二人が落ち合い、互いに今言いたいことを話すとしても、何ら問題はないのではないか？

　そして、二人は会った。アラビン氏は午前中に到着し、応接間で二人の女性が編み物をしているところに入ってきた。ミス・ソーンは真実がわかっていたら、すぐ姿を消していただろうが、すぐ消えるのがいちばんの恩恵になるとは思いもしなかったから、昼食の時間までい続けて、二人とお喋りした。アラビン氏はシニョーラの美しさについて話すばかりで、スタンホープ家の人々のことしか話さなかった。こんな話をされて、エレナーはひどく気が沈んだし、ミス・ソーンは不満を鬱積させた。しかし、アラビン氏が素直に賞賛を口にするのは彼の無垢を証明するものでもあった。

　それから三人は昼食を食べた。アラビン氏が教区の仕事に出かけると、残されたエレナーとミス・ソーンは連れ立って散歩に出た。

「シニョーラ・ネローニは噂通りのすてきな方だと思いますか？」エレナーが屋敷へ帰る道すがら尋ねた。

「あの方は確かにとても美しい人です、本当に」とミス・ソーンは答えた。「けれど、誰もあの方をすてきな人とは言いません。どんな殿方にもあの方に会いたいと願わせる、そういう人なのです。けれど、たとえあの方が未婚で健常であったとしても、温かい家庭に喜んで受け入れようとする殿方はいないと思います」

　いくらか慰めになる言葉だった。エレナーはそれを大切にしながら、屋敷にたどり着いた。それから応接間に一人でいると、暗くなり始めたころ、アラビン氏が入ってきた。

　十月初めの美しい夕べだった。エレナーは窓辺に腰掛け、消えかかる日差しで小説を読んでいた。心地よい部屋には火がたかれていたが、火に近づきたいと思うほどまだ寒くはなかった。座った場所から太陽が沈むのが見えたから、小説にあまり集中していなかった。

　アラビン氏は応接間に入ってくると、いつものようにしばらく暖炉に背を向けて立ち、いい天気だとありきたりなことを言ったものの、胸中勇気を奮い立たせて、もっと楽しい話はできないものかと思った。彼がそのときその場でエレナーに求婚しようと決意していたとはおそらく言い切れない。男というものはめったにそういう決意をするものではないと思う。なるほどスロープ氏やスタンホープ氏なら簡単にそういう決意をしただろう。しかし、紳士すらも往々にして明確な決意なしに結婚を申し込むものだ。このときのアラビン氏がそれだった。

「きれいな夕陽」エレナーは相手が選んだ恐ろしくありきたりな話題にそう答えた。

炉辺の敷物から夕陽が見えなかったので、アラビン氏は彼女に近づかなければならなかった。

「本当ですね」アラビン氏はそう言いながら、ドレスのひだ飾りに触れないように遠慮がちに彼女から離れて立った。それから、それ以上言葉が見つからなかったので、沈んでいく美しい夕陽をしばらく無言で眺めたあと、また暖炉のところへ戻った。

エレナーは自分のほうから会話を始めるのはまったく不可能だと知った。まず何よりも言葉が見つからなかった。彼女の場合、いつもおびただしくあふれ出てくる言葉なのに、今はまったくそれに頼ることができなかった。そのうえ、どうしても涙を止めることができなかった。

「ウラソーンは好きですか?」アラビン氏は炉辺の敷物の上、離れて安全な地点から話しかけた。

「ええ、とても好きですわ!」

「ソーンさん姉弟のことではありませんよ。お二人が好きなのは知っていますから。ぼくが言いたいのは屋敷の様式のことです。ここには昔の邸宅――事実そうなのですが――の風情があるし、古い庭園もある。こういったところがぼくは特に気に入っているのです」

「古いものは何でも好きです」とエレナーが言った。「古いものほど偽りがありません」

「それはわからないけれど」アラビン氏は優しく笑って言った。「肯定的にも、否定的にも多くのことが言える意見ですね。ぼくたちみなにとって身近な、すぐ目の前の問題でありながら、意見がこれほど大きく違っているのは、奇妙なことです。ぼくらがますます完璧な存在に近づいていると考える人もあれば、一方でこの世から美徳というものが失われていくと考える人もいます」

「それでは、アラビンさん、あなたはどう考えているのですか?」とエレナーが聞いた。相手が話す口調にいくぶん驚きを感じたけれど、感情を表さずに話せる話題を提供してくれて、救われた思いだった。

「ぼくがどう考えているかですか? ボールドさん」アラビン氏はズボンのポケットの硬貨を両手でジャラジャラと鳴らし、羽振りのいい恋人にはとても見えない表情と声で言った。「重要な問題について揺るぎない意見を持てないのがぼくの苦しみでした。考えて、考えて、考え続けるのですが、思考はばらばらな方向へ向かうのです。はっきりと希求するあの高い希望に、祖父らが依存したよりも、もっと自信をもってぼくらが依存できるかどうかわかりません」

「世界は毎日のように世俗化していると思います」とエレナーが言った。

「それは若いころよりも今のほうが世間を目の当たりにする機会が多いからです。が、目に見えるものによって判断してはいけません。――じつはぼくらはほとんど何も見ていないのです」しばらく間があった。「ぼくらが聖書を信じるなら、そのあいだアラビン氏はシリング貨や半クラウン貨をひっくり返し続けた。「ぼくらが聖書を信じるなら、今人類が退行を許されているとは思えません」

エレナーは人類一般の有りようとはまったく違うことで頭が一杯だったから、これに答えることができなかった。彼女は自分に強い失望を感じた。シニョーラから非常に奇妙なかたちで注ぎ込まれた、あの話から頭を切り離すことができなかった。切り離せるまで、アラビン氏と気兼ねなく自然に話を交わすことはできないと思った。胸中の特別な感情を彼から察知されてしまうのではないかとしきりに気を揉んだ。顔を見られたら、そこに不安が表れているのをすぐ見抜かれてしまうと思った。

しかし、相手は彼女のほうを見なかった。彼女のほうを見ないまま、暖炉から離れ、部屋のなかを行ったり来たりし始めた。エレナーは意を決して本を取りあげたが、読めなかった。涙が目にあふれて、なすすべもなく頬を伝った。アラビン氏が背中を向けたとき、急いでそれを拭ったけれど、次の涙がすぐ頬に落ちた。涙は止まらなかったが、洪水というほどではなかった。洪水ならすぐ秘密のすべてを暴露してしまっただろう。そうではなくて一粒ずつの心の報告だった。アラビン氏から観察されていなかったから、涙は見られずにすんだ。

アラビン氏はこんなふうに部屋を行ったり来たりしていたが、四、五回往復してやっと次の言葉を発した。エレナーは本に顔を伏せて、黙ったまま座っていた。涙に負けてしまうのが怖かったので、部屋を抜けだそうと思い始めた。そのとき、アラビン氏が彼女と向き合ったところで足を止めた。すぐそばまで近づいてきたというのではなく、歩く勢いで導かれた一点で立ち止まると、上着の裾の下に手を入れて、このように告白した。

「ボールド夫人」と彼は言った。「あなたに対して犯した無礼の懲罰をぼくは受けなければなりません」エレナーは心臓があまりにどきどき脈打つのを感じたから、相手が無礼なんか働いていないことをはっきり言える自信がなかった。アラビン氏はこう続けた。

「ずっとこのことを考えていたのです。ぼくは一度あなたにある質問をしたけれど、あんな質問をする権利はぼくにはまったくないと気づいたのです。無礼だったし、男らしくない行為でした。ぼくとあなたの親戚、グラントリー博士の間柄がいかに親しくても、この無礼の言い訳にはなりません。ぼくらがいくら知人関係にあるとしても、なりません」この知人関係という言葉を聞いたとき、エレナーは胸に寒々としたものを感じた。結局、これが彼女の運命だったのか？「それで謙虚な気持ちであなたの許しを請いたいのです。今そうしています」

エレナーは彼に何と答えればよかっただろうか？　涙のせいであまりたくさん話すことはできなかったものの、何か言わなければならなかった。言っても心の内がばれないようなら、その何かを優雅に優しく言いたかった。しかし、これほど言葉が見つからないのは初めてだった。

「本当に私は怒ってなんかいません、アラビンさん」

「ええ、いえ怒っていました！　怒らなかったら、あなたじゃありません。あなたの気持ちを傷つける過ちを犯したのですから、怒って当然でした。ぼくは自分を許す気はないのですが、あなたから許しの言葉を聞けたらと思います」

彼女は今穏やかに話すことはとてもできなかったが、涙を隠すことは怠らなかった。アラビン氏は返答を与えられないまま、しばらく黙っていて、それからドアのほうへ向かった。彼女は返事もせずに相手を行かせることはできないと感じた。そんなことをしたら、慈悲にそむくひどい罪を犯すことになる。それで、立ちあがると、相手の腕に優しく触れて言った。「ああ、アラビンさん、私が答える前に出て行ったりしないで！　もちろんあなたを許します。あなたを許すことくらいわかっていますね」

彼は腕にとても優しく触れたその手を取ると、彼女の顔を覗き込み、自分の未来の全運命を読み取ろうとするように、それが本のようにそこに書かれているように、じっと見つめた。そうしたとき、彼はまじめで、悲しげで、真剣な顔つきを見せたから、エレナーはそれに堪えられなかった。ただカーペットに目を落とすと、涙が滴るに任せ、手を彼の手に委ねていた。

二人がそうやって立っていたのはほんの一分間だったが、生涯の思い出にするには充分な一分間だった。エレナーは今愛されていることをはっきりと感じた。言葉はいくら雄弁になりえても、この熱く、もの悲しい視線の交換ほど強い印象を残しえなかったはずだ。

どうして彼はこれほど彼女の瞳を見つめているのか？　どうして何も話そうとしないのか？　最初のきっかけを彼女に求めているということなのか？

彼は女性についてほとんど何も知らなかったが、その彼でさえも愛されていると感じた。ただ求めさえすれば、みな彼のものになるのだ。聖イーウォルドで最初に出会って彼をこれほど魅惑してきた、言葉に言い表せないこの愛らしさも、今は静かだがいつも多くを語るこの瞳も、女性らしいこの聡明さも、愛情に満ちたこの熱い心も、今やみな彼のものになる、なるに違いない。愛してくれていると考える以外に、彼女がこんなふうにしっかりと手を握らせてくれていることを、ほかにどう説明できるのか？　ただ求めさえすればいいのだ。ああ！　しかし、それが難しかった。こういうことがみな起こるのに一分で充分だったろうか？　いや、おそらく一分以上かかったかもしれない。

「ボールド夫人――」ついにアラビン氏は口を開いたが、それから何も言えなかった。

彼が話せなかったら、どうすればいいのだろう？　名を呼んでくれたとしても、赤の他人でも使う呼び方ではないか！　エレナーは手を引っ込めると、席に戻る素振りを見せた。「エレナー！」そのとき彼はいちばん優しい声で呼びかけた。恋人の勇気を半分しか見せてこなかったようになれなれしく振る舞ったら、無礼になるのではないかとまだ恐れているようだった。エレナーはゆっくりと、優しく、悲しそうに彼の顔を見あげた。いずれにせよ、そこに彼を思いとどまらせる怒りはなかった。

「エレナー！」彼は再び声をあげると、次の瞬間エレナーを胸にきつく抱きしめていた。これがどういう具合に起こったか、抱きしめたのは彼なのか、エレナーなのか、声の優しさに惹かれて思わずエレナーが飛び込んだのか、無礼にならない程度の激しさで彼がエレナーを胸に引き寄せたのか、二人にはわからなかったし、私もはっきり言うことができない。二人は今心が別々に動くことのないあの共感状態にあった。一つにして同体、――一つの肉体、一つの魂、――一つの命だった。

「エレナー、ぼくのエレナー、ぼくの、ぼくの妻！」エレナーが涙越しに思い切って顔をあげると、彼はそれを覆うように額に口づけした。顎にひげを蓄え始めたときから無垢だった彼の唇は、今初めて女性の頬の贅沢を味わった。

エレナーはしかりをしかりと言い、否を否と言うように教えられたけれど、そのように問いかけられることはなかった。彼女はミス・ソーンにアラビン氏と婚約したと報告したが、二人のあいだにそんな言葉は交わされなかった。約束は求めることも、与えられることもなかった。

「ねえ、放して」と彼女は言った。「もう放して。幸せすぎて、ここにはいられません――一人になりたいの」アラビン氏は余計な押しつけはやめようと思い、さらに口づけするのを控えた。その気になればできたかもしれないが、唇への口づけを試みることはなかった。この人はもう自分のもの。新しい喜びに震えていた腕、腰に回していた腕をほどくと、彼はエレナーを自由にした。解き放たれた彼女は鹿のように自室へ駆けて行くと、ドアにかんぬきを掛け、あふれる愛の充足感に身を浸した。従順に許しを請うたこの男性を偶像化し、ほとんど崇拝した。この人はもう自分のもの。この数週間の希望や恐怖やみじめさが走馬灯のように頭をよぎったとき、ああ、彼女はどれほど泣き、声をあげ、笑ったことか！

この人から選ばれていた彼女がスロープ氏！　スロープ氏と結婚するなんて、人はよくも厚かましくもそんなことが考えられたものだ！　また、いろいろな人がよくも厚かましくもそんな嘘をこの人に聞かせ、彼女の輝かしい幸せを不必要に危険に曝すことができたものだ！　それから彼女はこの人に与えることができる慰めを思い、嬉しそうにほほ笑んだ。この人が慰めを求めていたからというのではなく、彼女が進んで慰めてあげたかった。

彼女は我が子に新しい父のことを教えてやろうと思い立つと、立ちあがり、メイドを呼ぶ呼び鈴を鳴らした。それから、彼女なりのやり方で赤ん坊にそれを伝えた。メイドにはさがってくれるよう、赤ん坊と二人きりにしてくれるように頼んだ。ベッドで寝ている赤ん坊に、その子を守るため母が選んだ男性への賛美の言葉――まったく理解できなかっただろうが――を注いだ。

しかし、彼女はアラビン氏がじかにその子を抱きあげて、我が子にするとはっきり言ってくれるまで幸せになれなかった。そう思うとすぐ赤ん坊を腕に抱え、ドアを開け、急いで応接間へ走った。まだ聞こえる足音で彼が部屋にいることがわかったから、ちらりと部屋を覗いてほかに誰もいないのを確認し、ちょっとためらったものの、それからだいじな赤ん坊を腕に抱えて急いで入った。

アラビン氏は部屋の真ん中で彼女を迎えた。「さあ」彼女は息を切らせながら言った。「さあ、この子を抱いて――抱いて、愛してあげて」

アラビン氏は小さな子を受け取ると、何度も口づけし、神の祝福がこの子にあらんことを祈った。「この子を私の子のように――私自身の子のようにします」と彼は言った。エレナーは身をかがめて赤ん坊を取り返すとき、我が子を抱く彼の手に口づけしてから、宝物を抱え、急いで部屋へ戻っていった。

こういう経緯で、ハーディング氏の末娘は二度目の男性のものとなった。ディナーのとき、彼女もアラビン氏もそれほど朗らかにしていたわけではないが、二人が黙っていることでとやかく言われることはなかった。すでに述べたように、彼女はミス・ソーンに応接間でことの顛末を報告した。翌朝、エレナーはバーチェスターに帰り、アラビン氏は知らせを携えて大執事のもとへ向かった。グラントリー博士が不在だったため、彼はグラントリー夫人に義弟になることができて光栄に思うと告げ、それで満足しなければならなかった。グラントリー夫人はこの知らせを聞くと、喜びに感極まり、エレナーよりもっと温かい歓迎をした。

「何とまあ！」とグラントリー夫人は叫んだ。この禄付牧師館ではお決まりの感嘆文だ。「かわいそうなエレナー！　大好きなエレナー！　何てひどい扱いを彼女にしてきたことでしょう！——でも、もう仲直りします」それから夫人はシニョーラと彼の噂のことを考えて、「みんな何ていう嘘つきなのかしら」と独り言を言った。

しかし、この問題で誰も嘘なんかついていなかった。

註

（1）　爆薬を入れた容器。『ハムレット』第三幕第四場に「自分で仕掛けた爆破火具で打ちあげられ」とある。

第四十九章（第三巻第十五章）子馬のベルゼブブ（1）

ミス・ソーンが食堂をあとにしたとき、エレナーはことの顛末を女主人に明らかにするつもりではなかった。しかし、ソファーで女主人のそばに座ったとき、ほとんど無意識にその秘密を話してしまった。エレナーはあまりいい偽善者にはなれなかったから、アラビン氏のことで胸が一杯のとき、彼のことをまるで見知らぬ人のように話し続けることはできないと思った。控え目ながらも熱心に縁結びの計画を追求していたミス・ソーンから、アラビンさんが結婚なさるのはいいことではないですか、と意見を求められたとき、若い未亡人は事実を告白する以外にすべがなかった。「いいことだと思います」とエレナーはおどおどと答えた。それでミス・ソーンはその問題を敷衍し始めた。「ああ、ミス・ソーン」とエレナーは口を挟んだ。「あの方は結婚なさるのよ。私、彼と婚約しました」

その朝ボールド夫人と散歩したとき、ミス・ソーンはそんな婚約なんかなかったと断言できた。また、耳にした限りでは、そんな婚約の準備段階さえなされていなかったのも間違いなかった。それゆえ、ミス・ソーンは前にも述べた通り、少々面食らってしまった。しかし、それにもかかわらず客人を抱きしめ、心から祝福した。

その夜エレナーとアラビン氏は誰から聞かれてもいい言葉しか交わす機会がなかった。そんな言葉さえご想像通りほとんど交わされなかった。ミス・ソーンは彼らを二人きりにしようと全力を尽くした。しかし、婚約のことを何も知らないソーン氏と、もう一人のお客——彼の友人——は、女主人の好意をすっかり踏みにじってしまった。それで、エレナーはその夜彼に愛の印を一つも示せないまま、眠りに就かなければならなかった。それでもお気の毒にと同情されるような状態ではなかった。

翌朝、彼女は早く起きた。いつもの朝食の時間よりも少し早めに下へおりたら、アラビン氏が食堂に一人でいるところを見つけられるかもしれないと思った。同様にすれば会えると彼が思うこともあるのではないか？　こう考えると、エレナーはウラソーンで定められた朝の祈りの時刻の一時間前に着替えをすませた。しかし、すぐには下へおりて行かなかった。恋人に会いたがっているのが見え見えになるのを恐れたから。会いたい気持ちが並たいていでなかったのは神のみぞ知る。それで、窓辺に座り、ちらちらと時計を気にしながら、子をあやして、やっと思い切って下へ行こうと決心した。

食堂のドアの前まで来たとき、彼女は一瞬立ったまま、取っ手を回すのをためらった。しかし、なかからソーン氏の声を聞いたとき、ためらいは消えた。彼女のねらいははずれたから、たしなみの点でいささかの咎も受けることなく、いつでも入ることができた。ソーン氏とアラビン氏は炉辺の敷物の上に立って、子馬のベルゼブブの長所について議論していた。というよりもソーン氏が話をし、アラビン氏が聞いていた。そのおもしろい動物は短く刈り込んだ尻尾を馬屋の壁にこすりつけて、ウラソーンの馬頭にたいへん不安な思いをさせていた。もしエレナーがもう一分食堂に入るのを遅らせていたら、ソーン氏は馬屋へ行ってしまっていただろう。

ソーン氏はお客の女性に会ったとき、馬の心配を後回しにした。ベルゼブブは彼の助けがなくてもなんとか切り抜けなければならない。それで、三人は互いにほとんど何も話すことなく、しばらく突っ立っていた。しかし、この家の主人は大好きな若い馬を気にしつつ、やきもきしてすごす時間についに堪えられず、ボールド夫人に丁寧に言い訳をして立ち去った。ドアを閉めて出ていったとき、エレナーはこの主人に部屋に残っていて欲しいと思った。アラビン氏を恐れていたわけではないが、まだどう話しかけたらいいかわからなかった。

しかし、アラビン氏はそんな彼女の不安をすぐ吹き飛ばした。近寄ってくると、両手を取って言った。

「それじゃあ、エレナー、あなたと私は夫婦になる。それでいいですね」

エレナーは彼の顔を見あげると、唇で一つの音節をかたち作った。声は聞こえなかったが、彼は顔にはっきりと肯定の意思を読み取ることができた。

「大きな預かりものです」と彼は言った。「とても大きな預かりものです」

「そう――そうですわ」エレナーは彼の意図する意味をよく汲み取れないまま言った。「とても、とても大きな信頼です。それに値するようにできる限りのことをします」

「私もそれに値するようにできる限りのことをします」アラビン氏は厳かに言うと、それから彼女の腰に腕を回し、火を見つめてそこに立った。エレナーは彼の肩に頭を預け、その姿勢にとても満足しながらそばに立った。二人は今何も話さなかった。話す必要がなかった。必要なことはみなすでに話された。エレナーは自分なりのやり方でしかりをしかりと示し、アラビン氏はそのやり方が完全に満足のいくものと思った。

二人は今互いの愛をそれぞれ確信し、味わっていた。何という贅沢だろう！　それは神が人に許したほかの喜びをどれほど凌駕する喜びだろう！　女性の心にとっては格別嬉しい喜びではないだろうか？

蔦が塔を見つけるとき、弱い蔦が強い壁を見つけるとき、寄生植物がどれほど生長し、繁茂するか[2]私たちは知っている。蔦カズラは土台なしに枝を伸ばしたり、保護なしに夏の太陽や冬の嵐に堪えたりすることができない。そう創られていないからだ。蔦だけなら、ただ地べたに這いつくばり、薄汚い日陰にひっそりと縮こまるしかない。しかし、それらが堅固な後ろ盾を見つけるとき、何と美しく、何と誇らしく一面に広がることだろう！　蔦の這わない小塔なんて何になろうか？　美と香りをもたらすジャスミンの這わない高い庭壁なんて何になろうか？　スイカズラの這わない生垣はただの生垣だ。

女性は夫となる人の正当な力が働いて、強いて胸中の愛情を彼女に容認させるまで、それを恥じていなければならない。そういう観念がまだ残存している。しかし、その観念は半分人間本来の力によって克服されてきている。私たちは喜んでこの観念とは違う考え方を唱道したい。女性は自分の愛情に誇りを持つべきだ。しかし、そのためには女性は愛情を誇れるように、いっそう注意を払わなければならない。

エレナーは抱いた愛情を誇り、誇りに値すると感じた。そう感じる根拠があった。もし成り行きとソーン氏が許してくれたら、彼女は彼の腕のなかで、何時間でもずっとそこに立ち尽くしていただろう。彼の胸に密着するたびに、そこが自分の居場所であるとますます確信した。大執事の横柄な態度も、姉の冷たい姿勢も、愛する父の軟弱さも、今の彼女にとって恐れる必要があろうか？　シャーロット・スタンホープのような友人の二枚舌にも、心配する必要があろうか？　彼女はあらゆる悪から自分を守ってくれる力強い盾を見出した。この先浅瀬や岩礁のあいだを導いてくれる信頼できる水先案内を見出した。一人で生き抜いていく重荷をおろして、もう一度女性らしく生きる道を選び、信頼され、愛される妻の務めを引き受ける決意でいた。

アラビン氏のほうも置かれた状況に充分満足して立っていた。二人とも熱心に暖炉の炎を、あたかもそこに彼らの未来の運命を読み取るように、見つめていた。しばらくしてエレナーは彼の顔に視線を向け、「何て悲しそうな顔なのでしょう」とほほ笑みながら言った。事実、それは悲しくないにしても、少なくとも真剣な顔つきだった。「何て悲しそうな顔なのでしょう、あなた！」

「悲しそう」彼はエレナーを見おろしながら言った。「いいや、まったく悲しんでなんかいない」そう答えたとき、エレナーは愛情のこもった甘い視線を向け、優しくほほ笑んだ。慎み深く品行方正なアラビン氏にとっても、その誘惑はとても強かったので、彼女のほうへ身をかがめて、唇に口づけした。

このあとすぐソーン氏が姿を現して、ベルゼブブの尻尾はそれほど傷ついていないと伝え、二人を喜ばせた。

ハーディング氏はバーチェスターに戻ったあと、できるだけ早くウラソーンへ向かうつもりでいた。参事会長職に関して大執事の意向に反旗を翻すことを考えていたから、エレナーの支持を確保したいと思っていた。しかし、思いがけないことにボールド夫人が帰宅しているとの知らせを聞いたから、余分な旅を省くことができた。娘の手紙を読むとすぐ、彼は出発し、自宅で待っている娘と会った。

父娘はいったいどれだけたくさんのことを互いに話さなければならなかったことか！　父娘とも自分の話が相手を驚かすに違いないと、いったいどれほど確信していたことだろう！

「ああ、おまえ、とても会いたかった」ハーディング氏は娘に口づけしながら言った。

「ねえ、父さん、お話しなければならないことがたくさんあるの！」抱擁を返しながら娘が言った。

「いいかい、私に参事会長になれという話があるんです」ハーディング氏はそう言って、エレナーが言い出そうとした話の先手を打った。

「まあ、父さん」娘はその知らせを聞いて、たいそう驚き、喜び、話そうとした自分の恋と幸福のことを忘れてしまった。

「まあ、父さん、そんなことってあるの？　父さん、何て嬉しい、何てすばらしい知らせなの」

「でもね、娘や、この話は断るのがいちばんいいと思う」

「私の説明を聞けば、エレナー、おまえも同意してくれると信じている。いいかい、おまえ、私はもう年です。たとえ生きても――」

「でも、父さん、私のほうも話さなければならないことがあるの」

「そうかい、おまえ」

「父さんがどう思うかとても知りたいの」

「何のことです?」

「もし父さんがこの知らせを聞いて喜ばなかったら、もし聞いて幸せにならなかったら、もし私を応援してくれなかったら、私の胸は張り裂けてしまいます」

「そういうことなら、ネリー、私は応援しますよ」

「でも、もし父さんがそうしてくれなかったら、それが心配なの。とても恐れているの。でも、もし話を聞いてくれたら、この神のお創りの地上で私がいちばん幸せな女だと父さんはきっと思ってくれます」

「幸せなのかい、娘や? それなら私も嬉しいね。さあ、ネリー、おいで。私に教えておくれ」

「私はね――」

父は娘をソファーへ連れて行くと、並んで腰掛け、娘の両手を握った。「結婚するつもりなんですね、ネリー。そうじゃないかい?」

「ええ」と娘は弱々しく答えた。「父さんが認めてくだされば、そうしたいのです」それから、娘はアラビン氏と婚約したとき、完全に忘れていた、つい最近自分から父に誓った約束を思い出して赤面した。

ハーディング氏は、義理の息子として誰を受け入れるように求められるかちょっと考えてみた。一週間前なら、誰の名をあげたらいいか疑問の余地はなかった。その場合でも、重い心ながら、結婚の許可を与える用意があった。今はとにかく相手がスロープ氏でないことは明らかだった。誰がその代わりになるか、推測しようにも皆目見当がつかなかった。相手はバーティ・スタンホープではないかとちょっと考えたら、気持ちが完全に沈んでしまった。

「それで、ネリー?」

「ねえ、父さん。お願いだから、あの方を愛するって約束してください」

「さあ、ネリー、さあ、誰なのか教えておくれ」

「でも、あの方を愛してくれますか？　父さん」

「娘や、おまえが愛する相手だったら誰だって愛さなきゃね」それで、娘は顔を父のほうへ向けると、耳にアラビン氏の名を囁いた。

娘がどんな名をあげたとしても、その名ほど父を驚かせ、喜ばせる名はなかった。もし父が世界じゅうを巡って好みの婿を捜したとしても、アラビン氏よりも好ましい相手を選ぶことはできなかっただろう。この人は牧師であり、近所に禄を保有していたうえ、ハーディング氏にとって評価できるところしかない人だった。グラントリー博士の親友だった。この人はハーディング氏自身が偏愛する高教会派に属し、グラントリー博士の親友だった。それにもかかわらず、父はとても驚いたから、すぐ喜びを表現することができなかった。これまでアラビン氏を娘と結びつけて考えたことがなかっただけでなく、二人が同じ気持ちで動いているなんて想像すらしていなかった。大執事の強引な主張に堪えられなくなった娘は、アラビン氏のようなタイプの牧師には敵意を抱いているのではないかと恐れていた。願いを言えと言われれば、アラビン氏を婿として望んだかもしれない。しかし、推測しろと言われたら、その名が浮かんでくることはなかった。

「アラビン氏か！」と父は叫んだ。「ありえない！」

「ああ、父さん、お願いですから、あの方の悪口は言わないでくださいね！　もし私を愛してくださるなら、あの方の悪口は言わないでください。ねえ。父さん、これはもう決まったことなのです。今さら取り消すことなんかできません――ねえ、父さん」

気まぐれなエレナー！　父の承認なしには、一人で何も決めはしないとの約束はいったいどこへ行ってしまったのか？　娘はすでに一人で決めて、今は父に黙って認めるように求めていた。「ねえ、父さん、あの方は立派な人でしょう？　気高い人でしょう？　信心深くて、高潔で、善人そのものでしょう」娘は父にすがりついて、同意を求めた。

「私のネリー、私の子、娘や、あの人はまさしく気高く、善良で、高潔な人です。女性が愛し、男性が敬服する人です。あの人を私の子――私自身の子にします。おまえと同じように私の心の近いところに置きます。私のネリー、私の子、私の幸せな、幸せな子」

私たちはこれ以上この場面をたどる必要がない。父娘は新しい昇進の話題に徐々に戻っていった。エレナーはグラントリー家の人々と同様、父が優れた聖堂参事会長になるために、年齢は障害とはなりえないことを証明しようとした。しかし、こういう議論が以前ほどハーディング氏にとって重要ではなくなっていた。彼はほとんど何も言わずに、考え込んでいた。ときおり娘に口づけすると、「そうですね」とか、「いや」とか、「その通り」とか、「ああ、おまえ、その点は同意しかねる」とか言った。しかし、バーチェスターの参事会長に「なるか、ならないか」の問題に鋭く入り込むことを許さなかった。彼は娘とその幸せのこと、アラビン氏とその美質のことはエレナーが望むだけたくさん話した。そして、真実を述べるなら、かなりの時間をそれに費やした。しかし、参事会長職のこととなると、もう何も話そうとしなかった。彼の頭には新しい考えが浮かんでいた――アラビン氏が新参事会長になるというのはどうだろうか？

註

（1）「列王紀下」第一章第二節にはバアル・ゼブブ、「マタイによる福音書」第十二章第二十四節、「マルコによる福音書」第三章第二十二節、「ルカによる福音書」第十一章第十五節にはベルゼブルとして登場する悪魔の一人で、いわゆる「蠅の王」。

（2）『虚栄の市』最終章でアミーリアがドビンと結婚したとき、「荒くれたカシの老木にまつわる優しい細い蔦葛よ、再び青葉に還れ！」とサッカレーが二人の関係を皮肉に表現した部分の反映。

第五十章 （第三巻第十六章） 大執事が状況に満足する

ハーディング氏はバーチェスターへ送ってもらう旅の途中、スロープ氏とエレナーにかけられている疑惑が事実無根だと大執事に請け合った。しかし、義理の息子がはまり込んでいる知的鋭敏さへの自信を覆すのはなかなか難しいと感じた。グラントリー博士はこの件が明々白々な証拠で裏づけられ、数え切れない状況証拠で固められていると信じていた。それゆえ、エレナー自身がそれを身に覚えのない濡れぎぬだと言ったというハーディング氏の主張さえ、大執事は初め受け入れようとしなかった。しかし、ついに条件つきながらも受け入れた。やっと過去の確信が間違いだったと認める気になった。しかし、大執事は認めながらも警戒していたから、いつかエレナーがスロープ夫人として現れるようなことになったとしても、「ほら、言った通りでしょう。あなたがどう言い、私がどう言ったか、思い出してください。それから将来に渡って、この問題では、ですよ、ほかの問題と同じように、やはり私が正しかったのだと覚えておいてください」と言うことができるようにしていた。

しかし、大執事はエレナーのうちを訪問しなければ、と思うところまで譲歩していたから、父娘がまだ話し合いをしているさなかに訪ねて来た。ハーディング氏は聞きたいことや、言いたいことがたくさんあったから、大執事の訪問のことをエレナーに伝えるのをすっかり忘れていた。エレナーのほうは、義兄に会う用意がまったくできていないうちに玄関広間に彼の声を聞いた。

「大執事が来られた」エレナーは身を起こして言った。

「そうでした、おまえ。おまえに会いに来ると知らせるように言われていたのに、正直に言うと、すっかり忘れていた」

エレナーは父の懇願を無視して逃げ出した。いちばん嬉しいときに、大執事の撤回や謝罪や祝辞に身を曝す気になれなかった。大執事は言いたいことがたくさんあるだろうし、言い出したら長くなるだろう。それで、大執事が応接間に通されたとき、そこにはハーディング氏が一人しかいなかった。

「エレナーの不在を許してください」とハーディング氏。

「何か問題でも?」博士はスロープ氏に関する事実がついに露見したとすぐ予感した。

「ええ、ちょっと大きな問題がね。聞けば、あなたもたいそうびっくりされるでしょう?」

大執事は義父の態度から、結局スロープ氏に関する新事実が話されるのではないのだと知った。「いえ」と大執事は言った。「もちろん驚きはしません。何があっても二度と私が驚くことはありません」大執事に限らず昨今の非常に多くの人々が、何事にも驚かぬという主義を採用したり、採用するふりをしたりしている。しかし、それにもかかわらず、外見から判断すると、彼らは祖父母とまったく同様、突然の感情に左右されるようだ。

「アラビンさんが何をしたと思いますか?」

「アラビンさん！　スタンホープ家のあの女性とのことでなければいいが?」

「いえ、あの女性とのことではありません」ハーディング氏はひそかに腹のなかでこの冗談を楽しんだ。

「あの女性ではない！　あの人がどこかの女性と何かするつもりなのかね?　言いたいことがあるなら、はっきり言ってくれませんか?　こういったたぐいの謎めかしほどいやなものはないから」

「あなたに隠し事なんかしません、大執事。もちろん今はここだけの話にしておいてください」

「ふん」

「スーザンは除きます。それ以外の人には誰にも言わないと約束してください」

「馬鹿なこと！」大執事はお預けを食い、腹を立てて叫んだ。「アラビンさんのことで秘密を持つことは許しませんよ」

「ただこれだけ――彼とエレナーが婚約したんです」

大執事の表情を見れば、その言葉が信じられないのは明らかだった。「アラビンさんが！　ありえない！」

「とにかくエレナーがたった今私にそう言ったんです」

「ありえない」大執事は繰り返した。

「でもね、ありえないこととは思いません。確かに驚きましたが、ありえないことではありません」

「あの子は勘違いしているに違いない」

ハーディング氏は婚約は間違いない、自宅へ帰ればアラビン氏が同じ発表をするためプラムステッドにいたことがわかると、ミス・ソーンも婚約の経緯を知っているし、それは紳士淑女の取り決め同様、はっきりと決定済みであると大執事に納得させた。

「何とまあ！」大執事はエレナーの応接間を行ったり来たりしながら言った。「何とまあ！　何とまあ！」

今、これらの感嘆文は確信を表していた。グラントリー博士がやっと事実を信じたということをハーディング氏は了解した。最初の感嘆文は受け取った報告に対する明らかな不快を、二回目はたんに驚きを表していた。そして三回目の口調からは満足の感じが込められているようにハーディング氏には思えた。

大執事は心の動きを偽ることなく表現した。予測がいかにことごとく誤っていたか知ると、自分に愛想づかしをするほかなかった。初めてアラビン氏をこちらへ連れてきたとき、彼のほうから幸運にもこの結婚を提唱することができたら、彼は判断力と英知の人として、少なくともソロモンの次に位置づけられるほど高く評価されていたことだろう。なぜそうならなかったのか？　アラビン氏が教区牧師館で妻を必要としていることは予見してもよかったではないか？　エレナーが夫を欲しがっていることはわかっていた。しかし、アラビン氏が彼女を魅了することは、スロープ氏よりもありうることだと、当然気づく必要があったのではないか？　大執事はずっと間違いを犯してきたことがわかると、当然その挫折感からすぐ立ち直ることができなかった。

それゆえ、大執事の驚きは強烈だった。この若い二羽のキジバト(1)はいかにずるく彼に立ち回ってきたことか。いかにひどく欺いてきたことか。エレナーが被後見人のアラビン氏と恋に落ちていたさなかに、大執事はエレナーにスロープ氏を——そんな愛情なんか想像にすぎなかったのに——思いとどまるように説教してしまった。そのうえ、スロープ氏とエレナーの縁組みの可能性について当のアラビン氏に真剣に相談してしまった。大執事の驚きは無理もなかった。

しかし、同時に喜ぶ理由もずいぶんあった。縁組みそれ自体を見れば、それは博士を苦境から救い出してくれるものだった。第一に、スロープ氏を義弟として迎え入れずにすむ保証それ自体が大きな安堵だった。次に、アラビン氏はあらゆる男性のなかでも、姻戚関係を結ぶうえで最適の人物と思われた。しかし、最上の慰めはこの結婚がスロープ氏に与える打撃だった。スロープ氏は今や確実に当てにしていた妻を失った。噂嬢はひょっとしたらスロープ氏が公邸の地位さえ失うかもしれないと囁き始めていた。そして、もしハーディング氏が正しければ、大きな危険は残らず克服できそうだった。その場合、スロープ氏は負けを認め、バーチェスターからすっかり立ち去ることもあるだろう。そうすれば、大執事は再びきれいな空気を吸うことができる。

「そうか、そうか」と大執事は言った。「何とまあ！　何とまあ！」ハーディング氏はその五回目の感嘆の口調を聞いて、大執事の胸が満足で満たされたことを知った。

それからハーディング氏はゆっくり、じわじわ、巧みに自分の計画を打ち明けた。アラビン氏が新聖堂参事会長になるというのはどうだろうか？

グラントリー博士はゆっくり、じわじわ、考え込んでから義父の考えに同意した。大執事はアラビン氏がとても気に入っていたうえ、牧師としてのこの紳士の能力を絶賛していた。それでも、もし義父に参事会長への昇進を受けいれさせることができるなら、義父が正当にえたその昇進を奪うどんな方法も首肯しなかっただろう。しかし、大執事はかつて別の機会に、ハーディング氏が友人たちみなの助言に反対して持説に固執したとき、義父の頑固さが並たいていのものではないことを実体験していた。目の前にいる従順で、温和なこの男性にそれが間違いだと思い込ませたら、差し出された地位がいくら高くても、それを受け入れさせることはできないと大執事はかなりよく理解していた。こういうことを知っていたから、大執事自身も一度ならず自問してみた。「アラビン氏がバーチェスター聖堂参事会長になるというのはどうだろうか？」最終的に二人は翌朝いちばんの汽車で一緒にロンドンへ出発し、途中ちょっと回り道をしてオックスフォードへ立ち寄ることにした。グイン博士の助言が、おそらく役に立つだろうと二人は考えた。

手はずを整えると、大執事はプラムステッドへ戻って旅の支度をするため、急いでその場を立ち去った。その日はすばらしい晴天だった。彼は無蓋の一頭立て二輪馬車で市内に入った。ハイストリートを走っていると、交差点でスロープ氏に出くわした。馬車を急停車させなければ、彼を轢いてしまうところだった。あの忘れられない時に主教の執務室で会って以来、お互いに一言も口を利いていなかった。今も黙ったままお互いの顔をまじまじと見つめ合った。スロープ氏は相変わらず厚かましい、勝ち誇った、挑戦的な顔つきをしていた。もしグラントリー博士が事実を知らなかったら、敵のスロープ氏がねらっていた参事会長職も、妻も、たくさんの栄誉も、残さず手に入れてしまったと想像したかもしれない。事実は、スロープ氏はたった今主教から解雇を言い渡されて、持っていたものをみな失っていた。

市内を出るとき、大執事は思い出深いハイラム慈善院の入り口を通った。その門に家具を乱雑に積んだ、農家のだらしない大きな荷馬車があった。荷物の到着を点検している善良なクイヴァーフル夫人がいた。着ているものは日曜日に着る上等の晴れ着でも、あまりきれいな服でもなく、ボンネットやショールも優雅とは言えなかったが、じつは全体の外見に女性らしい色香が漂っていた。夫人は新しい屋敷の家事で忙しくしているなか、家財道具の到着に際し、誰にも会わないだろうと思って外へ出てきたところだった。夫人が戸惑っているうちに、大執事は話しかけていた。

グラントリー博士あるいはその家族は、クイヴァーフル夫人とこれまで非常に薄い関係しか持ってこなかった。大執事は当然のことながら大執事管区内の牧師はもちろんのこと、主教区内にいるほぼすべての牧師と顔見知りで、親しさの程度の差はあれ、その妻や家族とも交流を保っていた。クイヴァーフル氏とは仕事上の問題で様々なかかわりがあったが、Q夫人とはほとんど面識がなかった。しかし、今大執事はとても幸せな気分だったので、夫人を無視してやりすごすことができなかった。クイヴァーフル家の人々はみなグラントリー博士からいちばん厳しい敵意を向けられていると思っていた。ハーディング氏を慈善院の昔の屋敷へ戻したいという大執事の宿願がわかっており、参事会長邸という新しい屋敷がハーディング氏に提供されている事実を知らなかったからだ。話しかけられたとき、クイヴァーフル夫人は大執事の声の調子にかなり驚き、同時に少なからず嬉しく思った。

「こんにちは、クイヴァーフル夫人――いかがですか?」大執事は話しかけながら、馬車から左手を差し出した。「あなたがそんなに心地よく、満足して仕事をしておられるのを見ると、とても嬉しい、本当にとても嬉しい」

クイヴァーフル夫人は感謝して握手し、疑わしげに相手の顔を覗き込んだ。大執事のお祝いと親切が皮肉な意図を持つものかどうか量りかねていた。

「クイヴァーフルさんにお伝えください」と大執事は続けた。「院長ご就任を喜んでいますと。居心地のいい職場です、クイヴァーフル夫人、それに快適な屋敷です。あなた方がここに住まわれるのをとても嬉しく思います。さようなら――さようなら」それから大執事は再び馬車を走らせた。残された夫人は大いに気をよくして、相手の気立てのよさに驚いた。大執事は概してすべてが順調にいっていたから、クイヴァーフル夫人にも慈悲深くする余裕があった。馬車から笑顔で前方を見つめながら、プラウディ夫人とスロープ氏を除いて、バーチェスターにいるすべての人の罪を許してやりたい気持ちになった。もし主教に出会ったら、主教の頭を優しくなでてやっただろう。

大執事は聖イーウォルド教区を通って帰宅することにした。そうすると三マイル回り道になったけれど、アラビン氏に一言も親しい言葉をかけずに、心地よくプラムステッドをあとにすることはできないと感じた。牧師館に着いたとき、俸給牧師はまだ外出中だった。しかし、聞き出した話から判断すると、途中路上で出会うことになると確信した。この判断は正しくて、家への道を半分ほど行った狭い曲がり角で馬に乗ったアラビン氏と鉢合わせした。

「やあ、やあ、やあ」大執事は喜びにあふれた大声で、この上ない上機嫌で話しかけた。「やあ、やあ、やっと私たちはこれ以上スロープ氏を恐れなくてよくなったよ」

「グラントリー夫人から参事会長職がハーディングさんに提供されたと伺いました」と相手が言った。

「スロープさんは、参事会長職よりももっと多くのものも失ったようです」大執事はそう言うと、おどけて笑った。「さあ、さあ、アラビン、君はとてもうまく秘密を隠してきたな。もうみなばれているよ」

「秘密なんかありませんよ、大執事」相手は穏やかにほほ笑んで言った。「まったくありません――一日たりともね。ぼくの幸運がわかったのはつい昨日のことです。今日あなたの承諾をえるためプラムステッドへ行きました。グラントリー夫人の励ましにあと押しされて、やっとこの幸運を手に入れていいと確信するようになったのです」

「心の底から、心の底から喜んでいる」大執事は真心を込めて言うと、友人の手をしっかりと握った。「まるでこの幸運が自分のもののようですよ。あの人はすばらしい女性です。手ぶらであなたのところへ行くようなことはさせません。そして、あなたのよき妻になります。あれの姉が私のそばで義務をはたしているように、あれもあなたのそばにいれば、あなたは幸せな男になります。私に言えるのはそれだけです」話し終えたとき、博士の両の目には涙が見られた。

アラビン氏は大執事の手を温かく握り返したけれど、多くを語れなかった。胸が一杯で喋ることができず、感じている感謝の気持ちを伝えることができなかった。グラントリー博士は相手が一時間も喋っていたかのようにその気持ちを充分理解した。

「それから覚えておいてください、アラビンさん」と大執事は言った。「ほかのだれでもなくこの私が結婚式を執り行いますから。エレナーをプラムステッドに連れてきて、式はそこで行うつもりです。スーザンを奮起させて、立派にやりますよ。私は明日特別な用事でロンドンへ行かなければならない。ハーディングさんも一緒です。しかし、花嫁のウェディング・ドレスが準備できるまでには帰ってきます」それから二人は別れた。

帰宅途中、大執事は結婚の祝宴の準備のことで頭が一杯だった。この先気前よくすることによってこれまでエレナーを傷つけてきた罪滅ぼしをしようと固く決意していた。スロープ氏とアラビン氏とでは彼の目から見てどう違うか、義妹にはっきりと示したかった。固い意思で決意しているもう一つのことがあった。もし参事会長の件がアラビン氏に有利に決まらなかったら、彼が聖イーウォルド牧師館の食堂に新しい正面と弓形の張り出し窓を取りつけるのを誰にも邪魔させないつもりだった。

「結局私たちは一杯食わされたな、スー」大執事はうちに入るやいなや妻に口づけして話しかけた。妻のことをスーと呼ぶのは年に二、三回以上はなく、きわめて上機嫌な日だけだった。

「私たちが思っていた以上にエレナーには分別があったのね」とグラントリー夫人。

その夜、プラムステッド禄付牧師館は喜びにあふれていた。グラントリー夫人は今こそ心を開き、そこにアラビン氏を受け入れることを夫に約束した。これまで夫人はそうすることを拒んでいた。

註

（1）雌雄の仲むつまじいことで有名。

第五十一章 （第三巻第十七章） スロープ氏が主教公邸とその住人に別れを告げる

私たちは今スロープ氏や主教、そしてプラウディ夫人とお別れしなければならない。小説のなかとはいえ、このような別れは実生活におけるのと同様いやなものだ。悲しさが現実味を帯びていないから、実際にはそれほど悲しいわけではないが、それでも実生活と同じように別れは非常に当惑させ、後味の悪さを残すものだ。フィールディング(1)にしろ、スコット(2)にしろ、ジョルジュ・サンド(3)にしろ、シュー(4)にしろ、あるいはデュマ(5)にしろ、小説家たるもの、架空の物語の最終章で読者の興味を掻き立てることなんかできるものだろうか？　二人の子どもが生まれるとか、途方もない幸せが待ち受けているとか、そういう結末は役に立たない。人に普通割り当てられた年齢をはるかに超える立派な地位の保証も役に立たない。主人公や女主人公の深い嘆きのほうが、ああ、大衆よ、そっちのほうがむしろあなた方の喜びだ。彼らの悲しみ、罪、愚かさのほうがむしろあなた方の喜びだ。彼らの美徳、良識、その報酬なんかどうでもいいのだ。私たちが決められた規則に従って最終ページを薔薇色に染め始めると、むしろ逆にあなた方を喜ばせない。私たちが興味を掻き立てるのをやめ、退屈になると、あなた方の知性を満足させない。それでも、私たちは退屈にやるしかない。あなた方の審美眼にとって不満となるのもやむをえない。最近一人の作家が最後のページまで興味を維持したいというので、第三巻の最後で主人公を絞首刑にした。結果は誰も彼の小説を読まなくなってしまった。出来事や、会話や、作中人物や、まとまった描写を配分したり、ちょうどよく接合したりして、きっちり九百三十ページに収まるようにするなんて、いったい誰にそんな芸当ができようか？ 物語の結末を不自然に圧縮したり、人工的に拡張したりすることなしに、それは無理だろう。この時点で私は残り数十ページを必要としており、棍棒で頭を打ちながら、そのページをどうするか悩んでいる。その苦しみに気づかないふりなんてできようか？ 残らず書き終えたとき、心優しい批評家らはこぞって結末が無力で、説得力を欠くと私たちを責める。私たちは怠惰になり、結末を不注意に放置するか、あるいはただ長ったらしく凝りすぎるか、そのどちらかだ。結局、結末は面白みがないか、不自然か、盛り込みすぎか、愚かかだ。結末は何もないか、やりすぎかだ。結末の場面は残念ながらみな同じように、(6)

第二の幼年期、それからまったくの忘却、
歯なく、目なく、味なく、何もない。(7)

ある批評家が自己の作品を完全に知り、経験を通して完璧になるまで苦労して作品に取り組んで、こうでなくてはならないとして小説の最後の五十ページを書くなら、私個人としては将来その手本を真似るため全力を尽くしたい、と言っておこう。私個人の明かりに導かれるだけなら、私は成功をあきらめようと思う。

この一週間か十日間、スロープ氏はプラウディ夫人にまったく会っていなかっただけでなく、主教にもほとんど会っていなかった。彼はまだ公邸に住み、まだ通常業務を行っていた。しかし、主教区の内密の活動がほかの人の手に移ったことをはっきりと見て取り、充分それに注目していた。とはいえ、それほど当惑していなかった。参事会長職のほうに希望を託していたから、主教の業務を退屈と感じるようになっていた。主教区に関する限り、プラウディ夫人から王手詰みを食らってしまったと思っていた。この小説の初めで、

三、四人の人物が事実上のバーチェスター主教が誰かを競い合っていたことを述べた。当事者たちそれぞれが今この闘争の勝利者がプラウディ夫人であることを認めて（当人は自慢して）いた。かなり熾烈な闘争をへて、奥方が優に一番の勝者となった。スロープ氏は一時プラウディ夫人をぴったりと追撃していたものの、それもほんの一時のことだった。ハイラム慈善院の問題が競争者たちの試金石となったことがわかった。今やもうクイヴァーフル氏は慈善院に入っており、それはプラウディ夫人の技量と勇気の証しとなった。

スロープ氏はほかに希望があったから、こんなことで滅入ることはなかった。しかし、ああ、ついに友人のサー・ニコラスから、参事会長職がよそへ回されたことを知らせる短い手紙を受け取った。スロープ氏のような人にも褒めるべきところがあることを認めてやろう。彼はこの打撃を受けても、打ちのめされることも、無益な悲嘆に身を任せることも、今後の人生に絶望することも、身をさらっていくように天の神々と地の神々に訴えることもなかった。彼は椅子に座ると、手元に当座のお金をいくら持っているか、ほかにどれくらい入りそうか数え、将来の活動にもっともふさわしい地位は何か考えた。それからすぐ、ベイカー・ストリートに住むお金持ちの精糖業者の奥さんにすらすらと手紙を書きあげた。その奥さんが真面目な若い福音主義の牧師をもてなしたり、励ましたりするのが好きなことはよく知っていた。「聖堂の町の雰囲気と聖堂の礼拝のまさに本質が魂になじめないことがわかったから、広い世間に」復帰すると彼は書いた。それからしばらく座り、主教と別れる方法と将来の行動について固い決心をした。

ついに立ちあがると、青い（黒い）マントを引き寄せた
明くる日は新しい森と牧場へ(8)

彼は用向きがあるという主教の正式な命令を受けたから、従おうと立ちあがった。ベルを鳴らして、もし閣下に差し支えなければ、用向きに応える用意があると、主人に知らせるよう使用人に頼んだ。その使用人は相手がもはや日の出の勢いにはないことをよく理解していたが、伝言を持ち帰り、「閣下はスロープ氏にすぐ執務室に来ることを望んでおられます」と言った。スロープ氏は意地を見せ、十分ほど待ってから主教の部屋に入った。予想していた通り、そこにはプラウディ夫人が夫と一緒にいるのがわかった。

「ふん、はあ——スロープさん、どうぞ椅子に腰掛けてください」紳士の主教が言った。

「スロープさん、どうぞお座りください」淑女の主教が言った。

「どうも、どうも」スロープ氏はそう言うと、暖炉のほうへ歩いていき、敷物を優美に飾る肘掛け椅子に腰を落とした。

「スロープさん」と主教は言った。「しばらく気になっていた問題について、はっきりあなたに話しておく必要があります」

「何か私にかかわる問題なのですか、お伺いしてもよろしいでしょうか?」とスロープ氏。

「そうなのです、確かに、そう、あなたにかかわる問題です、スロープさん」

「それでは、閣下、お願いしてもよろしければ、何ですか、できれば第三者の面前でその議論がなされないようにしてほしいんです」

「警戒しなくてもよろしいわ、スロープさん」とプラウディ夫人は言った。「議論の必要なんかないんです。主教はただご自分の希望を述べようとしているだけなんです」

「私はただ、スロープさん、自分の希望を伝えようとしているだけなのです。議論の必要なんかないのです」主教は奥方の言葉を繰り返した。

「お願いがかなうとは、閣下、思いもしませんが」とスロープ氏は言った。「無理やりプラウディ夫人にこの部屋から出て行ってもらうことはできません。私にこの部屋にとどまってもらうことが閣下のお望みであるとするなら、ここにとどまるのを拒むこともできません」

「確かにそれが閣下のお望みです」とプラウディ夫人。

「スロープさん」と厳かな、真剣な声で主教は始めた。「人を非難しなければならないのは悲しいことです。牧師を非難しなければならないのはひどく悲しいことです。特にあなたのような地位にある牧師の場合にはね」

「あの、私がどんな過ちを犯したというんでしょうか、閣下?」スロープ氏は大胆に尋ねた。

「どんな過ちを犯したかですって、スロープさん?」プラウディ夫人はそう言うと、被告人の前に真っ直ぐ立ち、あの恐ろしい人差し指をあげた。「どんな過ちを犯したか、主教に聞く勇気がおありなんですか? 良心の声に耳を傾ければ、あなたは当然おわか――」

「プラウディ夫人、あなたとお話をするつもりはないことを、二度と言いませんが、わかってください」

「ああ、あなた、しかし、話すことになります」と奥方は言った。「あなたは白状しなければならないでしょ。なぜあのシニューラ・ネローニとあんなにたくさん話すことがあったんでしょ? なぜ牧師でもあるあなたが、あんな女――人妻――と、つまり牧師社会にふさわしくない人と、しきりにつき合って恥曝しな真似をしたんでしょ?」

「とにかくあの人には、あなたの応接間で紹介されたんです」とスロープ氏は言い返した。

「私の応接間で恥曝しな真似をしたんでしょ」とプラウディ夫人は言った。「非常に恥曝しな。あんなことを見たあとで、一日たりともあなたを公邸にとどめておいたことが間違いでした。即座の解雇を主張すべきでした」

「プラウディ夫人、私がここを立ち去るか、ここにとどまるか、決める力をお持ちなのがあなただというのが、何ですか、いまだにわからないんです」

「何でしょ！」と奥方は言った。「私の応接間を誰が使っていいか、使っていけないか決める権利が、私にはないというんでしょうか！　使用人や居候らを非行による道徳心の汚染から守ることが、私にはできないというんでしょうか！　自分の娘を不純行為から救うことが、私にはできないというんでしょうか！　私がそういう力を持つか、持たないか、スロープさん、あなたにわからせてあげます。主教にかかわるいかなる地位にも、あなたがもはやとどまりえないことくらいはおわかりでしょ。公邸のあなたの部屋が別の主教付牧師のためすぐ必要になりますから、都合がつき次第アパートを見つけるようにお願いしなければなりません」

「閣下」スロープ氏は奥方に完全に背を向けると、主教に訴えかけて言った。「この件に関して閣下がくだした決定を閣下ご自身の口から聞くことをお許しいただけますか？」

「そうですね、スロープさん、そうですね」と主教は言った。「理屈はその通りです。ええ、あなたが栄誉ある地位をよそで捜したほうがいいというのが私の決定です。これまで就いていた地位があなたにふさわしいとは思いません」

「閣下、私の落ち度は何なのですか？」

「あのシニョーラ・ネローニが落ち度です」とプラウディ夫人が言った。「とても忌まわしい落ち度でしょ、あの女のことは。とても忌まわしい、とても恥ずべきものです。いやね、スロープさん、いやね！　あなた、福音主義の牧師なんでしょ！」

「閣下、私がどんな落ち度で閣下の公邸から追い出されるのか知りたいんです」

「プラウディ夫人の言うことを聞きなさい」と主教。

「私はこの措置について経緯を出版するとき、閣下、自分の擁護のため断固そうするつもりでいますが、私が別の女性、名誉参事会員の娘と、何ですか、親しくすることに奥方が反対するからと言って、奥方の命令で解雇されたと、私に言わせたくはないと思うのですが？」

「好きなものを出版なさってください、あなた」とプラウディ夫人は言った。「しかしながら、バーチェスターでやってのけた自分の振る舞いを出版するほど、あなたは非常識じゃないでしょ。あの女の足元に――つまり足があるならの話ですが――あなたがひざまずいた話を聞かなかったとでもお思いになるの？　あの女の手によだれを垂らして、べたべたそこに口づけをした話を聞かなかったとでもお思いになるの？　スロープさん、自分のすること、言うことに用心するように助言いたします。牧師たるもの、あなたが犯した罪以下の罪でも聖職を剥奪されるんです」

「閣下、こういうことが続くなら、私は名誉毀損でこの女性――つまりプラウディ夫人――を告発せずにはいられません」

「スロープさん、今は退却したほうがいいと思いますよ」と主教は言った。「あなたが受け取ってしかるべき差額の小切手を封筒に入れて差しあげます。現在の状況では、できるだけ早くあなたが公邸を出て行くのがみなにとって望ましいのです。ロンドンへ帰る旅費と、今日から一週間バーチェスターにとどまる生活費を支給します」

「しかしながら、あなたがこの付近にとどまりたいと望むなら」とプラウディ夫人は続けた。「あの女に二度と会わないと真剣に誓うなら、振る舞いにもっと慎重になると約束するなら、主教はクイヴァーフルさんにあなたを推薦いたします。今プディングデイルに副牧師を捜しているんです。その家はおそらくあなたの必要を充分満たしてくれると思います。そのうえ年五十ポンドの俸給もあります」

「私の処遇の仕方について、奥方、神があなたをお許しになりますように」スロープ氏はそう言うと、この世を超越したような顔つきで奥方を見た。それから「あなたもまだ、奥方、転落するかもしれないということを覚えておいてください」と非常に俗っぽい表情で言った。「主教については、お気の毒です！」スロープ氏はそう言って部屋を出て行った。こうしてバーチェスター主教と、最初の秘密の共有者、付牧師との親しい関係は終わった。

プラウディ夫人は次の点で正しかった。つまり、スロープ氏はバーチェスターでの振る舞いを世間に公表するほど非常識ではなかった。プラウディ夫人の非道とか、その夫の愚かさとかを書き綴って、友人のタワーズ氏を煩わせるようなことはしなかった。聖堂の市での振る舞いについては、一切話さないことが将来を見通すとき賢いと彼は気づいていた。記録された会談の直後、彼はバーチェスターをあとにした。鉄道の客車に乗り込むとき、足元のちりを払い落とした。汽車が素早く景色を運び去るとき、聖堂の塔へ名残惜しげな視線を向けることもなかった。

スロープの一族は餓死することがないのはよく知られている。猫のようにちゃんと足から落ちて立つ。彼らを好きなところに落としてみればいい。落ちたその土地の恵みで(9)ぬくぬくと暮らすのだ。私たちのスロープ氏はそうした。ロンドンへ帰る途中、あの精糖業者が亡くなり、未亡人は慰めようのないほど悲嘆に暮れている、言い換えれば、慰めを必要としていると知った。スロープ氏は彼女を慰めたあと、まもなくベイカー・ストリートの家に心地よく落ち着いた。ほどなくニュー・ロード付近にある教会も所有し、ロンドンのその地域でもっとも雄弁な説教師、かつ敬虔な牧師として有名になった。ここらで彼にお別れしよう。

主教と奥方に関しては、もう少し話をしておく必要がある。あのとき以来、家庭内の調和のなだらかな流れを遮るような重要なことは起こらなかった。とても早く議会の主教席に空きができたので、プラウディ博士は当初切望していた貴族院の議席を与えられた。しかし、このころまでに主教は一段と賢くなっていた。なるほど議席をえて、教会の問題に関する政府の見解に賛成の投票をした。しかし、プラウディ夫人の洋服箪笥の近くに彼の適切な活動範囲があることをすっかり理解するようになっていた。奥方に反抗したいとは二度と思わなかったし、主教区の独裁的権威を求める意欲は霧消したように見えた。自由を思うことがあるとすれば、人が至福千年を夢見るように思った。それはいつか来るかもしれないが、死ぬまで来そうもない黄金時代だった。プラウディ夫人はまだこれから花が開くと言えるほど、とにかく強健だった。主教が男やもめの悲哀にすぐ見舞われる心配はなさそうだった。

彼はいまだにバーチェスター主教だ。その主教座を立派に飾ったから、政府は配置換えにも、より高い地位に当てることにも反対した。最新流行の時代様式によって老齢退職が必要とされ、老齢年金が授けられるまで、主教は安全な未発達状態のままその地位にとどまるだろう。プラウディ夫人については、彼女が永遠に生きることを祈る。

註

（1）ヘンリー・フィールディング（1707-54）。『ジョゼフ・アンドルーズ』『トム・ジョーンズ』の著者。
（2）サー・ウォルター・スコット（1771-1832）。『アイバンホー』『ミドロジアンの心臓』の著者。
（3）『魔の沼』『愛の妖精』の著者（1804-76）。
（4）ユージェーヌ・シュー（1804-57）。『パリの秘密』『さまよえるユダヤ人』の著者。

（5）アレクサンドル・デュマ（大デュマ）（1802-1870）。『モンテ・クリスト伯』『三銃士』の著者。
（6）本書の初版のページ数。
（7）『お気に召すまま』第二幕第七場。
（8）ミルトンの『リシダス』一九二～三行。
（9）『創世記』第四十五章第十八節。

第五十二章（第三巻第十八章）　新聖堂参事会長と新慈善院長がそれぞれの屋敷に入る

ハーディング氏と大執事は一緒にオックスフォードへ行った。二人はそこでずる賢い議論を展開し、ラザラス学寮長に次のような重大な問いを問うてみるように勧めた。「アラビン氏がバーチェスター聖堂参事会長になるというのはどうだろうか？」もちろん学寮長から、ハーディング氏は彼自身が参事会長になるようにしばらく説得され、引き受けないとすれば、愚かで、あまりに細心で、意地っ張りで、気が弱いと言われた。しかし、この説得は無駄だった。もしハーディング氏がグラントリー博士に譲歩しないとしたら、グイン博士に譲歩することなどありえなかった。特にアラビン氏を参事会長に就任させるという立派な計画に着手していたからなおさらだった。学寮長は雄弁による説得も無益と知り、またアラビン氏がハーディング氏の義理の息子になると聞いたとき、そういう状況なら、自分もまた学寮のフェローで、旧友で、かつ被後見人でもある人物が、安楽な、就く人のいない職に就くのを見たいと認めた。

「ご存知のように、学寮長、それはスロープ氏を締め出す手段なのです」大執事がかなり用心して言った。「スロープ氏が参事会長になる見込みは、うちの学寮付牧師よりもありません。私はそれ以上のことを知っていますよ」と学寮長。

グラントリー夫人の推測は正しかった。ハーディング氏の任命について、今勝ちえている支持を政府高官のあいだで工作したのはラザラス学寮長だった。学寮長は今その任命をアラビン氏に移す方向で最善の努力をすることに同意した。三人は一緒にロンドンへ向かい、そこに一週間とどまっていたから、グラントリー夫人とおそらくグイン夫人を大いにむくれさせた。大臣と私設秘書は別々の方向へ向かってロンドンを留守にしていた。留守を預かる書記がこの問題について何もできなかったので、すべてが困難と混乱のなかにあった。二人の博士はやらなければならないことがたくさんあったようで、ここかと思うとまたあちらという具合で、せかせかと動き回り、歩き疲れたと夜毎にクラブで不平を言った。しかし、ハーディング氏は何もすることがなかった。一、二度自分はバーチェスターへ戻ってもよかろうと提案したものの、うむを言わせぬ拒否にあった。ウェストミンスター・アビーで時間をつぶす以外にすることがなかった。

　ついに首相から返事が届いた。ラザラス学寮長はベルグレービア主教を通してこの人事を提案していた。さて、この主教はつい最近主教区の名誉を授かったばかりだというのに、聖職者行政にかかわる領域で大きな影響力を持っていた。この主教はたとえ聖パウロほど敬虔ではないとしても、とにかく同じくらいに賢くて、とても八方美人だったから、オックスフォードの学監のなかで有力者であるばかりでなく、ホイッグの首相からも貴族院のもっとも好ましい議席に選出されていた。グイン博士は希望と主張をこの主教に知らせ、主教はそれをケンジントン・ゴア侯爵に知らせていた。侯爵は食糧配給省の王室執事長であり、たいていの人から閣外で最高の職務にあると見なされていたから、この種の人事で大いに交渉力を発揮した。侯爵はウィンザー城で応接間の敷物の上に立ち、コーヒーを飲みながら大臣にこの人事を提案しただけでなく、ある高名な人物の耳にもアラビン氏の名を好意的に述べた。

　こういうふうにして人事が整った。首相の返事が届いて、アラビン氏はバーチェスター聖堂参事会長に任命された。重要任務を帯びてロンドンにやって来た三人の牧師は、通知が届いた日、歓喜のなかでともに食事をした。三人は静かに、慎み深く、牧師らしく、満杯のクラレットでアラビン氏に乾杯した。満足は最高潮に達した。ラザラス学寮長は目的を遂げたが、その成功は私たちみなにとって貴重なものだった。大執事はスロープ氏を踏みつけにする一方、大学の安楽な生活を捨てるように仕向けた若い牧師を栄誉ある地位に担ぎあげた。大執事は少なくともそう考えた。しかし、本当のことを言うと、大執事ではなく状況がスロープ氏を踏みつけにしたのだ。とはいえ、ハーディング氏が三人のなかでもっとも完璧な満足を味わった。彼はいつもの憂鬱な態度を一時棚あげにして、内奥の歓喜から生じる控え目な冗談を言った。スロープ氏の結婚のことで大執事をからかい、スロープ氏のプラウディ夫人への不道徳な愛のことで大執事に質問した。次の日三人はバーチェスターに戻った。

未来の義父が手ずから首相の手紙を渡すまで、アラビン氏には何も知らせないでおこうと三人は段取りをつけた。時間を無駄にしないため、前夜郵便で彼に通知を送ることにした。ロンドンから帰る汽車が到着する時刻に、彼に参事会長邸に来るように求めるものだった。そうしたとしてもアラビン氏に警戒させることはなかった。というのも、ハーディング氏が新参事会長になるという噂がバーチェスターじゅうに広がっており、みなが轟く鐘と衷心からの喜びでハーディング氏を迎える準備をしていたから。スロープ氏にもかつて確かに支持者がいた。スロープ氏の昇進を見せかけの誠意で祝おうとする人々がバーチェスターにもいたけれど、その一派でさえスロープ氏の失墜に失意を感じる人はいなかった。市の住民は――うっとりと夢中になっている高邁な精神の三十五歳の若い女性も含めて――自分らとこの土地の幸福が、毎日の詠唱と隔週の聖歌に神秘的に結合していると悟り始めた。公邸の出費といえども、主教側の人気を高める役には立たなかった。概して主教への強い反感があった。ハーディング氏が新聖堂参事会長になる予定だと知られたとき、住民は心から喜んだ。

すでに述べたように、アラビン氏は参事会長邸へ招かれたことに驚きはしなかった。エレナーが自分を受け入れてくれ、未来の義父の昇進がわかってから、まだハーディング氏に会っていなかった。できるだけ早い機会に義父に会うことが自然であり、必要だった。ハーディング氏とグラントリー博士が駅から馬車で駆けつけたとき、アラビン氏は参事会長邸の客間で待っていた。

三人が会って握手したとき、それぞれ胸には高鳴るものがあった。言うべきことが多すぎたから、みな話を始めることができなかった。通常の口調でちゃんと落ち着いて話すこともできなかった。ハーディング氏はしばらく口も利けない状態だった。アラビン氏は恋の成就と幸運について短く、断続的にやっと話した。彼にしてはきわめて巧みに参事会長就任の祝辞をそっと差し込み、希望と恐れ――息子として受け入れてほしいという希望と、そのような幸運に自分が値しないのではないかという恐れ――を続けて述べた。それから参事会長の話題に戻ると、これまで聞き及んだ任命なかでもっとも満足できる申し分のないものだと言った。

「それでも！　でも！　でもね――」ハーディング氏はそれから先を続けて言うことができず、懇願するように大執事を見た。

「アラビンさん、じつを言うと」とグラントリー博士は言った。「結局あなたは参事会長の義理の息子にはなれません。私もなれない。運の悪いことです」

アラビン氏は説明がほしくて大執事を見た。「ハーディングさんは参事会長になれないのですか？」

「なれないんです」と大執事。アラビン氏は少し落胆の表情をすると、二人を順番に見た。二人の様子には、それでも悲しそうなところがない、少なくとも二人にとって悲しむ理由はないことがはっきりと見て取れた。しかし、この謎が説明されていなかった。

「私がいかに年を取っているか考えてみてください」ハーディング氏が哀願するように言った。

「つまらないことを！」と大執事。

「私にはもったいない話なんですが、若返ることはできませんから」とハーディング氏。

「では、誰が参事会長になるのですか？」とアラビン氏が尋ねた。

「そう、そこが問題です」と大執事は言った。「さあ、音楽監督、あなたが強情にも栄誉ある職を拒むものですから、誰がその職に就くか教えてあげなくてはならない。この人のポケットに任命書がある」

ハーディング氏は目に涙をあふれんばかりに溜め、任命書を取り出すと、未来の義理の息子に手渡した。ささやかな言葉を捧げようとしたものの、できなかった。書面を渡したあと、壁のほうを向き、鼻をかむふりをしたあと、前参事会長が使っていたくすんだ馬巣織りのソファーに座った。ここらでこの対談の記述を終わりにしたい。

ハーディング氏が娘に見た歓喜を描写できるふりもやめておこう。娘は悲しみで泣き、喜びで泣いた。父が正当にえたと娘には思われるあの身分と社会的地位を、老齢に至ってもまだ手に入れられずにいる父のことを悲しみ、愛する父が自分では受け取らなかった立派な職をもう一人の愛する人に譲ってくれたことを喜んだ。ここでまたハーディング氏は弱点を表した。愛情と相互の思いやりにあふれる乱闘のなかで、彼はハイストリートの下宿をあきらめるべきだというみなの懇願に抵抗できなかった。父が一緒に住まない限り、どうしても参事会長邸には住めないとエレナーが言った。ハーディング氏が共同参事会長にならない限り、どうしても参事会長にはなれないとアラビン氏が言った。大執事は義父がすべての点で我意を通すのは間違いだと明言し、グラントリー夫人はアラビン夫妻の邸宅に受け入れ準備ができるまで引き取るため、父をプラムステッドへ連れ帰った。

このようにしつこくせがまれたとき、か弱い老人は従うほかに何ができようか?

しかし、落ち着く前にハーディング氏にははたすべき仕事があった。彼の保護下にあって慈善院で暮らしてきた残された老人たちの状態について、本書ではほとんど触れることができなかった。だからと言って、彼がしかるべき管理を欠き、無秩序な状態に置かれていた老人たちを忘れていたとか、彼らの訪問を忘れていたとか考えてはならない。彼は絶えず老人たちを訪問し、最近は新しい主人への支持をまもなく求められることを理解させていた。一人が近ごろ亡くなったので、今は全部で五人だった。もともとの収容者は十二人だったが、もうすぐ女性を含めて二十四人に増やされることになっていた。老バンスは長く前院長のお気に入りで、その五人のうちの一人だった。エイベル・ハンディは前院長を屋敷から追い出す卑しい手先となったけれど、彼もその五人のうちの一人だった。

ハーディング氏は今新院長を自分の手で収容者たちに紹介しようと決意した。多くの事情が重なったため、収容者たちが反感と軽視の目でクイヴァーフル氏を迎えようとしていると感じた。もしクイヴァーフル氏が前任者に反感を抱いたまま慈善院に入るなら、良心の呵責を免れないとも思った。それゆえ、ハーディング氏はクイヴァーフル氏とともに腕を組んで慈善院に入り、新しい主人に敬意をもって従うように収容者たちに求める決心をした。

バーチェスターに戻ると、クイヴァーフル氏がまだ慈善院に入っていないうえ、新しい職務にまだ従事していないことを知った。そこで、彼は願いをクイヴァーフル氏に知らせ、すんなりと受け入れられた。

ハーディング氏とクイヴァーフル氏が腕を組んで慈善院の門を通ったのは、十一月なのに明るい快晴の朝だった。古い友ハーディング氏はこれ見よがしな自慢とは無縁な人だった。人生の重要な節目においてたいていの人が見栄を張りたいと願う局面でさえ、彼はひけらかしを排除した。新築祝い、洗礼式、祝祭など、見栄のチャンスはいくらでもあり、自分の誕生日でないとしても、子供の誕生日がある。住所の移転があったり、ちょっとした行事があったりすれば、みな大騒ぎする。ハーディング氏はそんな見せびらかしを嫌った。院長屋敷をあとにしたとき、彼はまるで毎日の散歩をしているかのように、いつもと変わらぬ穏やかな態度でそこを出た。別の院長をわきに連れて再び屋敷に入る今、出たときと同じ静かな歩みと穏やかな態度があった。五年前、いや、ほぼ六年前になるけれど、そのときほど彼の背筋はぴんと伸びていなかった。以前よりも少しゆっくり歩いた574。足取りはおそらく少し不安定だった。そういう変化がなかったら、彼は友人と連れだってただうちに帰ってきただけと言えたかもしれない。

クイヴァーフル氏にとってこの友情はだいじなものだった。たとえ貧困にあえいでいようと、ハーディング氏のように親切で、礼儀正しい牧師仲間を押しのけ、それに取って代わると考えると、とても辛かった。状況を考慮すると、ハーディング氏から申し出られた好意をむげにすることは不可能だった。子供に差し出されたパンを拒むことも、長いあいだかわいそうな妻を圧迫してきた重荷を減らすのを拒むこともできなかった。それでも、慈善院に入ったら、主教区の牧師仲間の悪意に直面すると思うと、とても悲しかった。こういうことをハーディング氏は充分理解していた。こういう感情の、こういう動機の適切な理解にこそ、彼の心情と知性が特別向いている方面だった。たいていの世俗的な問題で、大執事は義父を馬鹿同然に見ていた。おそらくそれは正しかった。正しく判断すれば等しく重要なその他の問題で、ハーディング氏はもしそれがいやと思わなかったら、同じように義理の息子を馬鹿同然に見たかもしれない。しかしながら、ハーディング氏のような気質の持ち主はめったにいない。彼には女性のみにあるとされる他人の感情へのあの正しい理解があった。

二人は腕を組んで建物の中庭に歩いて入り、そこで五人の老人に会った。ハーディング氏は老人みなと握手し、クイヴァーフル氏も同じように握手した。ハーディング氏はバンスとは二回握手し、クイヴァーフル氏も同じように繰り返そうとした。しかし、その老人はクイヴァーフル氏にそれを許さなかった。

「みなさんがやっと新しい院長を迎えることができて、とても嬉しく思います」ハーディング氏は元気づける声で言った。

「変化にはわしらは年を取りすぎていますがね」と老人の一人が言った。「じゃが、こうなって結局いちばんよかったと思いますよ」

「本当に――本当にこうなってよかった」とハーディング氏が言った。「みなさんは同じ屋根の下に自分の教会の牧師をまた迎えることになります。しかも、とても優秀な牧師さんです。こんなに立派な人がみなさんのお世話のために来られたこと、しかもこの人が見知らぬ人ではなく、私の友人であり、時々みなさんに会いに来てもいいと、私に言ってくださることにとても満足しているんです」

「おれたちはあなたにとても感謝しています」と別の老人が言った。

「お友だちのみなさん、ハーディングさんから親切にしていただいて」とクイヴァーフル氏が言った。「求めてもえられぬ望外の親切をえたと言わなければなりませんが、私がどんなに感謝しているか言わずともおわかりになるでしょう」

「この人はいつもとても親切です」と三人目の老人が言った。

「この人がここに残した隙間を埋めるため、私はできる限りのことをしたいと思います。みなさんと私のため、特にこの人のため、そうするつもりです。しかし、この人をよく知っているみなさんにとって、私がこれまでこの人がそうであったのと同じ最愛の友、父にはなれそうもありません」

「なれません、なれません」今まで沈黙していた老バンスが言った。「この人以外に誰にもなれません。新しい主教が天からわしらに天使をお送りくださっても、なれません。あなたが最善を尽くしてくださることは疑いませんが、あなたは前院長のようにはなれません。わしら年寄りにとっては、もうなれません」

「おい、バンス、おい。よくもまあ、おまえそんな口が利けたね」とハーディング氏。しかし、彼はその老人を叱りながら、それでもバンスの腕を取り、温かい愛情を込めてそれを押さえた。

こういうことで老人たちに熱意を掻き立てることは不可能だった。最期の安らぎの地へよろめきながら向かっている五人の老人に対して、どうしたら見知らぬ人の歓迎のため、熱意を示すように求めることができようか？　クイヴァーフル氏が老人たちにとって何だというのか？　老人たちがクイヴァーフル氏にとって何だというのか？　もしハーディング氏が実際に帰ってきたら、喜びの光の最後の燦めきが老人たちの頬を輝かせたかもしれない。しかし、クイヴァーフル氏が十四人の子供をプディングデイルから慈善院へ引越しさせるからと言って、老人たちに喜ぶように命じても無駄だった。間違いなく、彼らは肉体的、精神的な利便性を受け入れた。しかし、これに期待することも、これを理解することもなかった。

クイヴァーフル氏をこんなふうに慈善院に紹介するのはあまりおもしろいことではなかった。それでも、効果はあった。ハーディング氏が意図した善意は無駄には終わらなかった。バーチェスターの人々はみな、五人の老収容者を含めて、以前よりもクイヴァーフル氏を尊敬して処遇した。なぜなら、クイヴァーフル氏が最初に慈善院に入って職務に就いたとき、ハーディング氏があんなふうに彼と腕を組んで入って来たのだから。

クイヴァーフル夫妻と十四人の子供をここの新しい住まいに残してお別れしよう。神の摂理がついに与えた善きものを彼らが享受しますように！

第五十三章 (第三巻第十九章) 結び

子供のディナー・パーティーの終わりのように、小説の終わりは砂糖菓子とプラムの砂糖漬けで構成されなければならない。今やアラビン氏の結婚というお祭り以外に語るべきことは何もない。ウェディング・ドレス以外に描写すべきことは何もない。式を執り仕切った大執事と、結婚したアラビン氏とエレナーのあいだで交わされた会話以外に記録すべきことは何もない。「汝はこの者を妻としますか？」「神の定めに従ってともに生きるため、汝はこの者を夫としますか？」アラビン氏とエレナーはそれぞれ「誓います」と答えた。二人が結婚の誓いを守ることは疑いない。特に結婚式が執り行われる前に、シニョーラ・ネローニがバーチェスターを去ったから、それだけいっそう疑いない。

ボールド夫人は二番目の夫と結婚する前、二年以上未亡人だった。幼いジョニーは時々手を貸してもらって自分の足で応接間まで歩いて行くことができたから、集まったお客から挨拶をもらった。ハーディング氏は花嫁を花婿に引き渡し、大執事は式を執り仕切り、グラントリー家の二人の娘は近所の若い女性たちの仕事に加わって、みなと同じく勤勉に、優雅に新婦の付き添い役をはたした。グラントリー夫人は朝食と花束を監督し、メアリー・ボールドはカードとケーキを配置した。大執事の三人の息子も結婚式のため帰省した。長男は勉強のよくできる子で、知る人みなから将来二科目最優等生になると見られていた。しかし、次男は新しい軍服を身にまとい、きらきら輝いていたから、結婚式ではいちばん人目を引いた。三男は大学に入ったばかりで、おそらく三人のなかでいちばん思いあがっていた。

しかし、式全体の際立った特徴は、大執事が度を越して気前がよかったことだ。大執事は文字通りみなに贈り物をした。アラビン氏がすでに聖イーウォルド牧師館を引き払っていたから、彼は食堂を拡張するというあの計画を当然放棄していた。しかし、もし許されたら、参事会長邸全体の家具を新たに備えつけ直したことだろう。格調高いエラール製(1)のピアノを注文した。アラビン氏には、参事会長なら誰でも乗って嬉しがるコッブ種の馬を贈り、エレナーには、特別なプレゼントとして万国博覧会(2)で賞を取った新しいポニー用の椅子を贈った。贈り物はこれだけに留まらなかった。妻には、一対のカメオを、ミス・ボールドには、サファイアの腕輪を買った。娘には、真珠と道具箱をぞんぶんに与え、息子には、それぞれに二十ポンドの小切手を与えた。ハーディング氏には、最新式の装備と高価な装飾を施したとびきり上等のビオロンチェロを贈った。しかし、演奏者はこの目新しさのため、聴衆に見せるには気恥ずかしく、自分にはもったいなくて使うことができなかった。

大執事をよく知る人々はこの浪費の原因をすっかり理解していた。大執事はこういうかたちでスロープ氏に対する勝利を謳歌していた。これは勝利の歌、感謝の聖歌、大声の演説にほかならなかった。大執事は剣を帯び、戦場へ赴いた。今敵から奪った戦利品を満載して戦場から帰ってきたのだ。コッブ種の馬とカメオ、ビオロンチェロとピアノは、みな言わば征服した敵のテントから奪ってきた記念品だった。

アラビン夫妻は今では充分確立している習慣に従い、結婚後二か月間海外へ行った。それからよき後援をえて参事会長邸の生活を始めた。教会の運営に関するバーチェスターの現在のあり方ほど心地よいものはない。名だけの主教はまったく干渉しなかったし、プラウディ夫人はあまり口出ししなかった。奥方には聖堂の市の内側よりももっと広く、もっと高尚で、もっと野心を満たす活動範囲があった。主教区で奥方がしたいことができる限り、あとは喜んで聖堂参事会長と参事会に仕事を任せた。スロープ氏は構内に確立していた古い習慣を打破しようと試みたが、その失敗から奥方は学んでいた。たくましい尚書役と痩せた小柄の名誉参事会員は安息日学校にかかわる要求で煩わされることはなかった。聖堂参事会長は自分の職掌領域を任された。プラウディ夫人とアラビン夫人はそれぞれが相手のために催す年一回のディナーに交際を限定した。グラントリー博士はこういうディナーに出席しようとはしないけれど、必ずプラウディ夫人の言動について充分な報告を求め、説明を聞く。

大執事は父が主教であった時代に公邸の首領として至上権を振るった全盛期以後、教会内の権威を大きくはぎ取られていた。それにもかかわらず、大執事として残された権威をまだ誰の干渉もなしに享受している。大執事はバーチェスターのハイストリートを歩いても、出会う人が彼の主張をスロープ氏のそれと比較していると考えなくていいのだ。プラムステッドと参事会長邸は頻繁かつ親密な交際を続けている。エレナーが牧師、特に教会の高位聖職者と結婚したので、グラントリー夫人には妹と共感できる点がたくさんあった。関係者みなから非常に期待されているが、来るべき時に姉は参事会長邸に一、二か月滞在する予定だ。小さいジョニー・ボールドが生まれたとき、姉はバーチェスターに一か月滞在するなんて考えたこともなかった！

姉妹は教義の問題で必ずしも意見が同じというわけではない。と言っても、その違いは和解できるむしろ親和的な種類のものだ。アラビン氏が信じる教会は、グラントリー夫人のそれよりも二段階高い高教会だ。エレナーがかつてスロープ氏への傾倒で非難されたことを覚えている人々には、奇妙に思えるかもしれないが、それが事実なのだ。エレナーは夫の絹のベストが好きだ。朱刷りの規則を厳守(3)する夫の姿勢が好きだ。特に夫の説教にある雄弁な哲学が好きだ。祈祷書の朱刷りの文字が好きだ。彼女がろうそくで飾った祭壇が好きだとか、キリストの現存[4]について迷いがあるとか、そんなことを考えてはならない。しかし、彼女は自分のなかにある数段高い高教会への憧憬に気づいている。最近バースで起こった重大な宗教裁判の出費[5]のため、かなりの寄付を送ったが、もちろん名は伏せていた。カンタベリー大主教が指名[6]されたとき、彼女は穏やかなあざけりの笑みを浮かべ、聖堂の聖者記念の窓をあげた。

　グラントリー夫人は時勢に置き忘れられた教会、つまり小冊子が書かれたり、教会をきれいにする有意義な仕事を若い牧師が引き受けたりする前の、五十年前にあった高教会に属している。そのグラントリー夫人が妹のさらに高い教会への執着をむしろ笑っている。姉は肩をすくめて、ミス・ソーンに、エレナーは自分より先に参事会長邸に小礼拝堂を建てることだろうと言う。しかし、姉はそれだからと言って少しも不快ではない。若い参事会長の妻が高教会の二、三の奇行にふけるのがおかしいだなんて考えない。とにかくそれは妹が教会の問題に心をとらわれていること、高低両極は広く分かれているけれど、エレナーがのたうち、ひれ伏すと思われたあの憎悪の汚水溜めを逃れたことを表している。アナテマ・マラナタ[7]！　その汚水溜めがちゃんと呪われるように、それ以外のものは祝福されたものと見なそう。スロープ氏の汚れた袖広の白衣と安息日遵守が正当に呪われたものとなるように、膝をつく挨拶と低頭は歓迎だ。早祷と終祷は歓迎だ。鐘と本とろうそく[8]の儀式は歓迎だ！

　二つのうちどちらかを選ぶことがどうしても必要だというなら、鐘と本とろうそくのほうが、二つの悪のうちではましだ、そういうグラントリー夫人の見方に私たちは同意しよう。しかし、そのような選択の必要は本書では認められていないことは理解してもらおう。

　アラビン博士（聖堂参事会長になったとき、博士になったに違いないと思う）は教義の点で妻よりも穏健で、控え目な発言に終始する。彼の地位にあっては当然そうでなければならない。アラビン氏は篤学の士で、思慮深く、よく働く男だ。常に参事会長邸で暮らし、ほとんど毎日曜日に説教する。古い教会文学をふるいにかけ、編集し、同じ記事を新たに生み出すことに時間を費やしている。オックスフォードでは時代のもっとも有望な、誇りとなる牧師と一般に考えられている。夫妻は完全なる相互信頼のもとに暮らしている。妻は夫と分かち合えない秘密をただ一つだけ胸にしまっている。妻がどういうふうにスロープ氏の耳を殴ったか夫はまだ知らない。

スタンホープ家の人々は、イタリアの別荘の歓楽から彼らを遠ざけていたスロープ氏の力が消滅したことをまもなく知った。彼らはエレナーが結婚する前にみなコモ湖畔に戻っていた。別荘に落ち着くか落ち着かないかのうちに、シニョーラはアラビン夫人からとてもかわいい、とても短い手紙を受け取った。その手紙でシニョーラは夫人の運命を知らされた。シニョーラはいつものように、聡明で、魅力的で、機知に富んだ手紙を返した。こうしてエレナーとスタンホープ家の友情は終わりを告げた。

ハーディング氏にかかわる一言でおしまいにしよう。

彼はいまだにバーチェスターの音楽監督であり、いまだに小さな聖カスバート教会の牧師だ。彼がしばしば自分に言い聞かせていたにもかかわらず、まだ老人にはなっていない。今でも委ねられた職務を上手に、良心的にこなしている。分不相応の仕事を引き受けるように、そそのかされることがなかったことに感謝している。

著者は今やハーディング氏を英雄とか、賞賛される有名人とか、公のディナーで喝采され、完璧な聖者として型通りに語られる人とかではなく、教えようと励んできた宗教を謙虚に信じ、学ぼうと励んできた教訓によって導かれる、二心のない善良な人として読者の手に委ねたい。

終わり

註

（1）セバスチャン・エラール（1752-1831）は有名なフランスの楽器製作者。
（2）一八五一年の万国博覧会のこと。
（3）教会内礼拝の執行を指示する規則は祈祷書のなかでは朱刷りされているが、その規則の厳守によってイギリス国教会の礼拝の生命を復活させようというのが、オックスフォード運動の主張の一つだった。このあたりはエレナーがオックスフォード運動に強く感化された夫アラビン氏の影響を受けていることを言う。一八三三年から一八四一年にかけてオックスフォードで発行された九十篇の『時代のための小冊子』はカトリック的な儀礼重視の姿勢を打ち出していた。その特徴は、たとえば按手礼に基づく使徒継承の考え方、聖別されたパンとぶどう酒にキリストが現存するという（real presence の）主張、早祷と終祷の遵守など教会戒律の回復、祈祷書で許可された儀式の復活などだった。具体的な実践としては、非公開に信仰告白をしたり、ひざまずく拝礼（genuflexion）を復活させたり、吟唱を導入したり、ろうそくで祭壇を装飾したり、個人的苦行として禁欲や断食などを重要視したりした。
（4）祭壇をろうそくで飾ったり、キリストの現存を主張したりするのはオックスフォード運動の特徴である。
（5）トーントンの大執事G・A・デニソン（1805-96）が一八五六年七月にバースのギルドホールで受けた宗教裁判に言及したもの。デニソンは急進的で喧嘩っ早い高教会派の牧師で、聖体に関する三つの説教を行い、出版した。福音主義者らはこの書に反発し、宗教裁判所に告発した。バースの法廷はデニソンの教義が三十九箇条のうち二箇条と相容れないことを発見した。デニソンはアーチ控訴裁判所に控訴し、一八五七年に法的専門用語で却下された。デニソンはグラントリー大執事の元型であると見られている。
（6）当時の大主教ジョン・バード・サムナー（1780-1862）が福音主義への共感、つまり低教会派で知られていた。
（7）「コリント人への第一の手紙」第十六章第二十二節にある破門の呪いの言葉。アナテマ・マラナタはアナテマの強意形で「呪われよ。われらの主よ、来たりませ」の意。
（8）鐘と本とろうそくは破門の儀式を表す。この儀式では、鐘を鳴らしてとむらいの鐘とし、聖書を閉じて教会との絶交を表現し、ろうそくの火を消し、床に叩きつけることで破門された者の魂の消滅を象徴する。

『慈善院長』(*The Warden*)と『バーチェスターの塔』(*Barchester Towers*)を執筆当時のトロロープがどういう状況にあったか、簡単に眺めてみよう。

トロロープは十九歳のとき、大学入学を断念し、一八三四年十一月、火の車であった家計を助けるため年九十ポンドの給料でロンドン中央郵便局下級事務官に採用される。このロンドン時代、読書三昧の生活を送り、識見の拡大をはたす一方、若者の例に漏れず郵便局の上司とのいさかいや、借金の取り立てや、女性問題などで悩まされている。

転機が訪れて、郵便局の仕事にまじめに取り組むようになったのは、一八四一年九月、アイルランド中央管区郵便監督官付事務官に補され、オファリー州バナガーに転居してからだ。彼はアイルランドのへそとも言えるバナガーでローズ・ヘセルタインと出会い、一八四四年六月結婚。テッペラリー州クロンメルへ転居する。一八四五年七月には失敗作だが最初の小説『バリークローランのマクダーモット家』を完成させる。この小説は彼がリトリム州ドラムスナの廃墟を訪れたとき着想をえたという。一八四六年から四七年にかけて長男と次男が立て続けに生まれ、一八四八年、コーク州マロウに転居している。一八四八年に出版した二作目の『ケリー家とオケリー家』もアイルランドを舞台に設定している。

彼は郵便制度を監督し、再構築するため一八五一年から五二年にかけてイギリス西部とウェールズに派遣される。『バーチェスターの塔』第二十二章で語り手は言う。「観光客はウィルトシャーやドーセットシャーやサマセットシャーのすばらしさについて何も知らない。いや、多くの著名な旅行家たち、おそらくシナイ山のふもとにテントを張って野営したような人々が、ウィルトシャーやドーセットシャーやサマセットシャーのすばらしさについて、いまだに無知であることがひどく問題なのだ。ぜひとも行って、よく見てほしい」と。一八五二年夏、ソールズベリー聖堂を散策したとき、彼は『自伝』第五章にあるように「主教や聖堂参事会長や大執事らが登場するバーチェスターを中心とする連作の着想」をえた。

じつは彼は一八二七年春から三年間、十二歳から十四歳までウインチェスター・カレッジの寄宿生だった。ウインチェスターはソールズベリーに近く、カレッジの近くに聖クロス慈善院がある。『慈善院長』第二章でこの聖クロス慈善院の収益横領事件に触れているが、彼がハイラム慈善院の着想をえたのがこのウインチェスターの慈善院であることもほぼ間違いない。

彼はアイルランド北部管区郵便監督官代理に補され、一八五三年ベルファーストに転居。翌年には、アイルランド北部管区郵便監督官に任じられる。一八五五年、ダブリン州ドニーブルックに転居。この年に『慈善院長』を出版。一八五七年には『バーチェスターの塔』を出版する。アイルランドを離れハートフォードシャーに落ち着くのは一八五九年になってからだ。遠くアイルランドの地を転々としながら、ほぼ同時代に時代設定して、イギリス西部、特にソールズベリーやウインチェスター周辺に想定される聖堂の町バーチェスターを想像するとき、彼はついに自分が書くべきものを発見したのだ。

訳者紹介

木下善貞（きのした・よしさだ）

1949年生まれ。1973年、九州大学文学部修士課程修了。1999年、博士（文学）（九州大学）。著書に『英国小説の「語り」の構造』（開文社出版）。訳書にアンソニー・トロロープ作『慈善院長』（開文社出版）。現在、北九州市立大学外国語学部教授。日本英文学会監事。

バーチェスターの塔　（検印廃止）

2011年5月20日　初版発行

訳者	木下善貞
発行者	安居洋一
印刷・製本	モリモト印刷

〒162-0065　東京都新宿区住吉町 8-9
発行所　開文社出版株式会社
電話 03-3358-6288　FAX 03-3358-6287
www.kaibunsha.co.jp

ISBN 978-4-87571-059-2　C0097